U0724890

江东文萃 第一辑

金立安 主编

《江栖阁集》辑佚

[明]王 楫 著

刘荣喜 辑佚 点校

诗法撮要

[清]陈熙春 著

刘荣喜 点校

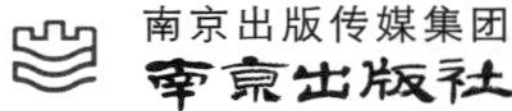

图书在版编目(CIP)数据

《江栖阁集》辑佚 /(明)王楫著;刘荣喜辑佚、点校.诗法撮要 /(清)陈熙春著;刘荣喜点校.-- 南京:南京出版社,2024.12

(江东文萃.第一辑)

ISBN 978-7-5533-4624-3

Ⅰ.①江… ②诗… Ⅱ.①王… ②陈… ③刘… Ⅲ.①古典诗歌—诗集—中国—清代②古典散文—散文集—中国—清代 Ⅳ.① I214.91

中国国家版本馆 CIP 数据核字(2024)第 108310 号

书　　名:江东文萃 第一辑
主　　编:金立安
出版发行:南京出版传媒集团
　　　　　南 京 出 版 社
　　社址:南京市太平门街 53 号　邮编:210016
　　网址:http://www.njcbs.cn　电子信箱:njcbs1988@163.com
　　联系电话:025-83283893、83283864(营销)　025-83112257(编务)

出 版 人:项晓宁
出 品 人:卢海鸣
责任编辑:刘　娟　金　欣　聂　焘　舒之仪
装帧设计:金立安　余振飞
责任印制:杨福彬

印　　刷:南京新豪彩包装服务有限公司
开　　本:880 毫米 ×1230 毫米 1/32
印　　张:27.75
字　　数:578 千字
版　　次:2024 年 12 月第 1 版
印　　次:2024 年 12 月第 1 次印刷
书　　号:ISBN 978-7-5533-4624-3
定　　价:148.00 元(全四册)

《江东文萃》编委会

王汾仲江栖閣詩集序
竊嘗誦詩而知詩之情亦嘗誦易而悟詩之道二者相參
則其為用也實深爻象之有聚猶詩之有賦比興詩有哀
樂正變猶易之有消息盈虛以易之道參乎詩則可以平
其不平之情更可以藏其不用之身故幽憂之士不可不
善詩憂太甚則陰損猶夫樂太甚則陽溢陰陽變則情性
乖情性乖則行藏悞惟善於詩者能和之若賁若獲寧不
謂勇焉苟舍其舉鼎搤熊之技責以審音辨律而為詩其
勇無所用矣若儀若秦寧不謂辨焉苟舍其懸河抵掌之
智試以引繩刻墨而為詩其辨無所用矣何也彼不能平
課慎堂文集　卷之一　序　四十一　有緒
不能藏也吾友王子汾仲年七十有三矣當其少則豪俠
之士也及其壯則幽憂之士也今且老矣則澹漠冲和之
德之士也以王子之才之學古今載籍無所不窺經術史
深無所不詣宜其策名宜其立功宜其掞天捧日而顯身
榮世乃少時精銳之氣早耗於抑塞頓躓之中風雲星漢
舉無可托而托之於詩寢食乎二雅楙沐乎五音思而不
困哀而不激慷慨不敢盡而歸之於溫厚悲嘯不敢放而
協之於宮商斯以知汾仲之能平也蕩山艾水維桑杳然
西江一勺又非樂土而乃陟牛首泛鷺洲弔六朝之故墟
拄一笏而容與擭榛披莽舉凡山湖陵廟臺榭闕梁陂塘

清《课慎堂集》中的王楫诗集序

王汾仲詩集序
做讀王汾仲先生詩孤憤悱惻如聞楚聲先生何其
多悲也先生曰甲申以來為詩數百篇經兵火無存
者此蓋和杜翰林江樓集諸體者也夫先生於和人
詩如此其甲申以來之作可想見矣然後知先生之
悲有本也吾聞先生當甲申後有故人獨子罹死刑
先生義之棄妻子出身為之白遂錮重獄一年許三
木不脫于兄者四日夜骨髓盡出先生終不之悔事
得釋故人子宗祀賴以不絕又聞先生當國變棄諸
生不能得偕兄弟費千金方得棄之家為之落吾意
先生全大義而行重金欲求安也而於故人子反自
蹈其危至今天陰雨兩足發痛不能行嗚呼此何為
者邪然則知本如先生者可以作詩矣可以悲矣其
可以傳矣
大人曰勁淨其肯可想
彭躬庵先生曰高簡刻秀似曾王文字只寫此二
事便已是一篇大文字矣

［清］魏世效《王汾仲诗集序》

課慎堂詩集卷十八

簡思草

銀城李興祖廣寧著　受業陶　岐文治

古黟王　楫汾仲定　男　鰲又白　校

七夕

梧桐葉漸落良夜莫徒過襟豁穿針夕杯浮駕鵲河鄉心緣賦解文債却愁多賴值秋風爽蕭蕭奈爾何

贈王子汾仲

衲被名傳舊帝居挑燈良夜幾躊躇胸中自有長城在豈比尋常老較書

課慎堂詩集　卷十八　簡思　初編

［清］李兴祖《课慎堂诗集》中赠王楫诗

書王江栖先生遺事

烏乎志節之士遭時變故硜硜焉道義自持至乃更姓名毀冠服戢光匿采以自放于荒江寂寞之濱方其獨来獨往賫志以終行誼文章既無由見稱於賢士大夫而其子若孫又多式微不能表揚其先世之徽遂使幽光潛德歷久弗彰如吾鄉王江栖先生者尤足悲焉先生江寧人居上新河逸其名江栖其别字也相傳為明季舉人性方梗不苟取與與人交動以大義相責尤不樂近權貴人值鼎革絕意仕進築江上艸堂與門人講學其中三十年不履城市黄岡王尚書澤宏未遇旹與先生善罷政歸僑寓金陵嘗

［清］陈熙春《书王江栖先生遗事》（江西 王鸿平 供图）

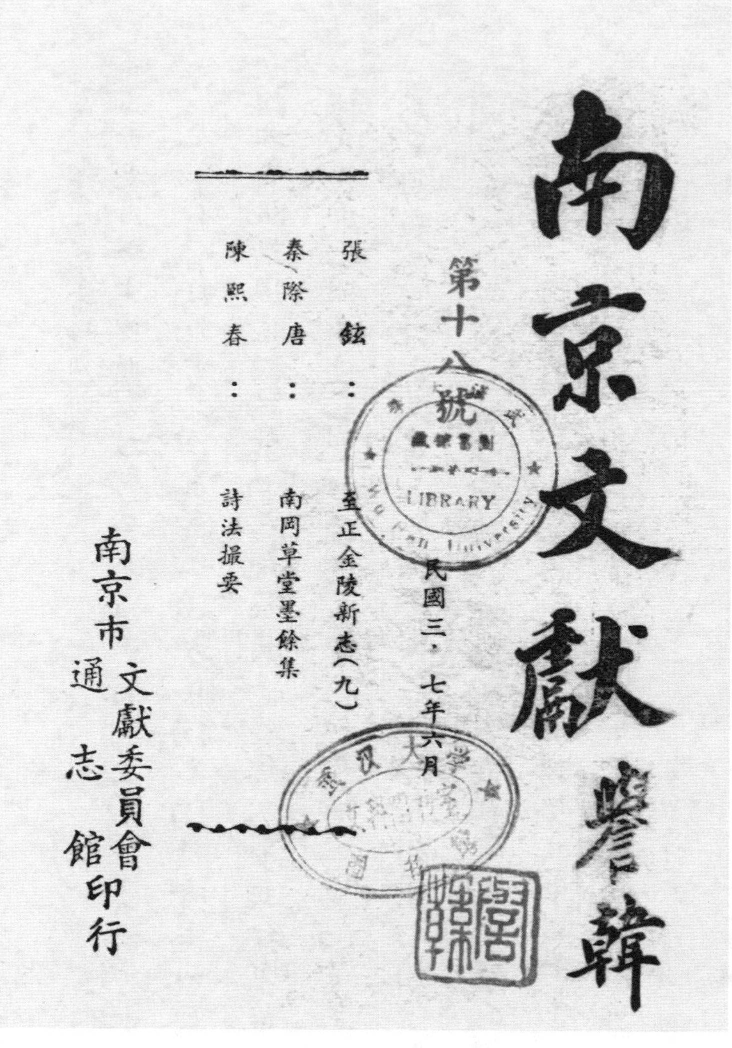

南京文獻

第十八號

民國三十七年六月

張鉉：至正金陵新志（九）

秦際唐：南岡草堂墨餘集

陳熙春：詩法撮要

南京市文獻委員會
通志館印行

收录陈熙春《诗法撮要》的《南京文献》第十八号封面

王　楫 字汾仲江南鄞縣人著江楠閣集

江東門

屈指南朝幾天子建都立極如流水翻笑秦王謀慮多埋金鑿石何爾爾空留花笑杜鵑啼鍾阜之東淮水西日聽居民說故事蹤問跡想端倪內外都門記歷歷江東鎖鑰留遺跡孫劉上字僅三分蕭李江山只半壁明祖猶將遺址修欲存六代舊風流沿習至今三百載又成廢堞與荒丘寧知此地是門戶敢易稱戈招外侮可堪城下白頭翁每一經過增俯仰 門為三山門之外可通江故癸卯舍必由此登出入為故說得有關係

國朝詩乘 卷之三 壹 王豪堂藏版

而意存古今史多感慨佳作也

小桃源

都城西面窮幽僻疑與仙源通咫尺流水飛花路幾家亭榭疎籬隔居人亦復事田疇禿腳露肩光兩胼鷄黍留客忘料率日落松根猶攀留耕鑿自云逢堯舜寧卸斯世非漢晉城居不染六街塵一壑一丘堪白各纏羅谷口市為鄰別有綺羅婚青春回首桃花煙霧裏人間鷄犬總非與 詩意古香彷彿淵明桃源記

清涼山

《国朝诗乘》选录王楫诗

揭开上新河“王江栖”的神秘面纱

——明末遗民南京流寓诗人王楫事迹考述

刘荣喜

同治六年（1867年），莫祥芝出任江宁知县，甫一上任就组织人马准备重修《上江两县志》。为了尽量收罗本地历史、地理、人物、经济等各方面的资料，他征召了很多地方文士，要求他们深入基层，采风访幽。同治十三年（1874年），负责县志总纂的汪梅村邀请南京江宁人陈熙春负责上新河一带的采风任务。为此陈熙春撰写了一篇采风笔记《上新河镇采访说》，记述了他接受采风任务并积极寻访“上新河遗佚之贤”的成果，文中提及上新河人物有十多人，其中居住上新河时间最早、名气最大的隐逸之士就是“墨胎苦心，是胜朝之遗老，自放于江泽以行吟”的王江栖先生。但是，打开“万能的”百度搜索，我们并不能查到“王江栖”的任何资料，这不能不让我们感到非常的疑惑。难道陈氏记载有误，将古人的名字搞错了？非常凑巧的是，笔者正在收集整理《南京竹枝词》，曾辑录到明末清初文人王楫的《秦淮竹枝词》二首，在考订作者生平时，查阅到《乾隆江宁新志》卷二十二《寓公传》有记载“王楫，字汾仲，黟县人，流寓上新河，有《江栖阁集》。”因此，我推断王江栖应该就是王楫，于是沿着这条线索，终于揭开了这位上新河名人“王江栖”的神秘面纱。

一、隐居上新河

王楫号“江栖”，最早见于他给胡玉昆《金陵胜景图》所作的跋中，图藏天津博物馆。跋文有“康熙丙寅腊月冬，江栖王楫识於龙江之草阁。”即至少1686

《茶亭》2020年秋季号首次发表有关王楫事迹的研究文章

《江东文萃》序

杨　晨

万里长江，浩浩汤汤，瑞气升腾，氤氲东来。

千载之下，大江穿境金陵，逐渐形成江南、江北、江东等地理概念的文化符号。这其中颇有历史人文底蕴、与建邺文脉休戚相关，且令人自豪的，当属江东这张名片。

史载公元前 241 年的战国时期，楚国春申君改封江东，对江东经济社会的进一步开发发挥了积极作用。东汉末年，孙吴奠基江东，并于 229 年（黄龙元年）迁都建业。六朝古都，十代都会，自孙权开都，至民国时期，多少风云激荡的王朝更迭故事，发生在江东这片古老的土地上，并且积累了多难兴邦的政治文化、千秋风雅的儒学文化、文光璀璨的诗词文化、世代传承的科技文化……随着江东政治、经济和文化的历史嬗变，以建业（建邺）为内核的江东文脉，逐渐亮丽成长江文化带上的一颗炫彩夺目的明珠，为南京历史文化名城映照了深博的文化底色，为南京世界文学之都浸染了无穷的人文气韵。

南京是一座虎踞龙蟠、山环水绕之城，正如孙中山先生在《建国方略》中所言："其位置乃在一美善之地区。其地有高山，有深水，有平原，此三种天工，钟毓一处，在世界

中之大都市诚难觅此佳境也。”长江作为中国母亲河，本身就是古老而又充满活力的中华文化载体；而作为南京母亲河，流贯全城的秦淮河则是一条流动的文化地标。在两条母亲河的襟怀里孕育的江东文化，青史绵延、波澜壮阔、气象万千，留下了许许多多珍贵的文化遗产。这些文化遗产犹如一座座宝藏等待人们去探宝、去发掘。

仅以古代诗词为例，大量的诗词作品闪耀着有关江东的故事和醉人的诗情。唐代大诗人杜甫在《春日忆李白》里写道：“渭北春天树，江东日暮云。”白居易在《宿窦使君庄水亭》里写道：“使君何在在江东，池柳初黄杏欲红。”杜牧在《题乌江亭》里写道：“江东子弟多才俊，卷土重来未可知。”宋代文学家王安石在《叠题乌江亭》里写道：“江东子弟今虽在，肯与君王卷土来。”南宋女词人李清照在《夏日绝句》里写道：“至今思项羽，不肯过江东。”到了清代，诗人方文在《竹枝词》里写道：“侬家住在大江东，妾似船桅郎似篷。”诸多前人诗句里的“江东”，具有广泛的文化地缘意义，自然包含建邺在内。阅读名人诗词，领悟丰富内涵，吸收历史能量，从而引发我们对江东辉煌历史的敬重，引起我们对江东灿烂文化的热爱，激励我们对建邺美好未来的憧憬。

今天的建邺，是滨江之区、滨河之区，是南京的城市客厅，也是当然的江东之地——曾经河西的“江东”，便是历史上人文“江东”的缩影。作为南京文化和长江文化的重要组成部分，如何挖掘、整理并利用好江东文化，推动江东文化在新时代的传承、发展与创新，是摆在每一位有识之士面前的任务和使命。

2021 年初，建邺区成立了江东诗社，旨在挖掘、传播和弘扬江东文化。诗社团结了一批热爱江东文化的诗人、作家和文史工作者，他们勤于耕耘、乐于奉献，为探寻与研究江东文化付出了辛劳。我们从现在起，陆续把与建邺有关的江东珍稀文献编印出来，目的在于：一是将刊印的文献，作为诗社成员进一步学习、研究之用，并在学习前人的基础上努力创作出更多、更好、更有特色的优秀作品，为延续江东文脉、促进建邺区文学艺术事业不断繁荣做出新的贡献；二是在此基础上，通过研究将过去尘封的静态的文学作品、文史资料，转化为建设建邺的鲜活的文化资源，为建设更加美好的建邺提供源源不竭的文化软实力和精神力量！

最后，以江东诗社社长金立安先生的《江东》诗，作为本文的结尾：

烟波万里碧云空，樽酒流连薄暮穷。
水绕千山如走笔，弦惊一箭欲开弓。
凭栏遥望轻尘里，回首相逢远梦中。
建邺从来佳胜地，请君听我说江东。

2021 年 8 月

作者系中共南京市建邺区委常委、宣传部部长

《江东文萃》的缘起

金立安

2019 年 6 月，我因工作分工调整，分管并主持建邺区文联日常工作。关于文联的工作职能，我的理解是：团结、引领、联络、协调、服务和组织文学艺术工作者和爱好者，创作以建邺为题材的各类文学艺术作品，满足人民群众对文化生活的需要；同时以文学艺术形式，宣传推介和展示建邺经济社会生活的新风貌、新精彩。

今天的建邺区，经过区划调整 20 多年来全区人民的开拓创新，在河西江滨的土地上画出了新美图景，城市基础建设、社会各项事业取得了令人瞩目的成就——“大美河西锦绣建邺”已经成为靓丽品牌。如何为艺术家们寻找新的创作落脚点和兴奋点，如何深化、细化“大美河西 锦绣建邺”这一品牌，成了我当时思考工作的原点和出发点。

我首先借鉴传统文化中评选景点的做法，推出锦绣建邺新老景点中的闪光之处，就这样——评选建邺十景的想法浮现脑海，进而细化成工作方案，而且得到文旅局领导班子和区委宣传部领导的支持。在牵头建邺十景评选过程中，我邀请了南京两位文史专家袁裕陵、高安宁先生一起实地踏勘，初选景点。此后，在 20 个备选景点中，“莫愁烟雨”“绿博春深”“奥体双虹”“鱼嘴江天”等 10 个景点脱颖而出。

在一个个景点调研过程中，我惊叹建邺文化底蕴的深厚与高华，建邺人文禀赋不仅接地气，而且有文气。在感受古往今来的建邺历史文化中，我对江东文脉的产生、发展以及现状尤感兴趣，写出《话说江东》一文。此文在《茶亭》和“建邺播报”连载发表，并产生了一定的社会影响，《现代家庭报》《中华文化》《炎黄文化》等报刊及“南京诗词”“紫金山新闻网”“学习强国”等众多媒体先后转发，《南京日报》还将题目改为《守住长江文化中的江东文脉》整版发表。这篇文章写作过程中，我觉得江东文脉的根在南京、在建邺，所以自然萌生了成立江东诗社的想法。这一想法，得到了区文旅局和区委宣传部主要领导的赞同和支持。

2020 年末，江东诗社在紧锣密鼓的筹备中。短短 20 多天，收到省内外诗家数百首（副）贺诗贺联，原定今年元旦在王汉洲故居揭牌，由于疫情反复，推迟到 3 月 26 日揭牌，吸引了一批对诗歌有兴趣、创作成果突出的诗家一起加盟。

成立诗社，旨在立足“江东文化”，利用诗歌这一艺术形式宣传社会主义核心价值观在建邺的崭新实践，让旧体新诗与江东文化相互激荡，创作出体现新时代、新气象的优秀作品，用诗歌丰富人们的精神文化生活，满足人们对美好生活的新期待。

成立诗社，旨在为广大诗歌作者和诗歌爱好者营造一个良好的交流、学习、创作与提高的平台，促进更多诗人优秀诗作的产生，推动建邺地区诗歌的创作与繁荣，进而从精神层面提升建邺的影响力、知名度和美誉度。

建邺作为南京世界文学之都的城市客厅，千百年来与文学结下了不解之缘。在南京一长串文学风景线上，可谓“长亭更短亭”，不时可以找到建邺美丽的风雅景色。在新时代南京世界文学之都的背景下，建邺文学艺术仍需溯源发掘，仍需创新创造，于是《江东文萃》便应运而生。

用诗心怀想璀璨昨天，以真情创造美好未来，让生命在生活中绽放风采。这便是江东诗社的初衷，也是《江东文萃》的缘起。

2021 年 8 月

作者系南京江东诗社社长

编辑说明

1. 辑佚是一门专门的学科，是对以引用的形式保存在其他存世文献中的已经失传的文献材料加以搜集整理，使已经佚失的书籍文献，得以恢复或部分恢复的行为。它是保存、研究古籍及其作者和当时社会历史的一种方法。

2. 明末清初建邺遗民王楫，字汾仲，一字艾溪，号江栖，是长期生活并终老本地的最早的布衣诗人，著有《江栖阁集》，见诸地方文献之中。其作品未能流传，他的生平事迹也湮没难寻。为了了解王楫生平事迹，编者广泛收集了他创作的诗文、他人与之交游酬唱作品和其生平传记资料，编为《〈江栖阁集〉辑佚》，以期保存文献，以便后之学者减少查找之苦。

3. 清末文人陈熙春是建邺上新河地区的著名文人，他较早关注并记录了王楫的部分生平资料。本书附录了他的《诗法撮要》一卷，底本为民国时期《南京文献》系列出版物的排印本。

4. 本书辑录诗文之后均加编者按语，介绍资料的来源；酬唱作品简要介绍唱和作者基本情况；部分资料作了简要的考证。

5. 所有文献均为编者亲自查阅过目，以公开出版的影印古籍资料和全国各大图书馆藏资料为主，由于部分文献底本或影印件文字漫漶不清，释读颇为困难，实在无法辨识者，以“□”替代。

6. 底本文献中的注文、夹批、眉批文字适当收录，以与正文不同的字体加括号随文附录。

7. 本书辑录的古诗文作品原文没有标点，为了便于读者阅读，编者对之进行了标点；《诗法撮要》虽有圈点，但很不规范，编者按照新版国家标准《标点符号用法》进行了重新标点。

8. 书后附录了编者对两种著作原著和作者生平的研究文章，供读者参考。

9. 本书作为《江东文萃》丛书之一种编印，既可以供江东诗社诗友观摩学习研究之用，也可以作为地方文献资料保存。

10. 本书录入、点校的文本和研究成果等难免有误，希方家批评指正。

目　录

《江栖阁集》辑佚

诗法撮要

《江栖阁集》辑佚

［明］王楫　著
刘荣喜　辑佚 点校

王汾仲诗集序

［清］魏世效

效读王汾仲先生诗，孤愤慷慨，如闻楚声，先生何其多悲也？先生曰：甲申以来，为诗数百篇，经兵火无存者，此盖《和杜翰林[1]》《江栖》,集诸体者也。夫先生于和人诗如此，其甲申以来之作可想见矣，然后知先生之悲有本也。吾闻先生当甲申后，有故人独子罹死刑，先生义之，弃妻子，出身为之白，遂锢重狱一年许，三木[2]不脱于足者四日夜，骨髓尽出，先生终不之悔，事得释，故人子宗祀赖以不绝。又闻先生当国变，弃诸生不能得，偕兄弟费千金方得弃之，家为之落。吾意先生全大义而行重金，欲求安也，而于故人子反自蹈其危,至今天阴雨两足发痛,不能行。呜呼！此何为者邪？然则知本如先生者，可以作诗矣，可以悲矣，其可以传矣。

【按】选自清魏世效撰《魏昭士文集》卷三，见《清代诗文集汇编》第196册。

［1］杜翰林：杜牧。参看元代乔吉《杜牧之诗酒扬州梦》杂剧《楔子》:“（正末扮杜牧之上，云）小生姓杜，名牧，字牧之，京兆人也。太和间举贤良方正,累官至翰林侍读之职,因公干至豫章。”

［2］三木：古代加在犯人颈、手、足上的三件刑具。

王汾仲江栖阁诗集序

［清］李兴祖

窃尝诵诗，而知诗之情，亦尝读易，而悟诗之道，二者相参，则其为用也。尝深爻象之有象，犹诗之有赋比兴，诗有哀乐正变，犹易之有消息盈虚，以易之道参乎诗，则可以平其不平之倩，更可以藏其不用之身，故幽忧之士不可不善诗，忧太甚则阴损，犹夫乐太甚则阳溢，阴阳变则情性乖，情性乖则行藏悮，惟善于诗者能和之。若贲若获，宁不谓勇焉。苟舍其举鼎搤熊之技，责以审音辨律而为诗，其勇无所用矣。若仪若秦，宁不谓辨焉，苟舍其悬河抵掌之智，试以引绳刻墨而为诗，其辨无所用矣。何也？彼不能平，不能藏也。吾友王子汾仲，年七十有三矣。当其少则豪杰之士也，及其壮则幽忧之士也，今且老矣，则澹漠冲和盛德之士也。以王子之才之学，古今载籍无所不窥，经术宏深无所不诣，宜其策名，宜其立功，宜其掞天绘日，而显身荣世，乃少时精锐之气早耗于抑塞颠蹶之中，风云星汉，举无可托，而托之于诗，寝食乎二雅，栉沐乎五音，思而不困，哀而不激，慷慨不敢尽而归之于温厚，悲啸不敢放而协之于宫商，斯以知汾仲之能平也。蔼山艾水，维桑杳然，西江一勺，又非乐土，而乃陟牛首，泛鹭洲，吊六朝之故墟，拄一筇而容与，搜榛披莽，举凡山湖陵庙，台榭关梁，陂塘苑囿之属，昔存今废，前荣后枯者，一一纪之以诗，草阁一椽，枕大江而漱清流，爰自号曰江栖，亦即以其所著诗系之。江栖云者，可以乐饥，可以栖迟，犹之衡门泌水也，斯以知汾仲之能藏也。夫不平则鸣，汾仲若以诗鸣，而鸣者适得其平，不藏则行，汾仲独以诗行，而行者不碍其藏，亦安所得幽忧者，足累其冲和澹泊之情哉。在易之遯曰遯亨，遯而亨也，其在诗曰考盘，在涧硕人之宽，独寤寐言永矢弗谖，吾将以是为王子赠也

【按】选自《课慎堂文集》卷一，清康熙三十二年（1693）刻本，书封有“江栖阁藏板”字样，可见本书是在南京刻成，板藏王楫处。

王汾仲诗序

［清］汤来贺

予以山水之游至白门，与王子汾仲畅谈，因出其诗以属予序之。予昔于制艺中极推汾仲，谓其可以传世，不特名于时也。今三十年，而诗之造诣又至此乎！慷慨沉雄，而古风之矜练，浑乎晋魏，予何能赞一辞？惟思汾仲新安人也，而籍本芝郡，又侨寓于金陵，乃新安之人咸曰：“此吾乡汾仲也。”芝郡之人又曰：“此吾乡汾仲也。”金陵之人则又曰：“此吾白门高士也。”予几无以辨，惟粲然笑曰：“有争为同里者，其人之品行可观矣。”噫！均是人也，乃有摈为他乡，而必不受者，又有争为同里，而令人不能辩者，何其异也！岂地以人重，而人不以地重欤？闻有一荐绅，文名特著，且位列清华，祖籍新安而侨寓武林，乃询之武林则皆曰：“此徽人，非吾乡也。”问之新安则又曰：“此浙人，非吾乡也。”使其人而在，不几无驻足之所乎？又闻江北一宦寄籍江南，亦一

时赫奕，今传两地之邑乘皆削其名而不收，其视汾仲不迥隔云泥乎？予于此益知地以人重，而人不以地重矣。说诗者亦当作是观矣。陶彭泽诗亦不多，而览者肃然起敬。至若宋之问、储光羲诸作，未尝不工也，乃览其诗而溯其生平，或令人愤，或令人惜，何也？然则士君子之足传者固有所在，而不在于诗欤！虽然敦品行而有风雅，益足以传，若汾仲之气义，即不以才技鸣后世，亦争传之，而况风雅之宗，又有追踪晋魏者乎！是则人不必以诗重，而诗愈以人重矣。

【按】选自汤来贺著《内省斋文集》卷二十一。文后有评语："程星槎曰：语语是叙诗，又是传人。其行文古澹，如读南华《秋水篇》，令人洒然，如读《谏院题名记》，令人凛然。"汤来贺（1607—1688），原名汤来肇，字佐平，后改字念平，号惕庵，别号主一山人，江西南丰人。崇祯十三年（1640）中进士。任扬州推官，官至户、兵部侍郎兼广东巡抚。明亡后隐居乡里，不问外事，潜心著述。曾主讲白鹿洞书院。著有《鹿洞迩言》《广陵敬慎录》《广陵钦恤录》《粤东乡约全书》《粤政荐草》《奏议存草》《评点孟学》《评校吕公实政录》《养蒙元音》《评校政治尽心录》《闺训迩言》《广陵粤东政备》《居恒语录》《内省斋文集》《都御史周定礽传》等，文名遍天下。

《内省斋文集》中有许多王汾仲评语，可见汤、王交谊颇深。

怀谭隐士

名山大隐自留名，三载曾亲泉石盟。深竹乱云开小径，清溪疏雨掩双荆。常从东郭看磨镜，共约西郊待听莺。今向江涯寻旧好，梦魂应不畏层城。

【按】选自郎遂撰《杏花村志》卷四。谭隐士，名谭岩，字维石，青阳人。遭乱，弃诸生，隐居纳竹庄。时与田父野老酣饮，贵人招之不至。性耽山水，好诗歌，每游杏花村辄有题咏。

立秋后晓雨初霁

曳杖行吟遍，柴门空复还。月谁留夜榻，人自在秋山。贫久添新债，愁多损旧颜。当时携手处，苔藓已成斑。

【按】选自王豫辑《江苏诗征》卷四十六。原书作者介绍写道："王楫，字汾仲，黟县人，居江宁。著《江栖阁诗集》。《遗民集》汾仲年近九十，书法尤妙。"

秦淮竹枝词（二首）

文德桥东武定西，朱帘两岸挂初齐。闻说灯船从此过，笑声一片出香闺。

一河明月漾层澜，画舫归时漏已残。宝鸭香消银烛冷，有人还倚玉栏干。

【按】选自清邓汉仪辑《天下名家诗观初集》卷九。第二首诗中之“宝鸭”，即香炉。因作鸭形，故称。唐孙鲂《夜坐》诗：“划多灰杂苍虬迹，坐久烟消宝鸭香。”清赵翼《虾须帘》诗：“昼静香常笼宝鸭，夜明光欲夺银蟾。”

江东门

屈指南朝几天子，建都立极如流水。翻笑秦王谋虑多，埋金凿石何尔尔。空留花笑杜鹃啼，钟阜之东淮水西。日听居民说故事，寻踪问迹想端倪。内外都门记历历，江东锁钥名更的。孙刘土宇仅三分，萧李江山只半壁。明祖犹将遗址修，欲存六代旧风流。沿习至今三百载，又成废堞与荒丘。宁知此地是门户，敢易称戈招外侮。可堪城下白头翁，每一经过增仰俯。（为三山门之外户，濒江，征发期会，必由此验出入焉。故说得有关系，而凭吊古今，更多感慨佳作也。）

【按】选自清刘然辑评《国朝诗乘初辑》卷三。本诗亦见于《皖雅初集》卷十八，诗后有注：“朱东田明经曰：江东门为三山门之外户，濒江，徵发期会，必由此验出入焉。诗案朱东田名豫，乃顺康间江宁诸生，犹知明代旧事。”

小桃源

都城西面穷幽僻，疑与仙源通咫尺。流水飞花溪路深，几家亭榭疏篱隔。居人亦复事田畴，秃脚露肩光两眸。鸡黍饷客忘粗率，日落松根犹攀留。耕凿自云逢尧舜，宁知斯世非汉晋。城居不染六街尘，一壑一丘堪自吝。才离谷口市为邻,别有绮罗娇青春。回首桃花烟霭里,人间鸡犬总非真。(诗颇古秀，仿佛渊明桃源记。)

【按】选自《国朝诗乘初辑》卷三。

清凉山

春山霁色上衣裳，春郭游人趁艳阳。花树千家莺百啭，何处春光不断肠。迤逦连冈复带阜，山腰一道穿城右。人家半在水云边，鸟道平临寝庙后。宫阙犹存六代基，六代何人尚在兹。鸟啼花落年年旧,歌哭无端空尔为。山北山南行乐地,车尘日碾山光碎。最是伤心薄暮时，丘狐窟兔呼同类。人生难得可怜春，极意谋欢莫厌频。昔年白发曾期我，今日青山更笑人。等闲歌酒成虚度,野草荒烟同物故。凭吊江南不胜哀,只今留得庾郎赋。山上平台作梵宫，山前辱井长园崧。可怜帝后遗陈迹，输与游人作话丛。我独山行四望极，江花城柳还如织。不知登眺复何心，山月山云倘相识。(山在乌龙潭右，为梁陈离宫遗址，上有平台，即后主与诸狎客赋诗登眺处，下有废井，传为张丽华所投辱井处，此诗不特确切，且多长句，豁人心胸，更有名言，醒人迷惘。)

【按】选自《国朝诗乘初辑》卷三。

鸡鸣寺

人家十万钟山西，楼阁排空云欲低。醉梦酣情如雾雨，一声破晓闻天鸡。自辍宵旰无帝子，露白薨薨虫欲死。星沉日落五十年，谁复平明整冠履。前临禁苑后台城，近视远观无限情。宫殿荒芜孤寺在，可堪漏尽与钟鸣。门前细细寒泉咽，似洗当年燕啄血。不尽兴亡今古愁，应从此地观生灭。（即古同泰寺也，梁武帝舍身处，供养宝志公，至今有遗像焉。明太祖时改为鸡鸣寺，与大内相接，鸡鸣则宫中知晓。倚古台城，外即玄武湖。诗之高古遒劲，自是不朽名文。）

【按】选自《国朝诗乘初辑》卷三。

旧院

鹫峰西面回光东，径转横塘蔬圃重。荒荒蜂蝶常团午，犹恋楼前旧坠红。赵女燕姬空想像，歌台舞榭飞烟上。风情万种费思量，梦里追欢亦成妄。朔马嘶来杨子津，六朝金粉几成尘。王家贵主流亡尽，何暇根寻杜曲春。偶过荒虚增悲楚，几堆瓦砾游苍鼠。榛芜满目认门庭，谁是当年买笑处。依稀古梵断桥边，曾与花栏一径连。屈指沧桑经几变，忽逢老妪话因缘。（院在秦淮南岸，虽曰红楼买笑，何亚金屋藏娇，而今蔓草荒原，无复名花倾国矣。诗能曲写情形，令人不堪回首。）

【按】选自《国朝诗乘初辑》卷三。

梦至千峰下有石室数间诸黄冠招予坐谈良久属予题壁醒能记之

绝壑逢人境，门依双树开。引泉通地脉，锄石破云胎。但有麀麋过，全无冠盖来。因君成久坐，落叶响苍苔。（高人品行形诸梦寐，诗特写其意耳，却自苍秀不凡。）

【按】选自《国朝诗乘初辑》卷三。

雨后纳凉

斜风急雨扑帘扉，一霎骄阳何处归。青逼峰峦层叠出，白翻涛浪簇空飞。江田水足秧针秀，山径晴初草带肥。闲向西窗清午梦，凭栏久渐怯绨衣。

【按】选自《国朝诗乘初辑》卷三。

但 觉

但觉心情老益痴，少关人事即攒眉。一生甘苦残编在，半世清贫破砚随。自谢炎凉安木榻，每惊风雨惜花枝。寻常莫问谁知己，流水高山有子期。（先生高文卓行岂无知己，此诗特自写怀耳。）

【按】选自《国朝诗乘初辑》卷三。

哭杨嘉树二首

生平意气尽交知，临诀谁堪托诔词。兄命惟遵还有弟，父书能读却无儿。几回触念千端集，一把遗文双泪滋。记得江村联榻夜，死生曾订墓铭期。

洁行高文世共珍，一生多累为情亲。因思焚券常依薛，却为饥驱独入秦。久病相如终渴肺，多愁宋玉竟亡身。孟光无主梁鸿死，不忍回头看后人。（善人无后，亦不足怪，得此二诗，便可不朽。）

【按】选自《国朝诗乘初辑》卷三。

郑肯堂先生挽词三章

处士星沉阿涧寒，遗文把读泪阑干。名垂死后应成史，论定生平在盖棺。三锡日边新宠命，九原风尚古衣冠。凭将恸哭西州泪，一洒康成旧讲坛。（先生今之康成也，恨未识荆，读此诗如见其人矣。）

【按】《国朝诗乘初辑》卷三。

题樊圻《杏村问酒图》

雨腻风柔二月天，杏村春色正当前。细调莺语迎初旭，独把花枝忆少年。谁谓人非愁里客，却怜臣是醉中仙。但教日有高阳侣，酒债何妨负十千。

【按】录自樊圻《杏村问酒图》，原图藏南京博物院。诗题于王楫手书明朱之蕃《金陵四十景图咏》第十四景“杏村问酒”后。

［清］樊圻《杏村问酒图》跋

题樊圻《青溪游舫图》

青溪十里七红桥，绉绿波纹称画桡。村近杏花人酩酊，渡经桃叶女娇娆。春风曲槛青油幕，夜月高楼碧玉箫。疑向晶宫最深处，江淹词笔可能描。

【按】录自樊圻《青溪游舫图》，原图藏南京博物院。诗题于王楫手书明朱之蕃《金陵四十景图咏》第三十一景“青溪游舫”后。

题吴宏《燕矶晓望图》

危矶如燕势摩挲，曙色偏宜烟水和。乍起山云浮玉垒，初生海日耀金波。随风帆影连江阔，向晓樵声入坞多。片石临流增俯仰，滔滔今古竟如何。

【按】录自吴宏《燕矶晓望图》，原图藏北京故宫博物院。诗题于王楫手书明朱之蕃《金陵四十景图咏》第二十二景“燕矶晓望”后。

题吴宏《莫愁旷览图》（亦名《莫愁湖图》）

欲寻卢氏旧亭台，画壁缭垣遍绿苔。野色遥连江浦阔，潮声直到石城回。樵苏桥路依林转，渔钓门篱向水开。出没凫鹭闲自适，几多烟艇共翔徊。

【按】录自吴宏《莫愁旷览图》，原图藏北京故宫博物院。诗题于王楫手书明朱之蕃《金陵四十景图咏》第三十四景“莫愁旷览”后。

题陈卓《天坛勒骑图》

朝阳门外草萋萋，一望郊原碧树齐。幽壑径从神乐转，平原路向孝陵低。香尘动处回金勒，鞭影时停惜锦泥。凭仗游人谈往事，流连直到夕阳西。

【按】录自陈卓《天坛勒骑图》，原图藏北京故宫博物院。诗题于王楫手书明朱之蕃《金陵四十景图咏》第二十景“天坛勒骑”后。

题陈卓《冶麓幽栖图》

清夜长闻奏凤韶，琳宫贝阙郁层霄。坛遗玄鹤招犹至，剑化苍龙去已遥。山麓日添沽酒肆，城跟时过贩鱼舠。松窗竹榻闲相待，欲就黄冠乞一瓢。

【按】录自陈卓《冶麓幽栖图》，原图藏北京故宫博物院。诗题于王楫手书明朱之蕃《金陵四十景图咏》第三十九景“冶麓幽栖图”后。

据明末清初文人程邃、柳堉等人在《金陵寻胜图》画卷的跋文（现藏于南京博物院）所述：大约在康熙二十五至二十六年间（1686—1687），安徽文人叶贲实陆续邀请寓居江宁（今江苏南京）的画家吴宏、龚贤、樊圻、陈卓、戴本孝、柳堉等人，创作《金陵寻胜图》长卷，其中所绘之作依次为吴宏的《燕矶晓望图》《莫愁旷览图》画卷（现均藏于北京故宫博物院）；龚贤的《摄山栖霞图》《清凉环翠图》画卷（现均藏于北京故宫博物院）；樊圻的《杏村问酒图》《青溪游舫图》画卷（现均藏于南京博物院）；陈卓的《天坛勒骑图》《冶麓幽栖图》画卷（现均藏于北京故宫博物院）；戴本孝的《龙江夜雨图》及柳堉的《天印樵歌图》画卷（现均藏于上海博物馆）。该画卷另有王楫的题笔：“尺幅之中，便具如许丘壑林峦，烟云变幻，使观者一展卷，便思投足其中……余以丁卯（1687）三月丙夜观此，不觉芒鞵（鞋）竹杖之兴已勃勃于残更断

时矣。江栖旅人王楫识。”（摘自周安庆《樊圻及其青绿山水画》）

读安节宓草华山诸作击节称快为赋二十四韵

金仙与儒师，并尊若日月。一教分各门，曰禅曰法律。立名虽有殊，入道总归一。阴翊帝王躬，无为臻宁谧。我闻宝华山，志公始开吉。爰兴毗尼基，乃葺维摩室。垂眉悯顽痴，息心严勿密。规度示遵行，谨懈明黜陟。留此清净区，涤彼尘烦疾。戒律渐委靡，世代因寡述。振兴赖昧公，斯教复隆郅。度门多道品，见师独超轶。本统大宣扬，皇风藉以遹。支派识归宗，推离还故实。巍巍鹫岭宫，遥与灵光匹。樊篱表兹山，历历堪指悉。池洞萃幽清，岩岫罥雯霱。林木幕阴森，峦峰笏崒嵂。铜殿增辉煌，紫衣光奕溢。震悼大千群，智愚咸自诘。投体式范仪，顶奉阿罗蜜。草木各依灵，兽鸟皆来质。敢谓供嬉游，观瞻适所昵。历溯绍衣贤，赓荐寿卷帙。

【按】选自清刘名芳撰《宝华山志》卷之十四。

重九后社集玉峰，同郑继之、高炼若、孔人初、郑稺墨、江稚圭、江式绳、洪二黄

佳辰那肯遂荒凉，约续登高兴愈狂。漫折寒花供老眼，频倾浊醑引清商。撑烟古柏低垂影，笼月幽篁碎漏光。城柝不禁催去疾，满阶落叶踏苍苍。

【按】选自清陶煊、张璨编《国朝诗的》“江南”卷之五。

《课慎堂诗集》叙

五音与五正相宣，六律与六气同调，律调而音叶，发为文章，所以缘餙政令也。三代以前，民风沕穆，政治淳庞，是以元音具在，文质而不浮。迄乎战国嬴秦，纵衡刑名之说起，矫诡庞杂，家自为风，人各立体，文虽胜而实亡。汉魏六朝，正变迭陈，龙门西京，最为近古，壮丽峻伟，越乎百氏，崔蔡曹刘，浸淫漶漫，渐离正始，潘陆颜谢，组织雕镂，遂蹈荒靡泛滥，而至于唐，始振颓波，砥狂澜，燕许创兴于前，韩柳皇甫诸君开宗于后，操觚家溯流寻源，方归正派。沿及五代，土宇纷裂，三光五岳之气分紫色蛙声，瞇目眩耳，积牛栋而至于宋，有力者芟而彝之，归于统一，欧阳王曾诸大家，奋兴蔚起，若繁星丽天，芒寒色正，奇衺之焰以熄。递及元明，嗣宗续祖者，代不乏贤，率皆振古寡俦，垂今无统，虽若崆峒沧溟云间白下，而唱不再和，轨不方驱，岂继响者之难，抑亦运会使然也。惟我皇清，景运新开，文明再睹，昭回之光，下烛万有，文士争执所长应司徒之选，蒸蒸虎观龙池矣。广宁李公以金石名裔，束发登朝，秉柔翰而践文昌，几十年所出，治岩邑大郡，历今转运又二十载，其治绩官箴，载之志乘者，所在皆然。公幼敏悟绝伦，临事决机无停思，人咸以张九龄刘晏目之，甫弱龄，出使万里，尊重君命，怀柔远服，虽居贵介而脱略华美，服勤儒素，平居手不释卷，韦编木榻绝而穿者凡几，积功累行，未尝少沮，又能虚怀下问，交纳贤隽，士执一技来者，辄进而礼之，饱其欲而去，所以广揽博采，以成其大如此。其居官平恕，洁已爱人，未尝轻用刑威，凡所设施，必规模乎前哲，不杂私臆，故其为文，取质于六经，征才于子史，而且舂容有度，缓不伤曼，急不伤和，仁义之言，蔼如也，诗赋则源本骚雅，而兼庾鲍之长，王孟钱刘之清远。每当政事之暇，宴会之余，凡山川云物，花木禽鱼，与夫登高送远，临流感逝，有触于心，必于诗焉发之，比事属词，畅所欲言而止，不诡秘以伤体，不凌驾以害格，韵悠扬而神冲逸，其得风雅之正者欤。今之诐淫邪遁者，不自知其腐心秽胃，而欲以呓语魅人，于醉卧之顷，曾不虞其醒之怪怒也。安得公之大吕元音而急震之，使其知悔而归正觉。呜呼！亦已晚矣。余之遇公也最晚，公不以余老眊而登之膝，煦寒分燠者，已二年，始得悉公之为人与学问文章。今将梓是集而问世，余虽陋，何能已于言耶？故赘数语于末端云。

康熙癸酉（三十二年，1693）长夏古黟后学王楫顿首撰

【按】选自清李兴祖撰《课慎堂全集》卷首。

《余生诗稿》序

自余栖江上，遂与历阳戴子务旃定交，三十余年如一日也。距江南北，百里而遥，或一岁数见，或数岁不一见，然呼吸若潮汐，虽云烟迁变，讯能间之。务旃前十年，伏处迢谷，南涧西峰，松心云影，名可闻人不可得而见也。中十年，则历登名岳，齐鲁燕赵秦晋之墟，湖海江河关塞之胜，麻鞋蒯帽，所在流连，人可得见，名莫可得而知也。迩十年来，归偃林壑，儿孙罗列，朋旧盘桓，吟啸不辍，砚田笔冢，动辄成迹。每入郡城，假榻渔丘寺邸，盖渔丘为唐张文昌故宅，昌黎称其诗学古淡。历阳诗派千秋嗣响者，其惟戴氏父子乎？务旃以尊甫河村先生为之父，文章气节，远迈顾厨，理学渊源，直溯濂洛，允足炳焯史册矣。其令弟无忝早年只身负笈万里，游完五岳，始毕婚嫁，埙篪一堂，解经咏史，不慕荣利，家学之懺，是岂近今多见者哉！昔河村先生绝粒之年，仅四十有五，今务旃之年已逾指使，裒其生平之诗，凡四十五年以上者，命曰《前生稿》，以后者，则曰《余生》，是其孝思之感，身世之悲，后之读者抑有知其因时观变，因静照物，因触发感，因性成音者乎！余与务旃世同齿同学同，坎廪同，作诗虽未敢与同，然终卷不见有显要者爵姓，是为其所交亦罔弗同也。是夏，务旃偶自横江来，余要共晨夕于江栖阁者三越月，是亦生平未有之快事，又非他人所可同也。若世之肤言谬相称赏，奚可以序吾务旃之诗。艾溪同学庚弟王楫撰。

【按】选自清戴本孝著《余生诗稿》书首，中国国家图书馆藏本。

跋胡玉昆《金陵胜景图》

书画家用工虽到，然必从读书入者，方有融会贯通之妙，如规规印板古人，不能出其范围，终是优孟衣冠，徒绚一时而已。若柳愚谷之纵横宕折，戴阿鹰之苍润秀致，胡栗园之幽淡郁奥，三君皆从问学中来，而出以己意，所以与古有自然神合之妙。康熙丙寅（1686）臈冬，江栖王楫识于龙江之草阁。

【按】录自胡玉昆《金陵胜景图》，原图有十一面，分别绘灵谷、燕矶、摄山、梅坞（即杏花村）、凤台、直渎、牛首、祖堂、凭虚、秦淮、石城等图，每图有柳愚谷诗一首，诗前有王楫手书小序，介绍所绘胜景。

王汾仲六十叙

[清]魏禧

黟人王子汾仲隐居于金陵之上新河，余交之有年矣。庚申（1680）八月，王子六十初度，余适自金陵之吴门，不能为王子举一觞，于是为叙，遣儿辈登堂拜手以进之。其言曰：吾观数十年间，天下志士，当少壮时，激发于名，义矜于气，不难碎首断吭，以争其所不能争。及夫强艾、少陵夷矣，而腆涊脂韦，怵于祸患，苟且于名利，视其初若秦、越之两人者，盖不可胜数也，吾甚悲之。古之达者以死生为旦暮，志士则以旦暮争死生，求其久而不回，抑亦难哉！

汾仲壮年好义，常被大祸，金铁婴于颈，三木交于踝胫，拷讯备至，而密然不肯及一人。当是时，汾仲之几死于犴狴者，屡矣。及事释，而汾仲隐居教授，或卖字给口食，夷然若于世无所轻重，吾以是来金陵必主汾仲也。汾仲工于诗，其为人诚信，外和而内直，诗多凄音古节，得《骚》《雅》之遗。嗟乎！以汾仲之才取富贵，安在其不富贵？平生交游仕州郡者不乏人，使往而干泽，亦岂遂以卖字老？然汾仲厨无见粮，或晨夜并炊而食，顾欲以贫贱终其身，何耶？方汾仲在狱时，有医者朱贞之，日卖药得钱，除身食外，悉以养汾仲妻子，如是者经岁不少懈。此其人可不谓义士？然唯汾仲能得之，则汾仲生平所以取于人者可知。

虞仲翔曰："天下有一人知己足以不恨"，况二十年后复有知汾仲如余者？汾仲其可以自慰！余少汾仲三岁，更数年，七十四甲子，余六十有一。吾意汾仲诗必有和平蔼吉之音为余寿，行将倡余而和汝也。

【按】选自魏禧著《魏叔子文集外篇》卷十一。另，《魏叔子文集外篇》卷十有《赠别方西城序》文后有王汾仲评语曰："王汾仲曰：任风雨如晦，鸡鸣不已，文之情境似之。"魏禧（1624—1681），字冰叔，一字凝叔，号裕斋，亦号勺庭先生。江西宁都人。明末清初著名的散文家。明遗民，与侯朝宗、汪琬合称"明末清初散文三大家"。他的文章多颂扬民族气节人事，表现出浓烈的民族意识。著有《魏叔子文集》22卷、《诗集》8卷、《日录》3卷、《左传经世》10卷、《兵谋》《兵法》各1卷、《兵迹》12卷等。

送王汾仲还新安因访石埭姚明府

［清］屈大均

白云归白岳，道过陵阳峰。为我期仙令，何时驾白龙。愁随一片月，挂在九华松。早晚思携手，冶城春酒浓。

相思似春水，一路送渔舟。自此临流别，湖名非莫愁。庭闱君自恋，京雒我空游。珍重南陔去，崇兰正可求。

【按】选自《翁山诗外》卷六。屈大均（1630—1696），明末清初著名学者、诗人，与陈恭尹、梁佩兰并称"岭南三大家"，有"广东徐霞客"的美称。字翁山、介子，号莱圃，广东番禺人。曾与魏耕等进行反清活动。后为僧，中年仍改儒服。诗有李白、屈原的遗风，著作多毁于雍正、乾隆两朝，后人辑有《翁山诗外》《翁山文外》《翁山易外》《广东新语》及《四朝成仁录》，合称"屈沱五书”。

上河留宿酬王汾仲诸子

［清］钱澄之

步出江关路可怜，偶乘高兴小春天。桥危独木愁行旅，潮落高滩锁钓船。津市一家初卖酒，村墟几处有炊烟。居人好客争为主，留我楼头累夜眠。

【按】选自《田间诗集》卷五《江上集》。钱澄之（1612—1693），初名秉镫，字饮光，一字幼光，晚号田间老人、西顽道人。安徽省桐城县（今枞阳县）人。明末爱国志士、文学家。崇祯时中秀才。南明桂王时，担任翰林院庶吉士。诗文尤负重名，与同期的顾炎武、吴嘉纪并称江南三大遗民诗人，著有《田间集》《田间诗集》《田间文集》《藏山阁集》等。

上河访王汾仲口号

［清］钱澄之

不见王生已六年，看君难后益萧然。躯孱判为交游累，家破难邀故旧怜。屋僦半间聊训读，书求八法罕酬钱。儿童散去窗初静，自下门扉与客眠。

【按】选自《田间诗集》卷十二《客隐集》。

和王江栖同顾日昭程子介过访山居韵

［清］汤　齐

晴峦耸翠黛，秋爽乏烟瘴。同步清凉山，胸襟惬朗畅。日月如弄丸，平生屐几两。长啸天地间，渺渺无圠坱。塞雁避祁寒，回翔尽南向。自笑裈中虱，游历殊不广。君称八斗才，四海共闻望。曾期偕二仲，执杖随元亮。未兆非熊梦，钓渭仍高尚。弗祷允安康，自是寿者相。赠我琼瑶篇，句稳调新创。把读忍释手，粗浮尽涤荡。品格谁与俦，当在魏舒上。披卷婪意可，时忽理修况。晤对春风和，恍若饮醇酿。枯肠强赓酬，小巫不知量。每叹足疾发，相思但神往。东园芙蓉花，一醉驱肮脏。归途过竹院，方外访云浪。登眺未逾时，斜阳下孤嶂。

【按】选自《七十二峰足征录》卷三十。汤齐，字士先，号省斋。壮岁历游赵、魏、燕、代，访前明之遗老，摭日下之旧闻，著述甚富，晚年卜筑金陵谢公墩畔。著《便游草》数卷，子莘农手录藏于家。

赠王汾仲先生

［清］胡　第

芒鞋早已遍名山，高卧幽人岁月闲。杨子宅临千树外，谢公楼绕一溪湾。狂来草圣时无敌，老去书淫兴未删。问字惭余相见晚，十年风雨待追攀。

【按】选自清刘然选评《诗乘初集》卷七。原文后有评语："近来赠人诗入木三分，帽头处处通用，唯此'草圣''书淫'句道著江栖本色。"胡第（1660—1724），字赓良，号密斋，江宁籍邑庠生，婺源清华人。善诗，康熙五十三年（1714）举人，著有《密斋诗钞》。

雨后怀王汾仲

［清］李芳椿

青山雨过碧阴阴，泉响如雷暗度林。谁结数椽临水曲，日将尊酒对花吟。

【按】选自清刘然选评《诗乘初集》卷七。李芳椿，字蔚也，江南婺源人。康熙年间布衣，著有《乐绿堂诗》。

秋怀诗【并序】（十六首选一）

［清］查慎行

蛮城秋晚，风雨凄其，怀友思乡，一时并集，次第有作，得诗十六章。江湖浩荡，分寄无由，异日奉几杖于先生，写心期于同好，当出以相质，用博和章焉。

愁侵衰鬓丝何极，老傍穷途感易深。一片台城吹角外，秦淮烟柳变秋阴。（王汾仲寓居白门）

【按】选自《敬业堂诗集》卷二《慎旃集》中。查慎行（1650—1727），初名嗣琏，字夏重，号查田，后改名慎行，字悔余，号他山，晚年居于初白庵，故又称查初白。杭州府海宁花溪（今袁花镇）人，康熙三十二年（1693）中举，康熙四十二年（1703）进士，授翰林院编修，供职于南书房。后从军西南，随驾东北，所到之处均有所作。康熙五十二年（1713），乞休归里，筑初白庵以居，潜心著述。雍正四年（1726），受弟查嗣庭牵连被逮入京，次年放归，不到两个月即去世，享年七十八岁。著有《敬业堂诗集》《查初白诗评十二种》等。

楼中天

［清］查慎行

发金陵，王汾仲、胡震生追送于江干，留此志别。

扬舲欲渡，正吴天六月，江流怒涨。昨夜酒醒今日别，起唤炎风五两。潮啮空洲，雨来高岸，一片蒹葭响。山川如画，残樽重此相向。

可奈芳草东西，浮云南北，去住都无状。珍重临歧留款语，只要毋忘畴曩。知有前期，难分此夕，遮莫劳长想。有书好附，红鳞白雁还往。

【按】选自《敬业堂诗集》卷四十九《余波词（上）》。

中秋前一日宿王汾仲江栖草堂

［清］吴烛

日落江烟暝（评：可画），先生未掩门。渔灯依渡口，秋水抱篱根。鸥静长相狎，书残半不存。问奇予肯厌，趁月倒清樽。（评：闲静之极。）

【按】选自清邓汉仪辑评《诗观》二集卷十三。原书题注："吴烛，调玉，江南上元籍吴县人，《橘圃集》。"

调玉以《秋夜宿江栖草庐》诗见示，余读而爱之，因次原韵

［清］曹 寅

访客秋江上，江烟拥月昏。雁声来浦外，渔火出芦根。淡泊忘年友，殷勤静夜言。自渐良会阻，何日离尘喧。

【按】选自清席居中辑《昭代诗存》卷七。见《四库禁毁书丛刊补编》第55册。此诗为曹寅早年之作，约作于康熙十八年（1679）前。诗题中“调玉”，人名，即江宁府上元籍吴县人吴烛。吴烛，字调玉，善画，与其兄吴炯俱为曹寅早年的朋友，有《橘圃集》行世。江栖草庐，即“江栖草堂”，乃王楫的书斋名。

《同治苏州府志》卷一百三十六《艺文》中记载：“吴炯，《雪蓬集》，陈维崧序，字初明，上元籍。吴烛，《橘圃集》，字调玉，炯弟。”吴烛原诗，即邓汉仪《诗观二集》卷十三所收《中秋前一日宿王汾仲江栖草堂》，见前文。

江 干

［清］戴本孝

日日钟山看落晖，阳狂江上竟忘归。不知孙楚楼何处，空见当时白鹭飞。

【按】选自戴本孝《余生诗稿》卷九，国家图书馆藏本。戴本孝（1621—1691），和州（今安徽省和县）人。字务旃，号前休子，终生不仕，以布衣隐居鹰阿山，故号鹰阿山樵，别号黄水湖渔父、太华石屋叟等。性喜交游，与画家、诗人渐江、龚贤、石涛等友善。戴本孝生性放达，遍游名山大川，广交朋友，纵情山水，作诗绘画。

著有《前生诗稿》《余生诗稿》等，部分画稿收藏于中国博物馆。

王汾仲请作艾溪图其乡山也

［清］戴本孝

老念故山好，频惊客梦残。应知身外意，欲向画中看。树暝村烟断，溪春阁影寒。随君欢趣在，笔阵满江干。

【按】本诗选自戴本孝《余生诗稿》卷八，国家图书馆藏本。

题溪山心影画卷赠艾溪

［清］戴本孝

噫吾降自熹宗元，当时国步那忍言。童昏之初不解事，但闻父老增烦冤。长撄疾患历多难，仰天废卷发长叹。书生帖括良可耻，满头发蔟早如蒜。少年声气不觉凋，荒谷朋好惟耕樵。佣书学画博饘饦，登山临水随飘飖。江头王郎艾溪叟，齿与我齐同不偶。隔江对面心波开，形影相须空白首。四月我自横江来，三山雷电惊喧豗。君方凝睇江栖阁，忽闻我到颜先开。两人足迹半天下，四方金石老益寡。一时洗砚江水黑，八法六法恣清洒。君家庄楷旧绝伦，碧眼青灯炯若神。半面六角辄千字，天机云锦何鲜匀。剩取溪藤著我画，枯皴淡渲尝不暇。世上山川总是尘，别向毫端窥造化。举俗休惊二老狂，古今甲子谁羲皇。百年且复供游戏，一息江天万里长。

【按】本诗选自戴本孝《余生诗稿》卷八，国家图书馆藏本。

秋倏将半思还故山柬艾溪

［清］戴本孝

今年老友倍相怜，劝我聊贪卖画钱。信手云山徒汗漫，孤心江月且流连。风摇破阁残灯黯，露浥荒墀野卉鲜。去住偶然看往迹，虚名曾不比浮烟。

【按】选自戴本孝《余生诗稿》卷九，国家图书馆藏本。

山斋月忆王艾溪

［清］戴本孝

江月小窗里，茶香夜静时。客应方散座，君正好临池。细引乌丝格，争求黄绢碑。久期分赠我，潢治敢教迟。

【按】选自戴本孝《余生诗稿》卷九，国家图书馆藏本。

长干逆旅，东山汤省老偕王艾溪贳酒枉顾，继赠以诗，极道洞庭之胜，且有紫眉同岑，悬壶倚杖于其中，为之神往，和韵二首

［清］戴本孝

瓮牖嗟穷鸟，还来绕故宫。索居亦已久，佳友忽相通。江酒从君醉，湖山许我公。襟期淡若此，尚有古人风。

每怀林屋洞，说有碧云宫。欲理荷裳到，何当桂檝通。我将依钓叟，天可问壶公。梦向前津去，如乘缥缈风。

【按】选自戴本孝《余生诗稿》卷九，国家图书馆藏本。

汾仲江栖阁图

［清］戴本孝

一老江栖四十年，惟将心腕对江天。春潮秋汐怀朋友，旧恨新愁付简编。闲展画图朝爽后，细临精楷夜灯前。何如把臂深林好，饮酒弹琴也自仙。

白鹭洲前野雀孤，紫金山外夕阳徂。三间小阁云烟改，万里长江襟带殊。孙子全知耽笔墨，闾阎半是旧生徒。客怀老更多乡梦，指点溪堂索我图。

【按】选自戴本孝《余生诗稿》卷九，国家图书馆藏本。

山来阁梅花初放，山史招同杜些山、王艾溪、胡静夫看梅赋诗

［清］戴本孝

五里松门莫探梅，园陵风雨仅寒苔。秦淮野老能留客，尝引钟山入梦来。

江月梅花影更寒，香光不露透晴澜。好寻篷步招同调，且向山来阁里看。

华山老子不思家，爱向江南玩物华。安得生平偿夙愿，莲花峰尽种梅花。

【按】选自戴本孝《不尽诗稿》卷十一。题目为编者新拟，原

题较长，为《宋以伟以秦淮水阁为华山王山史下榻，阁外可凭以望钟山。山史居此，尝梦钟山往来其中，以伟因改名其阁曰“山来”。云阁中有梅花初放，山史招同杜些山、王艾溪、胡静夫看梅赋诗。金陵梅花，昔以钟山灵谷为盛，近就凋残，不可复问。二三年来，竞传神策门外十五里许曰石柱冲，连冈断壑，皆老梅不可数记，古干杈枒，大多合抱。石柱冲者，乃宋王威定华表墓上丰碑，为传雩文纪威定战绩，〈宋史〉多未载也。群梅潜老于此，居民利其实，遂得长子孙蕃衍于其中，度非百年以上不能奇古若是，梅之托根，可谓善藏其用矣。近何以遂为好事者所知，游观杂还，蜂午渐至，是岂老梅之幸也哉？余偶作〈山来阁看梅图〉，遂并记之，以志慨。西北梅花不能多见，山史亟携韵僧往探，此后清梦不知当更如何矣。》

艾溪属画寄历下李使君

［清］戴本孝

东篱北渚历城阿，玉佩云庄发兴多。千古此亭神秀迹，永怀芳晏可容过。

【按】选自戴本孝《不尽诗稿》卷十一。

同王艾溪暨安节复游华不注极其巅赋五言四首

［清］戴本孝

爱此山名古，频游不倦游。忠怜冯丑父，能独免齐侯。邻岫名为鹊，绵冈卧似牛。华泉犹可饮，幽咽至今流。（事见《左传》。西曰鹊山，即扁鹊山，亦作嶕。大明湖亦曰嶕湖。

东阜曰卧牛山，华泉绕山足，即齐侯饮处。）

磨笄双石屋，茇岌小如冠。荷杖聊趺坐，危阑纵眼观。四围沧岱气，孤注古今寒。乱石依残垒，曾经几战鞍。

侧面石争立，当头崖若倾。新诗生险句，陈迹漫题名。白发仍羁旅，黄冠莫送迎。闲云都似客，来去总无情。（石上多有前人题名，皆漫漶不成读。山下道士乞钱不可得，故戏及之。）

平野纵归辔，飞扬任少年。一峰追负背，双卫耸吟肩。何处寻花窖，荒村系柳烟。不妨排闼入，莫问主人贤。（同游诸子皆驰马扬尘，余与艾溪骑两驴，吟咏独后。因过刘氏园亭，小有花石，北地藏花皆在窖中。）

【按】选自清戴本孝撰《余生诗稿》卷十一《不尽诗稿》，康熙守砚庵刻本，国家图书馆藏本。

正庵先生治具约同艾溪、安节暨儿屏星游锦屏山龙洞，复令铁三老代为主人，感为之歌

［清］戴本孝

晓风扬堁发狂啸，山舆蹩躠却吹倒。如荡轻舠忽失櫂，舆中二老相视笑。主人谊绸缪，虑客生旅愁。春锦屏开劝客游，老难乘马乘竹兜。为言此山崖壑美，神禹所登山乘樏。洞中神物惊睡起，蝘蜓驱飞石燕子。铜盘戛戛响潭底，屈蜷鳞鬣山为空。前洞窅邈后洞通，飞涎歕沐纷蜺虹。深若层甗高若墉，首尾莫测竦巨脊。倏断倏连挂苍碧，独塔触额角觺觺。荒涧

春涸石齰齰，啮屩钩衣鲜人迹。壮者纵辔何其便，先我十里陟其巅。穿洞口，跨崖肩，望之风举良轩轩，二老双筇日影偏。山光四面来周旋，静对瀹泉试茗椀。携手同登行步缓，指点孱颜笑款款。锦屏高展横云断，春潭忽闻水气腥。春洞忽见蜿蜒如有形，将欲为霖首四灵。行看八翼翔风霆，山椒风定看不足，安得此山入我腹。古人取真山，四时入卷轴。何必梦寐说营丘，且来觌面临洪谷。主人锦堂春穆穆，开屏摄尽千峰绿，胜游自此还堪续。

【按】选自清戴本孝撰《余生诗稿》卷十一《不尽诗稿》，康熙守砚庵刻本，国家图书馆藏本。

柬王汾仲

［清］方 文

草阁藤床竹火炉，三冬月俸仰生徒。故人有疾凭君养，古道如今久已无。

【按】选自《嵞山续集后编》卷五。方文（1612—1669），字尔止，号嵞山，原名孔文，字尔识，明亡后更名一耒，别号淮西山人、明农、忍冬，安徽安庆府桐城（今桐城市区凤仪里）人。明末诸生，入清不仕，靠游食、卖卜、行医或充塾师为生，与复社、几社中人交游，以气节自励。与方贞观、方世举并称“桐城三诗家”，著有《嵞山集》。

上河访王汾仲（同行者吴平露、汪西京、方望子、吴不移、黄俞部、程子介、王安节）

［清］方 文

二月龙江春水生，一廛渔屋晓窗明。高人独拥琴书坐，客至犹闻弦诵声。前约屡愆因久雨，群公咸集喜初晴。欲摅离抱凭尊酒，又趁斜阳策蹇行。

【按】选自《嵞山续集后编》卷四。

王汾仲、牛元复、彭孝绪、陶文治诸子出署游历亭避暑，余以他阻不及偕，驰诗示之，索其共和

［清］李兴祖

历下亭传海右无，于今复见聚名儒。赏心尘外标函岫，乘兴闲中棹鹊湖。曲径松风倾玉液，虚窗竹韵落冰壶。多君对此情何极，遇望仙妃弄碧珠。

其二

纵羡名亭与水滨，那能日日却凡尘。荷花宕里输鸥浴，芦叶丛中让鹭驯。四合云峰徒缥缈，千层水树漫逡巡。浪言此日多佳胜，自有闲时发兴频。

【按】选自《课慎堂诗集》卷十九《历亭十一》。李兴祖（1646—？），字广宁，奉天铁岭县人（今辽宁省铁岭市），汉军旗

人。康熙十三年（1674）任庆云知县，先后担任沂、郯、海、赣同知、河间知府，康熙三十一至三十四年（1692—1695）任山东盐运使。著有《深慎堂诗集》若干卷，曾修纂《庆云县志》《灵岩志》等。

赠王子汾仲

［清］李兴祖

暗记遗编世所奇，每从余暇见襟期。羡君素蓄青箱学，愧我徒名没字碑。吴郡陆衡推作匠，颍川荀淑让为师。莫嫌频叩洪钟响，早晚欣承雨露滋。

【按】选自《课慎堂诗集》卷十六。

赠王子汾仲

［清］李兴祖

衲被名传旧帝居，挑灯良夜几踌躇。胸中自有长城在，岂比寻常老较书。

【按】选自《课慎堂诗集》卷十八。

王汾仲有江栖阁遥题长句赠之

［清］李兴祖

秦淮河下清波漾，蒋山山头风日长。相传地多草木灵，高士衣冠从古样。从古潜修处者谁，共称王子山中相。寻山问水日探奇，结蓬构室樵谷宕。柴门不许车马喧，吴下名人群相傍。春情容与江月明，秋怀浩渺江云荡。翻经披史欹绳床，酒债每藉卖文偿。不愿人世传其名，杖履逍遥适所尚。手执一编自诩然，随遇偃仰怀清旷。了[1]身孤处三十年，年逾古稀神益王。更羡刻烛赋连篇，挥洒犹如风破浪。骚坛久已擅风流，甘效仁轨终身让。咄咄江栖阁上人，吾道于今有宗匠。

【按】选自《课慎堂诗集》卷十八。

白落苏同汾仲、元复、孝绪、文治分赋得团字

［清］李兴祖

携筐忽讶玉成团，道是生蔬别样看。收得千畦垂露实，剖来万粟沁冰寒。命名莹夺芝田紫，比色清夸荔浦丹。山谷题诗曾乞种，只宜常贮水晶盘。

【按】《课慎堂诗集》卷十八。

和王汾仲立秋韵

［清］李兴祖

飙风方欲动，金石即停流。蝉响传新候，萤飞报早秋。会当辞处燕，知不问行牛。是夕蒲葵静，西楼月似钩。

其二

檐树荐新爽，商天退火威。桂华迎候发，桐叶即时飞。

［1］底本如此，疑为“孑”，误刻。

湿露清残簟，凉风补破帏。诘朝忻乞巧，侍女曝宫衣。

【按】选自《课慎堂诗集》卷十八。

仲夏同武公观察、矞三学使暨汾仲、元复、元倩、文治坐蔚蓝轩小酌，武公倡韵见示次韵

［清］李兴祖

山借湖亭点翠面，亭缘山水屹芳甸。平湖荷芰款款香，远山峦岫隐隐见。中称达识问为谁，喻公神采何练练。挥毫立成锦绣篇，主持湖山文酒宴。

【按】选自《课慎堂诗集》卷十九。

王汾仲、牛元复、彭孝绪、陶文治诸子出署游历亭避暑，余以他阻不及偕，驰诗示之，索其共和

［清］李兴祖

历下亭传海右无，于今复见聚名儒。赏心尘外标函岫，乘兴闲中棹鹊湖。曲径松风倾玉液，虚窗竹韵落冰壶。多君对此情何极，遥望仙妃弄碧珠。

纵羡名亭与水滨，那能日日却凡尘。荷花宕里输鸥浴，芦叶丛中让鹭驯。四合云峰徒缥缈，千层水树漫逡巡。浪言此日多佳胜，自有闲时发兴频。

【按】选自《课慎堂诗集》卷十九。

和王汾仲坐蔚蓝轩韵

［清］李兴祖

寻闲问幽胜，买棹过螺亭。莲浦铺绣茵，南山入画屏。吊古悲还啸，抚今醉复醒。假此体物理，悠然合大冥。境与心相适，曦轮午不停。鸥鹭怜羽洁，沙汀草竞青。朝露晴渐薄，欸乃烟中听。愿言绝酒困，此际独惺惺。鸟知翔天沼，鱼自戏穷溟。

【按】选自《课慎堂诗集》卷十九。

和汾仲游古历亭韵

［清］李兴祖

争道古人秉烛行，今人思古发幽情。山峰挺出凌群阁，湖水平铺漾满城。花渚荷香常泛泛，兰皋渔榜故轻轻。主宾欲纪千秋胜，每对杨雄藉客卿。

【按】选自《课慎堂诗集》卷十九。

初秋邀汾仲、元复、孝绪、文治诸子宴集历亭，观晚照，和汾仲韵

［清］李兴祖

忽动归心返客旌，更邀大雅总酣情。果能酒市仙人饮，那计梅林落月横。指上琴音梁上绕，望中堞影溜中生。蝉声

又报新秋至，薄暮残霞绣锦城。

其二

景物云中点缀频，遥天横抹晚霞新。奇峰突插惊瑶岛，绛阙疑开见羽人。泼墨谁能图幻照，挥毫若个赋传神。彩阑新月迟迟上，举火渔船系故津。

【按】选自《课慎堂诗集》卷十九。

七月二日，招同王汾仲、牛元复、彭孝绪、陶文治诸子小酌历亭，时夕阳西下，烟景烂然，即事分赋长句，得子字

［清］李兴祖

剪得明湖半湖水，景光千变落亭子。呼朋挈榼招晚凉，正值夕阳弄姿美。南山一抹苍翠深，云气西来幻青紫。如轮日赤赤于火，荡出云根状难拟。纷如海市攒楼台，烂如天孙呈锦绮。叠如霜崖碧岸横，纵如幽壑潜虬起。明霞倏忽万态生，闪烁时时目光徙。掀髯一笑大白浮，我欲长吟坐卧此。诸君欢赏亦尽酌，团坐疑游赤城里。好景难逢醉莫辞，嚼来新藕凉生齿。须将藻彩敌烂霞，肯缺毫鸾辉茧纸。亟敲韵钵催诗成，绘此奇观入诗史。

【按】选自《课慎堂诗集》卷十九。

初秋历亭观莲晚归，和汾仲原韵

［清］李兴祖

连朝思郁郁，披襟觅兰桨。遥睇湖边亭，拘情豁秋爽。弱柳参楸桐，森荻拟蓧荡。祛暑凉雨沛，涤歊飕风敞。山添老绿浓，影水照清朗。游鱼浅复深，香国欣宽广。饮鹤翎自梳，孤立披风氅。急溜沿洄行，杰亭迤逦上。匝拱芰荷花，联延更傥莽。田田叶如盖，枝枝向亭长。宛似摩诘图，心静神俱往。恋此幽景妍，久留非矫枉。砌下送蛩音，檐角摇铎响。清香袭襟裾，引人动遐想。踏磴过幽轩，镜花互相赏。譬彼高隐人，对谈达者仿。难觅画家师，寸心徒想象。云现月三分，霞射风五两。晚凉凌水阁，氤氲接天壤。挥翰怯词坛，滥荷吟朋奖。赋归芦排衙，吏散荷擎仗。回首嘱金商，好留待瞻仰。

【按】选自《课慎堂诗集》卷十九。

祝王汾仲

［清］李兴祖

敝帷穿榻周岁读，秋风吹破茅茸屋。屐遍山踪处高崖，洗耳清流避饮犊。笑彼徼幸频蹙眉，更耻机识君子独。葳宝巧迟焉足称，卖赋垂名守拙速。才具倚马驾骆杨，笔传王妙千兔秃。诙谐风月赋连篇，什袭珠玑藏韫椟。秋高篱畔花三迳，漱壑松柏风谡谡。潜修随意乐生平，胸中自有禹余谷。愿君精健享大年，年年此日献桃熟。

【按】选自《课慎堂诗集》卷十九。

王汾仲将还秣陵，赋感秋六章留别，即和原韵送之

［清］李兴祖

锦城红叶乱飘飞，万井商秋玄鸟归。边雁审时辞障塞，池鳞曝日戏渔矶。他乡风景犹如昨，眼底光阴半已非。传舍浪愁吹四壁，枝头寒雀日相依。

其二

舒情寄散有无间，木叶萧疏匀醉颜。远寺晚钟临古渡，荒城斜照满空山。屣缘高士常颠倒，门为俗流反闭关。今岁随秋招月去，明年早伴落梅还。

其三

节序惊心感鬓华，夜深愁听浣溪沙。鸣虫唧唧悲沿砌，寒漏沉沉忆泛槎。檐下高标淇水竹，篱边低缀海棠花。觅笺快赋良宵句，莫放东山月色赊。

其四

无烦逐日画泥沙，暂把心情附露葭。岸草自能随客艇，江枫岂必尽君家。绮筵樽设三春酒，锦苑池栽九月花。静待幽人归故里，餐英味道赋烟霞。

其五

征鸿断续阵横秋，促膝衔杯慰侣俦。送别频劳题柿叶，言旋急欲过枫丘。非嫌济水人情薄，只为江村境地幽。独寝但闻风竹响，起看不见客星留。

其六

河梁把酒纳秋阴，携手临岐涕不禁。白露华飞垂老鬓，丹枫叶落促分襟。疏狂久负词坛债，癖懒何当翰墨林。素志难酬传笔底，写同岁月守冰心。

【按】选自《课慎堂诗集》卷十九。

秋中过王汾仲江栖小阁

［清］黄虞稷

市喧中有读书声，河畔蜗庐得野情。卖字钱能留客醉，寻诗屐爱逐僧行。波明小艇鱼初上，秋老苍葭水渐平。已近重阳新酒熟，还期高阁看霜晴。（评：三四为汾仲写照）

【按】选自《诗持三集》卷之七。黄虞稷（1629—1691），字俞邰，又字楮园。上元（南京）人。史学家、藏书家、目录学家。博学多才，以目录学见长，编有《千顷堂书目》32卷、《明史艺文志稿》若干卷。著有《我贵轩集》《朝爽阁集》《蝉巢集》及《楮园杂志》等，但大都已佚。

九日客金陵与王汾仲诸子泛舟江上限韵

［清］喻成龙

开樽江上好，小艇画中摇。台榭晴秋雨，笙歌弄早潮。千山通石径，一水渡城桥。更欲登高去，乡关望里遥。

【按】选自《国朝诗的》"盛京"卷之一，题注作者"喻成龙，武功金州人"。喻成龙（？—1714），字武功，奉天人，汉军正蓝旗，清朝官员，官至湖广总督。主要作品《塞上集》、《九华山志》12卷、《西江草》1卷。

别王汾仲

［清］罗世珍

摇落乡心属暮秋，王郎真合古人求。终宵对月烧茶灶，竟日临江上酒楼。雁外山低黄叶路，日边帆去白苹洲。江流漠漠天如水，图画何曾尽别愁。（时萧尺木画送别图为赠）

【按】选自《国朝诗的》"湖广"卷之七，题注作者"罗世珍，鲁峰，汉阳人"。附考，民国徐世昌主编《晚晴簃诗汇》卷二十六收录有本诗，题目为《鲁峰别王汾仲》，署作者为李昌祚。李昌祚（1616—1667），湖北汉阳人，字文孙，号剑浦，别号过庐，又号来园。顺治九年进士，散馆授检讨，累官大理寺卿，决狱持平不阿。治理学，以利人济世为务。著有《真山人集》。查现存李昌祚《真山人前集》《真山人后集》均未见本诗。而清邓汉仪辑《诗观初集》卷九引录本诗作者和内容与《国朝诗的》同。

秋日江干闲集，同周苦虫、王汾仲、左车、璞庵、云房、席汉翔、许子美、家青来、士毅分韵，得三江二首

［清］叶 松

江亭寂寂倚清江，天际征鸿见一双。茗椀且留论暮色，寒潮声满落虚窗。

空烟一划过渔艭，翠翼三山影到窗。霜冷蒹葭枫欲赤，野人情思满吴江。

【按】选自《七十二峰足征集》卷三十三。叶松（1615—1674），字梅友，清初诗人，苏州东山人。敦忠孝，重气节，终身未仕，徜徉于泉石山水间，著有《叶梅友诗集》7卷、《梅友近咏存稿》1卷等。

过王汾仲草堂

［清］朱 卉

不辨高人宅，鸣琴识草堂。窗当沙口堰，山抱水心庄。灵药僧分种，春茶客过尝。清贫无长物，经卷共绳床。

【按】选自《国朝金陵诗征》。原书作者介绍说：“朱卉，字草衣，

一字麦江，当涂籍，居金陵。游历半天下，中年居石头城。始婚晚依一女，无嗣，自营生圹清凉山下。袁简斋太史题碑曰：清诗人朱草衣之墓。尝谒孝陵有‘夕阳僧打破楼钟’之句，人遂称为‘朱破楼’云。”

赠王汾仲

［清］先 著

笔冢精勤阅岁时，诛茅江上雨风欺。饥寒数字吟能稳，草木余生性不移。入耳尽知名士妄，矜颜休使贵人知。如何恶草侵香长，蕙亩编篱自护持。（予与君交游皆有鸩媒之伤，故结句及之。）

【按】选自先著《之溪老生集》卷二。先著（1651—？），字谓求，又字迁甫，号蠲斋，别号盍旦子、多疾庵主，祖籍四川泸州，生长于金陵（今江苏南京），清初诗人、书画家。学极博洽，善画花卉、人物，极有法度。书得晋人遗意。尤工诗词。著有《之溪老生集》8卷、《劝影堂词》3卷。

王楫传

［清］黄 容

王楫，字汾仲，黟人。隐居金陵之上新河。壮年好义，常被大祸，金铁婴于颈，三木交于踝胫，拷讯备至，然不肯及一人。事释，隐居教授，卖字给口食，展然若于世无所轻重。其为人诚信，外和而内直。诗多凄音苦节，得骚人之遗。在狱时，有医者朱贞之，日卖药得钱，除身食外，悉以养汾仲妻、子，如是者经岁，不少懈，人皆称为义士。

【按】原载清黄容著《明遗民录》卷八，转引自范金民、谢正光编《明遗民录汇辑》(上）第54—55页。黄容，字叙九，号圭庵，吴江人。著有《明遗民录》8卷、《卓行录》4卷等传世。

王楫传

［清］袁 枚

王楫，字汾仲，黟县人，流寓上新河，有《江栖阁集》，卒年八十八。

【按】选自《乾隆江宁新志》卷二十二《寓公传》。袁枚（1716—1798)，字子才，号简斋，晚年自号仓山居士、随园主人、随园老人。钱塘（今浙江省杭州市）人，祖籍浙江慈溪。乾隆四年（1739）进士，授翰林院庶吉士。乾隆七年（1742），外调江苏，先后于溧水、江宁、江浦、沭阳任县令。乾隆十四年（1749），辞官隐居于南京小仓山随园，吟咏其中。著有《小仓山房文集》《随园诗话》及《随园诗话补遗》《随园食单》《子不语》《续子不语》等。

王楫传

［清］李 放

王楫，字汾仲，黟县人，居江宁。年近九十，书法尤妙。（遗民集）

【按】选自李放纂录《皇清书史》卷十六。李放（1884—1924），清末民初书画家、藏书家。原名充国，一名放原，易名放，字无放，号词堪，一号小石，别号石雏、别号浪翁、郎逸、狷君、真放、墨幢道人等，又有猥君、石雏、狷君诸别号。奉天义州（今辽宁义县）人。曾任清政府度支部员外郎。久居天津，喜藏书，多以历史文献资料为主。幼嗜金石书画，对书画多有品鉴和研究，辑有《中国艺术家征略》《八旗画录》《画家知希录》《皇清书史》《绘境轩读画记》《八旗书画录》《畿辅书录》《畿辅画录》等。

书王江栖先生遗事

［清］陈熙春

乌乎！志节之士遭时变，故硁硁焉。道义自持，至乃更姓名，毁冠服，弢光匿采，以自放于荒江寂寞之滨。方其独来独往，赍志以终，行谊文章，既无由见称于贤士大夫，而其子若孙，又多式微，不能表扬其先世之懺，遂使幽光潜德，历久弗彰，如吾乡王江栖先生者，尤足悲焉。先生江宁人，居上新河，逸其名，江栖其别字也。相传为明季举人，性方梗，不苟取与，与人交动以大义相责，尤不乐近权贵人。值鼎革，绝意仕进，筑江上草堂，与门人讲学其中，三十年不履城市。黄冈王尚书泽宏未遇时，与先生善，罢政归，侨寓金陵，尝独跨青骡三访先生于草堂，终不一见。后知先生屡绝粮，馈钱米，亦不受，尚书叹曰："鸿飞冥冥，弋人何篡，顾吾阋[1]其饿死江干也。"嗟乎！如尚书者，可谓笃于风谊，不忘故交，然亦安知先生耿耿之隐衷？固与俟斋、蜃园诸遗老同抱难言之痛，有饿死而无悔者，金陵固多隐君子，如杜茶村、张白云辈，诗文满天下，冠盖通四方，先生视之谓犹恶景而疾走日中也。先生殁，垂二百年，所筑江上草堂，学者承其遗泽，讲学不废，而欲求当日行事之迹，则泯焉无复存者。粤寇犯金陵之前年，里中有王姓老人，饼师也，迫岁莫，挟一巨卷质钱于市，市人诧为乃祖遗像也，咸揶揄之，老人窘甚，抱卷泣，其邻汪茂才哀其穷，稍赒之，取视卷端题识，则"王江栖先生玉照"七字也。大惊喜，走告吾师俞漱珊夫子，展卷共观，貌若六十许人，长身玉立，须眉甚伟，圆领方巾，气象懔然。中间题咏极伙，惟王安节概、王涓来泽宏最著。盖老人乃先生后裔，此卷世守有年，因为弟取妇，负责[2]累累，不得已而出此为质也。因询先生遗事，言之不能详，问尚有他文字否，则茫无所对，相与慨叹者久之。爰谋赡其家，而祀其像于草堂，以明年正月十二日，集同人为先生作

［1］ 阋：底本字形为上部两"見"并列，下"心"组成，查《康熙字典》，释为"同阋"，故此处直接用"阋"，便于理解。

［2］ 责：疑当为"债"。

生日。未逾月，金陵沦陷，草堂毁于火，遗像亦为祝融收去，电光石火，弹指一现，人皆惜之。予谓先生之亮节高风，足以廉立顽懦，既见斯卷，乃益有以坚其信，而永其传，使老人秘之巾笥，绝不示人，则兵燹之后，草堂之遗址且不可复识，斯卷亦岂能独存，后之人又孰从而知荒江之滨，有如是之人，如是之事哉！然则斯卷之销沉，特劫运使然，而回忆出世之日，正犹剑气珠光，非终久埋藏之宝，方当庆幸之不暇，而又何惜焉。予既习闻父老之称说，又获睹斯卷，因补述其厓略如此，至先生名讳，及生卒日月，询诸老人亦不省记也。或曰，县志载崇正时邑人王楫，著有《江栖阁诗集》，得无即先生乎？然吾考科贡录，并无王楫其人者，是耶？非耶？风清月白，魂兮归来，寂寞空江，呼之欲出，吾安从一叩冥漠之灵，而使疑者信，殁者存耶？虽然先生本不欲见知于人，人亦鲜有知先生者，则为楫与否，亦惟付诸云水之苍茫，烟波之浩瀚，以如其始愿而已矣。

按：江栖先生轶事，自幼已闻里老称说，南街有拴骡巷，即王尚书停骖处也。第越在江乡纪载无凭，深恐流为附会，后得先生玉照，足为征信之资，故吾师俞漱珊夫子特祀其像于草堂，以致敬恭，乃甫经表著。旋罹兵火，而吾师亦全家殁癸丑之难，此事沈埋又更二十余年，郁郁于中久矣。兹缀其遗事，勉著斯篇，非敢言文，借以表章幽德云尔。

【按】选自陈熙春《寿山堂散体文》，上海图书馆藏本（王鸿平老师查阅后提供照片）。陈熙春（1828—1887），清江宁上新河人，原名开第，字念劬，号庸叟。同治十年恩贡生，精通经史地理，工诗文。曾应汪梅村纂修《江宁府志》而采访上新河一带遗逸者旧，著成《鹭洲（即上新河）耆旧册》，为记录上新河地区历史人物的专著，为府志采用。曾应聘掌教河南彰德昼锦书院十四年，并总纂《内黄县志》。著有《庸叟文稿汇编》。

上新河镇采访说

［清］陈熙春

粤维故乡轶事，先辈遗型，得诸父老之传闻，参以本身所睹记，苟足以立坊，表光志乘，义不敢不肆力搜罗，俾传诸千万　，而永无既极。同治十三年，独山莫善征宰江宁，议修县志，延乡先生汪梅村总其成，而命予以采访之役，予不禁奋袂而起，曰："穷乡僻壤，文献无征，岂其人尽无可传？特传之者未有其人，有其人不遇其时耳。今兹之举，岂非二百年来我上新河遗佚之贤，幽潜之德，所当阐扬暴著之秋哉！"予小子幸逢其会，何敢让焉？于是吮笔濡墨，征姓考名，事实备详，上诸志局。

原夫圣清肇造，礼辟山林，谁欤高蹈？墨胎苦心，是胜朝之遗老，自放于江泽以行吟也，则有王江栖先生若而人；黄门待诏，致身贡诚，拾遗补阙，不负科名，读谏垣之留稿，而不仅诗笔之纵横也，则有王葑亭给谏若而人；桓论盐铁，贾陈三策，尽瘁河干，贤劳报国，成效渤为传书，而后世所当取则也，则有王竹屿都转若而人；巍科硕望，矜式一乡，校刊经传，羽翼紫阳，则有内阁中书洪造深其人焉；救灾恤患，重义轻赀，力拯桑梓，兼济军师，则有工部员外郎洪半霞及内阁中书程泽云其人焉；经学传家，鸿文范俗，蹈火赴汤，临难不辱，则吾师俞漱珊夫子及其兄南屏先生之殉难最烈也；乐道安贫，井闾式德，父子祖孙，铮铮诗伯，则黄文炳及秋沅先生之四世清白也；兄弟怡怡，如足如手，闺门雍雍，如宾如友，则余子木先生之内行不朽也；浮沉阛阓，身为齐民，愤激杀贼，慷慨成仁，则里人郑姓顾姓之见义勇为也；黉宫之隽，铩翮青云，神明笔法率更右军，则刘云卿、戴扬菘之所以入艺文也；山水丹青，上尘乙览，流传人间，法家鉴赏，则蔡诰、项瓛之方技艺苑所景仰也；安禅制龙，证丹跨鹤，道味悦心，笔墨闲作，则羽士朱岳云、僧花雨、僧石头所以为方外卓卓也；至于嫠妇清操，寒霜凛冽，女子幽贞，悲风凄咽，史扬彤管之辉，诗咏柏舟之节，则我祖母赵孺人及黄任氏等，贞女毛氏、烈妇张氏之坚逾金石，而皎若冰雪也；又若义婢崔老姊，抚育幼主，撤环不嫁，诚格人天，七十怛化，尤足验人心之厚，风俗之醇，而堪为列女之亚焉；若此者，或祀乡贤，或称耆旧，或列忠义之科，或登节孝之传，文诗可附传人，技艺亦名绝业，虽二氏之非经亦一长之必采，若乃考山川，登赋役，城厢祠祀之更置，职官科贡之迁留，大而兵事之始终，小而方言之同异，当征之于全志，匪属之于私家，纵大雅之所详，固鄙人之所略尔。

【按】选自陈作霖编选《国朝金陵文钞》卷十五。

王楫传

［清］陈作霖

王楫，字汾仲。其先自夥[1]迁金陵，遂为上元人。家有江栖阁，高吟其上，人称王江栖。明亡不仕，著有《江栖阁集》。

【按】选自《金陵通传》卷二十二。陈作霖（1837—1920），字雨生，号伯雨，晚号可园，人称可园先生。世居南京，先后肄业于钟山、惜阴书院。光绪元年（1875）中举，应进士试不第，遂弃科考，专心于教育、文学和史志学，历任崇文经塾教习、奎光书院山长（校长）、上元、江宁两县学堂堂长等职。同治十三年（1874）陈作霖参与纂修《上江两县志》，与甘元焕合作编著有《国朝金陵文征》《国朝金陵词抄》《金陵通纪》《江宁府志》《金陵通传》《金陵文抄》《元宁乡土志》《金陵诗续征》《金陵琐志五种》等；著述有《可园文存》《诗存》《寿藻堂文集》《养和轩随笔》《诗集》《可园诗话》《可园备忘录》等。

［1］ 夥：疑当为“黟”。

明末遗民南京流寓诗人王楫事迹考述

刘荣喜

同治六年（1867），莫祥芝出任江宁知县，甫一上任就组织人马准备重修《上江两县志》。为了尽量收罗本地历史、地理、人物、经济等各方面的资料，他征召了很多地方文士，要求他们深入基层，采风访幽。同治十三年（1874），负责县志总纂的汪梅村邀请南京江宁人陈熙春负责上新河一带的采风任务。为此陈熙春撰写了一篇采风笔记《上新河镇采访说》，记述了他接受采风任务并积极寻访"上新河遗佚之贤"的成果，文中提及上新河人物有十多人，其中居住上新河时间最早、名气最大的隐逸之士就是"墨胎苦心，是胜朝之遗老，自放于江泽以行吟"的王江栖先生。但是，打开"万能"的百度搜索，我们并不能查到"王江栖"的任何资料，这不能不让我们感到非常的疑惑。难道陈氏记载有误，将古人的名字搞错了？非常凑巧的是，笔者正在收集整理《南京竹枝词》，曾辑录到明末清代文人王楫的《秦淮竹枝词》二首，在考订作者生平时，查阅到《乾隆江宁新志》卷二十二《寓公传》有记载："王楫，字汾仲，黟县人，流寓上新河，有《江栖阁集》。"因此，我大胆推断王江栖可能就是王楫，于是沿着这条线索，终于揭开了这位上新河名人"王江栖"的神秘面纱。

一、隐居上新河

王楫号“江栖”，最早见于他给胡玉昆《金陵胜景图》所作的跋中，图藏天津博物馆。跋文有“康熙丙寅臈月冬，江栖王楫识于龙江之草阁”之句，即至少1686年腊月他就已经使用“江栖”这个号了。《金陵胜景图》原图有十一面，分别绘灵谷、燕矶、摄山、梅坞（即杏花村）、凤台、直渎、牛首、祖堂、凭虚、秦淮、石城等图，每图有柳愚谷诗一首，诗前有王楫手书小序，介绍所绘胜景。

最早给王楫立传的是清代吴江人黄容。他在其所著、成书于康熙四十二年（1703）的《明遗民录》第八卷中写道：“王楫，字汾仲，黟人。隐居金陵之上新河。壮年好义，常（尝）被大祸，金铁婴于颈，三木交于踝胫，拷讯备至，然不肯及一人。事释，隐居教授，卖字给口食，展然若于世无所轻重。其为人诚信，外和而内直。诗多凄音苦节，得骚人之遗。”

这里特别记载了一件影响他一生的“好义”之事，曾经为了朋友而遭遇大祸，甚至枷锁脚镣加身，受到酷刑而入狱。这次刑狱之苦，在王楫的好友魏世效（1655—1725）为之所作《王汾仲诗集序》中记述更加详细：“吾闻先生当甲申后，有故人独子罹死刑，先生义之，弃妻子，出身为之白，遂锢重狱一年许，三木不脱于足者四日夜，骨髓尽出，先生终不之悔，事得释，故人子宗祀赖以不绝。”（《魏昭士文集》卷三）事情发生在明亡之后，他的已经去世的朋友的独子触犯了死刑，王楫为了挽救他，抛妻别子，为之伸冤，可能是为他顶罪或做假证，以便减轻朋友儿子的罪责，免于死刑，因此他也被关押了一年多，加在他颈、手、足上的三件刑具四天四夜不能除去，他的骨头都全部暴露在外，疼痛不已，但是他在受尽酷刑后，没有连累其他一个人，终于挺了过去。保全了朋友的儿子，这在家族子孙的延续是一个天大的事情。他终于让朋友家宗祀得以延续，不致断子绝孙。事情过去之后，他隐居不出，授徒为生，卖字糊口。但是牢狱的创伤，让他"至今天阴雨两足发痛，不能行"（《王汾仲诗集序》语），终生痛苦，而他在所不惜。

从黄容《明遗民录》文字中，我们可以大致了解王楫的基本生平：他是一个十分仗义的人，一个诚信而淡泊名利的人，一个吟诗凄音苦节的人。但是，我们并不能从黄容的文中看出，王楫为什么被称为"明遗民"？也许作者在清初文字狱密布的时代有所不便言说。在魏世效《王汾仲诗集序》中我们却能找到这个问题的答案："又闻先生当国变，弃诸生不能得，偕兄弟费千金，方得弃之，家为之落。"在明清科举制度下，获得生员资格者可以享受政府提供的津贴、免除杂役差徭等优厚待遇，但在明清朝代更替之际，明朝生员们掀起了一股放弃诸生身份的风潮，用以表达对故国的忠诚和对清朝外族侵略者的痛恨。他们在新朝自绝进取之路，放弃已有的待遇，将不得不面对艰难的生活。他们守节不移，以耕种、教书、医卜等为业，沦落为社会的底层。"弃诸生"的行为虽不能改变历史的进程，但反映了当时士人在社会状态下的心理矛盾及在艰难处境中对信念的坚持，其高洁的人格是值得称道的。（参看姚蓉著《略论明清易代之际"弃诸生"现象》）由此，可以说明，王楫在明朝末年曾经获得过生员资格，如果不放弃这个资格，他就必须参加清朝政府入关后组织的科举考试，或由地方官员推荐的博学鸿词科，用以检验士人是否与清廷配合，是否归顺清廷。王楫花费大量资金贿赂地方官员，“弃诸生”，因此而致贫，可见，他是一个标准的“明遗民”。

王楫为什么隐居上新河？什么时候开始隐居上新河？诸多资料并没有具体说明。是因为关押到南京的牢狱，受到酷刑之后，无力回籍，流落上新河？还是因为虽“弃诸生”，但仍害怕有人陷害他，拉他参加清廷的考试，于是逃离家乡黟县，寓居上新河？亦或是接受南京上新河一带某位小孩家长的邀请，而在此开馆授徒？亦可能他的先世是个徽商，较早就移居南京上新河，他自然就是一个祖籍黟县的江宁人，只是隐而不出而已？还是看重白鹭洲美丽风景，上新河的交通便捷而遁迹于此？种种谜团，只能等待更多的文献来佐证了！

王楫的生平，由于他深居简出，后世资料十分匮乏，人们对他了解一直很少，他的生卒时间，诸多文献皆语焉不详。笔者在辑佚王楫诗文时，发现了几篇重要的文章，可以考订出他的具体的生卒年。

明末清初著名的散文家魏禧（1624—1681）曾为王楫六十岁写过《王汾仲六十叙》，文中开篇写道：“黟人王子汾仲隐居于金陵之上新河，余交之有年矣。庚申（1680）八月，王子六十初度，余适自金陵之吴门，不能为王子举一觞，于是为叙，遣儿辈登堂拜手以进之。”这里非常明晰地记载“庚申”，即康熙十九年（1680），王楫 60 虚岁，由此我们可以推算出王楫出生于明天启元年（1621）。后文魏禧还说“余少汾仲三岁”，查魏禧生于1624年，因此王楫生年可以确定是1621年。明朝灭亡时（1644），他已经23岁了，已是一个有思想、有功名的明朝诸生。

王楫去世的时间，《乾隆江宁县新志》卷二十二《寓公传》记载：“王楫，字汾仲，黟县人，流寓上新河，有《江栖阁集》，卒年八十八。”古人年龄一般用虚岁，根据他出生的时间，我们可以知道，王楫逝世于康熙四十七年（1708）。黄容刊刻《明遗民录》时（1703），王楫还存世，可能黄容并不知道王楫是否存活，以为他去世了，于是采辑入书；另一方面也可能他知道王楫还活着，但是考虑到王氏的遗民事迹非常清晰，直接将其人名收录。

二、交游江栖阁

王楫少年时代一如当时的士人，勤读苦学，希冀考个功名，但是随着大明的覆灭，他的梦想也就此破灭，成了明朝的遗民。青年时代的一次义举导致囹圄之灾，更是改变了他的人生轨迹。出狱之后，王楫隐居上新河，他依靠什么维持生计？他的好友魏禧在《王汾仲六十叙》中有明确交代：“及事（深陷牢狱）释，而汾仲隐居教授，或卖字给口食，夷然若于世无所轻重，吾以是来金陵必主汾仲也。”魏禧作为王楫的江西老乡，他每次赴南京都要到王楫家驻留，所以对他的生活情况是非常了解的。最能说明他生活状况的是南京著名藏书家黄虞稷一年中秋经过王楫家所写的诗《秋中过王汾仲江栖小阁》：“市喧中有读书声，河畔蜗庐得野情。卖字钱能留客醉，寻诗屐爱逐僧行。”（节选自《诗持三集》卷七）其中集市书声、河滨蜗居、卖字得钱、留客醉饮，这就是他生活的基本情况。

但是教书和卖字的收入是非常微薄的，难以满足他一家的生活，他家经常“厨无见粮”，有时只能“晨夜并炊而食”，晚饭和早饭并作一顿吃。有时需要好友的接济，特别是他在狱期间，幸亏“有医者朱贞之，日卖药得钱，除身食外，悉以养汾仲妻子，如是者经岁不少懈”，让他家度过了最艰难的时期。这也许正是他乐于助人、为人仗义的善意回报吧。

他接受捐助并不是来者不拒。清末南京人陈熙春《书王江栖先生遗事》记载，明亡之后，王楫“绝意仕进，筑江上草堂，与门人讲学其中，三十年不履城市”，一心教读，隐居不出。他有一位在没有升官时就交好的朋友黄冈王泽宏（1623—1705），曾官至礼部尚书。晚年辞职后，移家金陵，曾经独自骑驴三访王楫于江上草堂，王楫拒不一见。王尚书知道王楫家贫，家中经常断粮，于是多次给他送米，王楫坚决不受，王尚书感叹道：“鸿飞冥冥，弋人何篡，顾吾阅其饿死江干也。”这里的“鸿飞冥冥，弋人何篡”，出自汉代扬雄《法言·问明》篇，原意是大雁飞向远空，猎人就怎能获得它？字面的意思是，王楫就像大雁一样，我怎么也见不到他，感到非常无奈！其实这里还包含着另外一层意思，可能是说王楫曾“弃诸生”，不愿参加清朝的科考，远走他乡，避祸离家。王尚书接着说：“但是我们也不能看着他饿死江边呀！”可见，王楫当时的生活状况。但是，“饿死事小，失节事大”，古代女人都知道的道理，作为文人，王楫能不坚持？王尚书比王楫小两岁，同样是由明入清，王尚书参加顺治十二年（1655）考试，获得进士，并官至礼部尚书，在王楫看来他这是背汉事虏，坚决不与他交往。这对于王尚书来说是“笃于风谊，不忘故交”，其实他哪里知道“先生耿耿之隐衷”呢？由此可见，王楫作为明朝的遗民，在与人交往的时候是非常注意气节人品的。但是，到暮年，王楫与王泽宏还是有所交往的，这是后话。

王楫隐居上新河，他的“朋友圈”相对较小，我们只有结合他留存极少的诗文和他与友人的赠答诗文来探寻他的交往情况。他所交往的人士，主要有两类：一类是明代遗民中的文化人，另一类就是清初出生的学生辈后生。

王楫交往的明代遗民主要有魏禧、魏世效叔侄，魏禧的《王汾仲六十叙》和魏世效《王汾仲诗集序》是我们了解王楫生平事迹的最重要的文献，前文有所介绍。戴本孝，明末清初画家。他是明遗民中与王楫交往很深的好友，王楫曾为他的《余生诗稿》作序，这是我们能看到的王楫存世极少的文章之一，序中说：“自余栖江上，遂与历阳戴子务旃定交，三十余年如一日也。”“余与务旃世同齿同学同，坎廪同，作诗虽未敢与同，然终卷不见有显要者爵姓，是为其所交亦罔弗同也。”可见他们俩志趣相同，交往频密。戴本孝并曾与王楫“共晨夕于江栖阁者三越月，是亦生平未有之快事，又非他人所可同也”。他们可谓情同手足。在戴本孝的诗集中有近 10 首为王楫所作的诗，其中《江干》写道：“日日钟山看落晖，阳狂江上竟忘归。不知孙楚楼何处，空见当时白鹭飞。”这已经将王楫的家当作自己的家，看钟山落晖、白鹭纷飞，竟然忘记归家了。他还曾为王楫作《江栖阁图》，并题诗。

诗中不仅记述了王楫寓居上新河40年的情况，有“三间小阁”即江栖阁，有子孙、有生徒陪伴，平时“细临精楷”“饮酒弹琴”，或者写诗画画，或闲游白鹭洲、紫金山，生活还是舒适惬意的，而且对他隐隐的怀国思乡、壮志难抒的悲愤心情也是点到为止。

王楫交往的明遗民还有岭南三大家之一的屈大均、江南三大遗民诗人之一的钱澄之、桐城三诗家之一的方文等人。

晚辈中现存诗文酬唱最多的要数汉军旗人李兴祖，他的伯高祖李成梁是明朝辽东总兵，有恩于清太祖努尔哈赤，清朝历代皇帝对李氏家族感恩备至，荣宠有加。李氏子孙世代为清朝高官，世袭伯爵。李兴祖其实是一位勤政为民、满腹经纶、志向远大的汉人，按理王楫作为遗民应该不会与他有过多的交往，但是在王楫晚年70多岁后，可能是受好友喻成龙邀请的一次山东济南之行，改变了他对李兴祖的看法。

喻成龙早年由荫生官安徽建德县知县。后亦长期在安徽、江西一带担任池州知府、临江知府。可能对王楫的事迹还是有所了解并与之交往，他们曾在金陵一起泛舟长江或上新河。康熙二十七年（1688）以后，他连续担任山东盐运使、山东按察使、山东布政使。特别是康熙三十一至三十四年（1692—1695）李兴祖接替喻成龙任山东盐运使，他们在济南做了一件流芳后世的大事——主持重修大明湖，建“古历亭”“蔚蓝轩”等，使之规模和建筑更加宏大。李兴祖在喻成龙的介绍下，对王楫的为人和诗文非常敬佩，早几年就有书信往来。

李兴祖曾有诗《赠王子汾仲》："羡君素蓄青箱学，愧我徒名没字碑。""莫嫌频叩洪钟响，早晚欣承雨露滋。"他很想见一见这位诗文、史学造诣颇深的义士奇人。

康熙三十二年（1693），古历下亭刚刚竣工。这一年夏秋之交，王汾仲应喻成龙、李兴祖的邀请来到济南，与牛元复、彭孝绪、陶文治等人游历亭避暑，李兴祖当天因事虽未能参与聚会，但有诗唱和："历下亭传海右无，于今复见聚名儒。""曲径松风倾玉液，虚窗竹韵落冰壶。"（李兴祖《王汾仲、牛元复、彭孝绪、陶文治诸子出署游历亭避暑，余以他阻不及偕，驰诗示之，索其共和》）这一次的雅集，李兴祖与王楫友谊更加深厚，成了莫逆之交，在李氏文集《课慎堂诗集》中，标题中提及"王汾仲"名字的就有十多首，酬唱不断。同时，王楫为李兴祖的《课慎堂诗集》作叙，历叙他们的交往。对李兴祖的为人"临事决机无停思，人咸以张九龄、刘晏目之""虚怀下问，交纳贤隽"，为文"取质于六经，征才于子史，而且舂容有度，缓不伤曼，急不伤和，仁义之言，蔼如也，诗赋则源本骚雅，而兼庾、鲍之长，王、孟、钱、刘之清远"，赞赏有加。

几年之后，李兴祖为《江栖阁诗集》作序，文中写道："吾友王子汾仲，年七十有三矣。当其少则豪杰之士也，及其壮则幽忧之士也，今且老矣，则澹漠冲和盛德之士也。"对王楫的一生作了简要的概括。同时认为"王子之才之学，古今载籍无所不窥，经术宏深无所不诣，宜其策名，宜其立功，宜其掞天绘日，而显身荣世"，但是由于"少时精锐之气早耗于抑塞颠蹶之中"，生活路径发生很大的变化，于是只能

“托之于诗，寝食乎二雅，栉沐乎五音”，隐于江湖了。但他对王楫的行藏评价还是很高的，他觉得王楫“江栖云者，可以乐饥，可以栖迟，犹之衡门泌水也，斯以知汾仲之能藏也。夫不平则鸣，汾仲若以诗鸣，而鸣者适得其平，不藏则行，汾仲独以诗行，而行者不碍其藏，亦安所得幽忧者，足累其冲和澹泊之情哉”。衡门泌水，典出《诗经·陈风·衡门》，泛指隐居之地。王楫人隐江边，名传江湖，诗留千古，其藏乎？行乎？不平乎？澹泊乎？只能寄托于“风云星汉”了。这篇诗序文写得充满崇敬之情，仰慕之心。从他们为对方文集互写序文可以看出，他们的交往已经从好友上升为知己了。

与王楫交往的后生还有继朱彝尊之后被尊为东南诗坛领袖、清初六家之一的查慎行，藏书大家黄虞稷等人，这里就不一一介绍了。

三、寂寞身后事

王楫的《江栖阁集》可能并没有刊行，历代藏书目录未见著录，他留存的诗文也散佚殆尽，只有零散的作品见载于清代人的诗选集和他的友人的诗文集中。经过笔者广泛收集辑得诗 20 余首，序跋 3 篇，别人与他的唱和诗文，或为其诗文集撰写的序文，以及传记资料三四十篇，这也许几乎是有关他的文献之全部了。

王楫去世之后，上新河一带虽有一些他的传说，但人们对他的身世和形象逐渐模糊起来。清末同治年间，曾为编写《上江两县志》而在上新河一带采风的陈熙春，在 160 多年后，再次发现王楫的遗迹和他的后人的身影，为此撰写了《书王江栖先生遗事》，让王楫再次进入我们的视野。

陈熙春在《书王江栖先生遗事》中感叹道："先生殁，垂二百年，所筑江上草堂，学者承其遗泽，讲学不废，而欲求当日行事之迹，则泯焉无复存者。"人去堂在，事迹不存，"幽光潜德，历久弗彰"，实在让人唏嘘。不幸中万幸的是，在"粤寇犯金陵之前年"，即咸丰二年（1852），在年底的时候，上新河有一个做饼的王姓师傅，迫于生活，抱着一个"巨卷"，乃是他的先祖遗像，准备卖点钱过年，集市上的人嘲笑他，他只能以泪洗面，羞愧不已。他的一个邻居汪姓秀才，"哀其穷，稍赒之"，让他打开卷轴看看卷端的题识，上书"王江栖先生玉照"七字，秀才十分惊喜，原来是江湖上传说很久的王江栖的画像，于是报告给了陈熙春的老师俞漱珊（？—1853，名绶，廪膳生，太平天国运动南京城破时殉国），于是大家一起过来瞻仰王江栖的遗像，见其"貌若六十许人，长身玉立，须眉甚伟，圆领方巾，气象懔然"。其中还有很多人的题咏，大家比较熟悉的有编绘完成《芥子园画传》的王概、顺治十二年进士官至礼部尚书的王泽宏，显然这位饼师就是王江栖的后人，询问有关王江栖的遗事，可能由于年代久远，他也"言之不能详"了。这次是因为弟弟娶媳妇欠了很多债，不得已到了年关，才售画偿债的。大家感慨不已，于是想办法周济其家，决定第二年正月十二日王楫的生日，邀集同人，在江栖草堂"祀其像"。非常不幸的是，没过两个月，太平军攻陷南京，草堂和遗像一同毁于战火。王江栖遗迹如"电光石火，弹指一现"，让陈熙春等人既兴奋又非常遗憾，因为"先生名讳，及生卒日月，询诸老人亦不省记也”,王楫的生平还是如谜一样,无法让人知晓。

天有巧合，自陈熙春记录王楫遗事之后160多年，王楫的事迹又被我们勾起，这有缘于建邺区文联《茶亭》杂志主编金立安先生向我约稿，希望我写点新建邺区的文史，我开始关注了河西上新河，发现了埋没已久的王楫；更加有缘的是认识了江西婺源的学者、上新河乡贤王凤生的研究专家、《王凤生年谱》的作者王鸿平先生，他为我提供了重要的研究线索和部分珍贵的资料，有助于我能在汗牛充栋的浩瀚文献中梳理出王楫的事迹,让他的形象再一次展现在我们面前，这是王楫的幸运，我的幸运，读者的幸运，更是时代的幸运。在天之灵的王江栖，亦当含笑九泉了!

本文最初发表于2020秋季号《茶亭》(总第13期),收录时有改动。

诗法撮要

[清] 陈熙春　著

刘荣喜　点校

诗法撮要

[清] 陈熙春 著

刘荣喜 点校

昔沈约论作律诗，有四声八病。四声如天子圣哲，夫人而知之矣。所谓八病，乃专指音韵而言。作诗至研求音韵，其事在推敲句调之后，为精益求精，登峰造极之诣，然始基不可不立也。作诗始基，譬诸作室，必先详定界址（审题之法），酌明间架（布局之法），积灰砖，运本[1]石（征才选韵之法），将柱础墙根一一筑固。然后渐次施工（琢句、炼字、设色、谐声诸法），以成上栋下宇之规，备致鸟革翚飞之美。若始基不固，纵凭空结撰，八面玲珑，极之杰阁凌霄，层楼插汉，终恐风雷震撼，日炙雨淋，摇动不安，倾颓必易。此独标神韵，不求脚躧实地，竹坨老人所由致诮于阮亭也。要知试帖之诗，与古近体虽异，法律则同，与文法亦大略相同。学者自入塾开讲，便执笔效作韵语，举凡审题布局，征材选韵，诸法讲究有素，本无待于繁言，顾欲研求音韵，不得不先言句调，欲推敲句调，不得不先言根基。今将入手各法，分别开列于右，理浅近而语简明，为初学计。识者谅之。

八法

一曰审题。题为何人诗句，因何事，在何地何时所作；

[1] 本：疑为“木”，形近误植。

为言情，为赋景，或情中有景，或景中有情，一一审清来历，则胸中自有主张。又单就言情而论，凡忠孝节义，无非真情所发，或意主颂扬，或意主规劝，或为咏怀，总离不得一个情字。至于愤时嫉俗，感叹忧伤之句，场中向不命题，故一切沉闷背晦字面，断不可犯其笔端。此层审清，则比事属词，益有把握，尤须细审题格。或单扇，或双扇，或前单后双，或前双后单，或上轻下重，或上重下轻，或为两截，或为双关，或隐托喻言，或巧妙拆字，门类虽多，即兹可概。若夫题出经、史、子、集，并宜查明出处，精审乎此，而布局之基已立矣。

一曰布局。试帖八韵，犹时文之八股，其中浅深次第，离合照应诸法皆备。依置停匀，则气机紧凑，骨节灵通，否则凌杂繁复，漫无纪律，何以为诗?！凡作诗者，类以前四句破题，能将题字一一拆开，点次清妥，已自可观。然欲求得机得势，则正起不如反振，顺叙不如逆翻。又有凌空起步，借宾定主诸法，均为力求出色之笔。第三韵为颈联，如人身之有咽喉，通气进食，全由于此，此处隔塞，则通体不灵，盖此处尚系前路，犹时文之提比，宜于力争上游，浑括大意，笼罩全题，留得下文发挥地步。或勘定题目，当从何处下手，便先为安放调妥，使下联能受发挥，否则凌躐无次，下联无转身地矣。四五两联，如人身之胸腹，时文之中股，务须靠实诠发，精神洋溢，方为切中要害。或因三四联，语意精实，则第五联可用开合之笔，使机神动荡，血脉流通，尤为得诀。第六七联，犹时文之后比束比，或寄余意，或用陪衬，总以不形竭蹶为妙。末联收结，例用颂扬，然亦必须与题比附，不可失之浮泛，亦复不宜多抬，以防错误。又如双扇题，须按定先后抒寄，不可随意取便，致失纪律。

一曰征材。部署既定，而不能操空卷凭枵腹以从事也，则征材尚焉。平时多看多记，蕴蓄宏深，则随事运用，白[1]尔取之不竭。若临时翻阅，亦须多多益善，方能左右逢原。盖律诗体裁，以刻划题面为主，胸无积卷，则捉襟肘见，纳履踵决，岂不见寒乞相。虽然，驱使典故，亦非填砌之谓也。妙于翦裁，则簇簇生新；活剥生吞，则恶腐堪厌。又有羌无故实之题，而说来花团锦簇，鲜艳夺目者，则熟于烘云托月之法也。尤非广为搜罗，善于驱遣不为功，安得以遗貌取神，而自诩为白描高手哉？或谓多钱善贾，长袖善舞，吾知之矣。然往往有征材极博，而为韵所窘，不能如意指挥，可奈何？则又有选韵之法在。

一曰选韵。部署既定，而不能操空卷凭枵腹以从事也，则征材尚焉。平时多看多记，蕴蓄宏深，则随事运用，白 [白：疑为“自”，形近误植。] 尔取之不竭。若临时翻阅，亦须多多益善，方能左右逢原。盖律诗体裁，以刻划题面为主，胸无积卷，则捉襟肘见，纳履踵决，岂不见寒乞相。虽然，驱使典故，亦非填砌之谓也。妙于翦裁，则簇簇生新；活剥生吞，则恶腐堪厌。又有羌无故实之题，而说来花团锦簇，鲜艳夺目者，则熟于烘云托月之法也。尤非广为搜罗，善于驱遣不为功，安得以遗貌取神，而自诩为白描高手哉？或谓多钱善贾，长袖善舞，吾知之矣。然往往有征材极博，而为韵所窘，不能如意指挥，可奈何？则又有选韵之法在。

[1] 白：疑为“自”，形近误植。

一曰琢句。试帖之诗，虽篇止六韵、八韵，句止五字，而句法、调法，错综变化，不可端倪。悉心锤炼，则浑脱圆融，句成而调即随之。切不可轻易下笔，一落纸上，则迹象已滞，难于更改，务宜成诵在心，涵咏在口，觉有未当，再事推敲,庶几变动不拘,有神无迹。其最易犯之病：**一为碰头**，如上联头两字用一虚一实（丽日祥云之类）,或一实一虚（月白风清之类）,或用双实（露珠月镜及风霜雨露类）双虚（空蒙寥廓及可有能类）字面，而下联又连接用此类字面，是犹二人碰头也（上皆借天文字样起例，余可类推）；**一为蹑足**，如下联末二字，与上联末二字相类（单双虚实之类），是后人蹑前人之足也；**一为折腰**,诗句中间,一字用虚活字面掉转,取其摇摆灵动,若下联接连用此等句法,则腰软弱欲析[1]矣；**一为裂腹**，诗句中间一字，用坚实字面撑持，取其挺拔有力，若下联接连用此等句法，则腹胀满欲裂矣；**一为踏虚**，如上联遗貌取神，用白描笔法，最为诗中超脱之诣，但下联不可再用此法，再用则全系空中楼阁，毫不著实，是踏虚也；**一为砌实**，诗中运用典故，以不粘不脱为佳，偶尔填用实典，本无伤于大雅，但接连堆垛，全不见翦裁组织之巧，则板重可厌,就砌实也。凡此诸病,皆属句调之累,犯之则节奏不谐,无以尽反复抑扬之致。昔人评诗有曰："端庄杂流利，刚健含婀娜"，最能形容出句调妙处，是故善于吟咏者，通篇从不作一复调。

一曰炼字。炼字本与琢句一事，兹特分别言之。盖字法

[1] 析:疑为"折"字。

有虚有实，有动有静，有轻有重，有刚有柔，务须称量而出。大凡诗句中下，要圆相，不可有滞相；要活相，不可有呆相。尝有眼前典故，与题似不相涉，而因一字下得灵敏，便觉十分精切巧不可阶者，则字法之妙于牵合也；有词义稍近沈晦，而因一字下得快利，便觉无限精神跃露纸上者，则字法之妙于醒剔也；有一句似属两橛，而因一字下得融洽，便觉神气贯注，妙造天成者，则字法之妙于联络也。又有上句已经推开，而下句陡然拍合，上联已经荡远，而下联瞥然折回者，则字法之妙于掉转也。总而言之，一字支离，虽佳句亦为减色；一字惊醒，即常语亦能惊人。至于斟酌对句，则字法尤须称量虚实、动静、轻重、刚柔，以期铢两悉称，方无余憾之留。

一曰著色。著色之法，亦琢句中事，兹并为拈出。丹青家精心皴染，而不掩其韵致，诗家何独不然？况应试之诗，尤忌枯寂，务以五色成文，鲜妍夺目为佳。然过于暗淡，固不足观；过于艳冶，亦嫌太腻。惟浅深相间，浓淡相兼，鲜明而不失之蔫，庄雅而不流于俗，斯为秀色可餐。初学作诗，于著色之病，有当切戒者二：一为乔妆（为乔而野也），粉饰为工，邻于重浊，譬诸乡村妇女，本乏丰韵，又不善于修饰，花花草草，满头乱插，红红绿绿，浑身尽穿，在彼以为尽态极妍，见之者欲呕欲吐，是乔妆也；一为重染，如干支卦爻、颜色数目、鸟兽鱼虫各字面，熘染家自不容废，但上联已用过此类字面，则下联即当改换，以免繁复。若用过又用，如涂涂附，是重染也。此皆初学易犯之病，允宜悬为厉禁。若夫光怪陆离，斒斓五色，乃三代鼎彝法物，非试帖所有，亦非试帖所宜，不敢过为高论。

一曰和声。沈约所论“八病”，专指音韵而言，故《八法》以和声终焉。魏庆之《诗人玉屑》云：“休文所论诗有‘八病’：一为平头，谓第一、第二字不得与第六、第七字同声。如‘今日良宴会，讙乐莫具陈’。今、讙皆平声，日、乐皆入声是也。二为上尾，谓第五字不得与第十字同声。如‘青青河畔草。郁郁园中柳’。草、柳皆上声是也。三为蜂腰，谓第二字不得与第五字同声，如‘闻君爱我甘，窃欲自修饰’。君、甘皆平声，欲、饰皆入声是也。四为鹤膝，谓第五字不得与第十五字同声，如‘客从远方来，遗我一书札。上言长相思，下言久离别’。来、思皆平声是也。五为大韵，谓如声、鸣为韵，上九字不得用惊、倾、平、荣等字是也。六为小韵，谓除大韵一字外，九字中不得有两字同韵，如遥、条之类是也。七为旁纽，八为正纽，谓十字内两字叠韵为正纽，若不共一纽而有双声为旁纽。如流、久为正纽，流、柳为旁络是也。”按《梁书》，沈约，字休文，撰《四声谱》，高祖问周舍曰：“何谓四声？”舍曰：“天子圣哲是也。”又《南史·陆厥传》，时盛为文章，沈约、谢朓、王融以气类相推毂，汝南周彦伦善识声韵。约等文皆用宫商，将平上去入四声，制为韵谱。有平头上尾诸病，五字之中，音韵悉异，角徵不同，世呼为“永明体”。（此条录《困学纪闻注》）此李百药所谓“上陈应刘，下述沈谢，刚柔清浊，音若壎篪”也。诗旨至是茂矣，美矣，蔑以加矣。虽然，千金之产，积始锱铢，百尺之台，筑从分寸，学者不顺循其法，厚立其基，而遽期神动天随，自然入妙，则吾未之前闻。

【按】原载卢前主编的《南京文献》第18号，民国三十七年（1948）六月由南京文献委员会通志馆印行。全文于作诗之法只谈了“八法”，似有未尽之意。

陈熙春与《诗法撮要》及其他

刘荣喜

上新河是一条人工开凿的内陆运河，清代《上江两县志》记载“上新河明洪武间开”，距今有600多年的历史，这条河的开通，为南京河西地区的发展带来了政治、经济、商贸的繁荣，使得原来不知名的江边渔村——上新河镇迅速崛起，成为南京的“小苏州”（王凤生《上新河竹枝词》语）。

陈熙春（1828—1887），就生活在南京河西地区（今建邺区）上新河镇，原名开第，字念劬，号庸叟。同治十年（1871）恩贡生，精通经史地理，工诗文。曾应汪梅村纂修《江宁府志》而采访上新河一带遗逸耆旧，著成《鹭洲耆旧册》，为记录上新河地区历史人物的专著，为府志采用。曾应聘掌教河南彰德昼锦书院十四年，并总纂《内黄县志》。

陈熙春的作品存世不多，在民国卢前主编的《南京文献》第十八号收录有他的《诗法撮要》一卷，排印本。此书乃为初学作诗的读者提供作诗门径而撰，其在引言中说：“作诗始基，譬诸作室，必先详定界址（审题之法），酌明间架（布局之法），积灰砖，运木石（征才选韵之法），将柱础墙根一一筑固，然后渐次施工（琢句、炼字、设色、谐声诸法），以成上栋下宇之规，备致鸟革翚飞之美。若始基不固，纵凭空结撰，八面玲珑，极之杰阁凌霄，层楼插汉，终恐风雷震撼，日炙雨淋，摇动不安，倾颓必易。”比喻精辟，说理切近。陈氏还说：“今将入手各法，分别开列于右，理浅近而语简明，为初学计。”可是全书只《八法》一篇，包括审题、布局、征材、选韵、琢句、炼字、著色、和声8条。《八法》之外，作诗当有很多其他要求，可是全书戛然而止，可见《南京文献》收录的可能是作者晚年未竟稿本遗作。

陈熙春主要的传世作品有《庸叟文稿汇编》，民国十二年（1923）南京寿山堂铅印本传世，南京图书馆有藏。全书包括《读左臆言》一卷、《怡云草堂诗文》一卷、《杂著》一卷。书中应该有不少上新河的文献资料，值得公开出版。

另外，上海图书馆藏有陈熙春《寿山堂散体文不分卷》2册，手抄本。江西学者、《王凤生年谱》的主编之一王鸿平先生曾赴馆查阅过，并赐我陈熙春所撰《书王江栖先生遗事》一文照片，十分珍贵，文中记述明代上新河遗民诗人王楫的事迹，为我写作《明末遗民南京流寓诗人王楫事迹考述》助力极大。

陈氏具体生平，有清末南京地方志学者陈作霖所撰《陈明经传》，见于其所著《寿藻堂文集》卷下和其主编的《金陵通传》“续通传”中。全文附后：

君陈氏，讳熙春，本名开第，字念劬，江宁恩贡生。性耿介，寡言笑，耽研经史，而多深沈之思。最工四书义，间作古文，亦谨守家法，肄业钟山书院。院长临川李小湖大理，论文严，鲜所许可，独赏君与秦荫棠副贡汝槐之作，谓有艾千子、章大力风格，月课屡冠其曹。六安涂公阆轩时以太守监院事，别开文会，君亦与焉。汪悔翁助教纂修府志，以君旧居上新河，属以采访，君上《鹭洲（即上新河）耆旧册》，最为详备。会涂公巡抚河南，乃有昼锦书院主讲之聘。夫河南虽居天下之中，而风气朴野，词章之学远逊东南，咸同时上元鲁星垣孝廉应奎、余少南文学鸿、江宁袁顺之孝廉煐、顾晓帆明经大昕辈，以经义诗赋友教宛洛间，莫不推为江东名士。及光绪初，凋谢殆尽，而君适应聘远来，本其曩作都讲时所饫闻于李大理者，刊规条十则，以约束诸生，士习为之一振。又尝编辑《外黄县志》，校阅开封、彰德两府试卷，束修之问，不绝于道，北方之学者，未能或之先也。未几卒于方庆甫刺史许州署中，著有《怡云书屋诗文集》。

陈作霖曰：自来一介之士，怀才负异，不得志于有司，挟三寸不律，为人执文字之役，回翔于不官不幕之间，负郭无用，欲归不得，老死羁旅，未能生入国门，良可慨已。此龚艾堂内翰跋君集语也，予诵其言而悲之，因取以为传赞云。

光绪六年（1880），江宁府知府蒋启勋续修江宁府志，汪梅村受聘为总纂，修纂《光绪续纂江宁府志》。汪士铎是史学家、诗文大家，但是这项浩大工程，非一人所能独力完成，于是他召集了一时之彦杰任分纂、分修，严叙例，去芜杂，存史料，求征信，成一代志书之佼佼者。其中生活于上新河镇，对河西非常熟稔的陈熙春应邀参与其事，他采访上新河一带遗逸耆旧，著成《鹭洲耆旧册》，为记录上新河地区历史人物的专著，为府志大量采用。鹭洲，即河西白鹭洲一带，也就是曾经的上新河镇地区。由于现在南京河西城市客厅的快速建设，上新河这一古老的地名，也很少出现在人们的视野中了，虽然有日新月异的自豪，但是也有历史遗存丧失，沧海变桑田的遗憾。

《鹭洲耆旧册》未见历代书目著录，可能已经散佚。其中的部分文章尚有留存，如他的《上新河镇采访说》一文，被陈作霖编入《国朝金陵文钞》卷十五，为我们了解上新河一带明清时期人物遗迹，研究建邺文史提供了宝贵的线索。我曾经结合文中提及的人物，对曾经生活在上新河的明清的文人，如王楫、朱福田、王凤生家族、黄文涛家族、洪造深家族等进行了考证挖掘，厘清了很多历史疑点。

《鹭洲耆旧册》很多内容为《江宁府志》选用，但非常遗憾的是没有具体标注所引的内容。《鹭洲耆旧册》可能并没有刊刻，钞本也不知有没有传本，只能等待历史奇迹的发生了。

江东文萃 第一辑

金立安 主编

感逝草
学治体行录

[清]王凤生 著

写韵楼诗钞

[清]王瑶芬 著

刘荣喜 点校

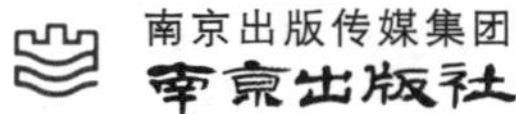

图书在版编目（CIP）数据

感逝草 /（清）王凤生著；刘荣喜点校 . 学治体行录 /（清）王凤生著；刘荣喜点校 . 写韵楼诗钞 /（清）王瑶芬著；刘荣喜点校 .-- 南京：南京出版社，2024.12

（江东文萃 . 第一辑）

ISBN 978-7-5533-4624-3

Ⅰ . ①感… ②学… ③写… Ⅱ . ①王… ②王… ③刘… Ⅲ . ①中国文学－古典文学－作品综合集－清代 Ⅳ . ① I214.92

中国国家版本馆 CIP 数据核字（2024）第 108731 号

书　　名： 江东文萃 第一辑

主　　编： 金立安

出版发行： 南京出版传媒集团

南 京 出 版 社

社址：南京市太平门街 53 号　　邮编：210016

网址：http://www.njcbs.cn　　电子信箱：njcbs1988@163.com

联系电话：025-83283893、83283864（营销）　025-83112257（编务）

出 版 人： 项晓宁

出 品 人： 卢海鸣

责任编辑： 刘　娟　金　欣　聂　焘　舒之仪

装帧设计： 金立安　余振飞

责任印制： 杨福彬

印　　刷： 南京新豪彩包装服务有限公司

开　　本： 880 毫米 ×1230 毫米 1/32

印　　张： 27.75

字　　数： 578 千字

版　　次： 2024 年 12 月第 1 版

印　　次： 2024 年 12 月第 1 次印刷

书　　号： ISBN 978-7-5533-4624-3

定　　价： 148.00 元（全四册）

感逝草

婺源　王鳳生　振軒

袁簡齋先生枚　浙江錢塘進士官翰林院庶吉士改江蘇江寧縣

文壇江左昔傳薪我亦曾叨香火因萬事從心緣早退一生有筆不猶入名山競垂登龍價金粉長留入座春往事如風休詆譽千秋難昧性情眞

姚姬傳先生鼐　安徽桐城進士官刑部郎中

早抛軒冕臥松雲浩浩襟期迴不羣一去空山成太古千秋道統在斯文得隨杖履三生幸如對芝蘭滿室芬載別緯帷

感逝草　一

王凤生诗集《感逝草》（国家图书馆藏本 王鸿平供图）

王鳳生

鳳生字振軒一字竹嶼江甯人婺源籍歷官兩淮鹽運使著有浙西水利備考滄江感舊集

感舊詩

方葆巖先生 名維甸江蘇上元人安徽桐城籍敏恪公子襁褓卽覲天顏及成進士官中書部郎內直樞密外贊軍戎歷征金川西藏臺灣等處以勞績授長蘆鹽政洊至浙閩總督予告終養復起爲直隸總督値母喪不赴廬墓哀毀而卒年甫五十朝野惜之賜謚勤襄凡宦轍所至咸被其澤而家貧幾無以自給公天性恬澹處之晏如著有詩集及西征紀畧

傳家節鉞自風清諸葛煌煌宇宙名戎馬極天窮絕塞波濤大海翦長鯨陳情詎料傷親毀遺恨還齎報國誠記得金陵徧登陟歸來將相一書生

陶貽雲姊夫 名渙悅江甯舉人垂髫入泮有神童之稱長負倜儻才詩名徧南北自以久困

《国朝金陵诗征》卷四十六选录王凤生《感旧诗》

王凤生著《学治体行录》刻本封面

余少時閱知不足齋叢書見蕭山汪龍莊先生佐治藥言學治臆說二種爾時雖未嫻吏事心竊慕之迨嘉慶十年以通判需次浙江又二年奉大府檄監修蕭山之西江塘始獲交於先生令子蘇潭吏部葢先生之歿三年矣蘇潭復出家刻是編見示受而讀之益識其以經術飭吏治洵筮仕不朽良規也今之州縣倘各置一編爲座右箴將天下無不可爲之治亦無不可學之治人於從政乎何有藏諸篋中時以自勵葢又有年比年歷權玉環平湖蘭谿等缺試以所言徵諸行事益如布帛菽粟之不可離惟時異勢遷或其說偶有未備竊爲推類以盡其餘以存千慮之一得亦敝帚自享云爾近者同官諸君子謬謂予宦浙久每以政事商榷并囑筆之於書自維謭陋不足爲吏之良而苟有益於

國計民生亟願諸君子之得行其志以大有爲於天下也適奉鈎稽鹽庫復以一身綜核清查局務昕夕尠暇久未搦管癸未仲夏有龍游勘案之役因就篷窗記憶即向所採之緒論身體力行者益以鄙見出而質正諸君若夫學焉而未之逮則未經涉歷不敢徒托空言請循覽原書以各臻所至也可

道光三年六月婺源王鳳生題於錢江官舫

王凤生《学治体行录》自序

王鸿平、潘旭辉编著《王凤生年谱》（江西高校出版社 2018 年版）

皇朝經世文續編卷二十五

吏政八守令中

武進盛　康

從政要言

令在必行

令出惟行謂令在必行而後出也若徒煩文告而不隨事認眞即嚴拏地棍禁賭逐娼亦祇飽吏役之橐囊遂刁民之訛詐於地方卒無裨益余所涖之處娼賭偵知其址每不動聲色藉查夜以親拘多有所中惟禁令雖嚴總不准差役及非分之人稟娼首賭縱所稟得實訊結本案亦必究其需索不遂予以責懲至於地棍爲閭閻之害拘則必得其人治則必盡其法發之以密行之有恆務有以鎩其翼而鏟其根斷不可姑息養奸若情

皇朝經世文續編　卷二十五　吏政　守令中　一　思補樓

盛康编《皇朝经世文续编》选录王凤生《学治体行录》多篇，题作《从政要言》

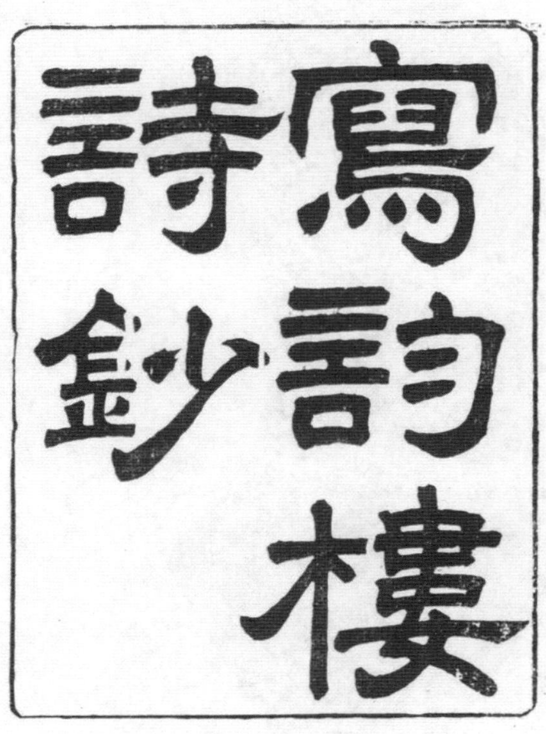

《写韵楼诗钞》同治刻本封面

王瑶芬书画扇面（江西王鸿平提供）

《江东文萃》序

杨　晨

万里长江，浩浩汤汤，瑞气升腾，氤氲东来。

千载之下，大江穿境金陵，逐渐形成江南、江北、江东等地理概念的文化符号。这其中颇有历史人文底蕴、与建邺文脉休戚相关，且令人自豪的，当属江东这张名片。

史载公元前 241 年的战国时期，楚国春申君改封江东，对江东经济社会的进一步开发发挥了积极作用。东汉末年，孙吴奠基江东，并于 229 年（黄龙元年）迁都建业。六朝古都，十代都会，自孙权开都，至民国时期，多少风云激荡的王朝更迭故事，发生在江东这片古老的土地上，并且积累了多难兴邦的政治文化、千秋风雅的儒学文化、文光璀璨的诗词文化、世代传承的科技文化……随着江东政治、经济和文化的历史嬗变，以建业（建邺）为内核的江东文脉，逐渐亮丽成长江文化带上的一颗炫彩夺目的明珠，为南京历史文化名城映照了深博的文化底色，为南京世界文学之都浸染了无穷的人文气韵。

南京是一座虎踞龙蟠、山环水绕之城，正如孙中山先生在《建国方略》中所言："其位置乃在一美善之地区。其地有高山，有深水，有平原，此三种天工，钟毓一处，在世界

中之大都市诚难觅此佳境也。”长江作为中国母亲河，本身就是古老而又充满活力的中华文化载体；而作为南京母亲河，流贯全城的秦淮河则是一条流动的文化地标。在两条母亲河的襟怀里孕育的江东文化，青史绵延、波澜壮阔、气象万千，留下了许许多多珍贵的文化遗产。这些文化遗产犹如一座座宝藏等待人们去探宝、去发掘。

仅以古代诗词为例，大量的诗词作品闪耀着有关江东的故事和醉人的诗情。唐代大诗人杜甫在《春日忆李白》里写道：“渭北春天树，江东日暮云。”白居易在《宿窦使君庄水亭》里写道：“使君何在在江东，池柳初黄杏欲红。”杜牧在《题乌江亭》里写道：“江东子弟多才俊，卷土重来未可知。”宋代文学家王安石在《叠题乌江亭》里写道：“江东子弟今虽在，肯与君王卷土来。”南宋女词人李清照在《夏日绝句》里写道：“至今思项羽，不肯过江东。”到了清代，诗人方文在《竹枝词》里写道：“侬家住在大江东，妾似船桅郎似篷。”诸多前人诗句里的“江东”，具有广泛的文化地缘意义，自然包含建邺在内。阅读名人诗词，领悟丰富内涵，吸收历史能量，从而引发我们对江东辉煌历史的敬重，引起我们对江东灿烂文化的热爱，激励我们对建邺美好未来的憧憬。

今天的建邺，是滨江之区、滨河之区，是南京的城市客厅，也是当然的江东之地——曾经河西的“江东”，便是历史上人文“江东”的缩影。作为南京文化和长江文化的重要组成部分，如何挖掘、整理并利用好江东文化，推动江东文化在新时代的传承、发展与创新，是摆在每一位有识之士面前的任务和使命。

2021年初，建邺区成立了江东诗社，旨在挖掘、传播和弘扬江东文化。诗社团结了一批热爱江东文化的诗人、作家和文史工作者，他们勤于耕耘、乐于奉献，为探寻与研究江东文化付出了辛劳。我们从现在起，陆续把与建邺有关的江东珍稀文献编印出来，目的在于：一是将刊印的文献，作为诗社成员进一步学习、研究之用，并在学习前人的基础上努力创作出更多、更好、更有特色的优秀作品，为延续江东文脉、促进建邺区文学艺术事业不断繁荣做出新的贡献；二是在此基础上，通过研究将过去尘封的静态的文学作品、文史资料，转化为建设建邺的鲜活的文化资源，为建设更加美好的建邺提供源源不竭的文化软实力和精神力量！

最后，以江东诗社社长金立安先生的《江东》诗，作为本文的结尾：

烟波万里碧云空，樽酒流连薄暮穷。
水绕千山如走笔，弦惊一箭欲开弓。
凭栏遥望轻尘里，回首相逢远梦中。
建邺从来佳胜地，请君听我说江东。

2021年8月

作者系中共南京市建邺区委常委、宣传部部长

《江东文萃》的缘起

金立安

2019 年 6 月，我因工作分工调整，分管并主持建邺区文联日常工作。关于文联的工作职能，我的理解是：团结、引领、联络、协调、服务和组织文学艺术工作者和爱好者，创作以建邺为题材的各类文学艺术作品，满足人民群众对文化生活的需要；同时以文学艺术形式，宣传推介和展示建邺经济社会生活的新风貌、新精彩。

今天的建邺区，经过区划调整 20 多年来全区人民的开拓创新，在河西江滨的土地上画出了新美图景，城市基础建设、社会各项事业取得了令人瞩目的成就——“大美河西锦绣建邺”已经成为靓丽品牌。如何为艺术家们寻找新的创作落脚点和兴奋点，如何深化、细化“大美河西 锦绣建邺”这一品牌，成了我当时思考工作的原点和出发点。

我首先借鉴传统文化中评选景点的做法，推出锦绣建邺新老景点中的闪光之处，就这样——评选建邺十景的想法浮现脑海，进而细化成工作方案，而且得到文旅局领导班子和区委宣传部领导的支持。在牵头建邺十景评选过程中，我邀请了南京两位文史专家袁裕陵、高安宁先生一起实地踏勘，初选景点。此后，在 20 个备选景点中，“莫愁烟雨”“绿博春深”“奥体双虹”“鱼嘴江天”等 10 个景点脱颖而出。

在一个个景点调研过程中，我惊叹建邺文化底蕴的深厚与高华，建邺人文禀赋不仅接地气，而且有文气。在感受古往今来的建邺历史文化中，我对江东文脉的产生、发展以及现状尤感兴趣，写出《话说江东》一文。此文在《茶亭》和“建邺播报”连载发表，并产生了一定的社会影响，《现代家庭报》《中华文化》《炎黄文化》等报刊及“南京诗词”“紫金山新闻网”“学习强国”等众多媒体先后转发，《南京日报》还将题目改为《守住长江文化中的江东文脉》整版发表。这篇文章写作过程中，我觉得江东文脉的根在南京、在建邺，所以自然萌生了成立江东诗社的想法。这一想法，得到了区文旅局和区委宣传部主要领导的赞同和支持。

2020 年末，江东诗社在紧锣密鼓的筹备中。短短 20 多天，收到省内外诗家数百首（副）贺诗贺联，原定今年元旦在王汉洲故居揭牌，由于疫情反复，推迟到 3 月 26 日揭牌，吸引了一批对诗歌有兴趣、创作成果突出的诗家一起加盟。

成立诗社，旨在立足“江东文化”，利用诗歌这一艺术形式宣传社会主义核心价值观在建邺的崭新实践，让旧体新诗与江东文化相互激荡，创作出体现新时代、新气象的优秀作品，用诗歌丰富人们的精神文化生活，满足人们对美好生活的新期待。

成立诗社，旨在为广大诗歌作者和诗歌爱好者营造一个良好的交流、学习、创作与提高的平台，促进更多诗人优秀诗作的产生，推动建邺地区诗歌的创作与繁荣，进而从精神层面提升建邺的影响力、知名度和美誉度。

建邺作为南京世界文学之都的城市客厅，千百年来与文学结下了不解之缘。在南京一长串文学风景线上，可谓“长亭更短亭”，不时可以找到建邺美丽的风雅景色。在新时代南京世界文学之都的背景下，建邺文学艺术仍需溯源发掘，仍需创新创造，于是《江东文萃》便应运而生。

用诗心怀想璀璨昨天，以真情创造美好未来，让生命在生活中绽放风采。这便是江东诗社的初衷,也是《江东文萃》的缘起。

2021 年 8 月

作者系南京江东诗社社长

前 言

刘荣喜

南京市建邺区古代文人存世著作最多、对后世影响最大的当属出生并生长于上新河的王凤生。

王凤生，原名汝凤，字振轩，号竹屿，祖籍安徽婺源人。乾隆四十二年（1777）出生于时属江宁府江宁县的上新河马巷，一个书香韵味浓厚的宦官世家。父亲王友亮（1742—1797），字景南，号东田，又号葑亭，幼年跟随祖父在南京上新河从事木材生意，在南京上学读书，因此寄籍江宁，乾隆三十年（1765）举人，四十六年（1781）进士，曾授刑部主事，官至通政司副使，为正四品官员。官刑部时，决狱多平反。王友亮著有《双佩斋文集》4卷、《双佩斋诗集》8卷、《金陵杂咏》等，亦好诗且能诗，以诗名。王凤生跟随父亲居住于江宁白鹭洲附近，建有江声帆影阁、三山二水居，卒于道光十五年（1853）。

（一）

王凤生工于诗文，传世诗集有二种：一是道光十二年（1832）刊刻的《感逝草》1卷，国家图书馆有藏本；一是《江声帆影阁诗集》1卷，刘声木辑《续补汇刻书目》卷十三有著录，但今人编著的中华书局《中国古籍总目》未见收藏，据《王凤生年谱》编者王鸿平先生告知西南大学图书馆（重庆）有藏，可惜笔者未能一睹。

清代诗评家袁枚在《随园诗话》中说："新安王氏，一家能诗"。这里的"新安王氏"实际上是指久已居上新河，而祖籍新安（古称徽州，今江西婺源）的王凤生家族。《随园诗话补遗》卷六有评王凤生诗：

> 葑亭给谏之次子王凤书（生），年十七，孔翔之弟也。《无题》云："倚舟春思正徘徊，恰值仙郎觌面来。待要郎看还似怯，半窗斜掩半窗开。"《北渡》云："北过黄河不见山，谁知此地有峰峦？抬头绝似人离久，分外搴帘要细看。"又："村僻犬惊车辙响，地高鸟近屋檐飞。"句亦佳。

文中"葑亭"即王凤生的父亲王友亮的号，"孔翔"即王凤生的哥哥王麟生，但是王凤生的名字袁枚误记或误刻为"王凤书"。袁枚年长王凤生60多岁，在评17岁的王凤生诗时，袁枚已年近80岁，误记后生的名字也是可以理解的。他认为王凤生年纪轻轻，所作诗"句亦佳"，鼓励王凤生今后会有更多的佳作。这里引用的两首半诗作，虽显稚嫩，但是意境和情景还是颇为灵动活泼的。如果能看到其《江声帆影阁诗集》，我们对他的诗将会有一个更加全面的认识。

《感逝草》是王凤生晚年作品。道光十二年（1832），王凤生赴湖北总办水利，一路劳顿，风雨交加，"追忆生平故旧，自少而壮，自壮而老，不过五十年间事耳，今已凋零殆尽，言念逝者，行自伤也”。于是，回顾生平交游，“因即畴昔交情之笃，或以恩知，或以道义，或以文字，或以性情，各系七律一章吊之。百感茫茫，不觉信笔漫书成帙，凡一百四十五首”(《自序》)。诗中所怀之人，多为自己的父辈师长和同辈交好，历述自己接受先生指导，或同侪诗酒酬唱的过往经历，充满怀念之感。

朱绪曾编《国朝金陵诗征》卷四十六收录有王凤生《感旧诗》19首，选录的均为与南京有关的人物，全部可见于《感逝草》中。从《国朝金陵诗征》所引《感旧诗》每题之后的人物介绍看，文字内容较《感逝草》明显丰富，如介绍“孙怡堂上舍韡”，《感逝集》只有四字“江苏六合”，十分简单，但是《国朝金陵诗征》的介绍就详细得多：“六合人，工奏记，遨游为幕府上佐，性好游且豪于诗酒，与人交有侠气。曩予官浙时，每遇清暇，辄与载酒登临于西湖山水间，鸿迹几遍，当时酒酣耳热，议论风生，迄今犹可想见也。年未六十，卒于家。”有76字，对他的性格、爱好、卒年，以及交往，均有涉及，为我们了解孙怡堂生平有很大的帮助。

朱绪曾在作者小传中说王凤生著有《沧江感旧集》，它与《感逝草》应该是同书异名。从两书对所怀人物介绍详略不一的情况，我们可以推测，《国朝金陵诗征》选录的《感旧诗》应该源自《沧江感旧诗》，而不是《感逝草》。仔细比较两个版本诗文部分，大部分文字相同，极少有较小的改动。改动文字最多的是王凤生怀念家人《云起胞侄世林》一首：

当日重帏**爱有加**，念遭孤露甫童**芽**。**偏**亲再失终身慕，

一第无成两鬓华。古籍空萦心夙好，债台难避客争哗。九原**差慰遗儿女，已半**年来受室家。（感逝草）

当日重帏**钟爱甚**，念遭孤露甫童**牙**。**慈**亲再失终身慕，**壮岁频伤勒帛加。贫贱侵寻怜老大，荠盐颠倒负年华**。九原**何事差堪慰，儿女**年来受室家。（感旧诗）

全诗56字中有33字不同，文字变动极大，超过半数位置都进行了修改。从本诗最后一句的语气看，创作《感逝草》时王云起的儿女才一半成家，到完成《沧江感旧诗》时，他的儿女已经基本全部成家了。由此可见《沧江感旧诗》是《感逝草》的增补修订本，此本可能只有钞本家藏，并没有刊行，而朱绪曾在编著《国朝金陵诗征》时就是据此家藏增订本收录的。

（二）

王凤生自幼聪颖，接受家传吏学教育，博涉经史，科考之路很不顺利，久试不第。由于家道殷实，于是在而立之年捐资纳官，出任浙江通判，曾奉檄监修萧山之西江塘，开始于水利图籍有所关注。

道光三年（1823）浙西大水，江浙两省合议治理，调他任乍浦同知，勘察水道。后多次参与淮南、河北、湖北等地水利、河工等治水工作，由于他能坚持实地勘察，“笃好图志”，将各地的水利状况梳理清晰，明了利害，所以每多奏效，造福地方，受到朝廷重臣、地方要员的赏识，成为当时著名的水利专家，经常被委以重任，到水灾一线组织救急抢险。更加难能可贵的是，他终生酷爱水利事业，每到一地就调查水利状况，绘图成册，不仅自己便于掌握情况，更加有利于后之来者。他所著的《浙西水利备考》《宋州从政录》《楚北江汉宣防备览》《江汉纪程》等均成为我国古代经典的水利著作。

王凤生是一个善于学习、敢于创新的技术性官员。他受家庭和传统儒家教育的影响，自小就有“齐家治国平天下”的远大抱负，虽然科考不利，但仍关心吏治，阅读“官箴”书籍，尤其心仪清代著名学者浙江萧山的汪辉祖的著作。他在《学治体行录》自序中说：“余少时阅《知不足斋丛书》，见萧山汪龙庄先生《佐治药言》《学治臆说》二种，尔时虽未娴吏事，心窃慕之。”萧山汪龙庄先生，即清代乾嘉时期的良吏汪辉祖（1731—1807），字焕曾，号龙庄，浙江萧山瓜沥原云英乡大义村人，是一个聪敏干练、断案神速、为民理直、颇得人心的一代名吏，被称为“一代名幕”。他为幕三十四年，以善断疑案著称，足迹遍布江浙两省十八个州县衙门，勤政爱民，政绩斐然。他著述宏富，其中关于为官从政的著述成为后世官员的圭臬。胡适曾盛赞说：“我读乾隆、嘉庆时期有名的法律家汪辉祖的遗书，看他一生办理诉讼，真能存十分敬慎的态度。他说：‘办案之法，不惟入罪宜慎，即出罪亦宜慎。’他一生做幕做官，都尽力做到这‘慎’字。”受其影响，王凤生在其三十年为官中，恪守汪氏理论，结合具体情况，知权达变，政绩卓著，也特别喜欢总结从政经验，笔耕不辍，著作颇丰，其中《越中从政录》五种尤为突出，此书包括《学治体行录》两卷、《荒政备览》两卷、《浙江平湖县查编保甲事宜》一卷、《浙省仓库清查节要》一卷、

《两浙运库清查挈要》一卷、《浙西水利备考》四卷，记录了他在浙江为官期间的经历、经验，其中的“《保甲事宜册》，经汪总督志伊通檄浙、闽两省，刊为州县程序”（陶定申《竹屿公传》语）。

近代封疆大吏、政治家林则徐（1785—1850）在《题王竹屿都转黄河归棹图》中评王凤生说：“传家裕经术，夙志在用世。治绩越中彰，姓名御屏记。”认为王凤生的政绩在“越中”（今浙江），主要体现在他的《越中从政录》。《学治体行录》是《越中从政录》中最重要的部分，全书分上下两卷。上卷25篇，下卷20篇。基本上阐述了王凤生对于居官者的自我要求以及作为地方官基本的日常行政职责，记录了他从嘉庆十年（1805）入赀捐官浙江试用通判开始到道光三年（1823）十几年间的为官经验。文中多有借鉴、参考和引用汪龙庄《佐治药言》及《学治臆说》等著作中的内容，体现了他对汪龙庄的钦慕与敬仰。

王凤生虽然没有受到汪龙庄的亲炙，但是能够结识他的儿子，并以得到汪氏著作而倍感兴奋。他在《学治体行录》自序中说：“嘉庆十年，以通判需次浙江。又二年，奉大府檄，监修萧山之西江塘，始获交于先生令子苏谭吏部，盖先生之殁三年矣。苏谭复出家刻是编见示，受而读之，益识其以经术饬吏治，洵筮仕不朽良规也。今之州县倘各置一编为座右箴，将天下无不可为之治，亦无不可学之治，人于从政乎，何有藏诸箧中，时以自励。”王凤生认为汪氏著作是吏治的“不朽良规”和“座右箴”，可见其推崇之至。后来王凤生历官浙江玉环、平湖、兰溪等县厅，身体力行，收获很多，因此他将自己的著述称为“学治体行录”，即体行汪氏学说，治理州县的经验总结。

王凤生虽然说自己是体行汪氏治理经验，即广施惠政、尽心尽力、廉政自洁、慎察息讼、范家束吏等等，其实书中还是有很多他个人的实操经验和案例。

读书容易实行难，很多烦琐杂乱的日常事务，没有持之以恒、勤俭自律的毅力和精神是很难做到的。他说：“余尝谓做官须先克己，己正而后治宅门，宅门内既理，而后治衙门，衙门既理，而后治四境。”（《贵慎始》）认为为官必须要求一切“从我做起”，然后才能管好家庭，接着管好衙门，最后管好自己的领地，这是非常朴素的思想。他总是要求自己“早起阅呈，批判稿案，午后看本日示审案卷，然后坐堂听讼，计退食之时，则已二三鼓矣，仍将是日之禀檄交移阅讫乃已，必令几案之间不留片纸”（《克己》）。这是多么的勤奋和坚持，王凤生“在玉环一年，凡清积案四百余事。在兰溪，仅数月，亦清积案七百余事”（陶定申《竹屿公传》）。因此，魏源在其墓表中说：“今天子御极以来，江浙知名吏，以平罗俞君、婺源王君称最”，这些都是实实在在干出来的。

王凤生不是墨守成规，而是能够结合实际情况妥善处理各种突发事件。他说：“惟时异势迁，或其说偶有未备，窃为推类，以尽其余，以存千虑之一得，亦敝帚自享云尔”，这也是他写作本书的目的。其中，他处理平湖县邪教事件，十分值得借鉴。当时平湖有“数百户诵经茹素传授邪教者”，既往他地的处理是迅速缉拿，送官羁押，甚至大开杀戒，以儆效尤，为官者可以借此因功邀赏，但是王凤生认为“乡曲愚民茹素念经，志在求福”，是被“煽诱”，误入“术中”，是情有可原的，不必“玉石俱焚，有伤天地好生之德”。于是，他利用查保甲的机会，让各乡村在保甲换册的时候，留意从教人员和他们的活动情况，秘密收集“起获图像、经卷，分别首从”，侦察清楚之后，趁邪教组织活动的时机，集中抓捕处理。然后对误入邪教的普通居民，让他们在牌手、甲长、乡耆的具结保证之下，当场“茹荤饮酒”，破戒还俗，并放还归家，而实际拘押重处只有为首的几个人，“科以军流罪”，流放边陲。这样，“统计平邑各坊改教者六百二十余人，随汇造一册，遵例申报臬司衙门备案”。因此，邪教事件得以妥善处理，上官非常满意，而同僚大失所望，失去了一个邀赏请功、收刮民财的机会。（事见《查邪教》）

（三）

上新河王氏家族让人艳羡的是诞生了多位女诗人，出现了“一门四才媛”。王氏家族女诗人群体包括王麟生的妻子孔静亭（？—1791）、王廷言的女儿王少华及王凤生两个女儿王瑶芬、王玉芬等，她们均有诗文传世，但只有王瑶芬的诗集《写韵楼诗钞》保存至今。

王瑶芬（1800—1883），字云蓝，出生于南京上新河白鹭洲，王凤生的次女。嫁云南顺宁知府严廷钰为妻，在她的引领下，出现一个以其为中心的女诗人群体，包括她的女儿严昭华、严永华、严澄华（有《含芳阁集》一卷），儿媳周颖芳，侄女汪曰杼、严钿、严锦、严针，孙女严杏征、严寿慈、严颂萱等，将她祖辈的文学基因得到很好的传承，成为建邺文学史上独特的风景。

清代进士兼名医陆以湉在给王瑶芬诗集《写韵楼诗钞》所作序文中说："夫人（即王瑶芬）为婺源望族，令祖葑亭通政（即王友亮）、尊人竹屿都转（即王凤生）俱以诗名世，风流文采，照耀江东。"指出了她诗学的家学渊源；以东晋时有咏絮之才的女诗人谢道韫和东晋十六国时前秦才女苏蕙（著有织锦《回文璇玑图》）作比，"夫道韫咏絮，若兰织锦，千载艳称，而不闻叔平连波有赓酬之什，可知伉俪能诗，自古所难"，感慨王瑶芬夫妇皆能诗，史上难得一见；盛赞王瑶芬的诗"思沉而骨峻，神幽而味超，如芙蕖之出水，亭亭特立，而凡卉莫敢与之并。所谓体素储洁者，殆无愧焉"，认为她的诗思想深沉，风骨清峻，韵味悠远，如荷花亭立，不是一般花卉所能并举，有唐代司空图《二十四诗品》"洗练"所说的"体素储洁"，评价极高。

道光十二年（1832）春天，王瑶芬随夫任职云南已经10年，一日收到他父亲王凤生寄来的信札，并附有上新河新筑的"三山二水居"和"江声帆影阁"图及诗四首，王瑶芬"旅思无聊，乡心欲碎"，于是和诗四首报答，"写万里之相思"，其中一首写道："貌取家山寄短吟，胜游历历宛重寻。关河万里驰归梦，鸿雁中宵响远音。天末风尘羁宦迹，画中花木故园心。亲恩不尽长江水，休向春前问浅深。"看到父亲寄来的诗稿和图册，勾起了她对故乡的回忆，历历在目，但是由于她随夫在云南任职，只能梦里"驰归"，和中宵远听鸿雁了。特别是最后一联，她用长江水比拟亲恩，何尝不是她思念亲人的情丝，读来令人鼻酸。

几年后，她曾返乡探亲，伫立上新河边，吟《白鹭洲晚眺》诗一首："鹭州名胜重当年，水竹清华得地偏。万里江潮来眼底，六朝山色落尊前。新添池馆多如画，但许登临便欲仙。此即先人觞咏处，不堪回首感重泉。"上新河边的白鹭洲名胜、万里江潮、六朝山色、故乡池馆，美丽如画，让人如入仙境，但是"先人觞吟处"已经"不堪回首"，父亲业已离他而去，阴阳两隔。全诗没有一个"悲"字，而悲痛之情溢于言表。可见她驾驭语言的能力是非常洗练、娴熟而精到，难怪清末弹词女作家郑贞华（1811—1860）称赞她"如此清才，红闺第一流人"。

王玉芬，字华芸，一作华云，王凤生三女。王凤生年逾五十膝下无子，王玉芬决定"躬代子职，志贞不字"，一直不愿出嫁，准备奉养二老终生。后来弟弟出生，而自己年龄已经较大，嫁人困难，只好嫁给河南南河同知仁和（今杭州）严逊作继室，《国朝闺秀正始集》的编者女诗人恽珠（1771—1833）评价她为"纯孝可重"。她喜吟咏，民国王蕴章《然脂余韵》认为她的诗"自然流出，皆天伦至性之言"，著有《江声帆影阁诗稿》。可惜诗稿散佚，只有少量几篇诗词，如《岁暮送严亲于役省垣》《自叹》等，兹不赘录。

（四）

《感逝草》一卷，本次整理依据王鸿平老师提供的中国国家图书馆藏本照片。本诗集虽然许隽超整理的《王友亮集》（凤凰出版社 2018 年版）和潘旭辉、王鸿平编著的《王凤生年谱》（江西高教出版社 2018 年版）均有整理收录，但笔者结合国图藏本和《国朝金陵诗征》等收录文字进行校勘，发现仍有不少文字和标点方面的错误，因此我们重新进行了整理，并对其作必要的校注，使之更臻完善。朱绪曾《国朝金陵诗征》收录的文字全部附入《感逝草》的各自按语之中，不同的文字加脚注在同页下，便于读者比较研究。

《学治体行录》两卷，首次单行刊刻于道光三年（1823），北京大学图书馆有藏；后作者又将其与《平湖保甲事宜》等合辑刊刻为《越中从政录》五种，现安徽图书馆、江西图书馆、宁夏大学图书馆、美国哈佛大学汉和图书馆等均有收藏。本次整理，以2008年哈佛大学汉和图书馆影印版为底本，整理过程中参阅了2017年江西师范大学余婷的研究生论文《王凤生〈越中从政录〉的整理与研究》（底本为江西图书馆藏本），进行了点校。点校时，笔者对其中的文字、标点、断句、分段等进行勘误和调整，使之更臻完善。

王瑶芬《写韵楼诗钞》一卷，道光间曾刻于黔中，经乱版毁散失。后由其女严永华搜得旧本，增补后于同治十年（1871）在京江榷署重行付梓。本次整理以2014年国家图书馆出版社《清代闺秀集丛刊》第34册所收刻本为底本，并用苏州大学图书馆刻本为校本，二书牌记均为“同治辛未年秋七月京江榷署重刊”，但书后末篇严永华的跋文文字略有不同。可见此书重刊曾有两次印行，并有少许改动。

目 录

感逝草

学治体行录

学治体行录 卷上

学治体行录 卷下

写韵楼诗钞

感逝草

[清] 王凤生 著
刘荣喜 点校

感逝草

婺源 王鳳生 振軒

袁簡齋先生 校 浙江錢塘進士官翰林院庶吉士改江蘇江寧縣

文壇江左昔傳薪我亦曾叨香火因萬事從心緣早退一生有筆不獨入名山競重登龍價金粉長留入座春往事如風休誑譽千秋難昧性情眞

姚姬傳先生 鼐 安徽桐城進士官刑部郎中

早拋軒冕臥松雲浩浩襟期迥不羣一去空山成太古千秋道統在斯文得隨杖履三生幸如對芝蘭滿室芬載別絳帷

感逝草自序[1]

道光岁次壬辰，予以江汉宣防之役，无日不栖栖道路间，尘土劳形，简书旁午。虽性近于诗，至此亦无暇及矣。八月中旬，防秋[2]汉上，适值颠风大作，逾半月不止，时汛水亦异常盛涨，惊涛骇浪，舟如画地成狱，进退俱不可得。蓬窗兀坐，风雨凄其，追忆平生故旧，自少而壮，自壮而老，不过五十年间事耳，今已凋零殆尽，言念逝者，行自伤也。因即畴昔交情之笃，或以恩知，或以道义，或以文字，或以性情，各系七律一章吊之。百感茫茫，不觉信笔漫书成帙，凡一百四十五首，诗不能工，且以区区五十六字，岂足尽人人梗概。惟暇时展阅一过，虽黄垆宿草，尚可想见其为人，亦久要不忘之意。或有劝付梓者，姑存之以报九原之知也可。名次以诗之意到而成，不编先后，间有名与字偏忘者，当阙以询诸异日。至宗族则附于篇末，父执师资则以先生称，盖以示别也。

九月重阳后一日，竹屿王凤生自记。

[1] 底本无标题，点校者加。

[2] 防秋：古代西北各游牧部落，往往趁秋高马肥时南侵，届时边军特加警卫，调兵防守，称为“防秋”。这里借指预防。

感逝草

婺源 王凤生 振轩

袁简斋先生 枚

浙江钱塘进士，官翰林院庶吉士，改江苏江宁县。

文坛江左昔传薪，我亦曾叨香火因。万事从心缘早退，一生有笔不犹人。名山竞重登龙价，金粉长留入座春。往事如风休诋誉，千秋难昧性情真。

姚姬传先生 鼐

安徽桐城进士，官刑部郎中。

早抛轩冕卧松云，浩浩襟期迥不群。一去空山成太古，千秋道统在斯文。得随杖履三生幸，如对芝兰满室芬。载别绛帷曾几日，江天回首黯斜曛。

梁山舟先生 同书

浙江钱塘进士，官翰林院侍读，重晏鹿鸣，加学士衔。

当年挥手别蓬瀛，人海沧桑几变更。华胄郊祁同及第，高风巢许并长生。西湖直作君家物，丸墨犹轰举世名。遗迹摩挲留片石，银钩书竟被催成。（予前乞先生为先父母墓志书丹。）

吴谷人先生 锡麒

浙江钱塘进士，官国子监祭酒。

绛帷忆谒绿杨城，文酒依依故旧情。一代风骚崇雅正，两朝出处大光明。林泉老作终身慕，菽水归无二顷营。史传他年公论在，斯人合拟汉西京。（公以终养乞归，不复出山。）

方葆岩先生 维甸

江苏上元进士，官宫保，浙闽总督。

传家节钺自风清，诸葛煌煌宇宙名。戎马极天穷绝塞，波涛大海剪长鲸。陈情讵料伤亲毁，遗憾[1]还赍报国诚。记侍[2]金陵遍登陟，归来将相一书生。（先生告归终养，以母丧哀毁而卒。）

【按】《国朝金陵诗征》卷四十六选有王凤生《感旧诗》19首，中有本诗，附方葆岩传："方葆岩先生，名维甸，江苏上元人，安徽桐城籍。敏恪公子，襁褓即觐天颜。及成进士，官中书部郎，内直枢密，外赞军戎，历征金川、西藏、台湾等处，以劳绩授长芦

［1］ 憾:《国朝金陵诗征》卷四十六《感旧诗》作"恨"。
［2］ 侍:《国朝金陵诗征》卷四十六《感旧诗》作"得"。

盐政，荐至浙闽总督。予告终养，复起为直隶总督，值母丧不赴，庐墓哀毁而卒，年甫五十。朝野惜之，赐谥勤襄。凡官辙所至，咸被其泽，而家贫几无以自给，公天性恬澹，处之晏如。著有诗集及《西征纪略》。”

许秋岩先生 兆椿

湖北云梦进士，官浙江巡抚。

中外髯翁卓有声，如公始不愧勋名。力求民隐还知体，最肃官方却近情。两地馨香今定论，（江宁、云梦各为先生呈请入祀名宦、乡贤祠，俱奉旨特允。）当年忧患我孤生。师门无限酬知感，宿草何时泪一倾。（先生为先子会试房师，前任江宁太守时，适予家迭遭丧亡，备极艰苦，蒙矜恤甚笃。）

赵笛楼先生 慎畛

湖南常德进士，官云贵总督，前闽浙总督。

门庭如水谒无私，正色巍然是我师。再转旌麾成永诀，每怀衮影为酬知。遥遥南岳思山斗，亘亘中天灿尾箕。报国公应心未竟，凤毛有子继匡时。（谓哲嗣敦诗侍御。）

汪瑟庵先生 廷珍

江苏山阳进士，官宫保，礼部尚书，大学士。

青萍结缘忆当年，色挟风霜望俨然。独往独来心自下，我行我法道无偏。讦谟启沃千秋业，经史文辞大愿船。至死不忘忠孝念，痴愚两字足名贤。（先生临终有诗云：“回首茫茫事万端，君亲恩重仰酬难。扪心略有痴愚在，业镜台前任剖看。”）

清平阶先生 安泰

满洲辛丑进士，官浙江巡抚，调河南。

当时捧檄到之江，少壮逢公气亦降。喜谓先人能有后，勉为国士要无双。楼船横海身亲将，忠义攒眉愤满腔。自转中州音问绝，鸳湖烟水渺旌幢。（时浙东海上有蔡牵之乱，公屡往督剿。）

汪稼门先生 志伊

安徽桐城进士，官闽浙总督。

一时僚属肃官箴，节钺威名众所钦。包老对人惟铁面，裴公为国实婆心。冰霜节操看贻后，江汉馨香感至今。（公督两湖时，为江汉大兴水利，惠泽今犹赖之，民多建祠奉祀。）流水高山杳何处？钟期痛绝旧知音。

法时帆先生 式善

蒙古进士，官国子监祭酒，改詹事府庶子。

先生坐卧一诗龛，门外惟停问字骖。偶以风尘羁野鹤，如从世界现优昙。天心偏阨才人后，文教能令吾道南。凄绝燕台寒食酒，邱山今日孰登探？（先生哲嗣入词馆后旋没，无承继者。）

程鹤樵中丞 国仁

河南进士，官山东巡抚。

钱江建节几经旬，手版群趋众里身。岂信平生昧今昔，忽于牝牡识风尘。刍荛见浅知何补，黜陟衡空鉴若神。瞬息棠阴作遗爱，当时惜未竟经纶。（公曾抚浙江，数月即调山东。）

潘斗垣先生 庭筠

浙江钱塘进士，官御史。

药炉经卷澹襟期，仙骨原非世所縻。豸绣十年焚谏草，湖山一席老皋比。思公古谊中途侧，识我西泠未遇时。惆怅万松前适馆，重来先辈邈难追。（予于庚申夏过杭州，谒先生于里邸，时主讲敷文书院，承留宿三日而返。）

方讱庵先生 昂

山东济南进士，官江苏布政使。

吴下重来竹马迎，颠毛已叹雪霜成。王尊气欲干霄上，杨震心真澈底清。依傍全无终特达，雨膏所至辄欣荣。如何廉吏家中落，天道茫茫似不情。

李煦斋方伯 赓芸

江苏进士，官福建布政使。

清声特达一时标，肯令微云缀碧霄。莲纵污泥原不染，松因挫节竟先凋。斯人无后非天道，谅志能伸赖圣朝。怆绝湖楼诗在箧，昨宵珍重寄迢迢。（君没之前数日，犹以和秦小岘丈当湖弄珠楼诗缄书见寄。）

孙渊如先生 星衍

江苏阳湖进士，官山东兖沂曹道。

早年词赋动江关，绣节来从香案班。嗜古忽穷东汉学，挂冠径住六朝山。孤寒广厦真堪庇，花月逢场肯放闲。每过酒垆伤往迹，五松易主钥金镮。（五松园为观察旧居，今已易主矣。）

张船山太守 问陶

四川遂宁进士，官山东莱州府。

醉墨淋漓任所之，忽然怒目忽低眉。论才世可无双品，应运天成一代诗。官职科名随遇了，湖山花月偶情痴。江东忽失瑶台鹤，天上酒星光陆离。

鲍觉生宫詹 桂星

安徽歙县进士，官兵部侍郎，改詹事府詹事。

谩以才名掩若人，立朝风骨最嶙峋。书生罔避批鳞讳，圣世能容折槛臣。出处此身俱则古，文章余事足传薪。京华饯别贻长句，诗味真如酒味醇。（予甲申出都，宫詹饯别，时曾贻诗四律。）

唐陶山方伯 仲冕

湖南进士，官陕西布政使。

吴门香火话因缘，（方伯为谈韬华观察门下士，与先人有衣钵渊源。）挥麈清谈吏若仙。两地家无营十笏，（方伯系山东、湖南两籍，俱无一椽。）九迁官不待三年。桃花胜迹新遗爱，（方伯前宰吴县时，为唐六如重葺桃花坞祠墓。）金粉南朝老寓贤[1]。一脉韩苏诗数卷，至今海内重遗编。

【按】《国朝金陵诗征》卷四十六《感旧诗》中有本诗，附唐陶山传："唐陶山方伯，名仲冕，长沙进士。初官吴县、海州，以能名。上知其贤，道光初擢以不次，未三年屡迁至陕西布政使，而年已老，旋以病请致仕。方伯旧占楚南、山左两籍，皆无一椽

---

[1] 金粉南朝老寓贤:《国朝金陵诗征》卷四十六《感旧诗》作"白下高风仰寓贤"。

可托。其家金陵，四壁肃然，裕如也。年七十余卒，著有诗文集各种，行世。哲嗣名鉴，今任安徽宁池太道，亦能以贤良世其家。”

杨懋功先生 䕶

江西抚州进士，官浙江巡抚，改郎中，重晏鹿鸣，加四品衔。

东南几度建旌旗，落落依然野鹤姿。冰蘖盟心衾可质，鸢肩相士镜无疲。危言时见虚怀受，独立能邀特达知。当日风尘曾识我，如公不画入时眉。（公善于相，言必有中。）

谈韬华观察 祖绶

浙江德清进士，官江南河库道。

特膺绣豸监河渎，屡网珊瑚贡玉廷。（观察门下士多为巨卿者。）恩遇一时瞻峻采，渊源千里托流萍。相依袁浦情如揭，自入罗浮梦不醒。（观察不善摄生。）怅望卿云天际杳，道场山色镇青青。（观察为先君门下士，予昔依之清江官署。）

严匡山方伯 烺

云南进士，官甘肃布政使。

眷怀衣钵顾江干，薄俗如君古道难。世艳玉堂联棣萼，天钟嵩岳起孤寒。卿云未尽为霖用，春梦无端共夜阑。欲访遗编侦后起，滇南万里路漫漫。（方伯为先君荐卷所得士，师谊最笃，曾于先君故后迂道见过。）

王惕甫先生 芑孙

江苏吴县举人，官国子监博士。

半生豪气大江奔，竟去灵岩挽鹿门。（曹墨琴夫人工楷书，为海内知名，乃先生室也，今犹健在。）旷古一编今世宝，名山当日几人存。鹤归眷或神仙恋，老至情尤故旧敦。忆昔京华盛坛坫，王侯那及布衣尊。

吴巢松学士 慈鹤

江苏吴县进士，官翰林学士。

阿蒙重覩异华年，当局思将道义肩。卓卓一时韩子笔，茫茫百感祖生鞭。夔龙身已邀殊遇，屈贾天终不假年。太息怀才赍志没，童孙还盼继经传。

胡雪蕉水部 永焕

安徽婺源进士，官工部主事。

六品头衔竟始终，黄金散尽到途穷。掞天笔挟三霄露，吐气胸蟠万丈虹。潦倒名场人易老，凄凉雏鸟梦成空。（水部没后，其属望之幼子亦亡。）平生磊块思知己，欲起重泉酒一盅。

汪芗林侍御桂

安徽婺源进士，官御史。

吾乡高节有浮溪，清似莲花不染泥。廿载金章能素位，一经白首自甘齑。追欢燕市时难再，忆别家山日易西。闻道零丁伤祚薄，人间底事物难齐。

陶贻云姊丈涣悦

江苏江宁举人，官户部郎中。

秋风一第已衰迟，回首才名失少时。辛苦郎官余发白，消磨意气是尘缁。深杯[1]每下论心泪，挥手还贻招隐诗。往事伤心都触忤，九原差慰有佳儿。

【按】《国朝金陵诗征》卷四十六《感旧诗》中有本诗，附陶贻云传："陶贻云姊夫，名涣悦，江宁举人。垂髫入泮，有神童之称。长负倜傥才，诗名遍南北，自以久困棘闱，遂纳赀为户部郎中，然非始愿也。嘉庆丁卯，始与北闱乡荐，君年已逾四旬，壮志销磨殆尽，家亦中落，一官落拓，生计茫然。予昔待选都门，主其家，每与论，心辄怆然不能自已。别时赠诗犹以宦成归隐为约，讵阅七年，卒于京师，可胜感哉。君嗣长定申，有文名；次定求、定中，为京外官，簪缨诗礼，后起有人，差慰泉下。"

[1] 杯:《国朝金陵诗征》卷四十六《感旧诗》作"宵"。

刘孟涂茂才 开

安徽怀宁。

随身一笔本如龙，跨上云霄入万重。招取秦楼偕倡和，抗衡长吉主芙蓉。人间尽有穷途困，天上还多广厦容。要与千秋留创格，特教寒士拓心胸。（孟涂弥留，先知时日，云："为老子见招。"无病坐逝，夫人亦随殉烈。）

秦小岘先生 瀛

江苏无锡进士，官刑部侍郎。

人间福慧此双全，鲁殿巍然八十年。一代文章今有范，平生风骨峻如仙。勋名岂为才名掩，道气都缘正气坚。记得当湖陪杖履，楼头濡墨纪长篇。（昔余宰平湖时，先生过访，宴集于弄珠楼，别后寄诗十绝句，今为勒石壁上。）

刘芙初太史 嗣绾

江苏无锡进士，官翰林院编修。

冷泉亭上酒如虹，二十年前笑语同。柱史竟淹青鬓老，诗人真坐一生穷。千秋自灿生花笔，浮世凭吹过耳风。醉别梁溪从此逝，吉光留在画图中。（太史曾为予题《松楸丙舍》《白云回望》二图。）

李椿田水部 承端

安徽婺源进士，官工部郎中。

甲第吾乡等断蓬，更凋先辈欲书空。卅年官伴梅花老，午夜经从皓首穷。时以酒酣抒义气，每于职要见清风。忆营馆舍都门道，集腋殷勤赖有公。（予曾与水部及洪造深中翰创劝捐建京师婺源会馆。）

廷曙墀太守 璐[1]

汉军，官浙江温州府，转山东泰安府。

班春五马到瀛寰，为政风流见一班（斑）。赆别诗篇到儿女，（太守任东瓯，去日，士民绘《赆行图》为诗送之，册中女史一绝有“送别不关儿女事，高楼也要卷帘看”之句。）胜游鸿爪遍湖山。麻衣共作歧途别，萍梗谁知后会悭。（予于辛未冬丁内艰，太守亦奉大母讳，同时去浙。）建节郎君能继志，泉台今日定开颜。（哲嗣麟庆，今为贵州方伯。）

严少峰太守 荣

江苏吴县进士，官浙江杭州府。

杭州作郡拟坡公，花月湖山酒不空。节操一生如白水，

[1] 璐：当作“鏴”。廷曙墀，原名完颜廷鏴，字曙墀，金章宗完颜璟的后裔，满洲镶黄旗人。官至泰安知府，著名学者完颜麟庆（1791—1846）的父亲。

和平满座有春风。玉堂染翰疑前梦，宦海惊涛类转蓬。当日红尘思鹤立，翩翩态度有谁同？

任惠堂太守 泽和

河南进士，官浙江嘉兴府。

翛然世外有仙风，樽酒西湖处处同。我爱清言师道范，人传太守是髯翁。廿年却聘名山老，三代传家绫饼红。（太守令子及孙俱登甲第。）忆昔罢官真洒落，扁舟一笑去江东。

陶琴坨明府 章沩

湖南，官山西知县。

记共春明挟策来，一时怀抱为君开。清谈雅有南朝度，下笔居然玉局才。忽向风尘分宦辙，更无消息到泉台。星离雨散寻常事，动辄山河最可哀。

涂瀹庄太守 以辀

江西新城进士，官福建福州府。

当时匹马出燕关，已是萧萧两鬓斑。可白臣心真似水，毕生峻望太如山。奇穷本自无家别，阨善还令后嗣艰。天道茫茫惟一醉，送君不祝大刀环。

钱裴山中丞 楷

浙江嘉兴进士，官安徽巡抚。

皖上追随倏远违，樽前话别最依依。令公望已崇文武，诸葛心犹慎细微。鸳水归装嗟担石，道山回首恸春晖。仁风一握思遗爱，三绝于今世所稀。（公抚皖时招予节署，挚谊殷殷，频[1]行以诗画扇为别。）

德润圃太守 庆

满洲举人，官浙江杭州府。

政事文章未可非，十年鸿鹄滞高飞。偶于诗酒耽清尚，早觉心情与俗违。孤诣凭谁能鉴识，愁怀顾我每歔欷。魂归应尚朝云恋，荒冢西湖草自腓。（太守有爱妾先亡，迨太守没，而归榇即葬其妾于西湖。）

蒋励堂先生 攸铦

汉军直隶进士，官宫傅大学士，两江总督，改兵部侍郎。

旌节勋名遍八荒，一鸣曾亦值孙阳。嘉谟每切输诚告，世事从无过目忘。云散青霄何损月，天寒乔木忽凋霜。升沉富贵原如梦，要醒黄粱[2]大道旁。（先生左迁赴都，以疾终于山东腰站旅次。）

[1] 频：疑当为“濒”，临近。

[2] 粱：底本为“梁”，形近误刻，经改。

曾宾谷先生 燠

江西辛丑进士，官贵州巡抚，改两淮盐政，内转候补五品卿。

绣节淮南往复还，当时物望重于山。骚坛裙屐思今昔，府海波涛日险艰。跛足亦同前辙覆，伤心卒滞大刀环。昨从华屋章门过，太息浮生益等闲。（先生卜筑于南昌，落成时已先奉召赴都，迄未果归。）

潘榕皋先生 亦隽

江苏吴县进士，官刑部员外，重宴琼林加四品衔。

掉头人海总云烟，科甲迢迢六十年。介节绮黄原寿考，清时李泌可神仙。趋庭诗礼身随隐，（哲嗣理堂太史世璜得探花后，即告归终养。）传世文章手自编。（先生刻有《三松堂集》十数卷。）昔泛胥江频顾我，长言感旧每拳拳。

方茶山廉访 体

安徽绩溪进士，官湖北按察使。

落拓江州漫十年，政声特达诏三迁。急流勇退谁能料？直意孤行到处传。每共登临胸浩浩，偶谭经史腹便便。当时洛社公将耄，酒兴豪情略似前。

陆心兰方伯言

浙江钱塘进士，官河南布政使。

梁园邂逅两相知，气节稜稜彼一时。白简森严心可鉴，清风终始事无私。自违禄养容颜改，忆别河桥岁月驰。七十二峰思宿草，西泠问讯渺天涯。（君有《七十二峰图》，盖前于戊子岁奉讳回籍为其先人营葬地及自置生圹处也。）

王容生刺史寿榕

湖北蕲水，官福建候补直隶州。

宦辙分驰道阻长，中间消息各茫茫。谁知七载讹言忏，及见西州宿草荒。（乙酉秋，余守归德，时有言容生已故者，作诗二律哀之，嗣容生见之，和韵寄怀，以为一时佳话。讵辛卯秋，予至楚中，容生已没于闽，而归葬矣。）作吏允称才不忝，多情究与病相妨。（容生多病，而不善摄生。）可堪浙水重回首，散尽当时旧酒狂。（浙中旧交已同云散，如瑞司马龄、杨别驾鲁生，一没于闽，一没于浙。）

袁兰村明府通

浙江钱塘，官河南河内县。

使酒狂吟一公子，竭来束缚作卑官。风尘忽漫重相见，政事居然卓可观。五斗竟赍鸿志没，故山空听鹤声寒。楼头落月魂归未，试诵新词向夜阑。（兰村工词，著有《捧月楼集》，其家小仓山，风景固无恙也。）

郭频伽明经 麐

江苏吴江。

淮南裙屐溯前因，一鹤翩然迥出尘。玩世任从花酒好，定交独具性情真。此生无命何如死，旷代论才几若人。客里把君诗过日，满天风雨忽伤神。

陈秋麓司马 其松

江西鄱阳，官安徽安庆府同知。

元龙豪气昔无俦，蓦地重逢两鬓秋。少日清才惊海内，廿年司马老江州。读书道岂千钟枉，作吏生无一壑谋。凄绝浮家埋玉树，白门仰屋泣松楸。

吴见楼中丞 光悦

江苏阳湖进士，官江西巡抚。

王尊独立忽高骞，晚达封圻特简贤。报国不辞腾谤牍，劳薪何惜计衰年。苦思别语章江道，枉慰归期春水船。（予于辛卯秋赴中丞之招，留江右节署，三日而别，约以退休意决来春挈眷返毗陵，再图后会，讵是年冬，中丞归道山矣。）十五年来知己恸，西州极目远连天。

董小槎太史 桂敷

安徽婺源进士，官翰林院编修。

木天文苑盛如林，性道穷探独苦心。尘海掉头何见早，江湖多病与年深。故人忆别成终古，往日贻书抵碎金。合式吾乡崇俎豆，紫阳应许附知音。（时将与乡人呈请入祀乡贤祠。）

董竺云茂才 鳞

浙江慈溪。

云萍聚合亦前缘，宾馆相依漫七年。暇辄寻山眠古刹，醉还踏月趁湖船。瓯香画意教儿女，（时诸女从之学画。）宫体诗情爱渺绵。潦倒浮生终易老，谁收马骨访遗编。

孙怡堂[1]上舍 鞾[2]

江苏六合。

孙登意气何豪雄，高谈欲使四座空。江山所到忽长啸，须眉如此偏奇穷。好客岂吝北海酒，吸川便吐长天虹。坠欢一失不可再，西湖处处留飞鸿。

【按】《国朝金陵诗征》卷四十六《感旧诗》中有本诗，附孙怡堂传："孙怡云上舍，名鞾，六合人，工奏记，遨游为幕府上佐，

［1］ 堂：《国朝金陵诗征》卷四十六《感旧诗》作"云"。

［2］ 鞾：光绪《六合县志》卷五之四"文苑"作"韡"。

性好游且豪于诗酒，与人交有侠气。曩予官浙时，每遇清暇，辄与载酒登临于西湖山水间，鸿迹几遍，当时酒酣耳热，议论风生，迄今犹可想见也。年未六十，卒于家。”

陆杉石太守 元鋐

浙江桐乡进士，官广东高州府。

重驱五马已衰迟，三黜还嗟柳士师。伟矣四朝家世禄，萧然一室釜悬炊。科名又继弓裘业，诗卷长留绝妙辞。忆托通门时过从，双溪樽酒系人思。（太守为先君分校所得士。）

锡山韵香道人

终始交凭尺素传，珍珠为写断肠笺。（予与韵香素未识面，前以乞写素姬墓志勒石，屡由小岘、榕皋两丈以兰花画幅诗扇见贻。）芳兰着手思高洁，团扇经秋忍弃捐。名誉未忘终结习，死生能了或登仙。空山落叶今应悟，合忏人天谢万缘。（韵香有《空山落叶图》，一时名公题者殆遍。）

袁介庵太守 渭钟

江苏丹徒，官广西梧州府。

苍梧五马出春明，争道书生快此行。（梧州一席，著名美官也。）金线总为人作嫁，鱼书每劝客归耕。重瞻北阙恩犹渥，再入华胥梦不成。昨悔京江悭一面，永怀往事若为情。

(介庵自甲申奉檄出都，辛卯复以俸满入觐，道过京江，寄书招予，时患水灾不果去，讵闻其行至黔中而逝，不及更回任矣。)

南屏小颠和尚

狂来使酒任呼颠，瓮下墦间醉欲眠。花落水流时自得，鸢飞鱼跃忽参禅。眼前万事看如此，世上何人解妙诠。记向南高峰顶见，吟诗声达万松巅。

陈肖梅甥 庆荪

江苏江宁秀才。

早博儒冠[1]远大期，一衿憔悴讵如斯。穷愁备极还妨命，诗酒无聊但解颐。久客浸衰头似雪，迟亲归骨泪如丝。(甥父客死粤东已久，以家贫无力迎葬，余为辗转寄书侦知所在，而归柩焉。)九原一事差堪告，未任孤孀待米炊[2]。(甥家属无依，予与南桥侄谋计日以授之食。)

【按】《国朝金陵诗征》卷四十六《感旧诗》中有本诗，附陈肖梅传："陈肖梅甥，名庆荪，江宁秀才。幼失恃而贫，依于吾家，后为南桥侄世铨掌书记于吴门，遂泛宅居焉。因父殁于粤，无力迎葬，戚戚于心。予哀其志，为辗转侦知所在，谋归其柩，而甥

[1] 冠:《国朝金陵诗征》卷四十六《感旧诗》作"官"。

[2] 九原一事差堪告，未任孤孀待米炊:《国朝金陵诗征》卷四十六《感旧诗》作"枉抛心力营家室，病已膏肓不自知。"

终以家室累，抑郁无聊，年甫五十，无疾卒。生平工词，而豪于酒，亦藉遣穷愁耳。”

吴容斋姊丈 国宽

安徽休宁，上舍。

潦倒江干昔比邻，穷交如子最情亲。无家尚纵刘伶饮，垂死谁怜范叔贫。孀妇艰难今已老，孤儿童穉幸成人。（容斋没后，姊与甥俱与予相依倚。）家山旧侣飘零尽，昨过黄垆惨不春。（曩时酒人，如香圃先兄、允夫族兄、吴载扬布衣，俱先后下世。）

周犊山太守 镐

江苏无锡举人，官福建漳州府。

居官致治须为宰，如子能胜父母名。到处舆情爱棠舍，三迁宦迹近蓬瀛。得舒逸足身先老，毕竟臣心水共清。尘海论交忆知己，片言惭愧道平生。（太守常语人云：“如余治官事，即十年而不懈，虽一日亦不忽。”）

陈白云司马 斌

浙江德清进士，官安徽凤颍同知。

邂逅都门陈白云，翩翩风度迥超群。甘霖我正粉榆望，劫火谁知玉石焚。边塞生还闻白首，秦淮忆别怆斜曛。嵇康潦倒名难昧，自有千秋不朽文。

俞澧兰明府 大璋

安徽婺源，官河南候补知县。

惜尔才华迥不侔，生平意气太无俦。恣豪每易千金掷，使酒凭浇万古愁。半世浪游违故土，一官垂死去中州。而今往事成追忆，满眼西风碧水流。

施兰皋参军 德栾，并嗣君益堂 谦明经

安徽婺源。

后先桥梓长风烟，辉映江干五十年。俗化太邱争自息，市惊阮籍[1]醉如颠。鹭洲诗酒成陈迹，桃叶莺花渺昔缘。今日黄垆思管鲍，荒鸡落月每凄然。

叶荫阶县丞 槐

浙江钱塘，官陕西投效县丞。

从戎忆别去秦关，不靖烽烟誓不还。力卫严亲出刁斗，气腾万马抚刀镮。（君前从星槎外舅于孝义同知任，适寇至被围，君卫外舅破围，力战而胜。）遗诗直可垂青史，（君死节之前数日缄书寄予，有诗云："回思利镞穿缨日，死得嘉

［1］ 籍：底本为"藉"，形近误刻，经改。

名亦苦辛。”）一死居然重泰山。我自微时识忠义，早横英采在眉间。

叶心耕封君 枚

浙江钱塘。

名心销尽幻禅心，一卷金经岁月深。剩有文章耽结习，每于山水觅知音。（君好为古文，并善地理。）善缘到处都遗爱，（君在金陵为救生局、恤嫠会，在杭州为居士堂、救生局，今俱立位祀之。）药裹余生尚苦吟。（君垂死病中尚为严婿廷珏之母作哀辞。）十载随予劳跋涉，不堪河朔悼人琴。

严少谷署正 宝传

浙江桐乡，官候补光禄寺署正。

富室华年独老成，风流儒雅旧知名。攻城秦系夸诗阵，投辖陈遵盛酒兵。瞬息青春空幻影，一时雏凤有清声。（君长子廷珏，工诗词，吾婿也。）故乡谩惜黄金散，玉树森森各向荣。（君诸子俱出图仕。）

俞启翼参军 丹书

安徽婺源。

当年生计几终穷，虿尾惟君不避锋。知我平生思鲍叔，论交意气重元龙。（予家祖业尚丰，嗣以先君久官京师，予兄弟俱幼，所任匪人多为背负，君出而经纪之，乃得稍资衣食。）难医病只千杯累，尽散金还大厦容。（君好侠耽酒，卒以酒病亡。）惭愧清风今两袖，衔恩北郭报无从。

展西和尚

清凉山住持。

展公风度忆当年，老去时参文字禅。影事空桑曾信宿，（予少时读书于山寺中两年。）回头沧海散云烟。江山历历颠毛改，今古劳劳岁月迁。杖锡飞从何处去，蓬莱兜率总茫然。

金兰畦先生 光悌

安徽进士，官刑部尚书。

瞻韩京国叹零丁，高谊真堪座右铭。（予于丁巳夏奔先君丧赴都往谒，先生极承矜恤。）周勃威仪持汉节，皋陶终始典虞刑。一枝丹笔同心赤，两袖清风称汗青。惆怅廿年悭再见，忽惊天际陨台星。

邵楚帆先生 自昌

顺天己丑进士，官都察院左都御史。

卓尔乌台麟凤姿，立朝共仰好威仪。黄华晚节尊三老，玉尺公门盛一时。忆向长安嗟落魄，感深古谊欲铭肌。匆匆又送鸳湖别，旌节如风不可追。

程澄江先生 世淳

安徽歙县进士，官御史。

青囊余技妙通神，自寿还推寿世人。愈我曾施九折臂，羡公能健百年身。（先生寿逾九秩，步履如飞，精于岐黄，予昔在京师，病笃，赖为医治得痊。）豸冠竞仰风裁峻，珊网曾传藻鉴真。今日郎君官列宿，故应厚福报深仁。（公令嗣川佑，登科第，今官水部。）

万和圃先生 承风

江西宁都州辛丑进士，官兵部传郎。

记得春风满座吹，江东两度谒旌旗。文章海内归题品，故旧天涯感受知。闾里馨香从众论，（公为乡人呈请从祀乡贤祠，特旨允准。）圣朝启沃重经师。凤毛方建传家节，瞬息山河亦数奇。（嗣君方雍甫任湖南廉访，旋卒于官。）

王介堂先生 绶

江苏溧阳辛丑进士，官礼部侍郎。

衮衮东南秉节来，依然清绝玉堂梅。公卿几辈安寒素，桃李当时有异才。冰署分金怜落第，都门感旧话深杯。不堪往事思知己，一别西兴万古埃。

盛孟岩先生 惇崇

江苏阳湖辛丑进士，官甘肃布政使。

寸草凄风雁失群，深蒙歧路意殷勤。十年重射金门策，五马先驱太华云。枢密声华曾特达，边陲屏翰久铭勋。心香一瓣空遥炷，笛里山阳久不闻。

汪迟云先生 日章

浙江钱塘举人，官江苏巡抚。

廿年南北觐星轺，翘首卿云总在霄。青眼愧曾期后进，甘霖润不待崇朝。每思故里留遗爱，辄向西湖赋大招。廉吏门庭今似水，沧桑谁识旧金貂。

董观桥先生 教增

江苏上元丁未进士，官闽浙总督。

壮岁探花五凤城，孤寒崛起到公卿。冰清早矢平生节，骨鲠争传宇宙名。遭际几于州八督，云霄直以柱孤擎[1]。降

[1] 遭际几于州八督，云霄直以柱孤擎：《国朝金陵诗征》卷四十六《感旧诗》作“遭际八州同旧督，云霄一柱且孤擎。”

心忆尚容刍献，千顷浑如大度宏[1]。

【按】《国朝金陵诗征》卷四十六《感旧诗》中有本诗，附董观桥传："董观桥先生，名教增，上元人。家本寒素，乾隆丁未以第三人及第，由翰林改吏部掌铨选，守正不阿。时值和相专政，卓然不能屈。后出为四川道司，风力棱棱，一尘不染，海内翕然向之。上重其名，累迁安徽、湖北、广东、陕西等省巡抚，闽浙总督。适予以同乡隶属下，又与有世交，每有献言，备荷采纳。年七十余，予告归，卒于家，赐谥文恪。"

杨云飘中丞 懋恬

江西清江，官湖北巡抚。

都门比舍每招寻，轮囷东南更盍簪。毷氉秋风还念我，苍茫乔岳早为霖。关怀嗣续今何似，过眼繁华日易沉。犹记钱塘挥手别，湖山尊酒故人心。

伊朴斋方伯 什札木素

蒙古，官浙江布政使。

风尘许我是知音，落落清标想至今。偶借酒杯消壮气，早坚节操矢臣心。守身壁欲高千仞，治事心尤惜寸阴。薇署凄凉看易箦，痛余弱女为承衾。

[1] 千顷浑如大度宏：《国朝金陵诗征》卷四十六《感旧诗》作"千顷汪汪大莫京"。

额约斋[1]方伯 勒布

汉军，官江宁布政使。

来旬浙水遍求贤，忽漫相知亦夙缘。华胄性能无俗好，久官心卒不名钱。偶经离别嗟终古，未竟勋猷惜寡年。再秉牙旗方向用，不堪风雪黯江天。

杨蓉裳农部 芳灿

江苏阳湖，官户部员外郎。

仙心道骨迥超超，叹息孤琴爨下焦。薄宦一生成落拓，远游万里感飘萧。干戈戎马愁边徼，风味文章逼六朝。投老西川归未得，江天欲诵楚辞招。（农部前任甘肃伏羌县，曾历军务，归后主讲蜀中书院而没。）

陈玉方侍御 希祖

江西新城进士，官御史。

一生诗笔近坡公，书傲香光老益工。性比梅花清澈骨，官犹鸿爪过如风。归舟忽爱西湖死，世事原看万籁空。进退如君真绰绰，千秋高节几人同。

[1] 约斋：底本空二字，根据作者生平资料补。

王谷塍进士 宗炎

浙江萧山。

倾盖湘湖肝胆倾，六旬皓首一经生。障川助我无遗策，济世如君出至诚。（予昔筹办萧山西江塘工，君为董其事，赖以有成。）登第依然能乐道，读书岂仅为浮名。试看继志郎君贵，昨亦蓬莱接浙[1]行。（哲嗣小谷庶常亦乞归终养。）

汪苏潭吏部 继培

浙江萧山进士，官吏部主事。

汪伦邂逅在萧山，报国身因奉母闲。家学允能承父志，（君尊人汪龙庄先生，所著书多为世重。）首邱讵料老江关。邯郸再梦思君杳，风木当时送我还。两载交情殊不浅，遗书争睹布人寰。

汪鹤亭刺史 鸣

江苏江宁举人，官甘肃河州。

裘马翩翩顾盼雄，河山两戒一诗筒。玉关万里曾三仕，宦辙多年竟屡空。我昔京华歌戴笠，君频缄素托飞鸿。文章有子传家学，清白贻谋莫讳穷。（谓君令嗣平甫。）

【按】《国朝金陵诗征》卷四十六《感旧诗》中有本诗，附汪

[1] 浙：底本为“淅”，颖当作“浙”。《王凤生年谱》作“浙”，从之改。

鹤亭传："汪鹤亭刺史，名鸣，江宁举人，官甘肃河州知州。性豪，而善谈论时事，中夜娓娓不倦。三已三仕，视万里为等闲游。予初识于京师，一见如故，后屡以尺素缄诗见寄，未几卒于官，宦囊萧然。令嗣平甫，工诗词，足承家学，竟贫困以死。"

汪芝亭观察 恩

江苏江宁进士，官安徽徽宁池太道。

春明一别岁迢迢，巴皖三迁万里遥。落笔语言妙天下，清谈风味拟南朝。峨眉宦迹思春水，钟阜乡心寄板桥。我爱江亭楹帖句，多情垂老几曾消。（君有皖江大观亭楹联句最佳。）

【按】《国朝金陵诗征》卷四十六《感旧诗》中有本诗，附汪芝亭传："汪芝亭观察，名恩，江宁进士，由刑部主事改四川知县。在蜀有治绩，以保荐特升安庆府，累迁至安徽宁池太道。清言玉屑，满座风生，书札诙谐，尤语言妙天下，其题皖江大观亭楹联云：'踞太白楼之上，鸳瓦连云，倚阑干，顿起乡思，已渐近钟阜晴岚，六朝城郭；控彭蠡湖而西，鹭涛堆雪，对沙鸥，与谈宦迹，最难忘峨眉春水，万里风帆。'吐属风流，概可想见，年七十卒于官。"

董松门公子 斯寿

江苏江宁荫生。

提壶著屐忆登高，风雪漫天兴益豪。一笑江山留胜迹，几番狂醉让吾曹。（松门前在浙时，曾邀予风雪登吴山，痛饮达旦。）刘蕡才已辜[1]犀角，伯道生偏失凤毛。痛[2]息拜官空入手，书生无计脱青袍。（松门以荫生甫入都引见，旋患病卒于金陵，因继其侄承袭。）

【按】《国朝金陵诗征》卷四十六《感旧诗》中有本诗，附董松门传："董松门公子，名斯寿，文恪公长子。工诗词，好游善饮。在浙时，邀予风雪中登吴山买醉，豪兴淋漓，有俯仰一世之概。后以屡试不第，将由荫生入都为郎，旋卒于家。一子亦殇，以侄宗远为嗣，后承荫焉。"

程蓉舫农部 学金

安徽婺源，官户部主事。

当年宦海早抽身，敝屣风尘思不群。广厦一生豪意气，北山终古卧松云。燕南朋酒金灯宴，吴下莺花白练裙。自去乡关甘落寞，麻衣泣别最怜君。

胡黄海广文 翔云

安徽婺源，官候补训导。

落拓名场四十年，青袍老去换青毡。骚坛词赋遭时偶，胜地莺花到处缘。白社广交因宜重，黄金易散只情牵。还山尚驻桑榆景，及见书香一脉传。

[1] 辜:《国朝金陵诗征》卷四十六《感旧诗》作"孤"。
[2] 痛:《国朝金陵诗征》卷四十六《感旧诗》作"叹"。

胡兰川太守 钟

江苏上元，官贵州遵义府。

五马风流宛在兹，归来担[1]石自怡怡。逢场花月不虚度，垂老登临无厌时。当日高名三绝重，至今旧德一经遗。可堪重问秦淮路，秋柳斜阳满目悲。

【按】《国朝金陵诗征》卷四十六《感旧诗》中有本诗，附胡兰川传：“胡兰川太守，名钟，上元举人，由知县荐升至贵州遵义府，遂乞身归。金陵故多名胜，君老而腰脚逾健，游迹略遍。早工隶篆，善绘事，晚益以自娱，凡有求者，皆应之。寿八十，卒。家无余蓄，而子若孙俱能以书香世其业，乡人为请祀乡贤。”

张水屋刺史 道渥

山西，官四川知州。

骑驴风雪入长安，冠盖纷纷冷眼看。自诩张颠狂欲绝，谁知范叔见犹寒。（君性爱骑驴，自号张风子，有小印曰“可以风”。）一州不啻遗如屣，三绝空余秀可餐。仰止高山今万古，世间再觏若人难。

姚秋坪太守 令俞

江苏华亭，官浙江宁波府。

一官早岁请长缨，戎马关山寄此生。出守才钦能治剧，

[1] 担：《国朝金陵诗征》卷四十六《感旧诗》作“儋”。

无年政惜未观成。敦槃每忆西湖櫂，案牍频劳午夜檠。泖水盈盈归素旐，九峰东望不胜情。

宋芝山学正 葆醇

山西进士，官国子监学正。

邗江浙水觏飞鸿，卅载栖栖类转蓬。终竟灌夫为酒困，几同阮籍到途穷。风云笔底横奇气，诗画天涯老醉翁。是处青山可埋骨，料应光怪贯长虹。

程铁楼刺史 世杰[1]

安徽婺源，官兵部主事，改湖南候补直隶州。

吴门忆别最仓皇，垂死深情未可忘。旧雨心长伤永诀，首邱天远悔离乡。宦游易地还奇数，鉴赏千秋有秘藏。一事平生差自慰，曾经读画到潇湘。（君性好古，曾署湖南湘潭县。）

屠琴坞太守 倬

浙江钱塘进士，官江西九江府。

[1] 世杰：当为“世俊”。陈荣华、陈柏泉、何友良主编《江西历代人物辞典》：“程世俊，字瑀书，号铁楼。清代婺源人。官兵部车驾司主事，以候补知州调署湖南湘阴知县。究心时务，善鉴别古人书画，喜作诗。著有《蕉轩近稿》。”

斯人斯疾事茫茫，五马空膺五色章。循吏有声真卓越，书生无命卒郎当。诗编一代追坡老，经卷三生问法王。毕竟痌瘝还在抱，当时客死恋桐乡。（君宰真州，有治绩，道光初元，特迁郡守，以病废，不果出，后皈依释学，没于扬州。）

百菊溪先生 龄

汉军进士，官协办大学士两江总督。

节钺当时赫赫名，文章余事亦关情。两朝身系匡时望，八督人都后我争。驭世了无声色动，抡才各以事功衡。戟门古谊曾怀刺，瞥眼沧桑已变更。

陈笠帆中丞 预

顺天进士，官山东巡抚。

瞻园一饭尚心萦，款款春风劝举觥。为话当年值家难，深叨先世笃交情。同悲风木思京国，倏转旌麾列上卿。政事文章俱不忝，可堪伯道怅生平。（君尊公与先君子为乙酉乡试同榜，前以事谪戍，垂老放还。）

陈远雯太守 云

顺天进士，官安徽太平府。

湖山解组纵清狂，家室飘零忆可伤。（君前乞病住杭州，时省兄北上，适两妾俱没，家无一丁，余往为经纪，归，以原物畀之。）一甲科名夸绮岁，廿年藜藿老黄堂。分飞断雁怜孤影，再着残棋怅夕阳。（君以兄笠帆中丞没，因复出山。）雏鸟双双近何似，都门消息远相望。（君近生二子，尚稚。）

朱虚舟先生 勋

江苏靖江，官陕西巡抚。

九迁平地纵旌旄，顾盼赀郎亦自豪。刁斗一生臣力竭，关山绝塞马蹄劳。千金尽散都纾难，两袖空归只养高。犹记蕲王昨老健，西湖风月屡相遭。（公以靖江无家，寄居钱塘入籍。）

陈春溆先生 嗣龙

浙江平湖己丑进士，官都察院右副都御史。

昔修子执谒京师，感愧逢人说项斯。位业乌台成老宿，文章虎观旧皋比。远怀丁鹤归华表，喜到珂乡识紫芝。清白贻谋须自立，莫随流俗限官卑。（谓公子葆仁，现山东候补县丞。）

叶仲田[1]学士 汝芝

直隶沧州，官浙江按察使，改内阁侍读学士。

襜帷奉母到西湖，白水心真朗玉壶。忆治官书随午夜，为筹樽俎累冰厨。再迁忽倦冲霄鹤，一恸还殉返哺乌。（君内迁后即乞终养，嗣丁内艰以哀毁而卒。）凄绝武林挥泪别，酒酣不忍唱骊驹。

沈薇轩先生 维垣

浙江嘉善辛丑进士，官御史。

钟山昔曳老莱裾，饭豆羹藜意自如。早弃豸冠娱寿母，还劳讲席涉安舆。石城归棹悲风木，禾水征鸿渺素书。记得绛帷分手日，曾因贫贱累愁予。（先生昔主讲钟山书院，以母丧归，予曾执经门下，别时承以家贫不第为念。）

刘苇间先生 大懿

山西洪洞，官山东按察使，改刑部郎中。

为霖归去事功成，恰好桑榆趁晚晴。禄养湖山瞻老辈，感怀故旧洽深情。（先生悬车就养浙江。）一生积厚天能告，

［1］ 仲田：底本空缺，据叶汝芝生平补。叶汝芝（1759—1826），字仲田，号草亭，曾任山东茌平县知县、绛州直隶州知州兼署蒲州府知府、太原府知府、河东道员兼署三省盐法道道台、浙江按察使。道光二年（1822），补授内阁侍读学士。

两世论交水共盟。从古报施原不爽，试看华阀振家声。（先生子孙多登科第，次子肇绅现官湖北盐道，均与予交最笃。）

马秋药先生 履泰

浙江仁和进士，官太常寺卿。

悬车归隐亦君恩，屡共西湖笑语温。一疏铮铮传薄海，老年寂寂闭闲门。谢公偶以文章著，刘向终应德义尊。仰首少微星又陨，东南耆旧几人存？

陈桂堂先生 廷庆

江苏华亭辛丑进士，官甘肃知府。

五马曾经塞上驱，高人志自在江湖。今如前辈风流少，昔忆西泠尊酒俱。一醉淋漓挥翰墨，（先生善饮，书法最工。）半生轩冕恋莼鲈。最难北海恣豪气，家事何尝问橘奴。

陈新畲漕帅 中孚

湖北武昌进士，官漕运总督。

迥然世味异酸咸，直节何殊百尺杉。顾我春风偏蔼蔼，望公道貌最岩岩。俄腾寰海为霖雨，忆送之江破浪帆。昨自武昌华屋过，洪山一抹日西衔。（公家住武昌洪山侧。）

陈望坡大司寇 若霖

福建闽县进士，官刑部尚书。

巍巍台阁久铭勋，遭际三朝总得君。丹笔皋陶刑可措，清风吉甫世流芬。八州几遍苍生雨，一櫂空归闽峤云。（公致仕南归，至中途而卒。）难忘高情怜旧吏，京华缱绻手重分。

朱虹舫阁学 方增

浙江海盐进士，官内阁学士兼礼部侍郎。

快睹乘风到上游，黄花老圃正宜秋。门夸桃李三千盛，天定文章第一流。（君翰林大考，诗为御笔密圈数联，特擢第一名。）京国交思君最久，华胥梦觉世真浮。迢迢素旐昨归去，襁褓孤儿我欲愁。

顾云岩大司空 德庆

顺天进士，前官工部尚书，左迁侍郎。

籍甚勋名老亦休，悬车归去雪蒙头。早登台省膺三锡，遍网珊瑚到九州。贱子飘零思旧德，尚书门巷感前游。红羊苍狗浑闲事，自有于公世泽留。（予甲子北闱应试，考到录科，均以力疾从事，时公为祭酒，怜其病状，不令舆台催促。）

黄右军比部 镕

江苏江宁进士，官刑部员外郎。

麻衣当日故乡还，岂道斯人不出山。一世寡言天性冷，廿年恋母宦情闲。劫灰忽痛家如洗，锢疾还怜老闭关。今日王孙成落拓，每怀孔李泪潸潸。（君自丁父忧归后即乞终养，里居十余年，旋遭火患，家室一空，复以病废，数年始没。）

【按】《国朝金陵诗征》卷四十六《感旧诗》中有本诗，附黄右军传："黄右军比部，名镕，江宁进士，由庶常改刑部，升员外郎。予戚也，性孤冷寡言，而交友热肠，不遗余力。中年丁父忧归，时已邀京察将外用，人方以远道期之，君于服阕后，竟乞终母养。里居十余年，可谓勇于退者矣。家本寒素，以主讲谋养，讵遭火患，衣服一空。继复病废杜门，并讲席亦不可得，潦倒穷愁，年至六旬而没，哀哉。"

张兰渚中丞 师诚

浙江乌程进士，官江苏巡抚，改仓场侍郎。

封疆南北更西东，身历三朝际遇隆。渊默足权当世务，端凝雅有大臣风。仁能及物还兼爱，事不徇人亦自雄。禅悦知公心早澈，料应回首万缘空。（公抚江苏时以风力称，归后耽于释学，西湖置有放生池。）

魏爱轩先生 元煜

直隶进士，官两江总督，改漕运总督。

一心忠爱出真诚，节钺人传君子名。（世皆以君子称。）了了三江归掌握，汪汪千顷寓和平。思亲卒滞斑衣愿，报国空余白水盟。何处邱山酬腹痛，每怀知己感鲰生。（先生升任两江，适以宣劳河上，终年虽迎养萱闱，卒未回署一见。）

范赐湖广文 鉴

江苏江宁举人，官江都县教谕。

一时斋庑盛衣冠，不信先生是冷官。忽忽扬州二分月，茫茫沧海卅年看[1]。湖山欲共衰颜感，樽酒还寻旧雨欢。驴磨再来君已逝，绿杨瞥眼益摧残。

【按】《国朝金陵诗征》卷四十六《感旧诗》中有本诗，附范赐湖传："范赐湖广文，名鉴，江宁举人。任江都教谕三十余年，冷官而有好客之癖，冠盖往来，几于尊中酒不空矣。然目睹扬州盐荚沧桑，楼台烟雨，阅人阅世，得毋有今昔感耶？予己丑夏归自中州，过访，君已垂老，犹洗盏留宾。为别后三年，奉命来权都转，君已先卒于官。"

[1] 看：《国朝金陵诗征》卷四十六《感旧诗》作"寒"。

黄秋浦明府 辉[1]

安徽婺源，官陕西知县。

再着朝衫鬓已斑，莱衣回首廿年间。匆匆车马逢京国，款款樽罍忆故山。锦字诗缄劳雁足，白头棠舍误刀环。灞陵杨柳应惆怅，送入关门竟不还。（君乞终养二十年，再赴陕西坐补原缺，卒于官，前绘有《灞陵折柳图》。）

王疏雨先生 朝梧

浙江钱塘辛丑进士，官山东兖沂曹道。

世胄清芬海内传，文章华国足承先。岩疆汗马真豪气，词馆风流最少年。廉吏难为空宦橐，时眉懒画速归鞯。西湖老去曾亲炙，话旧论心一惘然。（先生曾任贵州贵西道，以军功得花翎，后以休致归。）

王石长太守 朝扬

浙江钱塘，官江西袁州府。

英年贵介老黄堂，为政风流未可忘。曾领江山羁宦迹，每耽诗酒纵清狂。图书撤手同飞絮，藤树余阴抵爱棠。家世

[1] 辉：当作“煇”。光绪《婺源县志》卷二十载，黄煇，字耀廷，号秋圃，幼聪颖，乾隆丁酉选贡，朝考以知县用分发关中，历署洛川、中部、鄜州、直隶州，有政声。已亥题镇安，庚子乞归养，家居二十余年，授徒山中，多所成就。及丁外内艰，服阕，补山阳，积劳成疾，予告回籍，卒年六十有六。诰授奉直大夫。著有《丛钞》四卷，《制艺试帖律赋》四卷，《诗钞》四卷。

飘零缘底事，故应搔首问苍苍。（君系王文庄公次子，曾为江宁司马，官斋有藤花一株最古，性好诗酒、图章，今家世飘零殆尽矣。）

戴雨轩太守 廷沐

江苏吴县，官贵州思南府。

能吏名曾浙水扬，当年宦辙与同方。蜚声五马人争艳，落魄前尘话最长。乞食无门形影只，守贞有妇鬓毛苍。如君说与生平事，早是黄粱梦一场。（君少孤而贫，乡人皆贱之，去之京师二十余年，与故里久无音问。幼所聘妇，其父母欲为改字，矢志不从。后君博微官至浙，虽未另娶，然已分，妇早他适矣。适有妇之邻人贸易于杭者，遇诸途，讶其貌似，问姓名于途人，因求见，备询颠末。乃归，告其妇家，而迎娶焉。时君夫妇俱年逾四旬，洵一时佳话。）

章桐门先生 煦

浙江钱塘，官宫保大学士。

中外铭勋五十年，太平宰相老神仙。訏谟不使名归己，节钺都能事告天。早以痌瘝筹燮理，忽收经济付林泉。之江赠别情深远，一串牟尼愧道传。（予昔由之江改官南河，别公时蒙以自挂朝珠见贻。）

叶健庵中丞 世倬

江苏上元举人，官福建巡抚。

循吏秦中第一人，果看鹰隼出风尘。太行甫作为霖[1]雨，闽峤重来有脚春。老辣益坚姜桂性，初心终遂薜萝身。如公进退都无愧，邂逅相知感昔因。（公官陕西三十年，后迁福建延建邵道，再升山西方伯，未久即擢闽抚，以休致归。）

【按】《国朝金陵诗征》卷四十六《感旧诗》中有本诗，附叶健庵传："叶健庵中丞，名世倬，上元举人，议叙知县。历官四川、浙江、湖北，而于陕西最久，尤有治行。后迁福建延建道，编查保甲，以实心行实政，馨闻于朝，累迁至山西藩司。未几，特简为福建巡抚。秉性直谅，虽急流而澹于进取。与予邂逅武林，言论契洽，嗣以休致归，年七十余卒于家。陕西兴安府与原籍上元县各请从祀乡贤、名宦。"

继莲龛方伯 昌

满洲举人，官江西布政使。

清标矫矫欲空俦，政事文章此最优。到处薇垣持气节，早年芸馆擅风流。襄阳诗酒颓唐老，灵运江山汗漫游。惆怅别来歧宦辙，白门一十九经秋。

［1］ 为霖:《国朝金陵诗征》卷四十六《感旧诗》作"随车"。

李松云先生 尧栋

浙江山阴进士，官云南巡抚。

双旌忆送秣陵桡，重觏西泠鬓已凋。江海多年淹太守，风云瞬息上青霄。骚坛文藻推先辈，宦迹山川恋六朝。今日可胜人地感，湖楼烟雨暮潇潇。（先生前任江宁太守时，重修莫愁湖名胜，有诗纪事，一时和者甚多，传为佳话。今叠遭水患，楼榭已就倾矣。）

董牧堂孝廉 炼金，并其弟孟堂文学

安徽婺源。

芝兰玉树满庭生，合让君家有盛名。往日机云联棣萼，故乡文物数耆英。春宵忽醒池塘梦，旅馆难忘故旧情。绿满园中一尊酒，廿年人事几纷更。（吾乡科第近以君家为最盛。绿满园，系君兄弟读书别墅。）

费新桥方伯 丙章

浙江钱塘进士，官河南布政使。

早年香案侍螭坳，瞬息看腾得雨蛟。直以经纶邀特达，岂徒风雅重论交。一生卒未纤尘染，万事浑于大度包。谁料归帆袁浦别，声声催诀画船铙。（予识君时，甫登第，后戊子夏予乞病归，过袁浦，值君服阕出山，与联舟谈，至竟夕而别。）

秦易堂先生 承业

江苏江宁辛丑进士，官翰林院侍读学士。

薄海家声仰谢庭，忆从白下识仪型。姓名金殿曾传唱，德业东宫亦执经。早觉荣华冰样冷，独于山水眼长青。当时睥睨人间世，一笑何妨我独醒。（先生性严而冷，落落寡合，惟好青乌之学[1]，晚年归后，日徘徊于山水间，杜门谢客。）

【按】《国朝金陵诗征》卷四十六《感旧诗》中有本诗，附秦易堂传："秦易堂先生，名承业，江宁人。乾隆辛丑二甲第一名，入翰林，值上书房，先后三十余年，累迁至侍讲学士。性直而冷，言直而率，有睥睨一世之概，然能淡财利，轻仕宦，遇善举则踊跃为之先。尤好青乌之学，晚归，杜门谢客，惟日徘徊山水间，年八十，卒于家。今上眷念经师，追赠尚书衔。晋长子绳曾四品卿，荫幼子象曾举人，洵异数也。"

孙平叔制军 尔准

江苏阳湖进士，官宫保、闽浙总督。

三山万姓遍胪欢，磐石岩疆赖久安。毕竟经文须纬武，直从大海靖狂澜。力擎砥柱心俱瘁，世领封圻古所难，记向京华初御李，词臣早作重臣看。

[1] 青乌之术：即古代堪舆术，亦称风水学说。

林敏斋观察 培厚

浙江平阳进士，官湖北粮道。

武昌邂逅林和靖，还念西泠一面缘。尊酒楚江殊缱绻，輶轩建业重流连。诗敦温厚知音杳，政养和平到处传。忽痛潞河归素旐，抟沙影事又三年。

周采川方伯 锡章

云南进士，官湖北布政使。

霖雨东南几遍霑，吾斯能信谓调盐。心论两浙颜俱霁，座款深宵酒更添。借治料应犹反手，问年方羡未苍髯。如何遽化滇山鹤，万里生刍愧久淹。（君昔官两浙都转，治盐极有成效，予己丑至楚重晤，酒间论及方今盐政之敝，慨然以为己任，惜未竟其才而没。君与予岁相若，须发犹黑。）

周竹樵先生 炎

江苏江都举人，官国子监典籍。

盛衰犹梦觉荒鸡，几度相逢忆竹西。宴客清歌长满座，罢官豪气尚如蜺。无端盐荚惊沧海，何异渔阳动鼓鼙。三十年来才一瞬，重寻门巷路俱迷。

俞会冈先生 凤

安徽婺源举人，官顺天张湾通判。

麻衣曾记谒官斋，素旐归伤大母偕。风雪潞河成独往，饥寒远道累关怀。三年旋抱西州感，半刺终嗟暮路乖。潦倒江干余断雁，近怜玉树亦长埋。（予昔丁外艰，自京都扶榇并奉大母南归，过张湾，极承念旧甚殷。别未三年，公亦没，其弟自仁上舍相继而亡。）

蒋爰庭先生 予蒲

河南睢州辛丑进士，官仓场侍郎。

道骨仙风本性成，簪缨队里一身轻。六卿职已隆殊遇，九转丹尤证上清。樽酒频招承念旧，湖山小驻足怡情。朝天忽醒庄周梦，至竟臣心恋帝京。（先生好道，晚年就养西湖，后祝嘏北上，没于京师。）

姜杜香先生 晟

江苏吴县进士，官刑部尚书。

观河巽命特重申，旌旆尊严仰重臣。望极嵩高偏下士，权司秋肃总回春。银灯每共谈深夜，狗马还容逐后尘。自别燕台嗟物换，鸿泥何处证前因。（先生于嘉庆甲子冬奉命查勘江南河工，便道乞假省墓，复有诏促启程，时予将赴都谒选，蒙挈以偕行。）

甘西园先生 立猷

江西奉新进士，官侍御，改刑部员外。

记随先子奉安舆，禄养京华十载居。两姓通家同孔李，长贫互质到琴书。自伤孤露流萍散，忽讶浮云苍狗如。重谒豸冠成小谪，一尊话旧感华胥。（昔先大母就养京师，公之眷属往来甚密，后先大夫捐馆，扶榇南归，公亦因公镌级，又十年复见于都门。）

刘澄斋先生 锡五

山西辛丑进士，官湖北武昌府。

太行函谷郁崔嵬，彩笔都钟间气来。过眼蓬瀛如隔世，及门桃李早登台。一麾竟老文章守，三楚原湮屈宋才。苦忆长安初识面，麻衣相对各衔哀。（先生由翰林改中书，门下士多为巨卿，予初以奔丧赴都谒见，适先生奉继母讳将归。）

鲁南畹先生 兰枝

江西己丑进士，官工科给事中，改主事。

台垣建议各纷纷，谁识先生谏草焚。闭户山公真璞玉，掉头巢父入烟云。弓裘后嗣知何若，风信西江久不闻。落拓当年思惓惓，瓣香今尚为公薰。（予甲子赴北闱试，适先生以因公镌级将归，承念旧殷殷，临别殊黯然也。）

何兰士先生 道生

山西灵石进士，官甘肃宁夏府。

江东少小即知名，十载神交始识荆。东阁梅花清宦况，三边笳鼓动诗情。优为龙凤推门第，力与河山奏治平。珍重离筵贻画箑，芦沟一别杳双旌。（先生早年兄弟同榜登甲，其子弟科名亦盛，官水部最久，以侍御出守宁夏。）

伊墨卿太守 秉绶

福建宁化进士，官江苏扬州府。

一觉罗浮春梦婆，长安载酒屡经过。浮萍大海音尘阔，太守平山韵事多。两世文章垂典籍，千秋金石富搜罗。欧公再出桐乡死，中道难挥驻日戈。（君前以广东惠州守被议，复起用扬州太守，嗣丁艰，服阕北上，道卒于扬。）

雷筠轩太守 维霈

江西进士，官福建延平府。

扁舟犹记泊江村，过款柴扉笑语温。鸡黍留宾消永夕，渊源知己溯通门。闽疆政应双歧瑞，浙水交重廿载论。宿草痛君还报慰，凤毛今扫旧巢痕。（君为先君丁未会试所得士，哲嗣已登甲第，得庶常。）

周次立司马 以勋

浙江嘉善举人，官江南海门同知。

江南有吏称强项，咫尺闻名一见难。忽枉尺书通款洽，长言时事杂悲欢。昂藏性辣成姜桂，枳棘栖卑惜凤鸾。毕竟平生终素昧，交期泉路更漫漫。（君与予素昧平生，承以书来具道倾慕之意甚挚，并以信札往来，后须自书为约，未两年君没，终未一面，殊耿耿于怀。）

余秋室先生 集

浙江钱塘进士，官翰林院学士，重宴鹿鸣。

蓬莱一笑阅恒沙，归去坡仙未有家。耆旧人间留硕果，东南天半表朱霞。胸中浩荡空今古，身外儿孙本镜花，叹息三朝官柱史，老犹翰墨作生涯。（先生历官四十余年，屡历升沉，终于翰苑，归老无家，仅一孙，尚幼，年八十犹以笔墨资生。）

祝简田先生 堃

浙江海宁辛丑进士，官翰林院编修。

先世论交谊最隆，曾偕三度榜花红。蓬山倏举云中鹤，沧海难踪雪里鸿。邂逅鸳湖来画舫，飘萧华发健诗翁。一编脱手当筵赠，庾信文章老更工。（先君乡、会、中正三榜均与先生同年登第，后即还山不出，予守嘉兴时，承枉顾，以诗见赠。)

冯鹭庭先生 集梧

浙江桐乡辛丑进士，官翰林院编修。

春风方灿上林花，忽动秋思白露葭。华国文章名父子，拥城国史邺侯家。屡叨雅谊分缥帙，曾枉双溪泛月楂。华屋邱山昨问讯，王孙零落不胜嗟。(先生尊人为孟亭侍御浩，刻古书最多，曾叨分惠。予摄乌镇同知，屡辱见过。)

萨□□将军 秉阿[1]

四川驻防满州，官福州将军。

天与东南作将星，干城几度镇沧溟。三边铜柱曾铭烈，薄海鲸涛总效灵。晚节黄花宜老圃，春风细柳忆西泠。十年一别嗟终古，敢忘怜才眼倍青。(公以甘肃军功屡擢至杭州将军，旋调福州，先后两任。)

家篑山观察 赓言

山东诸城进士，官江苏常镇通道。

---

[1] 此处底本空缺二字。秉阿，根据台湾"中央研究院"资料当作"炳阿"。萨炳阿(？—1854)，博尔济吉特氏，蒙正旗，翻译生员。嘉庆二十三年(1818)任杭州将军，道光二年(1822)调福州将军，后曾任西安将军、吉林副都统等职。咸丰四年(1854)四月十九日卒。

词坛儒雅有吾宗，一笑江山胜处逢。高咏扬州二分月，醉眠京口五更钟。惊心绣节如风过，遗爱云台积翠浓。令子论交称夙契，别来东海亦难踪。（观察昔于京江之云台山建亭种树，以增胜览，今江行犹在望也。令嗣谦恒，前浙江候补通守，与予同官甚洽，自丁艰归里后不复出山。）

先顾亭伯父 讳廷言

官直隶顺德府。

少年意气最超群[1]，五马燕台正策勋[2]。忽尔秋风动归思[3]，倏然世事等浮云。吟成[4]妙语通禅寂，老去清谈恋夜分。卅载追随思杖履，江山无恙易斜曛。（公性爱禅学，迁居金陵二十余年始没。）

【按】《国朝金陵诗征》卷四十六《感旧诗》中有本诗，附王廷言传："先顾廷伯父，讳廷言，少负干才，有胆略。初纳赀为云南和曲州，捐升知府，选直隶顺德。年甫三十，以目疾告归，不复出。公长于词，晚爱禅悦，迁居龙江，家有临江一楼，颜其名曰蔬香，自号蔬香老人。寿八十三，著有《自娱小草词》。"

---

［1］ 意气最超群：《国朝金陵诗征》卷四十六《感旧诗》作"豪举信超群"。

［2］ 正策勋：《国朝金陵诗征》卷四十六《感旧诗》作"宦辙勤"。

［3］ 忽尔秋风动归思：《国朝金陵诗征》卷四十六《感旧诗》作"何处秋风动归兴"。

［4］ 吟成：《国朝金陵诗征》卷四十六《感旧诗》作"拈来"。

先香田兄 煊

候选道。

承家早岁苦零丁，更抚孤儿慰鹡鸰。直[1]拟陶朱操胜算，最[2]敦孝友式先型。（兄承家最早，凡敦族恤贫之举，悉成先志。胞弟故后，抚孤侄世铨成立，以家资均分。）百城图史看金贱[3]，（兄性爱书画，收藏最富。）半世莺花忆鬓青[4]。无限分财知己感[5]，池塘从此[6]梦长醒。

【按】《国朝金陵诗征》卷四十六《感旧诗》中有本诗，附王香田传："先香田兄，名煊，早岁好学，以病目失明，为三伯父讳廷享公长嗣。自伯父官工部后，疾终京邸，一切经纪诸费，皆取办于兄。而仲兄嘉鼒又甫补弟子员，旋卒。孤侄世铨，仲兄嗣也，抚以成立，又与均其家财。性嗜古书画，而尤重交谊，乐敦恤，所全甚众。昔予屡遭多故，亦藉维持焉。兄不仕，入赀为候补道，亦不常为诗，其少作间采入《随园诗话》。年六十，卒于家。"

先香圃胞兄 麟生

庠贡生，貤赠河南河北道。

---

［1］ 直:《国朝金陵诗征》卷四十六《感旧诗》作"讵"。

［2］ 最:《国朝金陵诗征》卷四十六《感旧诗》作"自"。

［3］ 百城图史看金贱:《国朝金陵诗征》卷四十六《感旧诗》作"君耽图史千金贱"。

［4］ 半世莺花忆鬓青:《国朝金陵诗征》卷四十六《感旧诗》作"我感莺花两鬓青"。

［5］ 无限分财知己感:《国朝金陵诗征》卷四十六《感旧诗》作"解道临财毋苟得"。

［6］ 从此:《国朝金陵诗征》卷四十六《感旧诗》作"回首"。

花天月地昔[1]高歌，梦觉春宵感慨多。李贺怀才偏阨命，刘伶纵酒竟生魔[2]。藐孤一线今才慰，锢疾三年忆苦磨[3]。惨侍重慈悲易箦，枉呼行不得哥哥。（兄性耽诗酒，有《补梅遗诗》刻附先君《双佩斋集》后行世。自感悼亡，益纵于饮，年未三十以病酒无嗣而没，讵今二十九年，予始生子为之承祀。）

【按】《国朝金陵诗征》卷四十六《感旧诗》中有本诗，附王香圃传："先香圃胞兄，名麟生，附贡生。少以谆受知于随园，侍养京师，从诸先达游，诗益进，性豪善饮，自悼亡后，寻又落第，于是因酒致痼疾，卒年未三十。著有《补梅书屋遗诗》，今刻附《双佩斋先集》后，阅二十九年，予始生子，为之承祀。"

云起胞侄 世林

候选县尉。

当日重帏爱有加[4]，念遭孤露甫童芽[5]。偏[6]亲再失终身慕，一第无成两鬓华[7]。古籍空萦心夙好[8]，债台难避客争

［1］ 昔:《国朝金陵诗征》卷四十六《感旧诗》作"几"。

［2］ 生魔:《国朝金陵诗征》卷四十六《感旧诗》作"沈疴"。

［3］ 锢疾三年忆苦磨:《国朝金陵诗征》卷四十六《感旧诗》作"遗集千秋事若何"。

［4］ 爱有加:《国朝金陵诗征》卷四十六《感旧诗》作"钟爱甚"。

［5］ 芽:《国朝金陵诗征》卷四十六《感旧诗》作"牙"。

［6］ 偏:《国朝金陵诗征》卷四十六《感旧诗》作"慈"。

［7］ 一第无成两鬓华:《国朝金陵诗征》卷四十六《感旧诗》作"壮岁频伤勒帛加"。

［8］ 古籍空萦心夙好:《国朝金陵诗征》卷四十六《感旧诗》作"贫贱侵寻怜老大"。

哗[1]。九原差慰遗儿女[2],已半[3]年来受室家。(侄生即失怙,幼而丧母,性爱书画,为生计所累,积债数千金,忧郁致疾而没,后予为典屋偿之,所遗子女十人,近为婚嫁过半。)

【按】《国朝金陵诗征》卷四十六《感旧诗》中有本诗,附王云起传:"云起胞侄,名世林,候选县尉,予长兄名行恕子也。生即失怙,十八龄而母节孝严安人亦卒。侄孤贫,积负无归,年四十三,抑郁竟没,为典屋偿之。子女十人,近婚嫁过半。"

家汝翔兄 凤藻

岁贡生,候选训导。

少小儿时成老大,中间聚散每相仍。永怀贫贱曾晨夕[4],屡涉家山共担簦[5]。壮志鹏程衰已减,故乡豚社酒犹胜。一盘苜蓿终无命,叹息书生合饮冰。

【按】《国朝金陵诗征》卷四十六《感旧诗》中有本诗,附王汝翔传:"家汝翔兄,名凤藻,早年入学,食廪饩,以岁贡生候选训导。予少曾偕归应试,担簦跋涉,艰苦不辞。后以屡试不第,益贫且病矣。然惟诗酒豪兴犹在,年六十卒于乡。"

---

[1] 债台难避客争哗:《国朝金陵诗征》卷四十六《感旧诗》作"荠盐颠倒负年华"。

[2] 差慰遗儿女:《国朝金陵诗征》卷四十六《感旧诗》作"何事差堪慰"。

[3] 已半:《国朝金陵诗征》卷四十六《感旧诗》作"儿女"。

[4] 晨夕:《国朝金陵诗征》卷四十六《感旧诗》作"联榻"。

[5] 担簦:《国朝金陵诗征》卷四十六《感旧诗》作"裹縢"。

学治体行录

［清］王凤生　著

刘荣喜　点校

學治體行錄

《越中从政录》序

［清］董桂敷

治先才，才先识，识先志。才，犹财也；大其生而善其用者，识也；必求得其生之之原，与所以善用之术者，志也。言吏治者，曰养与教，有恒言矣。为吏者，兴利去弊，赏善锄奸，有常职矣。然而治否不同，才识各异，坐论明而莅事暗，非志不先定欤？以一心始之，以实心贯之，以贞心持之，如是而识不精，才不充者，未有也。吾友王竹屿司马官浙二十年，自大吏同官以及士大夫，无不称其贤且能者，所莅政之处，民无不怀德而服教者。予自与居定交之初，固早决之。

往岁庚申，君与同邑齐君梅麓读书金陵城外山寺，予以赴试至金陵，始相访，复相约至寺中，君手挈肴蔬，同行十数里至，遂留旬日。三人者，讲艺论心，甚相得也。山深夜静，月朗阶除，语罢虫吟，仰视天宇，感人事之无涯，元发之易素，各思及时效用，有以自见于世。而君年最少，日所言行必手书册以自考，为世家子，敛约勤苦倍常人，含励志于静默中，有虑必周，有为必劭，予两人自视皆不及也。方是时，君尚从事诗文，欲射策取科第以娱亲，而储异日之用，既无所遇，乃以家贫亲老，博一官以养。于是举平昔志愿，随事而寄之，今越中诸政迹所由来矣。

故予送君赴越时，预知君之必为循吏，而戒君勿复役神智于诗文，务一心讲求治术也。予与齐君先后入词馆，齐改金匮县令，有循声，独予浮沉词馆十余年，徒怀泽物之心，而以弱躯多病，不克自效，年未五十，遂乞假归里，过浙视君，志业方盛，事事运以实，心窃自愧叹，伤吾志之早衰，不复能有益于世也。抑又愿君之益以学养，持其志久而逾坚，永保终誉也。

浙官后，至者多就君问政，君乃梓《越中从政录》诸篇以相赠，非用自襮，盖推所志以与人，同将藉此贻益于无穷也。兹君以予相知最深，邮亟属序，予因举夙所得于君者，以为同志告。古人有言不习为吏，视已成事，君之从政善视成事，为变通者也。读君书者，亦可得前路之导矣。

道光四年秋八月同邑董桂敷[1]序于豫章书院。

序

[清]吕　璜

士人束发为学，将有所设施，泽及于斯民[2]，惟牧令为较易。然莅官治人之陈籍，无虑千百种，即尽读之，其身不为牧令，无繇一试，亦奚足以云及夫？既为此官，思古人行其所学，吾所学果足行乎？否也。

六经、四子之论政，大都肄业及之，就其一二言，衍为

［1］ 董桂敷：字宗邵，号小槎，安徽婺源人。嘉庆十年（1805年）进士。官编修，治理学，恪守程朱，躬行实践，名其室为“自知”。归后主讲豫章书院。卒年五十八。著有《十三经管见》《见闻赘语》《自知室文集》等。

［2］ 束发为学，将有所设施，泽及于斯民：语出潘兴嗣《濂溪先生墓志铭》，原文为：“可仕可止，古人无所必，束发为学，将有以设施，可泽于斯民者，必不得已，止未晚矣”。

千万言，行之数十载，而卒不能以尽其蕴。史册之传循吏，人不数事，要各有其措，注之精神，不可沦隐。大儒如程伯子[1]，夫且文法薄书，精密详练，虽筦库之细，无不尽心。盖吾儒或出或处，无在而非学者。先之以讲求，继之以体验，体之而神明变化与时地为日新，则又存乎其人，非可以语言罄也。

振轩通守以名家子，光明磊砢，其器识足肩天下之重。尝小试为令，事无巨细，一运以精心，果力必推行，尽利而后即安。此编盖其治县之谱，而谦言之以为体行汪龙庄[2]先生之说云尔。龙庄先生之书，侪辈中亦案头多有，如吾通守之确然见诸行事，而又酌古今以推广所未备，岂易言哉？

璜交通守十有余年，书问往还，未尝不以有体有用相期勉，窃自愧苶焉不振，未能如通守之建树卓卓也。通守景龙庄而师古循吏，可谓善学前人者。古循吏焉，学独不从六经、四子中来耶？同官诸君子读通守是书，仍如通守之于龙庄先生，以驯至于古循吏，则亦循吏传中人已。

道光三年岁在癸未七月既望，桂林吕璜[3]书与钱江官署。

---

［1］ 程伯子：即北宋哲学家、教育家、北宋理学的奠基者程颢（1032—1085），字伯淳，洛阳（今属河南）人。宋仁宗嘉祐二年（1057）进士，历官鄠县主簿、上元县主簿、泽州晋城令、太子中允、监察御史、监汝州酒税、镇宁军节度判官等职。

［2］ 汪龙庄：即清代名吏汪辉祖，字龙庄，浙江萧山人。乾隆二十一年（1756）进士，授湖南宁远知县。所著有《学治臆说》《佐治药言》等传世。

［3］ 吕璜，字礼北，号月沧，广西永福人。嘉庆十六年（1811）进士，官浙江知县，累迁海防同知，时称循吏。著有《月沧文集》等诗文选集，后人整理编为《月沧诗文集》。

马序[1]

［清］马伯乐

士人读圣贤书，见古人之致君泽民，未尝不毅然自负，以为异日得行其志，必将举生平之所学见之措施，以大有为于天下也。及夫出而问政，又或执前人之说，而不察乎时地之宜，失之毫厘，谬以千里。学古人而不能于古今事势之不同者神明变化，身体而力行之，士大夫所以受泥古之咎也。

振轩通守本诸经术，发为吏治，其于处己接物、事上临下之道，无不讲求体验，随时随地而运以精心。伯乐于己卯冬出宰来浙，睹其言论丰采，即私心向慕其为人。比年，复闻之同官，证之舆论，知通守之历权平湖、兰溪、玉环、嘉兴诸篆，政迹卓卓，有古循吏风，更不禁自愧自奋，而以未得常亲绪论为憾。癸未仲夏，以湖州恒雨为灾，奉檄来湖，得侍晤谈者，先后凡三阅月。见通守之立心行事，诚足以格物，明足以审，几不动声色，而于国计民生两无所失，此非有定识定力，深得乎古人之心而无偏者，奚能推行尽利如是哉？事竣，出所著《学治体行录》，条分缕晰，大旨本萧山汪龙庄先生《佐治药言》《学治臆说》，旁通互证，推类以尽其余。

夫士人束发读书，幸而得尺寸之柄，可以行其所学，则必守古人之所已成，而补古人之所未备。如学为廉节而失之矫，学为明察而失之苛，学为宽仁而失之纵，学为威猛而失之暴，此皆未绎乎古人之意，拘牵傅会，而流弊至不可胜言。

［1］ 马序：底本原无标题，点校者新加。

通守之学，有体有用，盖自有足以表见于当时，与古名臣相颉颃者，而特于龙庄先生之书，因其成迹而发所未尽，谦言之以为体行云尔。然则是编虽小试为令之一端，扩而充之，任天下之重而无难也。愿与有心治迹者，各置一编，以为朝夕问政之助，庶无负读书入仕之本志也夫。

道光癸未秋九月桐城马伯乐[1]识。

自序[2]

余少时阅《知不足斋丛书》，见萧山汪龙庄先生《佐治药言》《学治臆说》二种，尔时虽未娴吏事，心窃慕之。迨嘉庆十年，以通判需次浙江，又二年，奉大府檄，监修萧山之西江塘，始获交于先生令子苏谭吏部，盖先生之殁三年矣。苏谭复出家刻是编见示，受而读之，益识其以经术饬吏治，洵筮仕不朽良规也。今之州县倘各置一编为座右箴，将天下无不可为之治，亦无不可学之治，人于从政乎，何有藏诸箧中，时以自励。盖又有年，比年历权玉环、平湖、兰溪等篆，试以所言征诸行事，益如布帛菽粟之不可离。惟时异势迁，或其说偶有未备，窃为推类，以尽其余，以存千虑之一得，亦敝帚自享云尔。

---

［1］ 马伯乐，字伯顾，号星房，桐城人。清嘉庆二十二年(1817)进士，由庶吉士改任浙江长兴知县，后调归安、乌程、德清知县，升知州。坐事罢职，发配新疆。因参帅府军谘，凯旋奏复官，得旨原品休归。历主敬敷、庐阳、河朔各书院。

［2］ 自序：底本原无标题，点校者新加。

近者，同官诸君子谬谓予宦浙久，每以政事商榷，并嘱笔之于书。自维谫陋，不足为吏之良，而苟有益于国计民生，亟愿诸君子之得行其志，以大有为于天下也。适奉钩稽盐库，复以一身综核清查局务，昕夕鲜暇，久未搦管。癸未仲夏，有龙游勘案之役，因就篷窗记忆，即向所采之绪论身体力行者，益以鄙见，出而质正诸君。若夫学焉而未之逮，则未经涉历，不敢徒托空言，请循览原书，以各臻所至也可。

道光三年六月婺源王凤生题于钱江官舫。

学治体行录 卷上

婺源 王凤生 振轩 纂

莅任

州县初入仕途，莫要于莅任之始。凡措施所肇，防范于微，亦最莫难于此时。其性多嗜好，侈于外务者，固无足论。即修洁自好之士，甫经履任，百事茫然。内而家人、左右，外而吏役、讼师，莫不环窥窃探，举动稍不自检，将群起而乘机伺吾隙焉。惟在临之以庄，而一切行所无事，喜怒不遽形于色，利弊姑默识于胸，初不示人以端倪，地方情形考察周至，次第详审，出之自尔，发皆中节，则若辈莫测浅深，不敢轻玩，而始基已立矣。

戒矜张

每见新官到任，急于求治，喜事矜张，或以旧制为拘迂，不加详察，任意更改；或于发号施令，暴前官之短，诩自己之长；或从役人等，偶有触忤，不论事之巨细，辄施鞭挞，藉以耀威。岂知旧章具有深意，即或实有流弊，亦必洞悉源流，斟酌去取，确然此善于彼，而后可以更易。若夫居官，各尽其职，即果有才，亦无足炫，更何必抑人彰己，徒失长厚之道？至小事明察，藉示威福，不特为有识者所笑，即书吏之久在官者，阅人已多，殊不足震惊其耳目，他日官声贤否，全不系此也？

贵慎始

前说特为轻躁者言之，若兴利剔弊，明立章程，则事事贵于慎始。必须振刷精神，防闲周匝，使一无罅漏可乘。若稍涉因循，何以卓然自立？且何以步步向上乎？往往衙门中公事怠忽，关防散漫，积习相沿；迨久之，官有所觉，即欲振而新之，略加约束，人转难堪，是皆不能慎始之故。

余尝谓做官须先克己，己正而后治宅门，宅门内既理，而后治衙门，衙门既理，而后治四境。衙门者，吏胥、差役是也；宅门者，幕友、官亲以及家人是也。果能于立法之初，各相规约，守而勿失，其弊之消弭于无形者，正非浅鲜，以后纲举目张，易于为力矣。

克己

克己者何？毋使其身图暇豫，而心不耐烦也。州县为亲民之官，簿书、案牍日所待理者，堆束如山，今日有所积，来日愈苦其多，久之而心力实有所不逮，纵勉强过目，而事不关心，与弗睹何异？宜乎幕友、家人，藉以偷安，吏役之因缘为奸，亦从此起。惟以身先之举，凡批词、看稿、审案俱日有常功，随到随办，并记版摺，以备遗忘，随时摘略，以催其未到者，自必内外交警，相观而善。

余权平湖、兰溪两邑，地之繁剧略同，孜孜唯恐废事，因自课以程期。早起阅呈，批判稿案，午后看本日示审案卷，然后坐堂听讼，计退食之时，则已二三鼓矣，仍将是日之禀檄交移阅讫乃已，必令几案之间不留片纸。兰溪为水驿之冲，冠盖往来，殆无虚日，如遇迎送，则将排阅稿卷。挈以自随，于舟车中了之，而以堂事为夜课。间有公宴，则以一日之事儹办于前，必事竣而后赴席。虽未尝以私废公，而促迫为之，已觉不遗余力甚矣，繁剧州县之未可半日闲也。若谓从容亦可就理，游刃自觉有余，世固有其人，非庸愚所敢企及。

幕友

延幕须贤，切勿惜费。刑名、钱谷关系考成，固宜慎重。若漕赋最繁之地，设法催征，稽查大头小尾诸弊，则征比头柜，亦必得人。书禀虽涉应酬，而以庸陋者当之，疏忽苟简，每易招尤，我辈何能再以余闲躬亲笔墨？故当厚其值以招贤，勿吝小费而偾事也。但幕道中固多端士，而所处之地，瓜李多嫌，律之不严，易起物议，故不必显露关防之迹，亦不可无检点之方，如《佐治药言》所载"亲友往来，必令主人知名；有事出宅门，亦须令主人确知所往"是也。凡此皆宜先与之约，而刑、钱二席，往往有自高声价，办稿批呈，一经落笔，如南山之不可移。使其是也，自不当枉道徇人；即其非也，或亦持之愈力，以自文焉。余摄篆延友，聘请之初，即与订定：如公事意见不同，彼此毋拘形迹，据理而争，从其是者，故终局卒无异言，迨久而相洽；或迳为涂抹窜改，两若相忘，亦缘余推诚相与同事，有以鉴其心，非刚愎任性，率尔操觚以自矜也。若夫初膺民社，阅历未深，正宜与之反覆讲求，不可独逞己见。且事涉紧要，必须就见熟商，勿令家人传述，恐不足以尽其辞，亦非所以敬其事。至于岁时朔望，酒食酬酢之间，尤当盛其衣冠，亲伸款悃，俾自重之士，得以安其身，而赞襄之功，益期得力。

至亲

至亲不可用事，衙门中用亲不如用友，《学治臆说》言之详矣。若夫依附既久，难以更张，是在官须自做权，勿旁操任事，而不使之用事，惟驾驭之有方，自可范围而不过。然恩义两全，正复不易，苟无操纵在我之才，惟龙庄先生之言是听，为无悔也。

驭下

衙门之患，全在壅蔽，而能操壅蔽之权者，则又门印为之也。余所至处，先出硃谕，榜示大堂。凡书役禀单，令其于某月之下，旁注“某日某时”字样，紧急者随时送署，余于早晚堂事毕后，当堂呈递，并于点卯时，将事无巨细，必躬必亲，家人等断不能代作主张之语，剀切晓谕。仍严谕司阍，遇有禀单，随到随送，俟亲笔标日，再分交刑、钱查阅，如日期尚未亲标，越次送幕，以及时刻耽延，查出即行根究，不可放松。其内发状榜及初词之差票，亦必亲自过硃于月日之下，并书某刻发，俾内外有所稽考，庶可杜其寝阁留难。他若案件则全在于临审之先，悉心看卷，毋庸幕友开略，不准门佥置词，使不知意之所在。一经堂讯，即予定断，自无从招摇。批呈则由内幕封固，亲加折阅，校定后逐呈作押，即以底稿传承，发书至内署照缮。状榜登时标发，再交墨笔处过批，使不及辗转腾挪，自无从漏泄。然防其溷淆之弊，尤宜慎于繁冗之时。公牍既不令捺延，则相逼而来，不能挥之使去。往往有究心一案，正在殚思，抑或诸事纷乘，应接不暇，门印专伺其时，或持稿待判，或以事面陈，兼听并观，必致忙中有误，惟在澄心静气，分别事之轻重缓急以应之。苟有疑难，存之案头，待此事厘明，而后再治彼事，方可两无所失。

总之，门印系州县之关键，非有一二解事者，断难胜任。然全视官为转移，务严而毋失之纵，可用而不可予以权，是其要领。惟若辈本为衣食而来，若不能赡其身家，何以供我指臂？莅任时，须将该衙门家人，出息若干，谕令开单送阅，亲为核定，应去应存，并以何项归众，何项贴补门印办公，外此再取分毫，即以婪赃论。齐集家人、库书，当面告语。至岁时，则令司阍以归众之项若干开送，自为酌量差事勤惰、随从久暂，分其银数多寡，俾众心悦服，勿多提银归上，亦不宜多收长随，使其滥分。盖既戒其分外之营，则只此涓涓之入，不得不为珍惜矣。如其地本清苦，而得力办事之人，所入实不敷出，当自解囊厚赉，以收驱使之效。

吏役

驭吏役以严，固也。然严非徒刑责之而已，欲防其弊，须先识其弊所由来。大凡吏之弊有三：一以乘间朦混，一以得贿捺延，一以藉端滋扰。近时，衙门每令各房刻一木戳，上以横格写“某房”二字，下以直格分写某月日“发房、送稿、判发、送佥、发行”五项。其某日处空白，令该书自填，法固善矣；然判发一项，官于画稿时，务须随手填写；发行一项，责成号件处临时填发，不可挂漏，总期认真查对，久而无懈，方可绝捺搁之弊。若填否并不加察，迟缓亦不追求，是徒为具文，无益也。

奸吏送稿，或节叙呈词，意为轩轾，或传讯之人混写拘字，或将前稿已抹情节、人名，复行列叙。惟于判核时，随事留心，不轻放过。有一于此，即饬明白禀覆，分别事之大小示惩。他若娼赌及诸禁令，不时抄录旧稿，夹送转票差查。甚有此房送而彼房亦效尤者，将不胜其扰，虽有成案，尽可涂抹不行。至于班役人等，更属罔知轻重，惟利是图，一奉票差，势如狼虎，横索乡农。其案涉唤讯者，或需索不遂，自毁官票，禀为拒捕；或混请着交，藉图搪塞，以冀株连。凡遇此等事件，即改差承行，亦只就原案办理，勿问拒捕之事。非歇家[1]、地保以及应缉要犯，不准着交，使无所施其伎俩。而遇事差遣，必将命意之处，详细谕知，俾有遵循于先，庶免误公于后。

总之，驭下之道，固持国法，亦近人情。书吏本无禄入，其相仍陋规，不得不资以为生。差役工食无多，自养养家亦患不足，苟船饭之资，尚非出于索诈，亦可不予深求。一经控告，即系有激而成，不得不绳之以法。予于书役点卯时，以此言宣布大堂，俾人人共见共闻，咸知怀畏。若夫标吏办稿、佥役行牌，则以卯簿常置案头，按照卯名，间房间班，轮流

[1] 歇家：原指旅舍，后指一种特殊职业群体，专营生意经纪、职业介绍、做媒作保、代打官司等业务。

佥点，周而复始，从不假手他人。并于卯簿名下，自注月日，以备遗忘舛错。如吏役有记功者，另立记功簿一册，凡标功簿三人，再标卯簿一人，仍将所定挨标章程晓示宅门之外，故历任所至，书役颇无怨言。至于《学治臆说》所载："刑赏必行，勿以其才尚可用，宜罚而姑贷之，致令玩法。有功必赏，不须抵过；有过必罚，不准抵功。随罚随用，使之有以自效，知刑赏皆所自取，而官无成心，则人人畏法急公，事无不办。"诚深于治理之言，从政者尤当详绎之也。

坐承坐差

值日名目，乃衙门陋习相沿。胥吏各有挨定日期，三班头役[1]则五日一轮，不容紊乱。舍是而公事即漫无责成，内署亦无从呼应。惟此五日之中，凡涉喊禀、验伤各件，悉行归办，名曰坐承坐差。到处皆然，牢不可破。查吏之轮值，或月不一逢，而役之轮值，则凡伺应之散役人等，皆仰食于彼，已属难支。甚至州县衙门间有令出，该班规费钱文，按日缴署。噫！吾不知其钱所从来矣。宜乎书役，必于值日期内兜揽词讼，平空唆使，俾喊禀验伤之来，多多益善，冀偿所费而沾余润也。即本官侦知其伪，亦不能不迁就曲从，其为闾阎之害，可胜言哉！余于所至之处，严禁上下规费，另立章程，将喊禀、验伤统作初呈，一并牵算。计五日内，如有初呈，五张以其三归值日，其二为轮标；如止三张，则以其二归值日，其一为轮标；如止二张、一张，则全归值日；无则

[1] 头役：明清时期府、州、县署衙役的敬称。

以下届之轮标贴补一张。至喊禀、验伤，断不容丝毫假捏实究，虚坐并追主唆，其指案坐承坐差，概予革除，晓谕大堂，俾众咸悉。虽更张之初，书役觉有未便，久之亦即相安，而喊禀、验伤之案，竟由此寥寥罕觏矣。

事上

获上而后可以治民，然事上有道，非谓迎合趋承，委曲以徇也。惟居官尽职，遇事尽心，上官有臂指之藉，腹心之倚。或有委鞫要件，妥速了之，不致遗忧遗累。倘遇难行之事，尽可委婉敷陈，转圜匡救，是乃所以报知己。即词讼、钱粮，上官或操之过急，亦公事所宜然，不应嫉怨。惟别有所谓非理相加，则国体应存，何难进退绰绰？至于寻常规例，只率旧章，勿始作踊[1]，本以取于民者用于官，反己平心，岂宜藉为口实？每见反噬之流，终必一败涂地，亦何益之有？

僚属

佐贰、佐杂不准擅受，例禁綦严。然膺斯任者，尽有英才，堪资佐治，无如不自爱惜者，相与群居并列，既不便稍畸轻重，致启猜嫌。更不可一例而施，致滋贻误。如卯呈轮收、计张取钱，即不顾控词荒谬，殴伤委验，推情受嘱，自难免颠倒是非，所得无多，所关匪细也。

余前署县篆，先与同僚约，一切收呈、验伤俱必躬亲，

---

［1］ 始作踊：比喻第一个做某项坏事的人或某种恶劣风气的创始人。语出《孟子·梁惠王上》记载：孔子反对用俑殉葬，曾说：“始作俑者，其无后乎！”踊：当作“俑”。

即词讼亦恪遵功令，不致滥批，以市恩誉。其有自知立品以及才具颇优者，必据所长，以荐于上游。幸同时诸君皆能刻励，有以相谅。惟彼之廉俸甚微，我之禄入较厚，必随时体恤，量力佽助，使其有以自赡，而后可安于其职。倘或不自检束，亦当秘与详言时势，谆切劝勉，令其改过自新，而不必迫人于险。如其终不知悛，上官有所访闻，岂能为之讳饰？咎由自取，于人何尤！至教谕、训导，有课士之责，亦与地方相为表里，宜隆礼貌以引重，备酒醴以联情，使道义交孚，庶遇事不致掣肘。

营伍

文武一体，兵民乃安。武弁之于州县，初未有不思交好者，以情相结，本易倾心。惟形迹日疏，兼以兵役不和，遂分畛域。夫兵丁滋事，原应惩治，但须先与该管官推诚相白，使自知约束之严。倘有干犯，轻者送与自处，重者知照开粮。凡缉捕缉私之有涉处分者，是否同拏，均以兵名列叙。或该营因公支绌，有所借支，虽于成案未符，亦酌量通融应付，该兵未有不知感惕，相戒无罹于法，营员尚复何辞？若以公事关说，无论文武寮属，悉予拒绝。然惟平日示之以正，使凛然有不可犯之处，则非理相干，自必将言而嗫嚅。

绅士

为政不得罪于巨室，交以道，接以礼，固不可以权势相加。即士为齐民之首，朝廷法纪不能尽喻于民，惟士与民亲，易于取信。如有读书敦品之士，正赖其转相劝戒，俾官之教化得行，自当爱之重之。偶值公事晋见，察其诚笃自重者，不妨以其乡之有无盗贼，民居作何生业，风俗是否淳漓，博采周谘，以广闻见。至于观风奖励、书院膏火、乡试宾兴，或捐资以厚赠遗，或筹款以增产业，务期培养寒畯，文运日兴。若干谒以私，即推而远之。无论衿绅，必不容其袖递禀呈，关说词讼。倘敢非分滋事，藐视官长，甚以呈词诋毁，当众慢言，一经尝试，必加意整饬，明正其非，决不可任其得意扬眉，以启他日加凌之渐。最无状者，轻则戒饬，重则详革，必锄非种，以育真才，斯足服士心，而崇众望。

操守慎始

操守为居官根本。长随、书役未有不觊本官之苞苴以分肥者，始或藉无碍者以相尝，后则虽有碍者，亦伺吾隙以相制。若于其事之可取不可取，尚待犹豫，是仅有利害之见存，而非可语以品行也。且此中区别，在我虽存界限，在人岂尽周知？徒滋影射招摇，为人中饱，迨欲翻然改辙，而一行败则百行可疑，何以示民之信？故慧剑立断，须定自始基。

余甲戌冬初至平湖，值岁旱民饥，因自倡捐以募，富者出资济粜。有某姓者，为乡富首户，性素吝，乡人衔之，伺其娶退婚女为妾，群以略卖相讦告。实则女之父母契卖时，曾出其未婚前夫之退据为凭也。某本乡愚，不知例案，忽以万缗馈。询其意，则愿退女而免于累，无他求。余笑而不答。先是，邑之绅宦，有捐助普济堂地基，呈请劝捐创建者，适有前事，余思罚之恐格于例，不如捐也，随将是案照例断结。某本无可罪，惟不应干以私，谕将前项捐于普济堂，以成其美。立传董事，当堂给领，而令某自具呈为转详焉。今堂已落成，所养四茕数十人矣。自是先后三载，两次代庖，区区此心，遍国中可盟白水[1]，职是故也。

禁讼师

新官莅境，投递红禀[2]、红呈[3]，最易弊混，宜于未到之先，出示晓禁。除命盗各案，准其接印后以红禀，随时具控外，其余旧案及一切词讼，统候三日内考定代书，示期放告，违者概不收阅，同红示[4]发贴照墙。迨履任之次日，应即收考代书，颁发状式，其状面饬令分别做状人、歇家字样，面谕代书，务于两项下确询姓名填注。如状系自做，亦据实声明，总不得以"自来稿"三字混饰。倘敢漏填及抹匿前案，不录全批者，即提代书重责，并出硃谕晓示。凡依口代写呈词，原无干例禁。告状投宿，亦属情理之常，决不因填注有名，从而查究。惟所递呈状，语涉妄诞牵连，则讼棍必多唆使。所审案件结后，刁翻抗断，则歇家必为把持。定当按名严拿究办。如做状姓名系具呈人捏报，即令着交等语，示贴于代书公所。此余摄兰溪时所为，嗣后收呈，竟无甚诪张为

[1] 可盟白水：即成语"白水盟心"，指着水起誓，泛指对人盟誓。典出《左传·僖公二十四年》："所不与舅氏同心者，有如白水！"杨伯峻注："有如白水"即"有如河"，意谓河神鉴之，《晋世家》译作"河伯视之"是也。

[2] 红禀：清代平民向官府、下级向上级有所请求的一种呈文。

[3] 红呈：犯人向主办案件官吏的上司进行申诉的状词。《清会典事例·总理各国事务·交涉》："主教及教士，有申诉之士，概用禀呈，不得擅用照会。晋谒大宪用红呈。"

[4] 红示：旧时新官上任时的红纸公告。清黄六鸿《福惠全书·莅任·发到任示》："先发上任红告示，即发一牌。"

幻者，每日审案二三起或四五起，有断必结，终吾任内如之。是其明验而讼师之禁，不严自戢矣。

放告审呈

坐大堂收呈，非独初次放告宜然，即任繁剧之区者，按卯俱应如是。先谕堂书置收呈簿一本，届告期发交代书，将各名下告状、姓名，挨次填写簿内，并令随侍堂侧，以备识认。其告状人排十名为一起，分起点名，免令久跪守候。所收呈词，逐张查问。如系旧案，只阅粘单所载前批与现呈有无续添情节。报窃追租等案，略观大意，不必深求。惟新呈，必须穷源竟委，讯其大概情形。倘对答含糊，定属代递，当堂掷还，令本人自呈；倘事不干己，藉端讹诈，即予责处，取具遵结，所控决不准行；或事关重大，而情有可疑，必待严加盘诘者，则以其词权置一边，令其人起立阶下。其本卯呈词收毕，再行提讯。

曩余宰平湖，卯期收呈，有以殴死人命具控者，核其词涉支遁，因与反覆辨论，原告理屈辞穷，遂命代书将词列见证之，随来者于堂下识认，唤之使前，立发其伏，前一人乃吁求发还呈词，愿具切结而去。由此推之，果能使谎告者恐驳诘，而不敢尽其辞；勒诈者惧鞭笞，而无以逞其志，则蜃楼海市，自可化有为无。堂上多尽一分心，小民即隐受无穷之益，官劳则民逸，信而有征，况阅呈解识，此法分别旧案新词，并不过劳心力，亦何惮而弗为耶?!

亲民在勤

州县官名“父母”，又曰“亲民之官”。“父母”云何？谓与子孙痛痒相关，得以随呼辄应也。“亲”者云何？谓与小民朝夕相见，勿使隔绝不通也。故官之亲民，凡于听讼，必坐大堂。官之爱民，凡于命案喊禀验伤，必随到随即坐堂。命案登时查讯，固易得情，即喊禀验伤事，或出于架捏，而随到随审，亦可真伪立明，无事差传拖累。若夫大堂听政，或有初次登场，怯于圜听者，然惟注意当前之事，更何容心事外之人。且州县判断之功，在于看卷者十之七，在于听言者十之三。间有供卷不符，是则讼师之播弄乡愚，更不难一鞫而伏矣。果能挨期编审，日以为常，官将习惯忘劳，民若不期而会，每于体察入微之际，两造真情毕露，俯首无词，堂下欢腾，如出一口，真有上下情联，官民一体之乐。欲得民心，未有捷于此者。

听讼宜慎

亲民之要在于听讼之勤，而听讼则须出之以慎。两造控争，各持一理。理之是者，固据事直陈。即理之非者，亦强为附会，以争一胜。词列证见，皆瞻徇情面，未肯遽吐真情。或且窥官意，以为左右袒，未可据以为实。惟在官之酌理准情，平心定断，必待其词之穷而后已。然亦有无可置辩，而察其容色，尚似别有隐情，中多委曲，难保非理之所无，而事之或有者，不可不设身处地，反覆深思，诱之使毕其词。至于屡断屡翻，亦当反己自省，或前此一时忽略，以致意见偶偏，切勿固执，以护其短。若强之使从，苟能掩饰于目前，终酿争端于事后。别经更正，即幸免吏议，亦愧悔无及矣。堂书、招书录供，惯于疏漏，且有受贿而故为颠倒者，紧要之处，应自默记，俟其录送，细核不符，即予更改。至堂断则必官自为之，叙案始末，必道其详，断案情伪，必抉其要，务令针孔相直，天衣无缝，以杜将来缠讼之根。讼师稔知案定如山，亦不敢复思翻异。仍令值堂书置堂事簿一本，以所审案由、判语，挨日缮送过硃，以备去任移交。至于案结退堂，人证之分别保释遵结之，洞中窾要，措词结实，皆须一一权衡，不可略近草率。如有文契、券约应行发还者，饬原差立取保状、领状送署，一面当堂检出发还，俾经承无可留难，亦节民财之一道。

治尚明通

听讼又非徒守其经，而拘于法已也。所收民词，千态万状，其事故亦百变纷呈，尤须相时因地，体俗原情，以恤民隐，而通权变。

何谓体俗原情？如乡僻愚民，罔知律例，其有习俗相沿，众皆视为恒泛，实则犯禁令而不知者，非有以教之于先，未可骤施之以法。村曲农桑之际，是其身家性命相关，若非案涉重情，切勿佥差扰累。妇女非身有所犯，已据众供明确者，不可唤案。姻党互控，但为理明曲直，毋轻予笞挞，俾固讼仇。然必须将应挞不挞之故，明白宣示，使其真知感悔，庶不敢于再犯。寻常词讼勾摄，如其人适值婚期，准予宽假，缓为发落。甚或丰厚之家，有涉暧昧不明，不得已而以所获作为窃贼送官，虽知其情，勿发其隐。如犯者逞刁，供词挟制，切勿轻听，速为责释完案。此其事，余亲历之，彼时相与无言，今且并忘其姓氏矣。

何谓相时因地？夫地方强弱不同，即民之秉质各异，非刑固不可用，即常刑之轻重，亦应随地制宜。并有土俗相沿之举，事虽出于无稽，法非在所不宥，亦不得不酌为容恕，俯顺舆情。酷暑严寒，勿过熬审，疾行吁喘，勿便施刑。官当盛怒之时，用法务须斟酌。至胥役与现犯形若仇雠，恐其挟有素嫌，以图报复，尤不可使之行杖。其或辗转相嘱，假手他人，则惟临时觉察，不必拘定掷签之数，立即喝止。慎利害于几微，切不可忽。

命案相验

狱贵初词，命案为尤甚。尸亲初报到官，所受讼师指导或未深固，细加推问，尚易露真情。且令将案内人证，逐一供明，嗣后不准再行添砌。地保系其土著，耳目难瞒，惟与串结勾通，代为隐饰，则必立时严讯，可得端倪。随出堂签，勒拘凶犯，勿令远飏。一面饬保赶搭蓬厂，传集人证，晨报则夕往，夕报则晨往，不可稽稽时日。相验时，先饬尸亲供定受伤部位，将尸身洗净，亲率仵作，反覆看验，辨其伤痕形似，量准分寸，令尸亲认明，伤仗比对。倘有发变，务以指按，核其真伪。虽值盛暑，亦不可远避臭秽，致为弊混。如尸亲刁狡，或指旧痕为新殴，或执发变为伤痕，即将《洗冤录》所载各条检出，与之明白讲解，必为当场诘正，使其折服。再令仵作喝报填格，亲督棺殓，扛抬厝所。盖恐刁蛮地方，每伺官去，辄将尸棺置诸凶手之家，横肆讹诈，又致另生枝蔓也。仍查核名单，除凶犯及紧要见证人等必须带讯外，其余如地主、邻佑，即就地取供省释。诸事完毕，然后启行。维时多耐一刻烦，省却许多后累。至随从书役开单亲点，非必须使令者，悉予删减，视其路之远近，当众赏给饭钱二三四千文不等。谕令不许丝毫骚扰，违者准原、被告即时扭禀。虽远迳荒村，轿役仍不能不资其啖食，然官既给钱，复加谕禁，究有所忌惮，不敢妄为。至官之饮食，均须自备，切勿令有供应，及跟班随封名目，致滋派累。

审命案

审讯命案谋杀，必有致死重情，如图财、因奸、抵制之类，故杀则顿起杀机，斗杀则本非有心。凡此皆有起衅情节，争殴行状，必宜虚心静气，隔别研讯，以彼供乱此供，复以此供证彼供。如果神色稍露，乘其不意，一语诘之，使其猝无所遁，由此根究，自得实情，切不可徒事刑，求浅尝而发之暴。至于群殴之案，人数众多，其下手先后，与致伤部位，即殴者事后亦难一一记忆，惟须详察情形，总以最后下手，及伤之重者，为紧要关头，必为确切推鞫，勿稍迁就。一经供认，即令将所持之具，与所殴之伤，当堂比对，殴状既明，斯狱情不致淆混。至案内有无涉罪名之情事，无关出入之人证，均予删除，免滋疑窦，而省拖累。倘犯供定而复翻，亦必究诘其所翻之由，以期结实，非可概以刑罚施也。

假命案

自尽命案，最易蔓延，使讼师、书役从中射利。应于具报时，核其案情。除威逼奸私、污蔑及推跌落水、以勒作缢等事，有关情罪出入，自应于相验后，带齐犯证覆审。其他或以口角轻生，或以拼命图赖，惟严谕原差，吊传证据，如期齐集尸场，倘有要证不到，定惟该差保是问。一经验讯，死由自取，并无伤痕，即为当场断结，押令棺殓，取具遵结，立时省释。任书役百计宕延，必坐待各结取齐而后去。如临时察看死者之家，实系贫难埋葬，情有可怜，或劝令被累之人，酌为资助。然亦须将例不断财，此系格外施仁之故，晓谕尸亲，使知感悟，是又移步换形，非可援以为例者。至于失足落河及路毙等案，地主、邻佑只宜取供备案，勿事他求。随役人等，当众给钱，谕禁滋扰如前法。纵报案迫值岁除，亦必即时亲往，立为完案，总不使有押带进城，致令守候之事。久之而吏役亦习惯，自然不复萌前念矣。

盗贼案

盗贼惟凭赃定，赃真则盗确，罪无可宽。惟鼠辈狡黠性成，每获到案，必将真窝、真赃隐匿不吐，而嫁祸于平时嫌怨之人，指为寄买赃物。甚有禁押乏钱，捕役、牢头教串，择殷而噬，一经吊赃传案，吏役为之从中说合，给贼多资，使其卸供省释，大众分肥，乡曲愚民最受其害。如《学治臆说》所载，“寻常窃赃，只须饬地保谕，吊谕内注明，速将原赃交保禀解，不必到官。如果被诬，许自行呈诉，慎勿托故诿延，致干差扰”。至“案重赃多，必须差吊者[1]檄内注明，只须

[1] 者：底本无此字，据汪辉祖纂《学治续说》补。

吊赃，不必带案[1]。如未买未寄，听本人呈诉，毋许提人滋扰。”其呈诉者受词后，即提犯质释，俾免守候，仍将该犯重责以儆。余悉照此法行之，捕、贼俱不敢肆横。然远贼必有近窝，无论陆路负戴多赃，不能远涉，即小舟偷越，亦难以昼行。故凡获贼案，必须严究窝家，又不可任其狡称尽卖与不识姓名人，含混完案。州县事冗，可延佐杂至署，代为熬审。惟取供后，仍亲自查办，不令其吊赃，拘犯可也。

缉捕

缉捕之法，如陆路则街巷卫以木栅，捕保分段支更；水路则桥梁设以栅栏，巡船分头夜缉。官虽禁令綦严，役只奉行故事，必须官为躬亲，督察出入无时。役之饭食、灯油，丝毫无累，仍按其所巡地段，半月一比，分别有无被窃，明定赏罚章程，庶使畏法知恩，各严守望，宵小得以潜藏。至各衙门捕役，大率豢贼而不能拏贼，为害闾阎，殊堪痛恨。然推原其故，捕役一项，俗不准其勾摄公事，工食而外，别无调剂之方，而缉贼之往来船饭、购线钱文，一有举动，即不无所费。且经该管衙门提比，又须打点上房，代为捺搁。甚有拟罪应行勘转之犯解府、解省，在在需钱，向只于该役工食内借领，令其自行设措，宜乎？捕役之获贼，适以自扰，非豢贼不足资生也。惟在官为养赡，确询其家口人数，立册开载，按月按名酌给钱米。遇有应破要案，需用购线之资，令自忖量若干，官先照数给发，唤内面谕。如不获犯，除将

[1] 案：汪辉祖纂《学治续说》作“审”。

此项追缴，仍予严刑重处。至一切解费悉出于官，俾无所苦，然后绳之以法。捕役具有天良，岂无感悟？倘再怙恶不悛，置之死地何憾焉？

访案

访闻之案，如人命私和，须先传地保，严讯确情，再行按名查拘。凶徒聚众结盟，邪教敛钱惑众，宜伺其聚集之时，出其不意，密往亲拏。光棍扰害地方，确有旧案可凭，抑或畏其凶恶，首告无人，而侦知得实，立传被害之家讯明，无难摘发者，自应严拏究办。此外，则必须详慎。盖官既深居简出，无非得自传闻，恐寄耳目于他人，而其人先不足信。其藉以招摇图利，挟有嫌怨济私者，固不足道。即或辗转相传，亦难保无误听旁言，暗中倾陷之弊。一经听信，则身在局中，未必能以虚衷化其成见，以后事多窒碍转为束缚者，比比有之。万一疑难之案，情节支离，毫无证据，而罪名之出入，生死攸关，若两造均非所愿，而自为解说，尚属情理可原，则姑任阙疑，俯从所请，以省事安民，亦通权之道也。

学治体行录 卷下

婺源 王凤生 振轩 纂

勘丈

凡涉控争侵占之案，凭空审断，固恐信谳难成。然非经集讯实，缘两造各执一词，未可轻易批勘。夫田房、水利，尚可勘丈即明，若风水则易于影射牵混。山场则本无弓口，丈亦难施。且批勘以后，或因公冗，无暇亲往，累月经时，必致又酿他故。惟须逐细核卷，先行示审，将两造所呈图说互异之处，核计鱼鳞串册，确询四至，设身处地，酌为定断，并讯之中证是否允洽。如所断尚有未平，即令中证人等，再为秉公妥议禀覆，或可由此息争。倘仍持之甚坚，不得已而示勘，则先令地保于两家管业，四至处所插签标记，并密吊该业之四邻契据，令其勘日当面呈阅。然后履勘，就两造绘图，测以南针，认正方向，凡所争界址疑似，及出入路迳，均须一一亲历，再以所争契内之四至，核对其四邻契载，是否相符，阅后抄存备案，登时给还。

然勘场惟以镇静为主，是非曲直，切勿亟为剖断。严谕两造，如有喧哗滋事者，查系何党之人，定向原具呈人根交严究。勘毕，令自投案，另期带审，将两图所绘，与亲勘情形，孰是孰非，逐层指示，并明白开导。讼则终凶，必致毁家而后已；使两造心平忿释，方能一断无翻。而亲勘图说，尤必亲笔核定附卷，使永息争端。不可转委佐杂代勘，即使公正，亦不足服人也。

编审

近时编审案件，每以原告两月不到，辄为照例详销。及其以前情上控，又作新案办理，亦属了而未了。夫编期示审，乡民未尽周知，且恐差役受被告贿嘱，不为传知原告，故意捺延，预为注销地步，其弊不可不防。余所莅之邑，先谕各房，查明积案若干，统造总册一本，再从中摘出某都某图计有若干起，分造各册，各按都图出示，注明“某起系原告某控被告某事由，限于某月日带审”，并于示首声明“如果原告外出，速令家属赶传。如不愿终讼，或赴案具息，或具结交差保代销。经此次晓谕之后，倘再迟延，两月不到，明系情虚畏审，即予照例注销”等语，就近实贴。仍汇集通县积案，挨叙编审日期，晓示大堂。自是所编之案，无不如期投案，每日三数起，随到随审，有审必结。其仅系鼠牙雀角，无关罪名，但为理其是非，不必施之夏楚[1]，故亦无始终抗避之人。余宰兰溪六阅月，审结积案六百余起，内息案居三分之一，而无一案以原告不到详销者。今人动谓词讼繁多之处，彼原图准不图审，即其言信然，苟有勤事之官，亦可力返其习。

恤囚

囚，亦吾民也。虽其身系囹圄，罪所应得，然国有常刑，

［1］ 夏楚：原指古代学校中施行体罚的器具。《礼记·学记》：“夏楚二物，收其威也。”汉郑玄注：“夏，槄也；楚，荆也。二者所以扑挞犯礼者。”后代指鞭打、体罚。《聊斋志异》卷二《张诚》：“午前不知何往，业夏楚之。”

不可不加矜恤。除镣铐、刑具早晚收封，务遵定制，不可稍为宽假。若囚粮、盐菜、药饵、姜茶，皆系开支正项，并非自出己资，切不可使经理之人冒销克扣。凡届霉雨暑热，谆谕管狱家人，督饬禁卒，勤为打扫，勿任潮湿秽污，染成疫疾。照例载日期，准其薙发。冬令衣裤尤宜新制，厚为装棉。年节捐资，优赏钱物。严谕牢头、禁卒，不得凌虐新收之犯。盖狱中恶习，每以囚之久于狱者一人为牢头，众囚俱为所使，令有初收禁者，令出食物，饷众三日。有力者尚可支应，贫乏者其何以堪？苟不遂意，辄肆凌辱。

余任平湖，适有其事，少尹往禁，竟敢以石塞门拒而弗纳。余随亲往，晓以利害，喝开牢门，按名查讯，其未经滋事及不得已听从之犯，点收入笼，然后将牢头并最强横数囚，尽法处治，革除前弊，是后亦咸知畏法。至稽囚簿，须详记各犯事由、收禁年月，每晚必送亲阅过硃，如有待鞫而暂禁者，尤宜随时考察。

慎管押

班房名目，例案綦严。然有犯未定案，必待覆鞫者，与其押带差役私家，俾肆诈扰。自不若收管公所，以便就近稽查。但非案涉重情，犯关紧要，宜取连环的保，不可轻易羁縻，致小而招摇撞骗，大而惧累轻生，其弊不可枚举。如必不得已而出此，务须设立一簿，于各名下，注明事由，及收管月日，每晚亲加校阅，触目警心，摘出某案应催、某案应释，开单饬查，总以日即简少为宜。仍早夜不时密往亲查，以免凌虐。昔余偶至稽察，见有被系屋柱，坐、卧、立俱不便者，立命释之，改押他处，而呼管役来，重置诸法，由此怵惕于心，益严防范，不敢告劳。故州县虽设此簿，尤在官之实心实力以稽之，恐日久视为具文也。枷犯当另设一簿，法亦如之。

清贼源

翼房专羁贼犯，不可另与管押人杂处。并于冬令，将各乡之叠经犯案刺匪，拘而置诸此地，按日每名捐给口粮、盐菜一分，为之打扫洁净，多置草荐，免其冻馁。另置一簿，注明收押月日，不时亲往抽查，勿令出外，故智复萌，则肆窃之风亦可稍靖。然此特暂行之法，而未足以清其源也。惟贼匪有犯罪，止杖枷者，务于发落之先，确切查明其家属、亲戚，尚可收留，即传其到案具领，严加管束，勿令复窃。倘敢不遵，准予随时禀究，提押翼房，不使受累。如实无所依，或虽有族戚，亦不相顾，则交地保收管，设法安置。并汇置一簿，存署稽考。每届朔望，统令该保带城听候点卯，将逐名作何生业，是否改悔，一一禀明。其有该犯虽知悛改，而苦无生计，即当堂酌给每名钱一二千文，交与地保，作为肩挑买卖资本，仍按卯带县查点，察看两年，心果坚定，准其亲属、地保切实保结，令其安业，即于卯内除名。倘领钱之后滥费朋分，仍复为匪，一经觉察，定惟该保追赔重究，贼则羁于翼房，决不复放。惟簿内各犯虽系旧匪，然既经分别交管，冀其改过自新，必须当堂谕禁，捕役毋许再向索规，以免受累而自弃。

戒迁就

习俗移人，积重难返，如浙之嘉兴府属，汊港支河，四通八达，窃贼多有。凡届冬令，生监之家失窃，辄以少报多，以窃报强，藉为挟制官长，轻省钱漕地步。官若允为迁就，事主乃复翻然改图，而此端一开，纷纷效尤，其弊将不可遏。余虽侦知其虚，亦必据情申报，甘受吏议，不入彀中。惟比捕则牌示头门，一月两卯，各按该役之详案多寡，有无获贼，详注簿内。卯期坐大堂核计功过，严加责处。如逾贯拒捕等案，则另牌示比，法不少宽。倘事主逞刁，随时呈催，则令当堂立传，看比求免者，决不依从。其追租各案，亦置比簿，如前法行之。至业主当面求枷，或求间日追比[1]，则我用我法，置若罔闻。总之，官由我做，非堂下所可指挥，断勿苟且目前，示以弱而自损威望。然必责于己者，重以周方可以弭其口。凡事皆然，要在心思细密，不惮烦劳也。

广教化

民，本愚也，居官者，无以伸其教，何以化其愚？然必先有以服其心，而后可使之率其教，非徒事文告、科条，便可家喻而户晓也。亦非沽名邀誉，以权术驭之，遂可心悦而诚服也。惟痌瘝在抱[2]，出以至诚，如节民之财，省民之力，

---

[1] 追比：封建时代，官府限令吏役办事，如果不能按期完成，就打板子以示警惩，叫作追比。张廷玉等撰《明史》卷三百零六《列传》第一百九十四《顾秉谦》："杨琏等六人之逮也，广微实与其谋，秉谦调严旨，五日一追比。"

[2] 痌瘝在抱：将疾苦放置内心。出自《尚书·康诰》："恫瘝乃身。"痌瘝，病痛。

随时随事，只期吾尽吾心，而耳而目之，默识潜窥，不啻深情若揭。偶值旱潦之际，暑雨祁寒，或未禁屠而先茹素，或甫请祷而先宿坛。凛然恻然，确有休戚相关之意，时流露于动作词色之间，虽强悍之俗，向藉以持其短长者，亦无不感激涕零，变挟制而为体谅。衢歌巷祝，皆可于无心时证之，再于平时敬刷《圣谕广训》[1]，颁发各乡，绅士咸奉一编，供于寺院或宗祠公所。官为择一二贫士，操土音而善讲解者，按月从优捐给薪水，每值因公下乡之便，挈以随往。经过村庄，先饬地保传集绅耆诣彼，等候官到，率同行礼，礼毕，与之席地而坐，令讲生立台上，敬谨宣讲。总期善体俗情，使易动听，乡民必观者如堵，至他乡亦然。盖人情非其习见，则耳目一新，辗转传闻，未必不与人心默有关系。虽移风易俗，非旦夕可期，然偶有劝募等事，与他邑同举，而此则一呼皆应，咸乐趋承，彼则不信弗从，群相推诿，难易悬殊，即其明验。

查邪教

邪教敛钱惑众，最有害于风俗人心，必须迅速查拿，勿令传习日久，致为地方之患。然罪魁只在敛钱惑众之人，若乡曲愚民茹素念经，志在求福，一为煽诱，易堕术中，是其情尚可原，又未便玉石俱焚，有伤天地好生之德。故律禁虽严，而朝廷宽大之诏，亦准被惑愚民自首免罪。况为民父母者，顾可不教而诛乎？

---

［1］《圣谕广训》：雍正二年（1724）由清廷颁布并广为刊行的官方书籍，源于康熙《圣谕十六条》。

余在平湖，因查保甲，访有习教敛钱、聚众念经之事，当即按名密拘匪犯二十余人，起获图像、经卷，分别首从，照律详办。并风闻合邑村庄，多染是习，若不芟其枝叶，势将滋蔓难图。适于保甲换册之时，各坊乡耆咸集，因密与之约，令转告各坊内甲长、牌首，限日挨户查明，如有茹素念经归教之户，晓以利害，劝令改悔。俟余亲莅该乡之日，饬令带赴投首，缴经开荤，具结免罪。仍饬牌首、甲长、乡耆递相保结，如敢再犯，随时送究。倘有抗不遵令，准牌首获交地保，送案究治。其并无习教各坊，亦令乡耆、甲长、牌首出具不致隐匿，扶同切结，使其层层约束，各有责成。查察綦严，自不敢无所顾忌。一面摘叙简明告示，挨顺地段，排序日期，订于某月日躬莅某坊宣讲圣谕，乡耆、牌甲即带齐归教投首各户，于其乡公所伺候谕话。饬地保先期领示颁贴，到日如前举行，并当场剀切谕令，茹荤饮酒。统计平邑各坊改教者六百二十余人，随汇造一册，遵例申报臬司衙门备案。自是，其人洗心革面，四境肃清，从未尝佥一差、出一票，以扰累吾民，是则保甲之为功不浅也。

保甲补遗

编查保甲之法，前于任平湖时已备载一册刊行。昨叶健庵[1]中丞过浙，索而阅之，颇蒙许可，并出昔为延、建、邵

[1] 叶世倬（1752—1823）：字子云，号健庵，江苏上元县（今南京市）人。乾隆三十六年（1771）副贡，三十九年举人，由议叙知县，仕至福建巡抚，署闽浙总督。著有《健庵日记》《四录汇抄》《退思堂诗文集》等书。并主修《续兴安府志》8卷。

道时所著《清查保甲说》以相视。予见其册式，于某户之下载田几亩，内仍分别佃种、自种、当产三项，并该户完粮若干，系何户名。其客民，注原籍县分，仍兼注某省府名、直隶州名，以免舛误，尤为详密。又以延、建、邵三府素称淳良，近日盗贼频闻，总由各郡县山深地僻，箐密林深，厂户繁多而起。此等厂户，大抵皆江西、广东及本省汀、漳等郡无业游民，十居七八，租山搭厂，开垦播种，出赀不多，糊口颇易，于是零星散处，日聚日多。其中奸良莫辨，良莠潜滋，强者为盗，黠者为匪，聚散无常，去来靡定。要皆恃随处有厂，即随处可窝，最为民害，缉捕甚难。

今查造保甲，除将山厂男妇、大小、邻居、雇工等项，及迁居年分，一律照城乡查造外，仍须讯明山主何人，有无顶手，每年纳租钱若干，厂屋几间，离城若干里，逐一注入册内，以备稽考。查造既毕，然后就中遴选迁居年久，丁口蕃衍，或家道殷实之人，立为厂头，照保正之例，给以委牌戳记，责成查察，遇有来历不明者，即可驱逐。倘有匪徒滋扰，准令督同厂户协力擒拿，送官究治，庶贼风可望渐息。凡此皆余前册所未载，因补录之，以备采择。

驱逐流丐

余前署平湖县篆，于嘉庆十九年十月二十六日到任。是年夏秋，雨水缺少，虽经前任勘不成灾，而收成大抵歉薄，且同属邻近之嘉、秀、海三邑，俱有偏灾，接壤江南之华亭、金山二邑，被灾尤甚，米价日腾，民力甚艰。外来游民，往往百十成群，沿乡索讨，恃众逞强，甚有本地奸徒，相与通同附和，乘机攫抢。其僻小村庄，殷实民户，忽被男妇数百人轰至其家，坐踞索饭，挨日轮流，莫可抵御，名曰坐饭。察看民情惶急，关系匪轻，当即自叙简明告示，遍行晓谕，择期挨赴各坊，与绅耆议办捐粜，以先安本邑贫民之心，一面将前项情形严切谕禁。然其时境内流丐纷纷，到处蚁聚，差役拘拏，势不能敌，而外方之来者日聚日多，若不设法驱逐,则地方终不能靖。因仿照《学治臆说》所载驱流丐之法，于秋征点卯之日，各给粮差、地保小票一张，载明遇有流丐滋事，无分畛域，立即会同拏究。并谕于经过乡庄，广为传播，故作声张，俾知处处有查拿之役，于是此风稍敛。

余仍亲赴各坊，邀集殷绅劝捐钱米平粜，各济本坊之穷乏者，并剀谕贫民安分待济。查出纠众坐饭之为首者三十余人，立即拿获，痛责以惩，分别禁押究办。所到之处，见有外来饥民，或百数十人，或三二百人，散布乡镇。随唤其率领之人，押令报明籍贯、姓名，男妇若干人，分别大小口，捐给口粮，每名四五十文至二三十文不等，即时备文递回原籍知照，前途一体资送，先后计四十余起。查办弥月，各村庄渐即安靖。

次年正月，复诣城乡，编查保甲，筹办捐粜，藉以安抚饥民。行至东南各乡，忽于正月二十日，有江南松属之华亭、金山二邑饥民数千人，窜入境内旧衙白沙等坊，肆行抢掠，居民铺户俱各仓皇失措，急迫奔控。余得有风闻，即带领丁役七十余人，会同营弁，星夜驰赴该处，身先捍御，挥令擒拏。其殷户、典铺亦雇倩佃邻多人，持械守护，饥民等始惧而逸。盖此辈缘白沙等坊，距其本籍界止一河，彼处自遭荒旱，殷实之家无不受坐饭之累，迨后盖藏已竭，而饥口无厌，率多乘夜扃户，携带细软，尽室登舟，潜来平邑，乞食不遂，遂尔聚众滋抢，虽经立时驱散，而出没无常，不胜防堵。

因思该饥民究系一时乏食妄为，并非劫盗可比，若任令乡农以所制器械格斗，诚恐戕伤民命，滋生事端。乃于交界之要隘处所，派令巡检一员，外委一员，兵目三十名，民壮三十名，弓兵二十名，设卡驻扎。一经窜扰，即行堵御查拏，并令放炮一声为号。适其时办理保甲甫竣，比户整如队伍，因谕令该坊富户、典铺尽借出家有，及典质之铜锣，每一牌首给与号锣一面，嘱其家一闻卡口炮响，随即鸣锣，牌内之十户丁壮闻锣，即时出立门外助势，但不得越往他处持械格斗。以下各牌首家挨次闻锣递应，自近至远，画一办理。如有一户紊乱违误，邻佑鸣官示惩。推之各甲里皆然。人数众多，声势震耀，亦无所用其敌忾，而饥民闻风裹足矣。所有驻扎之兵目、民壮等，由官按日捐给饭钱，不令需索。

余仍于就近一带乡庄，亲编保甲，不稍远离，一闻告警，便即驰往拘拿。自后饥民竟不能再来肆扰，直至二月十八日，得有金山安抚文移，始撤防御。由此而地匪饥民抢夺、坐饭之风尽戢，即流丐亦罕有逐队逗留者矣。

捐粜济饿

灾赈事宜，未经亲历，其事不敢妄言。惟嘉庆十九年冬，予署平湖县篆，适岁歉且邻近俱系灾区，斗米值钱五百，民食维艰。予因倡捐银一千两，邀集城乡各殷绅劝捐，为办粜坊米之法。该邑幅员合计九十坊，每坊议举老成公正绅士三四人，为董事，延约至署，酒食相款，设簿交与劝捐。各坊殷户或出本家酌留食米之余，或捐资采买粜卖，或折给钱文津贴价值，令其自买，任从其便。如城镇地面，则数坊合办；乡僻村庄，则各恤各坊；其穷瘠之坊，则令并归就近殷实之坊抚恤，而酌以余所捐之项益之。其一切贫户丁口各就本坊董事，令其会同里甲耆按照保甲册内挨查确实，自行造册散给，毫厘不假手胥吏，既不致有滥遗，亦可不縻帑藏。惟所捐钱数、米数必须预为扣清，与该坊之贫户口数核计相符，统以足敷三个月为率。自二月初一日起，至四月底，城乡一律办理，贫口均霑，约共银二万有奇，捐粜米石。在外，余俱亲诣其乡，择其尤踊跃者，优加礼貌，以奖励之。至五月初竣事，再以详请平粜官米散给其户口门单，即照各坊前查之册，缮交乡里耆，分给贫户，亦不经地保、差役之手。其门单内并注明“一切纸张经费，俱自捐备，并无丝毫派累”字样。米厂分设四镇，就各乡居中处所，按日分坊预示，不容紊越。如期持票赴厂粜买，随到随给，故饥民得以无争，免于拥挤。除分派佐杂监粜外，仍亲往回环查察。途遇乡民，随时询问，以期核实，不令吏役作奸。直至春熟登场，米价平减，乃已。故是年，平湖自冬迄夏，境内得以安谧。时汪稼门[1]制府按部至浙，廉知其事，谕将所办驱逐游民、筹济民食二事缘由具禀，当蒙刊刷，颁发闽浙两省，通饬仿照办理云。

［1］ 汪稼门，即汪志伊，字稼门，安徽桐城人，乾隆三十六年（1771）举人。乾隆五十八年（1793），调浙江，治理江、浙漕中积弊，颇有成效。

相机应变

天下虽有犷悍之民，未有不畏官者，乃非特不畏，而且敢犯之，是必官之示以无足畏，或意太径、语太激，亦有以致之。临民者，设逢其事，断在有胆有识，任其动而静以定之，任其玩而庄以临之，坐则勿退，行则直前，惟自忖平昔治民，本无怨毒，总可推诚剀谕，拨乱而反之正，若神色稍涉张皇，必致乘虚而入，酿成巨案。

浙江湖州府同知分防乌镇，兼辖嘉属之秀水、石门、桐乡三县。该处俗尚赌博，仗衙门为包庇，甚有以陋规纳官者，一经接受，益肆横行。每于江浙交界、临河空旷处所，搭盖蓬厂，演唱女戏，聚集多人，赌色俱备，并招徕苏常一带花船百余只，继赌以嫖，自朝至夕，由夜达旦，名曰花赌，几与闽省之花会等。富家子弟往往被其迷惑，荡产倾家。且多盗贼溷迹其间，以窃赃恣挥霍，大为民害。而上下衙门吏役包庇甚坚，无从觉察。余权是篆时，屏绝苞苴，严禁聚赌。然此辈阳奉阴违如故。前此虽经嘉湖府县访闻，均未识确址，无如之何。余侦知得实，密往亲拏，从役仅十数人，皆为暗通消息者，余亦知而弗禁，使之闻而潜逃。及至其地，果有溃势。然人数尚以万计，汹汹然若将拒捕者，予挺立不动，大声喝谕："如系旁观及被诱之人，准其走散，专拏开赌之家严究。"众乃退避，纷纷鼠窜，遂将开场之人拏获，发县究办。由是赌风乃戢，亦以平日未纳其规，理直而气乃壮，当场不示以怯，自尊而人卒不敢轻也。

嗣权玉环篆时，有程姓者喊禀，以己山僱人刈草，突遭棍匪数百人持械至山寻殴，捆抢二十余人而去，生死未知。当因控关重大，恐差役冒昧酿事，札委巡检率役往查，并面谕以相机获解。逾日，忽仓皇而归，据称是山四围悬海，非舟莫渡，亦只一面有樵径可登，偪仄纡回，仅容一人步行。官役之船将至山根，即见山顶人如蚁聚，乱掷土石而下，莫敢仰视，舟不能停，只得自崖而返。其实则未通一语，亦莫识其事之端倪也。而原告愈以被缚之人恐为致死，情词迫切。遂传其人覆讯，反复推求，始据供吐，是山甫经前任于去冬断归管业，前禀竟抹案未叙也。随即吊卷细核，始知玉环展复之初，地广人稀，山业任人占垦，不计亩分。是山周遭十余里，每年所产柴草，值钱数百千，内除程姓有粮五分，任其自划地亩管种外，其余荒山向系附近五村居民赖以樵采为生者。乃程姓忽思以五分之税，妄图笼占全山，上年以粮系伊纳，山应归管控告，官未之察，如其所言定断。故次年割草之际，五村居民邀集登山与之争刈，将以命博。余阅悉其情，随叙简明告示，饬各村岙长，粘贴于高脚牌上，挨村肩谕。各令其家将在山之人唤回，限两日内全行解散，而以所缚之人送出，另为审断本案，否则先拘家属，并会营严拿重究，后悔无及。予仍亲往该村庄适中处所，传集耆老，晓以利害，群相感悟，一一承命。当将滋事纠众各犯，重杖枷示，其山地断令程姓仍照旧址管业，余山作为官荒，听五村居民樵采，并为定界，永杜紊争，其事遂寝。使其时仓猝之来，不为求端讯末，激则生变，咎将谁归？今且思之惕然耳。

事宜近情

王道不外人情，盖以平正通达，始可大而可久也。天下事有我之所能，而不可强人之必能者；亦有我处其暂可以行，而人历之久即难为继者。近人筮仕入官，或家本寒素，来自田间，既无世胄交游，尚鲜上官恩遇，自可概从俭约，无事应酬。倘以律之，世家华阀、久宦广交之人，则晋接往来，不免较为开展。又或素性寡合，家口无多，既淡泊以自甘，复亲友之鲜累，亦无难，不与不取，习惯相安。倘以律之，慷慨出自性成，亲族赖其养赡之人，则度支日用，亦非尽出虚靡。要各视其人之遭际，性情未可一例而论。若只顾直意径行，而不为他人着想，已不获情理之平，甚有羡余之丰。署篆适逢其会，出纳之绌，到官未及通筹，辄为裁革陋规，冀邀名誉，非累人以炫己，即有初而无终，固有识之所不为。苟实心爱民，亦惟因地因时，斟酌于可不可之间，以权其取舍可也。

才贵有识

为政不可以无才，而才必根之于识。有识则事虽万变，总权之于一心。有时自我发之，自我收之，要必由始彻终，通盘筹计，先握其所收之局，而后开其所发之端，乃可惟我所为，不必畏首畏尾，否则有才无识，必致一发难收，莫如按而不发。至于事起非常，权不在我，卒使帆随湘转，八风俱平，是又识之善用其才者，见者几以为不可思议，岂知从政者苟能事事用心学，久而识亦裕，识定而才自优。且所谓才者，征之于事，不在饰之于貌也。若不伤财，不害民，貌若淳谨，识则优柔，如吕新吾[1]先生所云：“廉静寡欲，分毫无损于民，而万事废弛，分毫无益于民也，逃不得尸位素餐四字。”[2]倘任之繁剧，养痈贻患，为害岂可胜言？辨之尤不可不早。

刁风宜戢

民气宜使之靖，而不可纵也。有等刁健之徒，往往藉端挟制，聚众抗官。此虽由官之平日疏于治理，未协舆情，然当场不摄以威而抑其气，将此事逞而彼事随之，此乡创而彼乡效之，相习成风，一蹶不可复振。夫官能治人，全在朝廷名分。苟法无可畏，而官益可轻，犯上作乱之为，未始不由此以开其先也。州县予夺之权，可操之大吏，地方风气之坏，每肇于一端。是又在上官之衡其轻重，固不可庇官而抑民，尤不可损威而废法。

令在必行

令出惟行，谓令在必行而后出也。若徒烦文告，而不随事认真，即严拏地棍，禁赌逐娼，亦只饱吏役之橐囊，遂刁民之讹诈，于地方卒无裨益。余所莅之处娼赌，侦知其址，每不动声色，藉查夜以亲拘，多有所中。惟禁令虽严，总不准差役及非分之人禀娼首赌。纵所禀得实，讯结本案，亦必究其需索不遂，予以责惩。至于地棍为闾阎之害，拘则必得

[1] 吕新吾：明代思想家、政治家吕坤，字叔简，号新吾，宁陵人。万历二年(1574)进士，历官山西巡抚。

[2] 引语见于吕坤《呻吟语·治道》。

其人，治则必尽其法，发之以密，行之有恒，务有以铩其翼而铲其根，断不可姑息养奸。若情重法轻，治与不治等，将视法为可玩，益肆横行。盖强悍匪徒，有以曾犯到官为好汉者，严刑峻法，正宜于此辈加之。

催科

国家经费有常，为政者固抚字维先，而催科亦其急务。清理民欠之法，如《学治臆说》所载："于两造状式内，令投牒人于呈面注明本户每年应完条银若干，米谷若干，无欠则注全完，无完则注欠数。除命盗外，寻常户婚、田土、钱债细事，俱批令全完候鞫，欠数既完，即为听断。间有吏役代完，及民完而胥吏侵蚀者，字据可凭，立予查追清款。其无讼案者，完新赋时，饬令先完旧欠。"[1] 立法甚善，余固奉行久矣。惟有一人而分数户者，易于匿饰。余每日收呈，令代书先抄两造，自注户名、粮数，付知户粮书，核对明确，盖戳于呈面自注之下，庶不为所混，且欠户极多而讼案绝少，恐此法仍不足以济也。

曩在玉环，其地以积欠为累，向例官往乡征，民始完纳。余吊核征簿，实力亲稽，先摘大户，次及中、小户，按照户数多寡，分别签差，或一乡数人，或数乡一人，设立签簿。计其道路远近，标限日期，令于签内户名逐一登注"已完若干"或"全完"字样，随到随比。其有实系绝户，有粮无业者，亦令详晰载明，汇集一簿，按庄开载。俟停征后，传集

[1] 此段文字见于汪辉祖纂《学治续说·清理民欠之法》。

地保知识人等，开单饬令确查，有地必有粮，纵业户已绝而其地尚存，现系何人承种，着令将积欠全完，官为给照归管。抑或为人侵占，则吊邻业契据，查核鳞册，按四至丈量。如系占种，姑宽其罪，令完历年钱粮，而以其业归原主。次第行之，渐即就理，只以瓜代，匆匆未获，蒇事而去。至乡曲小民追呼之苦，明知当恤，亦限于定制，而无可如何。惟差役饭食，计日捐给，切不可再令取之于民，致滋扰累耳。

仓备（社仓附）

仓储以备灾荒，设遇其时，为亿兆生民系命。倘欲赈无粮，欲借无种，仓卒之间，从何措手？思患豫防，守土者何可膜视？近时仓厫往往有粜无还，任缺不补，延宕观望，或虑买价之不敷，或畏交盘之易耗。始犹藏价于库，终且库亦虚悬，岂知平粜之在歉岁，其价本昂，盘缺自有章程，亦不至大滋赔累也。至于社、义二仓，原以济官粜之不足，法良意美，无如行之不善，致滋流弊。如《学治臆说》所载："官不与闻，则饱社长之橐；官稍与闻，则恣吏役之奸。盖贷粟之户，类多贫乏，出借难缓须臾，还仓不无拖欠。官为钩稽，吏需规费，筦钥之司，终多受累。故交替之期，畏事者力求退避，牟利者百计夤求。甚有因而亏挪，仅存虚籍者。"此诚阅历之言。今并有价存于库，官为挪移者，名虽历任移交，实则何年买补，顾名思义，其何以安？

余在平湖，适届岁歉，查其社仓米谷，应存万石有奇，除价存县库银千数百金，其余九千余石，俱悬于社长之手。三十年来，从无粜借，直为各社长侵亏，徒存虚籍而已。因乡民纷纷具控，特为严追。乃知无着者已将及半，而有力者又以例不官为经理，多方狡狯宕延，并有讦控于上者。余悍然不顾，追之益力，意欲变通其法。饬将前存之谷，作时价缴银，谕令各乡，公保殷户十二人为社长，每年四人，领银生息。社日接收，次年如期交代后手，并利作本计息，又次年亦如之。再公举城中殷户二人，名曰社首，每届交期亲往监算，统俟三年轮毕，再并社长，另饬城乡公举十四人司其事，一如前法。岁歉则尽支利银，分别乡民之极次贫，随平粜之时，官督社首、社长，眼同给散，俾沾实惠，至丰年仍如前，不准粜借。盖欲分寄其任，不令久拥其财，致滋弊窦也。民咸称便，适将去职，不果行，今犹耿耿。

理财挈要

财非官所应言，而理财则又居官所当悉。非谓身综庶政，犹必躬亲出纳，较以锱铢也。公则征解之处分攸关，私则度支之盈虚攸系。若迳委任于他人，而己不过问，虽日自刻苦，而黠丁蠹吏，重支重销，或款已划而复解，或解稿具而故延，催以核算，托词不保，日久渐忘，任其颠倒混开，官乃益形其累。尝有州县历官，屡处膏腴，素性从无挥霍，一经交卸，竟多亏绌而不自知，己瘠人肥，噬脐何及？《学治臆说》所载，分列正入、正出、杂入、杂出四簿，其法善矣。此四簿者，官自钩考，固属最妙。或处繁剧之区，则托钱友核之，亦尚可以无遗。缘摊捐、解给、批详，皆自钱友核定。若细心钱友，自立捐款簿一本，凡一批一详一划款，随笔注入，弊端自无从开。否则正入、正出钱席知之，杂入、杂出账房知之，两不相谋，最易弊混。四簿之外，倘地值冲繁，则另置驿站簿一本，以应入已出者记之。并四簿按旬日一小结，季终一大结，最为明白简要。果能实力奉行，随时考校，则大纲既举，众目毕张，赢绌可操诸掌握之中，交代可成于顷刻之际。余固屡试之，而身受其益者。

心术宜端

学古入官，须端心术。心术之邪正，惟判以公私。操守之宜坚，前已言之矣。至宰一邑，则必将一邑之会计视如家事，钱粮何以使之年清？年款杂项何以免其滥垫？虚存仓储何以筹之有备无患？迨去官交卸，不特仓盈库实，即原接滥款，亦复有补无亏，方可无忝厥职。若不顾国计，惟便私图，或捏款开销交代，预为张本，或假公请领浮冒，半实己囊，抑或官项不敷，计将挪仓掩库，以缺谷可交例价银数得以减轻。劣幕多以此见长，司书亦从而分润，种种剥削，公帑何堪？甚有署印之员，自忖受代之久，暂只图便于目前，不为人留余步，苟有便宜，打捞净尽，尤于地方仓库有损。吕简叔先生云:“公私两字,是宇宙间人鬼关。若自朝堂以至闾里，只把持得公字，定便自天清地宁，政清讼息。”呜呼！国家之养士何为？士君子之委质何事，而顾惟身家之念耶？余何人，斯何敢妄持公尔忘私之论？若夫先公后私，则有益于国，亦复无损于己也。愿与同志者共勉之。

两淮都转盐运使婺源王君墓表

［清］魏 源

士用世于三代以后，难于三代以前者有二：兵刑、农赋不名一方，不专一职，猝然取之而必应，更试为之而不恒；又南朔东西惟朝廷所命，俗不暇渐习，任不及久远；视三代以上之各仕其国、终身一官者，难易相百。而国家以此驭天下士，未尝不间收其效，则恃士有诚求亹斐之心力，以贯于纲纪节目之间，随其大小，各有以自见，纵专精不及古人，而心力则视古犹倍之。

今天子御极以来，江、浙知名吏，以平罗俞君、婺源王君称最。二君皆任两淮盐运使，大吏方藉其力以自翼，而相先后卒，上下重有怆焉，故既为俞君铭其幽，而王君之子复求表其墓。

按状：君讳凤生，号竹屿，徽州婺源籍。父友亮，始侨寓江宁。君少治举子业，屡试不第。嘉庆十年，援例以通判试用浙江。二十有五年，补嘉兴府通判。君在浙江日久，屡署知县事，所在有声。所著《保甲事宜册》，浙闽总督汪公志伊刊为程式。其令兰溪仅数月，清积案七百余事。其令平湖，民有数百户诵经茹素传授邪教者。时江南奸民方荣升，以传教兴大狱，在事者咸受上赏，故浙吏亦思以为功。君闵其愚惑，株连无辜，为开谕利害，饮以羊酒，感泣自悔，止拘为首数人，科以军流罪，以白巡抚清安泰公，公揖谢之，大失同官望。

适道光元年，天子用刑部侍郎帅公来抚浙，兼辖鹾政，又有清查通省仓库之议，方难其人，与君语，大说，遂奏君总司其事，奏署知嘉兴府。明年，又拟奏署知杭州府，君力辞不就。是冬，升玉环厅同知。会杭、嘉、湖三府苦雨告潦，议大浚浙西水利。以浙西之水尾闾于吴淞，实在江苏境，乃会奏两省合办，而调君乍浦同知，专治浙水，与江苏道员勘议。君由天目、湖州、嘉兴沿太湖以达松江，所至绘图具说。帅公故负重望，知人善任，能尽君所长，故君政声亦自帅公至始大著。四年，方计费兴工，而帅公以忧去。

是冬，淮南大风，高堰溃决，两江总督魏公元煜、河督严公烺合奏调君南河同知，而浙闽总督赵公慎畛亦密保君才堪大用。于是五年抵工，三月即擢知河南归德府。时永城旱蝗，君斋宿祷庙，果雨；率属捕蝗尤力，民以不灾。又请于巡抚，浚虞城、夏邑、永城之惠民沟、减水沟、巴清河、沈公堤等处以资蓄泄。九月，复擢河北彰卫怀道。

河北属有五厅，岁修险工，糜费巨万。道员多深居简出，不时驻工，春秋防汛，虚应故事。君事必躬亲，细而放淤，抽沟戽水，大而抢险，下扫箱垫、走溜，皆亲率厅营监莅。又以岁修有定例，而另案无定例，在任三年，力删另案，计所请挑之工，惟原武、阳武、延津之文寨、天然二渠，封丘之四渠，其议挑未兴者，安阳之广润渠，并原河故道而已。

旋以疾乞归，家居二载，用两江总督大学士蒋公荐起复原官。入都，蒙召见，即命升署两淮盐运使，时道光九年三月也。以淮鹾极敝，锐意整饬，条陈十八事，如收灶盐，节浮费，浚河道，增屯船，缉场私邻私之出入，禁江船漕船之夹带，以及清查库款，督运淮北，事皆可行；惟求免帑利，而反借藩库、道库银三百万，则事所必不可行者，故蒋公半允半不允。方疏入待施行，而黄玉林之事起。黄玉林者，仪征私枭也，以遣犯私逃回籍。君计招其出首，请于蒋公，奏许随营缉私赎罪。而无识妄议者，或谓两淮从此永无私枭，或又谓将酿东南大患。顾玉林实无能为，皆州县吏张大其势。蒋公虑其叵测，提至江宁狱，科以军流罪。旋得玉林所寄其党私书，意存反复。复密奏请处以重法。上以前后歧议，严谴蒋公，而君及盐政福森亦均降调以去。而陶公澍适奉总督两江之命，朝廷又特遣户部尚书王公鼎、侍郎宝兴公来江查办，合奏留君襄鹾事，逾月而议定，始裁盐政归总督兼辖，大裁浮费，略与君前策相出入。旋又奏以君往查湖广销引情形，及勘议淮北改票事宜，故君卸任而仍与鹾事终始。

道光十二年，湖北大潦，湖督卢公坤奏调赴楚总办堤工，君归自淮北即赴楚。时江堤则有武昌之江夏、蒲圻、咸宁、嘉鱼，荆州之江陵、公安、松滋、监利，黄州之广济、黄梅，汉堤则有汉阳之汉川、沔阳，安陆之钟祥、天门、京山、潜江，袤亘千里，同时告灾。君策缓急，陈利害，往返跋涉，半载告竣。会是秋蛟水复骤至，新堤完溃各半，卢公以天灾非人力所及，仍请以道员留楚补用，奉旨送部引见，君终引咎不安，力乞疾归。

明年，浙江海塘役兴，侍郎赵公盛奎及原任河督严公烺皆驰书促往，君辞不赴。而淮北票盐大畅，陶公以君首议功奏闻，且促君出山，咨部报痊，行有日矣，而病复作。十四年夏四月，君疾寖剧，乃复请假，而竟不起，年五十有九。

君生平以仕为学，尤笃好图志。其在浙江奉勘灾潦，则成《浙西水利图说备考》；在河工，则檄取所属府、州、县地图，各系以利病，成《河北采风录》及《江淮河运各图》；其在湖北，则有《汉江纪程》及《江汉宣防备考》；其在两淮，亦有《淮南北场河运盐走私道路之图》。每吏一方，必能指画其方之形势与所宜兴革，若将寝馈，而旋去之。所至倥偬，讲求，日不暇给，左手画圆，右手画方，故士见用于三代后盖难矣。四方大吏，以才难之故，争相奏调，倚君若左右手，刑名、漕赋、水利、鹾政若风雨总至。君朝南暮北，席不暇暖，所试或效或不效，无一竟其用，故无专长特绩可颂当时、传后世，而近日海内谈实用之学必首推重君，则其诚求之心，亹斐之力，足以孚下而信上。士所遇大遂不大遂，固自有命焉，岂以是加损哉！

所著书，未刊者尚有诗集若干卷、《学治体行录》若干卷。其未成书有《读史汇说》若干卷，孜孜矻矻，导原植根，推而放之，充如也。

妻前叶，后丘，皆封淑人。子二：世翰，世幹[1]。女四。

［1］ 幹：底本原缺一字，据《王凤生年谱》补。

以某年月日葬某原。

梅郎中曾亮已为志铭，林中丞则徐书丹，故予表其墓，特揭君学行志事之大者于阡。《礼·儒行》有曰："虽危，起居竟信其志，犹将不忘百姓之病也。"君之谓哉，君之谓哉！

【按】选自《魏源全集》第12册《古微堂外集》卷四。

中宪大夫两淮盐运使王君墓志铭

［清］梅曾亮

君讳凤生，字竹屿。先世居婺源县。祖文德，平阳同知，始占籍江宁。考讳友亮，以进士累官通政司副使；配潘淑人，君其次，三子也。

嘉庆九年，援例以通判试用浙江。君擩染家泽，文学自将。既累试，噤不得施，则一移心力于民事。宽裕廉断，处事精覈。至浙未久，声隆隆日起。有大疑狱、水旱漕粮之不治，大吏及同官议所属，必曰“王君”“王君”。其摄州县，晨起坐厅事，待民讼，讼日稀。时江宁奏逆民方荣升谳狱者迁擢，而平湖狱有类是，巡抚清安泰欲以为君功。君讯其非逆，请罪首事者，释其余，曰：“某不忍以枉民命得官。”巡抚喜，揖谢曰：“君，仁人。仁人之言，吾无可易！”

二十五年，补嘉兴府通判，权嘉兴府，迁玉环同知。巡抚帅公留赈杭嘉湖水灾，改乍浦同知。濬浙水出天目山阻吴淞江者，与江苏省集议。事未行，擢守归德。

道光二年，擢河北彰卫怀道，俗所称脂膏地也。不乐是官，以病去。而著《浙西水利考》，兼言棚民开山，山草木竹石皆尽，土易颓散，因甚雨注溪谷中，由溪入江至海口，为潮水迎拒不得下，则横亘如限，流益缓而限益高，微不及觉，著乃费功。识者然其言。时大学士蒋公方总督两江，荐入都，擢两淮盐运使。以黄玉林为私盐首，招使捕私，官商大通，丁家湾灯火复盛如曩时。丁家湾，商人期会私所也，市常以夜。玉林为人讦告死。君罢任，以六品职为总督陶公往理岸盐。湖北方筑汉江隄，奏留监筑。陶公又留定票盐章程，具后赴工，及两省皆以道员奏，将入都。十五年三月病卒，年五十九。

君在浙，任繁试艰，所畀皆监司大员事，然十余年乃补六品官。未逾年，四迁至三品，若将偿其负也，而竟蹶。群公同心交推，卒不克振，命也夫？曾亮尝于酒次言曰："陈太守云深感君。"君曰："何以？"曰："太守居钱塘，远游归，妾死仆逃。君先收钥而印封其宅。比入斋，阁奁匣物皆有封。具其数，箕帚植户外如初。太守乃益悲，独室无人也。"君怃然久之。

配叶氏、邱氏，皆封淑人。子世翰、世幹，长者后其兄麟生，帅公妻以幼女。女四，适泰州储宗泗、乌程严珏、归安严逊、江宁李蓉。将以某年月日葬某所。甥陶定申以状来曰："舅氏有言，铭以属子。"其词曰：

民功艰哉孰崇起，才丰意贞绍古美。以手起废捩厥指，焯勤悠悠铭视此。

【按】选自梅曾亮著《柏岘山房文集》卷十二。

王凤生列传

［清］赵尔巽

王凤生，字竹屿，安徽婺源人。父友亮，乾隆四十六年进士。由中书充军机章京，累迁刑部郎中，精究法律，治狱矜慎。改御史，巡城、巡漕，官至通政司副使，有清直声。以诗名。

凤生，嘉庆中，入赀为浙江通判，屡摄知县事。任兰溪仅数月，清积案七百余事。任平湖，有民数百户，诵经茹素，传授邪教，凤生悯其愚惑，开谕利害，治为首数人罪，余释之。补嘉兴府通判。道光初，浙江清查仓库，以凤生总其事。署嘉兴知府，迁玉环厅同知。会浙西大水，江、浙两省议合治，调凤生乍浦同知，勘水道，乃由天目山历湖州、嘉兴，沿太湖以达松江。计画甫就，事未行，值淮南高堰溃决，江南大吏疏调凤生赴南河。未几，擢河南归德知府，濬虞城、夏邑、永城三县沟渠。寻擢彰卫怀道，道属河工五厅，岁修縻费，春秋防汛，虚应故事，凤生力矫积习，事必躬亲。以岁修有定例，另案无定例，在任三年，力删另案以杜弊。寻以疾乞归。

九年，两江总督蒋攸銛荐起原官，署两淮盐运使。凤生以淮盐极敝，条上十八事。攸銛采其议，改灶盐，节浮费，濬河道，增屯船，缉场私、邻私之出入，禁江船、漕船之夹带，及清查库款，督运淮北诸条，疏陈待施行，会诏捕盐枭巨魁黄玉林，风生计招出首，责缉私赎罪。攸銛已入告，旋因告讦置之狱，又得玉林所寄其党私书，意反复，密疏请处以重法。上以前后歧异，谴攸銛，风生亦降调。陶澍继督两江，与尚书王鼎、侍郎宝兴会筹盐法，合疏留风生襄议，於是大有兴革,略与风生初议相出入；又奏以风生察湖广销引，勘议淮北改票事，风生虽去官，仍与盐事终始。十二年，湖北大潦，总督卢坤疏留风生治江、汉堤工，袤亘数百里，半载告竣，秋水至，新堤有溃者，风生引咎乞疾归。寻淮北票盐大畅，陶澍以风生首议功上闻，促之出，未行而卒。

风生以仕为学，尤笃好图志，成《浙西水利图说备考》《河北采风录》《江淮河运图》《汉江纪程》《江汉宣防备考》《淮南北场河运盐走私道路图》，每吏一方，必能指画其形势，与所宜兴革。四方大吏争相疏调，少竟其用，惟治淮盐尤为陶澍所倚藉焉。

【按】选自《清史稿》列传卷一百七十一。

竹屿公传

［清］陶定申

舅氏姓王氏，讳凤生，字振轩，号竹屿，世为婺源人。家故富族，自通政公官京师，而家渐贫。方通政之寝疾京居也，信闻，天方暑，舅氏塾居，素不出，仓卒奔命数千里达京师，通政已前殁，悲号竭蹶，式礼以成。因奉金太淑人以丧归。归逾年，而仲兄卒。后二年，金太淑人又殁。四年凡三遭丧，家无宿储，所恃独孑然有身。时时外出，以借力集赀，幸获葬其三世，盖所处有至难者。然舅氏读书固勤甚，在江宁，凡三应省试，试辄报罢。嘉庆甲子，改试京兆，又见放。时值朝廷开工赈事例，用众力入赀，当得县丞，而非其志。尝曰："待我试满十科后好为之。"明年，谈观察祖绶由江西调监南河要工，过江宁，强与俱出。由工次劝加通判，将试南河矣。属姜大司寇晟以奉命查河至工，复挈之还京师，以故舅氏卒就通判，由吏部分发浙江试用。

舅氏仕浙，不事推援，而长吏至斯者，与之语，莫不合；试以事，莫不办。不近声誉，而慈惠性成，温然能当民意，所至莫不欢颂。其过邻邑，有闻声远来，希识好官一面者。任满卸去，则士民相率感泣，焚香赍酒遮送，事以为常。浙省有大囚狱，及水旱、漕河之不治，长吏相见，公议既必曰

“王君，王君。”即同官私面密计，亦曰：“兹事莫先竹屿者。”其摄州县也，每晨起坐厅事以待讼，有间则排日编审积案。值春秋，兼事乡征。久之，而讼者稀，民赋之入逾前吏。在玉环一年，凡清积案四百余事。在兰溪，仅数月，亦清积案七百余事。时属岁暮，乡民争输粮入官府，至则有口奉父母命，手操所制饵食，远献使君者，此亦可见民情矣。

其为政，尤急保甲。所著《保甲事宜册》，经汪总督志伊通檄浙、闽两省，刊为州县程式。当其用保甲法令平湖也，侦知属民有数百户，讽经茹素，传徒立教，其经文率俚鄙无用，人亦孱弱穷窘，大都乡愚被诱胁，至迷惑可笑。舅氏悯之，为粗说利害，因出羊酒，遍饮食之，民争环泣，信从因聚其经，焚之中庭。独拘首事六七人，以告于巡抚清安泰。时江南属有邪民方荣升，以昏夜敛钱聚众，诱民诵经习咒为妖，按有逆状，奏兴大狱。当事或因是见功，幸得与膺荐牍。初，中丞闻平湖狱具，喜，谓可为舅氏地。既闻有江南之狱，则益喜，谓可直具其事入告。舅氏至，猝曰：“某不忍以枉民命得官。凡某所按，皆莠民，非叛民，于法不当穷治。请律军流，罪此首事六七人，无干省释。至便！”于是中丞益大喜过望，加礼揖谢，曰：“君真仁人！仁人之言，吾无可易。”狱从之定，而同官遽因是相向失志，自抚辕出，有迎斥及面不徐顾者矣。舅氏抵浙，以乙丑冬，阅十六年，乃补嘉兴府通判。明年，奏升玉环同知。是时，抚浙者为帅侍郎承瀛，负重望名，能知人。初莅浙时，则有若清查盐务、藩库，暨通省州县仓库等议，诸难其人，事方肘掣。迨见舅氏，与语，大悦，谓如此才，当可独任，一切奏委焉。其事宜，各著有《清查总册》可信。

方舅氏之将赴玉环也，属杭、嘉、湖三郡皆苦雨，涨水伤稼，郡、县以灾告。中丞患之，使留总赈事。所历灾区阔远，欲因经行闻见，试访河渠通滞，方意大兴浙西水利。浙西诸水，源出临安天目山，其尾闾下注，同汇吴淞江入海。吴淞境在江苏，久淤垫，不任宣泄，欲行浙水，非议挑海口不治，而挑海口任烦费巨，又利害关两省。若两省请帑合作，则集事易而功多；一省简员独办，则成功难而弊大。具以状白中丞。中丞深然之，立移书江苏巡抚，请同奏办，浙江专责成舅氏一人，又为之请改调乍浦同知。自是水利事兴。其勘本省之水，先天目，次湖州，次嘉兴。合勘两省之水，缘太湖，达宝山，达上海。奔涛骇浪，绝港断潢，风雨阴晴，按图索地，凡五阅月始毕事。著有《浙西水利备考》。中丞见而了然，以为中用。盖舅氏自宦浙，从奉长官久，其知而善用，能尽其长，无若帅中丞者，故吏名亦自中丞至始特著。方议卜日计费庀工，而中丞以忧去。

当此之时，淮南大风竟三昼夜，高堰口决，洪泽湖水四溢为患，天子令两江督、抚通举晓畅水利，堪膺监督堰圩要工者，魏总督元煜、严河帅烺同举舅氏名荐。属赵总督慎畛，先已密奏舅氏才堪大用，天子亦久闻其贤，以乙酉二月抵工，旋奉特旨，迁知河南归德府事。适天旱，飞蝗先告，永城尤甚。既抵任二日，亲率役驰捕，两月蝗尽，事载所著《捕蝗事宜册》。又以郡久不雨，斋居庙宿，而天果雨。是夏，郡得半熟，蝗不为灾，民服为神。归属水道久淤，为请于中丞，奏挑虞城、夏邑、永城之惠民沟、减水沟、巴清河、沈公堤等处，至八月工竣，著有《宋州从政录》。

寻擢任河北彰卫怀道。河北属有五厅，岁修有工，另案有工，工多则费縻，官此者视为利薮，遇险工出，动费巨万。其估报虚实，准驳权，皆出观察使，验收亦如之。观察使位尊简出，大工险易，其权一委命五厅，虽春秋防汛，来往驻工，要皆虚应故事。舅氏自以职河道，不可徒尸居溺职，凡细若放淤、抽沟、戽水，大若抢险、下扫、厢垫、走溜，皆亲率厅、营，辛苦共事，时无朝晏，地无远迩险夷，舆从常在。又谓："岁修，定例也；另案，岁无常例。国家待此应急用，岂可任虚縻？"任河北三年，诸务节删。另案计所请挑之工，惟原武、延津有文岩、天然二渠，封邱有沁渠；议挑未行者，安阳广润渠，并洹河故道而已。以此与人故不利，舅氏又不乐久居是官，凡三以疾请，至戊子夏四月，乃得告归。著有《河北采风录》，又绘有《江淮河运道全图》，各为详说，均纪实也。

后二年庚寅春，以蒋节相攸铦荐，起复入京，特命升署两淮都转盐运使。越日，赐对勤政殿，天语垂问褒嘉，至日移晷始出。舅氏自以越分渥邀天眷，感泣图报，夜思昼作，纤巨不辞，嫌怨不辟。察知方今淮鹾急务，无若撙节浮费，减轻成本，收买灶盐，开濬河道，添造屯船五事。而私枭充斥日久，坐贻商害，尤心腹患。为设策，请于当路，谓欲化枭为官，计非奏准自首免罪不可。时枭首有黄玉林，著名仪征既久，守土者素为所轻，易[1]莫敢问。节相闻舅氏策，及

[1] 易：疑当为"亦"。

是也，辄私喜当意。令出，黄果投首先至，不旬日，其党相继缴船只、器物，与俱来，仪征口岸，廓然至为之清。节相益喜，为奏其尤著之黄玉书、蒋绍发、伍步云、伍光藻、陶五连、吴青山、唐廷鳌、李天池等八人，附黄玉林后，列名由驿以闻，请皆赦之，责令随营缉枭自效，旨下曰可。

先是，扬民骤闻舅氏兴是议，窃谓黄必不来；既来矣，又疑黄终不乐就我范。已见黄肃然奉令，屡报缉捕巨伙大案。扬城有丁家沽，商人交易聚会公所也，其市若窝价、朱单、大癸、小癸，各杂色名目咸在，会常以夜。相传前数十年，灯火常烛，夜若昼，盖寂灭久矣。及是夏五六月，丁沽复盛如先时，各色市价日暴长，商人幸获厚利，有起家者。舅氏顾之，益色喜气锐，任挽回志益坚。尝通较时势宜忌，条陈十八策，曰收买灶盐，曰撙节浮费，曰广濬河道，曰添设屯船，曰扼要缉私，曰严堵邻私，曰江船夹带，曰漕船回空，曰清查悬垫，曰清库套搭，曰求免帑利，曰勒限滚总，曰奏签殷商，曰督运淮北，曰明定劝惩，曰饬发严札，曰请帑三百万，曰奏免州、县九年考核。疏入，上允所请。方待施行，讵黄以至江宁有私书，意反复，节相勘问得状，密奏正其罪。自是，上疑节相前者招安失当，镌级内召，自福直指森以下，皆量与降留有差。舅氏于是冬十月，降四级去职，所策中废，时议惜之。天子改用陶宫保澍总督两江，又命王尚书鼎、宝侍郎兴持节来扬州，议善其后。宫保等知舅氏心清白，素晓事，合词请留总局襄办，上亦特为俯允，舅氏因之不可辞。逾年，议定公费，裁盐政，罢盐运使，所隶等官自是始专属总督，舅氏乃获退就家居。时宫保方视漕，驻清江，计楚岸为淮引行销旺地，将事查办，举舅氏往，差还，得《汉江纪程》二卷。

寻又为楚督卢宫保坤，楚抚杨中丞怿曾合词保奏，有旨调赴湖北，综办水利，速趣之行。楚堤，有隶武昌之江夏、蒲圻、咸宁、嘉鱼，荆州之江陵、公安、松滋、监利，黄州之黄梅、广济等处者为江堤；隶汉阳之汉川、沔阳，安陆之钟祥、天门、京山、潜江等处者为汉堤；亘延绵远，同时告灾。舅氏至，为权缓急，陈利弊，劝勤策惰，历春讫秋，艰难险阻，奔走在工。工既成，会壬辰秋，水大至如故，新堤完、溃各半。方自陈请与主办各州、县同罪，而卢宫保已移督两广，将去，遗书中丞，谓仍宜各词上言，请以道员留楚补用。暨有旨送部引见，以疾不任行，旋乞归。

归之明年，卢宫保在粤，与粤抚朱中丞桂桢，议举以任之广东。后一年，赵侍郎盛奎及严河帅烺使至浙江，复驰书，迫促同往，皆辞之。是时，淮北试行票盐，日收成效，陶宫保不欲没首议功，事既状闻，又专疏特荐舅氏，即上意亦谓行俟病痊复用也。而舅氏疾久不瘳。至是秋病间，苏抚林中丞则徐素善舅氏，闻之喜，与宫保谋出资斧赞之。宫保为文，直达部科，代报病起，事已办，而后檄知。舅氏益感甚欲速出，时时卜期，亦时时疾作。迄乙未夏四月，成行有日矣，顾病转增剧，乃捧檄泣，还之宫保，甫匝月而终，年五十九。

舅氏为人，口讷心智，外朴以和，内介而毅。一生不问家人生产，轻视财利，所至有廉名。与人交，无贵贱少长，皆温良，易亲合，力肯为人尽。而当大事，有不可，辄作色危论，慷慨发愤。视利害，不为动，卒之用，不究其才。性故淡薄，习勤，无俗嗜好，所好独诗及酒。居则日衣敝衣，把卷意得，手抄口诵，旁及报书答问，恒兀兀穷，四时蚤莫不休。出门，遇佳山水名胜，意有眷恋，虽募人共财，废为新之，阙为补之，亦乐也。

生平尤急公义。往岁辛未，客京师，值婺源会馆废，计偕人至，率以出费僦屋为难。为谋之同乡李郎中承端、洪舍人钧，倡议别为之。又以乡民死不殓葬，生而孤弱，情至可悯，先后为度地于上新河之隅，与乡人有力好义者创义冢，以供瘗埋。创建公局，以助棺木。收育幼孩，事行在壬戌者，曰广善堂，在甲午者曰义济堂。

其于家也，遇宗族诸从昆弟子侄，外至姻党故旧之属，皆有缓急，见亲爱。而遇孤侄世林，恩义尤备。世林少舅氏二岁，未遇时，尝共患难，所恃与守门户者也。辛巳冬，猝告卒，有子女十人，皆幼，积负几半万。时舅氏方需次在浙，力不给，为先质祖屋，尽偿之。徐为谋养其妻妾子女。既自河北归，因喜曰："今禄入幸有余，吾当赎祖居，为析吾禄之半，赡孤侄后，使得自养。诸婚嫁，待吾力为之谋。"

先是，故宅后楼灾，至是始新之，与共居焉。屋构有阁，高可瞰江如画，四方宾客至者，时集阁上，所谓江声帆影之阁也。岁癸未初，由通判擢同知，获遇覃恩，既貤赠伯兄如其官矣。嗣迁河北，复循例为捐，以赠仲兄。呜呼！存殁不忘，此又士大夫所谓内行卓绝者，是尤不可不著。舅氏生于乾隆四十二年正月二十九日，殁于道光十五年四月二十四日。所著《诗集》若干卷，《学治体行录》若干卷，又已著未成之《读史汇说》若干卷，藏于家。定申从舅氏游者久，谨条列平昔所见知者，具著是篇。世有蓄道德，能文章者，苟欲掇拾以上史氏，庶于是有考也。征举孝廉方正，六品顶戴，愚甥江宁陶定申再拜撰。

【按】选自宣统《武口王氏金源山头派宗谱》卷五《列传》，转引自许隽超整理《王友亮集》（凤凰出版社 2018 年版）。

写韵楼诗钞

［清］王瑶芬　著
刘荣喜　点校

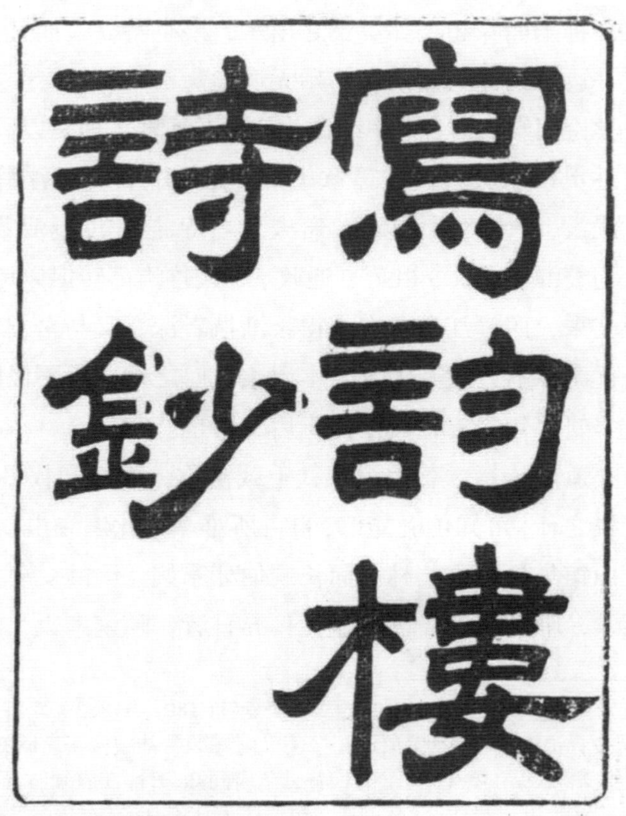

写韵楼诗钞序

［清］陆以湉

吾友比玉司马[1]豪于诗，所著《小琅玕山馆集》久已行世。自宦滇后作诗益多，且益工。今年春，以入都之役乞假言，旋相见于里门，握手论诗，积日忘倦。谈次，复出诗一帙相示，则其配王云蓝夫人《写韵楼集》也。读之，思沉而骨峻，神幽而味超，如芙蕖之出水，亭亭特立，而凡卉莫敢与之并，所谓体素储洁者，殆无愧焉。

尝论闺媛之诗，大率缘饰为工，不复衷之理要以固其体，求之性灵以永其致。虽篇章华缛，足炫人目，而浮辞既胜，真意泯没，其诗终不可以传。若夫人之诗，岂非度越流辈者欤？夫人为婺源望族，令祖葑亭通政、尊人竹屿都转俱以诗名世，风流文采，照耀江东。夫人得于渐擩者深，又与吾友琢磨才调，优游咏歌，故其为诗一本温柔敦厚之旨，而不以雕绘点缀，争妍字句之末，其足传于后无疑也。

夫道韫咏絮，若兰织锦，千载艳称，而不闻叔平、连波有赓酬之什，可知伉俪能诗，自古所难。今此编一出，与《小琅玕山馆集》并重艺林。而长嗣伯牙冢妇汪绚霞女史，复绍承家学，唱和成编，可谓盛矣！异日者，随宦南天，将使弓

［1］ 比玉司马：即王瑶芬的丈夫严廷钰（1801—1852），字行之，号比玉，桐乡青镇人。五试秋闱不售，援例以同知职务补缺云南府同知需次云南，历权嶍峩、保山等七府厅州县，补云南府同知，升丽江府知府，调顺宁府知府。考最，以道员注选，卒于任。宦滇二十余年，所至有政声。著有《小琅玕山馆集》《怡红轩诗稿》《乡贤录》等。

衣织句，流播遐方，岂独为吾乡提唱风雅也哉。

道光己亥夏四月，同里陆以湉序。

写韵楼诗钞题词

女史 孔昭蕙 树香

曾诵琅玕绝妙词（昔岁比玉司马以大稿见示，并索题句），闺中才调又如斯。鸾箫雅配神仙侣，同擅生花管一枝。

乌衣门第溯清华，风雅居然萃一家。记得棠阴鸳渚满，未经相认到文纱（尊甫大人尝权嘉兴府篆）。

回首晖尊忆旧游，飞花醉月斗银钩。当时阿母华筵启，已聘仙源写韵俦（蕙于乙亥岁省亲戊水，蒙尊姑见招，有"扶手晖尊最上头"之句，尔时比玉司马年尚未冠）。

碧鸡金马赋长行，持节频邀旧雨情（乙未岁，三儿其镇典试滇南，与比玉司马班荆相对，备承款洽）。玉树凌云看秀发，官衙半赖母仪成。（谓哲嗣诸昆，其镇、稟来及之。）

女史 郑贞华 淡若

如此清才，能消艳福，红闺第一流人。家学渊源，谢庭佳话曾闻。箫鸾早岁名双擅，也非徒、绮思平分。散缤纷、兰玉盈阶，更继芳芬。　　琳琅满幅披吟处，叹《黄庭》初搨，刚得天真。余事丹青，自然著手成春。蒹葭倚玉惭难称。辱相知、许我论文。最销魂、开到将离，鸿爪留痕。（调寄《庆春泽》）

写韵楼诗钞

金陵 王瑶芬 云蓝

西湖泛雨

满湖飞雨乱跳珠，山影迷离入望无。借得东风吹片席，烟波淼淼过西湖。

秋　山

一路听泉壑，秋声满竹关。樵归红叶径，僧住夕阳山。

雁　字

西风影落楚江头，极目萧条木叶秋。万里青天一行字，年年风雪到南州。

湘　帘

织得江干竹，留香隔画堂。月明低半卷，清影似潇湘。

寒　月

放下红帘漏欲残，碧栏干外影团圝。寒光一片清如许，凉夜何人耐共看？

冬闺词

风吹檐玉画栏西，下却重帘夕照低。梅萼未花天竹颣，隔窗弄影映玻璃。

宝鸭香添玉漏清，暖寒银榼酒频倾。归林莫讶栖雅[1]早，天上同云雪意生。

一规寒月照朦胧，绣榻光分烛影红。生怕夜深香易烬，辛勤几度拨薰笼。

晓闻喜鹊报新晴，檐外梅花一笑迎。戏向红炉捻冰雪，抟来指爪尚分明。

春　草

春风吹绿遍天涯，底事王孙不忆家。最爱湖心亭畔路，裙腰一道衬飞花。

---

［1］ 雅：同“鸦”，鸟名。清曹寅《滁州清流关道中》："空梁咽寒溜，远岸饥雅啼。”

西湖春泛

半山斜日照湖明，画舸欹风缓缓行。掉入绿阴最深处，絮飞如雪正啼莺。

春　阴

一帘花雨洒香尘，酿得春光镇日阴。只是湿云吹不散，好山多半未登临。

归宁日呈家大人

堂上牵衣又几旬，天涯每饭辄思亲。曾教笔札关心记，更怕羹汤试手新。百里湖山萦梦远，三春鱼雁寄书频。今朝幸遂归宁志，眠食年年祝大椿。

题涤砚山庄是外子读书处

读尽奇书寄此身，园林风雅恰宜人。小庄屈曲依山近，古砚玲珑洗墨频。一隖白云深锁户，半帘红雨共为邻。幽居却与尘寰隔，休把光阴负好春。

七夕和外子韵

帘卷凉初到，萧疏一色秋。星河明北郭，鳷鹊起南楼。

离绪凭谁诉，归云何处留？中庭设瓜果，且学拜牵牛。

柞溪舟中遇雨

柞溪溪水碧于油，芦荻萧萧欲晚秋。一幅健帆悬急雨，半篙新浪狎闲鸥。云低野店鱼[1]归市，烟锁官桥客系舟。屈指离家行更远，篷窗风景倍添愁。（余自七月省亲武林，九月即反戍上。）

重阳有怀

潇潇风雨听芳塘，姊妹花开各一方。数到茱萸愁欲绝，等闲孤负几重阳。

夜坐索外子和

小楼闲寂坐残更，拄颊吟来苦未成。斜剔银釭半明没，风吹檐玉一声声。

冬至夜小饮迟秋芳姊未至却寄

何物酬佳节，堂前共举杯。美人期未至，春信若为催。蜡炧三条烛，葭飞六管灰。相思聊写赠，明月共徘徊。

［1］ 鱼：潘衍桐辑《两浙辅轩续录》卷五十四作“渔”。

送陶云卿表姊归江南

武林小住几经时，又见扁舟去若驰。分手常怜添薄病，伤心何忍赠将离。春来烟景随人减，别后情怀有梦知。剧惜良宵一轮月，天涯长为照相思。

风笛声非唱渭城，依然无计慰离情。西泠玩月初成约，（约秋间至武林相聚。）南浦伤春又送行。顾我孤踪愁远寄，料君归棹喜相迎。重来联襼知何日，回首东风泪欲倾。

武林秋夜得外子书却寄

一声凉雁叫高楼，寄远诗成感素秋。霜叶已红溪苇白，可怜难别是杭州。

病中呈家大人

久病空皮骨，离愁何计消。心摇春梦短，目断故乡遥。弱柳身无力，新莺语自娇。思亲千点泪，聊复寄江潮。

饮　茶

兰闺小饮兴偏浓，洗净诗肠茗椀中。采去恐迟三月雨，烹来常袅一垆风。垂帘静试双旗碧，捧碗新沾十指红。啜向春前同有癖，清词琢就问谁工？

新　凉

深院月如钩，新凉几处留。凄清花外坞，萧瑟竹边楼。捐弃悲团扇，经营到敝裘。西风更无赖，竟夕为鸣秋。

除　夕

爆竹声初起，风光又一年。腊归今夜尽，春占一枝先。镜卜听香阁，椒花颂绮筵。高堂欣健在，长共乐尧天。

题赵子逸夫人意中云树图

极目乡关阻白云，云中秋树写榆枌。片帆空逐归心急，帘卷西山已夕曛。

试将影事纪东华，角酒题糕尽意夸。今日高楼闲倚遍，一声长笛又天涯。

谈诗门第重名流，（先大父银台公以诗名海内，著有《双佩斋集》，袁简斋先生甚相推重，《随园诗话》中有“王氏一门能诗”之语。）梦里家寻白鹭洲。（余家秣陵城外，适在白鹭洲边。）水竹无多等抛却，半江秋色占闲鸥。

新词谱到意难忘，不尽思亲一段肠。我亦言归归未得，汴云越树两苍茫。（家大人自乙酉岁观察河朔，不相见者已三阅寒暑矣。）

夜坐思家和兰畹姊韵

罗衣凉透怯初更，秋到中庭夜色清。头上蟾光圆似镜，照人无奈是离情。

家山遥隔望悠悠，愁绝青鸾信孔修。烟水半江帆一叶，者番归梦绕南州。

家大人乞假南还将抵金陵不克归省拈此寄华云妹

三年别梦绕天涯，回首芳时又落花。忽报亲闱返初服，子规声里望归槎。

锡山舣棹纪前游，别后光阴等水流。今夜归帆何处泊？隔江云树不胜愁。

闻道兰闺乐事长，莱衣共弟侍高堂。分飞只我成宾雁，谁把离愁万斛量。

徙倚风前辄忆君，得归犹自叹离群。撩人几阵黄昏雨，隔着疏帘不忍闻。

弹指秋光展远村，待延明月候柴门。别来无限伤心事，可许灯前仔细论？（妹有秋后来浙之约。）

白荷花

消夏花深不见湾，亭亭仙骨压尘寰。冷香一壑月初上，晓色半江人未还。欲把清心盟白水，肯将艳饰斗红颜。相逢缟袂凌波影，疑在琼楼贝阙间。

辛卯仲春，将随夫子之官滇南，适家大人自金陵来乌戍话别，感旧思乡[1]，赋呈四律，并寄天涯诸姊妹，以当面谈

无边烟景斗芳菲，赠到将离百计非。一曲骊歌催月落，三春蝶梦逐云飞。前程先问桐君宅，归思应萦燕子矶。漫道移家图可绘，故乡回首倍依依。

弹指光阴似水流，那堪往事忆从头。羹汤差喜姑心慰，兰茝终惭妇职修。十载恩勤成昔梦，百端情绪种新愁。封侯纵说男儿志，恨不潘舆侍共游[2]。

江天回望白云深，千里扬帆此复寻[3]。远别更增多病虑，将行先系盼归心。乌犹反哺凭谁省，蝉只吞声共我吟[4]。尚喜承欢余弱弟，临岐差免泪盈襟。

本是同根姊妹花，而[5]今分植各天涯。云迷雁岭传书杳，日落龙江望眼赊。剩有闲情慵展镜，可无后约拟抟沙。春风

[1] 话别感旧思乡：潘衍桐辑《两浙辅轩续录》卷五十四无此6字。

[2] 恨不潘舆侍共游：潘衍桐辑《两浙辅轩续录》卷五十四作“不奈东西各宦游”。

[3] 千里扬帆此复寻：潘衍桐辑《两浙辅轩续录》卷五十四作“帆脚风分未易寻”。

[4] 乌犹反哺凭谁省，蝉只吞声共我吟：潘衍桐辑《两浙辅轩续录》卷五十四作“乌犹反哺存虚愿，莺乍将雏空好音”。

[5] 而：潘衍桐辑《两浙辅轩续录》卷五十四作“即”。

开遍双红豆，欲寄相思万里遐。

舟中赠兰畹姊

东风送别越江头，寒笛声声咽驿楼。从此雁行分翼去，乡心飞不到杭州。

沅江舟次思家有感口占二绝寄呈家大人

回首家乡不计程，思亲清夜梦难成。青山绿水如图画，难画[1]离人万种情。

江上征帆赋远游，怀人情绪但工愁。家书欲寄先垂泪，合付回潮万里[2]流。

中秋玩月感怀

今夕蟾光满，天涯处处同。离情千万种，和泪寄西风。

奉和家大人楚江寄怀原韵

庭闱忍作吞声别，历尽崎岖甫解骖。为向滇池问消息，可能流泪到江南？

---

[1] 画：潘衍桐辑《两浙辅轩续录》卷五十四作“写”。

[2] 万里：潘衍桐辑《两浙辅轩续录》卷五十四作“日夜”。

帘幕愔愔欲暝天，西风吹叶下林巅。乡心难得团成梦，又被惊回铁马前。

故园何处辄思归，别后江关有是非。（今夏江水异涨，余家徙避城南。）望里迢迢亲舍在，寸心时共白云飞。

瘴雨蛮烟味略尝，那堪风土记殊方。裁书聊冀亲心慰，强说他乡似故乡。

嵋峨官舍咏怀

之江随任日，忆我尚髫年。瀛海全家渡，（玉环）花封再岁迁。（平湖）宦游思历历，治谱记篇篇。敢仿鸡鸣意，相将话席前。

避得波涛险，（邑有水患，官眷楼居。）官斋复建楼。望云天际远，待月客中幽。鸿雁窗前影，枌榆梦里游。一声长笛外，万里又惊秋。

得家大人寄来诗札园图赋呈四律（有序）

瑶芬随宦来滇，已蟾圆十度矣。旅思无聊，乡心欲碎。春花秋月，感慨系之。兹来嵋阳官廨，适蒙椿闱寄示新葺园图并诗一律，谓自瑶芬于归后，未及还家，遂偕游宦。问儿时之亭榭，半易旧观；望天末之江山，空驰归梦。令张斋壁，用当卧游。此在追念远行，垂怜弱息，用情之挚，蔑以加矣。而瑶芬尤有不能已于言者，家庭间阻，定省久疏，王事贤劳，风霜载历。持天涯之寸草，莫报春晖；飞亲舍之白云，徒添瞻怅。即用落成江声帆影阁、三山二水居诸韵，寄呈四诗，藉抒积想。风前摇笔，写万里之相思；江上归帆，为他时之左券云尔。

营得卢鸿旧草堂，高踪合倩继柴桑。山看白下多依郭，水爱沧江占作乡。疏雨一帘觇雅集，清风两袖伴归装。比他陶令辞官日，三径初开未就荒。

卅年宦海暂抽身，遗泽应知尚在民。昼著绣衣传故里，碑留堕泪感途人。艰难擘画争前席，清白光阴总好春。历尽冰霜全晚节，寒梅花发一枝新。

貌取家山寄短吟，胜游历历宛重寻。关河万里驰归梦，鸿雁中宵响远音。天末风尘羁宦迹，画中花木故园心。亲恩不尽长江水，休向春前问浅深。

武昌杨柳记曾攀，（闻有赴楚督办堤工之役。）诗录江行自补删。（去冬承示江行诸什。）手挽狂澜成砥柱，心同皎月照空山。尽多民瘼劳相理，未必皇恩肯放闲。为问东风何日便？片帆送我谒慈颜。

春日感怀

春风如翦雨如丝，一片乡心有梦知。记得去年花里别，今朝又值落花时。

珠帘半卷对斜晖，庭院沈沈柳絮飞。恨杀杜鹃啼不住，声声只解唤春归。

得兰畹姊寄来诗札作此答之

客里思君久，书来已隔年。殷勤怀远道，郑重寄新篇。万里情如见，联床梦不圆。更闻家计累，展卷一潸然。

怀华云妹

四载与君别，相思深复深。洞庭烟水阔，幽梦渺难寻。秋色催征雁，知音感素琴。独余江上月，照取两人心。

壬辰七月七日，夫子有入都之役，余仍留寓滇南，万里远行难乎为别，拈此赠行

天上相逢夕，人间纪别辰。星河明耿耿，车马去逡逡。离思不堪赠，芳时相与珍。汉江如舣棹，为我省双亲。

怀小山妹

分袂西湖已十春，天涯每自泪沾巾。南飞今复成孤雁，万里相思写不真。

故乡回首路漫漫，秋老空江落日寒。一幅新诗和泪寄，不知肠断可能看？

寄　外

落木敲窗响不休，潇潇秋雨逗人愁。征车今夜知何处，又听砧声入画楼。

寒衣欲寄路迢迢，盼断遥天雁寂寥。万里长安迟远梦，一庭明月伴深宵。

九　日

重阳风雨满城秋，欲插茱萸动客愁。惆怅年来惜离别，那堪天末独登楼。

素心表嫂来滇，以兰畹姊所赠诗箑索和，卒卒未暇，九月间于大关官舍，忽闻游仙之信，即用原韵，口占六绝，用抒悲臆，以代挽词

相逢万里解离愁，与约名山待共游。（前有同游黑龙潭之约。）不信凉风起天末，独余客泪洒边洲。

纪别诗成录夜分，画梁月落辄思君。邮筒已向重泉寄，空盼书回附雁群。（适有奉寄之书，未得复而君没。）

可知天地本虚舟，福慧谁居第一流？折到妙莲仍少子，只争恸哭不争愁。

休向情源问浅深，红颜无命本难禁。伤心膝下遗娇女，啼笑多烦系远襟。

故乡回首断柔肠，尊酒湖山事渺茫。尚有痴情吾姊在，归程计日话偏长。

忽忽节序又催更，寒月空闺惨不明。俗粉庸脂等抛却，料应环佩证仙盟。

秋夜对月有怀故园弟妹

望里溶溶月，随人上画栏。流光团露湿，清影助宵寒。雁唳千山远，虫吟四壁单。故园诸弟妹，今夕可同看？

纪　哀

亲舍三年隔，哀音万里传。抢呼真莫及，踽踏不能前。此后嗟无父，今朝欲问天。凭棺虚一恸，空有涕潸然。

回忆宜园地，牵衣感别离。尺书驰远道，几度问归期。爱日情何极，趋庭悔已迟。终天遗恨在，只有鲜民知。（辛卯随宦来滇，特蒙临浙话别。）

正待安车召，悬崖撒手忙。辅轩风乍采，盐铁论谁商？报国心犹赤，忧民鬓早苍。尚余诸父老，遗爱话甘棠。（先官浙省，后移汴淮，甘棠遗爱，尚在民间。）

母死儿皆幼，怜儿母不殊。此恩犹未报，生女竟如无。梦里容颜在，风前涕泪俱。从今思反哺，愁听夜啼乌。

题保山县龙泉池亭

湖楼望雨忆跳珠，七载乡心入梦无。今日品泉留韵事，累累又见落冰壶。

半潭秋水碧于油，添个兰舟助雅游。掉入水心亭子去，衣香人影漾中流。

题郑淡若[1]女史《绿饮楼集》

扫眉才子旧知名，苕水比华霅比清。（君家在苕、霅之间。）忽漫相逢成万里，还从花里识吟声。

气味芝兰锦绣胸，笔端花放万芙蓉。鸳机鸾谱翻新样，乞把金针度与侬。

偶寄闲情写折枝，妆台先为报春知。庸脂俗粉休相笑，上有璇闺绝妙词。（时以画梅乞题。）

东风催我去匆匆，半载欢场惜未终。他日相思烦记取，新诗珍重托飞鸿。

咏梅和淡若女史韵

闻道寒梅放玉阶，惹侬诗兴动幽斋。孤山啸咏犹堪续，

---

［1］ 郑贞华(1811—1860)，字淡若，号蕉卿。广西巡抚郑祖琛之女，其夫婿周姓，杭州人氏，故她出嫁后居于杭州。自幼博学好文，精通诗词，酷爱弹词，消闲和寄情而创作了大量弹词作品。其代表作有弹词《梦影缘》48回，故事曲折动人，文笔严谨，描述细腻。郑贞华于清咸丰十年(1860)太平军攻陷杭州城时，饮卤自尽，年仅50岁。其著作还有《绿饮楼集》诗集等。

金谷繁华未许侪。冷不争春晴自好，清宜得月夜尤佳。此生已愧修难到，几度巡檐且坐俳。

仙姿不屑嫁东皇，开向春前压众芳。人返罗浮工说梦，地游玉照镇思乡。漫夸艳色争园杏，即论幽香胜海棠。名句名花同绝世，千金一字索谁偿。

咏粉红牡丹和张心香女史韵

别有瑶台种，红妆衬玉肤。粉腮生蝶恋，醉态倩蜂扶。国色三春占，天香一夜敷。胭脂多买得，架畔认狸奴。

释服日志感

归梦空驰万里遐，三年容易却铅华。此生已抱终天恨，人海难留爱日斜。杵杵霜钟惊子鹤，萧萧风木噪寒雅[1]。缟衣乍换心犹恋，认取重重泪似麻。

巫峡道中

闻说巫山到，峰峰峭插天。江吞三峡水，树拥百蛮烟。绝壁猿啼紧，寒波雁影连。西风吹木叶，客思倍缠绵。

[1] 雅：同“鸦”。

出峡感怀

滟滪堆前放棹行，蜀江流入楚江平。轻舟已过黄牛峡，斜日遥悬白帝城。四面云山添远景，无边风木作（去声）悲声。得归今日归犹晚，愁向家园问去程。

登黄鹤楼

鹤去楼空在，登临万景收。山连荆口远，水带洞庭秋。烟树千家暝，风帆积叶抽。乡关何处是，东望思悠悠。

桃叶渡

六朝裙屐杳前尘，桃叶空传画舫春。只有秦淮河上月，当年曾照渡头人。

白鹭洲晚眺

鹭洲名胜重当年，水竹清华得地偏。万里江潮来眼底，六朝山色落尊前。新添池馆多如画，但许登临便欲仙。此即先人觞咏处，不堪回首感重泉。

平山堂夜归

双堤垂柳碧毵毵，万柄残荷一镜涵。添个吴娃香里住，满湖风露唱江南。

苇花菱叶扑渔矶，路转红桥树影稀。夜静不闻歌吹闹，一天凉月放船归。

舟中望惠山

春满吴江一棹还，好风不假片时闲。九龙山色真如画，只许遥看未许攀。

洞庭湖阻风

轻桡且系洞庭湾，万顷烟波缥渺间。还藉石尤风解事，留人几日看君山。

贵筑道中寄示二七两儿

忆自牵衣别，匆匆又隔年。寒灯明旅舍，中夜不成眠。
回望云千叠，家山隔万重。思儿难入梦，空遣涕沾胸。
勤向芸窗读，诗书不负人。鹏程虽万里，奋翮莫逡巡。
眠食须调护，双亲况远离。平安书早寄，啮指寸心知。

咏鹦鹉二首（时在滇南旅舍）

丹砂染嘴翠为衿，镇日依人弄好音。只为能言翻自误，输他凡鸟占长林。

雕笼斜挂夕阳时，生就聪明解诵诗。梦绕陇山千万叠，欲归何日是归期。

华云妹有诗寄惠依韵酬之

天涯无复雁行成，鄂渚分襟岁几更。示我新诗难竟读，就中多少别离情。

万里思君叶落时，秋江一苇孰杭之。边城风雨西湖月，各有愁怀只自知。

游近华浦

画舫清游趁好风，大观楼下水溶溶。白云遮住西山寺，日莫惟闻天外钟。

十里村溪长荻芦，渔庄蟹舍足清娱。令人触起莼鲈念，幅幅吴淞好画图。

题郑梦白中丞西园写照图

（为留别淡若女公子作）

正值东皇纪岁华，幸从莩末采诗葩。春光合让西园占，旌节花和女史花。（昔有姚姥，梦观星坠地，化为水仙花。因生女甚慧。观星，一名女史，故水仙亦名“女史花”。事见《内观日疏》。）

深闺展卷拜春风，怜女情怀似谢公。临别依依言不尽，故教写入画图中。

一路香花献子民，去思情更重天伦。灵椿荫共甘棠远，遗爱留碑又写真。

年来忧国鬓如丝，膝下瞻依喜更悲。料得怡云楼上住，几回振触故园思。（女公子现居节署怡云楼，中丞家园中亦有怡云楼名。）

业擅千秋留著作，官高一品许驰驱。半生鸿爪分明在，记事都凭掌上珠。

丹青有客夙驰誉，阿堵神传退食余。若仿授经图旧例，（王维有《伏胜授经图》。）应教添个女相如。

左家娇女爱吟秋，曾向兰闺互唱酬。此日题诗还阁笔，新词珠玉在前头。

披图一例感亲恩，尺幅遥传手泽存。（家大人自两淮都转解组归田，曾貌白鹭洲且住园图见寄。）只怅音容今已渺，几能万里奉晨昏。

寄 外

忆自送行旌，朝朝数去程。那堪家计累，又惹客愁生。远道劳于役，清时好策名。殷勤望加饭，慰我异乡情。

寄兰畹姊华云妹

年来艰苦味亲尝，诉与君听恐断肠。那得点金真妙术，几回搔首问穹苍。

瘴雨蛮烟寄此身，天涯骨肉倍伤神。寻思不及儿时好，共舞莱衣乐事真。

病中示二儿并寄七儿

八载三离别，愁肠结万千。汝虽年少壮，我已病缠绵。努力通经学，存心造昔贤。长安看榜日，愿共著先鞭。

得永郡捷音喜寄大儿

闻道金昌洗甲兵，今宵差免梦魂惊。贪天功得如天福，十万军中庆再生。

历尽艰辛[1]志竟成，(儿夙有从军之志。)更须努力策前程。从今欲尽亲民职，莫受寻常俗吏名。

太保山头记旧游，传闻烽火接边楼。徒增沧海桑田感，难代天家一箸筹。

多少离愁郁不开，那堪避债更无台。万金书代[2]当归寄，顾尔移忠作孝来。

---

[1] 辛：潘衍桐辑《两浙輶轩续录》卷五十四作“危”。

[2] 万金书代：潘衍桐辑《两浙輶轩续录》卷五十四作“题书不用”。

秋日感怀

滞迹天涯秋思多，病魔离绪日蹉跎。世无鲍叔谁青眼，客里贫来唤奈何。

落木萧萧无限愁，怀人怕见月当头。将刀断水谁能断，我被情缠何日休？

淡若夫人枉赠佳章辱蒙过奖勉答四首

遣愁聊复索枯肠，病起诗成待共商。那及清才追咏絮，笼纱处处姓名香。

双株玉树秀风神，贤母丸熊课等身。自是读书真种子，敢将豚犬比麒麟。

娇痴弱女学涂雅，敢荷君家著意夸。若得春风韦幔坐，吹嘘应使笔生花。

佳妇他年得掌珠，定看侍餕博欢娱。调羹妙手调诗味，不用先尝倩小姑。（君以长女许字予第三子。）

蜡梅和淡若夫人

闻道东皇报小春，黄麻昨夜赐花神。罗浮景幻琉璃界，玉照香飞曲蘖尘。咏到檀心才绝艳，（苏东坡诗：“玉蕊檀心两奇绝。”）画来磬口样翻新。贫居却喜三冬富，梅现金身雪积银。

郑淡若夫人将归浙江赋此赠行

十年随宦滞蛮云，知己天涯独有君。今日匆匆挥手去，滇山越水怅离群。

唱到阳关各怆神，秋风秋雨黯愁人。羡君归遂循陔愿，萱荫长留不老春。（时尊甫中丞公秉节粤西，惟太夫人留居双溪。）

万里寻诗续旧游，梅花香里系归舟。段桥晴雪西湖月，清气还教笔底收。

赠我明珠善护持，芳心幸莫苦相思。明年一纸书凭寄，喜报桐孙又茁枝。

题画四首

绿兰

水苍为佩翠为裳，酿就毫端九畹香。怅望美人何处是，一帘风雨梦潇湘。

白荷

红衣谢却见天真，绰约临风别有神。漫道徐熙工写照，此花生不受纤尘。

黄菊

玉蕊金英秀可餐，雁来时节晓霜寒。谁知三径荒凉甚，剩取芳从画里看。

红梅

暗香疏影伴昏黄，写出孤山逸趣长。寄语多情林处士，寒闺今日也红妆。

中秋对月感怀

异乡佳节又惊秋，对此蟾光泪欲流。两地分飞成断雁，一年羁迹等浮鸥。谋生苦恼因添病，触景凄清易动愁。遥忆天涯远游客，今宵何处系扁舟？

淡若夫人途次有诗见怀依韵奉答

欲遣离愁唤奈何，几番搔首问姮娥。照人一样天边月，究是谁家别恨多？

一幅鸾笺慰所思，天涯迢递怅分驰。恨侬不及能言鸟，日傍妆台听咏诗。

大儿调任黔中赴都引见拈此示之

卅载承欢久，今朝是别时。功名方上达，骨肉奈分离。道远谁相恤，家贫我自持。长安逢汝弟，为告鬓如丝。

治谱家传物，相期在体行。滇黔途未远，裘冶学初成。有志存清白，无才答圣明。亲民能尽职，亦足绍家声。

题自画竹寄示二儿时方送马氏妇赴都也

虚心直节德兼修，方是云霄第一流。万里庭闱劳写寄，愿儿素业进竿头。

记分嘉种向淇园，费尽滋培力尚存。莫负此君名凤尾，阶前日日望生孙。

送七儿回浙应乡试

老来怕听唱骊歌，行色匆匆唤奈何。北去轮蹄方陇蜀，（大儿、次媳甫于半月前赴都。）东还舟楫又江河。别离莫为求名悔，科第终归种德多。一语嘱儿须努力，桂花好折最高柯。

昭　君

一代娥眉足表章，此心终不负君王。画师岂识和亲计，独抱琵琶泣数行。

绿　珠

能抬身价即知音，一斛珍珠授意深。金谷园中廿四客，有谁认取坠楼心？

木 兰

肯抛巾帼赴戎行，漫道军中气不扬。百战归来亲健在，英雄儿女两无妨。

太 真

钿盒金钗久定情，马嵬坡下负前盟。可怜罗袜传观后，天上人间枉寄声。

送家妇汪曰杼赴荔波任并示大儿

忆汝来归十二春，依依膝下伴昏晨。今朝薄宦随夫去，读画论诗少一人。

唱随从此各西东，离别情怀两地同。佐政良言须谨记，一尘不染是家风。

年来家计费经营，骨肉分离太觉轻。累我病魔兼别恨，雪丝争向鬓边生。

平安两字好凭传，尚喜滇黔地近连。报国日长亲日短，可知忠孝要兼全。

外子五十初度赋此奉祝

蟠桃正熟月轮圆，又值筵开服政年。远宦光阴同屈指，新诗唱和久随肩。边城符竹原初领，南国甘棠早竞传。好似恩纶知锡暇，双双紫诰下重天。（今岁恭值覃恩，本身及大儿四次邀封，真旷典也。）

白桃花

幽绝仙姿不染尘，独将本色占三春。深情合寄潭千尺，别有丰神写不真。

不随秾艳斗时妆，素面临风意自芳。他日落花飞片片，不须洞口引渔郎。

初秋望儿辈家书不至感怀

那堪久病又逢秋，飒飒西风动远愁。望里雁书传不到，几番空自上高楼。

七夕感怀

故事凭谁话女牛，银河终古自悠悠。安排乞巧闺中惯，可有金梭与织愁？

蒲门郡斋桂花盛放，外子招同宴赏，时仅昭华、永华、澄华三女及幼妇周颖芳侍侧，诸儿久离膝下，殊增离别之感，即席口占，索外子和

金粟香初透，衙斋报好秋。一尊同宴赏，万里尚赓酬。弱女能高咏，娇儿各远游。花前团聚处，转复动离愁。

郡楼中秋对月有感

又值团圞节，边城共倚楼。四山争绕屋，（楼外四面皆山。）一月正当头。病久惊闻雁，愁多怕入秋。天涯远游子，今夕忆亲不？

蒲门秋日二儿下第书来寄此慰之

万里书传游子情，春风一第竟难成。从今结习应知悔，莫被虚名误此生。

益友名师足取资，读书况早迈常儿。苦心至竟天难负，得失何须论一时。

从来遭际有前因，万事输人一字贫。历尽艰辛抛骨肉，功名是假别离真。

帝乡游学历年深，有弟新偕惜寸阴。（七儿昨岁秋闱荐而未售，闻于今夏赴京，应明年顺天乡试。）桂苑杏林双报捷，方知不负倚闾心。

庚戌仲秋蒲门郡廨寄示诸子

别久心如结，愁深梦不真。虚名抛骨肉，远宦历艰辛。运蹇谁知己，家贫肯负人。无聊诉明月，何日志能伸？

重阳前一日有感

将近题糕节，风声又雨声。离怀谁与遣，（儿辈久离膝下。）贫骨尚余清。姊妹花惊折，（三妹于去秋谢世。）科名草未荣。（二、七两儿春秋闱试均荐而未售。）登高还待约，远眺不胜情。

寄怀大姊

江干话别几经年，不尽相思结万千。那更闻君失良偶，一回肠处一凄然。

湖山古迹可重登，何日扁舟返秣陵？莫对秋风思往事，泪珠弹上夜窗灯。

寄怀淡若夫人

听到铜壶夜漏长，思君一枕几回肠。娱亲喜占湖山美，课子应争岁月忙。久别前踪真若雨，多愁衰鬓更添霜。平安两字劳相寄，盼断西来雁数行。

大二两儿同日书至志喜

骨肉离居各一方，帛书时盼雁翱翔。不期异地来同日，竟报平安字几行。

哭华云妹

武昌鸿爪记留痕，别后相思尚待论。忽向天边传噩耗，茫茫何处赋《招魂》？

尚忆垂髫失恃时，相怜相爱不相离。椿闱晨夕陈馐膳，同谱《南陔》束皙诗。

联床听雨住湖楼，山水清华每共游。他日归寻陈迹在，那堪哀泪洒松楸。

姊妹于归赋远行，北宫婴志竟难成。（姊妹于归十数载，妹因弟幼丁单，立志留家侍亲，迫于父命谆谆，不得已而就嫁。）早知反受红尘累，莫若参禅过此生。（妹素耽禅学。）

欲报姑恩力不辞，羹汤洗手费支持。堂前百出承欢计，博得贤声冠一时。

结褵弹指廿年经，亲置金钗列似屏。相继悬崖成撒手，九原何计慰娉婷。

教子缘非己出难，亲生反作等闲看。剧怜玉树庭阶满，待到名成骨已寒。

早识留名与命妨，忍将愚孝乞褒扬。（妹曾刲股疗继母病，父意欲为请旌，辞之甚力。）只应母氏思前事，老泪频挥欲断肠。

双摧琴瑟是何因，儿女伶仃作鲜民。痛绝高堂增白发，泉台想共忆衰亲。

雁行从此隔人天，何日归来哭墓前。目极湖塍多宿草，可容悲绪诉他年？

祝淡若夫人四十寿并贺哲嗣采芹之喜

天末分襟忽四年，还凭祝嘏寄新篇。欣闻骥子登云路，待博鸾封献锦筵。咏絮簪花留妙笔，丸熊画荻继前贤。此时食报方基始，寿世荣名史册传。

淡若夫人舟过黔阳芙蓉楼下有诗见怀依韵奉答

当代论闺秀，君居百尺楼。归舟成胜揽，得句迈清流。万里情遥寄，千金价莫求。重怀知己感，胶漆比相投。

郡园红梅大放，同外子及三女幼妇花间小酌，勉赋二绝，以记佳兴

春信报寒枝，凌风斗艳姿。庭前疏影动，看到上窗时。

尔乃江南种，谁移边徼来？相逢同是客，举酒为低徊。

除夕口占寄示诸子

酒熟醡酥又一年，惹人离绪倍缠绵。几能缩地求仙术，欢笑同开饯岁筵。

爆竹声催斗转寅，万梅香里正回春。今宵输与田家妇，儿女团圞乐事真。

辛亥春季喜吴辛才表弟至郡

滞迹天涯久，离愁逐日生。感君来绝域，恍我返乡城。骨肉悲欢事，山川跋涉情。相逢逾十载，剪烛话残更。

即景偶成

边徼久句留，风光揽郡楼。四时花斗艳，一径竹添幽。山色当窗见，泉声绕屋流。倚栏频眺望，亦足解闲愁。

二儿久客京华，明年又值礼部试，写《杏花双燕图》寄意并励七儿

红杏枝头报好音，花开争喜帽檐簪。此图寄与成佳谶，乳燕双飞入上林。

题自画《富贵宜男图》寄竹雏二弟

国色天香富贵春，一枝遥寄故园新。萱榴更取宜男兆，花放庭阶产石麟。

夏日病中偶成

驱愁无计病缠绵，当暑垂帘镇日眠。骨肉离居家万里，那堪煮药度年年。

原知世事有前因，不必愁烦累此身。无奈情缘参未透，劳劳何处问迷津?

六月园桂已放即寄外子省门

薰风催报放仙葩，阵阵天香透碧纱。寄语嫦娥好调护，看花留待未归车。

辛亥仲秋送五女昭华于归金陵赋此志别

膝下相依处，频年费护持。拈针翻旧谱，搦管课新诗。宛转将离意，留连欲别时。家贫无所赠，勉赋压箱词。

《内则》能牢记，宜家乃庶几。姑恩同罔极，妇道在无违。定省晨昏外，调和酒食微。贤声传远道，方可慰庭闱。

继慈书来，命送五女昭华于归，藉图定省，因万里长途，难筹膏秣，未能应命，赋此申意

忆别慈帏十二秋，几番归梦绕南州。无多骨肉成疏逖，不尽关山望阻修。送女难寻江上棹，思家空倚驿边楼。尺书万里亲恩重，缩地医贫孰代筹？

寄兰畹姊

万里关山外，离情久愈真。还乡时入梦，见月几伤神。有女相依倚，多君共夕晨。但教知妇道，此德佩终身。

寄兰卿妹

膝下曾依从母行，又看新妇拜姑嫜。须知吾女如君女，初进羹汤漫自尝。

频年薄宦滞蛮州，骨肉轻抛春复秋。别后悲欢无限事，转凭儿女诉从头。

寄竹雏二弟

家园别弟尚垂髫，频岁书来愿立朝。记取甘棠遗笏在，少年何事不金貂。

一发千钧要独肩，笥中组绶本家传。毛生捧檄原堪喜，

忠孝先求步昔贤。

奉和蕉卿夫人寄怀原韵

句不惊人肯自鸣，还从妙咏见深情。和声鸾管方吹彻，新样鸳机乍织成。学步无才徒刻鹄，扪心多怯类惩羹。寒闺一例寻诗梦，那得奇花笔底生。

赏梅同外子作

曾记西泠揽胜时，孤山几度探南枝。卅年俯仰成陈迹，万里登临系远思。不分春风吹宦辙，忽从边徼睹芳姿。传杯好就花间赏，暂慰归心入梦驰。

辛亥十月中浣蒲门郡廨寄示七儿京邸并示二儿

与汝昆池别，迢迢已四春。奔驰怀远道，阅历属劳人。旅馆愁难遣，寒窗愿未伸。庭闱空久隔，兄弟暂相亲。（时与二儿同寓京邸。）立命非无本，知音定有真。连番邀鹗荐，何日跃龙津。骨肉天涯感，风霜客里身。餐眠宜自爱，志业可殊伦。转眼兴贤岁，关心造榜辰。泥金双捷报，（二儿书来，有“杏桂联芳”之语。）归骑慰萱椿。

春日寄怀五女昭华

别后匆匆半载余，天涯愁见燕来初。巢痕依旧人偏远，何日双飞返故庐？

花事年年寄赏同，无端今日恼东风。夭桃不解人离别，仍向窗前著意红。

酒绿灯红辄系思，官斋又值赏花时。筵前取次呈新句，惜少留题笔一枝。

江南风景胜殊方，佳日清游愿略偿。鼓瑟鼓琴多乐事，唱随暇可念高堂。

郡廨花木甚繁，独少牡丹，外子手植一本，今春始花，招同宴赏，即席纪事

魏紫姚黄迹已陈，官斋移种一枝新。天然压倒闲桃李，独占人间富贵春。

国色惭无好句夸，清才毕竟让秦嘉。筹边三载忧劳甚，一展愁眉为此花。

几经培养费安排，看到花开分外佳。正似儿曹争秀出，亭亭玉立在庭阶。

全家小酌聚花前，几阵天香送绮筵。写取芳姿藏画箧，留他春色伴年年。

秋日偶成

画槛卷珠帘，坐看秋花吐。一蝶忽飞来，宛转花间舞。捉笔待写生，窗外日将午。

园桂五度花，花亦似呈瑞。举酒步花前，愿与花同醉。蟾窟一枝香，秋风盼归骑。（七儿时应京兆试。）

寄大儿

宦辙分驰后，迢迢几岁阑。思儿行役久，望远得书难。弟妹他乡聚，风霜旅馆寒。承恩应有望，愿早报平安。

湾甸匪徒滋事，外子督兵往剿，作此奉寄

弹指流光近岁寒，风霜珍重客衣单。阿侬只解金钱卜，愧乏奇谋助将坛。

妙策连番破贼营，纷纷捷报喜还惊。文人胸有孙吴法，笔扫千军定太平。（君以批示斥革景庆久一禀，深洽夷情，贼匪均已信服解散，太平有日矣。）

己未六月得二儿辰捷南宫入馆选之信

忽报泥金万里来，交加悲喜几徘徊。十年功过分明在，科第居然让汝开。（我姑望科名甚切，外子久困场屋，余立愿共守功过格十载。今辰儿幸入馆选，我姑与外子均不及见，

不禁泪下也。）

头衔几转太磨人，（儿先以教习知县改主事。）盼到瀛洲始是真。祖德君恩须记取，立朝勉学古名臣。

忆否先人属望心，芸窗灯火训更深。今朝身与琼林宴，谅亦追思泪满襟。

修书未发擘蛮笺，点笔图成寄日边。莫负鹏程九万里，好留佳话后人传。（自写《鹏程万里图》寄付。）

郁郁余生几度秋，向平未了倍添愁。尔曹取次成先志，奈我衰颜已白头。（大儿锡康、七儿谨，俱得升阶。）

依依惜别赴春明，喜尔求名竟得名。可识书中无限意，何时归省慰离情。

汉口舟次与六女永华夜话

顾复无偏倚，何曾汝独亲？只缘艰苦共，更觉性情真。（石阡之乱，六女负余越墙投池。）读画传家法，敲诗悟夙因。（六女作诗作画，独得妙悟。）乡关尚迢递，羁迹汉江滨。（闻二儿辰来迎，舣舟候之。）

跋[1]

永华同产八人，永华独受我母乳哺，长受经史、受诗法、受画法，褓褓至今，未尝离左右。其间随夫婿至沪、至都，违色笑者年余。夫婿奉命观察常镇，迓母来，永华得承欢如儿时。永华侍母最久，我母性情、心术，亦惟永华知之最深也。

我母工诗、工书、工画，皆余事也。自幼喜读性理书，年十八归我父，不苟言笑，兢兢以礼法自持。奉大母至孝，得欢心，家事悉由母主持。时我家承祖业，席丰履厚，母持之以俭，尽矫世俗豪华之习，一如寒素。厚恤宗鄙，孳孳为善，有求无弗应。佐[2]我父勤学砥[3]行，小[4]过必规，如法家拂士[5]。父官滇南，伯兄锡康[6]、叔兄[7]谨先后官黔，母俱

---

［1］ 底本无标题，编者据文意补。

［2］ 佐：苏州大学图书馆藏本（以下简称"苏大本"）作"勖"。

［3］ 砥：苏大本作"力"。

［4］ 小：苏大本作"有"。

［5］ 如法家拂士：苏大本作"不稍恕我"。

［6］ 伯兄：即王瑶芬的大儿子严锡康（1819—？），官名鉷，后改名锡康，字伯雅。桐乡乌镇人。道光二十八年为林则徐参军，旋擢云南宝宁知县，历贵州荔波知县，后官苏州同知。著有《餐花室诗稿》十卷，《滇海雪鸿集》一卷，《餐花室尺牍丛残》。

［7］ 叔兄：即王瑶芬的三儿子严谨（1827—1865），官名钧，后改谨，字子衡，号叔和。以太学生应南北乡试，屡荐不售。咸丰八年五月任贵州清镇县知县，同治元年（1862）调署正安州知州，旋思州府知府，次年三月始赴任，同治三年（1864）任贵州石阡知府。同治四年五月十四夜，黔匪陷贵州石阡，阵没，赠太仆寺卿衔，云骑尉世职。著有《清啸楼诗钞》。光绪《桐乡县志》卷十四有撰。

以勤政爱民为劝，尝曰："居官多得钱，无以对君民，不足以贻子孙也。"叔兄迎母至任所，进甘旨，辄不乐，曰："此民之脂膏也。"闻为地方兴一利、除一弊，乃大喜，为之加餐。滇黔之民皆知之，今犹津津乐道之。叔兄守石阡，有惠政。同治乙丑，教匪数千人突至，叔兄战死，贼入城，大哭曰："郡守，好官也；太恭人，贤母也。"戒其党勿犯眷属，勿扰城中百姓，掠仓库，即日出城去。郡署后有池，广半亩，闻贼至，永华负母逾垣投池，嫂及妹侄皆从之，池水浅，不得死。贼退，郡之妇女来救我母及全家出。父老皆痛哭，为叔兄发丧。母挈兄柩，率细弱跋涉数千里南旋。时仲兄辰[1]官翰林，乞假来迎，遇于汉江，遂同归。归里后，终日危坐，手不释卷。

母自我父弃养后，不作诗。咸丰己未，仲兄成进士，读书中秘。母痛我父不及见，作诗六章勉之。自黔归，舟次汉口夜话，示永华一律，后遂不复作。《写韵楼诗钞》刻于黔，已付劫火；永华于里门搜得旧本，增入七首，重付手民。诗不敢论[2]述，谨述我母性情、心术及数十年踪迹如此。同治辛未，女永华谨识。

写韵楼诗钞终

[1] 仲兄辰：即王瑶芬次子严辰（1822—1893），字缁生，号桐溪、达叟，别署墨花吟馆、写韵楼，官至翰林院庶吉士，曾总纂《光绪桐乡县志》，著有《墨花吟馆诗钞》《病儿读钞》《感旧怀人录》《沾沾集》《同怀忠孝集》等。

[2] 论：苏大本作"赘"。

附录一

王玉芬诗辑佚

岁暮送严亲于役省垣

此别知非远，偏难膝下离。愁过忙里日，惊见鬓边丝。风雪年光暮，关河羽檄驰。朱颜谁驻得，归计未应迟。

【按】本诗选自清恽珠编《国朝闺秀正始集》卷二十。书中作者介绍写道："王玉芬，字华云，安徽婺源人，盐运使凤生女，同知严逊继室。按：凤生，字竹屿，年逾五十无子，华云矢志不嫁，将终身事父，会竹屿得子，乃以礼譬喻，始适严公子，其纯孝可重。"

自　叹

回首年华去似梭，思亲老境苦消磨。显扬到我知无分，珍重光阴膝下过。

【按】本诗选自清恽珠编《国朝闺秀正始集》卷二十。

春郊晚眺

陌头缓缓著归鞭，山外苍然起暮烟。衬取斜阳好颜色，桃花林间菜花田。

【按】本诗选自清潘衍桐辑《两浙辅轩续录》卷五十四，亦见于《国朝杭郡诗三辑》卷九十六。

寒　鸦

一树鸦如墨，漫天雪似银。输他生耐冷，不比鸟鸣春。

【按】本诗选自清潘衍桐辑《两浙辅轩续录》卷五十四。

丁亥正月弟生志喜

频年菽水强承欢，长念亲衰泪暗弹。喜剧啼声试雏凤，从今慈竹总平安。

【按】本诗选自清潘衍桐辑《两浙辅轩续录》卷五十四。

戊子春暮随侍南归留别安昌道署

三年辛苦种名花，游宦由来便当家。惆怅轻装归白下，春风相忆各天涯。

【按】本诗选自清潘衍桐辑《两浙辅轩续录》卷五十四。

思 亲

官阁沈沈夜漏[1]迟，白头亲远最萦思。凭阑为语庭前竹，待报平安入梦知。

【按】本诗选自清潘衍桐辑《两浙𬨎轩续录》卷五十四，亦见于《国朝杭郡诗三辑》卷九十六。

别两姊

纷纷车马送江干，一唱《阳关》泪暗弹。此去西泠重回首，春来花柳好谁看。

一帆风趁夕阳斜，极目江天别路赊。偏是今宵好明月，照人姊妹各天涯。

【按】本诗选自民国王蕴章撰《然脂余韵》卷一。雷瑨、雷瑊辑《闺秀诗话》卷十一有转引。

和兰畹姊《杨花》

飞到杨花每惜春，斜阳无数点芳尘。而今更触天涯感，忆煞风前咏絮人。

【按】本诗选自民国王蕴章撰《然脂余韵》卷一。雷瑨、雷瑊辑《闺秀诗话》卷十一有转引。

[1] 漏:《国朝杭郡诗三辑》卷九十六作“色”。

王少华诗辑佚

浪淘沙（丙寅仲秋，余以侍亲留白下，遣方海、方澜两儿赴蜀侍夫子）

皓魄满窗前，不照人圆。离魂真欲上青天。只为分巢双燕小，破尽宵眠。 何计慰高年，日薄虞渊。时来甥馆问鱼笺。甚日浣花溪畔水，准送归船。

【按】本诗选自徐乃昌撰《小檀栾室闺秀词钞》卷十二。书中作者介绍写道："王少华，字浣芗，婺源人，知府廷言女，陈其松室。有《浣芗词》。"

附录二

传记资料

孔静亭诗话

［清］袁枚

句曲女史孔静亭，退庵太仆之幼女，王孔翔公子之室也。敷腴窈窕，有大家风。辛亥春，随其姑潘夫人来园看花，家人交口誉之。性尤爱静，工诗。记其《寄外》云："一别看看数月期，孤灯独坐泪如丝。多情最是天边月，两地离愁总得知。""欲写相思寄锦笺，徘徊无语倚窗前。劝君莫失芙蓉约，辜负香衾独自眠。"皆性灵独出。今年六月，忽咏《残荷》云："丰姿昨夜尚堪夸，开落无端恨转加。早识今番摧太急，不如前日不开花。"孔翔讶为不祥。七月间，竟以产难亡。古人所云诗谶，其信然耶？孔翔哭以诗云："怕见秋尘点镜台，深闺依旧绮窗开。有时忘却人长往，疑是归宁尚未回。"

【按】本文选自清袁枚著《随园诗话补遗》卷七。

严公王夫人合传

［清］俞樾

严公廷珏，字行之，号比玉，浙江桐乡人。祖大烈，见《县志·孝友传》；父宝传，见《义行传》。其家居青镇，与湖属之乌镇接壤，湖州府同知即驻其地。公自幼颖异，婺源王公凤生官湖州府同知，因与公父善，见公，奇之，以女女焉。十四岁而孤，母蔡教之严。年十七入县学，旋补廪额。五应乡试不中式，道光十一年入赀以同知分发云南，历署嶍峩、保山、易门、阿迷、大关、临安、澄江诸府厅州县，补云南府同知，升丽江府知府，调顺宁府知府，再以卓异闻，又叙获盗功及两届督解滇铜功，由吏、户两部引见，蒙召对一次。应转监司，未及注选，咸丰二年十二月卒于顺宁，年五十二。生平不纳苞苴，不通竿牍，兴利除弊，所至有声。其任大关同知也，二年之中，结旧狱二千六百余案。初下车，岁大无[1]，用汉汲黯故事，发仓粟六千斛振之，如市值捐钱纳粮道库。曾文正公赠诗有云："大夫出疆得专擅，汲黯发粟史所褒。"即谓此也。又以道殣相望，为置棺槥，所敛男女六百有余。且施药以药病者，存活无算。及以临安郡丞权知阿迷州，州地素为盗薮，其民好勇喜斗，出必佩刀，公严禁之，编保甲，勤缉捕，终公之任，盗风与斗风并绝。州东与开化邻，有闲田焉，辜较三四千顷，旧以无水不能种艺，公筹捐白金八千，疏濬沟渠，化疆坚为膏腴，民赖其利。其

［1］ 无：疑为"灾"。

在易门，置普济堂以养孤穷，增桂香书院膏火以惠寒畯。境有绿汁江，江岸辽阔，渡者争舟，每致颠陨，公设棠阴待渡所，渡者便之。其所豁铜厂，三办铜，逾额一百余万，例得议叙，而他厂额不足，请拨所余补之，遂不符请叙之例，公不计也。林文忠公督滇黔，甚重之，命在署中助谳庶狱，暇或以诗歌相倡和，出所藏书画相评骘。公外和内介，座客常满，而一介不苟。官顺宁时，有土司谋承袭，馈金珠值巨万，公不受，卒以应袭者袭。有某制府风示意旨，能以千金寿，当量移善地，笑而谢之。坐是，历任多瘠区。

公家世富厚，自其祖若父，皆豪侠好施，而公又踵行之。道光三年大水，竭家财助振，施药施棺，施寒衣，岁以为常。桥梁道路有倾圮，必修葺。旧有田千亩，市屋百区，纳其租，恒减于额，亲故以缓急告，虽贷千金不吝，积券盈箧，后尽燔之，由是家日落，身后无余资。事母至孝，母病，刲股和药以进，母殁，图其像，朝夕焚香跪拜，没身不衰。所撰述，多散佚，行于世者《小琅玕馆诗》十卷，《文》一卷。既殁三十年，乡人士君子以其家居及居官事迹，闻于有司，言于朝，入祀乡贤祠。入祠之日，倾城往送，咸叹为盛事云。妻王夫人别有传。子：锡康，江苏候补知府；辰，道光二十三年举人，咸丰九年进士，改翰林院庶吉士，同治元年散馆，改主事；谨，云南石仟[1]府知府，死寇难，赠太仆寺卿衔，予云骑尉世职。女三人：长适广东连平州知州江宁李景福，次适今安徽巡抚归安沈秉成，三以孝女旌，事见王夫人传。

[1] 仟：疑当为“阡”。

王夫人，名瑶芬，字云蓝，其家本安徽婺源人，后迁江宁。祖友亮，乾隆四十六年进士，官至通政司副使；父凤生，以丞倅起家，官至两淮盐运使。夫人十八岁来归，时严公新入县学，彩旗鼓吹，导入黉宫，姑蔡淑人与俱至县城观之，至今人犹艳称焉。严氏素富厚，夫人乘闲为姑言保家之道，出奁中所有《敬信录》一书，劝行育婴、恤嫠，及施药、施棺、施寒衣诸善举，严氏遂以义行称，而家则日落。严公宦游滇南，夫人从之，多所匡助。道光十七年，公督铜运过蜀，蜀滩险恶，有善士李君，募人凿石，化险为夷，求助于公，需五百金。又有以翡翠条脱求售者，问其值，亦五百金。公谓夫人曰："橐中所赍适符其数，将以购此乎？抑以助彼乎？"夫人曰："是不待再计决也。条脱，一玩物耳。若助彼善举，则行者享无穷之利矣。"公欣然从之。公病，夫人为文吁天请以身代，刺十指出血，书而焚之，竟不效。时三子皆不在侧，夫人独任大事，艰窘万状，且尝以公事假用官钱二千余缗，或曰是可入交代，夫人曰："吾夫不负民，可负国乎？"凡亲故赗赠，悉以偿官，不足则斥卖衣物以济之，可谓皭然不滓者矣。咸丰五年，率三子以公之丧归，至黔阻于兵，乃命长子锡康奉公柩归葬，次子辰入都会试，而留三子谨，奉夫人居黔。谨以军功由县丞擢知县，同治元年署郎岱同知，贼大股来攻，炮声隆隆，几席震动。夫人夷然，谓谨曰："效死勿去，贼至，以全家殉耳。"城竟以全。三年，谨由思州移知石阡府，所属荆竹园，有贼巢窟，募丁防守，时或窃发。次年五月丁未，贼忽乘闲阑入，谨巷战戕于贼。夫人闻变，命仆抱其孙及孙女三人，踰垣匿民舍，而自率谨之妇及两女投荷花池，水浅不死，贼去，仆媪复集救而出之。其仲子辰已以庶吉士请假归，闻难奔赴，而夫人已由大江东下，遇于汉，奉之归。里居数年，患暴痢甚剧，其幼女刲肱肉和药以进，果愈，而女旋卒。夫人虽痛之，然曰："男忠女孝，足为老人光荣矣。"其仲女归沈仲复中丞为继室，夫人谓诸子曰："汝父读书，未得成进士，今一子入翰林，一女嫁翰林，庶足慰先人地下乎！"辰由庶吉士改刑部，以夫人年高，遂不出，禀承母教，力行善举。尝振饥民七万有余，誓于神，无所私。创建书院于青溪，又立保婴之会，男婴女孩，全活无算。而革样盘一事，尤为夫人所喜。样盘者，县官收漕时，验米者也。相沿既久，样米不反于民，样盘日大于旧。辰言于官，革除之。其后晋、豫大无[1]，长子锡康奉合肥相国之命，设振局于沪，得银十二万两，夫人曰："此功德不下汝弟之革样盘矣。"光绪六年，畿辅告灾，夫人曰："吾家世受国恩，敢不竭力！"尽括所有，以千金助振，有诏以"乐善好施"四字建坊，以旌其门。锡康既官江苏，而辰亦时寓吴下，仲复又适为苏松太兵备道，故夫人居吴之日为多。九年八月庚辰，卒于苏寓，年八十有四。将卒前三日，犹以所蓄洋钱五百助山东之振。盖好善之笃，至死不衰也。工诗，能书、画，有三绝之誉。著《写韵楼诗集》，与严公《小琅玕山馆诗集》合刻，颇行于时。

旧史氏俞樾曰：余不获见严公，而获与公之长子伯雅、次子芝僧游，故得闻公与夫人行事甚详，芝僧乞为之传，因

[1] 无：疑当为"灾"。

次第其事，附其家乘焉。公以行义众著，入祀乡贤；而妻父王公以遗爱在人，入祀嘉兴名宦祠。两事相距仅四年，于是有《冰玉恩荣录》之刻，海内以为美谈。乃其子又以殉难祀忠义祠，其女又以孝女祀节孝祠，一门之内，同膺巨典，俎豆千秋，求之当代，实为仅见。乌呼！此邦家之光，非徒门庭之庆矣。

【按】选自俞樾撰《春在堂杂文五编》卷二（《春在堂全书》第4册，凤凰出版社2010年版）

王瑶芬传

［清］严辰

云南顺宁府知府严公廷珏妻王夫人，名瑶芬，字云蓝，婺源望族，侨寓金陵。祖友亮，乾隆辛丑进士，官至通政司副使；父凤生，起家浙江通判，官至两淮盐运使。任乌镇同知时，以夫人许字比玉公。十八岁于归，时严氏富甲一乡，夫人逮事姑蔡太淑人，乘间言保家之道惟在积善。奁具中携有《敬信录》一书，呈之堂上，劝行育婴、恤嫠，及施药、施棺、施棉衣诸善举，从此乡里号严氏为善门。姑殁后，家渐中落，比玉公五应秋试，屡荐不售，乃援例以郡丞仕滇，夫人随宦万里二十余年，咸称内助之贤。道光丁酉，铜运过蜀，计橐中装可余五百金，适有以翠玉腕钏求售者，索价五百，时蜀有善士李姓，以江滩险恶，岁坏行舟，创捐凿滩，募资亦需五百，比玉公曰："只此五百耳，购钏乎？凿滩乎？"夫人笑曰："是固待再计决也。"竟以凿滩。咸丰壬子冬，比玉公在顺宁病亟，夫人刺指血书表吁天请代，竟不起，适三子皆求名远出，夫人忍痛治丧，一无遗憾。有挪用公款二千金，旁人皆以官殁家贫，可作公亏入交代，夫人力持不可，曰："吾夫一世清名，既不负民，岂可负国?"乃集知交麦舟之助，并斥卖衣饰以偿之。后就养少子谨黔南任所，谨以军功起家，所至禀承母教。同治壬戌秋，谨权郎岱厅篆，有发逆大股来犯，夫人于炮声震叠中神志不乱，勉谨守死勿去，誓以全家为殉，而城卒以全。乙丑五月十三日，谨权石阡府篆，忽有邻贼，藉内应窃发，谨巷战被戕，夫人率一妇两女投署后荷池，从容无惧色，苦水浅不得死。贼去遇救，仅以身免。次子辰，以翰林改部，乞假在籍，迎奉南归。历次就养于长子锡康上海同知任所；次婿沈秉成于常镇道上海道任所，晚乃归里，就养于次子辰本籍立志书院。光绪己卯，八秩称觞，同堂四代人皆艳之。夫人之父有遗爱，于嘉禾己卯年入祀名宦祠，比玉公于壬午年入祀乡贤祠，夫人皆及见之。晋豫直皖连岁告灾，夫人既命子婿辈竭力募捐，又自括所有，以千金助赈，当奉恩旨建乐善好施坊于门，年八十四卒。临终遗命，以私蓄五百元助山左赈，盖其天性好善，没身不衰。三子幼时读书，皆夫人口授，擅诗书画三绝，犹其余事。八旬后犹作画，自号写韵楼老人。夫人先从夫爵封恭人，继从子爵封安人、淑人，又以婿贵貤封夫人。著作见艺文（新纂）。

【按】选自清严辰纂修《光绪桐乡县志》卷十八"列女志下·寿母"（清光绪十三年刊本）。

王瑶芬传

［清］施淑仪

瑶芬，字云蓝，婺源人，两淮盐运使凤生女，云南顺宁知府桐乡严廷钰室。有《写韵楼诗钞》。瑶芬于归时，严氏富甲一乡，夫人逮事姑蔡太淑人，乘闲言保家之道惟在积善，奁具中携有前哲格言，呈之堂上，劝行育婴恤嫠，及施药、施棺、施绵衣诸善举。从此乡里号严氏为善门。晚年，归里，又以千金助赈，奉旨建乐善好施坊于门。（《桐乡县志》）

【按】选自施淑仪撰《清代闺阁诗人征略》卷九（王英志主编《清代闺秀诗话丛刊》第二册，凤凰出版社2010年版）。

王瑶芬诗话

［民国］王蕴章

前记婺源王竹屿都转女公子王瑶芬（云蓝）诗。近从友人胡寄尘处借得《写韵楼诗钞》一册，则正云蓝夫人所作也。因得尽览其词翰。《平山堂夜归》云："双堤垂柳碧毵毵，万柄残荷一镜涵。添个吴娃香里住，满湖风露唱江南。""苇花芡叶扑渔矶，路转红桥树影稀。夜静不闻歌吹闹，一天凉月放船归。"令人想见邗江全盛时风景。夫人一门风雅，冢媳汪曰杼（绚霞）、女公子昭华、永华、澄华等皆擅吟咏。尝随任叔子（石阡）官舍。同治乙丑，教匪数千人突至，叔子战贼死。贼入城，大哭曰："郡守，好官也，太恭人，贤母也。"戒其党勿犯眷属，勿扰城中百姓，掠仓库即日出城去。郡署后有池广半亩，闻贼至，永华负夫人逾垣投池，嫂及妹皆从之。池水浅不得死。贼退，郡之妇女来救乃得出。此轶事之可传者。集中与郑淡若女史唱和诗甚多。淡若女史为梦白中丞之女公子，著有《绿饮楼集》。夫人《题梦白〈西园写照图〉，为留别淡若女史作》云："春光合让西园占，旌节花和女史花。"自注："昔有姚姥梦观星坠地，化为水仙花，因生女甚慧。观星一名女史，故水仙亦名女史花。见《内观日疏》。"

【按】选自民国王蕴章撰《然脂余韵》卷三（王英志主编《清代闺秀诗话丛刊》第一册，凤凰出版社 2010 年版）。

王瑶芬挽联

［清］俞樾

严母王太夫人挽联：太夫人曾从夫官游滇中，著有《写韵楼诗》一卷。晚年捐赀助赈，赐建乐善好施坊。卒年八十四。

行万里路、传一卷诗，写韵楼小集编排，共羡清才兼硕德；

膺二品封、开九秩寿，乐善坊大书绰楔，长教薄俗式高风。

又：太夫人之父竹屿先生，仕浙江，有惠政，殁祀嘉兴名宦祠；夫比玉先生，祀乡贤祠；其少子某，官贵州石阡府知府，死寇难，赐恤如例；其幼女刲臂肉疗太夫人疾，太夫人愈而女竟卒，以孝女旌，亦可谓极人伦之盛矣。张少渠属代撰挽联，因又作此：

父在名宦祠，夫在乡贤祠，子在昭忠祠，女在节孝祠，相见黄泉，死犹生也；

德可先贤传，行可逸民传，才可文苑传，年可耆旧传，有光青史，女而士乎！

【按】选自俞樾《春在堂全集》第五册《楹联录存二》（凤凰出版社2010年版）。

王玉芬传

［清］施淑仪

玉芬，字华芸，婺源人，两淮盐运使凤生女，南河同知仁和严逊继室。有《江声帆影阁诗稿》。恭人以父未有子，躬代子职，志贞不字。继母疾，尝刲股疗之。后弟生，且长，始归严氏，逮事舅姑如事父母，相夫教子，内政修举，夙耽吟咏，读思亲诸作，纯从至性中流出，足使人增天伦之重也。（《杭郡诗三辑》）

【按】选自施淑仪撰《清代闺阁诗人征略》卷九（王英志主编《清代闺秀诗话丛刊》第二册，凤凰出版社2010年版）。

王玉芬诗话

［民国］王蕴章

王华云女士，竹屿都转之女。闲为韵语，自然流出，皆天伦至性之言。《别两姊》云："纷纷车马送江干，一唱《阳关》泪暗弹。此去西泠重回首，春来花柳好谁看。""一帆风趁夕阳斜，极目江天别路赊。偏是今宵好明月，照人姊妹各天涯。”《和兰畹姊〈杨花〉》云：“飞到杨花每惜春，斜阳无数点芳尘。而今更触天涯感，忆煞风前咏絮人。”竹屿居江宁，有江声帆影阁，女士即取以名其稿。

【按】选自民国王蕴章撰《然脂余韵》卷一（王英志主编《清代闺秀诗话丛刊》第一册，凤凰出版社 2010 年版）。

江东文萃　第一辑

金立安　主编

吴兰征《零香集》选编

［清］吴兰征　著

刘荣喜　邓丹　编校

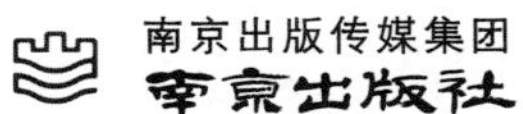

图书在版编目(CIP)数据

吴兰征《零香集》选编 /(清)吴兰征著；刘荣喜，邓丹编校. -- 南京：南京出版社，2024.12

(江东文萃. 第一辑)

ISBN 978-7-5533-4624-3

Ⅰ. ①吴… Ⅱ. ①吴… ②刘… ③邓… Ⅲ. ①中国文学－古典文学－作品综合集－清代 Ⅳ. ① I214.92

中国国家版本馆 CIP 数据核字(2024)第 108311 号

书　　名：江东文萃 第一辑
主　　编：金立安
出版发行：南京出版传媒集团
南 京 出 版 社
社址：南京市太平门街 53 号　　邮编：210016
网址：http://www.njcbs.cn　　电子信箱：njcbs1988@163.com
联系电话：025-83283893、83283864（营销）　025-83112257（编务）

出 版 人：项晓宁
出 品 人：卢海鸣
责任编辑：刘　娟　金　欣　聂　焘　舒之仪
装帧设计：金立安　余振飞
责任印制：杨福彬

印　　刷：南京新豪彩包装服务有限公司
开　　本：880 毫米 ×1230 毫米 1/32
印　　张：27.75
字　　数：578 千字
版　　次：2024 年 12 月第 1 版
印　　次：2024 年 12 月第 1 次印刷
书　　号：ISBN 978-7-5533-4624-3
定　　价：148.00 元（全四册）

《江东文萃》编委会

《江东文萃》序

杨　晨

万里长江，浩浩汤汤，瑞气升腾，氤氲东来。

千载之下，大江穿境金陵，逐渐形成江南、江北、江东等地理概念的文化符号。这其中颇有历史人文底蕴、与建邺文脉休戚相关，且令人自豪的，当属江东这张名片。

史载公元前241年的战国时期，楚国春申君改封江东，对江东经济社会的进一步开发发挥了积极作用。东汉末年，孙吴奠基江东，并于229年（黄龙元年）迁都建业。六朝古都，十代都会，自孙权开都，至民国时期，多少风云激荡的王朝更迭故事，发生在江东这片古老的土地上，并且积累了多难兴邦的政治文化、千秋风雅的儒学文化、文光璀璨的诗词文化、世代传承的科技文化……随着江东政治、经济和文化的历史嬗变，以建业（建邺）为内核的江东文脉，逐渐亮丽成长江文化带上的一颗炫彩夺目的明珠，为南京历史文化名城映照了深博的文化底色，为南京世界文学之都浸染了无穷的人文气韵。

南京是一座虎踞龙蟠、山环水绕之城，正如孙中山先生在《建国方略》中所言："其位置乃在一美善之地区。其地有高山，有深水，有平原，此三种天工，钟毓一处，在世界

中之大都市诚难觅此佳境也。”长江作为中国母亲河，本身就是古老而又充满活力的中华文化载体；而作为南京母亲河，流贯全城的秦淮河则是一条流动的文化地标。在两条母亲河的襟怀里孕育的江东文化，青史绵延、波澜壮阔、气象万千，留下了许许多多珍贵的文化遗产。这些文化遗产犹如一座座宝藏等待人们去探宝、去发掘。

仅以古代诗词为例，大量的诗词作品闪耀着有关江东的故事和醉人的诗情。唐代大诗人杜甫在《春日忆李白》里写道：“渭北春天树，江东日暮云。”白居易在《宿窦使君庄水亭》里写道：“使君何在在江东，池柳初黄杏欲红。”杜牧在《题乌江亭》里写道：“江东子弟多才俊，卷土重来未可知。”宋代文学家王安石在《叠题乌江亭》里写道：“江东子弟今虽在，肯与君王卷土来。”南宋女词人李清照在《夏日绝句》里写道：“至今思项羽，不肯过江东。”到了清代，诗人方文在《竹枝词》里写道：“侬家住在大江东，妾似船桅郎似篷。”诸多前人诗句里的“江东”，具有广泛的文化地缘意义，自然包含建邺在内。阅读名人诗词，领悟丰富内涵，吸收历史能量，从而引发我们对江东辉煌历史的敬重，引起我们对江东灿烂文化的热爱，激励我们对建邺美好未来的憧憬。

今天的建邺，是滨江之区、滨河之区，是南京的城市客厅，也是当然的江东之地——曾经河西的“江东”，便是历史上人文“江东”的缩影。作为南京文化和长江文化的重要组成部分，如何挖掘、整理并利用好江东文化，推动江东文化在新时代的传承、发展与创新，是摆在每一位有识之士面前的任务和使命。

2021年初，建邺区成立了江东诗社，旨在挖掘、传播和弘扬江东文化。诗社团结了一批热爱江东文化的诗人、作家和文史工作者，他们勤于耕耘、乐于奉献，为探寻与研究江东文化付出了辛劳。我们从现在起，陆续把与建邺有关的江东珍稀文献编印出来，目的在于：一是将刊印的文献，作为诗社成员进一步学习、研究之用，并在学习前人的基础上努力创作出更多、更好、更有特色的优秀作品，为延续江东文脉、促进建邺区文学艺术事业不断繁荣做出新的贡献；二是在此基础上，通过研究将过去尘封的静态的文学作品、文史资料，转化为建设建邺的鲜活的文化资源，为建设更加美好的建邺提供源源不竭的文化软实力和精神力量！

最后，以江东诗社社长金立安先生的《江东》诗，作为本文的结尾：

烟波万里碧云空，樽酒流连薄暮穷。
水绕千山如走笔，弦惊一箭欲开弓。
凭栏遥望轻尘里，回首相逢远梦中。
建邺从来佳胜地，请君听我说江东。

2021年8月

作者系中共南京市建邺区委常委、宣传部部长

《江东文萃》的缘起

金立安

2019年6月，我因工作分工调整，分管并主持建邺区文联日常工作。关于文联的工作职能，我的理解是：团结、引领、联络、协调、服务和组织文学艺术工作者和爱好者，创作以建邺为题材的各类文学艺术作品，满足人民群众对文化生活的需要；同时以文学艺术形式，宣传推介和展示建邺经济社会生活的新风貌、新精彩。

今天的建邺区，经过区划调整20多年来全区人民的开拓创新，在河西江滨的土地上画出了新美图景，城市基础建设、社会各项事业取得了令人瞩目的成就——“大美河西锦绣建邺”已经成为靓丽品牌。如何为艺术家们寻找新的创作落脚点和兴奋点，如何深化、细化“大美河西 锦绣建邺”这一品牌，成了我当时思考工作的原点和出发点。

我首先借鉴传统文化中评选景点的做法，推出锦绣建邺新老景点中的闪光之处，就这样——评选建邺十景的想法浮现脑海，进而细化成工作方案，而且得到文旅局领导班子和区委宣传部领导的支持。在牵头建邺十景评选过程中，我邀请了南京两位文史专家袁裕陵、高安宁先生一起实地踏勘，初选景点。此后，在20个备选景点中，“莫愁烟雨”“绿博春深”“奥体双虹”“鱼嘴江天”等10个景点脱颖而出。

在一个个景点调研过程中，我惊叹建邺文化底蕴的深厚与高华，建邺人文禀赋不仅接地气，而且有文气。在感受古往今来的建邺历史文化中，我对江东文脉的产生、发展以及现状尤感兴趣，写出《话说江东》一文。此文在《茶亭》和“建邺播报”连载发表，并产生了一定的社会影响，《现代家庭报》《中华文化》《炎黄文化》等报刊及“南京诗词”“紫金山新闻网”“学习强国”等众多媒体先后转发，《南京日报》还将题目改为《守住长江文化中的江东文脉》整版发表。这篇文章写作过程中，我觉得江东文脉的根在南京、在建邺，所以自然萌生了成立江东诗社的想法。这一想法，得到了区文旅局和区委宣传部主要领导的赞同和支持。

2020年末，江东诗社在紧锣密鼓的筹备中。短短20多天，收到省内外诗家数百首（副）贺诗贺联，原定今年元旦在王汉洲故居揭牌，由于疫情反复，推迟到3月26日揭牌，吸引了一批对诗歌有兴趣、创作成果突出的诗家一起加盟。

成立诗社，旨在立足“江东文化”，利用诗歌这一艺术形式宣传社会主义核心价值观在建邺的崭新实践，让旧体新诗与江东文化相互激荡，创作出体现新时代、新气象的优秀作品，用诗歌丰富人们的精神文化生活，满足人们对美好生活的新期待。

成立诗社，旨在为广大诗歌作者和诗歌爱好者营造一个良好的交流、学习、创作与提高的平台，促进更多诗人优秀诗作的产生，推动建邺地区诗歌的创作与繁荣，进而从精神层面提升建邺的影响力、知名度和美誉度。

建邺作为南京世界文学之都的城市客厅，千百年来与文学结下了不解之缘。在南京一长串文学风景线上，可谓“长亭更短亭”，不时可以找到建邺美丽的风雅景色。在新时代南京世界文学之都的背景下，建邺文学艺术仍需溯源发掘，仍需创新创造，于是《江东文萃》便应运而生。

用诗心怀想璀璨昨天，以真情创造美好未来，让生命在生活中绽放风采。这便是江东诗社的初衷,也是《江东文萃》的缘起。

2021 年 8 月

作者系南京江东诗社社长

前 言

刘荣喜

上新河是一条承载着丰富历史记忆的河，它位于中华母亲河长江与南京母亲河秦淮河交汇的地方，它远离“六朝佳丽地，金陵帝王州”的喧嚣主城，偏隅城西，但是它便利的交通，吸引了南来北往的商贾和参加南闱的仕人学子。这里低廉的生活成本、云聚云散的商贾和丰厚的文化底蕴，吸引了很多外乡人在此寄居、生活、学习，甚至落地生根。他们出生并长期生活在上新河，自小迷恋白鹭洲的故事，在此繁衍很多代的客籍上新河人，一般很少再次回到祖辈口中的故乡，成了地地道道的南京人。在这些芸芸众生之中，留下名字的多是曾经获得科举功名的学子，或笔耕不辍的男儿们，然而在南京建邺的历史上曾出现过一位女性作家，她用妙笔书写了浓墨重彩的华章，为建邺留下了丰厚的文化遗产，这就是曲谱红楼的首位女作家——清代上新河女诗人吴兰征。

（一）

吴兰征（1776—1806），小名躧（xǐ）宝，原名兰馨，字香倩，又字轶燕，号梦湘，出生于南京上新河附近龙江的一个家境富裕的商人家庭。父亲吴春岩，安徽新安人。新安，即古徽州，位于钱塘江上游的新安江流域，今安徽黄山市、绩溪县及江西婺源县一带。吴春岩自幼侨寓龙江，与清代著名诗人袁枚交好，“春岩公尝执贽（袁枚）先生门下”（俞用济语）。吴兰征是吴家的次女，母亲周氏。

乾隆四十一年（1776）阴历二月三日，吴兰征的母亲梦见自己正在湘江之滨悠闲散步，拾到一枝芳兰，忽然满室馨香，此时吴兰征来到了人世，虽然不是父母热切期盼的男孩，但是这一平安降生并伴有美好征兆的新生命，还是让全家非常开心。于是，家人给她取名“兰馨”，小名“躧宝”。躧就是鞋，或漫步的意思。她的正名叫兰征，意思是梦兰之征而生，颇有传奇色彩。她曾取字“香倩”，自号“梦湘”，可能与这段神秘的经历有关。至于她号“梦湘”，是否与自比《红楼梦》中潇湘馆主人林黛玉有关，也不无可能，可谓一语双关。

吴兰征作为一个女作家，她虽然创作了与《红楼梦》有关的戏曲《绛蘅秋》，但后世关注并研究的人并不多，这与她的作品深藏馆阁，极少流布有关，连红学专家严中、周汝昌等人都没有关注到她。最早整理收录《绛蘅秋》的是阿英（原名钱杏邨，1900—1977）主编、中华书局1978年出版的《红楼梦戏曲集》，其底本为嘉庆抚秋楼刻本，乃著名戏曲学家傅惜华藏书，而傅氏藏书的归宿是中国艺术研究院图书馆。现代学者、首都师范大学文学院的邓丹曾亲赴中国艺术研究院图书馆查阅了此书原刊本，发现了包含《绛蘅秋》在内的吴兰征诗文集《零香集》，其中附有大量亲朋师友的评语和悼念文字。这一发现为我们研究吴兰征的生平提供了非常重要的资料，由于笔者无法直接赴京查阅吴兰征的原著，本文大部分资料都是转引自邓丹老师所著《明清女剧作家研究》和她发表于《中国戏曲学院学报》第28卷第3期（2007年8月）上的《三位清代女剧作家生平资料新证》等文。

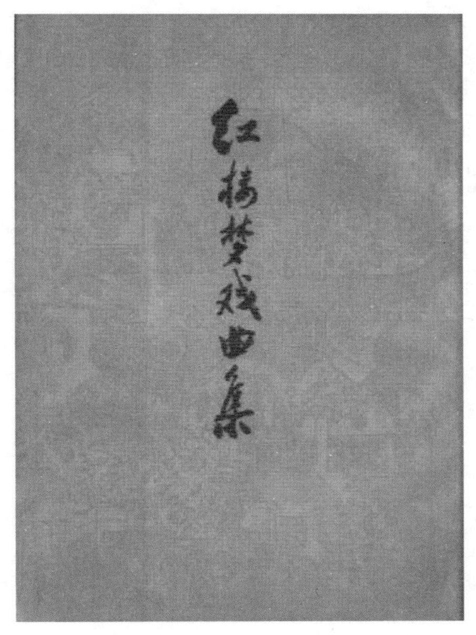

阿英主编《红楼梦戏曲集》

吴兰征幼年时，与家里弟兄姐妹们一起师从李方彦学习，读《女训》及《毛诗》，她往往能够独树己见，自出一解。她喜欢读史书，尤其喜爱《资治通鉴》，她的丈夫俞用济为之作传时说，其“自幼见《通鉴》而悦之也，迄今历十余年翻阅，浸熟于古人事迹，能见大意，善会心，凡平时一举一动皆证以史事”（《香倩传》），可见她对史书史事的痴迷程度。这也为她今后的诗文和戏曲创作打下了坚实的基础。

1794年，时当乾隆五十九年，吴兰征与她的意中人俞用济终于完婚了！在只能遵从“父母之命，媒妁之言”的封建时代，女子的婚姻从来就没有自主选择的自由，而吴兰征能与意中人最终结合，也不可能是一帆风顺的，也是经过波澜起伏的抗争才得来的。

吴兰征与俞用济是在乾隆己酉年（1789）一次龙江庙会上相识的。那天，俞用济与多位富家同窗子弟一起逛庙会，他们多数举止轻浮，言语轻率，唯有俞用济专心致志地观赏祠壁上的古迹和前人诗赋，目不斜视，聚精会神。吴兰征和她的大姐都注意到了俞用济的专注和优雅，情窦初开的吴兰征一见倾心。回家后，姐妹俩将此事说与母亲，欲择其为人生伴侣。

俞用济，字遥帆，出生于久寓南京上新河一个家道中落的富商家庭。他曾受业于吴锡光、顾东山等人，后成为桐城散文大家姚鼐门人。

俞用济的祖父辈，他在《香倩传》中曾提及：“先生（指袁枚）与余先大父有金兰盟”，袁枚在为吴兰征《抚秋楼诗稿》所作的评语中亦说：“余与婺源俞晓园公交最久，晓园公性乐善，余集中《俞氏义冢碑记》等篇为晓园作也。其孙遥帆少年隽才也，尝从余论诗文。”由此我们可知，俞用济的祖父名俞晓园，袁枚曾为之作《俞氏义冢碑记》，该文收录在袁枚的《小仓山房文集》卷十三，文中记载了乾隆二十一年（1756）前后，江南发生连年饥荒，死人无数，横尸遍野，俞晓园出资购地施棺，聚遗骸尸体进行掩埋，得到官府朝廷的嘉奖。因为自己经商，居无定所，不经常居住南京，无法经常照看墓地，为了防止他人侵占，于是请好友袁枚撰文，树碑为记。文中有引述俞晓园的一段自述：“余，新安人也。贸迁江宁，去住无恒，弗告兹举于邑长，虑有夺其界者，是为善不竟也。请牒地若干，输于官，立精文善法，俾传永永无极。”从中我们可以看出，俞用济的祖父俞晓园为人善良，处事周全，长期在南京经商，家小居住上新河一带，家道颇为殷实。

俞氏義冢碑記

周禮蜡氏掌除骴有死于道路者埋而置楬焉又族師十家爲聯五人爲伍使相葬埋古制民之產名山大川廣谷無禁地公地也恣民之所使之故送死無憾今任土之法廢矣尺寸皆民私也流離之氓夭爲殍殍橋死於中野橫陳而已誰能無殘虐士而損所有以仁其類乎丙子歲江南游飢札瘥夭昏羇鬼相望捐瘠者焚如者漂溺者畿蒴之所始覧者屬于道俞子曉園以爲大戚施櫬于餘地百畝聚遺骸而掩諸幽窆之舉然高下不及泉上不泄臭襄而臨如旅人底鞏得安宅焉鄉里感之有司旌之朝廷旌之曉園亦仁矣哉曉園又來曰

小倉山房　卷十三　七

余新安人也賈遷江寧去住無恆弗告茲舉於邑長慮有奪其界者是爲善不竟也請牒地若干輸于官立精文善法俾傳永永無極吁曉園非獨仁其智且足用也余考春秋晉鄭之間有隙地曰玉暢頃邱菑戈錫子產與宋人盟曰勿有是及子產卒宋人取錫遂尋干戈又周禮墓大夫率其屬而巡墓厲古人之于地界或盟或巡猶有爭者矧茲荒兆難徵于鬼非曉園意思深長俾日者且遷且紊且侵削且銚鏄雜下寃伏陵窘爲枯骨祟矣欲世世萬子孫毋變宜詳區界而勒諸石凡核得冢長一百七十六弓二尺寬一百三十四弓其存爲捨櫬費者中有熟地廬舍按年收子利四十餘緡

袁枚作《俞氏义冢碑记》

俞晓园（1702—1778），名焕，字文光，又字晓园。江西婺源长滩（今思口镇长滩村）人。清人王佩兰《松翠小菟裘文集》卷三有《俞晓园传》，光绪《婺源县志》卷二十三《人物志·义行》亦有传，称其“自少倜傥，比壮，以贽雄吴楚间”，乐善好施，“积而能散”，“客金陵最久，乾隆丙子（1756），洊饥施槥，置义冢。”县志记载与袁枚所言十分吻合。俞晓园虽没有获得科举功名，但由于他捐资修城，居功至伟，得到朝廷的嘉奖，“叠蒙议叙，后历阶至盐运同加二级，授中议大夫”，这在清代相当于三品官职，虽为虚衔，并非实授，但却不是一个轻易可得的至高荣誉。

俞用济祖辈的发达，不知什么缘故，并没有延续很长时间，到他自己这一代时已经是一个非常普通的人家。吴兰征的父母因为觉得俞家家境一般，没有应允女儿的请求。此时，正好有一位爱慕吴兰征的新安富家公子向吴家提亲。面对唾手可得的荣华富贵，吴兰征不为所动，断然拒绝。因此与父母发生了不小的抵抗和冲突，并因此而大病一场，“辗转床席，形销骨立，奄奄一息，殆复难支”，吴兰征的父母“鉴其诚，感其痴”，看到女儿如此坚决，誓死不从，于是舐犊之情让他们回心转意，答应了吴、俞的婚事，最终成就了一段美好的姻缘（俞用济《室人吴躧宝香倩传》，引自邓丹《明清女剧作家研究》）。

结婚十三年后，她在一首《志幸》诗中写道：“三生石上旧姻缘，问自蓬莱路几千。花月相逢无限意，至今风景十三年。”这首诗保存在她的《零香集》中，诗后有长篇的附注，自述她与丈夫俞用济情感经历和成婚经过，颇有戏剧性。《志幸》就是她幸运婚姻和幸福生活的记录。

对于这段刻骨铭心的爱情保卫战，吴兰征将其融入了其后来创作的有36出之多的《三生石》传奇之中。可惜的是《三生石》传奇没有流传下来，但俞用济评《三生石》说，它“极尽缘会之奇，书生之厄，女子之侠，世情之反覆，其《种情》《守志》《回春》诸折，盖自写当年之景况也”（《香倩传》）。

可见他们心灵相通的情感默契。

吴兰征与俞用济的学素相近，志趣相投，互相钦佩，这种文化与心灵上的契合，让他们的婚姻生活如师如友，相濡以沫，伉俪情深。他们的好友万荣恩在《绛蘅秋》序中说，她“能目识名流，辞富安贫，愿得贤如伯鸾者从之”，是对吴兰征敢于突破传统婚姻的禁锢，勇敢追求自由和幸福生活的肯定。婚后，二人生活琴瑟和谐，先后育有一子、一女。

吴兰征最大的成就是将名著《红楼梦》演绎谱曲，创作了《绛蘅秋》传奇，在清代众多红楼戏中，这是第一部明确署名、并由女性作家创作的红楼戏曲。本剧开始创作于嘉庆十年（1805），吴兰征为之呕心沥血。这一年冬，她心胃痛旧症复发，加上最要好的同胞姐姐去世，哀伤过度，一病不起，第二年春天二月六日她也不幸离世，真是天妒英才。直至临终，她的这部作品还没有完稿。年仅三十一岁，如同林黛玉一样，情缘未了，香魂烟消了。

《绛蘅秋》传奇，吴兰征原本计划写四十八出，但因英年早逝而没有完稿，仅完成其中的二十六出，分别为《情原》《望姻》《护玉》《哭祠》《珠联》《幻现》《巧缘》《设局》《省亲》《娇箴》《悲谶》《词警》《醉侠》《湿帕》《埋香》《情妒》《金尽》《秋社》《兰音》《醋屈》《呆调》《试玉》《花诔》《演恒》《林殉》《寄吟》。吴兰征病殁后，她的丈夫俞用济悲痛万分，本欲“断凫续鹤，意欲照其目以成之”，让其完璧，但是他只写了《珠沉》《瑛吊》二出，便“哽咽不能成字，遂搁笔”。于是先行刊印已经收集到的部分诗文和这二十八出，以存对爱妻吴兰征的纪念。其余二十出分别是《魔魇》《村游》《钗淑》《慰颦》《情冷》《误狼》《塾警》《梦痴》《玩珠》《仆投》《失玉》《钗归》《藉府》《祈天》《蘅度》《湘怜》《余悲》《缘悟》《府庆》《天圆》，可惜只存目录，没有曲文，我们已经无法欣赏到她独特的构思和精妙的创作技巧了。

《绛蘅秋》的成就，同时代的多位文人有非常精彩的评论。长期寓居金陵的湖北云梦诗人许兆桂（1742—1812）在本书序言中说："观其寓意写生，笔力之所到，直有牢笼百态之度，卓越一世之规。虽游戏之作，亦必有一种幽娴澹远之致，溢乎行间，不少留脂粉香奁气。东嘉之画工，实甫之化工，兹以一扫眉之笔，直取其魄，返其魂，而兼而存之。"这里许兆桂称吴兰征戏剧笔力幽远，描绘人生百态，不留"脂粉香奁"之气，兼有元末明初戏曲家《琵琶记》的作者高则诚（人称东嘉先生）的"画工"，绘声绘色，和元代著名戏曲家《西厢记》的作者王实甫的"化工"，自然工巧，能"直取其魄，返其魂"。南京另一位著名《红楼梦》戏曲改编作家、《潇湘怨传奇》的作者万荣恩在为《绛蘅秋》作序时，介绍了吴兰征改写《红楼梦》的动机和特色："《红楼梦》一书，言情也，记恨也。千古伤心，首推钗、黛，爱之怜之，悼之惜之。若神游于粉白黛绿间，领会夫颦儿之痴，玉儿之恨，钗儿之酸，一切有情物，皆作如是观者，后之视今，一犹今之视昔，此新安女士吴香倩所以有乐府之作也。"接着简单介绍了吴兰征的身世，认为她"雅善诗歌，妙解音律，劈笺分韵，有林下风"，有诗人气质，有古代才女谢道韫的林下之风。他对其作品的评介凝聚为两句话，"才华则玉茗风流，妙倩则粲花月旦"，将其作品与明代剧作家汤显祖（1550—

1616）的《玉茗堂四梦》(《邯郸记》、《还魂记》即《牡丹亭》、《南柯记》、《紫钗记》）和吴炳（1595—1648）的《粲花斋五种曲》(《西园记》《绿牡丹》《疗妒羹》《情邮记》《画中人》）相提并论。他们的评介虽然可能有些过誉，但也是颇为中肯的，因为作为一位女性作家能达到这样的创作水准，在当时可以说是无与伦比的。

吴兰征有关《红楼梦》的作品，除了《绛蘅秋》之外，还有十二首诗作散见于其诗集《抚秋楼诗稿》中,分别为《阅红楼梦说部》七律四首、《咏林黛玉》七律四首、《咏薛宝钗》二首和《咏贾宝玉》二首。这些作品都是她阅读小说《红楼梦》后，有感而发，应该是在写作《绛蘅秋》之前所作。这里我们欣赏《阅红楼梦说部》中的一首："一把花枝触绪长，蛾眉队里倍神伤（指宝玉言）。淡红香白春初晚，冷月清霜梦也凉（指黛玉言）。今世只教学钗玉，人间何处不潇湘？多情共说痴儿女，不道情多枉断肠！"这一首诗，主要讨论的是贾宝玉、薛宝钗、林黛玉三人恩怨情仇的纠葛，虽然按照世俗的习惯，宝玉与宝钗是中规中矩的婚姻结合，但是黛玉与宝玉之间两情相悦的爱情悲剧，人世间又何尝不是无所不在呢？吴兰征因此而发出"今世只教学钗玉，人间何处不潇湘？"的感慨，体现了她对封建婚姻制度的质疑，结合她自身对理想爱情的追求，深感"情多枉断肠"的切肤之痛。

非常有意思的是，吴兰征在《望姻》一出，薛宝钗出场时曾有言及"建业"。文中说"建业名区，佳水佳山人物处，访亲问故，心怡心写乐情舒。……"这里的"建业"是古代南京的别称，现在成了吴兰征曾经生活过的南京河西地区，即以“建功立业”为口号的建邺区的名字了，是因缘，也是巧合。同时，也非常巧妙地点出《红楼梦》故事的发生地就在南京。

吴兰征的创作，除了前文提及的《绛蘅秋》和《三生石》外，她还曾将“史鉴中有涉于闺阃事者，遂手摘录之，其义关名教者为一类，得十卷；其风流佳话者为一类，得十卷，共二十卷”（吴兰征《吊义姊王素娟歌》小序），编撰为《金闺鉴》一书，对这些特意摘录下来的史事，吴兰征以诗作一一评论，因此这应该是一部咏史类的诗歌集。据说，书名“金闺鉴”还是大文豪袁枚为她起的，只可惜此著现已佚失，我们无法领略吴兰征的精彩评论和生花妙笔了。

吴兰征的遗著，现在只有中国艺术研究院图书馆收藏的孤本《零香集》，是其丈夫俞用济在吴氏去世不久，搜集遗稿，整理刊刻而成。

嘉庆乙丑（1805）年冬，吴兰征病重，俞用济“于无可奈何之中，欲以诗草代鹿衔而生之”（许兆桂《抚秋楼诗稿序》），希望通过整理印行她的诗草，一方面是感恩、安慰卧床不起的妻子，一方面是希望以此能激起她战胜疾病的勇气。俞用济在《香倩传》中说，香倩性耽吟咏，“每觅句辄倚栏宵分不寐，语不惊人辄焚去，其可留者录之，自题其稿曰《缓焚集》，后更为《湘灵草》，以外号梦湘也”。可见吴兰征的诗文稿，生前自己曾整理命名为《缓焚集》和《湘灵草》，故万荣恩在《绛蘅秋传奇叙》中说吴兰征“所著有《湘灵集》诗词杂著稿十卷”。

第二年春，吴兰征病殁，俞用济又多方搜集，在原《湘灵草》的基础上，附入诸家评语和多篇悼念文章，包括他自己为吴兰征撰写的长达5000字的纪念文章《室人吴躧宝香倩传》，更名为《零香集》面世。吴兰征的作品散佚很多，我们现在看到的《零香集》只有六卷，只是她“箧中留藏”的部分。俞用济面对吴氏遗著，非常悲伤地说“幽窗卒读，不胜零烟断墨之悲”，这就是其将爱妻遗著更名为《零香集》的缘故。

（二）

吴兰征《零香集》今有残本存世，其底本现藏北京中国艺术研究院图书馆。吴兰征研究专家邓丹教授曾亲睹其著，并在其论著《明清女剧作家研究》中说，《零香集》扉页题：“新安吴梦湘著《零香集》，抚秋楼藏板。”左角有小字：“香倩每有所作不甚收拾，草稿多散涣，殁后四处搜集，得若干卷，意欲多之为贵，集成为书，特多方搜罗，必须时日，兹先以此授梓，俟陆续增刊积为卷轴，固仍系未成之书也。”此书原共有六册。前三册依次包括《抚秋楼诗稿》（共收诗132题220首）、《抚秋楼杂著稿》（收文10篇）、《抚秋楼词稿》（收词16首），中间附有袁枚、谌配道、陈公绶、吴锡光等人的评语，之后是众人为吴兰征所作的传记、诔辞、祭文等；后三册为《抚秋楼曲稿》，包括《绛蘅秋》传奇一部，缺第四册，邓教授言所缺部分为《绛蘅秋》序文和正文1至9出内容，这部分内容正好在阿英《红楼梦戏曲集》中有收录，并言底本亦为嘉庆抚秋楼刻本，乃著名戏曲学家傅惜华藏书。因此我们在此将《绛蘅秋》予以补齐并全本整理。

吴兰征《零香集》原书收录的诗、词、曲、杂剧、杂著等，邓丹教授曾有摘录，我们一时不能亲临北京中国艺术研究院图书馆全部抄录，江西王鸿平老师征得吴兰征研究专家邓丹教授的同意，现将邓教授先前摘录的吴氏唯一存世作品集《零香集》部分内容在此发布，供大家研究之用，希望能引起读者的关注。这里选录了邓丹老师摘录的相对完整的部分诗文和评语，由于时间仓促，或辨认不清，其中部分内容未及抄录，有些文字可能有所遗漏或误抄，缺字或无法辨认的字用“□”代替，没有全文抄录而省略部分用“……”代替，待今后有机会赴北京中国艺术研究院图书馆对校补录。

今人编纂有多种女性诗文集大型丛书，如黄山书社的《江南女性别集》已出 5 编 10 册 150 多种，国家图书馆出版社的《清代闺秀集丛刊》，共 66 册 403 种，收罗可谓齐备，可是《零香集》没有入编，可见本书深藏秘阁，常人无法获睹，还没有引起人们足够的重视。

吴兰征离开我们已经 200 多年，其作品仍流传后世，显示了它们强大的生命力，它们也成为南京文学之都女性文学方阵中重要而厚实的部分。作为建邺文坛重要的文化遗产，我们将这些作品重新整理面世。

（三）

本次整理吴兰征的作品，由于我们一时无法获得中国艺术研究院图书馆所藏的嘉庆抚秋楼刻本诗文集《零香集》六卷本，现将部分作品先整理供研究者使用。全书分为两个部分：第一部分为相对较为完整的戏曲《绛蘅秋》，依据的底本为《红楼梦戏曲集》中收录阿英整理的排印本，并参阅刘奇玉辑校、岳麓书社 2019 年出版的《明清女性戏曲作品集》（上）所收《绛蘅秋》点校本。第二部分为邓丹教授抄录的《零香集》卷一至卷三部分吴兰征的诗文，以及有关传记和评论。

全书使用简体横排，原书中部分影响诗句理解、容易歧义、没有对应简体字的异体字适当保留。底本中小字双行夹注，全部加括号改为较正文字体略小的楷体，以示区别。由于可供校勘的版本很少，本次整理主要通过上下文的内容进行理校，误判误点之处难免，希望方家学者读者们批评指正。

刘荣喜 谨识

目　录

第一部分　绛蘅秋

第二部分　《零香集》摘抄

第一部分　绛蘅秋

吴兰征　著

刘荣喜　编校

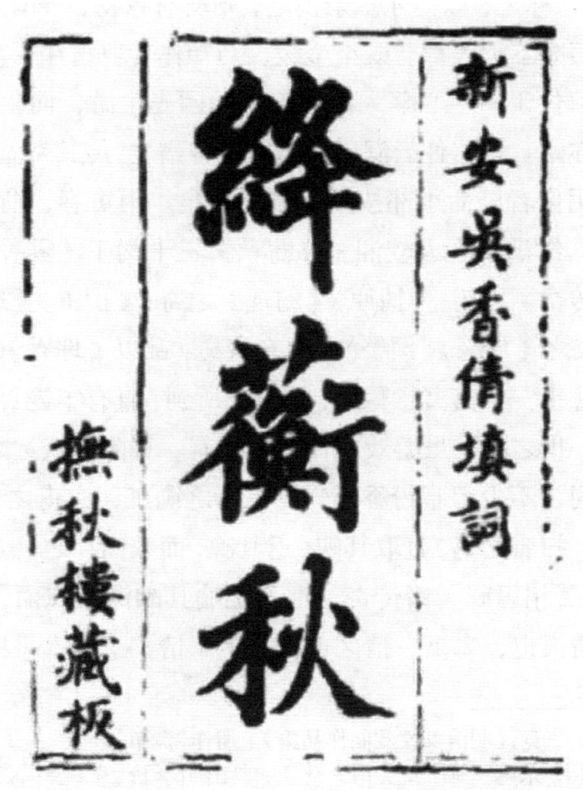
新安吳香倩填詞
絳蘅秋
撫秋樓藏板

《绛蘅秋》嘉慶十一年撫秋樓刊本

《绛蘅秋》序

许兆桂

乾隆庚戌（1790）秋，余至都门，詹事罗碧泉告余曰："近有《红楼梦》，其知之乎？虽野史，殊可观也。"维时都人竞[1]称之，以为才。余视之，则所有景物，皆南人目中意中，语颇不类大都。既至金陵，乃知作者曹雪芹，为故尚衣后，留住于南，心慕大都，曾与随园先生游，而生长于南，则言亦南。吾友仲云涧于衙斋暇日曾谱之，传其奇。壬戌春，则淮阴使者已命小部按拍于红氍上矣。丙寅春，俞生悼亡，亟刻其结褵吴夫人梦湘《绛蘅秋》三十阕于《零香集》《三生石传奇》之后，《情原》《幻现》之奇，《护玉》《珠联》之切，兼之《巧缘》《词警》，间有情矣，乱以《埋香》《试玉》，不亦悲乎？观其寓意写生，笔力之所到，直有牢笼百态之度，卓越一世之规。虽游戏之作，亦必有一种幽娴淡远之致，溢乎行间，不少留脂粉香奁气。东嘉之画工，实甫之化工[2]，兹以一扫眉之笔，直取其魄，返其魂，而兼而存之。觉彼《鸳鸯梦》《相思砚》诸传奇，洵不足喻其幽深而瑰丽也。夫今古一情天也，海寓一情区也，文生于情，王道本乎情，人情

[1] 竞：《明清女性戏曲作品集》上册作"竞争"。

[2] 东嘉之画工，实甫之化工：典出明李贽《杂说》："《拜月》《西厢》，化工也；《琵琶》，画工也。夫所谓画工者，以其能夺天地之化工，而其孰知天地之无工乎？"东嘉，指元末戏曲作家高则诚，有名曲《琵琶记》；实甫，即《西厢记》的作者元代戏曲家王实甫。

以为田，则情可薄乎哉？俞生负倜傥非常之气，抱不羁之才，而钟乎情，正我辈尔。而吴夫人《绛蘅秋》之所以言情者，复起而迎之，此千秋之事也。有读《绛蘅秋》而忘情者，果太上也耶？亦只非人情不可近而已矣。

嘉庆丙寅（1806）季夏，云梦许兆桂题于白下之西楼。

吴香倩夫人《绛蘅秋传奇》叙

万荣恩

《红楼梦》一书，言情也，记恨也。千古伤心，首推钗、黛，爱之怜之，悼之惜之。若神游于粉白黛绿间，领会夫颦儿之痴，玉儿之恨，钗儿之酸，一切有情物，皆作如是观者，后之视今[1]，一犹今之视昔，此新安女士吴香倩所以有乐府之作也。香倩为余内兄俞子遥帆之夫人，德性温和，声名贤淑，幼事椿萱，克尽孝道。其延父嗣，守母丧，抚弱弟，又能目识名流，辞富安贫，愿得贤如伯鸾者从之。以迄善事翁姑，和联上下，睦姻任卹，慈厚宽柔，已备载遥帆所述《吴孺人传》及诸名公记叙中者，余不复赘。更可称者，雅善诗歌，妙解音律，劈笺分韵，有林下风。所著有《湘灵集》，诗词杂著稿十卷，及集史鉴中凡事涉闺阃、足为劝惩者为一书，名《金闺鉴》，得二十卷。又《三生石传奇》，皆各如春在花，如水行川，议论横生，浓淡尽致，为一时所脍炙。寒岁冬暮，遥帆兄折柬相招，过柳塘书屋西轩，坐梅花树下，扫雪煮茗，论谈竟日，出《绛蘅秋》一册见示，曰："此予闺中人之近作，尚未告成，子其为细校之。"予敬置几席，按拍恬吟，其中警幻示梦，宁荣追欢，玉镜含愁，银瓶写怨，情之一往而深，皆文之相引于无尽。《哭祠》一折，缠绵蕴藉，得三百篇《蓼

[1] 今：《明清女性戏曲作品集》上册作"之"。

莪》之遗，知其所感触者微也。他如《醉侠》《呆调》，世情曲尽；《村游》《魔魇》，神采飞扬。才华则玉茗风流，妙倩则粲花月旦。此际吉光片羽，已抒佳句于多情，有时玉合珠联，再读新词以补恨。此予之深望于遥帆与夫人者也。岂意红笺犹湿，碧落云遥，离恨天中，相思地下，古今人若出一辙，命也如何？有不堪回首已矣！遥帆以奉倩之神伤，安仁之心苦，思于《珠沈》之下，续成是书以问世，得《瑛吊》数折，字字泪痕，遂搁笔不能复作，以待异日之续成焉。慷慨淋漓，声泪交迸，红霏绿碎，不是过矣。名之曰《零香集曲稿》，索予志数语于上。予曰："噫！情之所钟，正在我辈，幸而闺房倡和，雅号同心，古才人不多让焉。天乃忌其才而夺之算，犹幸其富于著作，流传于后，得追美于林亚清《芙蓉峡》诸才媛，斯亦足矣。"而予且有祝焉：夜月怀归，春风省识，焚是编以迎迓，庶几哉。美石三生，灵河一面，得如神瑛之重入太虚，相与握手话别，并商酌是书以后之情节，则其惊才绝艳，必皆有高出于人世之文章者。遥帆拟子建之才，抱宋玉之情，真所谓以奇才而号情种者也。怡红佳话，余将拭目俟之。

嘉庆丙寅暮春下浣，江宁愚弟玉卿万荣恩拜题。

序

香倩既作《三生石传奇》，复取说部《红楼梦》，就其目录，摘其关要者传其事。余见而谓之曰：“以君传神之笔，奚不自出杼机，号标意旨，更如《三生石》名目，而必于兹《红楼》加之意乎？”香倩曰：“是何为者？古人有勃勃欲发之气，借纸笔代喉舌，往往凭空结撰，以写人情之难言，观《元人百种曲》，及《玉茗堂四梦》，皆有似乎海市蜃楼，烟云起灭，何尝指其人以实之。矧兹《红楼梦》说部，作者真有一种抑郁不获已之意，若隐若跃，以道佳公子、淑女之幽怀，复出以贞静幽娴，而不失其情之正。即写人情世态，以及琐碎诸事，均能刻划摹拟，以为司家政者之炯戒。虽消遣之作，而无伤名教，小说中亹然可观者。余定其事，以传其奇，庸何伤？”余曰：“君其善为说法者乎？又所谓借他人酒杯，浇自己块垒者乎？”《哭祠》《湿帕》《埋香》及《护玉》《珠联》《词警》诸折，写怡红潇湘之怨、之愁、之言情，及蘅芜之妩媚淡远，直夺其魄，而追其魂。其大声发于水上也，则有若《演恒》《林殉》；其娇啭起于花间也，则有若《醋屈》《娇箴》；其激烈于金石而反覆于波澜也，则有若《金尽》《醉侠》《设局》《村游》，光怪陆离，婀娜刚健。觉若士有其幽而无其峭，笠翁有其趣而无其深，《鸳鸯梦》《瑶池宴》有其致而无其缠绵。即科白亦不稍懈，曲白相生，雅俗各致，依其目而不少为束缚，得以自抒其洋洋洒洒之文，洵可歌、可咏、可惊、可喜之佳制矣乎？痛乎！青翰犹湿，红粉已消，不使之卒成此编，以寄其恨，而写其情。噫！天之遇香倩其何如哉？余不忍是编之断凫续鹤，意欲照其目以成之，仅得《珠沉》《瑛吊》数折，哽咽不能成字，遂搁笔，将以俟他日之卒成焉。更未识神伤之殆复难支者，能了此一番心事否？兹先将所有者授梓，并志数言。观雪芹之钟情，曷禁泪涔涔下也。嘉庆岁次丙寅仲秋月日，遥帆俞用济识。

香倩《三生石传奇》三十六出，其写才子佳人，寄恨斟情，言画工则高东嘉《琵琶记》，言化工则王实甫《西厢》曲，至写世情反覆，有尤西堂、蒋苕生、张漱石之牢骚，而浑厚过之。填成，并偕《绛蘅秋》二十五出之未毕者，于今正寄同窗友陶希棠，顺至杭州，就正词手，尚未寄回。兹先将《绛蘅秋》付梓，其《三生石》一俟寄归，即授剞劂。

情　原

（杂扮仙童八人，持云片，用白绫上绣"龙逸""凤起""熊厉""虎战""鸾翔""凤翥""鸿惊""鹤奋"字样，合上唱）

【仙吕·点绛唇】叆叇飞旗，白云深处丹青起。门外天涯，人世红尘几？

【混江龙】向仙车遥指轻翔，缥缈并芬菲。玉金呵仰视，锦绣呵私揣，少甚么猛士飞扬加海内。更有那仙人悠远奏瑶池，青天几见乐家姿？西方更有那贤人里，凭你这无端遮盖，人世离奇。

吾等警幻宫中仙使是也。名列帝乡，职司仙驭。今夕王母邀仙子同宴，说不尽云芝瑶笋，麟脯羊珠。你看祥云一片，冉冉而来，想警幻归来也。不免上前迎接者。

【油葫芦】贝阙三千何处是？云气幻之。而覆芝房、翻玉局、凑仙骑，袖惹碧霄低，珮衬天香细。河深鹊自填，浪阔龙须俟。你看许多仙子也。（众向鬼门迎介。场上设假树一株，假山石两旁。旦扮仙子，引仙姬四人，一捧炉，一持剑，二人打羽扇上。合唱）不用那兰香捧带随，飞燕将裙旋，则见那天风遥送珮参差，一向清都紫。

（众云使与仙姬侍立，仙子唱）

【寄生草】人向云中醉，烟从天外起。（四姬绕场合唱）你看那太虚一境黄庭洗，情司几处丹房倚，金钗数直红楼靡。（指石头介）这边是空灵一点三生寄，（指树介）那边是娇羞一朵相思密。（速绕介）极目仙宫，青鸟初归。（场上潜将树石移去，小旦扮林黛玉，小生扮贾宝玉暗上，迎警幻入介。

众云使下，四姬侍立，仙子唱）瑶房流液，玉宇含滋，呵，散罢归来碧藕丝。盼天宫，恁咫尺，抵多少柏子松脂，伴广寒人独倚。

俺乃太虚幻境警幻仙子是也。脱去红尘，身离苦海，超来碧落，职掌情关。眼前之春月秋花，须臾一瞬；世上之恩山义海，关系三生。俺想情之为义，忠孝廉节，百折不回，寂寞虚无，一览而尽。情裁以义，圣哲所以为儒；情化于忘，空幻斯之谓佛。我仙人调停中立，毋过量，毋不及量。先后同揆，以此始，必以此终。（叹介）太本于虚，何由入幻？幻而能警，遂以名仙。你只看这绛珠，本系一种仙葩，被这茫茫大士、渺渺真人送来青峰埂[1]下的一块灵石头，朝夕浇培，由虚入灵，由灵入幻，竟出落得一种绝世仙姿，是好一对人呵。（瞧科）众仙姬，正好贺他二人，作一回天魔舞者。（众）领仙旨！（四姬舞介，唱）

【□□□[2]】问两人心事谁知？一个是修眉仙史，一个是修文种子。不学那胡麻魏氏，无端的劳他玉女弹丝；玉洞的桃花差是，蓝桥的琼玉堪期。（歇舞，仍向前立介）还只怕兰香下嫁，红泪参差，广寒深锁，桂府凄其。

（黛玉、宝玉点头落泪介。旦）绛儿、玉儿！看你默会斯言，情种已兆，则人世注定之离合悲欢，也须历尽也。珠儿心事若何？试说与俺听者。（小旦唱）仙师呵！

【□□□】缕缕荷丝，丝丝难杀，消受呵谁？芳心自问，

[1] 青峰埂：疑当为“青埂峰”。

[2] □：底本曲牌名原缺，下同。

痴人不在天涯？（旦）倘有差池，奈何？（小旦）我只是冷月梨花莫染泥，夜雨潇湘不画眉。（小生拭泪介。合唱）可也是了一生心意，衰柳长堤。

（旦）玉儿若何？（小生唱）

【前腔】一脉情痴，不信伯劳飞燕东西。慈悲天上，那辜负滋味相思。（旦）倘不如意，奈何？（生）我也是抱柱心期只自知，惜玉衷情不少移。（小旦哭介。众合唱）可也是拚半生孤另，不换秋期。

（众仙姬落泪介。旦叹介）两人心事，已兆悲谶。（背介）他那知金玉姻缘，前生已定。但这一对儿红豆秋思，已足千古。珠儿、玉儿，此中岂有汝缘分耶？好随我入幻来！众仙姬，回宫者！（众行。旦）

【尾声】只说道仙人宫里勾了相思，却不道珠和玉恁的跷蹊。（合唱）从今后将一座警幻宫，定要倩你个双双泪花洗。（同下）

望　姻

（老旦扮薛姨妈，副净扮丫头随上。）

【小蓬莱】谱系名门旧族，守家园教子承夫，金陵人氏，牵车经纪，旧第诗书。

老身薛门王氏，胞兄子腾，现任京营节度使，今已陞为九省统制，奉旨查边。夫主早年去世，身边一子一女，子名薛蟠，女名宝钗。家中现领内帑钱粮，采办杂货，丰富家声，也还过得。只是我那儿子呵！

【番卜算】生小欠诗书，性情多龃龉。更兼那言谈不自如，却一味频粗俗。

倒是我那女儿，生得肌骨莹润，举止娴雅，已曾识字读书，留意针凿家计。想他呵！

【□□□】〔皂罗袍〕掌上珍珠堪数。正端详举止，意态相於。艳质三春体态初，柔肠一副消闲度。〔黄莺儿〕甚家驹，叹吾门进士，却属女相如。

丫嬛！（副净）有。（老旦）请小姐出来叙话。（副净）英莲姐，夫人请小姐。（内应介）来了。（小旦扮宝钗，引贴扮英莲上。）

【前腔】日影纱窗梦午，早鸳鸯添绣，咏罢《关雎》。（见介）母亲万福。（老旦）我儿坐了。（坐介）母亲，哥哥年轻性烈，母亲逐日经理留心，不免劳碌。（老旦）幸得我儿分忧代劳，差堪慰藉。但家中近日生理，渐亦销耗，奈何？（旦）母亲呵！不羡那铜窟比陶朱，只相期萱枝争荣蔚。哥哥呵，惜居诸，把从前故辙，一例作前车。

（老旦）自你哥哥为买这英莲，以至冯家事故，迁延两载。只因一则家负虚名，人家青眼；二则囊搜泉货，曾费黄金。闻现任甚么贾雨村新到，甚觉风厉，后也不过是声势虚张。今已了此案件，但你哥哥又要到京中拜望亲友。我想你母舅已是外陞，你那姨父贾府，世代书香，规矩严肃，他怎生去得也。（旦）哥哥来时，儿与母亲一同劝止才好。但只听得母亲常言贾府，未得其详，倒要烦母亲细说一番。（老旦）我儿，你听者！

【前腔】象赞灵台佐辅，依乘时景运，龙虎吹嘘。他名焕宁、荣仗金鈇，更恩流孙子传银谱。领公孤，将军一等，郎官应列宿。

此时现在袭职者，荣府讳赦的。宁府原是讳敬的世袭，只因爱道喜静，将官让与其子贾珍。讳政的，为人更正直端方，圣上赐了他员外郎之职。荣府史太君，系讳代善的嫡妻，金陵世家史侯之女。邢夫人系贾赦的原配，生子琏。你姨母长子珠，自娶李氏，生子兰儿，便已去世。（旦急问介）则闻得衔玉而生的表弟，今当已长成了。（老旦）是呀！

【一封书】美玉附生初，自天成奇灵数。更那绝世聪明非碌碌，痴孩情性自於於。（瞧旦笑介）我儿，那和尚金玉之言，倒有些儿意思。红思结就，迷离月路，红豆姻缘，自好金夫。（旦羞，低头介。老旦）问有福儿郎，恰做得乘龙婿。

（旦）倒闻得他家人丁甚众，姊妹颇多。（老旦）是呀！

【前腔】故园花满铺，喜元春，步婕妤。迎春为庶出，待朱陈，结紫襦。那探春，家政攸宜闺范殊。惜春善画，丹青笔会舒。

【排歌】才貌兼，琏儿妇，秦氏可卿如意珠。都是镜中枝，花间雨，说不尽名门宝眷，公府娇姝。赚亲戚华都，盐政扬州林外姑。论瓜葛有东海来向王家居，更阿房难把史家住。画不尽那邢门、李氏、尤家内眷图。（合唱）端然公府，端然公府。

（老旦）我儿，一发说与你听。论宗族，自贾代儒至贾蔷、贾芸等，少甚么同门五世。论门客，自山子野至尔调、日兴辈，抵多少一食三千。论仆妇，则有若林之孝、赖兴宗家，一呼百诺。论女乐，更有若芳官儿、蕊官儿辈，一曲红绡。尤可羡者，比郑家文婢，尽自如花。更可奇者，效唐室仙姑，端推妙玉。虽近来事况萧条，到底豪华气概，固自不同也。（丑扮嬷嬷手拿账簿上）夫人，这是各处铺店呈单，呈与夫人、小姐看的。（小旦）英莲，你放在我房里，少刻细看便了。（英旦、丑同下。老旦）我儿，我看这英莲丫头，倒还是一个好孩子。（旦）是呀！看他举止端方，出言雅驯，孩儿就疑是好人家出身，谁知果是那高人甄士隐的女儿，被奸人拐来撞卖。据孩儿看，这英莲名字不吉，莫如改了罢。（老旦）孩儿你就替他改。（小旦想介）儿想他遭际坎坷，不能坏他的兰心蕙质，所谓出污泥而不染者，就叫“香菱”可好？（老旦）很是。（净涂粉面扮薛蟠，引四小厮歌舞上，唱）

【皂罗袍】自小生来粗鲁，凭着这家财万贯，要甚诗书。呼卢喝雉是吾徒，斗鸡走狗也称吾侣。青楼打采，欢欣自娱，黑甜断袖，风流倩扶，区区市井人所睹。

已到自家门首。众小厮们，安息去者。（众应下。末扮院子迎上）大爷回来了。（净）夫人、小姐在家好么？（末）好，俱在中堂坐地。（净行，末下，净见老旦、小旦介）太太好、妹子好。（小旦）哥哥回来了。（老旦）你又出去闲逛，在家也管管那些账目。（净）

【好姐姐】俺痛笑世人愚，紧巴巴盘珠碌碌，铜山香味，有命自非虚。（老旦）你那进京之事，我想来到底不妥。（净）有甚不妥？（老旦）你去不得呀！（唱）你可知宾朋聚处门难出，诗礼场中气自殊。

（净赌气介。老旦）你倒底要怎样？（净）不依我，你就让我以后总不归家。（老旦亦气坐介。小旦看，叹介，背介）

这等淘气，怎么了？也罢。（转介）母亲呀！

【驻马听】建业名区，佳水佳山人物处；访亲问故，心怡心写乐情舒。况哥哥，与他出外历练历练才好。少甚么牵车服贾楚和吴，更可学访友寻师邹共鲁。若说房屋，更自容易，想姨母那里恁年来寄信捎书，又何妨同门共户？

（老旦）也罢，据你妹子说来，倒也不错。我与你姨母数年不会，若大家厮守一处儿，这还使得。（净）只要进京，住处我到不拣。（老旦）这等可料理人夫，择日起行便了。（小旦）母亲，我们看账目去。（老旦）是呀！（同下，净向老旦后作鬼脸介）我这母亲老而多昏，不亏我这个伶牙俐舌的妹子，咱毕竟要淘气，顽[1]得总不燥脾，我那妹子实在好呢。

【尾声】好笑俺男儿做事不如女，似我这般妹子小小合姓苏。则问我，这东坡兄只会啖东坡肉。

护　玉

（副末将军公服扮贾赦上）

【谒金门】呜珂报，银桀金吾天晓。（正生冠带上）兰署金梯山泽表，属曹司，开省道。

（副）下官贾赦，字恩侯，系功臣荣公长孙，蒙恩袭一等将军之职。（生）下官贾政，字存周，勋臣荣公次孙，蒙恩现任工部员外郎。大兄！（副）二弟！（对坐介，杂扮二管家捧茶各送介，接杯侍立介。生）大兄，想祖父功高创业，

[1] 顽：通“玩”，下同。

我等世受天恩，今当太平之年，只好勤劳效职，以作治世良臣。（副）正要如此，想俺弟兄二人，职分不轻也。愚兄呵！

【节节高】勾阵耀侍卫龙镳，列缇骑骁勇号，安宁缴道培牙爪！（生）想弟呵！金炉爇，兰署扫，馨香绕。秋波白鹭多孤皎，先人风范成式肇。（副）想女史贤孝才多，选入宫庭，真个荣耀也。平明陪侍至尊朝，修容贤淑承阴教。

（内打云梆，叫介）太夫人上堂。（副、生）话犹未了，母亲太君早出来也。不免唤媳妇们前去请安。正是：朝中仕进称前辈，堂上慈亲唤小名。（同下。管家随下。老旦扮贾母，小旦扮鸳鸯，丑扮嬷嬷随上。老旦）家声门第旧公侯，箕帚亲操几度秋。嗣响徽音荣八座，尝呼儿辈说[1]前猷。老身贾门史氏，蒙恩诰封太君，门第巍峨，儿孙兰桂。更喜次孙宝玉，衔玉而生，生有奇瑞。想当继响书声，克绳祖武，因此珍爱过于寻常。想那年周龄时呵！

【皂罗袍】犹记灵禽飞绕，听啼声英物，紫色胎胞。明珠初授异光高，席金铺处神明耀。那时摆列许多物件，与他抓周。诗书典籍，卷轴尽饶。韬钤符印，兵机不少。一任他领略聪明窍。那日呵！

【太师引】则见他笑拈着情偏好，喜孜孜摩弄含嘲。左手儿胭脂精巧，右手儿金粉和调。风流情致偏宜小，知他便是蕴藉根苗。那时他父亲便不欢喜，以为将来酒色之徒，老身那里信他，仍是一样珍惜。传声早，兴宗可号，喜得个笑弄含饴，王鉴丰表。

[1] 说:《明清女性戏曲作品集》上册作“语”。

今已十来岁了。虽然淘气异常，说不尽他慧悟聪明，直当得凤彩之夸，龙文之譬。风姿性格，直可称潘安般貌，宋玉般情。鸳鸯！（旦）有。宝玉那里？（小旦）才见在碧纱橱内，同姐妹们一处顽耍，尚未梳洗停当。（老旦）你传我话去，叫丫嬛们好生调停，休要怄他，早些到老爷们处请安去。（旦）是。（下。末扮贾赦，正旦扮邢夫人，同上。末）惊心咸盥漱，（正旦）洗手作羹汤。（同拜介）母亲万福。（老旦）罢了，坐下。（末、正旦告坐，坐介。同唱）

【东瓯令】朝凝霭，瑞色绕，春满华堂和气调。（老旦）你们歇息去。（末、正旦）儿、媳告退。（下。老旦唱）看承家长子威仪好，是一等将军表。（正生贾政、正旦王夫人，同上。生）芝兰欣并茂，（旦）花柳祝长春。（拜介）母亲万福！（老旦）罢了，坐下。（告坐，坐介。同唱）门楣富贵拟春骄，同庆这骨肉乐情饶。

（老旦）你们不消伺候，消停消停去。（生、正旦）儿、媳告退。（下。老旦）

【锦堂月】甘旨朝朝，喜芝兰玉树标，这少子心怜更到。（贴扮王熙凤，副扮贾琏、正旦扮李纨，携小生扮贾兰、副净扮赵姨妈，携丑扮贾环同上。拜介）老太太万福！（老旦）罢了！（两旁侍立。合唱）玉树春苗，做得个点颔郭老，看不足的孙子儿曹，说不尽这尊卑大小。（老旦）你们退去。（众告退，同下。老旦）方才是长孙琏儿、三孙环儿，孙媳凤姐、李氏，重孙兰儿。怎不见宝玉？想又在那里淘气了。（小生华服带玉上）纱窗晓，为惜花春起，春起年光遍了。

（见介）请祖母安。（老旦笑介）宝玉，今日迟了。（生）

起的原早的，替他们淘了半晌胭脂膏儿，叫他们搽，他们都笑着不肯，可不呕人么？（老旦）我久知你那些小丫头们不中你使，我身边的丫嬛，除鸳鸯替心外，惟有那珍珠儿倒觉心地纯良，给你可好？（生）可是那姓花的么？（老旦）正是。（生）很好。（老旦）珍珠那里？（小旦扮珍珠上）存心常带三分好，为主生成一味痴。太夫人呼唤，有何吩咐？（老旦）不为别的，只为宝玉身边，无可人伏侍，今派你照应他，你可愿意？（生）珍珠姐姐，携带小生罢。（旦）太夫人钧旨，小奴焉敢违？（老旦）如此极好。（生）姐姐，尊姓？（旦）姓花。（生向老旦笑介）祖母在上，孙儿有句话？（老旦）说来。（生）尝见古人的诗，有"花气袭人知昼暖"之句，他既姓花，叫"袭人"便恰好。（老旦笑介）便叫"袭人"好。（嬷嬷丑）请太夫人回房。（老旦行介，生揖介）孙儿拜送祖母。（老旦）罢了！非关溺爱由孙子，不愧慈怀作上人。（带嬷嬷下。生揖旦介）早晚费姐姐心承看，有劳了。（旦笑介）好说。（三贴扮晴雯、秋纹、麝月上）奴晴雯，这是妹妹秋纹、麝月。（见旦介）姐姐好。（旦）三位妹妹好。（晴贴）知姐姐分派与宝二爷，我们一处儿好。（旦）可知好呢。（生喜介）小生幸也。（四人旁立）

【芙蓉花】休说那白玉销金人偕老，且记取这年幼相逢早。姐姐们幸也。问何似共侍娘行，衾枕也含酸抱。想他姐妹呵！是那些春草朝云，冷影子未了的千般好。（合唱）红线轻挑，护衣裳刚把炉烟袅。

（旦笑介）奴既伏侍了你，你只管呼唤奴。（生）

【下山虎】便做得珠围翠绕，敢则认杨柳樱桃，名字怎轻叫，殷勤量细腰。（众笑介）这等小心儿倒好笑的。（生唱）猛愁思，石上三生，且落得眼前一笑。（叹介）只恨少官人福分高，甚风波不应他心料。（四贴）则愿似损犀帘血泪浇，（生）则愿似鹦鹉笼中罩。（合）则愿似袖裳漫抛，真个的人似昆仑不少摇。

（生看四旦，向小旦指口上介）好新姐姐，将这胭脂赏我吃罢。（旦羞不肯介。生搂抢吃介。旦怒介。晴贴）这算做见面礼么！（秋、麝向小旦）这是宝二爷爱红症候儿。（旦）怎么得了这个毛病！（生又望晴贴介。晴贴）难道又想一个。（生笑介）不敢。（晴）我倒是辣子，要吃，请！（拏嘴向生介。生搂抢吃介。生得意熟视科。众合）

【玉交枝】洛阳年少，一味的朱唇爱调，恰偏宜歪侧乌纱帽。水流自为花魂吊，蜂狂又易惹胭脂恼，女儿花红情动摇。（三贴向旦介）若非为痴男舌劳，不一向玉颜污了。

（旦）还听见有什么泥水之说，可是有的？（生）是呀，男子是泥做的，女儿是水做的，你们来评评，可是不是？（四旦）怎见得？（生）哪！

【丑奴儿近】如花美号，谁许凡夫移掉？看满眼春绡，为问那异红潮。（合唱）痴子怜人，凑成来巧，都团做双心一窍。（生）万般情倒，要细拢做一般儿到。（同下）

哭祠

（贴淡妆扮林黛玉上）

【传言玉女】半晌东风，说与帘钩珍重。则只怕绉裙断

送，云烟月洞。病婵娟广寒旧梦。（小旦扮丫嬛上）近侍芙蓉，薰香陪从。（贴）

〔减字木兰花〕春心无那，妆成只是薰香坐。梦转扬州，桐树心孤易感秋。梨花影上，闲窥夜月销金帐。清景徘徊，行即裙裾扫落梅。奴家林黛玉，本贯姑苏人也。父亲官拜御史巡盐，母亲宜人系出贾氏。奴家长自维扬，年未及笄。只是早背萱枝，更少棣萼。爱比掌珠，幸作中郎之女；（腼腆介）年轻弄玉，漫云萧史之家。几回作意处，叫人人说艳如桃李，凛若冰霜；未足寄情时，也忽忽听春去如何，花开多少。但有时瘦损恹恹，不料人奇于病；春愁黯黯，若将命薄于霜。今日春困无聊，梳妆已毕，不免早到父亲居处，问安一番。丫嬛！随我到老爷处去！（小旦）禀小姐，老爷今早坐衙已毕，拜客未回。（贴）则到书房去。（小旦）雨村师老爷，与老爷一同去了。（贴）则好消停一会也。（贴坐介。桌上设香炉，贴添香侍立介。贴唱）

【步步矫】柏子香融，嬝晴空，薰得游丝重，凭尔诉轻风。（手托腮，望介。贴虚下）近十里平山，眉峰一弄，秋远画难工。怎与俺深闺蹙损名儿共?。

（旦上送茶。贴）丫嬛，今日先生不在，可将文房四宝、经籍诗篇取来，待我讽诵摩写者。（小旦）是。（取书及笔砚放桌上介。贴翻书介）这是《四子书》。你看上论，首章言学，第二章言孝弟，非孝弟无以成学，"学"字已包括伦常，而有子举孝弟，言似夫子，信哉。（又翻看介）这是《孟子》，首章即云"未有仁而遗亲"，孔子传之孟轲，水精比玉，温润差称，其以此夫。可笑那些乳娘奴婢辈，常见奴家吟风弄月，便说小姐不过读了《四书》，何以如许博雅？不知经术既明，雕虫之技，直绪余耳。只是才说四子书，首称孝弟，奴想奴即女孩，亦在鸡鸣盥漱之列，萱亲早背，伤也如何？

【江儿水】邹鲁鸿章共，水精与玉同。则有那麒麟系处关心重，机梭断处贤郎恐。更有那柴门客到儿心痛，单薄芦花忍冻。咳！你看孔、孟圣贤，尚须慈训，闵、曾纯孝，不论后先。想我女孩家无母可训，无母可依，真个伤感人呵！（搁书介）命也何如？一片孤情沙拥。

（又翻看介）这是王摩诘、杜拾遗、李青莲辈诗稿，字字琳琅，行行珠玉，不免手录，积成卷轴，以便吟哦。（写介）

【前腔】（原缺）

咳！（起立介）此字是母亲尊讳呀！虽说临文，竟难把笔，这便怎么好？也罢，敬缺其半，以为两全。想母亲呵！

便做得卢陵画荻楷模奉，只落得风雨萱花笔冢。（收拾书介）收拾书筒，去看灵幡风动。

丫嬛，前边是夫人灵前，可去重上香烟，待俺拜奠者。（小旦）是。（下。贴行唱）

【懒画眉】娘呵，你看这苔绿遍浸阶空，清署闲斋淡漾风。（场上旁设桌，上摆香炉烛台，小旦虚上，烧香介。贴）罗帏惯入思亲梦，焚香供食把慈亲奉，一滴浇来一点红。

（作到介。伏桌介。哭介）娘呵，怎去得恁快也。

【前腔】夫人福命付东风，膝下无儿女送终。金钗奁匣把爹行痛。则见他长开泪眼千行涌，说是报答你愁肠一段穷。

娘呵，撇得女孩儿苦也！

【金落索】兰闺冷落中，萱室凄风悚。当日呵，母女日相从，叫娘亲嗔喜无轻重。心坎儿婉转随阿侬，还则怕风剪芙蓉小命空。听朝慵,春睡时时纵。又期望针线苹蘩色色工。常相共，偶然不见便寻踪。记得娇也由侬，哄也由侬，两依依共说修雏凤。

（大哭介）想而今呵，

【九回肠】剩得个女娇娃临风感恸，病佳人对月疏慵。更堪那栖鸦傍母，晚来清呖。纵便是俺性情聪慧人知重，怎禁得梨花夜雨五更梦，烟景扬州三月红。嗳！无限欲言，从何而诉？（低唱介）问苍穹，这一朵女儿花知谁受用？眼见这桐花凤占了疏桐。看堂前椿树秋声耸，怎抵得庭畔萱枝春意浓。只合在香闺里梦魂中，一任他风雨送花丛。

（哭倒介。外冠带扮林如海、副净扮贾雨村领二管家上。外）到门不敢题凡鸟，（副净）看竹何须问主人。（外）闻小女祠内哭亡过荆人，不免去解慰一番。（副净）正是。女学生年轻,不可过恸。（外）那系别室,先生同行。（副净）是。（作到介）呀呀！女儿哭晕了！（副净）女学生怎么恁样？（外）丫嬛！（小旦扮二丫嬛上。外）快扶起小姐来！（扶贴叫小姐介。贴醒介，扶起介）呀呀！爹爹、先生万福，孩儿学生有失迎接。（外）我儿，礼由情生，情以礼制，我儿以后，不须过哀。（副净）女学生，贵体孱弱，切休如此。（贴）是。（外）先生请坐。（副净）有坐。（外）我儿坐了。（贴）是。（小旦送茶介。外）我儿，我正有话向你说。自你母亲去世，你外祖母常时挂心，已来接过数次。我意欲择日着你去。（贴）爹爹，念母亲早逝，爹爹笃于伉俪，身边无人，孩儿怎生抛得爹爹远去？（副净）这是孝意。（外）我儿呵！

【江儿拨棹】看你一自把慈帏迴，内庭空，教你触类思亲珠泪涌。此去外祖母处，可以少解闷怀，况你外祖母思念綦切！弥甥念切扬州梦，至戚心随建业钟，此去好两相郑重。

（贴）爹爹呵！

【腊梅花】愁心一片复无穷，云山千里离人共。（外）不须如此。（副净）女学生可免愁闷。（贴）看斑斑星鬓封，更茫茫宦海从，中郎有女还抛送。

（副净）大人，小姐所言，颇有道理。（外）先生。（副净）大人。（外）我儿。（贴）爹爹。（外）我儿此去，有三便焉：一免我内顾之忧；二副我勤王之志；三者雨村先生复员之谋，未有门路，今恰好我儿到你舅舅处去，我写书奉托雨村之事，你舅舅是必在意者；且与你一同伴去，岂非三便？（副净打恭介）如此，多谢大人。女学生，自古道恭敬不如从命，还是去的是。（外）我儿去哟。（贴）爹爹再三晓谕，孩儿不孝，只得从命了。（外）闻你外祖母家不日差人来接，我儿好生打点者。（副净）多谢大人，晚生告退。（外）老夫相送出去。（副净）大人请。（外）请。（同下。贴）嗳，去则去，只是怎生撇得也！

【尾声】从今后离怀拥，才向灵床把亲娘诵，怎舍得爹行，又做了万里无儿的白发翁！（哭下）

珠　联

（贴扮王熙凤、贴扮平儿随上）

【黄钟·醉花阴】眼见男儿何足数，一种聪明天赋。见嫉入门初，绕翠围珠，也有蛾眉自负。心辣口还谀，掩袖工夫，收不尽瓶儿醋。

奴家王氏，小字熙凤，系现任京营节度使之嫡女，嫁与荣府候补世袭现捐同知琏二爷为元配娘子。富贵场中，绮罗队里。而且奴家惊鸿翩婉，不数洛水神仙；飞燕轻盈，差比昭阳姊妹。虽无惊人才调，愧簪花赋茗之词；却有绝世聪明，擅狐媚鸮张之技。拚得一杯浊酒，卿家尝唤奈何；轻持三寸刚刀，我见从无怜惜。来此数年，只生一女。人说驷马五枝，须是心田福地；奴说铜山金窟，胜他玉果犀钱。为此将公项使支，权做私门子母。几年攒积，何只上万万千千；一任人谈，不管他三三四四。（指贴介）这是身边心腹丫嬛名唤平儿的，绣口锦心，伶牙俐齿。代作胭脂虎，巡逻不愧小旋风；帮成娘子军，权柄人推小主妇。这都不在话下。才从祖母那边来，恰遇扬州林妹妹初到，论他那样缥致，竟描写不出也。平儿，你曾见过么？（贴）才见来。（合唱）

【喜迁莺】拟苕华铭玉，尽依稀月满云舒，嫦娥洞窟。（贴）一旦举止端庄，言谈风趣。（王贴）可是呢！（合唱）更堪那霍家修态正相於，翾翩度，则埋着聪明。风前柳絮，真是个不栉的相如。

（王贴）刚才一进来时，多少家人拥簇，正欲下拜，早被祖母抱住，心肝肉儿，哭个不了。后与两位太太，三位姑娘，都见过了。奴那时正放月钱，在后楼上取绸缎，知林妹妹是老太太心坎上的人，连走不迭，与他见过。不免假惺惺了半晌，急泪也用了几点儿。好笑老太太指着奴向他说道："这是有名的一个泼辣货，南京叫作辣子。"（作得意介）不敢，区区便是。后又着太太带了见大老爷去，又吩咐三位姑娘来陪远客，真是上上下下，如到了天仙一般。平儿，以后却要慇勤儿照应他。（平贴笑介）我的奶奶只会锦上添花，丫嬛却学不来。（王贴）痴丫头，你那里知道哟！

【出队子】炎凉世路，锦添花尽让奴。况是他负才华，可待隔纱幮，逞聪明不让写笺书。多半是难惹的冤家须防御。

（平贴）才老太太叫替林姑娘配人参养荣丸，太太叫取尺头与裁衣服，奶奶也该取去了。（王贴）是呢，还要送花帐、锦被、缎褥去呢。（内）老太太说，好生伏侍林姑娘过去。（杂扮老嬷嬷、丫嬛应）晓得。（王贴）话犹未了，你看林姑娘过来也。（向平贴）我们取东西去。（同下。内用车，贴扮林黛玉，坐内，老嬷嬷推车，二丫嬛扶车上。贴唱）

【刮地风】上了这络网朱丝油壁车，壮荣堂无限华居。（合唱）恰才过西仪门宽厂多回曲，度廊房辉碧金朱，说不尽八桂三株。（下车介。二嬷嬷推车下。二丫嬛）林姑娘，这里来。（行，贴看指介，唱）你看那悬御宝"荣禧"字句，对珠玑烟霞展布。过东房光彩的猩蟒云铺，左右列金炉设玉壶。（丫嬛捧茶上）姑娘，请炕上坐，用茶。（贴）椅儿上好。（坐介）更瓶花茗琬星敷，插珊瑚七尺余，公侯府，抵多少富贵门楣金玉图。

（用茶介，丫嬛虚下。贴）嗳！记得三岁时，那和尚之言，不见外亲，不闻哭声方好。奴看这里虽然富贵，倒也觉得平常。好笑那僧说不要哭声，想在此处，除是思亲以外，有何寄泪处也。

【四门子】昨夜个梦亲闱回首扬州暮，甚心儿留意嬉娱。

虽是外祖母疼热，到底自觉孤凄。梦魂儿煮，幽意儿独，知他茂陵何处哭相如？梦魂儿煮，幽意儿独，侬可觅谁何悲诉？

（正旦扮王夫人领丫嬛上）甥女那里？（贴）甥女等候多时，拜见舅舅。（正旦、贴各坐介。正旦）你舅舅今日斋戒去了，再见罢。（贴）是。（正旦）只是有一句话儿向你说。（贴）是。（正旦）我有一个孽根，是家里的混世魔王，生得顽劣异常，最喜内帏厮混。姊妹们不理他时还可，若和他多说了一两句，他便心上一喜，生出毛病千般。一时蜜语甜言，一时有天无日，疯疯傻傻。你以后休要信他。（贴）可就是那衔玉而生的么？（正旦）就是他。（贴）舅母放心，甥女知道。（正旦）你听这声音，好似他自庙里还愿回也。甥女，我与你在老太太处用晚膳来。（贴）是。（正旦）生成不肖乖张性，（贴）多半无知惫懒形。（同下。生带玉浓妆上）〔西江月〕燕子勤飞绣户，画帘尽锁斜阳。春风吹梦到兰房，芳草对人惆怅。杨柳挂愁百尺，杜鹃啼泪千行。晚来特地倚纱窗，为问胭脂无恙。小生宝玉，适从庙中拜佛归来。闻扬州林妹妹到此，前又说薛姨母要一同表兄、表姐前来，端的热闹也。只是佳人难得，未知林、薛二人生得如何，不免去相见者。你看祖母与众姐妹出来也。（老旦扮贾母，贴扮林黛玉、探春，旦扮迎春，正旦扮惜春，领二丫嬛上。老旦）我儿，这里来。（正旦、旦、贴）姐姐，请。（林贴）请。（生旁立，生上前揖老旦介）请祖母安。（向正旦、旦、探贴揖）姐妹们好。（众）兄弟好。（贴探）二哥好。（老旦笑介）还不过去见你林妹妹？（生、旦相见，各惊介。生）呀！妹妹拜揖。（贴）呀，哥哥万福！（生）妹妹，我曾见过的。（老旦笑介）怎么说？（生唱）

【古水仙子】是何日下云车？蓦忽的珊珊虚声儿落珮琚。那些儿容貌衣裾，云想花还悟。是这般微娇喘，是这般映泪珠。感感的犹自难舒，两靥儿似衡来更不自如。好似远别重逢一般，总想不起呵。昏善的照人儿向心头叙，俨然间又一地模糊。

（老旦）若如此，更觉相睦了。（贴背唱）

【者刺古】问因由难自诬，非实非虚；觅根苗舌暗吐，今吾故吾。（作斜瞥生介）看他面如秋月，色若春花。似中秋月再补，似晓春花又铺，却一半分明露微云淡无。

（生）妹妹尊名是极好的,表字呢？（贴）无字。（生笑介）我送妹妹一字，莫若“颦颦”。（贴、正旦、小旦笑介）你看又杜撰了。（生）哪哪！

【神仗儿草】看眉尖湾曲曲，石黛画眉朊，则见那好好真真儿，真羞得无门户。

（生）妹妹，有玉没有？（贴笑介）这希罕物，那得等闲有的？（生怒介）什么希罕物？这样神仙都没有，高下不识，还说灵呢？我不要这劳什子！（摔玉介，老旦惊急介）何苦摔这命根子？（众慌，拾介，劝介，贴泪介）今儿才到，怎就惹出他的病儿来哟？（老旦）这妹妹原是有的，只因殉葬姑母，他说没有，也是不便夸张。（生）这就有灵了。（众替带玉介。丑扮丫嬛问介）林姑娘在那里安歇？（老旦）碧纱幮里。（丑）宝二爷。（老旦想介。生）老祖宗，我就在碧纱幮外罢。（老旦）如此好好，不要闹你妹妹，我向套间暖阁里去也。孙女们散罢。（老旦领众下。生）妹妹，请向碧纱幮去。（贴）请。（生看贴介）

【节节高】笼烟遗绪，含情如语，多娇似慕，恰便似梨花春雨。（合唱）则愿得，中表儿尝相慕，怎当初隔花人江天云树。

（旦扮袭人、贴扮鹦哥上）二爷睡罢，让鹦哥好伏侍姑娘安寝。（生向林贴介）如此失陪了。（作回顾下。小旦）我看姑娘颇有伤心之态，大约是为摔玉行状，以后休要理他。（林贴）姐姐们说得是。（小旦）如此，请安寝罢。（下。贴唱）

【尾声】今日个无端逗出赏心遇，怎禁他行径伤心心自虚，猜不出这花有根由他共奴。（同下）

幻　现

（旦扮警幻上）俺放春山遣香洞太虚幻境警幻仙姑是也。司人间之风情月债，掌尘世之女怨男痴。今因绛珠仙子，暂谪人间，近居荣府，前者痴梦钟情，引愁度恨，诸仙欲与绛珠一同游玩，不免到荣府携他来者。

【西江月】离恨青天皎皎，灌愁碧海迢迢。霞红水碧卧仙桥，一片尘寰了了。（下。外、末扮宁、荣二公引两侍卫上。唱）名列麟台日耀，功成凤阙风遥。依来日月末光高，雨露沾濡不少。

（外）俺宁国公是也。（末）俺荣国公是也。吾家自朝廷定鼎以来，功推汗马，成佐辅于兴王，身近乘龙，得恩膏于列土。功名奕世，富贵流传。俺兄弟二人在天之灵，时时呵护以保社稷万年，与同休戚。今自太庙侍班而回，不免归第者。（末）兄呵，你看那位仙姑冉冉而来，好似警幻仙子。左右，

与我迎接者！（侍领命，二侍位下。旦唱上）

【桂枝香】碧宇香消，朱门路杳。（外、末上前见介）警幻仙姑请了。（旦）宁、荣二公请了。（外）仙姑何往？（旦）便是到二公第上去。（末）不揣寒门，有辱仙趾，未知光降，缘何事故？（旦）二公还不知宝第有仙人谪住么？（外、末共点头介）莫不是绛珠么？（旦）是也。（外、末）说起绛珠，不免提起俺那些儿孙也。（旦）为何？（外、末合）无才的士心气隳颓，有灵的心思乖傲。（外）仙姑，吾家后事，不堪回首，惟孙宝玉，略可望成。无奈禀性乖张，用情怪僻。怎得仙姑法力，警幻一番也。（末）恳烦仙姑一行者。（合唱）望霓裳一到，望霓裳一到，杨枝清晓。（旦）既如此，二公请行，俺须索一来也。（外、末）如此引道，在家拱候了。（下。场上设两桌，桌摆摆式妆台，上首设床帐。旦）漫踌躇浊玉是顽曹，磨琢功夫好。你看已到宁府，宝玉与可卿早已来也。（下）

（小旦扮秦可卿叫上）这里来呀！（小旦扮袭人、丑扮李嬷嬷扶生上。小旦）嫩寒锁梦因春冷，（袭人、嬷嬷）芳气薰人是酒香。（小旦问宝玉）这里可好吗？（丑指生介）这是你蓉侄媳妇房里。（生）这画的是甚么？（小旦）是海棠春睡。（小旦理床唱）

【前腔】凤鞋双好，鸳衾频倒。（生）黑甜香解识春风，睡海棠梦魂轻嫋。（小旦、丑代生脱外衣扶入帐睡介。小旦）我们向会芳园与老太太陪话者。（同下。旦唱上）看红尘，春梦频撩倒，华胥路正遥。（向帐内叫）宝玉随我来也。（生帐内唱起出）

【北新水令】俺则向碧桃花下寻来杳。（起来向旦揖介）却在这彩云间飞尘不到。神仙姐姐，那边去？（旦唱）放春山人儿那少，遣香洞坊儿那高？（同行合唱）蹋遍青霄，则便是风孽儿，也会上仙人岛。

（旦）宝玉。你可看见什么？（生）这是配殿呀，匾额呀。（旦）你试念来。（生）春感司，秋悲司。（旦）那边呢？（生）朝啼司，暮哭司。（旦）这边呢？（生）薄命司。哎呀！怎下得“薄命”二字？仙子，倒要领教。（旦）痴儿随我来！（场上设桌二，设册子三套，二椅一上一横。生、旦坐介。生）这是什么东西？（旦）你可看来。（生念介）金陵十二又副钗：枉自温柔和顺，空云似桂如兰。堪笑优伶有福，谁知公子无缘。无缘，那怎么解？（旦）不必看他。（又取看介）金陵十二副钗：根并荷花一茎香，平生遭际实堪伤。自从两地生孤木，致使香魂返故乡。香魂，那又怎么解？（旦）痴儿不解，则俺与你高处看者！（场上设桌，桌上垛椅二张。旦正坐，生旁坐介）

【南步步娇】旷举头极目好登高，致教五色云光绕。（小旦扮美人跑上，杂扮恶狼追扑上，绕场下。生、旦合）中山狼子哮，为甚儿恁猖狂，心性暴。（场设假山石，写“冰山”二字。杂扮凤凰舞上，立在假山边舞一回，下，生、旦合）看着这五彩灵苞，怎不向那丹山，却一晌冰山靠。

（杂扮二人上）这风筝吹落海也[1]。（旦扮一女子持篙掩面介）苦也！苦也！（绕场分下。生、旦合唱）

[1] 也：《明清女性戏曲作品集》上册作“地”。

【北桂枝令】清明涕泣江边闹，白滚滚海水波涛，千里东风，纸鸢飘渺。（场上左设一桌，右设一张椅，椅上挂一匾，上写“古庙”。二旦暗分上，一在桌上，持白汗巾，作缢状，一在椅上看经，持木鱼敲，念阿弥陀佛。生）神仙姐姐，待俺去救他则个。（旦随下。生指左介）这边是三尺鲛绡，马嵬古道。（指右介）这边是清灯古佛人初老，绣户侯门路正遥。（二旦分下。生）呀！怎么不见了。（旦）痴儿随我来。你看一围玉带，一股金钗，落在雪里，好不冷也。（生唱）抵多少停机德杳，咏絮才飘。（旦）那边香橼挂在弓儿上也，美玉落在污泥中也。（生）俺则见虎兔边是非梦觉，淖泥中金玉光摇。（旦）你看那几缕飞云，一湾逝水，更觉凄凉也。（生）

【南江儿水】湘水流何急，江云飞不牢，吊满眼斜晖依白蓼。（场上设一大盆兰花。旦扮凤冠霞帔暗立傍左一桌，一旦扮贫家女在旁纺绩。生、旦合唱）休悲家落青蚨耗，莫羡兰芳紫凤娆，想去总归毦毵。桃李春骄，却不道村妇思人难料。

（二旦暗下，宝玉拭泪介，旦点头介）宝玉，你可省悟么？（生点头介。旦）不免将新制《红楼梦》十二曲，一发歌来，叫他彻悟，侍儿那里？（正旦、小旦、老旦、贴旦扮短妆仙姬上。旦）你们可将《开辟鸿蒙》一阕歌舞者，我与宝儿吹弹也。（旦坐敲板，生坐打云锣，四旦舞介。合唱）

【北雁儿落得胜令】一个是效齐眉回头金玉抛，一个是有奇缘心事终虚闹，一个是望家乡芳魂一点焦，一个是路三千只把爹娘叫。更有散高唐的英豪，少甚叹王孙的才调。纵然西土婆娑杪，怎禁他虎狼遭，逃不出机关窍。分明是春尽香尘少。心高，更有那积阴骘的亲娘好。堪嘲，也难保惨黄昏一路遥。

（四女舞毕，生作倦态，四姬向旦）仙姑！你看这浊物毫无悟境，空费我等一回舞也。（旦）宝玉，你悟了罢？（生）只是伤心便了。（旦）你且来，我与你一个去处。（携生手行。场上仍设前床桌，小旦秦可卿暗上，坐桌边。旦唱）

【南侥侥令】我与你一点朦胧月下箫，也得向仙闺频醉倒。（一手拉秦，一手拉宝介）抵多少素女香山，宓妃兰沼。（合唱）占尽了绿窗风月可怜宵，则待向绣阁烟霞一顿饱。（二人入帐介）却休得向迷津没处问撑篙。

（杂扮二夜叉二海鬼，持叉，自帐中放出烟火，叉鬼从帐中舞出。旦从帐内暗下。叉鬼绕场舞一回，下。生在帐中叫）可卿救我，救我呀！（袭人、嬷嬷急上）不好了，宝二爷梦魇了。（嬷嬷笑上）怎么梦中叫起侄媳妇来？（扶起介）宝玉休怕，我们在此！（生）苦也！苦也！

【北清江引】恁朦胧红染珍珠袄，买得千金笑。哎呀，则今日蹺蹊也，双佩小红桥，独步残青草，几乎不把玉人儿断送了。（同下）

巧　缘

（小旦淡妆扮薛宝钗，贴扮莺儿，捧针线随上。旦）

【南泣颜回】人淡朔风天，冷落纤尘有限。深闺无语，冰心依旧年年。梅花数点总堪怜，人自春风面。闭芦灰夜半回旋，守的个东君不远。

奴家宝钗，前与母亲、哥哥同来京邸，多蒙贾府姨母再四款留，便住了这梨香院。前日偶染微恙，未曾出门。今日觉得少痊，不免作些针黹则个。（贴送针线放几上，旦唱）

【步步娇】恰才个开箱懒把时妆选，将就眉儿浅。笺简慢流连，点点涂鸦，只博得人消遣。（指针黹介）鸾凤绣翩翩，日影圆，休失了光阴箭。

（做针线介。贴旁看介。生带玉上）不待三分酒，浓于二月花。钟情原我辈，都付可儿家。小生因宝姐姐在家养病，特来亲候一番。才已会着姨妈，说姐姐那里和暖，叫我自去瞧他，姨妈收拾便来。你看这红绸软帘内，便是姐姐卧房，不免窥看一回。（作瞧科）呀，你看宝姐姐打扮得雅致呵！

【香遍满】鬟[1]儿鬅，斜挽着金钗淡翠钿。下边是葱黄裙衬金莲浅，上边是瑰紫披笼玉笋纤，袄绫芳色显。不是艳阳天，忽蓦的春花藓。

你看这一副俊庞儿，又另具一种风流妩媚也。

【前腔】杏林春艳，早瞥见桃花朵朵妍。唇硃不藉胭脂溅，眉翠也何须石黛研，桃腮儿腼腆。（内贴）这一朵朵绣得好也。（生）频将针线穿，则绣出荷花片。

（进介）呀，姐姐大愈了。（旦起身让坐）多承记念。莺儿，倒茶来。（同坐介。贴送茶介。旦看生玉，不语，生看旦介。旦）成日说你的玉，究竟未曾赏鉴。（生）如此，待兄弟取下。（摘玉递玉介。旦看介。唱）

【江儿水】君子温如验，方流质自坚。这不是佳人绣段

[1] 鬟:《明清女性戏曲作品集》上册作“鬓”。

贻香遍，这不是温家玉镜人间羡。这是刻璜钓向幡溪现，化出流虹天眷。绾系朱丝，赛过清泉仙见。

（念介）莫失莫忘，仙寿恒昌。（贴）好奇呵，竟与俺姑娘项圈上的是一对儿。（旦）你不接杯儿，在这里发呆作什么？（贴笑接杯虚下，生笑介）原来姐姐金项圈上也有字。（旦）你休信这丫头混话。（生）好姐姐，你怎么瞧我的呢？（旦）也是个人给了两句吉利话儿。（向衣内取出项圈与生介。生念介）不离不弃，芳龄永继。是好金锁也呵。

【前腔】品向华山炼，精灵秦世悬。做得个奇光阳迈征香见，做得个神光照社人通显。（背介）想小生与这金锁呵！怎做得收来银钥交亲宛，利断双心共展。好个芳龄永继！不羡那寿祝安陵，公主贻来缱绻。

（各递还介，生嗅介）姐姐，这燻的是什么香？（旦）没有什么香呀？（生唱）

【二犯香罗带】罗囊金凤仙，垂帘不卷，露滴蔷薇不计年。（旦）奴最不喜薰香。（生）怎知你香溪竟不借龙涎，也笑蘅芜空幻意可怜。恰瑶英肌肉是天然，愧杀个太真飞燕。（旦）是了，是早间用了冷香丸的。（生）抵多少同昌辟向霜天，恰人在招魂树边。

（贴扮黛玉上唱）

【忒忒令】看霙花风絮云天，料访戴人儿乘便。叹飘零自咽，一带寻踪遍。因此上移莲步，过风檐，罩红毡，遮素面，到了梨香院。

（贴扮莺儿上）林姑娘，请进去坐。（林）晓得。（莺贴向旦）林姑娘到。（旦）请进来。（贴相见介）嗳哟！今日来得不巧呀！（旦）这怎么讲？（生）真要请教。（贴笑介）我不来，你或不来，你既来，我竟也来；今儿他来，明儿我来，岂不天天有来？今日都来。（指生介）却不是教他来同不来么？（生、旦）呵，是这个意思。（贴）难道不是么？（生）我看妹妹罩着个羽缎褂儿，下雪了么？（莺贴）下了半日了。（贴）呀，难道你还不晓得么？专心呀！

【步蟾宫】香闺坐处真迷恋，尽六出纷纷，难分睇盼。果阳春酬和恁缠绵，一任梁园飞霰。

（旦、生）妹妹，说些什么？（老旦扮薛姨妈，杂扮二丫嬛，一持壶盏，一持肴盘，随上）当空疑是飞盐落，入夜还能映字来。（生、贴）多叫姨妈费心。（老旦）好说，不过几样茶果。这鹅掌鸭信，与你们饮酒赏雪，就此入座同饮。（各坐，丫嬛斟酒介。合唱）

【沁园春】粉地瑶天，琼树冰壶，封条万千。叹袁安高卧，王恭仙度，羡谢庭风拥，嗛州味甜。（斟酒饮介。合唱）琼筵，缓斟清宴，倒尽葡萄笑酒仙。琼醪暖，拟飞游酣醉，歌召风烟。

（老旦）可再取暖酒来。（生）不必暖，我爱吃冷的。（旦）宝兄弟，你不知酒性么？冷饮了，便凝结胸中，易致受害，今后可要改了。（生）是。（放杯介。贴笑介。旦）林妹妹，磕瓜子儿，为什么好笑？（贴）奴笑这瓜子儿不住的衔在口里，有些肉麻。（丑扮雪雁持手炉上）呀，姑娘却在这里，那处不找来？（递手炉介。贴）谁叫你送来？（丑）紫鹃姐姐。（贴冷笑介）那里就冷死了，亏你小意儿倒听他，我平日和你说的，你都丢在九霄云外。他说了一句儿，你便依的这么似的。（生纳闷介。老旦）丫嬛们带这雪雁同李嬷嬷一处吃酒去。（二丫嬛、丑同下。贴）姨妈、姐姐都不知道，亏是姨妈这里。倘在别人家，看得连个手炉儿也没有，还要巴巴的送来，不说丫头们小心，还只当我轻狂惯了，岂不要恼的呢。（老旦）你是个细心的。（旦笑介）我看你这丫头口孽儿怎么了？（副扮李嬷嬷、雪雁上。副）夜深了，雪大了，酒也够了，我又来讨厌了，回去罢。（贴）如此告辞。（老旦）仔细走，老身不远送。（下。生、贴携手）宝姐姐，请了。（旦）有慢了。（生、贴）岂敢。（带丑、副下。旦）嗳，幸亏今日，丫嬛未说出那金玉的话，以后倒要远他些儿。

【尾声】问相见何如不见，看淡淡梅花素心儿卷，又何必问巧认通灵金玉缘。（下）

设 局

（丑扮贾瑞上）

【字字双】书房困坐似囚猱，点卯。无情夏楚肉皮敲，挨拷。风流白把寸心操，懊倒。犬馋火热一肠烧，自讨。

小子贾瑞的便是。父母早亡，只有一个作孽的老头祖儿，性情古怪，教训唠叨，终日困于书房，整年强如牢狱。因前日赦大伯的寿事，一同合族，到彼祝之，竟有一桩天大的奇遇。你道是甚奇？（作势介）荣府赦伯之媳，琏兄之妻，王凤姐，生得桃李春骄，芙蓉秋艳。更兼雷霆手段，冰雪聪明。不特敝族推为第一，想人世也自无双。久已垂涎，不敢乱步。前在宁府，他去看蓉哥媳妇，知回来从里而出，必由花园。因此藏在假山背后，果见他娆娆娜娜、娇娇媚媚的行来。那时福至心灵，便走上前道："请嫂子安。"他说道："这是瑞大爷不是？"咱笑道："嫂子连我也认不得么？"他说道："想不到是大爷在这里。"咱又道："是与嫂子合该有缘。"他见我一面儿说，一面儿瞥，真是个聪明人，便道："怪不得你竟和气。"又道："等闲再会罢。"又道："一家骨肉，说什么年轻。"又道："你入席去，仔细他们罚你的酒。"咱那时已呆了半边，慢慢儿走开。谁知他也慢慢儿走去。你说是有意思是没有？因此五内交结，片刻不忘。今幸喜琏二哥出门未归，是好机会也呵。

【前腔】天寒翠被冷更敲，急跳。才郎一去任翔翱，暴躁。调情趁此去抽梢，脾燥。陈平谬附爱风骚，帮俏。

为此偷了空儿，向他房里传禀进去，又说到宁府去了，想已回来，不免静候。（虚下。贴扮王熙凤，领贴扮平儿，副扮小丫头上。王贴）堪笑水中闲鸂鶒，（贴）敢来池上戏鸳鸯。（王贴）可将那禽兽唤进来。（副应介。丑上，向丑说介）二奶奶请瑞大爷进。（丑得意，弄衣裳，进见介。贴起，笑，让坐，对坐介。平贴虚下，副递茶侍立介。丑视贴，呆介。贴笑介。丑）二哥哥还不回来？（贴）不知什么缘故。（丑）别是路上有人绊住了脚。（贴）可知男子汉，见一个，爱一个，也是有的。（丑）嫂子，我就不是这样人。（贴）像你这样人能有几个呢？（丑喜介）嫂子天天也闷的狠。（贴）可不是呢？只想个人来解解闷儿。（丑）像我这样人儿可好？（贴）你哄我呢？你都肯往我屋里来。（丑）只因素日闻人说嫂子利害，一点也错不得，所以唬住了，如今才晓得嫂子是惯会疼人的。（贴）好话，像你这样人，怎教人不疼呢。（丑大喜介。移椅近贴介。贴悄说介）放尊重些，别教丫头们看见。（丑）是。（贴笑介）你该去了。（丑）好狠心的嫂子！（贴）不是呀，大天白日，都不方便；也罢，待嫂子成全了你罢。（悄说介）今夜晚上，奴把上夜小厮都放了假，（丑跪在贴面前听介。贴）你来悄悄的在西穿堂内等。（丑）什么嫂子，竟是嫡嫡亲亲的娘！（磕头介。贴）须要仔细。去罢。（丑出，贴下，丑哈哈笑介）谁知我贾瑞竟有今日也！

【尹令】从来调戏事少，只因短钱缺钞。今儿奇逢已到，不费花钱，白把个倾国倾城弄到腰。

这时候还早，不免闲逛一回去。（作行介）天呀！

【上京马】你何苦把阳光晒老，将似火如荼苦相照。好了，黑了，一霎时鸾颠凤倒，一笔把相思告。

你看晚了半晌，是其时也。（行作到穿堂介）来此已是西穿堂了。（两边望，低声念介）人不知，鬼不觉，南无阿弥陀佛。（一跳蹿入介。杂扮妈妈，从右鬼门出，向左作关门介。下。丑躲介。杂扮丫头从左鬼门出，向右作关门介。下。丑躲介）好了，门都关上，一切闲杂人等，不得混入。（内打一更介。丑）古人说得好，人逢喜事精神爽，虽有这过门风，却不觉得。（内打二更介。丑）这时候有些意思了，……必须聚其精而汇其神。（闭目坐地上介。内打三更介。丑）是其时矣！

【归仙洞】夜将半，更漏报，揭心情，将人老。（内打四更介。丑急走躲风介）寂寞四星高，今夜个凄凉饱。（内打五更介。丑）哎哟！这风儿怎么一更深似一更儿！（作颤介）越越的青鸾信杳，挨一刻霜天晓，尤云殢雨，割面风刀。

不好了！天已晓了！南北俱是大墙，要跳不得，而要钻不能，怎么好？（哭介。杂扮妈妈出鬼门旁开门，下。丑）好了，门儿开了！（作急跳出跑介。立着喘气介）是了！想是他有必不能丢手的事，故此误了。趁此清晨，不免回家者。（行介。作到介。敲门介。外扮贾代儒上）是谁这等早？（开门见丑，认介）好，原来是你，进来。（丑作怕随行介。外坐介）跪在那里。（丑跪介。外）那里去来？（丑）昨往舅舅家去，天晚留我过宿。（外）你这个下流种子呵！

【上小楼】你看那古圣先师，著作勤劳。这餍饫宜人非渺。有的把园圃关牢，有的把书楼断倒。怪儿曹典籍轻抛，诗书丢掉，一味的向尊长谎言僄狡！

我昨日上你文章可曾念熟？（丑）欠熟。（外大怒介）如此荒唐，成何用处？自来出门，非禀我不敢去，如何昨日私自去了？据此也该打，何况功课未完。（取板子欲打，丑夺板子叫饶介。外踢倒介。打介。丑滚介。外）气死我也。

【前腔】愧杀个瑜珥瑶环，兰茁根苗，把一向清芬顿扫！想你这等懒惰呵！叫公雅书籍空劳，便庞氏耕耘怎效？（又打介）也教这夏楚难饶，黄荆着恼。怎的不把我老人气倒！

（气坐介。丑）哎哟！哎哟！（外）打了不算，跪在此处，补出十日功课，方许吃饭！（交文章介）气死我也。（下。丑作鬼脸介。丑声读文章介，想介）到底琏二嫂子，是个有情的，他在那里，也不知怎样懊恼呢？到底要偷个空儿走走才好。（向内低叫老妈）老太爷里面做甚么？（内隐）呆子，跪了一天，还跪着么？老太爷早已出去了。（丑）老头儿那里去了？（内）被几个老学究约去碰老人浒。（丑）怎不走堂前，多咱回来？（内）走堂前怕你晓的，勒定贰百牌。（丑喜跳起介）这有一天一夜呢。（撂文章地下介）呸，受你娘的罪！（扯弄衣服出行介）

【山坡羊】卖风流，佳人难再知心好。恁钟情，天公应把相思保。笑登徒何处辨妍媸？怎似我可人儿亲亲嫂？命何如，这残生交付了。来此已是荣府了。（又行介）已是那人屋里了。侯门似海，鱼水容包。（贴扮王熙凤虚上。贴扮平儿侍立。王贴看账目介。丑张介）妙呵，妙呵！（作咳嗽介。王贴）是个男子咳嗽？（努嘴向平贴介）想又是那讨死的来了。（平贴看介。丑作揖。平贴）瑞大爷好，有甚事？（丑）会奶奶有话说。（平贴）二奶奶时刻惦记着你呢，请进。（丑摇摆进见介。贴笑迎，让坐介。丑见平贴在旁，视平贴不语介。王贴）平儿去。（平贴）是。（下。贴）论你今日来，我不理才是。（丑）昨夜等死了人，还怪人呢。（贴）约有二三更鼓，我走到西穿堂外呼叫你，你不曾应，想是不曾来，因此回去，好不凄凉。（丑）是了，想是我闭目聚精神的时候。（跪介）如此辜负嫂子。（贴笑介）起来讲。（丑起介。贴悄说）这等说，你也等了一夜，也可怜儿。今儿别在那里了，可在我这房后那一间空房里，可别冒撞了。（丑）果真？（贴）呸！谁来哄你？你不信就别来。（丑）来，来，死也要来。（贴）如此，你先去。（丑）是！（出介。贴下。丑笑介）这块肉儿始终吃着了。天已快晚，不免略捱一时。（随意唱一小曲）好了，又晚了。（瞧介，钻入介，坐地上）好好，过门风又没有了，可人儿又来了，今夜可不要快活死么？（又低声随意唱一小曲）呀，怎么，又不来了。（起听介）这黑魆魆的怎好？（副扮贾蓉悄上。丑）是脚步响？（摸介。摸着搂介。抱介）亲嫂子等死我也！（正旦扮贾蔷，持灯台上）谁在屋里？（丑慌介，副起笑介）瑞大叔要欺负我呢！（丑跑介。副、正旦揪住介）跑到那里去？如今琏二婶呵！可知流水无情，桃花空自劳。颠倒，恨狂蜂频向扰。痴奴，躁高堂将你告。

（丑慌介）好侄儿爷们，只说没有我，我明日重重的谢。（正旦）放你不值什么，不知怎生谢。（副）蔷儿没志气，要他谢，你作好人，我却不能，他要欺侄儿，明日请族长来评评理。（丑慌介，磕头介。正旦）财与命相连，要他的财，强如要他的命，但谢我们多少？（丑）但凭吩咐。（正旦）口说无凭，写一章券。（丑）这如何落纸？（正旦）写作输钱欠约。（丑）写写。（取笔砚搁桌上。副）要写欠每人一百两。（丑）哎哟！连卖身也不能足数，求让！（正旦）罢罢！每人五十两，这可断不能少的。（丑哭写介。副）画押。（丑）是。（画押递副、正旦，各收介。副）前头铁桶相似，除非后门可走。（丑）做好事，快些儿。（正旦）此处要来堆东西，躲不得。（丑）如此怎好？（副）可随我来。（吹灯介。副扯丑出行介。场上旁设椅。副扯丑到椅下蹲介）我们探探去，等我来再走。（丑）是。（副、正旦同下。丑蹲介。杂扮丫头，拿溺桶从椅上泼下介。丑）哎哟，怎么都是粪溺，苦也，苦也！（颤抖介。副上）快走，人来拿了。（丑跑跌介。跑介。跳门介。副关门下。丑）我的娘呵，冷死我也。

【尾声】人生只道调情好，谁知道局赚痴人不用刀，几乎不把命残生顽掉了！（哭下）

省亲

（外扮管家上）灵文门第拟云霞，轩冕王官外戚家。漫道游龙夸富贵，朱轮华毂不骄奢。（笑介）又俗语说的好，宰相堂前无二椅，公相家人七品官。咱荣国府中管家赖大的便是。目今皇恩浩荡，孝沾寰区，准我这里大姑奶奶贵人元妃省亲。只这一举，两府中足忙了个整年。从东边至西边，一切山水亭台，池馆书室，丹房佛寺，约有十余里地方，从大宗到小宗，那些古董玩器，络缨帘帐，花烛彩灯，约上十多万银两。真说不尽太平景象，富贵风流。今日新正上元，贵妃于戌初三刻省驾，丑正三刻回宫。奉里头号令，在门房率领众执事人伺候，不免静候者。（坐旁椅上。副净扮太监骑马上）桑馆星轩唐制度,椒房玉服汉威仪。门上是谁？（外起迎介）原来是老公公，请进。（外向鬼门传介。末正生扮贾赦、贾政引小厮上。副净）贾皇亲恭喜！（正生）有失迎接！（对坐，上茶介，正生）未知贵人消息，请问。（副净）早多着呢？未初用晚膳，未正到宝灵宫拜佛。（正生）如此，请里面用午膳。（副净）有扰。（同下。小厮向外）赖爷，你看这大街鸦雀无闻，香烟自绕，真个回避肃静也。（外）街头巷口,俱用帷幕挡严,昨日便有巡察关防太监了。（杂）是呵。（丑扮太监骑马上）门上那个？（二管家）原来是老公公，请问娘娘鸾驾可曾到否？（丑）此刻酉初进大明宫饮宴，大约起身在戌初呢。你家爷在那里？（杂管）与二位公公后面坐地，小的引老公公进去罢。（二管引丑下。二杂扮花郎合舞唱上）

【满庭芳】剪草除花，锄犁浇水，辛苦可也难当。花开酒里过，花放梦儿香。早是春深庭畔，花园开了接娘娘。满怀着叮咛了花畔璀灿，争气替花郎。俺二人乃荣府中新置花园中两个花郎则是。今日系娘娘省亲，上面特吩咐好生收拾，幸已打扫齐备，不免捡点一回。（内）公公请，将军请。（二花郎惊介）你看老爷与公公来也，不免速回避者。（同下。末、正生、副净、丑同上唱）通幽曲径比羊肠，翠嶂排排一带长。（指介）白石崚嶒，如怪样形藏，是那探景儿头向。

（副丑）你看这一带翠嶂，挡在面前竟好。（末、正）非此一山，便一览而尽了。（副丑笑介）胸中有丘壑的自然知道。（副净指介）这边佳木奇花，清流石隙，上面是飞楼插空，下边是石桥有港。（丑指）那边是千竿翠竹，一带粉垣，外面是曲曲游廊，里面是小小房舍。（副净）还有这一带泥墙，数楹茅屋，桔槔辘轳，桑榆槿柘，好一似杏花村。（丑）更有那蔷薇院旁，芭蕉坞里，画船花港，朱栏板桥，真个是蓼花溆。（副）兄弟。（丑）怎么？（副）你可看见各式石块，许多异草，映着那绿窗油壁，大可以煮茗操琴。（丑）是。（丑）老哥。（副）说什么？（丑）你也可看见层楼高耸，画阁巍峩，护着个兽面螭头，大约是琳宫复道。（副丑）老先生，这些匾额狠好。（合唱）

【牧羊关】则见那荳蔻诗犹艳，则见那荼蘼梦亦香。则见那花分柳隔岸堤长，则见那棋罢茶闲把幽窗绿上。则见那采芹人浣葛绿添凉，则见那凤来仪蟠螭上。说不尽富贵风光。

（副净）呀呀！你看这左边里有门可通，右边又有窗暂隔，怎么到了眼前，竟是一架书？（丑）你看，这回头透亮窗纱，那迎面光明世界，原来转过侧边，竟是一面镜。（副净）兄弟，我咱们游了半日，可快完了。（末、正生）还不曾，大约过半矣。（丑）罢了！咱们日日御园走逛，来到这里，也觉迷眼。（副净）御园内都是有事体，到这里倒觉自在清闲，一索逛完了罢。（杂扮太监跑马急上）兄弟们快来，贵妃驾到。（副净、丑慌介）呀！来哉，来哉！（正末）我们也速迎接。（同上。杂扮四侍卫带刀，小旦、贴旦扮二侍女，持掌扇、推车、打黄伞，小旦扮元妃，场用细吹上。元妃唱）

【玉交枝】五位当阳，才昭华脩仪风赏，不羡那燕舞轻飏。（行绕场合唱）六宫里淑媛推让，玉钩致祥，脂颊凝香，度春宵失秋风团扇。（四太监跪接介）奴婢们恭迓娘娘。（起同行合唱）因荣锡归省无双，博得叙天伦乐事，共祝寿无疆。

（到介。末正生跪接）臣贾赦。（正生）臣贾政接驾。（小旦）吩咐平身。（二旦）平身。（末、正生）贵人千岁。（细乐下。末、正生随下。贾母，邢、王二夫人上。贾母唱）

【解三酲】今日个华毂并朱轮，鱼轩来往。（合唱）一霎时香氲宝扇。（贾母）贵妃驾临，我们须索在此拱候。（二夫人）是。（四监、二旦持羽扇引旦上。贾母、二夫人欲行礼，旦请免礼。二旦请免礼。贾母、二夫人）愿贵人千岁千千岁！（细乐绕场。四监、二小旦伞车，贾母等末、正、生随行合唱）龙旌凤翣星初上，金伞天香露气凉。更有那香巾绣帕氤氲湿，带履冠袍意气昂。则见那花灯烱灼，精致非常。

（住介。二监跪介）请贵人下舆更衣。（二监）将军等请便。（末、正生）领旨。（下。舆伞同下。细乐、掌扇遮盖更衣介。旦）祖母、伯母、母亲好。（三旦）托贵人洪福，俱各平安。（旦）看坐。（二旦）有。（贾母、邢、王）不敢。（旦）骨肉团圆，须行家礼。（贾母）如此告坐。（各告坐介。旦）田舍之家，天伦乐境，今虽富贵，骨肉分离，有何趣味？（贾母、邢、王各泪介。旦唱）

【前腔】猛追省骨肉山河无限望，说不尽椒房明月凉。今日个九天珠玉春风荡，不教那一步长门春色长。（贾母、二夫人）则见那天恩祖德钟培养，还愧这鸦属鸠群出凤凰。（合唱）真无两，伫看坤元承象，好教物阜民康。

（二监跪持册籍禀介）启上娘娘，将军贾赦、政统领合族人等，于西阶下排班，请荣国太君统领女眷人等，于东阶下排班。（旦）好，好！传谕免！（二监）领旨。哇！传出去，贵人有谕，男女行礼人等悉免。（内众应介）千岁，千千岁！（二监）省亲车驾，俱已齐备，请贵妃入正室游幸。（宫女）知道了。（二监起，同唱）

【前腔】遥望见一带清流映曲塘，真个是金门玉户春光滉。（同下。二太监同上）赤子苍生同感戴，九州万国被恩荣。（二监）咱们两个哥子在那里侍奉，咱兄弟且偷闲逛一逛。（一监）刚才在里面侍坐，好个贵妃贤淑聪明，亲向贾老先生说道：浩荡天恩，归省有日，不宜如此奢华。几许亲眷，话别多时，竟不忘这般礼意。又将衔宝玉的公子，当面试文，竟从从容容的作了四首应制，又和同异姓的小姐，齐肩献颂，竟齐齐整整的成了六首新诗。（一监）刚才的匾额，俱是娘娘亲笔作成，又赐了许多的字样。（一监）赐些什么？（一监）咱也记不全。只听见有什么“凤来仪”赐名“潇湘馆”，“怡红快绿”改名“怡红院”，“杏帘蘅芷”锡了“蘅芜浣葛”

之名，“缀锦含芳”题了“西叙东飞”之字。（一监）还有甚么“蓼风轩”“藕香榭”。（一监）可知有梨花春雨，桐剪秋风。（合）真个是天仙宝境，竟做了省亲别墅也。你看火树琪花，麝脑雉尾，想筵宴齐备了，不免去伺候者。（同下。二宫女、四太监引旦携宝玉、贾母、邢母同上。合唱）这一带兰宫桂殿庭燎旺，那一带玉槛金窗香屑芳。若不是神仙洞府春无量，问何处富贵门楣恁乐未央。歌舞云裳，说不尽虾须钩玉，鱼獭铺床。

（二太监）筵席齐全，请贵妃上酒。（细乐。老旦安席把盏。设一桌在上，两边两桌。贾母一桌，二夫人一桌。旦）宝玉随我坐。（小生）臣玉告坐。（与小旦同坐介。太监、宫女立左右同唱）

【前腔】一霎时凤脯鸾胎佐玉觞，桂髓兰苏发异香。（旦）俺想今日团聚呵。休题这金齑玉脍人希罕，便教那藜藿糟糠味也长。（泪介。贾母、二夫人）托贵人洪福，庇荫居多，伏愿君后万岁千秋，实天下生灵之福也。（合唱）幸得个光生门户天花灿，抵多少巾帼须眉自少双。（二太监）请娘娘罢宴更衣。（俱起更衣唱）真无量，便是酒阑人散，不教消歇歌场。

（二太监）禀上贵妃，时已丑正三刻，请驾回銮。（旦泪介，各泪介。二太监）銮仪卫伺候者。（四侍卫车伞上。末、正生上）臣赦、政谨送娘娘。（旦）愿祖母、父母等好生保重，不须记念罢。（各哭介。太监）请贵妃登舆。（上车介。绕行俱送介。旦）祖母等不消远送了，想俺呵！

【尾声】明日个妆成金屋将家望，（众）俺这里也遥指鸾

凰在帝乡。（旦）儿去也。（众）贵人请。（合唱）莫认做那寻寻常常的嫔妃与媵嫱。（分下）

娇箴

（场设床帐，小生暗上，卧帐内介。小旦从帐内上）

【一江风】小乔才，一种将奴看待，着意相怜爱。数年来吮粉噙脂，握雨携云，暗里心悬揣。还愁忒弄乖，还愁忒弄乖。何时得放怀？买风情却浪把风情卖。

一缕柔情不自持，奈他心绪各纷驰。何能撇却闲花草，不使飞红上别枝。奴家袭人。自那人梦醒红楼，奴家私承青目，浓盟密誓，意合情投，奴的终身也可喜是得所的了。只为宝玉的亲姻尚未定准，这几日老太太又接了云姑娘来与林姑娘一房居住，宝玉时时过去，刻刻不离，言谈戏谑，全没些理数之容，坐卧起居，那里顾嫌疑之际，则教奴家怎照应许多也？

【不是路】百样疑猜，此事如何解劝来？人拖带，香天翠海任差排。前晚二更多天，催促几次，方才回房安歇。次早起身，又已披衣前往，寻云姑娘梳洗去了。可应该？珠绦细绾浓情注，宝镜斜窥密意偕。我想众姊妹中，宝玉与林姑娘最为亲密。只是他言语尖利，性气孤高，怎及得宝姑娘心地温柔,情怀和厚？天呀！不知奴家可有这福分呢？姻缘在，德容兼备人无赛，权时宁耐，权时宁耐。

宝玉昨晚过来，问长问短。我那时便说：你从今别进这屋子了，自然有人伏侍，再不必来支使我，我只当哑了一般。

他就赌气相争，和衣而寝，此时尚未起来。咳！只是有时斗气，不过一时片刻，即便如常。不想他这一次竟不回转，害得奴家是一夜不曾合眼。仔细想来，袭人呀袭人，你好没分晓也。

【朝元令】他朝谐暮谐，只说无更改。花才月才，不料成防碍。作甚来由，这番禁害？盈盈泪湿桃腮，少小无乖，心儿意儿两相捱。烟水运将来，风光片影裁。（小生在帐内）袭人姐姐，你怎么倒先起去了？（小旦背介）索性不去应他，看他是何光景，再用柔情以警之便了。（低唱介）打叠下抛人体态，清清冷冷，不偢不睬，不偢不睬。

（小旦伏桌上介。小生从帐内上介）袭人姐姐，袭人姐姐！你到底怎么了？（小旦开目介）我也不怎么，你睡醒了，自过那边屋里去梳洗，再迟了就赶不上了。

【前腔】情该理该，爱爱恩恩在；美哉快哉，密密亲亲派。若个心期，千金难买，一家春住楼台。（小生）我过那里去？（小旦冷笑介）你问奴，奴知道你爱那里去，就往那里去。我们这样人，可不是玷辱了好名好姓？小字沉埋，四儿五儿是等侪。奴家呵！两下永分开，生怜一女孩。（小生）你今日还记着么？（小旦）一百年也还记得，争似你将我的言语全然不听。二爷呀！你：收拾起哄人计策，真真假假，不尴不尬，不尴不尬。

（小生背介）看他娇羞满面，情思盈怀，此事如何是好？罢罢罢！（取桌上玉簪介）姐姐呀！我若再不听你说话，就同这玉簪一样！（掷簪介）好姐姐，你只可怜了小生罢！（连揖介）

【前腔】时乖运乖，多感情周待。怜才鉴才，只合深深拜。（小旦拾簪介）大早起，这是何苦来呢？听不听什么要紧，也值得如此。（小生）你那里知道我心里急也。还望娘行把侬疼坏，免教堕落尘埃，泪眼双揩，低首尊前自乞哀。（小旦笑介）你也知道着急么？可也知奴心里怎么样呢？快同往前厢梳洗去罢。（小生）多谢姐姐！贵手肯高抬，慈悲呆打孩。分付了恩山爱海，重重叠叠，花柔无奈，花柔无奈。

（小生）姐姐，请。（携手介）

【尾声】从今守住相思界，（伲小旦介）觑着这晕轻眉黛。（小旦合）好教我无端春兴兜的上心来。（同下）

悲谶

（场上设桌几、文房四宝、烛台，杂扮管家，携红纱灯照，正生冠带上）天上公侯第，人间忠孝家，怪他悲慨句，偏自属闺娃。下官贾政是也。系出功臣之后，官拜工部之班。适从朝罢回来，陪侍母亲晚宴。恰遇贵人送来灯谜一副，教宝玉以下众姊妹们各出心裁，作就呈上。下官忽忽一看，未及周详，复教宝玉誊写一纸，送来细阅。想下官的遭际呵！（管家送茶携灯下）

【集贤宾】念平生诗书常博览，世受圣恩覃。惭愧我风云际会，叨蒙雨露交咸。那里得箕裘相继，振家声紫绶华簪。不幸珠儿早逝，兰儿尚未成人，宝玉虽赋性聪明，但恐流于浮薄，又兼母亲爱若掌珍，怜惜太甚。他少年性情犹不减，古圣贤义理慵探。不能个芸编时玩味，争便似花柳任痴憨。

（看书介）这一首是元妃作的。（念介）能使妖魔胆尽摧，身如束帛气如雷。一声震得人方恐，回首相看已化灰。这的是爆竹无疑了。

【逍遥乐】向庭前震撼，几处声光，烟霞并爁，平地张镵。烈轰轰星火纷搀，一霎时顽廉懦立警贪婪。端的个明良金鉴，庆多少忠肝义胆。玉骨冰心，正论名谈。

（又看介）天运人功理不穷，有功无运也难通。因何镇日纷纷乱，只为阴阳数不同。阶下儿童仰面时，清明妆点最堪宜。游丝一断浑无力，莫向东风怨别离。这一首是迎春的，一首是探春的，看此二物，也觉才思。

【上京马】一个是乘除理数细加参，一个是宛转牵连风里攒。藏隐语，精心密缄。但这算事纷稽，风筝无定，静言思之，都非佳境。怕便是费心机，两两三三，又遍天涯，夕阳外，飘泊得影难堪。

（又看介）南面而坐，北面而朝，象忧亦忧，象喜亦喜。这一个作的是镜子，却也甚好。怎么未列名字？哦！看来必是宝玉所作了。咳！只是他专事虚浮，不精举业，实非大器。虽有些小才华，终何用处？况这镜子呵！

【醋葫芦】只一片空虚鉴，那里有瑾瑜至宝此中含。富贵功名都误赚，仕途情淡，好似那秋来境界，月影映空潭。

（又看介）朝罢谁携两袖烟，琴边衾里两无缘。晓筹不用鸡人报，五夜无烦侍女添。焦首朝朝还暮暮，煎心日日复年年。光阴荏苒须当惜，风雨阴阳任变迁。黛玉作。这一个不消说是更香了。命意清新，遣词幽艳，只是有妨福泽。

【么篇】我这里平心仔细参，从头儿逐句览。端详诗句少和諴，多则是就里难言甘冷淡。深闺幽暗，无限凄凉独谙。

（又看介）有眼无珠腹内空，荷花出水喜相逢。梧桐叶落分离别，恩爱夫妻不到冬。宝钗作。呀呀！

【柳叶儿】不由人意悬悬无端百感，字行行目刺心搀。不住的含悲诗意重新勘。却原何成灰烛，到老蚕，苦哀哀一样情含？

（内打三更。生）时已夜半，不免回房歇息，以待早朝。

【浪来里】见著那一桩桩非常的乐事耽，却有这一句句伤情的诗思惨，怕天心冷旧青衫，姻缘毕竟遭艰陷。倘蒙皇天永佑，祖德宗功，偶尔闲吟，不关休咎。盼得个荣华负担，封侯衣锦返江南。（下）

词警

（生宝玉上）

【醉翻袍】浓情点点总依旧，春风解释几分愁。则俺这生来痴癖顾无俦，佳人落魄同消瘦。还只幸园亭潇洒，花柳清幽。博得个肩儿相并，心儿相投。抵多少待唤红妆，忘却寒钟漏。

莺声寂，鸠声急，柳烟一片梨云湿。惊人困，教人恨。待到天明，海棠开尽。青无力，红无迹，残香剩粉那禁得。天难准，晴难稳。晚风又起，倚栏怎忍？小生宝玉，喜得娘娘幸过之后，昨忽降旨一道，命这些能诗会赋的姐妹，分派居住。也命小生随去读书。老爷接了旨意，忽叫小生，小生便呆了半晌。还恨我那金钏的胭脂，未曾吃得。且喜不过吩咐了几句，旋即拣了日子，姐儿妹儿，好不热闹。宝姐姐的蘅芜院，林妹妹的潇湘馆，二姐姐的缀锦楼，三妹妹的蓼花轩，四妹妹的秋掩书斋，小生的怡红院，大嫂子也有稻香村，真个是花招绣带，柳拂香风。小生自同住以来，竟忙个不了。

【牧羊关】有时儿万轴琳琅薮，有时儿三真楷篆钩。有时儿松风吹入石泉流，有时儿清簟疏帘把龙牙戏斗。有时儿擅花枝山水步营邱，有时儿谢芙蓉颜金缕。想这些事呵！还不算俺遣恨销愁！

【寄生草】则索取金针儿同鸳绣，则索取探花郎寻香斗。还向那红儿拍板歌声溜。杜家诗谜锦心凑，花间射覆花猜透。尽日个度花朝上不尽的望春楼，倚香闺贮不尽的相思豆。

说也好笑，当此十分快意之场，却又有时儿不自在哟！

【番山虎】俺则见，嗔我花愁梦春色，轻寒细雨油。帘卷处，倦绣人儿瘦。便倾尽了琥珀荷珠酒，相思化泪流。更那桐露鸦啼湿，苔纹鹤梦秋。还则见一庭风影淡，梨花雪满楼。总教这景况凄凉候，天工频错谬。

这几日儿懒在闺中，外头儿又是鬼混，如何是好？（闷坐介。丑扮茗烟怀书上）袖将快史传奇本，说向钟情纳闷人。二爷在此作甚？（生）你从那里来？（丑）小的从书坊来。（生）你到书坊作甚？（丑）小的买书来孝敬二爷。（生笑介）你买的什么书？（丑）《大学》《中庸》。（生）这些书谁要你买？。（闷介。丑笑）二爷，不知我这书内有好些女儿呢？（生）胡说。（丑）书中有女颜如玉。（生叹介）那里有？（丑笑）待小的与你看。（从怀内一本本慢取出介。生）怎么许多？（丑递书介。生一本本看念介）《飞燕外传》《浓情快史》《长生殿》《会真记》《牡丹亭》。（喜介）好新鲜的书名。（看介）买得好呀，明日领赏。（检书介）你可将这些太露的藏好，待我慢慢的读。这《西厢记》不妨。（丑）理会得。（拿书下。生携书行介）咳，这珍宝，相见恨晚，不免向花下披展者。你只看沁芳闸桃花石上尽好。

（场上先设假山。生坐看介。贴扮黛玉携帚拿花带上）

【榴花泣】胭脂满径，风把落红偷，闲消遣，费寻求。则见那沁芳桥下蓼花沟，可惜他春水无愁，流红暗浮。因此上袖纱囊，一晌花间逗。则吩咐毛翎凤帚，代参详惜玉根由。

（生）你看满身满书，皆是花片，不免抖向池中。（作持书兜花向鬼门丢介。旦）宝玉作什么？（生）好好，你来扫向池中去。（旦）池中不好，奴已做下花冢一座。（生）如此尽善，待我放下书儿帮着。（贴）用功呀，什么书？（生）《大学》一卷。（贴斜看介）未必这样上流。你想想去，趁早儿给我拿来看看，好多着呢？（生）妹妹，你我原是不怕的，但休教别人知道，真正是好文章。（递书介。贴接，放帚囊坐看介。生旁坐。贴）呀！那知竟是奇文也！则今日赏心也。

【普天乐】蓦地见天工造化文心凑，写出这姻缘离合多翻覆。看中庭下木落秋空，名山里狂呼痛咒。真所谓借夫妇以发其端也。恍见他双手浇杯酒，喉间格格寸心瘦。休单言寂寞书楼，可也知佳人难有？只看这唾珠巩好句儿已堪酬。

（生）妹妹看得快。（贴）惟恐易尽，不觉已看完了。（生）妹妹，有趣么？（贴）

【前腔】果然是警人词句人消受，余香满口香疏漏。不说那下书的铁板关西，惊梦的晓风杨柳。你看这露重琴心逗，知心儿人约黄昏后。写红情康伯温柔，绘芳心玉田清秀。端不数露花飞，与那红杏枝头。

（生视贴介，笑介，念介）我是个多愁多病身，你便是倾国倾城的貌。（贴怒介）好呀，这是新兴的，把这淫词弄了来欺负奴，我成日家做了个与爷们取笑的，倒要请舅舅评评去。（欲下介。生拦揖介）

【上小楼】赶着个躬身叉手，恕我个无心自咎。怎敢将多病多愁，自取戈矛。唐突清幽，敢低头面上包羞。则望你含容将就天在头，夫子矢之予所否。

（贴拭泪介）

【归赛北】看他真心怯，软话求，一回莽撞一回柔。自惭自悔喃喃呪，今日个从宽宥。以后可敢了？（生）以后如敢，任凭妹妹处治。（贴笑）似这般吞声忍气小休囚，原来也银样蜡枪头。

（袭人上）日长亭馆人初散，风细秋千影半斜。在这里呢，大老爷身上不好，太夫人叫你去请安。快回去换衣服。（生携书向贴）如此暂违。（同袭人下。贴）不免回房去。（闷走介）呀，不觉已到梨香院了。呀，是何处笛声？（内唱）原来是"姹紫嫣红"二句。（贴听介）何其感慨缠绵也。（又唱"良辰美景奈何天"二句，贴点头）好文章何不一足也。（内又唱"只为你如花美眷"一只，贴不语介）好一个如花美眷，似水流年。

【拥字金破令】只为这潺湲无意，年光到处流。不管六朝金粉，三月扬州。便千金何处，又想世上伤心断肠的事，最是红颜白头。不堪回首，因此上代诉春复秋。指点两悠悠，人间何处邱？赢得个万种丝抽，春去惊幽。这香词儿，怎便将人意投？

（作懒态介）奴家如醉如痴，不免到前面假山石上，坐地细味一回者。

【尾声】回肠牵系啼眉绉，也有甚如花消受。只恐把词儿里红情，生拉向梦儿里凑。（下）

醉 侠

（丑扮贾芸上）生来命运只平常，也算贾家第五房。终日穷愁傍门户，心机使尽不相当。小子贾芸，系贾府的本家，后廊居住。早年丧父，寡母卜氏，无一亩之地，无两间之房。若论起像貌聪明，也还不在人之下。只是俗语说的好："无钱小一纪，官大好吟诗"，又说的好："筲长胆大，本小利微"，因此母子商量，到本家处有条门路，寻点事干。前已在琏二叔处慇懃几次，倒有几分生动。刚才打听去，见了二叔，却说道："前儿倒有一件事情，偏生你婶娘再三求我，给了芹儿了。"好笑二叔在侄子们前要脸，什么求他，想我那位婶娘老鸦嘴儿，蒜头心儿，怕死人，好不好，做了主，二叔能动一动么？因此纳闷而回，无计可施，怎生是好？

【夜行船】这次谋为空白望，多不巧懊恨堪伤。生意艰难，家支缺短，老大无成怎算？

我想这条门路不可断绝。何也？前请琏二叔的安，忽看见宝二叔，我便恭恭敬敬、般般勤勤的请安。宝二叔问了母亲的好，又说："你比先越发出脱了，倒像我的儿子。"琏二叔笑道："好不害躁！人家比你大几岁的，就给你做儿子。"我便说道："山高遮不住太阳，宝叔不嫌侄儿蠢，认做儿子，便造化了。”人说宝二叔姊妹分中，的是多情，而与林姑娘为尤最。昨见他温柔和气，所传不虚。倘能寻件事做，一则可以生色，二则可以亲近。但只是不向琏二婶周旋一番，却难到手。待我想来！

【北古水仙子】他他他能担挡，我我我无钱开口向谁行。想想想无处移挪，恨恨恨营谋不上。这这这想回来怎么样？苦苦苦倚门老母泪汪汪。冷冷冷土灶儿无烟成甚账？像像像丧家饿犬难形状。哦，有了，有了！罢罢罢，且去好相商。

我想他家，什么没有？惟有精致东西，还可看得。我家舅舅现开香料铺子，不免就在香上生发生发，只得走遭。（行介）来此已是，不免径入。（叫介）舅舅在家？（副净扮卜世仁上）来了，那个？（丑）外甥。（副看介）为什么事来？（丑）来请舅舅的安，还有点事相寻。（副净）安也可以不请，事也可以不寻，两免倒好。（丑）舅舅听禀。（副净）坐是要坐的，坐了讲。（丑唱）

【不是路】至戚相当，渭阳情，特地来寻访。私忖量，相祈帮助休辞让，莫徬徨。（副净）帮衬两字，是你舅舅向人说的话，你怎么也来讲？（笑介）可不是外甥多像舅么？（丑）这件儿恰是常收藏。（副净）是什么东西呢？没有呀。（丑）冰麝好香，每样平平四两。（副净皱眉介。丑）中秋一定还陈账，不教空项，不教空项。

（副净）待作舅舅的告诉你：

【前腔】香麝难偿，价钱高，亲本都难上。真没像，和香伙计还偷诳，好心伤！（丑）外甥又不来盘你老人家的账，只要赊一点儿就完了。（副净）不是呀！那店中规矩无赊账，货物高昂。近日家家缺样，现钱足串还难讲。并非撒谎，并非撒谎。

（副净）我想你弄了去，又是混闹，只说舅舅见你一遭儿，就派你一遭儿不是。你小人家，也要立个主意，赚几个钱，我看着也欢喜。（丑冷笑介）舅舅说的是。但巧媳妇做不出无米之炊，这句话怎么讲，还是我呢？

【四边静】寻思起，无依仗，若教那不识高低苦用强，便五升一斗求帮，至亲却也难安放。（副净）我的儿，舅舅有，还不是该的么？我天天和你舅母说，只愁你没个算计，大树底下好遮阴，那等本家，就寻不出个事来？前儿我出城去，撞见你三房的老四，好不争脸哪！跨驴儿只见得腰昂，领车儿做了个家掌。

（丑不理，气介。副净）

【大石调·青杏子】想事贵争强，好追偿，下气和颜亏他靠仗。多谋想，落得个精精壮壮，肥肥胖胖，七件人帮。

（丑）既如此别过罢。（副净）怎么急的这样？吃了饭去。（副扮舅母急上）堂屋留宾客，厨房急老婆。（丑）舅母好。（副）也罢了。（向副净）你竟糊涂了，外甥不是外人，装胖怎的？休怪老娘在人前泄你的底，家里却没有米。（副净）我恍惚听见买面的。（副急介）只买了半斤面，难道每人吃几根儿。（副净）再添半斤罢。（副踌躇介）这等叫女儿邻居家借钱去。（下。丑）不用费事，走了。（出介。副）当真要去。（丑）是呀。（副）如此慢了。（关门下。丑行介）不是寻舅，却是行旧。（走介，内喊介）好酒，好酒！（丑）不早了，赶回去。咳！想我这四处想方，六亲无靠，好闷人呵！（行介。

净黑面，披衣漏胸，呕酒上，作醉态，斜行介。丑低头走，相碰介。净拉丑介）我把你这瞎了眼的，都碰起倪二老爷来了，看你那里滚？（丑）老二住手，是我冲撞了。（净醉眼看介）谁？（丑）是我。（净）原来是贾二爷。（丑）老二那里去来？（净）哪哪哪！（作势唱）

【滴溜子】恰才个、恰才个枭卢快畅，不提防、不提防挥拳气壮。喝尽酒家村酿，豚肩生啖尝。钱财子母，谁个不偿还？（笑介）看酒徒归欠账。

（丑）原来索债而归。（净）这会子那里去？（丑）不要提起，讨了没趣。（净脱衣摞介）谁人欺负醉金刚倪二的邻居，我替你出气！（丑）老二息怒，不是别人。（净）谁？（丑）作弟的要点冰麝香料，因此上到我舅舅卜世仁处商议。（净）给少了？（丑）一点也没有。（净怒介）有这等的豺狼，嗳！想人世般般凉薄，都从势位银钱起见，提起俺许多气也！（丑）老二气些什么？（净）哪！

【牧羊关】有一个震主功名壮，有一个贫穷不了场。有一个清贫北阮不相帮，有一个贷直的王戎把裴家账算。有一个泣燃箕煎急未曾降，有一个冷西华裙帔上，说不尽那生成刻薄心肠。

（丑）老二说得很是。（净）你也不必愁烦，我这里有银子，你只管拿去使。（向腰内掏银包递丑介。丑）老二，你果然是个好汉，改日送券契来。（净）小家子气派，要大大的方好，你写契，俺便恼。（丑）如此，我便遵命。（接银介。净）天气黑了，也不让茶酒，俺还有勾当去。（丑）这等，我递信与大娘子。（净）如此有劳。（合行唱）

【好事近】四海兄弟，看意气生平相尚。钱财粪土，空空来去无常。（净）锄强助弱，是俺本色清汤。（指胸介）笑赤条条一片肝肠，抵多少臭铜肮脏。（下）

（丑）天色已晚，不免回去。（笑价）侥幸呀侥幸，惭愧呀惭愧！（叹下）

湿　帕

（贴扮林黛玉愁容上）

【海棠春】谁堪还惹伤心事！一阵阵忧煎如织。怎样不关情，几度心疼死。

奴家黛玉。闻得舅舅昨将宝玉哥哥唤至书房，极力训责。私忖不过是管教一番，谁知夏楚无情，不比蒲鞭轻示。直恁心乎太忍，几教身无完肤。后来打探情由，却是为甚忠顺府的蒋琪官互赠汗巾事。嗳！宝玉呵！偏是你的事不得清也！

【一枝花】优伶系甚思？私赠无回避。余桃断袖，知他虚实？莫辩雄雌爱博知，谁是心分多自驰。一点情痴，怎散做万缕千丝一一。

嗳！想他孽由自作，又殊为堪恨也。

【二犯香罗带】私心只自知，幽情还自揣。宝玉呵，你自小牵连粉共脂，又何堪添个蒋家琪也。嗳！虽说如此，却又堪怜他处处情痴也。半晌多猜疑，冷眼窥可知。他生来心重觅秋期，拚着他钟情宋子。便一例儿无是无非，则愿你有点参差。

又他前与金钏丫嬛情投意洽，说了两句知心话儿，却被舅母知道，撵了出去。谁知这丫嬛幽恨绵绵，投井自尽。嗳！虽是宝玉不应如此，但这丫嬛倒是为知己死也。

【皂罗莺】才到伤心话密，竟珠沉玉断，钩了相思。金钏呵，你便到九泉无曲时；宝玉，你好将珉缋遮仙质。宝玉如今身痛呵！尔应思，可能激水通梦那人知。

（贴扮紫鹃虚上，侍立）左思右想，总属无聊。紫鹃，收拾绣床，我去睡。（贴）是。（场上设床。贴铺理介。贴起闲踱介）

【步蟾宫】旁人心事侬详悉，代吊断肠人，尽多酸鼻。（向帐看介）则只合倚薰笼掩了紫绡帷，压定心坎儿睡。（入帐介。旁设妆台桌，桌旁有椅，贴坐椅上介。贴扮晴雯，拿紬帕子两条上）

【桂枝香】不识儿郎傻气，却取罗巾频寄。做了寄书鸿，真如素尺。奴晴雯，被宝二爷着送帕子（笑介）给那一位。你听潇湘馆内，悄无人声。多管是又向罗帏，梦魂春醉。（到介。紫鹃贴）呀！晴雯姐姐，请坐。（贴）姑娘呢?（紫鹃摇手指帐内介。贴点头介。贴向帐内。紫鹃贴）有。（贴）是谁?（晴贴）是晴雯。（贴）做什么?（贴）二爷送手帕来给姑娘。（贴内语）这帕子想是好的，叫他送别人罢，我用不着。（晴贴）姑娘听禀：是家常拂拭，是家常拂拭，说姑娘自知，切莫要生心嫌弃。（贴内语）哟，是旧的，如此，放下去罢。（贴向贴介）妹妹，请了。（贴）姐姐，不远送。（晴贴下。贴内唱）猛然间尺幅凭空寄，此情大可思。

（起坐床沿上向贴）掌灯来书几上。（贴）是。（场上中间另设几，上摆文房四件。贴持烛台上。贴）奴想宝玉这番意思，不觉魄动魂摇，知他那番苦心。目下能领会我，我则可喜。想我这番苦意，将来怎发付他，我又可悲。看这两块旧帕儿，又令我笑。而私相传递，平时泪零，又令我惧且愧。（贴虚下。贴看帕介）嗳！这帕子是旧的儿，又是两条儿，哟哟！奴猜着他了！

【浣溪乐】他是个哑谜儿将人比，分明是旧姻缘不换新知。他泪痕儿应有千行累，抵得向奴边亲拭泪。（用帕拭泪介）更条条换替，洒遍天涯。

嗳！这帕儿真包得人生无限情也。

【北收江南】这不是佳人上襦梦来宜，这不是秦郎细布贻私室。这不是郑家衫子旧参差，这是委雾凝霜，鲛人蝉翼。知否凄其风雨同絺绤。岂彩绯系垂？岂彩绯系垂？转做了红绡寄泪诉轻离。帕儿呵，输你个针线相因，一段亲亲密密。

则这缠绵余意，左右无聊，不免题诗志感者。（写介）眼空蓄泪泪空垂，暗洒闲抛却为谁？尺幅鲛绡劳惠赠，叫人焉得不伤悲。

【香遍满】偿珠泪，浸得个桃花薄薄垂。似这般朝潮夕汐浑多事，一拭千行付阿谁？却把香罗累。帕儿，你却又好侥幸也！依傍女儿痴，消受这珍珠湿！

（写介）抛珠滚玉只偷潸，镇日无心镇日闲。枕上袖边难拂拭，任他点点与斑斑。（起作势行唱）

【前腔】人垂泪，却几度对菱花点绛脂。则只怕栏杆妆面红啼渍，越到心伤越意迟。一味的春思醉，枕袖儿也应迷，斑点的交层次。

（又坐写介）彩线难收面上珠，湘江旧迹已模糊。窗前亦有千竿竹，不识香痕渍也无？

【江儿拨棹】看你拭面多情媚，究何为？怎禁我肝肠迸出这泉泂泪。想这泪儿呵！淋漓流尽桃花水，飘零冷透胭脂地。奴又想起来呵！便轻付与鲛绡不值！〔川拨棹〕怎比那斑竹儿泪痕滋，向何处望君王上九嶷。

索意题遍了罢。（做惊骇倦态介。走玉镜前揭看介）呀！怎一霎时浑身火热，两颊生红？（微笑视镜内介）你看腮边红晕，真合压倒桃花也。

【沉醉东风】只说这上林枝闲销恨思，甚刘郎敢渡蓝桥水，问他个人面相思，却缘何不笑向春风里？真一似娇折枝楼东泪。这病儿怎支？这症儿怎医？这便是钟情人得的便宜。

嗳！只索睡也。但这帕子姻缘，何时了也？

【尾声】幽闺秘恨排无计，又心摧鲛绡一二，恰与他一血一痕无彼此。（泪下）

埋　香

（贴旦扮黛玉上）

【仙吕·八声甘州】春残几度，寂寞栏杆，卷帘人诉。月明花落，能消几个华胥？（小旦扮紫鹃上）玉阶花落春犹在，金屋妆成意不如。（小旦）是起得早也呵。（贴唱）刚则是隐隐嫩莺啼，倦眼频舒。

姑娘，今日梳洗得恁快呀！（黛玉唱）

【□□□】听说罢心怀悒怃，有一桩心事，不住的怀间露。因此上淡扫蛾眉妩。（背介）若论起昨宵呵。甚心情还问那花阴午？紫鹃，你看帘幕东风，落红成阵，恁谢去得快也。（小旦）小姐，大观园内，一片红毡，那些小丫嬛们踢来踢去，说是步香尘，花瓣儿细碎有声，又说是响屧廊，好不闹嚷。（贴叹介）看这些蠢丫头，摧残香质，恰好似薄情人也。紫鹃，你去办花帚一副，待俺收拾葬花者。（紫娟）晓得。（下。黛唱）自思量，幸亏得愁人恰遇三春暮。便替你春花无端调护。（下）（场上设假山，生宝玉上。唱）

春将去，教人怎度？无聊的闲步了庭除，向海棠春坞。

青草闲阶春暮，人向落红何处？冷落好胭脂，风送新妆仙去。仙去仙去，夜半鹃啼芳树。小生无聊枯坐，偶步花溪，已到山坡之下。你听那边呜咽之声，是谁人委曲呀，不免潜身去听者。（下。贴旦背花篮，持花帚，扫花上）

花飞花谢没须臾，年去年来甚情绪？我则向碧桃儿默诉，青梅儿细哦，红豆儿索取。

呀！怎这落红满径，多细碎不全也。

【后庭花】你看沁余香霜花泣舞，绿苔纹芳菲清露。休提谢了人无主，只这香泥儿把清白污。兀的是一片红也。慢延竚，便做得武陵一路，也要人消闲住。（泪介）似这般雨雨风风，问便算长埋净土。呀！一阵旋风尽吹向前边去也，待我扫去者。（生上）哎呀！今日伤感人也。明明是林妹妹扫拾残红，葬以花冢。如此风凉，他怎生禁得呵。且上这太湖石上看者。（行唱）仙子带云锄，零陵风帚疏，一担春愁负。

【油葫芦】缤纷久已残春坞，没来由，勤调护，潺湲流水也呜呜。（上桌介）权当做巫山顶上闲凭俯，为云为雨朝还暮。（旦扫花上）风起处，落红铺，半面妆回风儿舞。好一似琵琶远去关门路，梦魂绕遍青青墓。

（宝玉拭泪介。林旦唱）

【前腔】今年又是飘零数，只落得一身虚。萧萧风雨斜阳路，惜花情性生来误，女儿花薄风姨妬。（小生）我那惜花人呵！（林旦唱）猛听得惜花声吹到奴，莫不是俏花魂私恻怃？似这般云飞雨散知何处？抵多少东君空把奴分付。

侬今葬花人笑痴，他年葬侬知是谁？一朝花落红颜老，花落人亡两不知。则俺今日扫花，竟不觉凄凉至此也。

【石榴花】你红颜未老命先枯，肠断落花初。比如这些花卉呵！费多少好栽扶，才得花如许。春归自早，因甚的便与春俱？呀！你看花片儿也掉下泪来那！（小生下桌。同唱）花魂也向天公诉，泪珠儿洒遍天衢。怪底不情不绪春来雨，都只是桃花儿泪落水平铺。（生）林妹妹如此钟情，的是雅人深致，我来帮你拾花片也。（旦瞧科）我道是谁？原来是这狠心短短！（住口介。不理介。行欲下介。生）今日没精打彩，知是恼着我，但不知何事那？（旦不语泪介。旦欲行介。生）姑娘不理由姑娘，但有一句话儿。（旦住行介）请说。（生泪介）哎！既有今日，何必当初？（旦）呀！当初怎么？今日怎么？（生）呀！当初一起儿坐，一起儿睡，便是我的心，姑娘爱喜，我也送来的；丫嬛们想不到的事，我代他想，怕姑娘生气。（贴冷笑介）此刻姑娘做了丫嬛，丫头变了姑娘。（生）这是怎么讲？休将葫芦掩住，没来由把人踌躇。（揖介）到底要姑娘讲个明白。（旦）为甚么门儿不开呢？好教人风雨独欷歔，掩梨花少吩咐。

（生）呀！屈死人也！

【四边静】望卿家姑恕，恕我个不知情错误。（旦泪介）夜半推敲几许，应私揣侬家步。昨夜呵！不及这冷透胭脂，还得痴人护。（下）

（生痴立介。小旦扮袭人上）满地绿阴飞燕子，一天晴雪卷杨花。呀！你看他竟站在这里，又是什么缘故？（生抱袭人）林妹妹，你屈死我也，我心里是有你的呀！（袭人）你敢是痴了！（生熟视，羞介。旦扶生。生唱）

【尾声】风闹落英天，雨溅残红地，将遍人间，零落横眉际。（合唱）情种谁输，痛煞了人间痴儿女。（同下）

情 妒

（生宝玉上）曾经沧海难为水，除却巫山不是云。取次花丛懒回顾，半缘修道半缘君。小生生做男儿，终成浊物。且喜绮罗队里，锦绣丛中，弄玉拈花，怡红快绿。但是男子的蕴藉，总不及女子的聪明。咱家林妹妹，秉绝代之姿容，具希世之俊美。只是独抱幽芳，预支薄命，花魂点点，鸟梦痴痴。最无凭者，金玉姻缘，他便恁认真儿堵噎。最难摸者，潇湘情性。我几番曲意儿温存，咳！林妹妹，我这一寸心，你何曾知道一些儿？话犹未了，你看宝姐姐却来也。（小旦扮宝钗，引丫嬛上。小旦）长疑好事皆虚事，道是无情还有情。（相见介。生）宝姐姐，那里去？（小旦）到太太那边去。（生）可曾见林妹妹么？（旦）不曾。（生）请到我小院一坐，叫丫头请林妹妹来，一同上去如何？（小旦）甚好。（同行唱）

【海棠春】花铺一径苍苔溜，纱亮处怡红窗牖。（钗旦）

鹦鹉在前头，小语怎轻逗。

（做到科。生）丫嬛们捧茶来。（贴扮麝月捧茶送二人介。生）你去潇湘馆请林姑娘来。（旦应下。生急起向贴，悄说介）你去可别说宝姑娘在此，知道了又不来的。（贴笑介）也忒小心了。（下。生）宝姐姐一向少会，在家做什么来？（旦唱，丫嬛虚下）

【倾杯玉芙蓉】春去多时不自休，早侍萱堂后。向花阴护了红幡，薰了晶球，教了鹦鹉，上了花钩。小窗软把鸳鸯绣，明月也闲凭鳷鹊楼。尽消受，珊瑚玛瑙瓯。识字涂鸦，敢说甚半窗月影为诗留。

（生）姐姐是好消停情性呀！（旦）那里是消停情性哟！

【画眉序】则俺是不识愁三春休逗，不识忧百岁儿筹！对闲鸥把机儿溜，剔飞蛾把光儿漏。（生）又是温柔性格儿呵。（旦）那里当得起呦。说甚么温柔情性不惊秋，只一点蓬心如旧。（背唱）则笑那泣花人把鲛绡湿透，凭自己也不顾那人儿禁受。（生笑介）怪不得老太太们说呢！（旦）说甚么？（生唱）

【斗鹌鹑】则说你灵芸模样，洪度风流。更那醉草香兰来月下，房栊新句度高楼。还休，赏春不为春来瘦。还说姐姐聪明绝世，宽厚存心，有躭待，有尽让呢。（旦）惭愧呀。（生唱）最宜人万种温柔。（背介）除却了潇湘夜月，怎抛得蘅芜云秋？

（生看旦不语，旦作羞介。生）姐姐，你那香串儿着实好呀！与兄弟赏鉴赏鉴。（旦除香串递与生介。生看介）是好香也。（旦扮香菱上）呀！姑娘在这里，那里不找来？四姑娘请姑娘去商议步大观园的景呢。（小旦）如此去来。（生）姐姐，即便来者。（小旦）晓得。（下。生）哎！才见宝姐姐手如柔荑，肤如凝脂，可惜生在他的身上。（呆看香串不语介。贴扮林黛玉引丫嬛雪雁上）杨柳入楼吹玉笛，芙蓉出水妬花钿。（行到止介）雪雁，你看，宝二爷里面有什么人？（丑作张介，笑介）姑娘，宝二爷那里倒无人，只是拿着一挂香串儿细细端详呢。（旦）又是什么作孽的东西，那你且走开。（丑）是。（努嘴介）宝玉又晦气了，这一进去，有一顿好收拾呢。（小旦瞧生，生不知介。旦拭泪介。悄入去，坐旁边椅子上，瞥生介。生做忽见惊介）呀！妹妹到来，有失迎接，刚才宝姐姐在此，好不等呢。（小旦背介）原来就是他的？（生扶旦，旦不理介。生笑）又是何苦来？（揖介）陪妹妹的礼。（旦）前日给你的香袋儿呢？（生）在这里。（向衣襟上解下香袋与旦看，旦抢过扯碎撂地下介。生）呀！可惜了！妹妹，任凭我千不好，万不好，也不敢在妹妹前不好呀！何苦拿这宝贝出气？（旦）我晓得，你心中极有妹妹的。（生喜揖介）是呀。（旦）只为有了姐姐，却便忘了妹妹。（生）妹妹，我那些儿忘了？（旦）也说不尽许多呀，你可听者。（生）是。

【皂罗袍】薄幸儿郎知否？你麒麟偷袖，罗帕轻丢。（生揖介）此话从何说起？（旦唱）更有那百依顺酒冷心头，不理会吃斋时候。（生笑介）冤哉！（旦唱）则见手炉作证，熨斗知愁，香丸情逗，心丹胡诌，命中魔，受不了心中怄。

（生）妹妹呀！

【前腔】自幼双双携手，念亲推一本，倍自绸缪。（旦）几曾见来？（生唱）那一床儿睡慰离愁，一桌儿吃妨咳嗽。

怕午眠凉透，花阴风兜，潇湘月漏，扬州泪流。揣芳情，办一片心儿凑。

（小旦扮宝钗上）宝兄弟，史妹妹来了，等你去顽耍呢。（黛玉背介。旦钗拉生径下。小旦瞧介）你看两个不识羞的径自去了。

【前腔】亏你女儿不忸，把从前公案，兜上心头。锁金权作探春球，冷香便捏就相思豆。这般携手，是甚来由？拉人入彀，没些儿羞。薄情人不怕应花前呪。

（痴坐介。二旦扮紫鹃、袭人上）料得也应怜宋玉，肯教容易见文君。（袭人）妹妹，你来，想是看你家姑娘的。（紫鹃）正是。（袭人作手势介）不要提起，在里面闷坐，我也不好意思进去，连小丫头们我都不叫他倒茶去。（紫鹃）如此，我们一同进去。（见介）哎，姑娘在这里。（林旦）我们回去。（袭人）姑娘再坐坐去。（生上）有事关心，不敢久恋，适才得罪林妹妹，不免陪小心去。（见介）妹妹，暂违了。（旦不理介。袭人）二爷怎么不陪林姑娘，却那里去？（小旦）紫鹃还不去么？（同行介。生慌拦介）妹妹！我才先说的那些儿话，一字儿不假。（旦）你也白操心那，我又比不上什么配得的，何苦来？（生呆怒介）我曾发誓盟心，你到今日还说这话，屈死人也。罢罢！我也无以盟心了。（除玉介）都是这劳什子不好。（气摔地下介。袭人）这是什么意思？（小旦笑介。生唱）

【□□□】堪忧，凭他刀剑咽喉，硬把人儿冤透。爱惜花钩，问如何不教花枝透。自幼儿共嬉游，满拟着知心良友。却原来心事向天涯剖。我待把一腔热血樽前呕，还只怕落花有意水空流。

（二丫嬛向小旦）姑娘，他可知不是了。（小旦）与我何干？

【前腔】堪羞，说甚同心自幼？无端的将人诱。只听得金玉词头便恼羞，不住的虚心逗。自忖着甚缘由？恁枉然提心在口，从今后把痴魂一笔勾。你呵，也不须坐来凝睇西风久，我呵，自不必深锁春光一院愁。

（径下。生呆。袭人、紫鹃俱呆。黛内唤介）紫鹃来。（紫鹃惊应下，袭人向生）你这小老子！平日左么林妹妹，右么林妹妹，如今气得他好呀！（生不语介。袭人）他那么一个人儿，还想来陪你不是，你可要去走一遭儿。（生点头。袭人）如此，还带上玉，他才不恼呢。（笑介）天上人间，方便第一。（下。生叹介）我想天地之间，惟此方寸，最不可测。他当局之迷，亦至于此。是呀，他那金枝玉叶，怎禁得雨怨云愁？须索走一趟儿。正是，他桃花脸薄难藏泪，桐树心孤易感秋。（作到科。场上先设桌椅书卷。黛旦暗上，闷坐介，生敲门介。旦）紫鹃。（紫鹃上，旦努嘴向外，鹃点头）那个？（生）是小生。（小旦）谁？（紫鹃）宝二爷。（黛旦）不许开门。（鹃开门）奴以为宝二爷从此不来了，怎么便？（笑介。生笑揖介）有劳姐姐。（黛旦笑）这等没廉耻东西！（生）妹妹安好。（旦不理介。生）妹妹呀！

【绣停针】忸怩怎收，唐突西施心自咎，从今怜惜好如旧。（揖介）妹妹，转了心罢。（旦仍不理介。生）紫鹃姐姐，那边鹦哥蹋了架也。（紫鹃向旁边看介。生跪介）妹妹！可怜我拜跪伛偻，抵多少十八封侯，却做了三千叩首。（黛旦扶生起，紫鹃作看见，笑介）宝二爷，你看那鹦哥拜了佛也。（生）怎么？（紫鹃）白鹦鹉拜观音。（作跪势介）是要恁么的呀？（生笑。黛旦）自家讨的。（生旦携手。旦）宝玉呵！则愿你皈依紫竹林中守，再莫使海棠泪滴秋阶瘦，你看那人冷潇湘不自由。

（紫鹃）姑娘，先头太夫人知你二人淘气，要请琏二奶奶来讲和，我看你们先去为妙。（生、旦）说得是呵。

【尾声】同心侣，意悠悠，这才抹去了斑竹湘妃的万点愁。（同下。紫鹃吊场）我想人间尽有不守法度的男子，（笑介）遇了我这才貌兼全、恩威并用的小姐，不怕他不乞怜也。则这般弄得个使性的儿郎似市上猴！（下）

金　尽

（小旦上）好苦嗄！

【北端正好】惨凄凄人一个，抛的下无处腾挪。到今朝百计如何，可拚死去才能躲。

一霎分开暗里情，可怜生死不分明。人间好处浑难住，恩怨从教有变更。奴家金钏儿，自幼与妹子玉钏，在太太家中服侍，十分中意。前日太太在房里午睡，奴家闲立在傍，忽遇宝二爷走来，拉着手笑道：我此时要和太太讨你，咱们在一处罢，我只长守着你。奴家不合应了一句道：你忙什么？金簪掉在井里，有你的自是有你的。不料那时太太早已惊醒，顺手打了一下，随即叫我母亲领了出来。这场羞辱，好不难当！咳！奴想众姊妹中，那一个不与宝二爷嬉戏，偏我金钏儿这般命苦哟！

【滚绣球】奴贪生怎么在世上偷活？几年来珠围翠裹，偏遇着可人心性质温和。他着意儿张罗，奴满载儿联络。问天公有甚深仇于我，这冤牵前世种呵。人前暂住何颜对，泉下长游去路多，生辣辣没有收科！

想那时奴家百样哀求，太太全无半点怜悯。出来几日，住在这花园旁边，孤孤另另，好不可怜？就是玉妹常时同了二三姊妹前来看视，但是他们如今各有收成，则奴家怎及得你万一也。

【叨叨令】实指望朝儿暮儿，让我清清闲闲的过。不承望金儿玉儿，惹下了牵牵连连的祸。盼不上花儿麝儿一任着亲亲热热的合，偏是我命儿运儿早已糊糊涂涂的错。兀的不恨煞人也么哥，兀的不苦煞人也么哥。似这般生儿死儿，不过是真真假假的作。

奴家左右寻思，不如早觅个了身之计。争奈母亲时刻防维，不能下手。恰好今日上值去了。奴家偶行至此，来到园中。只是如何得个决绝之地便好？

【脱布衫】对着这飞花逐浪，不能望松附茑萝。下身分欺奴柔懦，勾除了前因后果。

奴家自那日出来，害得终宵不寐，水米不沾。满望泪眼早枯，身随魂化。不料三日以后，残喘尚延。天哪！似这样可怜的人，苦苦留住世间怎的？

【小梁州】闪得奴人间打个磨陀，算不如早见森罗。从来好事最多磨，安排到我，黑沉沉泉路自安和。

哎呀！宝二爷呀！

【么篇】只为你痴心不耐相如渴，赚杀人热热情河。那知是绝房星催命恶，生扭作妖娆狐媚，分外用搜罗。

一路行来，此间已是东南角上了。

【上小楼】只见那无情花草，枝枝朵朵。伴着奴眉敛遥青，泪湿残红，行不得也哥哥。了生机，添死路，惊神飘堕。却又是，扑琅生，刀山一座。

原来那边有井一方。此时四顾无人，不如将身投入。（哭介）阿呀！母亲呀！孩儿今生，是不能相会了。

【满庭芳】这般结果，虚生浪死，不用蹉跎。便忍羞颜，绕膝下，依旧随行侍坐，到头来总不过恨挽愁拖。我那玉钏儿妹妹呀！你那里侍娘行花停柳妥，我这里报郎心云欹月破。寻思起无那，敲碎了白玉连环，消灭作冰花石火。

（抚井介）你看此中黑魆魆的好不怕人！奴家一死，倒也罢了，可不孤负了宝二爷这一番情意哟！

【快活三】我此去甘心渡奈河？若得你清明浇碗饭儿波，奴便在阴司此债聊消抹。

呀！远远听见有人行走，此时再不捐生，事恐无及。阿呀，天呀！不料我金钏儿委实的如此也。

【朝天子】把红颜量度，向黄泉斜軃，霎时间香躯涴。这的是下场头钟情差错，顾不得轻生死分明计左。倩影无依，痴魂欲脱，遇着了燕子秋归，犹同去寻巢幕。思他一回呵，哭咱一回呵，这祸根由是那润津丹一颗。（投井下）

秋 社

（旦引丑扮婢上）

【北醉花阴】认取年华人自幼，有多少才思拖逗。蕉叶屿，蓼花洲，颤巍巍斑竹雕锼。斜觯着蘅芜秀。今日个白社集名流，带挈我老农人同聚首。

玉洁冰清十数年，喜他兰蕊列阶前。有时名列天家府，不旺青灯课读先。妾身李纨是也。今日宝姑娘、云姑娘约同众姊妹等，在这园中赏菊赋诗，十分幽雅。适间陪侍老太太饭酒一回，此时已归上房去了。素云！吩咐把笔砚粉笺安排停当者。（丑）嗄！（小生上）

【南画眉序】只为爱清秋，着意儿寻花问柳。恰指痕粉晕，玉软珠柔。侍娘行密意纷披，可依心香肩左右。才华毕竟谁同调，此际频添禁受。

嫂嫂拜揖。（旦）宝叔万福。（小生）他们往那里去了？（旦）林姑娘在堤上钓鱼，宝姑娘、云姑娘送老太太上房去了。那边柳阴树下站着的，不是三姑娘么？（小生）原来如此。（旦）便是三[1]姑娘、四姑娘怎么不来？（小生）他们二人俱说不会作诗，再四不肯入社。不知今日诗题可曾拟定？（旦）云姑娘送来诗题一纸，多是分咏菊花，这题目好不新奇呢。

【喜迁莺】黄花忆否，访名姿三径夷犹。秋也么秋，种得来西窗北牖。供向那瓶间相对留。好诗情，咏不休。欹画影，试问他斜簪一绺。香梦觉，残蕊交蹂。

---

［1］ 底本作“三”。疑为“二”字。

（贴倩妆引贴扮紫鹃持钓竿上）

【画眉序】临水自优游，荡漾轻丝波底皱，看金鳞掩映，怕惹香钩。（贴扮探春上）这些时拾翠娇羞，搭上了绿天消受。（小旦、贴扮宝钗、湘云携手上）寻芳觅艳欣同偶，端的是珠宫玉友。

（各相见介。小生众合）多蒙二位姐姐相招，特来赴社，适见所拟诗题，并臻佳妙。（小旦）此番吟咏，各出心裁，还望稻香老人从公评阅。（旦）不敢。

【出队子】多则是秋心参透，遇着这晚秋天把秋思兜。不比那悲秋宋玉浪情投，艳盈盈玉镜金茎词上头。还怕到送去秋光没处求。

（众人坐吟诗介）

【滴溜子】看潇洒秋容，蜂衔蝶耨，把无穷景色，商量先后。（小生）宝姐姐，你把忆菊诗作了！那访菊我已有了四句。好姐姐，你可让我作了罢。（小旦）我好容易有了一首，你就忙的这样。（小生）呀！他修文匹偶，适才成得二首，怎么一霎时十二个诗题，都被你们作完了。彩笔不停留。四下诗成就，正佳句盈前，敢不拜走？

（旦）列位诗已告成，待妾身一一细观，以参末议。

【刮地风】这是香蘅妙句细推求，忆从前景物勾留。西风怅望重阳候，归雁远圃际篱头。坐寥寥砧韵敲愁，谁慰语清霜消瘦？梦相知泠月持修，趁着这墨痕新描浓淡香生双袖。认颠狂戏笔攒留，几枝花跳脱风流。

（小旦）看这怡红蕉客所作诸诗，可的是一时伯仲呢。

【滴滴金】趁霜晴闲时候，槛外篱边何所有？喜的是泥

封护惜勤勤覆，携锄种，秋花茂。一任这高情依旧，镜中妆簪鬓右，金翠离披，恰宴赏正休。（旦唱）

【四门子】看这枕霞旧是神仙友，把花间好句搜。秋光荏苒休辜负，幸知昔抱膝酬。隔坐儿点缀幽，抛书儿冷淡修。一枝枝弹琴酌酒俦，劝你珍重收。神印留，锁玲珑篱筛月逗。

（贴）且看潇湘妃子的诗章，自然是绝妙好辞的了。

【鲍老催】他海棠句优，湘帘半掩门径幽，碾冰为土香梦勾。一缕魂，三分白，秋闺叩，啼痕拂拭摧残漏。则今日的菊花诗呵！谅也是翩翩妙制拈红豆，群倾赏，天仙手。

（旦）据我从公细评，各人自有警句。究竟让咏菊第一，问菊第二，菊梦第三。题目新，诗意也新，不得不推潇湘妃子为魁了。则看这三诗呵！

【水仙子】羡、羡、羡，羡意不犹。任、任、任，任无赖诗魔昏晓伏。写、写、写，写秀毫端口角噙香，说、说、说，说甚么白衣送酒。问、问、问，问花开独在秋，莫、莫、莫，莫言举世无知心否？可、可、可，可也解语何妨片刻投？把、把、把，把和云伴月分明守，早、早、早，早已是沉酣梦晚烟稠。

（小生）极是，极公，盖无人出其右矣。（众旦）果然字字含情，行行描景。我辈诸人，从此甘拜下风矣。

【双声子】词不朽，词不朽，似秋雨秋窗候。思交构，思交构，似一曲埋香帚。似咏桃花不耐久，你便是文章魁首，仕女班头。

（贴扮莺儿上）启姑娘，霜螯正热，月上前轩，酒已摆在凹碧亭上了。请姑娘们上席。（众）请。（合唱）

【尾声】画墙百尺银光陡，喜橙切香黄美味稠。林妹妹呀！则让你韵事闲情都占就。（下）

兰　音

（贴素妆上）

【绕地游】凄凉数稔，命薄心重审。痛双亲泉台长寝，年华荏苒。好情怀消磨自瘆，最撩人愁添病侵。

自小生怜命不犹，那堪多病复多愁。关河千里增离别，惆怅金陵十二楼。儿家林黛玉。自从维扬到此，已有三年。蒙外祖母时加怜惜，宝玉又着意相投。只是我飘泊依栖，中鲜作合，但恐两下痴心，终归不遂，即使腼颜人世，奈觉无聊何？

【山坡羊】眼中人愁潘病沈，梦中人云痴月暗，局中人分浅缘慳，意中人绿碎红零谶。适才从上房回来，早到了大观园首。你看昨日金牌宣令，何等繁华，到今日玉树临风，这般冷淡。我愁恨深几度柔肠沁，不了心期，只合吞声噤。袖掩潸潸泪雨淋，追寻，虚飘飘意不禁。消沉，实丕丕苦自任。

（小旦上）颦儿跟我来，我有一句话问你。才过藉香亭，（贴）又到蘅芜院。（各坐介。小旦笑介）颦儿，你跪下，姐姐审你。（贴笑介）宝丫头，你敢是疯了？好端端审问我什么？（小旦冷笑介）好个官家小姐，好个不出闺门的女孩儿。

【金案挂梧桐】你才同柳絮深，貌比花枝甚，美玉无瑕，自要扶持恁。如何昧素心，妄耽吟，信口成词不细寻？（贴笑介）我又不曾说了什么，你只不过要掐我的错儿罢了，你倒说出来我听听。（小旦笑介）你还装憨儿，昨儿行酒令，你说的是甚么“良辰美景奈何天”，又甚么“纱窗也没有红娘报”，我竟不知是那里来的？怜卿妙句衔青鸟，愧我临文让白蟫。空疏怎拜求贤妹，度金针，真个是句句千金，字字千金，这就里亲相谂。

（贴半晌羞态介，笑介）好姐姐，原是我不知道随口说的，你可别说与外人，你教给我，我今后再不说了　。

【前腔】你潜心翰墨林，妙手天孙锦，萱草荆枝，百岁荣华荫。则可怜奴家呵！依人泪染襟，思沉沉，浪迹萍踪表夙忱。你提撕有意，含情告我，感激无穷佩德深。相关甚，多蒙贤姊下规箴。度脱我露果常噙，雪液常噙，漫取迷汤饮。

（小旦）妹妹，你且坐下，做姐姐的有一言奉达。想我髫龄时候，家中也极爱藏书，似这些《西厢》《牡丹亭》，以及《元人百种》，无所不有，闲时节往往取看。

【二郎神】芳心渗，艳晶晶情河儿波浸。把那些丽句香词来招赁，缘中恨里，幻多少花根寻。但在我们做女孩儿家的，还该习些针工为上。便则是金梭常织纴，说甚么淋漓墨沈。就是临字吟诗，也非本分，偏又喜看的是情词艳曲，倘若一时移了情性，可不到没遮拦辜负了好光阴？

（贴点首介）姐姐如此推心置腹，做妹妹的能不感激涕零。（背介）

【簇御林】我腆然愧，拜德歆，却无端，一片心。三春情事人擻窨，撇不下埋香意，悲秋谶，到而今。（转身介）多谢你，心田滋润，感戴沐甘霖。

（丑扮素云上）我家大奶奶同史姑娘、宝二爷在四姑娘房中，请二位姑娘去，有要紧的事商量呢。（小旦）如此，妹妹，请。（贴）姐姐，请。

【尾】感谢你慈悲救拔旁人谮，恰便似兰语生香心自钦。（小旦）妹妹，我与你原是知音也。我为你，试重整新弦一曲琴。（下）

醋屈

（贴扮平儿上）

【渔家傲】只为少小无依独自怜，说甚娟娟，追陪席前。奴家平儿，自幼父母双亡，投身至此，服事二爷、二奶奶，十分中意。今日是二奶奶好日，老太太命合家上下人等，各出分仪，一同庆贺。此时席已将终，恐怕奶奶要回房了，则索伺候去来。穿过了前廊后院,早来到绣幕华筵。（内细乐介）听处处笙歌欢宴，锦簇花团乐万千。（下）

（场设妆台几瓶，内插剑介。副扮贾琏，贴扮鲍二娘携手上。合唱）

【驻云飞】梦倒神颠，意合情投夙世缘。云敛巫峰倦，月上蓝桥转。（副）鲍妹，我和你今朝相会，欢爱异常，只是怎得个常久之计便好。（贴）二爷，多蒙你错爱奴家，成其好事，只怕少有风闻，致干未便。（副笑介）不妨，我已着丫嬛们四下巡逻，一见他来，即行知报。想起适才的光景，好不乐杀人也。你俏眼妮生怜，微嗔娇恋，鬓乱钗横。早了三生愿，分明是千里相思一线牵。

（贴扮王熙凤，引贴扮平儿执灯上）不信温柔为女子，

果然薄幸是男儿。平儿，你听那小丫头所言，可不令人气死？我和你同到窗前听者。（立听介。鲍贴）

【前腔】暗里缠绵，嘱付机关莫浪宣。（笑介）多早晚你那阎王老婆死了就好了。永远于飞愿，不使酸风煽。（副）他死了再娶一个，也是这样，又怎么好呢？（贴）他死了，你索性把平儿扶了正，只怕还好些。他情性自称贤，容颜娇娈。（副）便是连平儿，他也不教我沾一沾了，平儿也是一腔委屈呢，不敢说，我命里怎么就该犯了夜叉星。（贴合）阻隔佳期，两下生悲怨，有日里使尽威风在一边。

（贴怒介，进门介）呀！

【前腔】怒气冲天，何事妖娆性太颠！（打贴介）你偷主人汉子，还要治死主人！你自恃能淫贱，名分皆更变！平儿过来，你同娼妇们一条藤儿，外面哄着我，内里多嫌的狠呢！满口肆胡言，欺人柔软。（打平贴介。贴）你们作这些勾当，好好的又拉上我作什么？（打鲍贴介。副踢平贴介）好贱人，你也动手打人！（贴生气介）你们背地里说话，为什么拉我呢？（王贴打贴介）你怎么就不敢打这贱妇？袖手旁观，不把情根剪。（平贴）罢罢罢，左右如此，不免寻个自尽，了此残生便了。（急下。二小旦扮尤夫人、袭人同净扮老妈上）这是平儿，为何如此模样？袭人姐，你可同了他劝劝去。（袭旦随下，贴撞副介）你们商量着害我，被我听见，都倒唬起我来，你也勒死了我罢。（副取剑介）鲍二家的，你自出去，他也不用寻死，不如我杀了他，偿他的命，大家干净！（各揪扭介。鲍贴下。小旦）这是怎么说，才好好的就闹起来。（贴背介）我索向业镜台前诉苦冤。

（急下。副执剑赶下。小旦）这是那里说起？老妈妈，你且随我告诉老太太去。（带净下。老旦、正旦同上）红烛影方催罢宴，白头人最爱寻欢。媳妇，他孩儿们都回房去了么？（正旦）都回房去了。（净、小旦同贴上。贴跪介）老祖宗救我，琏二爷要杀我呢！（老旦、正旦）这是怎么讲？（贴哭介）我才回去换衣裳，不防琏二爷在家和人说话，我只认是有客来了，唬的不敢进去，在窗外听了一听，原来同鲍二家的媳妇商议，说我利害，要治死了我，把平儿扶正。我一时急了，打了平儿两下，问着他，他们急了，就要杀我。呵呀！老祖宗呀！

【急三枪】可怜我遭强暴，心惊颤，无人劝。望你垂怜悯，拜尊前！

（老旦）这都了得么？快把那下流种子打出去！（副内）都是老太太惯的他，他才这样，连我也骂起来了。（老旦）他还在那里乱说么？快叫人把他老子叫来，看他去不去？什么要紧的事，小孩子家年轻，那里保得住，都是我的不是，叫你多吃了两口酒，如今又吃醋来了。你且放心起来，今儿不必过去，明儿我叫他替你赔不是。只是平儿那贱人，素日我倒看他好，怎么暗里这等心地？（小旦）平儿原没有不是，是他们二人不好相争，都拿平儿煞性，平儿委曲的狠呢，老太太还骂人家。（老旦）原来是这样。我说那孩子还好，可怜是白受他们的气。珍儿媳妇，你去告诉他，说我的话，我知道他受了委屈，明日叫他主人来赔不是。今日是他主子的好日，不许他胡闹。（小旦）是。（老旦）好孩子，你且随我住下，看他怎样？

【前腔】且自把今宵过，重会面，寻欢忭。看着这惊惶态，动矜怜。（同下）

（场设妆台衣架介。小生上）

【梅花引】愁看满目旧姻缘，意相牵，恨难捐，何死何生，双掩泪涟涟。小生贾宝玉，前日在母亲房中，与金钏姐姐偶尔戏言，不料他被逐出来，死于非命。今日正是他生日，小生带了焙茗，私行郊外，哭奠一番。回来同众姊妹们与凤姐姐开筵庆贺，此时饮罢回房。心事满怀无处诉，提起悔当年，哭罢了天！

（贴上）意外顿惊多变幻，（小旦上）个中何事太牵连。（贴）宝二爷，（小生）姐姐，请坐。（小旦）我先原要让你，因大奶奶和姑娘都让你，我就不好让的了。（贴哭介）多谢姐姐，想奴好好的，从那里说起，平白地受了一场闲气。（小旦）老太太才叫珍大奶奶来安慰了你，况且二奶奶素日原待你好，不过一时气急了，所以如此。（贴）二奶奶到没说的，只是那贱人治的我好，反又拿我凑趣儿，还有那糊涂爷也来打我。（哭介。小生）好姐姐，你别要伤心。

【忒忒令】你放宽心，不须挂牵，撇愁怀，双眉渐展。他们二人的不是，小生在此替他赔罪了。（连揖介）将万千委曲，任他们埋怨。无穷恨，不白冤，还望闲排遣。把我罪名赦转。

（贴笑介）这也好笑，却与你什么相干？（小生笑介）我们兄弟姊妹都是一样，他既得罪了人，我便赔了不是，也是应该的。

【尹令】恰无故将人责谴，恕无知尽人讥贬。谢无穷怜人哀免，蓦忽勾消前件。似这般笑逐颜开，省识东风花柳天。

可惜这新衣裳也沾了，这里有你花妹妹的衣裳，何不换他下来熨好。（小旦取衣代贴换介。小生）呀！

【品令】纤红绉裳，掩映态蹁跹。藕丝嫩衫，半衬碧云肩。爱好天然，人近天涯远。恰临风自怜。将身材细心忖遍，似这袅袅婷婷，侧面回眸在那边。

姐姐，妆镜在此，何不把这鬓发，略梳一梳也好。（贴）是呀。（梳妆介）

【豆叶黄】把青丝一绺，浅掠轻鬈。（小生）姐姐，还该搽上些脂粉，不然，倒像是和凤姐姐相较似的，况又是他的好日子。（送粉介。贴）见满列宣窑磁盒边，（匀面介）爱淡白香红几片。（小生送胭脂介。贴）星星渍透，点点匀圆，重拂拭，菱花儿半面，菱花儿半面。（小生送花介）这是并蒂秋蕙一枝，方才用剪刀铰下的，姐姐，我与你簪在鬓上。（代簪花介。贴背介）呀！种爱生怜，多谢你情场占遍。

（丑上）大奶奶打发人来唤平姑娘。（小旦）妹妹，我送你到那边去罢。（贴）姐姐，请。（小生）姐姐有慢了。（贴）好说。（小旦）

【尾声】看了这温柔婍妮真堪羡，（贴背介）我临去秋波心自恋，姐姐，一霎情感佩无边。

（带丑下）

（小生痴望介）呀呀呀！小生喜也！

【九回肠】眼儿前，伊人对面。耳跟厢，絮语相联。喜生意外心贪羡，最怡情翠黛珠钿。我想平儿姐姐，是个极聪明极清俊的女孩儿，小生却从未少尽片心，可巧的今日呵！

他那里欺花虐柳羞同念，我这里惜玉怜香乐并肩，平生愿。小生因有金钏姐姐一段情思，故尔心中悲切，不料此时还有这一番佳遇。可儿心性如花眷，爱相偎袖角裙边。但是琏二兄只知纵欲，不解用情，况兼凤姐姐把持威福，竟尚严明。（顿足介）咳！一个是相思枉作登徒伴，一个是妒意移来洛水仙。他竟能周全妥贴，到今日还遭此磨折，怎不要教人怨，经偃蹇，遭轻贱。怜玉貌，感华年。

不免将他这衣上酒痕掠干，将帕上的泪痕洗净，再往稻香村中看他去罢。

【意不尽】喜今朝又缴钟情券，不必叹人世犹多半了缘。平儿姐姐呀！你也算是薄命司的人儿了！怕只怕作了断肠吟，残月晓风秋影倩。（下）

呆调

（正生黑缎袍，系玉色腰巾，扮柳湘莲骑马上）

【风马儿】生小英雄美丈夫。撑傲骨，与秋扶。冷郎君，不傍人门户。（恨介）无端轻忽，堪恨是狂奴。

人称王谢旧门闾，雪剑金枪不要书。昨日青楼还买醉，却将名姓付樵渔。咱家柳湘莲，世家子弟，早丧双亲。不喜搜蠹雕虫，惟好驰马试剑。与其抠出心肝，搔残须发，究竟谁亲？何如一杯块垒，三寸芙蓉，差强人意。非关三害，却堪射虎斩蛟；通得九流，亦自斗鸡走狗。挥金如土，不辞家业飘零；避俗如仇，一任风尘偃蹇。（笑介）半生落落，四海无家，两手空空，一身作客，有时兀自潇洒也。

【集贤宾】杯长引剑天风嘘，惯击筑吹竽，唱彻他大江东去。又晓风杨柳轻疏，埋没着奇伟魁梧。生成就妇人好女，叹伧父，那识俺英雄风度。

前在贾府会见宝玉，先以纨裤儿郎，不敢亲近。会过两次，见他一脉情痴，不流于狎；百般情致，不涉以淫。时耐他那姨兄薛蟠，两眼漆黑，不识高低，一味胡缠，那知分位。前见过一次，看他光景，甚是无知。今日系赖尚荣开贺，请俺赴席。因他素昔殷勤，只得走遭。又遇见那厮在座。因珍先儿再三求我串戏作耍，俺想风流潇洒，何所不可，便串了两出风月的戏。那厮竟错认了，便手舞足蹈起来。俺与宝玉说了几句话儿，他便乱叫道："谁放小柳儿走了！"见我出来，便一把拉住，兄弟长，兄弟短。俺心中又恨又愧，心生一计，拉他到僻静处，假意说了几句知心话儿，哄他到这北门桥上，给他一个利害，才知俺柳湘莲的手段。（丑内叫介）柳兄弟，咱来也。（生）话犹未了，你看那厮骑着大马来也。且避在这隐处，看他那里去。（虚下。丑扮薛蟠，作醉态，骑马跑上）

【三叠引】无边好事从天付，今日醉来有趣。风景甚清疏，好一似蓝桥前度。

咱薛蟠。喜柳兄弟相招，到他下处一乐。说在这北门桥头相会，那里去了？想是这小子怕薛大爷莽撞，故此磨奈我的性子。好聪明的孩子，但只是想杀我也。（作寻介）

【齐天乐】人烟稀少前头路，我的人儿何处？（笑介。作碰头介）碰破歪头，（作跌下马介）伤残坐股，拿他肉儿作补。

（生骑马上。丑骑马回头跑，作看介。笑介）好兄弟，咱就说你不是失信的。（生）快往前走，仔细人看见。（先走介。

丑急跟走介。丑）你看一带苇塘，倒也凉快，就这里叙叙罢。（生）便是。（各下马拴马介。生）你下来先设个誓，后日变了心便怎样？（丑）有理。（跪介。生旁立介）我要日久变心，天诛地灭，是忘八蛋的孙子。（磕头介。生后面擂拳打一举介。丑跌倒介。爬起介。生一脚踢倒介。丑）呀呀！原是两家情愿，不依便罢。哄我出来打，作甚的？（生）我把你这瞎了眼的，你认认柳大爷是谁？替我脱去衣服。（丑不肯介。生取鞭打介。丑）我脱，我脱！（自除去帽脱去衣服介。生又打介。丑）哎哟，轻些！（生冷笑介）也只如此，只当你不怕打的，认得我么？（丑不说介。生）不说便打！（欲打介。丑）你是正经人，我错听旁人的话了。（生）不用拉人，只说现在。（丑作丑声）现在也没什么说，不过你是正经人。（生）还要说软些。（丑）好兄弟！（生打两拳介。丑）哎哟！（生又打一拳介。丑哭介）好老爷，饶了我没眼睛的罢。（生）喝这个泥水！（丑不喝，生踢丑滚介）喝，喝！（喝水介。吐酒介。生）吃这个东西！（丑叩头介）好积阴功的爷，饶罢，这虽死而不能饮也。（生）老爷今日在赖家不过逢场作戏，难道与你看的么？闻你前在席上还唱曲儿，我坐在这桥上，你唱来与老爷听。（丑）是。（摩头介）没有好的？（睡在地下唱介。生坐介）一个蚊子哼哼哼，一个苍蝇嗡嗡嗡。（生）这是什么曲儿？（丑）前日行令唱曲，也是这个应酬的。（又唱）一个鼓儿磞蹦磞，一个马猴儿抻抻抻。（生）不要唱了，想你从前勾当，罪恶滔天，你可知么？（丑）是。（生）早年丧父，不自经理，以贻寡母忧，这是不孝。（丑）嗄。（生）为买奴婢，使尔猖狂，以致人死地，这是不义。（丑）嗄。（生）至于狎童宿妓，喝雉枭卢，般般放意，又属不雅不通！（丑）嗄。（生）什么霸王，呆霸王罢了！（丑）还是甚霸王，忘八也不如了。（生）不看你是个呆子，今日拳头结果了你，想你你那祖父呵！

【柰子落琐窗】笑钱奴万贯锱铢，博得个后嗣狂愚！你呵！钱刀臭铜，如狐假虎。算虚生有何味趣？铜山一旦天倾覆，管教你一包疽。

古云：宁可清贫，不可浊富。看你半生铜臭，那及俺柳湘莲两袖风清也。你从今认得我老柳也哪。

【秋夜月】豪气殊浪迹江湖，这拳头凿凿成斤斧，代刚刀砍尽腌臜骨！（骑马介）这是英雄的数，是英雄的数。

（骑马下。丑颤介）气数，酒倒醒了。（欲起跌介，哼介。副扮贾蓉领二小厮上。副）小厮们，来此已是北门，怎么还不见薛大爷。（二小厮）索性前去找。（一小厮）那好像是薛大爷的马。（一小厮）果是。（副）有马必有人，寻去。（丑哼介。二小厮问介）那边泥塘中哼的不是薛大爷罢？（丑）是，我姓薛的，是那位？快来救救则个。（二小厮上前扶介。副笑介）薛大叔，天天调个情儿，今日调到苇子坑里，一定是龙王爷爱你风流，招你为驸马也。（丑）不能走了。（副唱）

【月云高】风骚这教何苦？身儿缩，真似云雨的翻覆。赖大家还等着赴席呢。（丑）恰才个尝过滋泥，略领些甘苦。（合唱）动不动心肝肉，怕不怕筋皮骨！（抬丑，副骑马介）一似绣像西游八戒图，人说屠坊要缚猪！（共发诨下）

试　玉

（贴扮紫鹃上）

真真假假引情痴，机变交投只自知。我最旁观闲觑破，待将冷语暗挑疵。小奴紫鹃是也。因姑娘与宝玉，心中其实相亲，面上反多疑忌，越挑逗越添眷恋，越恩爱越显生疏，竟不知两下因缘，可能成就否？今日姑娘病体少痊，绣窗午睡，奴家在廊下作些针黹。正值宝玉走来，问问姑娘咳嗽，说了声："你穿得这样单薄，还在风地里坐。"我便说："二爷一年大，二年小，以后莫要这样不尊重，你总不留心，惹人谈论。姑娘常时吩咐我们，不叫和你说笑。你近来看他远着你，还恐不及呢。"他一听了此言，只瞅着竹子痴立，我彼时就回来了。适间雪雁来说，宝玉在沁芳亭后桃花树下流泪，因此径去寻他，再妆点些言语，一探其情便了。正是：恐他有意终无意，作我无情试有情。（下。小生哭上）好苦嗄！

【北双调·新水令】问芳卿何事竟相防，没来由这般景况。我热心偏有碍，你冷面太无良。那还望地久天长，便作到朝思暮忆成虚诳。

（坐介。贴上）缱绻原非偶，缠绵恐未真。且将个中意，试取眼前人。（笑介）宝二爷还在这里么？我不过说了两句，为的是大家好看，你就一气来到这风地里哭，如或弄出病来怎好？（小生笑介）谁赌气呢？我想姐姐既如此说，自然人人如此，将来都不理我了，所以在此伤心。（贴笑，挨小生坐介。小生笑介）方才对面说话，尚且走开，如何又挨着我坐呢？（贴）几日间，你姊妹两个正说话，有人走来，故尔所言如此。我来问你，你前日说什么燕窝的话？（小生）我因妹妹离不得燕窝，已经回了老太太，一天送一两来，吃上二三年就好。（贴笑介）吃惯了，明年家去怎么好？（小生惊介）谁家去？（贴）妹妹回苏州去。（小生笑介）妹妹因家下无人，所以来此，可见你是说白话呢。（贴笑介）二爷呀，你休看小了人。

【南步步娇】感君家情意常惆怅，从此把痴心放。你难道不知他年已及笄，自应出阁，该去送还林府。他好合安排入洞房。难道林家女儿，在你贾府一世不成？也只为月果花因总没些。所以早则明春，迟则早秋，这里就不送去，林家也必有人来接。前夜姑娘说了，叫我告诉与你，小时顽的东西，他送你的，你还他，你送他的，他也还你，二爷，你快打点去罢。就里谢周章，博得个天南地北人儿两。

（小生急介，起立介）哎呀！

【北折桂令】喜相逢称意娘行，数载因依百结柔肠。实只望珠帷绣幕，香屏锦幄，玉管银簧。常把着天心供养，忏除了尘世凄凉，却怎生两下参商？忍说甚待转家乡，顿将人骨化形销，恨从今歧路徬徨。

（痛哭介，呆介。贴）呵呀！二爷！二爷是我哄你来。（小生不理介。贴扮晴雯上）竹阴弄影风三面，花径无人草一奁。我晴雯。老太太叫二爷说话，闻知他在这里，因此一路来寻。（见介）哎呀，怎么这个样儿？（贴）他来问姑娘的病，我告诉他，他总不信。晴雯姐姐，你且扶他去罢。（贴）二爷去呀。（同下。贴）紫鹃，紫鹃！你作甚情由也。事已如此，只索回潇湘馆去，再作理会。正是：仗我千般虚幻语，怜他一片

志诚心。（下。老旦、正旦同小生贴扶上）

【南江儿水】顷刻容颜变，双垂泪满胭。宝玉，宝玉！你到底是怎样了？（抚小生介，哭介）呀！渐渐的身青面白神摇恍，手寒肢冷魂飘荡。方才晴雯说，是同紫鹃说话而起，已叫袭人唤他去了。莫不是他唇翻舌弄言冲撞！（小旦同贴上）老太太、太太在上，紫鹃叩见。（老旦）好好好，你这小妮子，和他说了甚话，害他到这等光景？（贴）小婢不曾说什么，不过说几句顽话。（老旦）你这妮子，素日也是个伶俐之人，他又是有些傻气，同他说顽话则甚？快快去安抚了他。他是个诚实儿郎，平白地巧设机作何伎俩？

（贴近小生介）二爷、二爷，紫鹃在此。（小生展目见贴介）哎呀！

【北雁儿落带得胜令】俺则是荡悠悠天一方，又早转闷恹恹红尘上。（拉贴介）我的紫鹃姐姐呀！我那林妹妹呵！眼见的阻关山道路长，我只合生和死休抛放！妹妹回南边去，可连我也同了去呀！带挈个薄命人也不妨，省得要蒹葭外心悬望。（老旦、正旦泪介）痴儿呀，原来为此。（内）赖大家的、林之孝家的，都要候哥儿来了。（老旦）难为他们，叫他们进来。（小生）哎呀，了不得了，林家的人来接他了，快打出去罢。（老旦）那不是林家的人，林家久已无人，没人来接，你只放心了罢。（小生哭介）凭他是谁，除了妹妹，都不许姓林。他已是占人间姓字香，又怎许葫芦提群依仿？（老旦）没姓林的，凡姓林的都打出去了。（贴）小奴一时戏言，姑娘是永不回去的。（小生扶贴起介）咳心伤，听着他诉因由仔细详。呀！那不是接他们的船来了，湾在那里呢。（哭介）

端相，一霎里挂征帆返故乡。

（正旦）原来是那西洋自行船。（老旦）取来与他。（小旦递船，小生接介，掖入怀中介）这可去不成了。（老旦）媳妇，我和你同到外厢，请王大夫来诊看，孙儿好生将息，我们且去。（小生）紫鹃姐姐，我是不放他去的。他一去了，林妹妹就要回南边了。（老旦）紫鹃，你就在此一同晴雯、袭人守着他，林姑娘处我另叫人伏侍，你日后切不可再哄他了。（贴）是。（老旦）小婢无端闲戏谑，（旦）高堂几度费调停。（下。小旦、贴）紫鹃妹妹，你这是那里话来？

【南侥侥令】戏言容易讲，不顾断人肠，幸只幸化吉逢祥身无恙。如若有些差池呵！残生命向谁偿？

（丑扮雪雁上）娇嗔千古意，忧惧一时心。袭人姐姐，姑娘打发我来问声，二爷可曾安好？（小生）晴雯姐姐，央你同了他去回覆林妹妹，说声我已好了，紫鹃姐姐是要留在这里的。（贴）晓得。（小旦）紫鹃妹妹，你且同他在此，我也到老太太处看看大夫可来。（小生）姐姐们请便。（贴）正是：魂销纨扇千金买，（小旦）目断扁舟一叶留。（同下。小生）姐姐，请坐。（贴）二爷，这会子心中可觉好了么？（小生）我的姐姐，好端端的，为甚么唬我哟！

【北收江南】不怜我怯生生情思长，作弄出铁楞楞言语伤。显些儿痴魂一缕逐伊行。神迷离这厢，梦寻求那厢，觅得个人间天上两成双。

（贴）那是我哄你顽的，你就认了真。（小生）你说的那样有情有理，如何是顽话呢？（贴）林家其实无人，纵有人来接，老太太也必不放去的。（小生）便老太太放去，我也不依。（贴笑介）果真的不依，这就好了。只是你切不用忧闷，原我心里怕他回去，故来试你。（小生）你又为甚么呢？（贴笑介）你知道我并不是林家里来的，偏把我给了林姑娘使用，偏生的他又和我极好。

【南园林好】侍红妆追随绣房，一种里在人奴上。我如今却愁，他或要去了，我必是跟了他去，我又是合家在此，若不去，有负了素日恩情，若去时，又离了家乡的父母，所以我心中疑惑，造作出这些话来问你，谁知你就寻闹起来。我哑谜儿虚抛漾，最难得有情郎。

（小生笑介）原来你因愁的这个，故尔如此。紫鹃姐姐，我明白告诉了你罢！

【北沽美酒带太平令】俺也曾茜纱窗幽梦偿，俺也曾蜂腰桥心绪讲。怕作了倾国名花得意场，到头来芳心空葬。绣云囊，枉辜负少小年光。生前里我们自在一处，若便是身后呵！作一阵紫烟来往，好一似吴宫亲访，惭愧煞，蜡烛成灰夜未[1]央。妹妹呀！多谢你美甜甜把书生盼上。（倚贴怀介）就是姐姐：尽温存怜娘爱娘，怎报兰思蕙想。不知可有一日，倚香肩，把数年来的恩情细量。

（贴笑介）过一日，你也好了，该放我回去看看我们那一个去了。（小生笑介）这便自然。（贴）二爷，奴扶你到房里去坐罢。（小生）咳！

【北尾声】满腔愁闷凭谁谅，生怕欢娱不久常。姐姐呀！有一日相思透骨沁心凉，重把你这着热知疼的人儿仰仗。（贴

［1］ 未：底本为“末”，形误径改。

扶小生下）

花　诔

（生宝玉上）长忆云仙至小时，芙蓉头上绾青丝。当时惊觉高唐梦，惟有如今宋玉知。小生自母亲检园以来，花枝寥落，莺语凄酸，人事飘零，秋风淅沥。蕙香、司棋，无端的被逐了；芳官、蕊官等，闻又皈向空门；兀的不伤感人也呵！

【中吕·粉蝶儿】情种天分，无端的风雨，摧残秋窘！太太是何苦来也？你为着我轻年恐坏情根，与我扫尽了几番枝叶，空空一境。便不管别鹤焚琴，教人伯劳飞燕两无因。

（小旦、小丑扮二小丫嬛上。旦）歌管楼台声细细，（丑）鞦韆院落夜沉沉。（旦）二爷月明人静，若有所思。（丑）你开口就行文，他在这里想那？（旦）想什么？（丑）想鬼。（旦）想什么鬼？（丑）糊涂东西，你说新今好鬼是那个？（生）你二人那里来？（旦）二爷还不知么？二姑娘孙家已求准了，今年便要出阁，还要陪四个姐妹去呢？我们看二姑娘来。（丑）那边四姑娘，常常有媒婆来讲亲，好兴头，好兴头！（生）还有什么兴头呵！

【斗鹌鹑】婚嫁三春，都似落红阵阵。这园中呵，金谷樽沉，洛阳花损。我想女儿薄命，从来无过晴雯。我那晴雯呵，生不能伴，死不能埋。及闻他抚司秋艳，因做了《芙蓉祭诔》一篇，趁此黄昏人静，不免携了花酒，祭奠一番者。丫嬛们！取了祭品来！（旦持祭文，丑持酒盘，随行，合唱）秋花点点，点缀的一缕匀，看今宵月影风痕。（行到介。将祭文挂在先设的几株芙蓉花枝上中间。）袅袅枝头，便做得招魂幡引。

（生向小旦）知你字深，可代我念，我来亲诉。（丑）我念我念。（生）你喉咙大，休吓了晴雯姐姐。（丑）不带我耍子，我便焦了。（生）这等，你帮我哭，何如？（丑喜介）臊脾臊脾。（旦念介）高标见嫉，闺闱恨比长沙；贞烈遭危，巾帼惨于雁塞。（生拜唱）

【耍孩儿】则这下泉须吊旧才人，一煞时烟消残韵。爱好天然，便是摧残命。可也知夜台滋味，不藉今宵准。想一向曲罢妆成，受不起秋娘恨。（丑丑声哭介。合唱）则见兰不当门，金锄太狠。

（旦念介）桐阶月暗，芳魂与倩影同消；蓉帐香残，娇喘共细腰俱绝。（生拜唱）

【五煞】晴雯，你消带晕映眉痕，贾生不遂心儿印。似这般雨中寂寞风中恨，便算了红作帘帷翠作茵。（生、旦俱拭泪介。丑跳哭介。合唱）到头来两无准，叫破了杜鹃余梦，诩残了蝴蝶闲魂！

（旦念介）洲迷聚窟，何来却死之香；海失灵槎，不获回生之药。（丑）咱哭是哭，有话是要说的。（旦）你要说什么？（丑作手势介）怎么说晴雯姐没香没药，前日宝二爷私自到那里去，贴身香袄，彼此换穿，春笋指甲，亲手交付，二爷好不有情怀，怎说他没得香药？（生）蠢才！这是却死之香，回生之药哪！（丑）文绉绉！（生拜唱）

【四煞】晴雯，你指环冷，眉黛分，芙蓉风断觅谁温？输了个灯儿，照破人儿梦，只换得花有清香月有阴。（生）

我那芙蓉女儿呵！（旦）我那晴雯姐姐呵！（丑）我那讨眼泪债的冤家呵！（合唱）问苍云，向何处觅玄霜绛雪，与石髓金津。

（旦念介）慧棺被燹，顿违共穴之情；石椁成灾，愧逮同灰之诮。茜纱窗下，我本无缘；黄土陇中，卿何薄命？（丑）你看弄笔头的，一千年也不得清结，我已眼泪干了。（生拜唱）

【三煞】晴雯，你绿鬓露泠泠，白骨雨纷纷，粉香腻玉无人问。空教我，香灯怅望飞琼鬓，单叫你环珮空归月夜魂。（生、小旦哭介，丑哭介）哭得好精神，哭得阳气。（生唱）从今后呵！我便消受茜纱青影，你怎捱得垅土黄昏？

（旦念）因蓄倦倦之思，不禁谆谆之问。始知上帝垂旌，花宫待诏，生侪兰蕙，死辖芙蓉。（丑）好哉！说到芙蓉身上，文章收束了，我抖起精神哭那！（生拜唱）

【二煞】晴雯，你不做蜂饮露，鹃泣春，化了红心死不真。更何处千年青冢埋幽恨？（指芙蓉介）权当了一树繁花对古坟。（生、旦大哭介。丑指生介）这个人当真要疯了，若教林姑娘知道，又要气你痨鬼了。（生、旦合唱）还只怕芙蓉病。不见那生在秋江和露冷，又潇潇风雨断君魂。

（二旦扮林黛玉上，史湘云内叫介）妙仙姑请了。（丑）不好了，那边有些影子声儿，鬼来了，咱说不弄出鬼来不歇。（林、史二人上）拍肩趁有人三个，联步归来月四更。（林旦）呀，宝玉干甚营生？（史旦）二哥哥清净呵！（生）二位妹妹何来？（史）我与林姐看月联句，苦吟了半夜。（生）是甚题目？（林）好糊涂东西，就是月。那这等夜半天凉，你又在这里淘气，叫人怄不怄？（怒介。丑）他在这里哭晴雯的鬼。

（林喜介）哦！好一片酸鼻的文，好一段钟情的事！（史）我想晴雯实堪怜惜，何不大家哭他一回者。（生徘徊介。二丫嬛虚下。史、林唱）

【一煞】夜深花气袭香尘，哭花人远天涯近。（史旦）我想晴雯死得好也！看万里红尘，人向愁城奔。（林点头，宝拭泪介。合唱）想女儿薄命，几年愁闷？

【泣颜回】有女怀春，幸亏得告了东君。向火坑把青莲净。那一番苦折磨，可正是断送前程。这一番脱情根，又便是回头幻境。

（生）呀！你看这芙蓉竟自点头省悟也。（合唱）

【尾声】晴雯呀晴雯！你从来情性花间近，赢得个万里送寒云。芙蓉呀芙蓉，好赠你美人名姓。则要你识得个伤心透出些儿影。（同下）

演　恒

（末扮贾珍，副扮贾琏，俱着公服上。合唱）

【南吕·一枝花序】廊庙庆和熙，霈恩光，荣迁秩。伫见那翔廊夸赫奕，执戟侍迟回。（末）下官贾珍。（副）下官贾琏。（副）大兄。（末）二弟。（末）今因朝廷郅治，询考班联，官惟其人，爵必以德。二叔父蒙恩陞受郎中之职，一时贺者盈门。兹系□亲家偕众亲戚送来新戏一班，今日又系林姑娘好日，倍加热闹。适才演过吉庆戏文，及新编《蕊珠记》，复演《糟糠》迄《达摩渡江》等出。正值兴会时，忽薛府人慌张前来，力请薛姨太太及蝌兄弟前去。咱已着人跟去打探消息，此地依旧演戏。但戏文沿旧，殊少情趣。何者为佳，演什么好？（副）可着优人来，吩咐管家唤优人来。（杂扮管家领二优人上。杂）优人到。（末，副向优人介）你们已知前者老爷，闻说恒王林四娘故事，已曾教众清客填词演义。（问二优介）你们可曾熟习么？（二优）回爷，已经习熟了。（末）如此甚好，可随我禀老太太去。（同行介）孩子们，这故事是英雄儿女，兼而有之，可教他们传神演扮。（合唱）画出那俏将军蕴藉春思，好写出林娘姽婳千秋英雄帙，拚着个血泪江堤，一任这粉痕芦荻。

（行到介。贾琏向鬼门）孙儿琏儿禀问老太太，今日演戏新恒王故事，未知好否？（内二小旦回介）老太太吩咐，即如所请，可仔细演来。（贾琏）如此，你们可向厅前伺候去。（管家）是。（同下。净涂红面插雉尾扮恒王，杂扮四兵，持枪刀弓矢先舞上，净随上合舞介。合唱）

【二犯江儿水】雷霆匹敌，阵堂堂雷霆匹敌。电为车，云作旗，更凭着颇牧韬钤。韩彭旗鼓，振作天威赫。金埒射旌旗，羽林斗健儿。（净）今当此太平呵！不须那狸弦天低，羽檄风嘶，惨淡淡龙为卫，虎为掖。（净中立，众两旁立介）咱恒王是也。蒙恩出镇青州，日习武事。今趁此天气和朗，率统众军出城围猎。你看批狻手猊，飞毛洒雪，好不英雄也。更喜得帐下林娘，姿容既美，武艺兼精，统辖诸姬，封为姽婳娘子军，夫人城，俺足老于是矣。众兵可速行，好与姽婳将军合军回宫者！（众呐喊舞行）锦袍新锡，灿煌煌锦袍新锡。金郊合围，齐攒攒金郊合围。振天维，正是风毛雨血王无逸。（合下）

（小旦扮林四娘，引二小旦及杂扮四姬，戎妆舞上。合唱）

【前腔】盘马拟击，并桓桓盘马拟击。帐殿开，帷宫积，抵多少君子六千，虎臣八百，肉阵排排立。虎气属胭脂，眉弓塞月低。（小旦）女将们！（众）有。速猎向前山，与大王合兵者！（众）得令！（舞快行介。合唱）草浅兽肥，晋鼓虞旗，逞纠纠小豝发，大兕殪。（净统众兵上，合绕场介。场上设城门，上写“青州城”。众合唱）南圃遥集，风澌澌南圃遥集。东都会齐，云淡淡东都会齐。设翠帘，树得个英雄儿女千秋帜。

（对对入城介。净、小旦并马入城，同下。场设席摆酒，细吹细乐。四女侍姬引净、小旦改妆携手上，唱）

【搅筝琶】恰刚才收拾戎妆毕，一霎时风流蕴藉。影参差，那边是弄刀枪虎帐龙旗，这边是买胭脂鸾箫凤笛。（杂旦）请娘娘把盏。（细乐。小旦安席介。净手舞介。旦把盏介。净大笑介。旦入席众侍姬跪）请大王、娘娘上酒。（合唱）今日个共桌儿将眉齐，也便学钟情人画眉彩笔。似这般儿女英雄，风月司情，破向楚天碧。

（小旦）大王请。（净）美人请。（立作势唱）

【莺啼序】那留人好处香和腻，不教那痴魂无迹。想着俺铁马金枪，须有时红绡翠翟。（合唱）气昂昂红灯影里，响磷磷丁香结子。（净唱）则见他口香喷处风云辟。

（净）娘娘请。（小旦起作势唱）

【祝英台】镇青州列戈戟，帐下列歌姬。念奴呵，类蒲柳三春，蒙恩青识。教三千列阵琼姬，侬掌职。怎耐做党将军羔酒生涯，未便教虞美人香魂淅沥。且传杯，休问那尘红沙白。

（净）众姬！可歌舞一番，待俺与美人畅饮者。（众姬）得令！（舞合唱）

【前腔·换头】绮丽，系明珠光动壁，力怯汗香滴。视人间弱态，香闺洗尽胭脂，险些儿房中刀戟。（净唱）堪惜，看年年拜倒辕门，更叩首飞燕风前膝。则见他檀口的氤氲咤叱。

（内呐喊，吹喇叭。用锣鼓，净、旦起身惊望介）

【前腔·换头】怵惕，猛听得马咽风嘶，愁云点点墨！（净唱）倘教金鼓连天，干戈满地，锦繁华怎生舍得？（小旦）大王说那里话？休惜，这温柔乡内浮皮，怎报得青州寸尺？须也显一段英雄，好教人抚今追昔！

（净点头惊疑介）传令问是何处嘶闹？（杂扮中军官持旗飞上）报，报，报！速报大王知道！今有黄巾赤眉一干流贱，余党乌合，抢掠山左地方，已近城下。（侍旦）候者！（急报与净介。净）俺只道兵营有警，原来这些犬羊，何足介意。吩咐大小三军，齐集辕门听点。（侍旦传与中军官，官）得令！（飞下。旦）大王听臣妾一言，想这些毛贼呵：

【前腔·换头】知悉，那等衰微陵夷，好一似疲癃残疾。但只是豺狼心性，虎豹行为，也须是谨防他虿蜂毒炙。（合唱）出将山西，多管是全师保国。单福庞奇，且看我视婴儿摧残劲敌！

（小旦）如此大王临阵，贱妾登城以助大王雄威去也。（率众姬下。杂扮一持旗中军官、四卒呐喊上）中军官禀大王！诸将已齐，请大王更戎衣战马者！（四将立场前遮净换衣介，净持枪率众绕场唱）

【尾声】则凭俺策神兵扫尽含沙蜮，无事天兵飞下五营骑。（净）众军们！（众）有！（净）显奇，藉你这百万山棚将血掴！

林 殉

（副净涂紫面，丑涂黑面，俱插雉尾，领众卒舞上。唱）

【青玉案】名娥号米腥闻烈，竟做了白头贼。鸱义鸮张兵气裂。几类萑苻，几回草窃，须看大刀长铗。

（副净）俺黄巾大王莫须有是也。（丑）俺赤眉大王卜成事是也。大憝戎毒，探丸长安，封豕长蛇，荐食上国。蜂趸鼠尾，几于白波起兵；无赖难当，等诸黄巢僭号。（副）我等本黄巾赤眉手下将军，只因官虎隶蠹，遂甘为巨猾渠魁。岂敢干国吠尧，亦因少心攻舌击。自吾党被官兵剿灭以后，俺兄弟二人潜踪草泽，啸聚山河。今又鸠合余党，抢州掠县。闻青州系富强之地，不免去攻夺者。（丑）大兄！青州系恒王镇守，闻得武艺高强，兵马精足，须要小心。（副）我已安排埋伏，须出其不意，暗里算他便了。众军士杀上前去！（舞行，场设青州城，城上立二员将官，持刀枪。副净向城上）哇！速叫你主献城纳土，免受一刀！（二将）毛贼！休大言！俺大王即便擒你者！（下。净领众杀出城，场收城，两边互杀呐喊。净、副净、丑同杀下。众军士互杀介。净、副净、丑杀上介。副净、丑佯输下，净追下介。四卒持弓矢悄上）俺等奉主将命令，在郊外设下弓弩，待恒王到时，即便发箭。（副净、丑跑上，绕场下。净追上）你看这两个蠢贼，败阵逃来，如何不见，不免追上砍了！（舞行，两旁弓箭手发箭介。净）哎呀！（跌倒复起跑下。四卒）兄弟们！才是恒王，已被俺等断送了，不免缴令去者！（下。净去雉尾脱戎衣披发上）哎呀！天那！俺中奸人之计矣，俺死也！

【江儿拨棹】你看寂寂青山，阔水澌澌，与我一腔碧血都难说。陇中衰草腥风折，宝刀日淡龙旗缺，血染处天昏地裂。想我圣主，九州一统，小丑跳梁，原无足害，但这青州，付托微臣不才也。叹雨露恩膏寸心儿结，都付与雨淋淋鬼尸咽！

（内呐喊介。净）天乎！俺竟死于此也！

【人胜高】俺从来迈敦煌那知突厥？也曾学颖州来嚼铁。则俺锋铓虹气未曾缺。〔节节高〕少甚么羁南越，怖雄边，受斧钺。一生英雄是本色，而今命尽头差雪。俺死亦无足憾。但我那林四娘和众姬呵！我不似宸濠自取断头血，何处觅娄妃也，血溅丁香结！

（副净内叫）青州士民，将已献城，众军着实攻打者！（众呐喊）得令！（净跌介）

【江儿水】猛然跌，止不住动凄魄。这般沉沉幂幂鬼神迫，凄凄惨惨肝脑裂，轰轰闪闪冤魂热。罢了！罢了！你看团团贼兵，青州城远，力已寸尽，以死报君而已！（持剑）呵！天那！天那！办得个骷髅半截，血泪些些，洒寄与山东豪杰。

（自刎下。小旦扮林四娘急上）呀呀！不好了！不好了！今早探马探得大王轻骑剿灭，被贼兵埋伏兵丁，大王中箭身死，城中人情汹汹，意欲献城池与贼子。（哭介）大王呵！不想你一世英雄，如此结果！

【征胡兵】列星门久把风雷掣，铃阁风遮，忽玉帐金坛抛撇。昨宵呵，刚则把残筵撤，听杜鹃枝上舌。倚单枪生挟赤眉贼，竟丢了薄命妾！

奴家夙蒙恩宠，焉能此雠不报？众女将们！（四杂扮女将上）娘娘有何呼唤？（小旦）你们可知大王身故了。我想君父之雠，不共戴天。他那些腌臜狗鼠辈，意欲献城，奴家欲兴师报仇，取贼首之血，沥祭大王，未知众将意下如何？（众）难得娘娘如此忠勇，巾帼须眉，奴等情愿效死！（小旦）好！如此，可各束甲上马！（众姬取戎妆代旦换介）

【沉醉东风】哭君王天旗惨绝，看烈妇秋霜一叶！这妆束呵！是银灯帐下舞剑红生颊，忽变做戎衣千叠。（看自己妆束泪介）绣鞋半折，柳腰一捻，都交付马革云和月。

（杀绕行，副净领兵迎上杀介。副）女将通名！（小旦）姽婳将军林四娘！贼将何名？（副净）莫须有。（互杀介。副净败下，丑杀上，小旦杀几回追副下，丑随下。众女将、男将互杀介，下。副上，小旦追上杀介，砍副，副下。丑杀上，小旦下，丑下。男将、女将合上，互杀。女将败，男将追下。丑杂扮中军官持旗领四男卒上）兄弟们！（众）有！（丑）俺家紫面大王被林四娘砍了，黑面大王奋力掩杀，倒底是些女将，都被俺这里砍了，单林四娘英勇无敌，人不敢近，二大王吩咐，只要生擒！（众）这是什么意思？（丑笑介）要屈他做个压寨夫人！命俺率领众兵远远埋伏，四娘从此经过，你等一杀，让俺这嘴翁来说他，事如成了，大家领赏。（众）是。（向场后躲介。小旦去戎衣雉尾披发持剑上）哎呀，天那！（众兵呐喊冲上杀介。小旦持剑迎杀，众卒怕介。丑磕头介）娘娘不要动卤，看娘娘一个女流，单枪独马，怎生是好？（小旦）咳！

【不是路】说甚么单骑怕怯，锦伞军门依旧业。青土这些，少甚男儿把铁枪挟。空悲切，惨做了女流豪杰。你可知匹马单枪者。是青州胆血。（视剑介）则这三寸芙蓉雪，把强项曾来截！（丑跪）娘娘此时将若何？（旦）则俺宝刀双捏，拨怒马缰绳兜勒。凭着这剑锋奕射，直捣向龙潭虎穴！（众叹介）好个忠勇的娘娘！（小旦）报君王剖心相谢，谁能够把长城空舍？须知俺女鱄诸，惯会斩钉截铁！

（丑跪）小人等奉二大王之命，专请娘娘屈作压寨夫人，同享富贵，未知娘娘如何？（旦）噤声！

【玉胞肚】贞心难灭，任歌台舞榭，金妆玉结。问三生石头怎设？笑千载琵琶怎说？只知泉下人亲切！（看剑介）甚红丝直把刚刀截！（丑作慌介，悄向四众介）这娘娘既不肯从，并且要杀，他要杀，我们也是死，他不从，我们也是死，不如大家哄他一哄。（合跪介）娘娘！不从怎敢强勉？但城已破了，贼已去了，我等俱在此，若要杀请开刀。（旦叹介）想他们大半良民，迫于势胁，杀之何益？贼已去了，这便怎么，罢罢！渠魁歼灭，这颗颗头额，难污镀铁。绣鞍泪重马蹄怯，铁甲声寒云片阔！贼党呵，贼党呵，你虽走了，须有日天兵应接，你白骨草根，遮无锹镢！四娘呵，四娘！做了个突围荀灌身还绝！

你们看我那恒王来也！（众惊回看，小旦自刎下。众）哎呀！怎么竟自刎了？（众）这怎么样？（丑气脱戎衣，摺帽子，脱靴，诨介）还有甚么？那黑面的真真不能成事的。天兵一到，化为乌有，我们三十六策，走为上策。（众）说得是。（俱脱衣帽介。丑）不是别的，今日荣府老祖宗家宴，骑了马进去，讨些果子吃，倒是要紧的。（众）怕回来没有重赏。（发诨。同下）

寄　吟

（场设床帐琴书兰花介，贴淡妆上）

【霜蕉叶】西风阵阵，又是黄昏，近几度泪珠偷揾，望江南关山路分。

冷冷清清阁子，闲闲散散人儿。弹成一曲琴中意，又自检秋词。吟就无人倡和，幽窗鸟弄花枝。蓦然想起伤心事，放过少年时。奴家林黛玉，自别南都，久居北地。双亲见背，弱质难禁。诸姊相依，柔肠蕴结，极不能忘。曾有一前一语，竟如此罢，何酬石上三生。方才宝哥哥到此，与他讲究些金徽妙理，忽然舅母那边，着人送了一盆并头兰来，叫了宝玉而去。他临去时，说甚么妹妹你有了兰花，就可以做《猗兰操》了。奴家也不知他是有心，是无心，争如我对此幽芳，顿生惆怅。

【小桃红】只见微微夕照过东邻，打抹上愁招病引，空对着流水空山，且收拾闲身。想着那草木逢时，花鲜叶茂。奈无穷景色新，有日里风光尽。奴家三五年华，一似经秋蒲柳。这痴呆教人休怜悯，也说甚么并蒂连枝独自春。若果如柳憔花悴，那禁受风催雨趱。怕作了合欢花，剪落在软红尘。

（贴扮紫鹃上）身似寄生青草，人如厄闰黄杨。任教身世受凄凉，莫再秋光怕赏。姑娘，宝二爷是去了，他说明日再来看你。如何好好的看花，又伤起心来？（贴）紫鹃妹妹，你那知我的意儿哟！（贴）宝姑娘打发人来，有书呈上。（贴）来人呢？（贴）在外厢。（贴）你去待茶，把书存下，说我致意。（贴）晓得。（下。贴）且待奴家一看。（取书看介）“妹生辰不偶，家运多艰。姊妹伶仃，萱亲衰迈。兼之猇声狺语，旦暮无休。更遭惨祸飞灾，不啻惊风骇雨。夜深转侧，愁绪何堪？属在同心，能不为之悯恻乎？”咳！宝姐姐呀，你有母有兄，尚言及此，则奴家却又如何也？

【下山虎】盼不着慈闱识认，阻天涯蹙破远山颦。但白云黄叶，横空乱纷。姐姐呀！奴比你飞絮飞花终无凭准，奴比你举目何来疼热人？奴比你没相干受苦辛，到头时空无着，幻不真。就里谁瞅问？这其间含情细忖，投至个双双姊妹尚相亲。

“回忆海棠结社，序属清秋，对菊持螯，同盟欢洽。犹忆‘孤标傲世偕谁隐，一样花开为底迟’之句，未尝不叹冷节遗芳，如吾两人也。感怀触绪，聊赋四章，匪曰无故呻吟，亦长歌当哭之意耳。”

【五般宜】猛说起赏名花佳句缤纷，好消受美景良辰。数年间携伴侣，情致恳，奈今朝没一些红音绿信。望甚么到明秋和你重访花神，只还怕后来未肯。不要说骨肉亲无由再会，就是这旧同盟也难常近！

“悲时序之递嬗兮，又属清秋，感遭家之不造兮，独处离愁。北堂有萱兮，何以忘忧？无以解忧兮，我心咻咻！云凭凭兮秋风酸，步中庭兮霜叶干。何去何从兮失我故欢，静言思之兮恻肺肝。惟鲔有澶兮惟鹤有梁。鳞甲潜伏兮羽毛何长？搔首问兮茫茫，高天厚地兮谁知余之永伤？银河耿耿兮寒气侵。月色横斜兮玉漏沉。忧心炳炳兮发我哀吟。吟复吟兮寄我知音。”

姐姐呀！奴与你境遇不同，伤心则一。可可的你这几解诗儿，不寄与他人，独寄与我，也是同病相怜之意。我不免也赋四章，翻入琴谱，明日写出寄去，以为和作。（写介）

【五韵美】这不是分题韵，雅兴存，也非为茜窗静坐涂金粉。正似怨女离魂绝命本。我留心容忍，恰好的得遇知音一夕陈。情外生情越认真，两般的墨渍啼痕，险不作风雨文章泣鬼神。

（贴上）姑娘在此写字，又劳了神了。才叫雪雁告诉柳嫂了，作下了汤，我们煨下了粥，请姑娘且略用些。（贴）我病了，这些时不周不备，都要人家，这会子又汤儿粥儿的牵缠，今后凡要甚么，宁可你们自去料理，省的惹人厌烦。（泪介。贴）姑娘，你说那里话来？姑娘是老太太的外孙女，又是老太太的心上人，那个还来抱怨？（贴）是那里来的香气？却有些像木樨风味。（贴）姑娘！这里与南边不同，九月里那有桂花开放？（贴泪介）十里荷花，三秋桂子，回首乡关，令人神往。想奴家父母若存，依依膝下。春花秋月，水秀山明。二十四河桥，不少香车画舫；六朝遗迹，许多红杏青帘，好不逍遥自在！则到今日里呵。

【江头送别】断头香，前生的心香已焚；断肠人，今生的愁肠太狠。进退两难，寄人篱下，纵有他们再三照应，奴家无处不要留心，真是李后主所言，此间日夕只有眼泪洗面矣！我不见一江春水东流去，恰便作梦到家乡越添沉顿。

（丑扮雪雁上）紫鹃姐姐说，天气渐冷，教我送来这件披风，请姑娘穿上，外间去用晚膳罢。（贴披衣介，内吊出香囊扇袋诗草介，贴取看呆泣介。贴）姑娘，还看这东西作什么？都是那几年，宝二爷和姑娘小时，一时好了，一时恼了，闹出来的笑话。要似如今这样，高抬斯敬，那里能把这些东西，白糟踏了呢。（贴连泪不止介）咳！

【江神子】转双轮，萦方寸。这囊儿怎载得多番幽隐，这袋儿怎作得一腔帮衬？只有这行行孤另，阅寒温，心摧尽。

（贴）姑娘，你听那边树枝上，唏嚠哗喇，铁马儿戛击叮当，请姑娘去用了晚膳，早些安息罢。（林贴）

【尾声】这些时虚无境里搅愁根。阿呀！我那爹娘呀，你丢的孩儿好苦也。便给了我随风一颗游仙印。（贴、丑）姑娘，且免愁烦。（贴）咳！我今夜里呵！魂飘去矣，不愿乞还魂。（同下）

珠　沉（遥帆补作）

（贴扮紫鹃上）侬今葬花人笑痴，他年葬侬知是谁？一朝春尽红颜老，花落人亡两不知。奴紫鹃。为何道着我家姑娘葬花诗句？只因我姑娘倾国倾城，多愁多病，有一往而深之心事，有万不获已之愁怀。因恨成痴，由痴成病，欲急而缓，由缓而空。昨日不知听见那里风声，说宝玉娶亲一事，其时一闻斯言，神情顿失，说道："我问问宝玉去！"及至到那里，却又不问，只管傻笑起来。忽然问道："宝玉，你为什么病了？”那宝玉还佯答道：“我为林姑娘病了！”两个都嘻嘻傻笑起来。奴与袭人姐姐好不惊疑，劝他回来。姑娘说：“可不是我回去的时候儿了！”于是搀扶回来。才到潇湘馆，一声长叹，数口鲜血，自兹以还，一病不起。奴想他们以换杜偷梁之计，何其忍心？俺姑娘以香消玉灭之身，毋乃自苦？不免扶他坐起，消停一会则个。雪雁，我和你扶姑娘厢房一坐。（内旦应介。共扶黛玉病妆上，唱）

【绕地游】魂归寒剩，一派迷离境，骨冷非关秋病。（娟、雁唱）玉树风惊，金炉香烬，似恁女孩儿，伤心得未曾。

（鹃哭介。黛）呀，你们守着哭什么？（鹃）姑娘保重，料无妨事。但或一往情深，倘有不测，如之奈何？（黛）痴丫头，我那里就能够死呢？（唱）

【画眉序】斜照映疏棂，一点残魂捱暮景。天呀！强留他薄命，历尽寒更。我颦颦今日呵！下西风春草初惊，背东君秋霜未劲。青莲葬送归清净，因甚红尘半顷？

（鹃）天生我才必有用，似姑娘这般聪慧，这般姿色，焉能置之无用之地？吉人天相，且免愁烦。（黛）咳！这般人苦苦留住人间，着甚来由也。

【前腔】秋草命无凭，十六年中悲自省。看无边火窟，出脱非轻。谢离他苦海千层，归并作泉台一径。不愿残丝再续如霜命，一任香销残磬。

紫鹃妹妹，你是我最知心的人，我的心你是必——（喘介。鹃捶背介。雪雁虚下。黛低声唱）

【前腔】何处卜天生？误杀儿家靡所定。叹人间闺阁，也瑜亮争衡。（高声唱）而今呵，让南阳成就三分，悼公瑾凄凉短命。则笑如今知己凭谁赠，只有青鬓堪证。

（鹃）事已至此，不得不说了。姑娘心事，是丫嬛们晓得的。那意外之事，是没有的呀！如今只拿宝二爷身子看，如此大病，怎生做得亲呢？（黛微笑不语介，咳嗽介。鹃伏侍伏几上介。鹃）呀，你看他默默无言，吐的俱是血呀！（唱）

【风云会四朝元】销声交并，恨天公断送行。女儿弱质，也频遭忌另。误则误聪明的心性，叹这般究竟，叹这般究竟。（作势唱）你看门掩潇湘，露下秋蘅，冷落堪怜，知心谁倩？尘埋了菱花镜，月暗了云母屏。不信香肌一夜全消摒！他无言泪自零，他呕心血成饼，便是我也不禁凄凄楚楚，陪他呜哽。

（向黛介）姑娘呀，虽则云然，但最难得者人身，何摧残至此？（黛摇头低唱）

【前腔】春残光景，黄粱梦乍醒，笑已往伤心，翻成画饼。把宿债还他干净。说人身难得，说人身难得，那秋草萧森，弱絮飘零。算不得紫玉成烟，绿珠坠影。似这样黄泉境，也不自今宵定。想那幽途滋味还堪领。（点头介）叹心酸念转平，叹魂销意翻幸，则索安排停停当当，秋波双瞑。

只是想回来不值也。

【荳叶黄】向情天界里几费尽聪明，拚着个一点痴灵，归证那三生佳境。恁般销魂，恁般用情。（低唱介）硬挽回姻缘金玉，硬挽回姻缘金玉，（高唱介）竟不料春归花葬，帘卷鹦鸣。

（贾母引王夫人、凤姐、丫嬛上）欲图孙子姻亲事，且看颦儿病体来。来此已是潇湘馆了。（俱进介）呀！外孙女怎么样了？（紫鹃见诸人介。贾母坐黛玉旁，王夫人旁坐，凤姐、丫嬛俱立介。贾母）儿呵，你怎生病到这分儿？（黛不应，鹃向黛）姑娘，老太太在此。（黛慢抬头斜看贾母泪介。各泪介。黛喘介，叫介）老太太。（贾母）儿呵，你要说什么？（黛唱）

【转林莺】忆初来觑的千金锭，到如今这样飘零。（冷笑介）眼见奴死得无收领，多谢你另眼垂青。我的娘呵，叫亲娘黄泉不应，把孩儿抛离的这般孤影。（贾母赧颜摇头介。王夫人落泪介。凤姐背作得意介。黛伏几上唱）叹生生无端断送，这疼热非轻。

（贾母）好孩子，养着罢。不怕的，我们再来看你罢。（引王、凤等出介）咳！这孩子十九不济，你们后事也当预备预备，这两日咱们家里正有事呢。（凤姐应介，同下。雪雁暗上，黛）紫鹃妹妹，扶我起来。（鹃）姑娘伏着罢？（黛）不妨。（鹃扶起以手枕黛介。黛）雪雁，我的诗本子。（喘介。雁向鬼门取递介，黛看点头，又指介，雪不解介。鹃问介）姑娘指什么？（黛努力介）箱子内的。（鹃向雪）想是要绢子？（雪取绢递介，黛看摇头努力介）有字的。（鹃向雪）是要那题诗的？（雪复取递介。黛）炕内笼火不曾？（雪）笼了。（黛）扶我去。（二人同扶到炕坐介。黛看绢子低唱）

【耍鲍老】记当初是那遥相赠，更诗句泪同倾。双心如现回文影。忽一旦情丝竟悔，更阑寂静。尺幅相看伴孤另，泪眼应成映。（撂向火。鹃、雪）哎呀！（黛唱）而今知省，愁万缕，织千层。火到成干净，都付与飞灰境！班姬扇，弄玉笙，肯留作人间证？空落得泪花零。

（看诗介）呀呀，诗呀，今番和你撒手也！

【画眉姐姐】诗句漫闲评，叹断墨残书谁忆省？这零膏冷翠都呜咽。寒灯，既不是写梅花词寄邻生，又不是附罗袜书题私订，也则索成灰烬。（摺火内介。娟、雁抢抓介，抖跺介，收拾介。黛笑介）你们好痴也。正好凭他烈火把诗魂迸，何必焚余说小青？

（黛闭目后仰介。鹃）哎呀，不好了。（二人拭泪共扶黛入帐睡介。掩帐介。鹃、雪哭介。鹃）奴想古来多情佳人，为情而死者，当复何限！（作势同雁唱）

【寄生草】珍重知音，听愚痴女子情。有一个贾云华医不好伤秋病，有一个柳荷香解不掉相思症。有一个徐安生留不住小星命，你看春容拚得为情倾，不道人亡花谢无凭准。

试问俺小姐有一于此乎？自比不得也。

【鹊踏枝】也不曾向花前说私盟，也不曾凭月老联佳订。不过是一心儿似醉如痴，独自个因风捉影。坑也么坑，那负心安省，直做得苦娇鸾饮恨捐生。

（正旦扮李纨上）因他玉女三更病，动我孀居一点情。妾身李宫裁，适闻丫嬛们说林姑娘病体十分沉重，因此匆匆前来相看。呀，已是潇湘馆了。你看杳无声息，寂寞重门，好不凄凉万状也。（进介）呀！紫鹃，你姑娘怎么了？（鹃起指帐中哭介。李揭帐叫介）林妹妹，林妹妹！（林不应。李坐帐边椅上哭介）好不伤感人也！

【剔银灯】堪想伊幽姿玉琼，说什么青蛾素影？更兼他天赋妙聪明，抵多少蓬莱仙品。酸辛，到如今云裳露零，可正是寒风五更。

（鹃大哭介。李）好孩子，你哭的我心都乱了，你还不赶速替他穿换衣履？他是女孩儿家，还叫他赤身露体么？（泪介）我替他备办后事去。（急下。鹃哭揭帐扶黛起坐介）姑娘怎么样呀？（取汤灌黛饮，复吐介。使劲说介）紫鹃呀！我是不中用的人了！

【沈醉东风】怪天生侬才不应，一霎时梨花夭命。最难捱这斯须景，眼睁睁谁瞑？看南枝十分春影。嗳，好长时候哟！将人世愁烦我惯经，恰便是冷雨幽窗不可听！

（欲攥紫鹃手，鹃递手，黛攥介）当初原指望咱们总在一处的哟！

【梁州新郎】丹裳风度，青扉齐整，做得春鸿投赠。闺中承意，知心陪侍崔莺。愿劳你花前月下，香肩附并。我可前行引，肯千金遣嫁也听无凭。不想今日呵！我竟魂归你泪零，相愁闷，共悲哽，细思量转误你终身命。（鹃大哭介。黛大哭介。鹃唱）休为我再使伤心劲。

（鹃取绢代黛拭泪介。黛）紫鹃妹妹，我这里并没亲人，我的身子是干净的。

【前腔】椿萱长背，雁行谁并？姊妹故园凋罄。芙蓉零落，秋江孤立亭亭。自许我芳兰竟体，小玉为名。谁敢污仙人影，还他清白也赴瑶京，春蝶秋蜂不再生。你好歹叫他们送我还故乡也。他乡鬼，魂飞冷，一灵儿再不向无情憎，奴好去归结扬州梦。

（昏伏介。李纨、探春同上，进介）你姑娘怎样了？（鹃摇头介）多半不济事了。（探）姐姐。（纨）妹妹。（鹃）姑娘。（黛不应，众哭介，内奏细乐。探）你听空中仙乐飘扬，异香馥郁，潇湘妃子，此中真有汝缘分乎？（合唱）

【浣溪乐】他原是下蟾宫风露冷，谪人间环珮东丁。去来因，都合有仙人证。度脱他云魂飞苦境。看迷离月夜，青鸟分明。

（黛忽起，众慌扶介。黛高声叫）宝玉，宝玉，你好！（低声叫）神瑛，神瑛，你好！（晕倒介。众哭叫扶下至鬼门。探、李吊场）咳！可怜，可怜，林黛玉今宵去也。

【尾声】风清月白凄凉境，痴情人今日应知醒，则明日这潇湘竹上的斑点应成影。（泪下）

瑛　吊（遥帆补作）

（杂扮二丫环扶生哭上）

【北赏宫花】风雨秋期吹散，那茂陵人哭痛如何？意惝恍无处寄悲歌。猛忽的那钢锋心割，抵多少明月吊湘娥。

（扶坐介，迷介，忽醒介，抬头拍案介）小生宝玉，一向痴迷，不意病中被那些毒妒人儿强完姻事，俺只道与林妹妹成就百年，方且悲喜交集，谁知他辈竟是移花接木，遂使俺几于买椟还珠，误了我那人儿，那般结果，如之奈何？（拍案唱。二嬛虚下）

【南五更转】十六载无生乐，更如今绝望，那长愁短命频相左。可怜一寸眉窠，担多少人间零落。转凄凉，是妆罢薰香坐衾窠，宛转谁可？林妹妹呀，想你只是自己伤心便已也。钦敬你玉洁冰清，悲悼你云轻雾薄。

妹妹呵，想你而今生生死死，俱着甚来由也。

【北乌夜啼】想当年情天叹空廓，真个是苦海难挣脱，到如今再寻他苦海谁轻可？则叹小生一毫没着落也。则我这没因缘名分如何？并不许俺实把那伤心坐，便作得孙楚编摩，潘岳悲歌。也只好向湘江零涕背人哦，虚飘飘则苦煞凄凉我。甚求凰成别鹤，空躭担了鸾交凤友，翻惹起蝶笑蜂啰。

【柰子落琐窗】可恨俺倏忽沉疴，失聪明惹住邪魔。要是俺死了，倒也好了。造化儿郎，原身还我。只成全俺负心独活。潇湘此日知怎么？多半是天阴鬼哭相合。

这事又说起来，好不奇也。那日我向袭人说道："我问你，宝姐姐怎么来的？我是娶林妹妹，怎么被宝姐姐俯就的霸占着？"袭人说："林姑娘病着呢！"我又说："烦你将我心上的话回上去，横竖林妹妹也是要死的，可将我与他住在一处，活着呢，也好一起医治；死了呢，也好一起停放。"正说着，恰好那人听见，却将些道学的话来责备我。又说道："实告诉你，那林妹妹已经死了。"我满心惊异道："果真么？"他说："天下岂有咒人的理？"小生一闻斯言，不禁放声大哭。一霎时眼前昏黑，心内迷离，恍惚不知所之。忽见觌面有人，遂茫然问道："借问此间何处？"那人道："此阴司也，尔何来？"俺道寻访故人。那人道："故人为谁？"俺告以姑苏林黛玉。那人冷笑道："林黛玉，生不犹人，死不犹鬼，无魂无魄，何以访为？"哎呀！

【泣颜回】乍听痛如何，惊魂遥颤影婆娑，玉人何处不念我？一身飘泊，茫无涯涘，似沙场风紧摇旌堕。问花间谁是巡逻，尽投笺欲讯阎罗。

【瓦渔灯】既说是凡人不比他，又说是鬼殊科，更说是魂魄两销磨。据此说来，我林妹妹其将安归乎？空为你魂灵轻自逐风波，空为你下地高天寻来错。怪道你梦魂中无过，则我和你是天长地久恨如何。呀，啐！但林妹妹非人非鬼，无魂无魄，岂自今日始乎？则想象他天姿低亸，可不是那云裳飞堕。

【喜渔灯】更那聪明绝世般般可，自教人拟议都讹。难度，羡幽明不累他，知他，年年秋恨眉间锁，不道是谪向红尘泪更多。

又说道："林黛玉已归太虚幻境，尔将何之？"哎！

【小桃红】甚虚空幻境把玉人拖，想一入蓬莱深锁也，说甚么度阨仙人，平结起云窠。遥想那冷银河，凉月窟，那凄凉管教他无逃脱也。俺便有香草还魂去逗着他，还只怕境虚空，未必许长枝柯。

那阴官嘱咐得好，汝诚有心遇之，沉潜修养，自然有相见之期？如不善生，即以夭折之罪罪尔，美人终不复见矣！嗳嗳！

【满园春】不许我随伊去，共摩娑。还要我独自活，暂腾挪。这人间滋味真萧索，怎能够黄粱梦，黄粱梦，呼醒莫蹉跎？则恐无情罚，常向此间磨。幸而许我潜心静养，还可相见。入空门也波，坐蒲团也波，还恐他痛恨无情，恨痛无情，云间相躲，怎知俺目断向天河。那阴官说毕，复取一石向俺心掷来，醒时依旧呻吟床榻。

【前腔·换头】则见摇书幌灯花挫，映虚窗凉月斜搓。我只望今番尘梦破，谁知道魂飘飘，魂飘飘依然那般。寻不着剩下我，苦撑持酬应俗情呵。那时虽依旧是绮罗队里，锦绣丛中，那知我复何心遣此也。对红尘奈何？对红颜奈何？

单抛撇那可意人儿，意可人儿，姻缘差错。妹妹呀！真辜负你之死矢靡他。

（闷坐介。杂扮嬷嬷、丫头上）宝二爷接喜信。（生）痴人们，我如今还有甚么喜哟！（杂）不是呀，今日太夫人分付说，昨据大夫说，你心病太深，索信叫你闲散一番，或可痊好。因此太夫人分付我们，扶你到潇湘馆去，去来好么？（生）这大夫金石药也，则小生庶少申腑肺也。（扶行介。同唱）

【刘泼帽】名园春减花萧索，问冷落日月几何？（生问介）那不是潇湘馆么？（杂）是。（生）你看花阴寂寂，竹影离离，好不凄凉万状也。酸风哽咽人抛躲，难道伤心是拥着衾儿卧？

（作到介）呀，妹妹那里？（作进见灵位痛哭跪下介）呀，妹妹呀，兀的不痛煞我也。（晕介。嬷嬷、丫头扶叫介）二爷醒来，醒来！（生醒介，低唱）

【中吕过曲·榴花泣】〔石榴花〕潇湘依旧，今日又重过，珠帘如梦影婆娑，玉人儿妆懒如何？（起介，又见灵幡介）呀，我的人呀，你果真死了呀？猜疑正多，难道这天公惯收拾奇花朵？为甚么雨打梨花，更添了风断金荷。

（作势唱）妹妹呀，可伤你竟是这般结果也。

【九回肠】则痛他撇红尘水流花落，驾青鸾风卷云拖，不容人抚棺一恸把回肠割。仔细想，生小惯泪痕多。他那里红笺寄恨凭谁可，我这里白璧盈怀无奈何？写悲歌，并不得杳冥同穴悲寥廓，原不是短姻缘琴瑟南柯。（上香介。嬷嬷、丫头虚下）再不把断头香瓣添金鼎，还想那并蒂莲花结玉荷。咳，则只怕未必了。叹他生缘会更搓讹，只落得风雨涕滂沱。

（贴扮紫鹃暗上坐傍介。生）呀，小生哭的眼花，那不是紫鹃姐姐么？（叫介）紫鹃姐姐。（鹃不理介。生走近前揖介）望姐姐见怜，将林姑娘如何得病，如何沉重，并临终时如何言语，望姐姐告诉小生呀。（鹃怒介）要我说么？听者。前者你失玉疯颠，俺姑娘朝忧暮虑，废寝忘餐，自欲到彼看你，不知怎么，听见你们那里毒心的勾当，他便神魂顿丧矣。（生顿足哭介。合唱）

【金络索】情深留意多，话诧伤心恶，消息传来，生把惊魂捉。心摧痛若何？（生）姐姐，后来呢？（鹃）我姑娘如醉如痴，似疯似傻，走到你卧房处，与你相视而笑，言语迷离，及至扶至潇湘馆来，腰肢沉重，血唾淋漓，就是那一病而亡了。（哭介）我那姑娘阿！（恨介）你难道还佯为不知么？（生捶胸痛哭介）我恨沉疴，无语痴迷负玉娥，使他抠心硬夺娇鸾活，埋骨生将小玉搓，泪交沱，他一腔冷血印成河。（合唱）断送在积世婆婆，薄幸哥哥，恁死得无收着。

（生）我那多情的妹妹可有深恨小生的言语么？（鹃作势介）怎么不恨？他将你寄来的那绢子，与他自作的那诗稿，一件件都烧化了。（生）呀！兀的不可惜死也。

【前腔】灰飞丝与罗，魂诉断冰梭。金缕风残，珠玉如花落，人亡物亦颇。想林妹妹化绢焚诗，不啻剖小生之心而泣血也。斩尽枝柯，根到九泉向那处摸？这不是崔郎怀绢临终作，这不是孙氏焚诗内助多。气丝矬，多半是腐心切齿强撑挪。总不许俺着意摩挲，尽意吟哦，则枉煞伤心我。

（生）姐姐，我妹妹后来更怎么样呢？（鹃怒介）俺姑娘伤心的话，伤心的事，我也真不忍尽言。你当初作什么竟毫不理会？此时假惺惺的，谁耐烦与你这负心人，絮絮叨叨，好不扯淡。（径下。生痴介，半晌哭介）嗳！我这心不能见谅于侍儿，尚望谅万一于我那伤心的妹妹吗？

【莺啼序】论沉冤闺阁湘罗，恨长逝离鸾别鹤，似恁般一个人儿，生拉向那幽途生活。想他生平呵，葬桃花蹙损双蛾，对风雨把秋窗弦拨，到头来还恁飘零结果。

想古来佳人回首之时，或寄留遗稿，或自写春容，令人千载下如将见之，那似我林妹妹死得恁萧条寂寞也。

【长拍】惨淡颜酡，惨淡颜酡，伤心笔搁，凋残髻绾裙拖。今日便作潇湘剪纸冷招魂，何处遮挪？则空织锦文梭，便香奁填就，他应嗔差错。嗳！我知道他了！叹宇宙寥寥无处可。因此上尘颜破，玉容搓。然妹妹虽死，而妹妹之音容心事，又何日不在人间也？秋水春山须评度，更鹃啼花落，着意摩挲。

妹妹呀，使君少缓须臾，小生焉肯相负？真不料一不得志，遂不复起，至于如此其急也。

【短拍】双凤同柯，双凤同柯，不愿你灵蝉能脱，绝望也无处腾挪。待小生叫唤他醒来，妹妹，妹妹！姑娘，姑娘！啼血溢情河，映不出他九天咳唾。则从此天长地久，和你永蹉跎。恁长恨如何？

（哭倒介。丑、贴扮二丫鬟上，扶叫介）宝二爷，从那咱直哭到这咱，亏你有恁许多眼泪也。太夫人着小奴辈来请二爷快些回去。（扶生起，生叹介）咳！叫我那里去？难道眼睁睁就舍了妹妹去了吗？（丑）好笑，你在这里哭一百年，也都是不中用的。（内唤）太夫人吩咐立等二爷回去。（二鬟复催介，生恨介）罢了，罢了！

【尾声】百年旦暮终抛躲，不见那万里秋闺唤奈何。妹妹呀妹妹！怎样和你图个天上姻缘补恨多？（哭下）

第二部分 《零香集》摘抄

吴兰征 著

邓 丹 编校

《零香集》序

许兆桂

余尝北过河洛，南浮湘江，怀想于古今。所谓洛神湘君者，皆天际真人，固不得而见之也。至于楚台汉皋近吾居焉，里人久艳称，夫为零解佩□□（破损难辨）传诸口颊津津乐道之。迩者余已□□老矣，得西楼以居，适有客持《零香集》过余，曰："此金陵茂才俞君之佳偶、新安吴梦湘夫人所作诗也。"梦湘之母曾梦于湘江拾芳兰一枝，故锡名兰征，而字之曰梦湘。垂髫时，途遇俞生，目成于春社，发乎情、止乎礼义，后通媒妁，迟之久而赋百两焉。琴瑟既调，倡和□□，自谓旋闺小语不欲示人，而俞生于乙丑冬（1805）钞梓之。斯时也，盖梦湘已病，生于无可如何之中，欲以诗草代鹿衔而生之。及丙寅（1806）仲春，则昙花空现，而琼枝不留矣。生日怅惘迷恋，觅返魂之香而不可得，遂出斯编俾正于先生，先生其许之乎，……

嘉庆丙寅仲夏上浣云梦香岩许兆桂拜书。

【按】许兆桂（1746—1806），字香岩，湖北云梦人。廪贡生，夙承家学，嗜词曲。历游蓟北、楚南、粤西，晚年侨居金陵。著有《云梦楼集》。

《零香集》序

姚鼐

星源闺秀吴氏，字香倩，余门人俞遥帆之配，才而贤。幼以孝称，长适遥帆，事舅姑克敦妇道。其助夫教子，有古贤媛风。性恬淡，意幽娴，故其为诗高超淡远，一洗香奁之态，其见赏于宗工哲将者，非伊朝夕。惜才丰命啬，薄于寿，年三十而夭，识者咸悲痛之。其诗集曰《零香集》，遥帆授剞劂以传之，问弁于余，余久钦其阃范矣，诗固其绪余也。后人读其诗以想见其为人，香倩自有其不死者，遥帆其亦可少慰已。复题一绝以悼之："诗家秀句每伤心，先兆珠亡毁玉琴。蕙质有灵堪说忏，一编都作海潮音。"桐城姚鼐书。

《零香集》叙

谌配道

或问："女子能诗，可以观德乎？"予曰："此四德之一，所谓其立言者是也。而读其诗并其容与工与其德，胥可想见其大概。古之名媛业已紫玉烟销，绛桃土委，而灵旗梦雨，犹令风人吊祝于楮墨间者，岂非借诗以传哉？"

吾友俞子遥帆，白下隽才也，其淑配吴孺人，字香倩，幼循母教，习女仪，性耽书史，尤以孝行著。长而适遥帆，一时有双璧之称。每当纺砖月坠，镜槛风低，玉女沙凉，金虫灯小，钗横三钿以焚香，髻妥半蝉而展卷。或论古交谪，争一字之师，或抽觞启颜，竞八义之咏。询可谓天作嘉偶，两美必合者矣。

予往闻其闺中唱和诗，盈箱类箧，心窃艳之，欲索吉光片羽，终秘，秘不以示人。丙辰（1796）夏，随园袁简斋先生客阊门，汇刻女才子集，邮笺构其稿，卒以不献。盖孺人守礼綦严，诗以言志而无近名之心，譬之兰生空谷，无人自芳，用是愈以征其德之醇，与其言之粹然可宝也。

今年春，俞子赋悼亡，予往慰唁，遥帆乃出其吴孺人诗稿，自系以传，谓予曰："此香倩生平所秘不示人者，巫山云断，潘岳神伤，剩馥残稿，半随香奁焚弃，然诚不忍人琴俱亡，欲裒集付诸梓。君故怜才，何惜齿牙余绪，为渠一阐幽光乎？"予受其诗读之，渊雅冲逸，淡远幽深，不芜不纤，宜今宜古，自抒性灵，毫无依傍，此则其才之超也。至于劝亲立篷室，本樛木逮下之风；课子以义方，协鸣鸠均平之意。其他佐蘋蘩，供旨畜，琴瑟在御，宜室宜家，类有得于古诗人立言之旨，故其静好之音，流于弦外，发为词章，可以传之艺苑，垂诸永久也。然则其诗传其容与工与其德，亦借是以传，是孺人虽死而不死，而遥帆代为镌诗之苦心，亦足慰孺人于地下矣。若夫才子多情，美人不寿，则云梦许香岩夫子立议卓绝，又不待予之赘叙云。

嘉庆丙寅年仲秋月望后五日，味堂谌配道顿首拜叙。

挽词（随到随刻，不叙次第）

俞子手持淑女文，劝我试作淑女歌。先君捐馆名友苑，才薄难将淑女哦。忆昔闺阁有才女，或鲜德行不足多。德行堪夸愚忠孝，其如遗憾缺才何？才德兼优奚易观，古少今稀晨星罗。孺人香倩超凡类，淡泊宁静拟仙娥。门楣望重受盘错，卓然利器几折磨。观书会心真不远，解人了了冻笔何！不轻许字高见地，几谏父母脱窠臼。劝亲置妾著吴代，于归俞子几蹉跎。不嫌黔娄百事乖，睦族周贫解金珂。孝养舅姑如父母，侍奉体恤怜半皤。色艺今时已罕观，行谊全敦古谁过。如此糟糠应珍重，讵知仙女如浮波。淹淹一夕长已矣，彩云易散才顷俄。有男有女存遗教，宜室宜家春梦婆。久闻有才复有德，愧煞庸寿女么麽。方今太平日无事……

张发 情田

绰约琼姿世所无，更兼词赋过鸿儒。卅年还算尘缘久，犹有昙花转眼枯。

古史横陈着意诠，摘来褒贬寓丹铅。要除儿女香奁习，特著金闺鉴一编。

济困扶危具侠肠，亲疏厚薄更同详。而今鹤返瑶池去，能使人人泪两行。

管镛 退盦

风敲竹

梦断心凄切。记分明、征兰小谪，还兰永诀。底事罡风偏作恶，吹损灵根慧业。正杜宇声声啼血，湘岸前身皆幻境，纵生天，难免红羊劫。累潘岳，痛几绝。

深闺万卷能通彻，又岂独、零香剩稿，裁云镂月？有女七龄知殉母，也算千秋隽物。与阿母、孝思同辙。巾帼须眉俱一列，但可传，即是人中杰。青史内，并堪列。

黄钰 秋舲

天然爱好认生前，想见蓬莱暂谪仙。剩有幽娴遗韵在，引将闺秀说便娟。

林下风清溯往时，争传道韫裕才思。丸熊教读资勤苦，说与佳儿忆母慈。

经史班班记审详，编成书卷又词章。女中博士真难得，莫怪荀郎太感伤。

觅句宵分尚倚兰，从知风韵本高寒。湘灵草共零香集，留与诗人仔细看。

香奁气习夙捐除，出语惊人女丈夫。愧我居然歌薤露，湘君地下笑人无。

珠翠丛中迥出尘，大家风范孰堪伦。好将彤管详书事，一一从今为勒珉。

项士渊 莲坡

奉倩暗神伤，愁凝五夜长。编排成小传，寂寞怯空房。鸾镜光常掩，牛衣语未忘。还兰征旧梦，何处觅潇湘？

万荣恩

［南步步娇］甚因伊谪落红尘道，梦送兰香绕，仙子下云轺，卅载年华，玉颜窈窕，赏识自英豪，恰龙江咫尺蓝桥造。

［醉扶归］想那日，水萍逢，静爱雕栏靠，未伤春，谁是说无聊，漫争的嫣红姹紫竞相招，险些儿湘江水隔蓬山岛，一霎里芹香，采采咏桃夭，端则是清才清福人同调。

［皂罗袍］才子何妨眉扫，展芳心韵语添娇，彩鸾有幸遇文箫，小楼沉醉书残稿。诗评白社，花梢柳梢，曲拈红豆，情苗意苗。更一经闲课把雏凰教。

［江儿水］蓦忽斜晖冷，仙凡判路遥。忍孜孜顿抛人去了，一边是画图省识真容杳，一边是珮环隐约衣香绕。杜宇催归最早。剩粉零脂，空耽误，河阳年少。

［尾声］太古来名媛摆不脱红颜料，留下这墨渍香痕慰寂寥，管使普天下有才的人儿齐拜倒。

蕉雨堂 介雪

抚秋楼诗稿

晨　起

晨起对名花，凭栏自瞻瞩。云影净疑秋，烟光散如沐。单衿晓犹寒，凉思动茵褥。炉烟袅篆阴，心香递相读。蕉花浥露红，苔色印扉绿。幽鸟竞和声，曦阳照微旭。此景妙难宣，悠然心赏足。侍儿张素琴，临风弹一曲。曲罢韵犹余，泠泠扣清玉。谁与和幽襟，清风响修竹。

夜坐闻笛

月光皎洁白如雪，坐闻笛声凄以切。是谁心事寄清音，□□松风吹玉屑。急响深情嫋不收，笛声心事两悠悠。如闻巴峡哀猿叫，吹出潇湘万斛秋。秋声瑟瑟何烦促，况复尢吟添抑郁。清兴非关遇子猷，山阳曾为悲嵇叔。秋夕何人不浩歌，柯亭遗制遣愁多。此时此夜肠应断，独倚流苏唤奈何？唤奈何，声泪续，镜里红颜空似玉，自惜修蛾欽双绿。陇上梅花感别离，楼头杨柳空纷缛。我亦多愁善病人，每逢丝竹便沾巾。深闺蛩语高楼月，不听清歌亦怆神。

偕弟妹酌酒梅花下

冷蕊寒香孰拟操，何须持赠向东皋？人归瑶馆疏钟急，韵嫋琼枝夜笛高。满座防馨倾浊酒，深闺风雨读离骚。相期诗拟酬官阁，翠羽啁啾首重搔。

狂女子碧歌

四十八万歌奇功，暗干神器真奸雄。负扆谁识假皇帝，中外翕然称周公。周公践阼孺子废，嗟哉安定不令终。中宫玉玺亲相勒，谁想萧墙祸匪测。狂女子碧詈奸慝，汉皇大怒趣归国，敕以九月殛汝贼。君不见白水真人一旅师，宛都传首无差忒。绝代奸雄枉族诛，如此周公作不得。曹阿瞒，刘季奴，勋业宁与周公殊。奈何一念欲为帝，骂名千载无时无。何当人尽如狂碧，为儆凶顽各令图。

读皇甫规妻传

侬夫死钩党，侬身誓不嫁。朱颜零落残妆卸，能文善草班姬亚。逆卓无端强相讶，造门痛哭亲承谢。青锋冉冉相凌藉，甘死如饴竟酣骂，红残翠碎香车下。一朝殉节义，千古称礼宗。曹女引被差足拟，崔氏倚树将无同。可惜中郎竟从贼，文姬更辱毡裘国。一曲胡笳万斛愁，西风寒雨秋萧瑟。

吴兴西楚霸王救临汝侯歌

临汝侯，饮酒羞与俗客侔，终日维与神对酬。贤侯酣卧神亦醉，胜落英雄数行泪（昔杜默痛哭项王庙，神亦下泪）。益州妖贼耑师攻，贤二千石资智穷。虔心默祷神感通，酬君觞奠成君功。东来铁骑何飘瞥，叱咤雷声怒眥裂。泥马骄嘶一丈乌，阴兵渴饮千人血。净扫欃枪天地惊，妖星胆落鲸鲵灭。归来检视庙中人，淋漓汗湿经旬热。古人盃酒皆收效，土偶无情尚相报。独怪千金一诺人，指天誓日同欢笑。一旦危亡乞救援，漠然胡越轻交好。卖友求荣肆排挤，毛吹瘢索翻相笑。歌泣谁寻白马盟，英雄只合青蝇吊。果否顽然七尺躯，亦如土偶心无窍。安得醇醪涤肺脾，人心都似吴兴庙。道旁田父拍手歌，此事自关贤侯政绩民熙和，秉心正直神自呵。君不见蒋王出荡鸣玉珂，青骢马来军倒戈。牲牢玉帛王礼奉，不歆非族当奈何。

堕楼曲

石郎骄侈穷奢欲，妙舞清歌看不足。十斛明珠换美人，纤蛾淡扫春风绿。罗袜无声步软尘，珠灯彻夜烧银粟。乱世何堪拥厚赀，况教有美颜如玉。□富方夸锦绣丛，销魂顿勘风流狱。变起萧墙矫诏收，明珰翠羽不胜愁。君为妾死妾罪重，妾身粉骨安足酬。红颜力薄同花堕，碧血痕斑有泪流。宁为破面鬼，□负同心俦。君为情死死亦值，请看贱妾今堕楼。噫嘻乎！人生不过一场死，从古英雄尽难此。何似娇啼掌上珍，刚肠远过奇男子。血染园中草木香，贞魂千古流芳址。投阁排墙独匪人，须眉巾帼真堪耻。

缣素行

新人工织缣，故人工织素。织缣能媚时，垂垂缀花露。绣出双文鸳，金针暗相度。织素作衣服，为君备行路。织素易薪米，为君理家务。织缣抑岂难，差学邯郸步。古意方厌时，新人重相□。君心不可知，往诉将逢怒。寄语新人慎莫嗔，君情反复如朝雾。故人虽故昔曾新，新人虽新亦将故。他时团扇泣红颜，又有新人坐相妒。

古离别

阿侬恨煞江上舟，不载归帆载远游。阿侬恨煞江心月，不照欢娱照离别。阿侬恨煞江头柳，不绾征人绾钓叟。江柳依依送客行，江舟江月空复情。侬向情天空江冷，人向扁舟孤月明。惟有扁舟恼人意，载侬夫婿江边去。去时执手空叹息，红泪阑干各沾臆。陇水燕云望不穷，汉关秦月无终极。临行赠君镜，贱妾真心□辉映；临行绣君面，鸳鸯枕上常相见。临行量君衣，归来肥瘦看□肌。春江渺渺桃花水，瞬息风帆数千里。愿君此去立功名，也似春流迅如驶。君去空房掩绣帏，思君从此减容辉。妾自感君恩义重，君无憔悴损腰围。刀环有日符佳梦，何惜朱颜揽镜非。阃内之事妾自任，惟嘱行人须早归。此身恨不为樯燕，常伴征人日夜飞。

附评语：

论古有识，立意极高，更具一种雄浑博大之气，磅礴其间。至言情之作亦复刚健婀娜，幽娴静穆，置之词坛，直高树一帜。闺阁得之，盖吾见亦罕矣。（袁简斋先生原评）

余与婺源俞晓园公交最久，晓园公性乐善，余集中《俞氏义冢碑记》等篇为晓园作也。其孙遥帆，少年隽才也，尝从余论诗文。一日，以《读西楚霸王》《临汝侯》《皇甫规妻》《狂女子》等篇来就余点定，余赏其立意遣词擞扑不破，妄加品评，许之矣。后晤上元顾东山，时遥帆受业东山，出遥帆作示之。东山云系遥帆室人吴孺人所作，非遥帆作也，余甚诧焉。旋招遥帆至，叩之，以实告。盖孺人不欲以璇闺之制轻示人，而假遥帆作以示余也。余固夙闻孺人，才而未稔，其遂臻斯境也，因憾遥帆不实告，以早快余心。他日西池，今得于吾身亲见之，老人惊喜狂何若也。（袁简斋先生原评）

读国风

宜人风雅六情诗，道韫评论惜少之。绝妙好辞春昼懒，女儿情性女儿诗。（幽闲贞静溢于诗歌，恰是闺中吐属。顾东山评）

母　病

兰房深处总娇痴，阿母心怜十二时。一自萱枝近憔悴，秋花春草变哀思。

人生百岁几曾多，况是沉疴愁里过。汤药亲尝成惯事，报恩只此奈恩何？（云之伤心）

过舅氏山庄登牛首山怀古（周舅氏居牛首山侧）

江左牛头矗矗横，龙蟠虎踞并声名。溪残马迹流常断（上有昭明太子饮马池），山隐兵符气不平（武穆公御金兀术曾伏兵于此）。梅岭晓寒淡秋树，芙峰暮霭落荒城。牧童消释南朝恨（梅岭芙峰皆山中名迹），跨着山尖弄笛声。（用事生情，食古化矣，不谓于女子中得之。顾评：收句暗合牛首趣甚。）

哭　母（十三首）

母系出周氏，贤而孝，箕帚蘋蘩，在在身亲，御婢仆尤慈惠。书字、针黹皆精工，柔顺幽娴，人称阃范焉。惜虺蛇之梦，屡占自泰人，而熊罴之兆艰焉。为宗嗣计，以故尝郁郁，曾劝父置侧室，乃亦不育。后又劝置，因丁艰等事，因循未果。后乃又置，始得一男。盖以望之久，得之艰，而母氏亦从此郁且病，病且死矣。呜呼痛哉！母卒年未四十，而余姊始及笄，余始垂髫，思以犀钱玉果之期，致陨珠翠绮罗之质，而使双双幼女抚棺绝恸，对影长怜，冷落兰房，返魂香不在人间也。母时年三十八，意欲即作三十八首，以歌而佐哭，乃成至十三首，实悲咽不能成字，恸倒者屡矣。姊力劝无过为此摧残心肝事，倘悲恨有不测，母氏九原益何以堪，遂焚其稿，竟搁笔。嗟乎！以十数年恩勤顾复，婉教深心，既不获书成紫石，以娱父母，又不获祈无身代，以殷小时，怜诫缓急非所益。母既亡，更不获血泪哀诗，使贤母徽音借佳制以传也。《诗》云“生情良胜无”，若似不栉，仅如侬者，其与并无此弱质者相去几何哉？忆此数首，聊以志不孝女孝顺无终也。一念及此，曷禁泪涔涔下，欲卒成其数，而亦终不能成矣。呜呼伤哉！

女子生来薄命天，那堪失恃泪如涟。瑶池自脱红尘梦，不顾亲儿没个怜。

生小娘行故故娇，娇痴过分转无聊。只今另有无聊味，一点灵灯泪冷浇。

母氏当年一样悲，幼时也自失萱枝。书笺针黹般般习，不教成人著母仪。

蘋蘩箕帚总身亲，十六于归作妇新。二十年来无稍间，至今阃范说人人。

坐诵爹行执一经，董帷攻苦劝丁宁。常教桃李春风夜，冷落绡金软玉屏。

亲手羹汤事事驯，老人□惑或难论。小姑大姆包荒尽，天道无知恸杀人。（千古同声一恸，岂独君家？）

堂上儒冠不免垂，杨家宗族更维持。廿年愁病身终促，只有徽音作泪碑。

最是无男最断肠，承欢只有女儿妆。承宗事大愁如海，几度唏嘘泪满床。（处处提宗祧，可征心细）

久将逮下学关睢，却少□斯羽不舒。记得夜深深祷祀，时呼妾辈叩清虚。（眼前语说来动人如许）

病侵孱弱骨销磨，食少忧烦唤奈何。纵有金银身外物，可伤饮馔没些多。

勤俭生成自是贤，从来奢态不相牵。嫁时衣履还珍好，□在云箱二十年。

人家子弟最关心，择婿名门倚托深。姊氏于归看已近，可怜不获见鸾琴。

薄命于霜失意秋，儿孤（母去世时侧室所生弱弟始二龄，在襁褓中）女幼绕床啾。瑶池谪满空回首，带去红尘一段愁。（二十八字多少层数，多少泪痕，冷雨秋窗，不堪卒读。东山评）

病起口占（二首）

造化儿郎可奈何，西窗人瘦入秋多。模糊梦断芭蕉雨，又教愁魔替睡魔。

茶炉药鼎伴琴书，镇日垂帘不自舒。善病文园身后影，这些却似女相如。（数虚字极灵动）

水晶桃花枕（四首）

水晶影里梦前身，桃花色外悟缘因。合来裁作烟霞枕，半属神仙半福人。（六朝风韵，珊珊欲仙）

丹碧楼台已化工，一枝鲜艳倍玲珑。去年崔护如重到，人面桃花梦里红。

花向通明镜里新，俨然锦浪着生春。床头日盼桃根客，尚隔秦淮欲问津。

秋霜镜里奈情何，岁岁桃花几度过。羡杀枕中销尽恨，红颜不老胜侬多。（媚句）

阅红楼梦说部七律四首

闲评稗史看红楼，半晌怡怀半晌忧。知己无人虚度梦，风流有话尽多愁。宁荣枉自空回首，金玉依然不到头。谩说伤心儿女事，英才作赋也悲秋。（知己一联，凄人心骨，已足括红楼全部矣。谌味堂评）

明识稗官为哄侬，关情不禁涕沾胸。故园才说花生笔（贾府中姊妹亲戚垂髫者俱能诗），冷月旋残镜里容（不数年花亡蝶嫁，名园一空）。纵使空门全玉璧，如何秋雨断芙蓉（贾公子从入释教，有道人引之去，曰非此则难活。姊妹中惟林黛玉最妍然痴，而最早夭）。劝他都化衡阳雁，世世重来十二峰。（无语不转，无笔不折，如游龙弗可测度，是能以古风为律诗者。谌味堂评）

一把花枝触绪长，蛾眉队里倍神伤（指宝玉言）。淡红香白春初晚，冷月清霜梦也凉（指黛玉言）。今世只教学钗玉，人间何处不潇湘。多情共说痴儿女，不道情多枉断肠。（用情深婉，寄意缠绵）

若许相思拟素缣，疑真疑幻暗投签。芳魂不解红心草（伤黛玉也），冷月仍空乌角檐（伤宝玉也）。赢得情多成境幻（指黛玉言），便教缘薄也香添（指宝玉言）。明知世上楼都梦，梦好成时醒亦甜（括全部而言之）。（忽褒忽贬，亦抑亦扬，可谓以大议）

咏林黛玉（七律四首）

生来何事掩重门，只为灵犀渍泪痕。问菊已传半遮影，葬花先断未销魂。湘江竹点斑犹湿，锦帕文回气未温（生平善哭，住潇湘馆，宝玉赠锦帕一幅，黛玉题诗洒泪）。侬欲相招人在否，梨花一树月黄昏。

偏生冷雨打幽窗，知是情魔不肯降。一自添香惊细细（每薰香而独坐），几回临木泣双双（每临池而涕横）。檐前惆怅迷鸳瓦，花里徘徊隔兽幢（触目伤心事不胜枚举）。欲觅玉鞋曾蹋处，风流一段压南邦（黛玉生长扬州）。（写得淡远，是伊人身份。味堂）

时时掩面褪残妆，独步苍苔不怯凉。人世何须问桃柳，幽居不枉号潇湘。几回袖湿谁知冷，一样花开为底忙。从此云裳归去也，教侬同怅少年场。

小谪蓬莱十五年，芳心远到别离天。家乡惹得三更泪（早失双亲，故乡千里），才调轻飘一缕烟。谈论每惊多彻悟（恒与宝玉谈道，幻悟非常），因缘何事又牵连。知卿不信飞琼话，一脉情痴我见怜。

咏薛宝钗（二首）

幽怀雅度拟男儿，若许相思未上眉。艳质竟忘春去尽，诗魂不瘦月明时（宝钗气度雍容，性情温厚，吟咏得春夏之气，言谈有丈夫之风）。洗完脂粉含英气，开到牡丹绝艳资。桃柳冰霜人共仰，女中苏李信如之。（写宝卿的是宝卿才笔，

何所不可。味堂）

幽闺无语对春曦，不问因缘不着迷。一副柔肠消世态，五车花史足仙姿（经典极其博奥，诗歌极其超脱，林黛玉外第一人也）。从知爱静全因悟，也自多情却未痴。寄语世间儿女子，前生已定漫相思（后与贾公子成姻）。（工稳细腻）

咏贾宝玉（二首）

钟情公子本天然，只问因缘不问天。爱月何曾教独步（玉每遇花朝月夕，必偕众姊妹共游燕，须臾离，不乐也），拈花犹自要齐肩。秋声未到心先碎，春色频过梦亦迁。粉黛丛中抛不得，生生欲费买花钱。（“钟情本天然”，五字写尽千古宝玉。味堂）

生平时学凤凰琴，姊妹同心酒漫斟。闲倚梨花羞白玉（玉生有灵玉而雅爱林颦，宝钗、湘云有金物，道人因有得玉为配之说，而宝玉弗顾也），淡将素魄失黄金（指宝钗、湘云）。多情便是成仙骨（后玉入山不返），爱好全凭作壮心。纨裤儿郎知悉否，如君千载是知音。（绝大议论，非通贯道书不能作此语。谌味堂）

夫子入泮，余时未归，成律二首，以补贺之

芹藻缤纷不算迟，春桃秋桂有根基。从前风雨人谁问，年少才华闺里知。□室儒生呼小友，园桥天子作名师。袖中七寸生花笔，劝惜精神少画眉。

丰标衫子十分青，鼓箧衣冠趁妙龄。鸡肋功名争早暮，龙钟声价好香馨。文章福命休多虑，薄幸心情怕惯经。高世有材须自爱，衣裳新旧说丁宁。（见识最高，当不似秀才娘子，向人弄轻狂态。味堂）

帐　钩（二首）

银钩小样衬丝金，惹得春酣入梦侵。底事凤鞋收拾好，背灯时候最关心。（韵极艳极）

绣幕连珠烛影移，檀奴只管报更迟。双鬟不语低头处，又是含酸放下时。（红情无限，纤不伤雅）

中秋玩月忆外，闱中作（乙卯）

中秋第一度君家（余去秋来归），桂子金盆有意夸。妾忆如今人似旧，君才到此月争华。离思无处今宵著，情种应从明月奢。分付清光知爱惜，替侬来夕护红纱。

余乙卯冬归宁染病，姑命人来慰问余，余赋此以谢

恩慰殷殷慈意赊，病中感激不胜嗟。空期膳饵怀姜偶，惜少才情读大家。久歇羹汤三日味，愿言萱草百年花。沉疴差去当归侍，佐舞莱衣傍绛纱。（贤孝之思，溢于言表。顾评）

咏西施（四首选三）

其二：狠天白戾拂忠谋，不是贤王赋好逑。愿得来生嫁才子，姑苏台上莫春游。（从来咏西施者无作此意，奇情逸致，鲜艳如花）

其三：馆娃宫里也温柔，箫鼓春风解释愁。如此繁华留不住，五湖烟水上扁舟。（直捽入颦儿心坎里）

其四：花间恩宠醉新妆，二十年中宫梦长。料得阴谋报乌喙，也应有计活吴王。

月夜追忆旧事，成十首，分题咏之

志幸

三生石上旧姻缘，问自蓬莱路几千。花月相逢无限意，至今风景十三年。（余十二龄时，龙江神庙社会，士女云集，随姊妹行往观。余家固龙江西岸也，时外尚总角，适与二三同窗友亦游览其间。彼二三少年者，衣履鲜，都类富家子，适见余姊妹行，绮罗钗饰，照人耳目，或前或后，颠狂欲死，料非佳子弟。时有熊媪，指以相告，曰："此中亦未可一例视，内中某最幼者，差佳。"试看虽同逐队，渠则注目两壁诗画，及一邱一壑，余无邪视然。余闻之，亦斜睨焉，则见布袍不饰，仪止甚闲，眉目如画，鸡鹤之分，宛尔可辨。余大姊询之老仆，云是俞氏长公子，其祖曾以巨万乐施，名声半天下。迩来家渐凋，公子业儒。大姊曰："然则里中所呼'小程三'[1]者耶？"应曰："是。"时大姊年长，于归有日矣。见母氏为余择配，几番留意，积为忧，忧且病。归，与母言，母访之，果幼慧，兼老成，里中有"小程三"之号，盖方之伊川云。商之父，父以家寒恐累儿，不许。此时几费踌躇，几拼筹画，始得挽回成就，以符梁案之从。今也月下花前，两情和畅，分题拈韵，画阁春生，虽一片青衫，秋风失意，而薄有田园，粗堪自给。上侍舅姑，下抚子女，纵非佳偶，亦系奇缘，事以人传，人以诗著，亦见三生片石犹在人间，且俾世之女英雄相士于风尘外者，固不在远耳。）

诉怀

相见春风便意痴，关情桃柳一枝枝。深闺无语何人见，月夜酸心只自知。（家常话道来令人酸楚，此等诉怀诗又不得以奇胜矣。顾东山评）

又

羞言爱好是天然，只为多才强自怜（是相见后语）。赢得夜阑花有泪，梦魂犹自辨媸妍。

又

有时无语向孤灯，一影徘徊拚断魂。阿母病中催睡罢，

[1] 小程三：宋代著名理学家程颐、程颢自幼熟读圣贤之书，终成一代儒学大师，后称"二程"。后称赞明理勤学后生为"小程三"。

暗弹珠泪不成应。

忆母

母氏无儿意久冤，年年凄怆对椿萱（见前诗序中）。如今不敢重回首，想到慈帏断尽魂。（不能细数，一语总之，颇得轻重之法）。

姊嫁

盈门有烂好期催，阿姊香车去不回。从此心孤人更冷，伤怀无意托良媒。

望售

桥门深处试期临，知否闺中代情阴。愿得书生无限好，与奴争气是奴心。

失望

小试期过报喜来，传闻邻婿泮游回。教侬何处羞他面（是年，余堂姊姊夫人入泮并完姻，而外于是年十五矣，督学胡公以制艺字溢有碍，公令取而复弃），清夜寥寥泪几堆。

减恨

不负苦心几度呼，芹香也见到檀奴[1]（后逾二年，外入泮）。才将双锁眉峰褪，还揣书生薄幸无。

忧思

才丰运啬几蹉跎，五次秋闱虚度多。揽镜几回还自信，知人福命也如何。（君作夫人自做得过。古来沦落英才，指不胜屈，可谓有见云然。顾东山评）

咏残菊（十二首选五）

君尽无花万里秋，夕阳残照正当楼。一从陶令题诗后，枉向人间不自由。

检点群芳一一休，诗成黄叶不知秋。秋霜如许君休傲，人瘦于君也正愁。

黄叶声多不可闻，长堤衰草半秋坟。风流老区知多少，一片寒蛩独吊君。

幽人思妇尔相知，气味灵和拟玉芝。还劝投胎休附热，朱门桃李谢多时。

尽日深闺学守愚，可怜人瘦病臞臞。那堪为尔还留恋，一点诗魂淡到无。

[1] 檀奴：女子对丈夫或情郎的昵称。

清明日诸女伴邀游春索咏

寻芳闲步破朝烟，如此芳郊亦可怜。杨柳青深官巷里，梨花白过野塘边。潮生一带渔人市，风暖睡家燕子天。记得去年惆怅处，香车宝马锦连钱。

与遥帆夜坐玩月

幽闺深锁月华清，红袖窗前太有情。相对何妨凭漏尽，嫦娥应亦解怜卿。

与诸姑闲话柳塘书屋

数亩芳园结构宜，春花秋月乐无涯。豢鱼略引沦涟水，种菊新编曲折篱。一榻松风朝□茗，半窗蕉雨夜谈诗（屋中有绿天居、松风水月等处）。阿鬟不解侬情意，笑指花阴月影移。（淡远处自有天趣，可想见幽闲风度也。）

题蒋心余[1]太史《香祖楼》传奇

悲欢离合转情关，死别生离泪眼潸。千里云山全白璧，三生盟誓破连环。郎非薄幸伤无计，妾是痴魂痛不还。读罢柔肠容易断，兰摧玉折惜红颜。

莫愁湖晚眺

吊罢佳人借酒筹，残花剩草一天秋。凭栏无限添愁处，枉说湖名号莫愁。

偶　成

愁怀怕听风声咽，秋光半老飞黄蝶。侬今也学葬花人，闲向空阶扫落叶。

---

［1］　蒋心余：即清蒋士铨（1725—1785），字心余、苕生、蕖生，号藏园，又号清容居士，晚号定甫。祖籍浙江长兴，出生于江西南昌。乾隆二十二年（1757）进士，官翰林院编修。乾隆二十九年（1764）辞官后主持蕺山、崇文、安定三书院讲席。精通戏曲，工诗古文，所著有《忠雅堂诗集》《红雪楼九种曲》等。

题蒋太史《四弦秋》[1]杂剧

夜度芦洲似小年，浔阳江上买茶天。琵琶已铸飘零命，抱向他船亦枉然。

绿　珠

尤物移人乐不常，主人情重妾心伤。画楼月照珠千里，梓泽魂归井一方。玉骨香泥飞燕子，清歌檀板借莺娘。风流云散黄金尽，恨里情中自共偿。

谢道韫

东山家范自流芳，诗咏清风吉甫章。柳絮空中工绘影，芝兰砌上觅余香。姿怜白玉情多少，幛设青绫辩短长。自是聪明招物忌，休嗟天壤有王郎。

苏　蕙

一别湘江梦去留，凭将雁帛寄君收。八行锦绣情如诉，双拉珠玑泪自流。宠夺阳台寻旧侣，心伤刺史逗新愁。诗词婉转篇三百，莫拟相思赋白头。

---

[1] 《四弦秋》：又名《青衫泪》，为清朝蒋士铨所作杂剧。讲述的是唐朝长安名妓以琵琶诉说身世，白居易听后感慨不已，作《琵琶行》的故事，一本四出。

杨贵妃

梨花雨湿荔枝鲜，薄幸三郎竟果然。宁邸猜疑偷紫笛，禄儿颠倒弄金钱。已教埋玉春常寂，何事闻铃恨不捐。孤负长生牛女誓，海山别馆了尘缘。

江　妃

二南背诵发垂□，香衾苹风自解嘲。品似梅花添妩媚，吟工柳絮爱推敲。重门月掩上阳静，一斛珠酬乐府钞。宠谢不随西幸辇，寂寥深院泪双抛。

评语和传记

俞用济识语

香倩性耽吟咏，而不尚矜夸。尝谓诗写性情，原堪陶淑，但少失风人之旨，即易涉轻薄，有玷女仪。恒以“女子无才便是德”之语为至言，故居恒有所涉笔，不惬意者辄焚去，曾不少靳惜。又性疏落，草稿往往不收拾，多为闺中友携去，甚为姊妹及婢媪辈包裹钿饰，余见之辄易以他纸。昔受业吴宝岗、顾东山两夫子，同窗友见香倩作必争相钞录置箧中，又相递传观，盖香倩稿散漫于四方者有年。又香倩能脱香奁体，诗多苍古浩瀚，以故见者多误为余作，甚至误为同窗辈作也。又万锡廷、顾秋碧为余至戚，时向余索香倩草稿，故香倩稿尤多存两兄处。戊午（1798）秋，遍集旧作草稿，得尺半书。时顾东山夫子至都就选，倩携往以就正当代名公。后先生分发河南，莅任桐柏，求公退暇加评阅，作序以付梓，逾数月，蒙先生回书慰问綦切，并寄来叙文一篇，且云全稿现传观诸同寅，并代求弁题，作养人材，洵莫先生若乃。后此半载，先生卒于官，家人奉柩狼藉归，未得代为索稿，遂散失，家无底本，良可惋惜。兹集所载者，系余箧中留藏一二，幽窗卒读，不胜零烟断墨之悲。此外更有古今体及读史诗八十余首，又寄呈原江吴宝岗先生，转致景岐二先生，现存都中，未归，俟寄回，嗣付剞劂。噫，身且莫保，何有于斯？而人意差强，谁能置此？设并此而无之，则湮没消沉，他年更何以见亡人于地下？则今日之辑此书也，稍以告无罪。世果有安仁奉倩一流人乎？谅未必不同声一哭耳。遥帆俞用济识。

袁枚识语

遍阅诸作，骨重神清，中皆□□散问匀补。何以？此非夸目以尚奢，要惬心之贵，当直如天孙织锦，公孙舞剑，令人目不给赏。尤不可攀者，其一种浑厚古郁之气，磅礴其间，性情极微，光焰极大。良以气厚格高，意切思远，遂使洗尽脂粉，虽识者几莫辨，未璇闺制，此直得众香国上乘法也。接武金箱，扬芬玉台，余虽老犹能为香倩评之。袁简斋先生原评。

谌配道识语

遍读诸篇，浑穆高古，澹远幽深。至骨树训典，驱使故实，原原本本，炳炳烺烺，真似麻姑掷米，随手都成奇观。尤妙者长篇短幅，俱能一气贯注，克使诸有奔凑竞三峡之水，鱼龙沙石，相随而下。至其妙舒无绪，不以组织为工，不以脂粉香奁为体，雕空镂尘，碾水屑玉，真仙才也。君徽容华辈，不得专美于前矣。味堂谌配道

陈公绶识语

敬读佳篇，镂水雕琼，敲金戛玉。咏古则议论横生，独抒已见；咏物则描摹尽致，不留余地。至近体摛文铺采，具本性情，能使幽娴之风溢于楮墨，尤难者按经式典，笔足以达其所见，气旺而健，复清以腴，令人真不辨为闺中之作，实足价夺十城，脂然五色，璇闺领袖，夫何间然。受读之余，曷胜大家之慕。若侯陈公绶

新安婺源吴孺人传

［清］许兆桂

吴梦湘，名兰征，其先婺源人，以姊娣行三。父春岩，寓龙江。母周氏，尝梦烟波浩淼间水光如练，见数女子云裳霞珮，母询其处，则湘江也，睨之则幽兰缤纷。忽香瓣坠两岸，母拾其一纳诸怀，遂醒而有身。及生兰征，小名躧宝，香倩其初字也。

幼即聪颖，喜怒不形言语，……曾受学于李彦方先生，往往读书自出一解，师以王蓬莱期之。性喜读《资治通鉴》，……春岩笃于伉俪不置小星，母周复娈生四女，而占熊杳然，以此忧郁而病。……己酉（1789）二月三日，龙江社于文昌之阁，梦湘偕姊娣承亲命观焉……子八龄宜教，女五岁宜抚，……绝年三十有一。

嘉庆丙寅孟秋许兆桂撰

室人吴躧宝香倩传

［清］俞用济

室人吴香倩，原名兰馨，后易兰征，一字铁燕，梦湘其外号也，为新安婺邑吴公春岩次女。侨寓龙江，以众姊娣行三。

初，母周氏有身时，梦至一处，烟波浩淼，水光如练，见女子数辈，云裳楚楚，类神仙中人。母叩询之，曰："此湘江也。"视幽兰香瓣，细碎缤纷落岸上，母步其上，拾一朵纳诸怀，醒而生香倩，爰乳名躧宝，继依众行，字曰好宝。生而孚瑜，嫌嫌说罕匹。

幼颖悟，擅志操，寡喜怒，慎言语，有洁廉牓壁之风。虽绰约自好，而宁静相高，其天性也。好弄翰墨，善强记。幼与诸昆弟从李方彦先生学，授《女训》及《毛诗》，过目辄了了，兼涉他书。文艺所在，往往自出一解，多超轶绝尘，方彦师以"吴蓬莱"期之。一日，见案头袖珍《资治通鉴》，偶一翻阅，喜不释手，曰："人情好娱耳目，以演剧为乐，今观此编，异时异事，阅世阅人，是天地间大梨园也。"遂箧而藏之。女工外即以是为生活，其于成败利钝诸陈迹，多默识静观。

性淳孝，母娈生四女，望嗣綦切，郁且忧，忧且病，香倩身亲汤药，调护维持。年未及笄，而丝绘帛逾子侄焉。春岩公笃于伉俪，时虽乏嗣，不欲置小星，周夫人屡劝之，而公自若也。尝抚躧宝背，语夫人曰："此女才华，吾家文姬也，不足当佳子弟乎？"香倩固尝以微词劝父为嗣续计，至是复乘间言曰："中郎蔡氏有子乎？"父曰："无之。"曰："然则女之才不才，均无与承宗事矣。”父怃然为间久之。逾时，母戏谓曰：“汝父以尔为掌中珍，他日有弟，将分尔爱，尔盍思之？”香倩惨然曰：“昔王子雅[1]有女，筑墓建楼，千古佳话，然只表其孝思，而王氏之后无传焉。岂忍贪侯宫怜爱，使双亲百岁后有而之嗟？”女固知母戏言，而仍有望于母也，由是公与夫人咸心动焉。其后置侧室，举二男，庆闾延宗祀，香倩之力也。婺邑尊彭公闻而叹曰：“抚人之孤，存人之祀，功且莫矧词组，使父有燕翼之休，母有斯之化欤？血食之弗斩，微斯女不及此。香倩岂特巾帼翘楚，直有并驾古人者乎？能如是，是足传矣。吾将采入邑乘，以为贤女风。”其父母亦特嘉其孝，感其诚，绝爱忆之。

己酉春，龙江文昌社会，士女麟集。余年适当敬仁作《贤人论》[2]，时偕三五同窗友往游其间，梓潼祠固胜地，壁多集古真迹及名人诗赋于其上，余徘徊留之，弗能去。俄见二三子狂走来前曰：“异哉，吾辈今日遇仙矣，子盍观之？”余相将去，见三五女郎，年约及笄，均长袖修裾，锦衣丝履，其靡颜腻理，已足令销魂。内一垂髫人，年可十三四，淡妆多态，薄施铅华，翠翰弯蛾，莲钩蹴就，风姱容艳，玉绰影舒，云殆天人也，更具一种渊肃幽娴之气。诸女郎或狡狯风流，谐谑肆应，垂髫人泊如也。时余见焉，不觉神往，旋自念曰：“仆本恨人，心惊不已，倘惹情魔，是自寻烦恼。”以故屏气敛神，

[1] 《水经注·淯水》记“王子雅有二石楼，巧穷绮刻，妙绝人工。雅有三女，各出钱五百万，一女筑墓，二女建楼。”

[2] 《世说新语·文学》第四载：“王敬仁年十三作《贤人论》，长史送示真长，真长答云：见敬仁所作论，便足参微言。”

仍至前厢，作壁轴观。稍闲，诸女郎亦至前厢，诸研友及游人咸惊为神仙，蜂集环视。余一斜睨，未敢注涉。微闻女伴中似有老媪仝一及笄人向余指画，道余家名姓，皆小语，不闻其详。余素腼觍，不觉面发赤，旋去之。居无何，有吴氏熊媪向余家郭媪私语，曰："余家大姑前偕诸姨在文昌祠遇尔家小郎君，见眉目举止，咸称焉，归向夫人言，夫人以为好，姑择配，闻大姑言，颇属意，尔盍言之?"郭媪归道所以，母为余言，余谨对曰："此语出自媪口，未知当否？即令言之有因，自顾一旧家子，姻缔豪门，无乃非称。且儿瞻其貌矣，艳如桃李，冷若冰霜，是王韦一流女子，一介书生，骤获佳偶，窃逾量之滋惧，姑置之。"逾匝月，则有朱妁来，致夫人意，俾就以求婚。余家孔祥王公子先容，春岩公固雅爱斯女，效唐处士，弗与凡子意却焉。先是，周母闻大女言，意颇注，至是闻余寒，恐累儿，亦渐置。适又有新安巨富某公，闻女慧而贤，托当路求好，将委禽。香倩大失望，倩姊氏商诸亲，弗许。倩冰有期矣，不获已，私请于母曰："儿不才，为父母钟爱，终鲜兄弟，尝思依膝下以报罔极恩，今以贫富故易膝下，而山河之瞻望慈帏，归宁千里，其何以堪？且儿闻之'富而浊，何如贫而亲'！贫富，命也。苟命之厚，则贫无几时。彼俞生者，安见其长贫贱？即令贫也，语云：'宁从白面书生，安事黄金力士?'矧时之不可知，而数之不可期，铜山金谷，其无立锥者，岂少哉?"因泣下唏嘘，母恻然。旋商之父，父终恐累儿，未首肯。而香倩亦自此病矣，辗转床席，形销骨立，奄奄一息，殆复难支。父惶剧，屡就榻问之，曰："儿何言?"曰："儿无言。"怀中出手录《典则》数篇，泣曰："儿死，可以此殉之。"父翻阅，则病中所集《史鉴》刘放、郭瑀、唐俭，谢师厚奇婿及裴宽鹳雀、韦皋沟壑等事类，并系以诗，参以论，缠绵感慨，凄楚动人。父怜其才，鉴其诚，感其痴，始谬拟卢储[1]而缔姻之。闺中知己，佥以为美谭，一时好事者述诗歌焉。

初，周母体羸，兼祈嗣殷，忧得怯症。辛亥春，香倩仅十五龄，母一病弗起，泣血哀号，昏厥者屡。稍能起，即佐父□□[2]后事，井井有条。是年冬，姊嫁妆奁针黹，悉备克当，凡姊所不能自言者，胥请诸父以营之，人见年幼体孱，劝毋过劳瘁，香倩则曰："吾不特为同胞人计，亦聊以慰吾母于九原耳！"当是时，余家见母亡姊嫁，虑其闺阁伶仃，将择期亲迎，春岩公亦悲其闺房岑寂，触目惨怀，将允所请。香倩哀号父侧，矢以终丧，且命媪传语曰："曩之出，不顾一生之计，以辞富安贫者，以其贤也。今乘人亲丧，而为是言，是乐祸也，恶得贤？彼产于空桑者，则可不然，天下有无母之国哉？"议遂寝。余时心憾之，而窃钦其孝也。时春岩公长公子甫襁褓，香倩曰："子、女，一也。"守灵帏，抚弱弟，朝夕供膳，岁时致祀，悉盥手身亲，以至临窀穸，加封植，

[1] 唐代状元卢储故事见《太平广记·李翱女》。李翱为江淮典郡。有进士卢储投，翱礼待之，置文卷几案间，因出视事。长女及笄，闲步铃阁前，见文卷，寻绎数四。谓小青衣曰："此人必为状头。"迨公退，李闻之，深异其语。乃令宾佐至邮舍，具白于卢，选以为婿，卢谦让久之，终不却其意。越月随计，来年果状头及第。才过关试，径赴嘉礼。催妆诗曰："昔年将去玉京游，第一仙人许状头。今日幸为秦晋会，早教鸾凤下妆楼。"后卢止官舍，迎内子，有庭花开，乃题曰："芍药斩新栽，当庭数朵开。东风与拘束，留待细君来。"人生前定，固非偶然耳。（出《抒情诗》）

[2] 此缺二字，或为"料理"。

春秋祭扫，必敬必戒，三年中如一日，闾里闻而贤之，咸啧啧吴氏有女矣。既除服（俞家虑其闺阁伶仃，将择妻完婚，香倩以哀父怜弟辞，时妾生弟甫二岁，香倩抚弱弟，为母守丧三年，除服后复订婚期），余时应童子试，香倩余悲未忘也，呜咽白诸父曰："昔父母以儿差，不恶劳择配，儿亦以古女子识名流以自负。今媢以布衣娶，九原人有知，将奚堪？渠无寸进，儿即为老女叹，不犹愈于天壤王郎之恨耶？"父以告家君，相与难之。是时余年十六，以驽钝不能掇一芹，且感且愧，不敢复请。

延至次年夏，余始侥幸一片青衫[1]，深惭蓉镜，吴氏宗亲戚交口为贺，香倩若弗闻者，或询之，则曰："鼓箧衣冠，方称士类，盖如是始成读书人耳！云程万里，斯其跬步乎？奚以喜其志气高深？"性情淡泊类如此。旋于兹秋归余。余家固寒素也，私拟其席履丰厚，色艺兼优，绕翠围珠，一旦向牛衣处，既无如皋射雉之才，犹怀外黄庸奴之惧。居恒尝郁郁，香倩微窥之，逾月后，执余手言曰："君日在董帷，妾以为读破万卷矣，乃鲍宣、吴隐诸贤，偶竟昧焉，而未之闻耶？"余为之改容，益自励，自是相得欢甚。花晨月夕，诗仿西池；鸿案鹿车，风希北郭。闺房之内，有过于京兆者。

其事翁姑也，孝且慎，承欢曲意，类贫家女。姑亦善病，其侍汤粥，进药饵，视寒暖，一如视周母时。姑尝洒涕谓曰："是善事我，服劳奉养，较胜人子，贤哉妇也，真不类

［1］　俞用济，乾隆五十九年（1794），提督江苏学政胡高望取入江宁县学第六名附生。

生长富贵家者。”十余年，无间言。其初未归也，余妹始垂髫，弟尚总角，饮食冷暖，抚视周切，且致敬焉。人曰：“叔与小姑，子既受之，曷以敬。”香倩曰：“其爱者，怜渠幼也，其敬者，尊我亲也。”故弟妹咸依恋之。……

戊午秋，生一子名可堉，善读史，其幼见《通鉴》而悦之也。迄今历十余年翻阅，浸熟于古人事迹，能见大意，善会心，凡平时一举动，皆证以史事。余欲难之，辄源本贯注，中边郎彻，令人弗能穷驳，余不胜走避之，则笑遣侍儿曰：“可追此败军，将使拜倒辕门。”婢辈相与粲然。

又尝集《史鉴》中凡事涉闺阃者，手摘录之，分为三类，曰《风化原》《邦家索》《温柔阵》，各以类汇。至丈夫之或以义胜，或以有情无情，见者亦分类以三，曰《从义伦》《钟情种》《薄幸徒》。得廿卷，多系以诗，议论横生，褒贬各当，皆克发前人所未发。书成，录呈随园简斋先生，先生与余先大父（俞焕）有金兰盟，又春岩公尝执贽先生门下，香倩以分之所在，未能与先生以师生称，且生平尝以矜才为鉴，每有所作，尝倩余转致先生。先生命余及女弟子邀之，则婉辞焉，群再四，询其故，则曰：“以先生夏侯笃老，固无瓜李嫌，特随园宾客一时称盛，以分题逐韵，酒酣诗兴之余，保无有纷至沓来，而稍伤雅致者乎？”卒不往，先生恒怪之。丙辰夏，先生集女弟子诗付梓，时先生在苏，有札至，索香倩诗稿。余将集而寄之，香倩执不可，极力辞。叩之，不答。窥其心，未尝不感先生之高谊。似或以先生广收博采，固先生盛德，然安知夫登斯选者，果不忝其文品之兼优，所以称名乎？又安知夫操斯选者，必不宽其才德之未真，所以循名乎？于此征香倩之有所忍、有所待矣。至是以所集书呈览，并请应以何为名？先生极加叹赏，曰："二南诸篇，闺房之矩，风化之原，然其写性情，寓惩发，犹多属之诗歌，托诸空言。今香倩能集成此书，使确有可据者，以激发其志气，且便于披览，俾贤妇女易观，感而兴起焉，是大有功于名教也。斯书一出，闺阁当奉为金针，传书无疑也，宜名为《金闺鉴》。"

又善属诗，兼及词赋，唐宋诗醇，靡不备览。尤喜渊明、摩诘集，故其为诗高超淡远，不稍留脂粉香奁气，凤钗金镂，弗屑为也。每觅句，辄倚栏，宵分不寐，语不惊人，辄焚去。其可留者，录之，自题其稿曰《缓焚集》，后更为《湘灵草》，以外号梦湘也。诗余另具风韵，妩媚如花，秋水春山，有不减左氏女滴粉搓酥者。赋则揣摩唐人，不喜为俪偶。近有《试赋丽则》选本，香倩见之曰："堆砌太甚，不掩瑕瑜，神味索然矣。"即有时亦富丽，而能以气盛，风起水涌，无砂石痕。杂著诸篇，并皆精妙，出经入史，训典树骨，有非寻常闺秀所可拟者。兼喜填词，尝取元人百种曲，摘其新艳淡远者，蝇头端楷手录之，忝以玉茗堂揣声赴节，另树帜词坛。有《三生石》传奇，极尽缘会之奇，书生之厄，女子之侠，世情之反覆，其《种情》《守志》《回春》诸折，盖自写当年之景况也。又近多有说部《红楼梦》作传奇者，阅之或未尽惬意，爰于去冬填词，成二十五出，未毕。香倩既博洽，复不矜，无卖弄态，遇女流之不能文者，辄关口不作一韵语，人见之若无能焉，不稔其弗炫己长、弗形人短有如此者。

余曩者多愁善恨，稍稍有近名，思觉"为此寂寂，邓禹笑人"，辄唏嘘不乐，香倩曰："嘻，君何见之左也？夫名者，实之宾，实至名归，有无事求者千古，上忠臣孝子义夫节妇处，万不得已之秋，无可奈何之日，投艰遗大，杀身从仁，一人成名。其时家国事已不可问，其始念当不及此，至若帝臣王佐与一切分猷效职、襄事太平者，又丈夫得志于时者，所为是有命焉。若夫著书立说，亦居不朽之三，然必有所以稗世道人心者，乃克表见后世，非徒风云月露已也。”余曰：“然则卿亦有足传者，幼事父母，克尽孝道，君家遭际太平，虽无事逾城从军之举，然几谏延父嗣，却聘守母丧，有古孝女风。至幼席富厚，长适黔娄，侍翁姑如事父母，联姻睦族，教子勖夫。余不才，未得以取科名，勤建树，窃幸值升平，读书藏拙，使君无以表见。……年未三十，而母仪妇德多集其成。又富于著作，贤孝之风，溢于楮墨，谢风顾秀，直驾而上之，他日采家乘，垂邑史，播彤管，以见大家少君之化，薛媛封绚之风，今不异于古所云者。於戏！传矣。”香倩闻之，谦让未遑。

香倩以幼失恃，又爱好天然，多劳瘁，有心胃痛呕症。症发辄数日不食，而调停家政弗辍也。去年秋，胞姊亡故，痛切过哀，益不支。丙寅春，冒风寒，遇庸医某杂投以金石剂，尅伐过当，致发旧症，遂弗起。急觅庐山客而已无及矣。香倩知不治，呻吟床榻，虽濒殆，犹梳洗整衣危坐，时作合掌呼爇香，曰：“英皇两夫人至矣。”先是，香倩于兹岁立春日，梦江水汩没，己徘徊西岸，俄见群姬拥二仙子至，谓香倩曰：“子来乎，兰朵当见还也”，从髻上摘花朵去。香倩凄楚悲凉，群姬曰：“妹痴人，犹伤心如旧乎？故园相聚不远矣。”醒而述诸余，曰：“吾母湘江之梦，曩以为偶然，今观此其信然乎？果尔吾年不永矣。”凄然者久之，余方以妖梦相慰藉，不知其果谪满而抛，奉倩以行也。将终，家人与余环集哭之……女名紫谐，甫七龄，呼来前，曰：“噫，无母之儿犹可也，无母之女其可哉？”泣下沾衣，抚嘱尤切。

……生于乾隆丙申二月三日，殁于嘉庆丙寅二月六日，卒年三十有一。时宗族姻亲咸来问视，哀号悲泣，挥泪成雨。婢仆工佣，迄平昔受恩惠者，靡不抚棺恸绝，多不欲生。逾五日，吾母夜坐，见香倩若近若远，衣服翩跹，似人世所绘麻姑，云裳儿女导之行，其地非山非水，非村非落，吾母见之，疾呼长号，香倩伫视曰：“儿归矣，好矣，母勿悲。”旋微吟曰：“湘乡深锁旧人家，云落迷离一径斜。风露漫天听鹤唳，归来冷落碧桃花。”风卷云驰，儿女拥之，去疾若驰。母醒而异之，言诸余，则与余同梦，大异之。适余弟妹来前，曰：“异哉梦也。”询之则皆同，母忘第二句，弟辈忘末句，其忆之成一绝。闻诸人，佥以为奇。卒后二十余日，小女日夜思母不食，五日卒。……余以三旬内丧妻殇女，因女而益悲妻，心烦意乱，莫知所从，当此时无他愿，愿生生世世勿作有情物。

窃念显微阐幽，吾人事也。矧属在糟糠者之信有足传者乎！爰将所著《湘灵草》于去冬授梓，未就者更为《零香集》，并将所作《三生石》传奇三十六折及《绛蘅秋》二十五折尚未告成者，咸付剞劂以问世，俾得与牛应贞、叶小纨并为千古所仅见。其《金闺鉴》，篇帙浩繁，尚须校对，且余家寒，未能悉授梓，俟稍有余资，将嗣镌之。兹复略叙其生平，草创斯传，以孙楚蘖忧之候，语少伦次，且质而言之，无饰辞，未克情文相生，见赏武子。所愿名公巨笔采其行，怜其才，悲其遇，赠以诗歌，赐之传志，宁第铭哀深郁之，激沕靡已哉！世世子孙，感且不朽。

时嘉庆丙寅年季春月上浣，不杖期生遥帆俞用济拉泪书。

前承诸君子不弃，赠以诗歌、传志，意欲多之为贵，俟集成汇齐，一并付梓，一以俾琳琅之莫晦，一以见泉壤之克光，□□以征，微显阐幽，其所以附彤管以风乎《女则》者，古今人未必不相及也。伫候佳章，幸无吝珠玉，他方君子倘动其哀矜，而邮寄之，则存殁愈均感无涘矣。遥帆俞用济谨识。

《零香集》已于去冬授梓，未竣，兹于亡后复搜寻遗稿，陆续补镌。又加《三生石》及《绛蘅秋》传奇诸编，卷帙繁多，锓板未就。又蒙远近诸名公先生索稿阅定，并乐赐以序题，尚未全到，一俟汇齐授梓，即将小集呈政。又识

江东文萃 第一辑

金立安　主编

金陵古白鹭洲诗文选注

刘荣喜　编纂

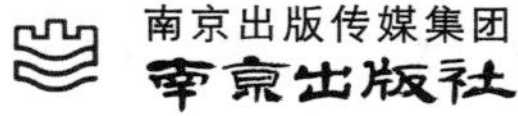

图书在版编目(CIP)数据

金陵古白鹭洲诗文选注 / 刘荣喜编纂 . -- 南京：南京出版社，2024.12

（江东文萃 . 第一辑）

ISBN 978-7-5533-4624-3

Ⅰ . ①金… Ⅱ . ①刘… Ⅲ . ①中国文学—作品综合集 Ⅳ . ① I211

中国国家版本馆 CIP 数据核字（2024）第 108313 号

书　　名：江东文萃 第一辑
主　　编：金立安
出版发行：南京出版传媒集团
　　　　　南 京 出 版 社
　社址：南京市太平门街 53 号　邮编：210016
　网址：http://www.njcbs.cn　电子信箱：njcbs1988@163.com
　联系电话：025-83283893、83283864（营销）　025-83112257（编务）

出 版 人：项晓宁
出 品 人：卢海鸣
责任编辑：刘 娟　金 欣　聂 焘　舒之仪
装帧设计：金立安　余振飞
责任印制：杨福彬

印　　刷：南京新豪彩包装服务有限公司
开　　本：880 毫米 ×1230 毫米 1/32
印　　张：27.75
字　　数：578 千字
版　　次：2024 年 12 月第 1 版
印　　次：2024 年 12 月第 1 次印刷
书　　号：ISBN 978-7-5533-4624-3
定　　价：148.00 元（全四册）

《江东文萃》编委会

《江东文萃》序

杨　晨

万里长江，浩浩汤汤，瑞气升腾，氤氲东来。

千载之下，大江穿境金陵，逐渐形成江南、江北、江东等地理概念的文化符号。这其中颇有历史人文底蕴、与建邺文脉休戚相关，且令人自豪的，当属江东这张名片。

史载公元前241年的战国时期，楚国春申君改封江东，对江东经济社会的进一步开发发挥了积极作用。东汉末年，孙吴奠基江东，并于229年（黄龙元年）迁都建业。六朝古都，十代都会，自孙权开都，至民国时期，多少风云激荡的王朝更迭故事，发生在江东这片古老的土地上，并且积累了多难兴邦的政治文化、千秋风雅的儒学文化、文光璀璨的诗词文化、世代传承的科技文化……随着江东政治、经济和文化的历史嬗变，以建业（建邺）为内核的江东文脉，逐渐亮丽成长江文化带上的一颗炫彩夺目的明珠，为南京历史文化名城映照了深博的文化底色，为南京世界文学之都浸染了无穷的人文气韵。

南京是一座虎踞龙蟠、山环水绕之城，正如孙中山先生在《建国方略》中所言："其位置乃在一美善之地区。其地有高山，有深水，有平原，此三种天工，钟毓一处，在世界

中之大都市诚难觅此佳境也。”长江作为中国母亲河，本身就是古老而又充满活力的中华文化载体；而作为南京母亲河，流贯全城的秦淮河则是一条流动的文化地标。在两条母亲河的襟怀里孕育的江东文化，青史绵延、波澜壮阔、气象万千，留下了许许多多珍贵的文化遗产。这些文化遗产犹如一座座宝藏等待人们去探宝、去发掘。

仅以古代诗词为例，大量的诗词作品闪耀着有关江东的故事和醉人的诗情。唐代大诗人杜甫在《春日忆李白》里写道：“渭北春天树，江东日暮云。”白居易在《宿窦使君庄水亭》里写道：“使君何在在江东，池柳初黄杏欲红。”杜牧在《题乌江亭》里写道：“江东子弟多才俊，卷土重来未可知。”宋代文学家王安石在《叠题乌江亭》里写道：“江东子弟今虽在，肯与君王卷土来。”南宋女词人李清照在《夏日绝句》里写道：“至今思项羽，不肯过江东。”到了清代，诗人方文在《竹枝词》里写道：“侬家住在大江东，妾似船桅郎似篷。”诸多前人诗句里的“江东”，具有广泛的文化地缘意义，自然包含建邺在内。阅读名人诗词，领悟丰富内涵，吸收历史能量，从而引发我们对江东辉煌历史的敬重，引起我们对江东灿烂文化的热爱，激励我们对建邺美好未来的憧憬。

今天的建邺，是滨江之区、滨河之区，是南京的城市客厅，也是当然的江东之地——曾经河西的“江东”，便是历史上人文“江东”的缩影。作为南京文化和长江文化的重要组成部分，如何挖掘、整理并利用好江东文化，推动江东文化在新时代的传承、发展与创新，是摆在每一位有识之士面前的任务和使命。

2021年初，建邺区成立了江东诗社，旨在挖掘、传播和弘扬江东文化。诗社团结了一批热爱江东文化的诗人、作家和文史工作者，他们勤于耕耘、乐于奉献，为探寻与研究江东文化付出了辛劳。我们从现在起，陆续把与建邺有关的江东珍稀文献编印出来，目的在于：一是将刊印的文献，作为诗社成员进一步学习、研究之用，并在学习前人的基础上努力创作出更多、更好、更有特色的优秀作品，为延续江东文脉、促进建邺区文学艺术事业不断繁荣做出新的贡献；二是在此基础上，通过研究将过去尘封的静态的文学作品、文史资料，转化为建设建邺的鲜活的文化资源，为建设更加美好的建邺提供源源不竭的文化软实力和精神力量！

最后，以江东诗社社长金立安先生的《江东》诗，作为本文的结尾：

烟波万里碧云空，樽酒流连薄暮穷。
水绕千山如走笔，弦惊一箭欲开弓。
凭栏遥望轻尘里，回首相逢远梦中。
建邺从来佳胜地，请君听我说江东。

2021年8月

作者系中共南京市建邺区委常委、宣传部部长

《江东文萃》的缘起

金立安

2019年6月，我因工作分工调整，分管并主持建邺区文联日常工作。关于文联的工作职能，我的理解是：团结、引领、联络、协调、服务和组织文学艺术工作者和爱好者，创作以建邺为题材的各类文学艺术作品，满足人民群众对文化生活的需要；同时以文学艺术形式，宣传推介和展示建邺经济社会生活的新风貌、新精彩。

今天的建邺区，经过区划调整20多年来全区人民的开拓创新，在河西江滨的土地上画出了新美图景，城市基础建设、社会各项事业取得了令人瞩目的成就——“大美河西 锦绣建邺”已经成为靓丽品牌。如何为艺术家们寻找新的创作落脚点和兴奋点，如何深化、细化“大美河西 锦绣建邺”这一品牌，成了我当时思考工作的原点和出发点。

我首先借鉴传统文化中评选景点的做法，推出锦绣建邺新老景点中的闪光之处，就这样——评选建邺十景的想法浮现脑海，进而细化成工作方案，而且得到文旅局领导班子和区委宣传部领导的支持。在牵头建邺十景评选过程中，我邀请了南京两位文史专家袁裕陵、高安宁先生一起实地踏勘，初选景点。此后，在20个备选景点中，“莫愁烟雨”“绿博春深”“奥体双虹”“鱼嘴江天”等10个景点脱颖而出。

在一个个景点调研过程中，我惊叹建邺文化底蕴的深厚与高华，建邺人文禀赋不仅接地气，而且有文气。在感受古往今来的建邺历史文化中，我对江东文脉的产生、发展以及现状尤感兴趣，写出《话说江东》一文。此文在《茶亭》和“建邺播报”连载发表，并产生了一定的社会影响，《现代家庭报》《中华文化》《炎黄文化》等报刊及“南京诗词”“紫金山新闻网”“学习强国”等众多媒体先后转发，《南京日报》还将题目改为《守住长江文化中的江东文脉》整版发表。这篇文章写作过程中，我觉得江东文脉的根在南京、在建邺，所以自然萌生了成立江东诗社的想法。这一想法，得到了区文旅局和区委宣传部主要领导的赞同和支持。

2020年末，江东诗社在紧锣密鼓的筹备中。短短20多天，收到省内外诗家数百首（副）贺诗贺联，原定今年元旦在王汉洲故居揭牌，由于疫情反复，推迟到3月26日揭牌，吸引了一批对诗歌有兴趣、创作成果突出的诗家一起加盟。

成立诗社，旨在立足“江东文化”，利用诗歌这一艺术形式宣传社会主义核心价值观在建邺的崭新实践，让旧体新诗与江东文化相互激荡，创作出体现新时代、新气象的优秀作品，用诗歌丰富人们的精神文化生活，满足人们对美好生活的新期待。

成立诗社，旨在为广大诗歌作者和诗歌爱好者营造一个良好的交流、学习、创作与提高的平台，促进更多诗人优秀诗作的产生，推动建邺地区诗歌的创作与繁荣，进而从精神层面提升建邺的影响力、知名度和美誉度。

建邺作为南京世界文学之都的城市客厅，千百年来与文学结下了不解之缘。在南京一长串文学风景线上，可谓“长亭更短亭”，不时可以找到建邺美丽的风雅景色。在新时代南京世界文学之都的背景下，建邺文学艺术仍需溯源发掘，仍需创新创造，于是《江东文萃》便应运而生。

用诗心怀想璀璨昨天，以真情创造美好未来，让生命在生活中绽放风采。这便是江东诗社的初衷,也是《江东文萃》的缘起。

2021 年 8 月

作者系南京江东诗社社长

古代金陵第一洲——白鹭洲

（代序）

刘荣喜

清代诗人刘开（1784—1824）称古白鹭洲为“金陵第一洲”，我觉得非常贴切，因为它有深厚的文化底蕴、悠久的历史记忆，历代文人为之留下游览送别的足迹、挥毫描绘的美景，并创作了大量优美诗文。

（一）

古代南京长江边曾有很多洲渚岛屿。宋代《景定建康志》卷十九记载，在金陵西南40里之内有白鹭洲、马昂洲、舟子洲、茄子洲、鸡距洲、乌沙洲、杨林洲、木瓜洲、董云洲、丁翁洲、簰枪洲、落星洲、迷子洲、张公洲、蔡洲、长命洲等16个洲岛，随着桑海沧田地貌变迁，特别是长江北岸不断崩塌，长江南岸沙洲淤积，一些洲岛与陆地逐渐靠近，直至融合。

在这些洲渚中，白鹭洲名字出现较早，见载于南京现在可考的最早方志著作《丹阳记》中。宋代李昉、李穆、徐铉等学者奉敕编纂多达1000卷的大型类书《太平御览》中有关于白鹭洲的记载：

《丹阳记》曰：白鹭洲，在县西三里，隔江中心。南边新林浦，西对白鹭洲。洲在大江中，多聚白鹭，因名之。（《太平御览》卷六九地部三十四“涧洲湍滩”）

这段文字为我们说明了白鹭洲具体位置和洲名由来。按照“县西三里”判断，南朝时期白鹭洲所在位置，当在今建邺区莫愁湖以西不远的地方，约相当于现在已是南京河西的中心位置。但是，1500多年前，此处仍是长江河道，白鹭洲还在江心漂浮着。

通过历代文献的复习，我们大致了解白鹭洲变迁过程。

唐代白鹭洲，距离江岸很近。李白在《登金陵凤凰台》诗中说“二水中分白鹭洲”，一般认为在白鹭洲与江岸之间只有很小的夹江，秦淮河在这里与长江汇聚，呈现“二水中分”的状态，皎然在《送关小师还金陵》诗中说“白鹭沙洲晚，青龙水寺寒。”江边的沙洲与白鹭洲之间不再是波涛汹涌，而是逐渐靠拢，非常接近。为便于送客和游玩，人们在洲上建起了酒楼，李白曾在其中饮酒送客。

宋代白鹭洲与江岸基本连成一片，故宋初诗人徐铉（916—991）《又题白鹭洲江鸥送陈君》诗开篇就说：“白鹭洲边江路斜，轻鸥接翼满平沙。”人们可以直接来到白鹭洲上，沿江沙滩边可以泊舟送客。明正德十一年（1516）刊刻的陈沂撰《金陵古今图考》宋代建康府图中，清晰地看到白鹭洲已与陆地连在一起，中间间隔浅浅溪流，远处江中可见王安石诗中提及的迷子洲。

正因为白鹭洲与陆地连接紧密，宋代已有人在洲上居住和开垦种植。杨万里（1127—1206）《登凤凰台》中说：“白

景令宋子仙夜襲江夏藏舡於鸚鵡洲
建安記曰郡西南大溪之中有仙人洲昔梅真人上昇墜
馬於此洲故後名墜馬洲
鄱陽記曰蠙洲在縣西南溪中有蚌出珠貞觀年中因雨
雹乃有蚌出珠百姓採之咸亦不空其水平淺可涉
丹陽記曰白鷺洲在縣西三里隔江中心南邊新林浦西
對白鷺洲洲在大江中多聚白鷺因名之
又曰烈洲在縣西南輿地志云吴舊津所也内有小水堪
泊船商客多停以避烈風故以名焉王濬伐吴宿於此館
文爲相時會桓玄之所也亦曰溧洲洲上有山山形以栗
伏滔北征賦謂之烈洲
又曰吴時客館在蔡洲上以舍遠使蘇峻作逆陶侃等率
所統同赴京師直指石頭次于蔡洲是

宋代类书《太平御览》关于白鹭洲的记载

鹭北头江草合，乌衣西面杏花开。”句中的“白鹭北头江草合”是说白鹭洲北边，江水与洲边水草相连，而白鹭洲南边已与陆地接壤了。

元代白鹭洲已与陆地融为一体，再也不见古代“洲在大江中，多聚白鹭”的景象。元代诗人仇远（1247—1326）在《居游行，寄费廷玉》诗中记述河西白鹭洲时说：“开窗眺龙湾，

明正德十一年刊陈沂撰《金陵古今图考》中《宋代建康府图》所绘白鹭洲与迷子洲

大江日东流。凤皇非故台，不见白鹭洲。”在他眼中、笔下，南京河西地区可见龙江湾、凤凰台，但已没有古代白鹭洲的身影，这是当时南京城西的实景描述，也是经历历年战争，作者心中凄楚的感受。自此以后，人们描述白鹭洲时，再也不见曾经烟波浩渺的江中之洲，而是陆上水田交错的沙洲田畴。

明代白鹭洲是文人墨客游赏吟咏的怀古之地。明初朱同（1336—1385）说“兴亡莫问乌衣巷，啸咏应过白鹭洲”。（《赠别鲍尚絅赴人才选》）明中期林光（1439—1519）则说“凤凰台上望分明，白鹭洲连白下城”。（《登太白楼》）明晚期边贡（1476—1532）笔下就只有传说中的白鹭洲了：“路转长干渡，洲传白鹭名。”（《赋得白鹭洲送柴墟储中丞》）明代地理学家王士性（1547—1598），在其《五岳游草》卷三中有《金陵图》，在金陵城西标注有白鹭洲，位置有点偏西，但明显看到，白鹭洲与陆地之间几乎紧密相连。

到了清代岭南三大家之一屈大均（1630—1696）眼里只有白鹭洲滩，没有长江的影子：“白鹭芳洲廿里长，家家花发暖飞香。”（《金陵曲，送客返金陵》）清中期河西诗人王蓍（1649—1732）在题《金陵胜迹图册·白鹭春潮》时说“洲地渐远，内为民居，外则村庄田亩”，题诗曰：“二水中分迷旧迹，大江北徙远洪流。”“洲无白鹭千堆雪，稻有黄云万顷秋。”不用说白鹭洲和江水，连白鹭也不见了。

民国时白鹭洲名字被徐达东园借用，二十一世纪河西大开发，白鹭洲遗迹只能留存在古代文字和追踪思源的文人脑海中，彻底从地表消失。

（二）

南京是十朝故都，风云人物如潮起云涌，“城头变幻大王旗”的故事很多，白鹭洲当然也会有足迹。本书收录历代

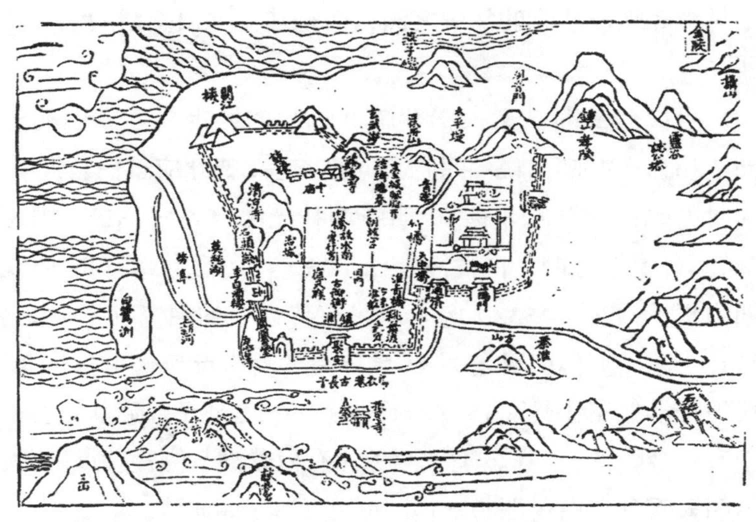

王士性《五岳游草》中《金陵图》

在白鹭洲留下诗文的诗人、作家220多人250多首，可见按照现在人的说法，这里是南京著名“网红”打卡地。

历数南京古代“网红”诗人，最早非南北朝时期诗人谢朓（464—499）莫属。他有一个无与伦比的诗仙级粉丝——李白。谢朓确实不是等闲之辈，他的一句“江南佳丽地，金陵帝王州”，已成为南京最有影响力的广告语。他很多名句描写南京长江之滨鱼鸟洲渚风景，如“大江流日夜，客心悲未央。”“余霞散成绮，澄江静如练。”“鱼戏新荷动，鸟散余花落。”“天际识归舟，云中辨江树。”“喧鸟覆春洲，杂英满芳甸”，这些是否白鹭洲风景不敢肯定，但李白在白鹭洲咏怀谢朓，不能不让我们将谢朓与白鹭洲联系在一起。

最早在白鹭洲打卡的“网红”文学家当是西晋诗人孙

楚（220 — 293）。孙楚，字子荆，太原中都（今山西平遥）人。他出身于官宦世家，“才藻卓绝，爽迈不群”。四十多岁，担任镇东（石苞）参军，驻守南京镇江一带，曾在白鹭洲附近酒楼雅集，晋惠帝时曾任冯翊（郡治所在今陕西省大荔县）太守。孙楚著有个人文集六卷，但多散佚，明代张溥辑《汉魏六朝百三家集》时辑其散逸诗文为《孙冯翊集》。他虽没有留下吟咏白鹭洲诗词，却为我们留下了著名雅集地名——孙楚酒楼。唐代诗人李白常与文人酒友在酒楼饮酒赏月，留下许多著名诗篇。孙楚酒楼几经损毁、重建，到清朝时仍矗立在水西门外秦淮河畔，在乾隆时金陵四十八景中，第十三景即“楼怀深（孙）楚”，可见孙楚酒楼在古代影响很大。由于李白作品传唱更广，影响更大，人们经常将孙楚酒楼称为李白酒楼。

白鹭洲最大“网红”当是诗仙李白。李白是建邺最好的形象大使，他的诗成了建邺最好的品牌代言。李白晚年主要生活于南京，往来于南京和安徽当涂之间，经常在白鹭洲送客或登舟，留下很多歌咏建邺的诗词，如《宿白鹭洲寄杨江宁》：“朝别朱雀门，暮栖白鹭洲。”《送殷淑》：“白鹭洲前月，天明送客回。”《登金陵冶城西北谢安墩》：“白鹭映春洲，青龙见朝暾。”最著名的莫过于“三山半落青天外，二水中分白鹭洲。”（《登金陵凤凰台》）。谈文学之都南京，回避不了诗仙李白，谈李白也回避不了南京建邺白鹭洲，因此，可以说李白作品为南京文学之都增添了浓墨重彩的一笔。

李白之后，打卡白鹭洲的网红不断，唐代有皎然、杜牧；宋代有梅尧臣、王安石、苏轼、陆游、范成大等；元代有仇远、吴师道；明代有刘基、文徵明、宗臣、胡应麟等；清代有顾炎武、屈大均、姚鼐，甚至康熙、乾隆二帝，他们都为白鹭洲题诗。清中后期至近现代由于古白鹭洲踪迹难觅，白鹭洲之名又被徐达东园借用，人们已经很难寻觅到古白鹭洲，并为之题咏和打卡，它的身影逐渐淡出世人视野。

但是，随着新建邺在南京河西崛起，呼唤古白鹭洲回归的声音渐起,在新建邺土地上再现古白鹭洲风采,让这一“网红”打卡地重生，成了建邺人的期盼。

有鉴于此，我们搜寻历代古籍中有关金陵古白鹭洲诗文和记述，希望让今人了解古白鹭洲本来面目和人文历史，因此编辑《金陵古白鹭洲诗文选注》，以便人们了解它的前世今生。

（三）

历代文献浩如烟海，收集其中有关金陵白鹭洲的资料，如大海捞针，困难可想而知，现在仅就我们目力所及，尽量搜罗，挂一漏万，在所难免。整理方法简述如下：

1. 古代文献中白鹭洲一名，并非专指南京古白鹭洲，比较著名的还有江西吉安建有白鹭洲书院的白鹭洲，福建厦门白鹭洲等等。编选过程中，根据诗文内容、作者生活背景、作品收录情况，对它们进行了严格和详细甄别。部分诗文中白鹭洲明确涉及南京和吉安两地的，将其保留，并做必要说明。部分古代南京文献误收的非咏南京白鹭洲诗词，如明代邹元标《春日赴白鹭洲》、清代毛奇龄《白鹭洲送吴百朋之任滇州即席用陆圻韵》等，由于传统南京文献中有选录，我们一并收录，但在按语中做了考证和辨误，以供读者参考。

2. 所有作品均按作者介绍、作品、注释、按语四部分编排。作品按作者出生时间先后为序，生年不详者，参照作者生活年代、交往人物、作品创作时间等，安插在相应位置，实在无考或姓氏不详者放在相应时代之后。选录作品，部分原文较长，且并非全部与白鹭洲有关，我们对此作节选处理。注释部分，对诗文中有关专业术语、古地名、人名、典故、不常用字词等，作了简要注释，便于读者对诗词理解。按语部分，主要包括作品底本和出处，简要介绍题目中涉及的人物和事件，酬唱作品简要介绍唱和作者基本情况，部分作品作赏析点评和必要考证说明。

3. 涉及人物生卒、历史事件纪年，沿用旧纪年，并用括号注明公元纪年。

4. 一律使用简化字，但在可能产生歧义或没有简化字，酌用繁体字或异体字。

5. 所有文献均为编者查阅过目，以公开出版的影印古籍资料和全国各大图书馆藏资料为主，由于部分文献底本或影印件文字漫漶不清，释读颇为困难，实在无法辨识者，以“□”替代。

6. 第四部分搜寻辑录了历代文献中有关古白鹭洲地图和传世绘画作品，展示了白鹭洲地理形势变迁和历史风景风貌，供参考。

7. 底本文献中注文、夹批、眉批文字适当收录，以与正文不同字体加括号随文附录。

8. 辑录古诗文作品原文没有标点，为便于阅读，按新版国家标准《标点符号用法》进行了标点。

9. 本书作为《江东文萃》丛书编印，可供江东诗社诗友观摩学习研究之用，也可作为地方文献资料保存。

10. 在编选、编排、录入、点校过程中参考了前人研究成果，得到金立安、高安宁、袁裕陵等老师指导，提出许多宝贵意见和建议。本书依然难免还会存在资料来源庞杂、取舍失当、考订欠周及挂一漏万等值得商榷或需要后人进一步完善的地方，希方家读者批评指正。

目　录

第一部分　诗选

唐代

宋代

元代

明代

清代

民国后

第二部分　词曲选

宋 代

元代

明代

清代

民国后

第三部分　文选

第四部分　图　录

第一部分　诗选

●唐代

❑ 李　白(701—762)

李白，字太白，号青莲居士，又号“谪仙人”，唐代浪漫主义大诗人，被后人誉为“诗仙”，与杜甫并称为“李杜”。《旧唐书》记载李白为山东人；《新唐书》记载李白为兴圣皇帝李暠九世孙，与李唐诸王同宗。其人爽朗大方，爱饮酒作诗，喜交游。著有《李太白集》传世。

宿白鹭洲寄杨江宁

朝别朱雀门[1]，暮栖白鹭洲。波（一作沙）光摇海月，星影入城楼。望美金陵宰，如思琼树忧。徒令魂入梦，翻觉夜成秋。绿水解人意，为余西北流。因声玉琴里，荡漾寄君愁。

【按】选自国图藏宋刻《李太白集》卷十二（《中华再造善本丛书》唐宋编第293册）。

郁贤皓校注《李太白全集校注》卷十一考定本诗当作于天宝

[1] 朱雀门：位于南京古都城南，秦淮河北岸，北直对宣阳门五里的御道之南。《景定建康志》卷二十《城阙志一·门阙》引《宫苑记》云：“吴立，初名大航门，南临淮水，北直宣阳门，去台城可七里。”

十三年（754）夏天。当年春天，李白和魏万一起从广陵回到金陵，他们与江宁县令杨利物交游甚密。本诗即李白告别杨县令往宣州途中，宿白鹭洲时所作。诗中言长江水“西北流”，是因为唐朝时，白鹭洲在金陵城西长江中，江水在此由南向北偏西流转，最后折向东北流入东海。

本诗前四句写景，描述告别金陵，暮宿江中白鹭洲所见景色；接着怀人，赞美和思念好友江宁县令杨利物之情，称赞其品格如玉树，因思念而“魂入梦”，江水知我所怀之人而西北流，借玉琴传声而寄去愁绪给杨君。清高宗乾隆帝敕编的《唐宋诗醇》卷六评本诗“节谐语警”，节奏和谐，语言精炼。

送殷淑（三首选一）

白鹭洲前月，天明送客回。青龙山[1]后日，早出海云来。流水无情去，征帆逐吹开。相看不忍别，更进手中杯。

【按】选自国图藏宋刻《李太白集》卷十五（《中华再造善本丛书》唐宋编第293册）。

郁贤皓校注《李太白全集校注》卷十四考定本诗当作于上元二年（761）。殷淑，著名道士李含光的弟子，号中林子。颜真卿《玄静先生广陵李君（含光）碑》：“真卿与先生门人中林子殷淑、遗名子韦渠牟尝接采真之游，绪闻含一之德。”可知殷淑拜李含光为师。李白诗集中还有《三山望金陵寄殷淑》诗。

关于本诗的作法和评价，清人屈复《唐诗成法》有精辟地分析，他说“一二昨夜先送一客，三四今日景，隔句对法。五六今

［1］ 青龙山：《景定建康志》卷十七：“青龙山在城东南三十五里，周回二十里，高九十丈。”按：在今南京市江宁区淳化镇东北。

日又送别，七八情。昨夜送客，已是消魂；今日又送，何以为情！‘不忍别’三字，全首俱动。”又说作者“信手拈来，天花乱落，骤看全然古意，细味却是律体，精神流动，格法离奇。青莲屡学崔颢《黄鹤楼》诗，皆不能佳，惟此首无愧。”这种隔句对的写法，在古代格律诗中是不多见的，只有细细品味，方能体会。全诗写白鹭洲、青龙山、海云、江水、征帆、酒杯，都是在金陵送别时的景物，“相看不忍别，更进手中杯”，别意缠绵，思绪不尽。

登金陵冶城[1]西北谢安墩[2]（节选）

梧桐识嘉树，蕙草留芳根。白鹭映春洲，青龙见朝暾。地古云物在，台倾禾黍[3]繁。我来酌清波，于此树名园。功成拂衣去，归入（一作长啸）武陵源[4]。

【按】选自国图藏宋刻《李太白集》卷十九（《中华再造善本丛书》唐宋编第293册）。

---

［1］ 金陵冶城，故址在今南京市朝天宫一带，相传春秋时吴王夫差（一说三国吴）冶铸于此，故名。《太平寰宇記》卷九江南东道升州上元县载：“古冶城在今县西五里，本吴铸冶之地，因以为名。”

［2］ 谢安墩：当指《世说新语．言语》所载“王右军与谢太傅共登冶城”处。陈作霖《养龢轩随笔》：“金陵有四谢安墩：一在冶城，安石与王逸少登临遐想处也。一在土山，安石为相时，筑台榭以拟会稽东山，即围棋赌墅之所也。至半山寺之谢安墩，则幼度（谢玄字）之宅，其地有康乐坊可证，康乐为幼度封国，与安石无与。王半山之争，亦太疏于考据矣。若杏花村谢幼度祠侧有土阜，亦名谢公墩，特土人因其近谢祠而名之，舆地各志均未之载耳。”

［3］ 禾黍：典出《诗·王风·黍离序》：“《黍离》，闵宗周也。周大夫行役至于宗周，过故宗庙宫室，尽为禾黍。闵宗周之颠覆，彷徨不忍去而作是诗也。”后因以“禾黍”作为悲叹故国破残或胜迹荒废的典故。

［4］ 武陵源：用陶渊明《桃花源记》故事。

本诗题下有太白自注："此墩即晋太傅谢安与右军王羲之同登，超然有高世之志。余将营园其上，故作是诗。"李白晚年生活窘迫，无力营园，其志未遂。郁贤皓校注《李太白全集校注》卷十八考定本诗当作于天宝六年（747）。

本诗较长，此为节选与白鹭洲有关的诗之末段。前段作者主要写永嘉之乱的情景、谢安之功勋，和冶城访古，登谢安墩而怀念当年谢安和王右军的潇洒风姿和对话。接着就是本段所写登谢安墩所见景物及感想。梧桐、蕙草，乃嘉树香草，春光照映白鹭洲，朝阳从青龙山升起。地虽古而云物长存，台已倾而禾黍繁茂。自己欲在此临波酌酒，种树筑园，功成后则拂衣而去，往桃源隐居。全诗层次清晰，入题自然，有声有色。

登金陵凤凰台

凤凰台[1]上凤凰游，凤去台空江自流。吴宫[2]（一作时）花草埋幽径，晋代（一作国）衣冠成古丘[3]。三山半落青天

[1] 凤凰台：在今南京城集庆门内来凤街附近。相传南朝宋元嘉年间，有鸟翔集山间，状如孔雀，文采五色，时人谓之凤凰。起台于山，谓之凤凰台，山曰凤台山。

[2] 吴宫：三国时吴国建都金陵，即今南京市。吴宫即指金陵的宫殿。

[3] 东晋时都城建邺，即今南京市。衣冠，指世族、士绅。成古丘，谓昔人已死，空留古坟。三山，在今南京市西南长江岸边，以有三峰得名。长江从西南来，此山突出江中，当其冲要。六朝都城在今南京市，三山为其西南屏障，故又称护国山。

外[1]，一水[2]（一作二水）中分白鹭洲。总为（一作尽道）浮云能蔽日[3]，长安不见使人愁。

【按】选自国图藏宋刻《李太白集》卷十九（《中华再造善本丛书》唐宋编第293册）。

本诗是李白最著名的诗歌之一。元朝诗人、诗论家方回在《瀛奎律髓》卷一评本诗颇为详细："太白此诗与崔颢《黄鹤楼》相似，格律气势未易甲乙。此诗以凤凰台为名，而咏凤凰台不过起语两句已尽之矣。下六句乃登台而观望之景也。三、四怀古人之不见也。五、六、七、八咏今日之景，而慨帝都之不可见也。登台而望，所感深矣。金陵建都自吴始，三山、二水、白鹭洲，皆金陵山水名。金陵可以北望中原唐都长安，故太白以浮云遮蔽、不见长安为愁焉。"郁贤皓校注《李太白全集校注》卷十八考定本诗当为李白于天宝六年（747）游金陵时所作。

这首诗是历代吟咏白鹭洲最著名的作品，白鹭洲因李白诗而流传至今，后世游金陵，登凤凰台，路经长江此段者，或专程一游，或提及白鹭洲，留下了大量歌咏白鹭洲的诗词。诗中浮云遮蔽白鹭洲，也成为后世人们被谗而郁郁不得志的隐喻，如明代诗人雷贺《春日宴集黄鹤楼》诗"青霄一望长安近，岂是浮云白鹭洲"，即用此典。

---

［1］三山半落青天外，形容三山有一半被云遮住，看不清楚。《景定建康志》："三山，在城西南三十七里，周回四里，高二十九丈。"陆游《入蜀记》云："三山，自石头及凤凰台望之，杳杳有无中耳。及过其下，则距金陵才五十余里。"

［2］一水，指长江。一作"二水"，今通行本如此，指长江和秦淮河。

［3］浮云能蔽日：典出陆贾《新语·慎微》："邪臣之蔽贤，犹浮云之障日月也。"

□ 皎　然

皎然（约720—约803），俗姓谢，字清昼，湖州长城（今长兴）人，著名诗僧，自言是谢灵运十世孙，但据《唐才子传·颜真卿传》及《旧唐书》记载皎然是东晋名将谢安十二世孙。皎然在文学、佛学、茶学等方面颇有造诣。现存诗470首，多为送别酬答之作，情调闲适，语言简淡。另著有诗歌理论著作《诗式》。

送关小师还金陵

如何有归思，爱别欲忘难。白鹭沙洲晚，青龙水寺寒。蕉花铺净地，桂子落空坛。持此心为境（一作镜），应堪月夜看。

【按】选自《全唐诗》第23册卷八一八（中华书局，1979年第2版）。

□ 杜　牧（803—852）

杜牧，字牧之，京兆万年（今陕西西安）人。大和二年（828）进士。历任淮南节度使掌书记、监察御史、宣州团练判官、殿中侍御史、内供奉、左补阙、史馆编撰、司勋员外郎以及黄、池、睦、湖等州刺史。晚年尝居樊川别业，世称“杜樊川”。诗作明丽隽永，绝句诗尤受人称赞，与李商隐齐名，合称“小李杜”。著有《樊川文集》。

泊秦淮

烟笼寒水月笼沙，夜泊秦淮近酒家。商女不知亡国恨，隔江犹唱后庭花。

【按】选自明正德十六年江阴朱承爵朱氏文房刻本《樊川诗集》卷四（《中华再造善本丛书》明清编第161册）。

本诗是古代吟咏南京秦淮河最著名的诗作之一。通常认为，这里的“秦淮”是指南京秦淮风景区的“十里秦淮”，但是现代诗评家施蛰存（1905—2003）在《唐诗百话》中提出了一个颇有意思的说法，可能与古白鹭洲有密切的关系。施氏认为，杜牧当年停泊的所谓“秦淮”在南京城西的白鹭洲附近。他考证说：“关于‘秦淮’的问题。所有的注释本都说秦淮就是秦淮河，这当然没有错。但是，从明代以来，一般人所知道的秦淮河仅是南京城内的一段。明清两代，这一段秦淮河两岸都是花街柳巷。这里有酒家，有妓院，有游船画舫。杜牧既然‘夜泊秦淮近酒家’，而且还听到商女唱曲子，大家便以为就在这里。这却错了。原来秦淮河由东向西，穿过南京城，分两股流入长江。李白诗‘二水中分白鹭洲’，这‘二水’便是秦淮河的两股，中间的小岛便是白鹭洲。秦淮河口在唐代是长江的码头，当时客商船只到了南京都停泊在秦淮河口，杜牧夜泊秦淮，也是在这个地方。现在，白鹭洲早已没有，秦淮河口也不是江船上下的码头，于是这句诗的读者都误以为杜牧的船停泊在南京城里的秦淮河上。”“秦淮河口既然在唐代是个水陆码头，那地方一定是个热闹去处，一定有酒楼歌馆，市肆旅店。杜牧在船上听到隔江有歌女在唱“玉树后庭花”这支陈后主的亡国之音，也一定在这个地方。所谓‘隔江’，就是‘隔岸’或‘对岸’，是秦淮河口的对岸。”施蛰存的这段考辨不无道理，唐代的“秦淮”可能并不一定是明清时期脂粉气极浓的今天夫子庙秦淮风景区，而是由长江进入南京城必经的秦淮河入口，即古白鹭洲一带。

宋代诗人罗必元（1175—1265）曾有《秦淮》诗写到："秦淮横贯帝王州，万瓦鳞鳞枕碧流。系艇莫愁何处去，绿杨深巷有青楼。"当时南京比较繁华的地方在河西莫愁湖一带，那里"万瓦鳞鳞"，青楼绿杨，是人们系舟流连之处，确证杜牧所言、施蛰存所考不虚。

●宋 代

❑ 徐 铉(916—991)

徐铉,字鼎臣,扬州广陵(今江苏扬州)人。五代到北宋时期大臣、学者、书法家。初仕杨吴,担任校书郎。再仕南唐,官至吏部尚书。后随后主李煜归顺北宋,历任太子率更令、散骑常侍,世称“徐骑省”。他工于书法,喜好李斯小篆,与弟徐锴合称“江东二徐”。著有《骑省集》(即《徐公文集》)30卷,由女婿吴淑编集。

又题白鹭洲江鸥送陈君

白鹭洲边江路斜，轻鸥接翼满平沙。吾徒来送远行客，停舟为尔长叹息。酒旗渔艇两无猜，月影芦花镇相得。离筵一曲怨复清，满座销魂鸟不惊。人生不及鱼禽乐，安用虚名上麟阁[1]。同心携手今如此,金鼎丹砂[2]何寂寞。天涯后会渺难期,从此又应添白髭。愿君不忘分飞处,长保翩翩洁白姿。

【按】选自《骑省集》卷五（钦定《四库全书》集部第1085册）。本诗是一首送别诗，以白鹭洲江鸥起兴，感叹“人生不及鱼禽乐”，宠辱不惊，并告诫好友陈君要“长保翩翩洁白姿”，比

[1] 麟阁:汉代名阁“麒麟阁”的省称,汉武帝建于未央宫之中,因汉武帝元狩年间打猎获得麒麟而命名,供奉功臣,并藏历代文献资料。

[2] 金鼎丹砂:古代道教通过炼丹获取并服用丹砂,以期养生延龄的方法。

喻贴切，寓意深刻。

❑ 杨 备

杨备，字修之，建平（今安徽郎溪）人，生卒年不详。宋仁宗天圣时为长溪令，改华亭令，官至尚书郎中。著有《姑苏百题诗》3卷、《金陵览古诗》3卷、《历代纪元赋》1卷，均佚。他有许多诗歌传世，诗句大多描写南京、苏州及太湖的景物。

白鹭洲

春信[1]风生晚汛潮，印沙群鹭立还翘。凭高一片迷人眼，芦苇丛边雪未销。

【按】选自宋周应合撰《景定建康志》卷十九“山川志三”。本诗是第一首专咏金陵白鹭洲的作品，全诗描摹白鹭洲景色，春风、晚潮、沙洲、群鹭、芦苇，积雪次第展开，如一幅内容丰富的风景画。

❑ 梅尧臣（1002—1060）

梅尧臣，字圣俞，世称宛陵先生，宣州宣城（今安徽省宣城市宣州区）人。初以恩荫补桐城主簿，历镇安军节度判官。于皇祐三年（1051）始得宋仁宗召试，赐同进士出身，为太常博士。以欧阳修荐，为国子监直讲，累迁尚书都官员外郎。少即

[1] 春信：春天的消息。宋·陆游《梅花》诗五首之四：“春信今年早，江头昨夜寒。”

能诗，为诗主张写实，反对西昆体，所作力求平淡、含蓄，与苏舜钦齐名，时号“苏梅”，又与欧阳修并称“欧梅”。曾参与编撰《新唐书》，著有《宛陵集》及《毛诗小传》等。

龙女祠祈顺风

龙母龙相依，风霜随所变。舟人请予往，出庙旗脚转。旗指西南归，飞帆疾流电。长芦[1]江口发平明，白鹭洲前已朝膳。竹根杯珓[2]不欺人，世间然诺空当面。

【按】选自朱东润编校《梅尧臣集编年校注》卷二十三（上海古籍出版社，1980年11月），作于皇祐五年（1053）。

金陵三首（其三）

每入秦淮口，风波更不忧。重看后庭树，还起旧时愁。故老都无有，遗踪莫可求。何人能识意，白鹭在寒洲。

【按】选自朱东润编校《梅尧臣集编年校注》卷二十三（上海古籍出版社，1980年11月），作于皇祐五年（1053）。

□ 王　琪

王琪，字君玉，华阳（今四川成都）人，后徙舒州（今安徽庐

[1] 长芦：今南京江北新区长芦街道所在地，当地江边有长芦古寺。

[2] 杯珓：占卜用具，古人用其来预测吉凶。多用竹木等材料所制，其形状如蚌壳，一面突起，一面扁平。

江)。进士及第,曾任江都主簿。天圣三年(1025)上时务十事,得仁宗嘉许,命试学士院,调入京城任馆阁校勘,授大理评事、馆阁校勘、集贤校理,知制诰。嘉祐中,守平江府,数临东南诸州。以礼部侍郎致仕,年七十二卒。墓葬真州(今江苏仪征市)。有《谪仙长短句》,已佚。《宋史》附传王珪。今周泳先《唐宋金元词钩沉》有《谪仙长短句》辑本。

秋日白鹭亭向夕风晦有作

白鹭敞西轩,檐宇穷爽垲[1]。千峰若连环,翠色不可解。是时天宇旷,六幕[2]无纤霭。金斗熨秋江,素练[3]横衣带。乾坤清且敛,气象朝昏改。芦花作雪风,飞舞来沧海。九霄汀鹤起,万里樯乌[4]快。月上三山头,鸟没横塘[5]外。苍茫洲渚寥[6],错落[7]星斗大。开尊[8]屏丝竹[9],披襟向萧籁。余生本江湖,偃蹇欣所[10]会。清兴虽自发,苦嗜亦吾累。鱼

[1] 爽垲:指高爽干燥,又指高而干燥之地方。

[2] 六幕:指天地四方。

[3] 素练:白色绢帛。常用以喻云、水、瀑布等。这里指长江。

[4] 樯乌:指桅杆上的乌形风向仪。

[5] 横塘:古堤名。三国吴大帝时于建业(今南京市)南淮水(今秦淮河)南岸修筑。

[6] 寥:《全宋诗》卷四九一作“寒”。

[7] 错落:《全宋诗》卷四九一作“银错”。

[8] 尊:今作樽,是古代中国的一种大中型盛酒器。

[9] 丝竹:弦乐器和管乐器(箫笛等),后泛指音乐。

[10] 所:《全宋诗》卷四九一作“作”。

龙凭夜涛，四面忽滂湃。安得犀灯然[1]，煌煌发水怪。

【按】选自宋周应合撰《景定建康志》卷二十二“城阙志三”。《全宋诗》卷四九一，录本诗题作《白鹭亭》，作者为王珪，引自武英殿聚珍版《华阳集》。文字略有不同。

王琪在北宋仁宗嘉祐年初，即公元1056年左右，创建白鹭亭。宋代宋敏求《春明退朝录》卷下记载：“丁晋公天禧中镇金陵，临秦淮建亭，名曰赏心，中设屏及唐人所画《袁安卧雪图》，时称名笔，后人以《芦雁图》易之。嘉祐初，王侍郎君玉守金陵，建白鹭亭于其西，皆栋宇轩敞，尽览江山之胜。”他有《金陵赏心亭》诗写道：“千里秦淮在玉壶，江山清丽壮吴都。昔人已化辽天鹤，旧画难寻卧雪图。冉冉流年去京国，萧萧华发老江湖。残蝉不会登临意，又噪西风入座隅。”王琪建白鹭亭对南京河西白鹭洲一带的人文景观建设贡献巨大。

❑ 刘　敞(1019—1068)

刘敞，字原父，一作原甫，临江新喻荻斜(今属江西樟树)人。庆历六年(1046)与弟刘攽同科进士，以大理评事通判蔡州，后官至集贤院学士。为人耿直，立朝敢言，为政有绩，出使有功。学识渊博，欧阳修说他“自六经百氏古今传记，下至天文、地理、卜医、数术、浮图、老庄之说，无所不通；其为文章尤敏赡”，与弟刘攽合称为“北宋二刘”，著有《公是集》。

[1] 然：通“燃”。

和王待制《新作白鹭亭》七言十韵

六朝形势会[1]层轩，前俯苍洲却践山。二水中分鉴澄澈，万峰离立翠回环。古人遗赏兴亡外，良守来居仁智间。听讼遂同棠树[2]爱，放怀真与海沤[3]闲。啸余风雨知何处，望及云霞若可攀。乔木参天怆城郭，浮萍满地笑人寰。楚谣清绝酣秋兴，吴拂[4]从容舞玉颜。象魏[5]由来心自远，溭浯[6]聊复乐忘还。掖垣[7]幸许追遐躅，天禄[8]仍欣接近班。尘土扬州头欲白，远从君借慰疏孱[9]。

【按】选自《钦定四库全书》第1095册宋刘敞撰《公是集》卷二十六。本诗题中的“王待制”，应该就是宋嘉祐初守备金陵

［1］ 会：聚集，集中。

［2］ 棠树：典出《史记》卷三十四《燕召公世家》：“召公之治西方，甚得兆民和。召公巡行乡邑，有棠树，决狱政事其下，自侯伯至庶人各得其所，无失职者。召公卒，而民人思召公之政，怀棠树不敢伐，歌咏之，作甘棠之诗。”甘棠之诗即《诗经》中的《国风·召南·甘棠》。

［3］ 海沤：谓海中水泡。《楞严经》卷六：“空生大觉中，如海一沤发。”佛教用水泡比喻生命的空幻。后以“海沤”比喻事物起灭无常。

［4］ 吴拂：吴女挥动水袖而舞的姿势。

［5］ 象魏：古代天子、诸侯宫门外的一对高建筑，因其台高像山一样巍然耸立，故名“象魏”。亦叫“阙”或“观”，为悬示教令的地方。《周礼·天官·太宰》：“正月之吉，始和，布治于邦国都鄙，乃县治象之法于象魏，使万民观治象，挟日而敛之。”

［6］ 溭浯：古地名。即番隅和苍梧。溭（yú），古地名，即番隅，今广东省广州市番禺区。浯：古地名，即“苍梧”在今广西境内。《淮南子》：“曲拂邅迴，以像溭浯。”高诱注：“溭，番隅；浯，苍梧。”

［7］ 掖垣(yè yuán)：指皇宫的旁垣；唐代称门下、中书两省。因分别在禁中左右掖，故称。后世亦用以称类似的中央部门。

［8］ 天禄：天赐的福禄。

［9］ 疏孱：粗疏残弱的身体。

的王琪，见前文“王琪”条。他曾“以龙图阁待制知润州”，后“徙知江宁”，故刘敞称其“王待制”。可惜的是王琪的原诗《新作白鹭亭》未见流传。

王安石(1021—1086)

王安石，字介甫，号半山，原籍临川(今江西省抚州市临川区)人。庆历二年(1042)进士。历任扬州签判、鄞县知县、舒州通判等职。熙宁二年(1069)，任参知政事，次年拜相，主持变法。因守旧派反对，熙宁七年(1074)罢相。一年后，宋神宗再次起用，旋又罢相，退居江宁。病逝于钟山，追赠太傅。绍圣元年(1094)，谥“文”。名列“唐宋八大家”之一，著有《王临川集》《临川集拾遗》等存世。

己未耿天骘著作自乌江来，予逆沈氏妹于白鹭洲，遇雪，作此诗寄天骘

朔风积夜雪，明发[1]洲渚净。开间望钟山，松石皓相映。故人过我宿，未尽跻攀兴。而我方渺然，长沙一归艇。款段[2]庶可策，柴荆[3]当未暝。与子出东冈，墙西扫新径。

【按】 选自巴蜀书社2002年出版，宋王安石撰，宋李壁注，李之亮补笺的《王荆公诗注补笺》卷一。根据题目可知本诗作于

[1] 明发：早晨出发。

[2] 款段：马行迟缓的样子。

[3] 柴荆：指用柴荆做的简陋门户，借指村舍。

宋神宗元丰二年（己未，1079 年）。刘成国编纂的《王安石年谱长编》卷七说“本年十月，沈季长追官勒停归真州，沈妻遂得返江宁，故公迎之。”复旦大学出版社 2017 年出版聂安福等整理的《王安石全集》第 5 册《临川先生文集》卷一本诗题后有王安石自注“辛酉（1081）冬，天骘复来，诵之，遂书于壁，请天骘书所酬于右。”此注文当为王安石后补。

关于耿天骘，《王荆公诗注补笺》中宋曾及等庚寅增注称“天骘事迹不甚著于世，但其姓名屡见公集”，查王安石集中确曾提及此人并赠诗，如《送耿天骘至渡口》“四十余年心莫逆，故人如我与君稀。”《示耿天骘》“望公时顾我，於此畅幽悁。”《与耿天骘会话》“万事只如空鸟迹，怪君强记尚能追。”《和耿天骘以竹冠见赠四首》“故人恋恋绨袍意，岂为哀怜范叔寒。”可见，他们之间的关系非同一般。经考，耿天骘，字南仲，生卒年不详，与王安石年龄相近。石溪齐安（今安徽省铜陵市枞阳县）人，著作郎，参军，石溪齐安平山堂教授，居齐安东城洁归堂。

刘成国编纂《王安石年谱长编》卷七在《和耿天骘以竹冠见赠四首》诗的说明中，对耿天骘有较详细地考证，可资参考。

诗题中的“沈氏妹”，即王安石妹婿沈季长（1027—1087），字道原，其先湖州武康人，徙家真州扬子（今扬州仪征市），哲宗元祐初，权发遣南康军，改权发遣秀州事。元祐二年卒于官，王安石同母弟王安礼（1034—1095）曾为之撰《故朝奉郎权发遣秀州军州兼管内劝农事轻车都尉借紫沈公墓志铭》，见《王魏公集》卷七。刘成国编纂《王安石年谱长编》卷七载元丰二年（1079）十月十五日，妹婿沈季长因太学虞蕃案落职、勒停，准备返回真州，顺道过江宁看望王安石，故王安石有在白鹭洲逆旅（暂时停留的旅馆），冒雪等候之事。

❑ 黄 履(1030—1101)

黄履，字安中，邵武军故县(今福建省南平市邵武市水北镇故县村)人。嘉祐六年(1061)中进士。神宗时累官御史中丞。哲宗即位，除翰林学士兼侍讲，亲善宰相蔡确和章惇，出知越州、舒州和江宁等府。绍圣初年，复职龙图阁直学士兼御史中丞，先后弹劾司马光废改熙宁新法，指斥吕大防、刘挚、梁焘等元祐党人。绍圣四年(1097)，任尚书右丞。宋徽宗即位，官至资政殿大学士、尚书右丞。建中靖国元年(1101)，提举太一宫使，致仕还乡，卒于家中。

次韵酬子功行次白鹭洲见寄

已隐南山雾[1]，聊经白鹭洲。初闻未得见，怅望登高楼。空城凝寒云，目极徒离忧。咫尺邈千里，此夕如三秋。何当侵星[2]来，樽前得诗流。一饮诗百篇，同销万古愁[3]。

【按】选自北京大学古文献研究所编《全宋诗》第11册卷六二七（北京大学出版社，1993年），并注本诗见《北京图书馆藏中国历代石刻拓本汇编》册四九《金陵杂咏》刻石。根据《至大金陵新志》卷三记载［元祐六年（1091）］“八月十一日左朝奉大夫充天章阁待制黄履知府事，七年壬申四月八日履知邓州。”可知本诗和下一首诗当作于1091—1092年间。

---

［1］ 南山雾：比喻隐居之处。

［2］ 侵星：指拂晓，出自南朝·宋·鲍照《上浔阳还都道中》：“侵星赴早路，毕景逐前俦。”闻人倓注：“侵星，犹戴星也。”

［3］ 一饮句：典用李白《将进酒》。

诗题中“子功”，即范百禄（1029—1094），字子功，成都华阳（今四川成都）人。仁宗皇祐元年（1049）进士，熙宁年间，担任江东、利、梓路刑狱提点官，加封直集贤院的头衔。坐事贬监宿州酒税。元丰末，入为起居郎。哲宗立，迁中书舍人，历刑部、吏部侍郎，为翰林学士。出知开封府，勤于民事，狱无系囚。元祐七年，拜中书侍郎，次年罢知河中府，徙河南府。卒谥“文简”。著有《诗传补注》及文集等。

白鹭亭送运判张全翁

一寸逍遥气自春，等闲语默见天真。艰难世事尝来遍，平淡交情久更亲。会面只惊蓬鬓改，离亭还折柳条新。世间冷暖随通塞[1]，三纪如常有几人。（初识全翁于洛阳，自尔离合不常，今已三十有四年。）

【按】选自北京大学古文献研究所编《全宋诗》第11册卷六二七（北京大学出版社，1993年），并注本诗见《北京图书馆藏中国历代石刻拓本汇编》册四九《金陵杂咏》刻石。

诗题中的“张全翁”即张琦，字全翁，安陆（今属湖北）人。清道光《安陆县志》卷二十七记载，哲宗元祐间苏轼知杭州时，曾有交往。后由京东转运使坐事降通判太平州。以京东提刑任致仕，年六十九岁。清光绪《溧水县志》卷九有记载张琦者，溧水（今属江苏南京市）人，宋度宗咸淳间（1265—1274）进士，记述极简，未及字号生平，且生活时间与苏轼没有交集，显然不是本诗所言之“全翁”。

［1］ 通塞：指人生境遇之顺逆。

□ 刘　挚(1030—1097)

刘挚，字莘老，永静东光(今属河北)人，嘉祐四年(1059)进士。调南宫令。以韩琦荐召试，补馆阁校勘。元丰中，历右司郎中、知滑州。哲宗立，召为吏部郎中，擢侍御史。元祐元年(1086)拜尚书右丞，连进左丞、中书、门下侍郎，六年拜右仆射。曾支持王安石新政，后因上书论新政之弊，被贬流放，含怨而死。宋哲宗死后，得到平反，谥号“忠肃”。著有《忠肃集》。

白鹭亭

危亭跨城巅，因洲名白鹭。开轩二水上，寓目万景赴。风涛豢鱼龙，烟云变汀渚。孤禽点钟山，片席[1]下吴浦。闲人得闲愁，凭栏叹今古。脉脉临长江，寒潮自来去。

【按】选自影印文渊阁《四库全书》第1099册刘挚撰《忠肃集》卷十五。

□ 郭祥正(1035—1113)

郭祥正，字功父，一作功甫，自号谢公山人、醉引居士、净空居士、漳南浪士等。安徽当涂县人。皇祐五年(1053)进士，历官秘书阁校理、太子中舍、汀州通判、朝请大夫等，虽仕于朝，不营一金，所到之处，多有政声。他诗风纵横奔放，酷似李白。著有《青山集》30卷。

[1] 片席：指片帆，孤舟。

舟次白鹭洲再寄安中尚书，用李白寄杨江宁韵二首

白鹭飞还集，新沙没故洲。山形龙晦角，江气蜃为楼。欲问前朝事，空怀去国忧。钟声万家晓，霜叶半城秋。化值唐虞盛，人逢王谢流。徐生思解榻[1]，兵酝可销愁。

终朝荡双桨[2]，夜泊碧芦洲。重城已在望，闻公宴[3]层楼。华灯灿繁星，浩歌正忘忧。宾朋集珠履，佳节临千秋（谓近兴龙节[4]）。愿言刷微羽[5]，一饮清泠流。举目送高风，箫韶[6]洗民愁。

【按】选自孔凡礼点校《郭祥正集》卷七（《安徽古籍丛书萃编》）；亦见于《钦定四库全书》收宋郭祥正撰《青山集》卷七。本诗诗题中的“安中尚书”即前文的黄履（1030—1101）。

即席和酬金陵狄倅伯通

虎踞龙盘古名郡，势欲凌波予未信。偶摇双桨下天门，

［1］解榻：东汉陈蕃任豫章太守时，不接待宾客，只有南州高士徐稺来时特设一榻，徐稺走后即悬挂起来。事见《后汉书·徐稺传》。后来用“解榻”表示热情接待宾客或礼贤下士。

［2］终朝荡双桨：《钦定四库全书》本作“灯灿繁星浩”。

［3］宴：《钦定四库全书》本作“晏”。

［4］兴龙节：即古代皇帝的生日。作者当时的皇帝是宋哲宗赵熙，他的生日是阴历十二月七日。结合黄履就任南京守备的时间，这一年的兴龙节当为1091年十二月七日（阴历）。

［5］刷羽：即鸟儿以喙整理羽毛。

［6］箫韶：舜乐名，泛指美妙的仙乐。

白鹭三山随一瞬。舍舟登岸青溪[1]滨，蒙蒙柳眼初含春。感君携酒唤小妾，要我一饮颓冠巾。开怀猛酌宁辞醉，明朝且入梁朝寺。刀裁尺[2]量非扇迷，兴来欲跨横空使。南风更送琳琅篇，明珠十斛[3]投归船。与君定交增浩然，谁谓此行垂橐[4]还。

【按】选自孔凡礼点校《郭祥正集》卷十三（《安徽古籍丛书萃编》）；亦见于《钦定四库全书》收宋郭祥正撰《青山集》卷十三。

本诗题中“金陵狄倅伯通”即宋代诗人狄咸，字伯通，衡州（今湖南衡阳）人。曾官建康府通判。哲宗元符二年（1099），知韶州（清康熙《韶州府志》卷五），于郡建九成台，苏轼北归途经，曾为之作铭（《东坡先生全集》卷一十九《九成台铭》）。倅，即倅贰，主管的幕僚。

题金陵白鹭亭呈府公安中尚书二首

青城突兀与云连，谁作高亭落日边。六代衣冠归寂寞，

---

［1］ 青溪：南京水系之一，三国东吴在建业城（今南京）东南所凿东渠，发源于今南京市玄武区紫金山西南，流经南京主城入秦淮河，曲折达十余里，亦名九曲青溪。年久湮废，今仅存入秦淮河的一段。

［2］ 尺：《钦定四库全书》本作“赤”。

［3］ 明珠十斛：典出《本事诗·情感》，唐武后时，左司郎中乔知之有婢名窈娘，艺色为当时第一。知之宠爱，不让她出嫁。武延嗣闻之，求一见，势不可阻挡。既见即留下，不让她回去。乔知之痛愤成疾，因以缣素写诗，重金托人送给窈娘，得诗悲惋，赴井而死。武延嗣见诗，遣酷吏诬陷乔知之，令其家破。其诗中有句“石家金谷重新声，明珠十斛买娉婷。”后以明珠十斛代指心爱的婢女。

［4］ 垂橐：垂着空袋子，谓空无所有。出自《国语·齐语》。

一番罗绮自华鲜。低徊斗柄[1]斟秋水，飞舞芦花欲雪天。直上烟霄无尺五[2]，欲要王母[3]对宾筵。

西望长安路几千，此亭更在赏心[4]边。黄芦正耐风霜老，白鹭相将羽翼鲜。城竦[5]鳌身山匝地，舟排笋柱[6]水连天。龙吟一曲斜阳下，况是史君[7]开别筵。

【按】选自孔凡礼点校《郭祥正集》卷二十三（《安徽古籍丛书萃编》丛书）；亦见于《钦定四库全书》第1116册收宋郭祥正撰《青山集》卷二十三。

渔舟歌

四山飒沓[8]江水流，两岸西风芦荻荻[9]。渔歌杳杳[10]隔

---

［1］ 斗柄：北斗七星中，第五至七颗星，排列成弧状，形如酒斗之柄，故称为“斗柄”。常年运转，古人即根据斗柄指向，来定时间和季节。宋.陆田解《鹖冠子.环流》：“斗柄东指，天下皆春；斗柄南指，天下皆夏；斗柄西指，天下皆秋；斗柄北指，天下皆冬。”

［2］ 尺五：一尺五寸，极言离高处距离近。

［3］ 王母：指西王母。道教至高无上的女神，民间俗称“王母娘娘”。“西王母”的称谓，始见于《山海经》，因所居昆仑丘于汉中原为西，故称西王母。

［4］ 赏心：指白鹭洲边的赏心亭。

［5］ 竦：通“耸”。

［6］ 笋柱：秋千架的形状。

［7］ 史君：使君。对州郡长官的尊称。史，通“使”。

［8］ 飒沓：纷繁、众多的样子，盘旋的样子，迅疾的样子等。

［9］ 荻：一作“秋”，可从，合韵。

［10］ 杳杳：隐约，依稀。唐郑棨《开天传信记》：“吾昨夜梦游月宫，诸仙娱予以上清之乐……其曲楚楚动人，杳杳在耳。”

港浦，烟波冥冥来孤舟。渔人举网得赤鲤，鱼尾簁簁[1]相顾喜。撑船就岸维树旁，夕阳篷底炊烟起。白鹭洲边随意浴，孤云岩际无心逐。月明烟岸撇波去，格磔[2]一声山水绿。

【按】选自孔凡礼点校《郭祥正集》辑佚卷三（《安徽古籍丛书萃编》），见于影宋刻本。

❑ 苏　辙（1039—1112）

苏辙，字子由，一字同叔，晚号颍滨遗老，眉州眉山（今属四川）人，苏辙与父亲苏洵、兄长苏轼齐名，合称“三苏”。嘉祐二年（1057），登进士第，初授试秘书省校书郎、商州军事推官。宋神宗时，因反对王安石变法，出为河南留守推官。此后随张方平、文彦博等人历职地方。宋哲宗即位后，获召入朝，历官右司谏、御史中丞、尚书右丞、门下侍郎等职。因上书劝阻起用李清臣而忤逆哲宗，落职知汝州。此后连贬数处。蔡京掌权时，再降朝请大夫，遂以太中大夫致仕，筑室于许州。逝世后，宋高宗时累赠太师、魏国公，宋孝宗时追谥“文定”。著有《诗传》《春秋传》《栾城集》等行于世。

和孔武仲金陵九咏·白鹭亭

白鹭洲前水，奔腾乱马牛。亭高疑欲动，船去似无忧。汹涌山方坏，澄清练不收。中秋谁在此，明月满城头。

［1］ 簁簁（shāi shāi）：鱼儿跳跃的样子。
［2］ 格磔（zhé）：鸟鸣声。

【按】 选自曾枣庄、马德富校点《栾城集》上册卷十。诗题中“孔武仲金陵九咏”诗不见于《孔武仲集》(《清江三孔集》，孙永选校点，齐鲁书社，2002 年）中，可能为其散佚作品。孔武仲（1041—1097），宋临江新淦人，字常父。宋代诗人。仁宗嘉祐八年（1063）进士。官至礼部侍郎，以宝文阁待制知洪州。坐元祐党夺职，居池州卒。与兄孔文仲、弟孔平仲以文声起江西，时号“三孔”。有《诗书论语说》《金华讲义》《芍药谱》《内外制》《杂文》《宗伯集》(编入《清江三孔集》)。

□ 贺　铸(1052—1125)

贺铸，字方回，卫州(今河南卫辉)人。宋太祖贺皇后族孙，所娶亦宗室之女。自称远祖本居山阴，是唐贺知章后裔，以贺知章居庆湖(即镜湖)，故自号庆湖遗老。晚年退居苏州，著有《东山词》，现存词280余阕。

阻风白鹭洲招讷上人

凤皇台下凤皇巢，白鹭洲边白鹭涛。舟未解维先望见，风能传语更相招。江南春物为谁好，淇上归心不自聊。何日结茅[1]钟阜尾，幅巾[2]相对一方袍[3]。

【按】 选自《钦定四库全书》第 1123 册收宋贺铸撰《庆湖遗

[1] 结茅：编茅为屋，建造简陋的屋舍。

[2] 幅巾：又称巾帻，或称帕头，古代男子以全幅细绢裹头的头巾，是一种儒雅的装束，宋代以后，深衣幅巾是士大夫家冠昏、祭祀、宴居、交际的服饰。

[3] 方袍：僧人所穿的袈裟。因平摊为方形，故称。借指僧人。

老诗集》卷七，原题后有自注“辛未正月赋”，可见本诗作于宋哲宗元祐六年（1091）。诗题中“讷上人”，即宋代高僧若讷，据《佛祖统纪》和《大明高僧传》记载，他俗姓孙，字希言，浙江嘉兴人。十三岁出家，习天台教义，从学于证悟，继住上天竺寺，以弘扬天台宗教义为主。历任右街僧录、左街僧录、两街都录。率僧入内观堂修护国金光明三昧。赐号“慧光法师”。与苏颂、梅尧臣等人有诗文交往。

和别清凉和上人

明朝解携白鹭洲，后日相望黄鹤楼[1]。建业水清供白酌，武昌鱼贱足音邮[2]。著身物外不无处，俯首人群非有求。愿报西庵落成会，待公退卧依归休。

【按】选自《钦定四库全书》第1123册收宋贺铸撰《庆湖遗老诗集》“拾遗”，原题后有自注“和结西庵招吾归老故有落句丙子四月赋”，可知本诗作于宋哲宗绍圣三年（1096）。

❑ 徐　俯（1075—1141）

徐俯，字师川，自号东湖居士，由洪都分宁（今江西修水县）迁居德兴天门村。乃黄庭坚之甥。因父死于国事，授通直郎，累官右谏议大夫。绍兴二年（1132），赐进士出身。三年，迁翰林学士，擢端明殿学士，签书枢密院事，官至参知政事。

［1］ 黄鹤楼：“江南三大名楼”之一。位于湖北省武汉市武昌区，地处蛇山之巅，濒临长江，因唐代诗人崔颢登楼所题《黄鹤楼》而名扬四海。

［2］ 音邮：书信。南朝陈徐陵《又为贞阳侯答王太尉书》：“临江总辔，企望音邮。”

后以事提举洞霄宫。工诗词，宋代江西派著名诗人之一，著有《东湖居士集》6卷，不传。

白鹭洲

金陵与庐陵，俱出白鹭洲。相望万里江，中同二水流。

【按】选自《钦定四库全书》所收宋陈思编、元陈世隆补《两宋名贤小集》卷一一四。

庐陵，即古代吉州，今江西省吉安市。其市内赣江江心有白鹭洲，上有南宋吉州知军江万里创建的白鹭洲书院，与庐山白鹿洞书院、铅山鹅湖书院、南昌豫章书院齐名，合称为古代江西四大书院，因此而出名。我们在阅读后世有关白鹭洲诗词时，应明确区分它是属于金陵白鹭洲，还是庐陵白鹭洲。本书中所选均为金陵白鹭洲诗词，极少量收录兼及庐陵白鹭洲，如本诗。

白鹭洲

山光浓复淡，江面落还收。不见飞凫舄[1]，空看白鹭洲。台城久蔓草，宋玉又悲秋。却羡释门秀，早从方外游。

【按】选自《中国历代书院志》第2册，刘绎编纂《白鹭洲书院志》卷四“艺文一”。今人选历代咏江西吉安诗词时，均选本诗，以为徐俯所咏白鹭洲为当地白鹭洲书院所在地。其实本诗中有“台城久蔓草，宋玉又悲秋”句，而“台城”特指南京，可见作者是在南京白鹭洲见台城蔓草而怀古，感宋玉悲秋而叹亡楚。

---

[1] 舄（xì），指重木底鞋，古时最尊贵的鞋，多为帝王大臣穿。这里指鸟的脚印。

□ 程　俱(1078—1144)

程俱，字致道，号北山，衢州开化(今属浙江)人。以外祖邓润甫恩荫入仕。宣和三年(1121)赐上舍出身。历官吴江主簿、太常少卿、秀州知府、中书舍人侍讲、提举江州太平观、徽猷阁待制。所作多五言古诗，风格清劲古淡，著有《北山小集》。

独游保宁凤凰台

饥鸮嚇腐鼠[1]，鸣鸟久不闻。一登凤凰台，目送苍梧云。山川丽晚日，氲氲发余薰。览此万里辉，振我衣上尘。前瞻翠回环，极望天无垠。低昂玄（四库本作石）盘踞，佳气或未湮。山坳指楼观，青骨[2]今尚神。驰烟谢逋客，三径久已榛。长松眇如荠，下有高世人。斯人不可作，此道日以新。回睇白鹭洲，长江泻沄沄。遥岑出滄碧，不辨楚与秦（淮西在江左时苻秦地也）。我行适淮西，出处难重陈。岂无羁旅叹，乃有山水因。兹游颇幽独，作伴影与身。宁辞足力尽，聊使

---

［1］ 饥鸮嚇腐鼠：典出《庄子集释》卷六下《外篇·秋水》，惠子害怕庄子取代自己梁相之职，庄子用鸱得腐鼠，害怕鹓雏这种高贵的鸟与己相争为喻，嘲笑惠子。这里指凤凰的高贵。

［2］ 青骨：现多用于形容人坚贞不屈的品质。典出晋干宝《搜神记》卷五："蒋子文者，广陵人也。嗜酒好色，挑达无度，常自谓己骨青，死当为神。"

眉头伸。凭虚默自计,逝将祈孔宾[1]。寄声华阳老[2],异日期相亲。

【按】选自《全宋诗》第25册卷一四一〇“程俱一”,引宋抄本《北山小集》。亦见于《钦定四库全书》第1130册收宋程俱撰《北山集》卷一。

南京古代凤凰台有保宁寺,为东吴赤乌四年(241),西天竺僧康僧会所建。后寺名多有变更,曾名祇园寺、长庆寺、奉先寺、神霄宫等。北宋太平兴国年间帝赐以“保宁寺”之额,当时寺中有凤凰台、白塔、观音殿、罗汉堂、水陆堂等建筑,寺僧约五百人。

❑ 李　纲(1083—1140)

李纲,字伯纪,号梁溪先生,常州无锡人,祖籍福建邵武。宋徽宗政和二年(1112),登进士第,历官至太常少卿。宋钦宗时,授兵部侍郎、尚书右丞。靖康元年(1126)金兵入侵汴京时,任京城四壁守御使,团结军民,击退金兵。但不久即被投降派所排斥。宋高宗即位初,一度起用为相,曾力图革新内政,仅七十七天即遭罢免。绍兴二年(1132),复起用为湖南宣抚使兼知潭州,旋即又遭免职。他多次上疏陈诉抗金大计,均未被采纳。病逝,追赠少师。淳熙十六年(1189年),特赠陇西郡

[1] 孔宾:典出《太平御览》卷五〇三引王隐《晋书》:“祈嘉,字孔宾,酒泉人也。少清贫,好学。年二十余,夜忽窗中有声,呼曰:‘祈孔宾,隐去来!修饰人间甚苦不可谐。所得未毛铢,所丧如山崖。’旦而逃去。”孔宾夜闻声呼“隐去”,即遁隐。后以此吟咏归隐之典。

[2] 寄声华阳老:典用晋代道家陶弘景(456—536)的故事。陶弘景,字通明,自号华阳隐居,谥贞白先生,丹阳秣陵(今江苏南京)人。隐居修道、采药炼丹。

开国公，谥号“忠定”。李纲能诗文，亦能词，风格沉雄劲健。著有《梁溪先生文集》《靖康传信录》《梁溪词》等。

金陵怀古四首（录一）

六代兵戈王气销，山围故国自周遭。豪华散灭城池古，人物摧残丘冢高。阜转蟠龙翔宝塔[1]，洲分白鹭涌云涛。悠悠世事都如梦，且对金樽把蟹螯。

【按】选自《钦定四库全书》第1125册收宋李纲撰《梁溪集》卷十四。李纲另有一首诗《留题双溪阁书呈南剑守谢少卿》，虽然是描写福建连江（古称南剑州）的白鹭洲，但是其中有与南京白鹭洲的比较，“山如蟠踞成龙虎，剑有雌雄射斗牛。”言及白鹭洲的一联云“朝云暮雨滕王阁，明月清风白鹭洲”（《梁溪集》卷十三），也颇为雅致，录此供雅赏。

□ 张　守（1084—1145）

张守，字子固，一字全真，号东山居士。常州晋陵人，徽宗崇宁二年(1103)进士。擢监察御史。高宗建炎初上防淮渡江利害六事，主张恢复中原，反对划江自守。历御史中丞、翰林学士、同签书枢密院事。四年，除参知政事。未几罢知绍兴府，改福州。六年，复参知政事，兼权枢密院事。后历知婺州、洪州。卒谥“文靖”。有《毗陵集》50卷，已佚。现有16卷本行世，系从《永乐大典》中辑出，又有《嘉禾志》5卷，敕令、奏议40卷。

［1］ 宝塔：这里可能所指为南京唐代弘觉寺塔，位于南京市江宁区牛首山东峰南坡。

送仲并倅湖州（仲时摄帅司机宜）

佳丽江山[1]得共游，一时宾主亦风流。鸟飞鱼泳青油幕[2]，虎踞龙盘白鹭洲。坐席未温俄告别，题舆[3]催上莫淹留。苕溪[4]尺五烟霄近，入手功名不自由。

【按】选自《常州先哲遗书》一集所收张守著《毗陵集》卷十六，为光绪二十一年刻本。本诗题中仲并，字弥性，江都人。高宗绍兴二年（1132）进士。曾从胡安国学，工诗文。为平江府教授，以荐特改左承奉郎，五年通判湖州。七年，张浚荐于朝，为秦桧所阻，改通判京口（今镇江）。被劾闲退二十年。孝宗即位，擢光禄丞，出知蕲州。著有《浮山集》16卷。倅，迁倅，升任副职之官。结合仲并生平，本诗当作于绍兴五年（1135），仲并任职湖州通判时。

本诗中“虎踞龙盘白鹭洲”，将金陵标志性称呼“虎踞龙盘”与“白鹭洲”并称，可见白鹭洲于南京在当时人心目中的地位。

□ 赵　鼎（1085—1147）

赵鼎，字元镇，号得全居士，解州闻喜（今属山西）人。徽宗崇宁五年（1106）进士，累官河南洛阳令，开封府士曹参军。

---

［1］佳丽江山：指南京。典出南北朝谢朓诗《入朝曲》：“江南佳丽地，金陵帝王州。”

［2］青油幕：青油涂饰的帐幕。《南史·萧韶传》：“韶接信甚薄，坐青油幕下，引信入宴。”唐韩愈李正封《晚秋郾城夜会联句》：“从军古云乐，谈笑青油幕。”

［3］题舆：指景仰贤达，望其出仕。

［4］苕溪：河川名。源于浙江省天目山，分东苕和西苕，于吴兴县汇合注入太湖。唐罗隐《寄第五尊师》诗：“苕溪烟月久因循，野鹤衣制独茧纶。”

高宗建炎三年(1129),除司勋员外郎,擢右司谏,迁侍御史。金兵逼长江,陈战守避三策,拜御史中丞。绍兴二年(1132),出知平江、改知建康,移知洪州。七年,召拜尚书左仆射、同中书门下平章事,兼枢密使。八年,为秦桧所挤,知绍兴。九年,徙知泉州。屡谪清远军节度副使,潮州居住。十四年,移吉阳军,在吉阳三年,不食而卒。孝宗即位,追谥忠简。有《忠正德文集》10卷、《得全居士集》3卷,已佚。清四库馆臣据《永乐大典》辑成《忠正德文集》10卷。赵鼎善文、诗、词。文章多为奏疏,气势畅达,"浑然天成"(《宋史》本传)。

舟行著浅夜泊中流

雪涨秦淮水，春生白鹭洲。洲前棹歌发，送此一叶舟。转柂起帆席，快甚谁能收。舟师拙于事，遂作中滩留。支撑莫动摇，喘汗徒呀咻。弹绳测河道，篙竿伺潮头。疏篷鸡栅低，兀坐如拘囚。仰羡双飞鹄，安得从之游。日落暮云碧，波光澹如秋。四顾渺无极，黯黯令人愁。黑风卷半夜，大浪掀中流。傲兀不能寝，取酒聊相酬。人生天地间，大海一浮沤[1]。风水审如此,蛟龙应见求。未脱干戈地,敢为身世谋。醉酣还就枕，吾已信沉浮。

【按】选自影印文渊阁《四库全书》第1128册集部赵鼎撰《忠正德文集》卷五。本诗记述了作者在一年春天，行舟搁浅白鹭洲江边浅滩，千方百计无法脱身的一次经历。诗句描写逼真，语言

[1] 浮沤:本指水面上的泡沫。因其易生易灭,常比喻变化无常的世事和短暂的生命。

幽默，其中因此事而发出感慨，触景生情，颇具哲理，自然朴实，没有做作之感。

❑ 陈与义(1090—1138)

陈与义，字去非，号简斋，其先祖居京兆(今陕西西安)，自曾祖陈希亮从眉州迁居洛阳，故为洛(今河南洛阳)人。北宋时做过地方府学教授、太学博士，南宋为朝廷重臣。工于诗词，给后世留下不少忧国忧民的爱国诗篇。宋光宗绍熙元年(1190)，胡稚笺注《简斋诗集》30卷(附《无住词》1卷)刊刻问世。1982年，中华书局以此为底本出版《陈与义集》。

感　事

丧乱那堪说，干戈竟未休。公卿危左衽[1]，江汉故东流。
风断黄龙府[2]，云移白鹭洲[3]。云何舒国步[4]，持底副君忧。
世事非难料，吾生本自浮。菊花纷四野，作意为谁秋？

【按】选自吴书荫、金德厚点校《陈与义集》卷十七(中华书

[1] 左衽：指古代部分少数民族的服装，前襟向左掩。借指沦陷为异族统治。衽，指衣襟。

[2] 黄龙府：五代汉高祖天福十二年，契丹以晋主重贵为负义侯，置于黄龙府，即慕容氏和龙城。宋时有二帝被囚黄龙府，是当时人们伤痛之地。

[3] 云移白鹭洲：暗指建炎元年九月二日，高宗赵构自燕山移驾中京(今洛阳)，十月自南京(今河南省商丘市)幸扬州，三年二月幸杭州，四月幸建康府(今南京市)。谏议大夫郑毂多次上书请移跸建康，高宗不听。

[4] 国步：国家的命运。

局，2007 年出版）。

本诗全篇隐语较多，忧愤见于言表，充满了对国君被虏，国家沦陷，时事艰危的忧虑。同时表达了作者怀才不遇，报国无门的激愤。

❑ 朱　翌(1097—1167)

朱翌，字新仲，号潜山居士、省事老人。舒州(今安徽潜山)人，卜居四明鄞县(今属浙江)。绍兴八年(1138)，除秘书省正字，迁校书郎、兼实录院检讨官、祠部员外郎、秘书少监、起居舍人。十一年，为中书舍人。秦桧恶他不附己，谪居韶州十九年。桧死，充秘阁修撰，出知宣州、平江府。名山胜景，游览殆遍。

送苏判院赴江东辟

春风桃李正开花，客路江山亦可嘉。白鹭洲前浪山[1]起，乌衣巷口夕阳斜。一星终[2]矣君重往，四壁萧然我独嗟。元祐[3]子孙今用尽，如公岂合在天涯。

【按】选自《钦定四库全书》收宋朱翌撰《灊山集》卷二。

---

［1］ 浪山：比喻长江的大浪如山势一样。

［2］ 一星终：指十二年。《左传·襄公九年》："十二年矣，是谓一终，一星终也。"杜预注："岁星十二岁而一周天。"

［3］ 元祐：宋哲宗赵煦的第一个年号，前后使用九年(1086—1094)。元祐年间是由反对新政的旧党当政，后来的党争中，"元祐"一词被用来指称旧党及其成员。

本诗为作者送任职中央某些官署属官的苏姓好友到江东赴任而作。江东，为宋时江南东路的简称，首府在江宁府（今江苏省南京市），管辖今上海、江苏、安徽长江以南，江西省小部分。

□ 叶宗谔

叶宗谔，福建泰宁县人。宋高宗建炎元年（1127）为户部郎中。三年，充江淮发运副使。四年，知鄂州。绍兴元年（1131），知洪州。五年，知建康府。七年，迁江南西路转运使（《建炎以来系年要录》）。

句

凤凰台上山吞月，白鹭洲边水接天。

【按】本句选自《全宋诗》卷一八六九，引自宋王象之撰《舆地纪胜》卷一三四。本诗只存此一联，诗题和其他几联均散佚。此当为作者于绍兴五年或六年（1135—1136）任建康知府时所作。

□ 罗　愚

罗愚，字季能，号北林，抚州崇仁（今属江西）人。以荫补监丹阳县延陵镇税（《絜斋集》卷十二《端明殿学士签书枢密院事罗公行状》附）。为新淦县令，召除籍田令，出知兴国军，迁湖南提点刑狱。理宗嘉定间为广南西路转运使。卒年五十七。明弘治《抚州府志》卷二十二有传。

白鹭亭

千古城头白鹭亭，鹭飞长是满江汀。如何览德辉台[1]上，只有台存凤不灵。

【按】选自宋周应合撰《景定建康志》卷二十二"城阙志三"。

❑ 叶　辉

叶辉，籍贯、生卒年不详。徽宗宣和三年(1121)以从政郎知建德县(《淳熙严州图经》卷二)。叶辉存诗4首，均见于《景定建康志》，除本诗外，分别为《秦淮次北谷罗叠韵》《咏清凉寺竹》《驻马坡》。

白鹭亭次罗公愚韵

白鹭洲边敞此亭，淮山江水瞰芦汀。鹭飞点点星颜色，那似公山鹤有灵。

【按】选自宋周应合撰《景定建康志》卷二十二"城阙志三"。本诗为作者唱和罗愚而作（罗愚诗见前）。

❑ 曹　组

曹组，字元宠。颍昌(今河南许昌)人。与其兄曹纬以学识见称于太学，但六次应试不第，著《铁砚篇》以自见。宣和

[1] 览德辉台：指凤凰台侧的览辉亭。张铉撰《至大金陵新志》有记载："览辉亭，在今保宁寺后凤凰台旧基侧寺，有览辉亭碑。"

三年(1121)登进士第。历任武阶兼阁门宣赞舍人、给事殿中等职。曾官睿思殿应制,因占对才敏,深得徽宗宠幸,奉诏作《艮岳百咏》诗。约于徽宗末年去世。《直斋书录解题》著录曹组《箕颍集》20卷,不传。赵万里辑有《箕颍词》,收入《校辑宋金元人词》中。

赏心亭

白鹭洲边芦叶黄,石头城下水茫茫。江山不管事兴废,今古坐令人感伤。六代豪华空处所,千秋城阙委荒凉。空余眼外无穷景,助我凭栏到夕阳。

【按】选自宋周应合撰《景定建康志》卷二十二“城阙志三”。

❑ 赵希淦

赵希淦,号定山,宋太祖九世孙。生平事迹不详。

半山寺有感

一水波澄接御沟[1],近城宫柳弄春柔。乌衣巷里人何在,白鹭洲前水自流。千古风流歌舞地,六朝兴废帝王州。今番不负看山约,他日重来说旧游。

【按】选自清代厉鹗编选《宋诗纪事》卷八十五,言引自《诗林万选》。《诗林万选》乃宋代何新之编选唐宋诗而成。何新之,

[1] 御沟:流经皇宫的河道。

衢州西安人，字仲德，号横舟。官至枢密院编修官，知忠安军卒。此书今不传。

泊白鹭洲，时辛道宗兵溃，犯金陵境上，金陵守不得入

脱迹干戈幸再生，时时心折梦围城。南来客枕能安否，更作江湖盗贼惊？

城头传令插军麾，城外行人泪满衣。处处悲风吹战角，沙洲白鹭莫惊飞。

月满沧江[1]风水清，沉沉冰鉴[2]照孤城。何人心绪犹无事，醉卧船舷一笛横？

【按】选自影印文渊阁《四库全书》第1128册集部赵鼎撰《忠正德文集》卷六。本诗诗题中的“辛道宗”，乃长安（今陕西西安）人。建炎元年（1127）提点京兆府路刑狱公事，御营统制。三年为忠州防御史，以节制司参议官总舟师，提点江南东路刑狱。四年为枢密副都承旨。绍兴元年（1131）为福建路马步军总管、福州观察使。

□ 韩元吉(1118—1187)

韩元吉，字无咎，号南涧，开封雍邱(今河南开封)人，一作许昌(今属河南)人。寓居信州上饶(今属江西)。绍兴二十八年(1158)曾为建安县令。隆兴间，官至吏部尚书。乾道九年

[1] 沧江：江流，江水。以江水呈苍色，故称。

[2] 冰鉴：指月亮。唐元稹《月》诗：“绛河冰鉴朗，黄道玉轮巍。”

(1173)为礼部尚书出使金国。淳熙初,曾前后出守婺州、建宁。后晋封颍川郡公,归老于信州南涧,因号“南涧翁”。平生交游甚广,与陆游、朱熹、辛弃疾、陈亮等爱国志士相善,多有诗词唱和。著有《南涧甲乙稿》《南涧诗余》等。

春雪得小诗五首且约客登赏心亭(选一)

江南绝景赏心亭,卧雪难寻旧画屏[1]。白鹭洲前夜来雪,故应此画胜丹青。

【按】选自《钦定四库全书》第1165册收宋韩元吉撰《南涧甲乙稿》卷六。亦见于《全宋诗》卷二〇九八。

本诗记述了作者春雪之后游览赏心亭的见闻。没有看到亭中原有的唐周昉《袁安卧雪图》,远看白鹭洲前雪景,自觉胜似画家笔下的图画,聊可补未见画屏的遗憾。

❑ 陆　游(1125—1210)

陆游,字务观,号放翁,祖籍越州山阴(今浙江绍兴)。其一生笔耕不辍,今有九千三百余首诗词传世,辑为《剑南诗稿》,有文集《渭南文集》《老学庵笔记》等。

[1] 画屏:史载金陵赏心亭乃丁晋公所建,曾以家藏《袁安卧雪图》张于其屏,乃唐周昉所画。

登赏心亭

蜀栈秦关[1]岁月遒，今年乘兴却东游。全家稳下黄牛峡[2]，半醉来寻白鹭洲。黯黯江云瓜步[3]雨，萧萧木叶石城秋。孤臣老抱忧时意，欲请迁都[4]涕已流。

【按】选自钱仲联、马亚中主编《陆游全集校注》第2册，《剑南诗稿校注》卷十。诗作于宋孝宗淳熙五年（1178）秋天，陆游奉召从四川回临安的途中。

本诗记述了作者登赏心亭眺望四周景色，回首生活历程，忧国感怀之情。全诗先写景，后抒情，由远及近，层次清楚。前四句述“乘兴东游”，由远道蜀中经三峡，来到金陵观景；后四句铺写眼前金陵之景，就此表达“孤臣”的“忧时意”。

陆游曾多次经过南京。乾道元年（1165），陆游自镇江府通判改任隆兴府通判，赴任途中曾经建康（今南京），时在当年七月，有钟山题名及《入蜀记》追忆乙酉秋旧游语可证。另陆游《入蜀记》记载，他曾于乾道六年（1170）七月五日经金陵，过白鹭洲，七月十日西上。庆元三年（1197）秋，陆游好友王成之去世，他曾作《王成之给事挽歌辞》，诗中有“昔溯黄牛峡，曾经白鹭洲”。（《陆游全集校注》第4册《剑南诗稿校注》卷三十六）记述他们曾在白鹭洲相聚的往事。

---

［1］ 蜀栈：蜀中的栈道，一名阁道，三国蜀汉时所建，故称。秦关：指秦地关塞。

［2］ 黄牛峡：位于三峡之西陵峡中段，距宜昌市区45公里处。又名黄牛岩。有陡峭石壁，形状似神人牵牛，人呈黄色，牛身赭黄。这里指陆游曾于乾道六年赴夔州通判任事。

［3］ 瓜步：瓜步山，在长江北岸六合境内，与南京隔江相望。

［4］ 迁都：南宋主战派主张迁都建康（南京），便于随时出师收复汴京。

❑ 范成大(1126—1193)

范成大,字至能,一字幼元,早年自号此山居士,晚号石湖居士,江苏苏州吴县人。绍兴二十四年(1154)进士。出仕后主张收复失土,曾出使金国。后任广西经略安抚使、四川制置使、参知政事,相继知明州、建康府,颇著政绩。晚年隐居家乡。累赠少师、崇国公,谥号"文穆"。著有《范石湖集》《揽辔录》《吴船录》《吴郡志》《桂海虞衡志》等著作传世。

白鹭亭

倦游客舍不胜闲，日日清江见倚栏。少待西风吹雨过，更从二水看淮山。

【按】选自《中华再造善本（明清编）》所收明弘治十六年金兰馆铜活字印本《石湖居士集》卷三。

本诗虽是写白鹭亭，但是眼中所见均为白鹭洲及长江之边景色,澄澈的长江和秦淮河水（二水）、雾雨笼罩的山影。范成大《吴船录》卷下记载："壬子，至建康府，泊赏心亭下。"宋孝宗淳熙四年（1177），作者自四川制置使召还，五月由成都起程，取水路东下，于十月抵临安（今浙江杭州），随日记所阅历，著为《吴船录》，与陆游《入蜀记》类似。本诗可能就是范成大这次行程中所写。

❑ 周必大(1126—1204)

周必大,字子充,一字洪道,自号平园老叟。原籍管城(今河南郑州)，至祖父周诜时居吉州庐陵(今江西省吉安县永和镇周家村)。南宋高宗绍兴二十一年(1151)进士及第。官至吏部尚书、枢密使、左丞相，封许国公。宋宁宗庆元元年(1195)，以观文殿大学士、益国公致仕。开禧三年(1207)，赐谥“文忠”。“庐陵四忠”之一。他工文词，为南宋文坛盟主，与陆游、范成大、杨万里等名家交游频繁。他初学黄庭坚，追摹欧阳修，在南宋中叶词坛居于领袖地位。著有《省斋文稿》《平园续稿》《玉堂类稿》等80余种，共200卷传世。

送子开弟还江西二十韵

十年乐家居，岂知离别愁。言游冠盖场[1]，聚散靡自由。子从何方来，访我金陵州。情多语反默，喜极涕翻流。不如并辔出，庶以写我忧。沉沉长干寺，南轩清且幽。乌衣访王谢，湮灭那可求。却登览辉亭，下瞰白鹭洲。群山竞合沓，万室相牵钩。回首指钟阜，黎明戒前驺[2]。林泉与台殿，胜处皆穷搜。纷纷六朝旧，莽莽今几邱。吊古辙未环，剧谈兴方稠。胡为理书剑，复欲从远游。蹉跎六年别，邂逅半月留。临分敢不尽，苦语诚非偷。期子如良农，勤勤事西畴。慎勿因水旱，而令废锄耰。丰岁防可必，行行真有秋。十月风霜动，待子江之头。

【按】选自《文忠集》卷一(钦定《四库全书》第1147册集部)。本诗题下作者有小注，言本诗作于“己卯四月二十八日”，

[1] 冠盖场：犹言官场，在外为官。

[2] 前驺：指古代官吏出行时在前边开路的侍役。

即南宋高宗绍兴二十九年（1159）。

本诗是作者为其弟周子开远道来访，并一起畅游金陵后而作。诗之开篇叙兄弟友情，离别愁绪。接着描述了他们在金陵游历的情况，先后参观了长干寺、乌衣巷、览辉亭、白鹭洲、紫金山等南京景点，由于时间仓促游兴未尽。最后是临行话别，劝诫周子开回家后勤劳持家，不废耕作。全诗语言质朴，明白如话，但情深意切。

正月三日，胡季亨及伯信、仲威、叔贤昆仲，欧阳宅之、李廷可同自永和来，雨中小集叠岫阁，用金鼎玉舟劝酒，下视梅林戏举，说命五，说戏祝，六君蒙次前韵赋佳篇，各征旧事，各以一篇为谢（癸亥）

朱颜青绶忆秦淮，白鹭洲疑鳌驾来。侧畔交游欣作者，中间赓载负康[1]哉。新春渐觉风光好，陈迹时将日记开。惟有诗名[2]不如昔，旁观抚掌倒绷孩[3]。（李白金陵诗云“二水中分白鹭洲”，城上有亭，绍兴戊寅[4]分教时，每登览忘归，自此日有记事，已四十六年。今庐陵江中亦有白鹭洲，常创

[1] 康：《四库全书》本作“良”，澹生堂抄本作“奇”。

[2] 名：《四库全书》、澹生堂抄本、日藏宋刻本均作“情”。

[3] 倒绷孩：比喻一向做惯了的事因一时疏忽而弄错了。出自《事文类聚前集》。

[4] 绍兴戊寅：即宋高宗绍兴二十八年（1158）。前一年周必大举博学鸿词科，差充建康府学教授，本年赴任。

小楼会客其上，怀旧及之。答胡叔贤）

【按】选自四川大学出版社2017年出版，王蓉贵、[日]白井顺校《周必大全集》上册卷四十三。根据诗题后所注时间，本诗当作于宋宁宗嘉泰四年（1204），时周必大79岁。居江西庐陵江白鹭洲上。诗中所述为回忆46年前在金陵白鹭洲时的情况。

□ 杨万里(1127—1206)

杨万里，字廷秀，号诚斋。吉州吉水(今江西省吉水县黄桥镇湴塘村)人。绍兴二十四年(1154)进士，历仕宋高宗、孝宗、光宗、宁宗四朝，曾任知奉新县、国子博士、广东提点刑狱、太子侍读、秘书监等职，官至宝谟阁直学士，封庐陵郡开国侯。逝赠光禄大夫，谥号“文节”。与陆游、尤袤、范成大并称“南宋四大家”(又作“中兴四大诗人”)。因宋光宗曾为其亲书“诚斋”二字，故学者称其为“诚斋先生”。他的诗浅近明白、清新自然，富有幽默情趣，号“诚斋体”。著有《诚斋集》等传世。

陪留守余处恭、总领钱进思、提刑傅景仁游清凉寺，即古石头城(三首选一)

万里长江天上来，石头却欲打江回。青山外面周如削，紫府[1]中间划洞开。苏峻[2]战场今草树，仲谋[3]庙貌古尘埃。多情白鹭洲前水，月白[4]潮生声自哀。（寺后有吴大帝庙[5]。）

【按】选自中华书局出版，辛更儒笺校《杨万里集笺校》第4册卷三十一。亦见于宋周应合修纂《景定建康志》卷三十七“文籍志五诗章”。

《景定建康志》卷三十七本诗诗题中“余”，作“全”，误。总领钱进思，《景定建康志》卷二十六淮西总领题名有“钱端忠，朝议大夫，尚书金部郎中，绍熙元年（1190）八月初一到。……二年五月二十七日除司农少卿，三年正月十三日改除江南西路转

---

［1］ 紫府：道教称仙人所居。

［2］ 苏峻（？—328）：字子高，长广郡掖县（今属山东）人，安乐相苏模之子，晋朝将领、叛臣。初任郡主簿。永嘉之乱，他结垒于本县，后率所部数百家泛海南行，至于广陵（今江苏扬州）。王敦叛乱前夕，苏峻先后为东晋淮陵内史和兰陵相。西晋末年，纠合流民数千家结垒自保。后率众南渡，元帝任为鹰扬将军。以破王敦功，进使持节、冠军将军、历阳内史，有锐卒万人。庾亮执政，解除苏峻兵权，征为大司农。他于咸和三年（328），以讨庾亮为名，与祖约起兵反晋，攻入建康，大肆杀掠并专擅朝政。不久温峤、陶侃起兵讨伐，苏峻战败被杀。

［3］ 仲谋：即吴大帝孙权（182—252），字仲谋，吴郡富春县（今浙江省杭州市富阳区）人。三国时期孙吴政权建立者。黄武元年（222），孙权被魏文帝曹丕册封为吴王，建立吴国。黄龙元年（229），在武昌正式称帝，国号吴，不久后迁都建业（今南京）。孙权称帝后，设置农官，实行屯田，设置郡县，并继续剿抚山越，促进了江南经济的发展。黄龙二年（230），所派将军卫温、诸葛瑾直抵达夷州（今台湾）。孙权晚年在继承人问题上反复无常，引致群下党争，朝局不稳。于神凤元年（252年）病逝，享年71岁，在位24年，葬于蒋陵（南京东郊）。

［4］ 白：《景定建康志》卷三十七作“落”，可从。

［5］ 吴大帝庙：《景定建康志》卷四十四：“吴大帝庙，在西门外清凉寺之西，旧传今庙即当时故宫。”

运副使。”《嘉定镇江志》卷十七淮东总领有“钱端忠，朝议大夫、金部郎中，绍熙元年七月到，二年十二月改司农少卿、淮西总领。”据此，“知钱进思”应即钱端忠，其他生平事迹无考。傅景仁，即傅伯寿，庆元党禁首祸者之一。时任江东提刑。《宋会要辑稿》职官七三之七：“绍熙二年五月二十八日，诏知徽州赵彦恂降两官，通判李法言、卢瑢各降一官，并放罢，以本路提刑傅伯寿言新安火灾，彦恂夜饮于法言之居，守倅皆醉，救扑甚缓，而又役兵卒搬挈家属行李，人力不给，致其蔓延故也。”《宋史翼》卷四十《奸臣传》：“傅伯寿，字景仁，泉州晋江人。隆兴元年（1163）与弟伯成同登进士，试中教官科。乾道八年（1172）应博学宏词科入选，繇三馆历知道州，入为吏部郎官，出知漳州。绍熙初除直焕章阁改浙西提点刑狱。处外久，常郁郁。及韩侂胄用事，伯寿首以启贽有云：‘人无耻矣，咸依右相之山，我则异欤，独仰韩公之斗。’侂胄喜甚，力荐之，召除中书舍人直学士院。”清凉寺，《景定建康志》卷四十六：“清凉广惠禅寺，在石头城，去城一里。伪吴顺义中徐温建，为兴教寺，南唐升元初改为石城清凉大道场，国朝太平兴国五年（980）闰三月改今额。”

登凤凰台

千年百尺凤凰台，送尽潮回凤不回。白鹭北头江草合，乌衣[1]西面杏花开。龙蟠虎踞山川在，古往今来鼓角[2]哀。只有谪仙留句处，春风掌管拂蛛煤[3]。

［1］ 乌衣：指金陵乌衣巷。

［2］ 鼓角：指战鼓和号角。古代军队中为了发号施令而制作的吹擂之物。

［3］ 蛛煤：蛛网尘埃。

【按】选自清佟世燕修《江宁县志》卷十三（清康熙二十二年刊本，中国社会科学院图书馆编《稀见中国地方志汇刊》第10册，中国书店，1992年）。

□ 陈　造(1133—1203)

陈造，字唐卿，高邮（今属江苏扬州）人。孝宗淳熙二年（1175）进士，调太平州繁昌尉，改平江府教授，寻知明州定海县，通判房州权知州事。房州秩满，为浙西路安抚司参议，改淮南西路安抚司参议。自以转辗州县幕僚，无补於世，置江湖乃宜，遂自号“江湖长翁”。以词赋闻名艺苑，人称“淮南夫子”。著有《江湖长翁集》40卷，原本已佚，明李之藻于万历间据抄本重刻，与秦观诗文合为一集，今存李之藻刻本、《四库全书》本。

送二赵金陵秋闱之行

君家种德[1]麻苇似，两郎今日东南美。石麟[2]角犀[3]互

[1] 种德：即布德，施恩德于人。

[2] 石麟：即石麒麟，对幼儿的美称。《陈书·徐陵传》：“时寳誌上人者，世称其有道。陵年数岁，家人攜以候之；寳誌手摩其顶，曰：‘天上石麒麟也。’”宋苏轼《徐元用使君与其子端常邀仆与小儿过同游东山浮金堂戏作》诗：“使君有令子，真是石麒麟；我子乃散材，有如木轮囷。”

[3] 角犀：额角入发处隆起，有如伏犀。古人以为显贵贤明之相。

辉映，拄腹撑肠[1]皆锦绮。贤书[2]联翩取如掇，文字欲贵江淮纸[3]。步光[4]久匣自光芒，勃姑[5]所指当披靡。去去秋风鼓鹏翼，翱翔烟霄此其始。建邺山川古雄丽，平分胜概供笔底。气陵钟阜峰头云，辞倾白鹭洲前水。联璧[6]不难先众俊，历块[7]仍能轻万里。平日双眼不屡青[8]，奇穷一生端坐此。即今意气为君倾，老子阅人[9]盖多矣。

【按】选自日本浅草文库藏明万历刻四十卷本《江湖长翁集》卷十。

本诗是作者为赵姓好友兄弟赴金陵参加秋季科考而作，诗中妙喻（语）连珠，盛赞赵氏兄弟的才华，祝愿他们能连捷贤书。特别是诗中“建邺山川古雄丽，平分胜概供笔底。气陵钟阜峰头云，辞倾白鹭洲前水。”两联同时出现“建邺”“白鹭洲”，颇为奇绝，虽然这里的“建邺”代指金陵全境，当然也包括现在的建邺在内，

---

［1］ 拄腹撑肠：原本形容肚子吃得非常饱。后比喻容受很多。唐·卢仝《月蚀》诗：“撑肠拄肚礧傀如山丘，自可饱死更不偷。”宋·苏轼《试院煎茶》诗：“不用撑肠拄腹文字五千卷，但愿一瓯常及睡足日高时。”

［2］ 贤书：举荐贤能的名录，后用以指考试中式的名榜。

［3］ “文字”句：这里用洛阳纸贵的典故，比喻作品有价值而广为流传。

［4］ 步光：春秋时期的名剑。

［5］ 勃姑：同“仆姑”，即金仆姑，箭名，后泛指良箭。宋雷乐发《乌乌歌》：“有金须碎作仆姑，有铁须铸作蒺藜。”

［6］ 联璧：指双璧，并列的美玉，比喻两者可互相媲美。

［7］ 历块：指骏马。典出《汉书·王褒传》。

［8］ “平日”句：这里暗用“青眼”的典故。典出唐房玄龄《晋书·阮籍传》：“及嵇喜来吊，籍作白眼，喜不择而退。喜弟康闻之，乃赍酒挟琴造焉，籍大悦，乃见青眼。”青眼，指对人喜爱或器重。与“白眼”相对。

［9］ 老子阅人：语本《汉书·王吉贡禹等传序》：“君平（严君平）卜筮于成都市，……裁日阅数人，得百钱足自养，则闭肆下帘而授《老子》。”

作者希望他们二位能用手中的妙笔记录建邺胜概，就像白鹭洲前的水倾斜泻而出，比喻非常精妙。

❑ 黄　度(1135—1213)

黄度，字文叔，号遂初，绍兴新昌人。自幼好学，才思颖敏，文似曾巩。南宋隆兴元年(1163)进士，历任嘉兴知县、监察御史、太常少卿兼国史院编修、礼部尚书等职。为官敢于直谏，主张“纯用儒生，务惜民力”为久安垂统之道。卒赠龙图阁学士，谥“宣献”。一生志在经世，经、史、天文、地理、井田、兵法多有研究，著有《诗说》《书说》《周礼说》《艺祖宪鉴》《仁皇从谏录》《屯田便宜》《历代边防》等。

白鹭亭

白鹭亭前白鹭飞，定知公子未忘机[1]。我来犹识难驯[2]意，江际翩翩趁落晖。

【按】选自《全宋诗》卷二五五七，原载宋周应合修纂《景定建康志》卷二十二。

本诗以与友人一起登览白鹭洲边的白鹭亭，观看鸥鹭自由飞翔的意象，引申出自己和桀骜不驯的好友能有忘情天际，优游山林的希望。

［1］ 忘机：典出《列子·黄帝·好鸥鸟者》。指像鸥鸟一样，日与白沙云天相伴，完全忘掉心计。比喻淡泊隐居，不以世事为怀。

［2］ 难驯：原指动物的野性很难驯服。比喻人很难教导。

□ 袁说友(1139—1204)

袁说友,字起岩,宋建宁府建安(今福建建瓯)人。隆兴元年(1163)进士。淳熙四年(1177)任秘书丞兼权左司郎官,后调任池州知临安府。累任太府少卿、户部侍郎、文安阁学士,吏部尚书。嘉泰三年(1203),以资政殿学士任镇江府知府,辞而未任。不久,提举临安府洞霄宫、加大学士致仕,嘉泰四年(1204),逝于湖州德清寓舍。

白鹭洲

可惜洲亭已惭荒,了无鸥鹭白双双。摩挲石上琳琅句[1],犹得斯文镇大江。

【按】选自《全宋诗》卷二五八〇“袁说友七”。本诗是作者多年以后再次来到金陵任职所作,见到白鹭洲边白鹭亭逐渐荒废,苏轼的题柱诗文犹在,感慨良多。他在同一时期还有《金陵》诗一首:“青衫往事几经秋,白首重来忆旧游。今夜台城无限月,更凭樽酒豁羁愁。”并于诗注中说“金陵,某初筮仕之所也,今二十有六年矣。”

□ 马之纯(1144—?)

马之纯,字师文,又字莹夫,号茂陵,晚年改号竹轩,别号野亭,学者称野亭先生,婺州东阳(今浙江金华)人。孝宗隆兴元年(1163)进士,授福州司法参军,历知徽州(今安徽省歙

[1] 石上琳琅句:可能是指白鹭亭石柱上的苏轼等人的题诗。

县),焕章阁侍制,承议郎充江南东路转运司主管文字,授朝散郎,通判静江军府事,不赴,居里潜心研究经籍、六经和诸子百家,人称为“茂陵先生”。卒封太师,赠越国公。著有《金陵百咏》《尚书中庸论语说》《周礼随解》《左传类编》《纪事编年》等传世。

白鹭亭

白鹭亭前白鹭飞,山如屏障水如围。水中独立鸾窥镜,沙上群行雪满矶。白日不来争碧树,有时同往送斜晖。江山得此方成画,撩得游人不忆归。

【按】选自宋周应合撰《景定建康志》卷二十二“城阙志三”。

本诗首句与前文黄度《白鹭亭》诗完全相同,他们年龄相仿,不知是谁借鉴了谁,抑或是他们各自的神来之笔,英雄所见略同,完全“撞脸”了。全诗明白如话,展示的画面感极强,有人在洲渚中,与飞鸟一起嬉戏落晖的感觉,真是“江山得此方成画,撩得游人不忆归”了。

白鹭亭和人韵

一见斯亭喜可知,风来拂拂更清微。青山坐处天开画,白鹭飞时雪满矶。何必搜奇效康乐,正应得句似玄晖。最怜别浦潮生后,须有征帆万点归。

【按】选自宋周应合撰《景定建康志》卷二十二“城阙志三”。本诗与前一首《白鹭亭》所用韵脚相同,诗中均有“雪满矶”,

很多意象也非常相似，可见是同一时期作品。

本诗中“何必搜奇效康乐”，典用南朝山水诗人谢灵运（385—433）的故事。谢灵运，晋安帝元兴二年（403），曾袭封康乐县公，故后人多称之为“谢康乐”。他在《山居赋》中有名句：“抚鸥鯈而悦豫，杜机心于林池”，首开文学作品中将鸥鸟形象中有关机心的含义从《列子》中发掘出来，鸥鹭的形象后多有在其作品中出现，如《登临海峤与从弟惠连》中有“隐汀绝望舟，鹜棹逐惊流。”后世开始有“鸥鹭忘机”的成语概括之。“正应得句似玄晖”，典用李白《秋夜板桥浦泛月独酌怀谢朓》故事。玄晖，即与谢灵运有“大小谢”合称的“小谢”谢朓（464—499），其字玄晖，南齐诗人，他曾与沈约等共创“永明体”。其诗作深得李白赏识，李白《秋夜板桥浦泛月独酌怀谢朓》描写就是他在白鹭洲附近的板桥浦泛湖赏月时所作，深愧难得谢朓这样的人同游联句，而感叹道：“玄晖难再得，洒洒气填膺。”大有独孤求败的感觉。这里作者是说在游览白鹭洲的时候应有谢朓和李白吟诗作赋的雅兴。

❑ 刘　过(1154—1206)

刘过，字改之，自号龙州道人。吉州太和(今江西泰和)人。少怀不羁之才，以功业之许，博学经、史。常与朋辈论边庭障堠，战守形势，屡与时宰陈恢复方略。陆游、辛弃疾、陈亮皆与之交游。宋之虚称之为“天下奇男子，平生以气义撼当世”（毛晋《龙州词跋》引语)。屡试不第，落拓江湖，以布衣终。1978年上海古籍出版社点校出版《龙州集》，将其诗、词、文等合为1册，计12卷，补遗1卷，是目前较为完备的版本。

赏心亭

何人将我此来游？白鹭那知客有愁！如子矜持山玉立，似予迂阔水盘洲。尘襟抖擞风云入，石刻摩挲岁月流。惆怅谪仙鸾驭远，离离别恨黯滩头。

【按】选自上海古籍出版社编《龙洲集》卷六。初见于宋周应合撰《景定建康志》卷二十二“城阙志三”。

本诗虽然是咏赏心亭，但其描写全是白鹭洲的景色。作者的心中充满烦忧，赏心亭边的白鹭何能知晓？孤立沙洲，江水盘流，思绪万千，只能摩挲苏轼的石上题柱，感受李白的望鹤远去，离愁别恨黯然停留在白鹭洲头。

观白鹭洲风涛

一声雷鼓挟风威，顷刻冲涛没钓矶。行客骇看银汉落，阳侯[1]惊起玉山飞。蛟龙便尔争先化，鸥鹭茫然失所依。安得长竿入我手，翩然东海钓鳌[2]归。

【按】选自上海古籍出版社编《龙洲集》卷六。

本诗描述的是作者在白鹭洲观长江的惊涛骇浪，蛟龙闹海，鸥鹭失依，颇为惊心动魄。诗的末句“安得长竿入我手，翩然东海钓鳌归”将人们引入现实的社会，希望自己有姜太公处惊不变，力挽狂澜的能力，实现治国平天下的远大抱负。

［1］ 阳侯：古代传说中的波涛之神。

［2］ 东海钓鳌：比喻济世宏愿。

❑ 任希夷(1156—？)

任希夷，字伯起，号斯庵。其先眉州(今四川眉山市)人，徙居邵武(一说是光泽县)。宋孝宗淳熙三年(1176)进士。调浦城簿、萧山丞。宋宁宗开禧初为太常寺主簿。嘉定四年(1211)，以宗正丞兼太子舍人，累迁礼部尚书兼给事中。十二年(1219)，签书枢密院事。十三年，兼参知政事。十四年，出知福州。卒谥"宣献"。有《斯庵集》，已佚。

白鹭亭

江水悠悠淮水[1]流，台城[2]寂寂石城留。凄凉白鹭洲头月，曾照前朝玉树[3]秋。

【按】选自宋周应合撰《景定建康志》卷二十二"城阙志三"。本诗意象凄美，怀古伤情。

❑ 韩　淲(1159—1224)

韩淲(biāo)，字仲止，一作子仲，号涧泉，韩元吉之子。祖籍开封，南渡后隶籍信州上饶(今属江西)。有诗名，与赵蕃(章泉)并称"二泉"。人品学问，俱有根柢，雅志绝俗，清苦自持。

---

[1] 淮水：当指秦淮河水。

[2] 台城：也称苑城，即建康宫，位于今南京市鸡鸣山南，原是三国时代吴国的后苑城，东晋成帝时改建。从东晋到南朝结束，这里一直是朝廷台省(中央政府)和皇宫所在地。

[3] 玉树：开满白花或缀满玉石的树，神话传说中的仙树。南朝亡国之君陈后主陈叔宝有《玉树后庭花》诗，被称为亡国之音。

从仕后不久即归,年甫五十休官。著有《涧泉集》20卷。

成外归秣陵

看了三山白鹭洲，归来难老更何愁。弟兄旧隐家风在，子侄世科官业修。鱼计亭深云坞口，青氊堂迥水塘头。何时容我陪情话，华发清樽事事幽。

【按】选自《钦定四库全书》第1180册收宋韩淲撰《涧泉集》卷十二。全诗只有首句言及金陵白鹭洲，诗中以“三山白鹭洲”作为秣陵（今南京）的标志而入诗。

❑ 曾　极(约1168—1227)

曾极,字景建,号云巢,临川(今属江西)人,一作南丰(今属江西)人(《江西诗征》卷二十一)。终身未仕,与当时著名的学者朱熹、刘克庄、戴复古等人有交往。著有《春陵小雅》,已佚。现存《金陵百咏》1卷(佚失5首,实存诗95首),见于《四库全书》中,《南京稀见文献丛刊》(南京出版社)曾点校出版。

金陵百咏·白鹭洲

《丹阳记》:在江中心,南边新林浦,西边白鹭洲。上多白鹭,故名。

江水悠悠绿染衣，淮山渺渺翠成围。南朝鹭序归何处?

唯见沧洲[1]白鸟飞。

【按】选自影印文渊阁《四库全书》第1164册宋曾极撰《金陵百咏》。

本诗中“南朝鹭序归何处”一句借古讽今。鹭序，本来指白鹭群飞有序，这里用以比喻朝官的班次。旧题师旷撰《禽经》记载：“寀寮雝雝，鸿仪鹭序。”晋张华注：“鹭，白鹭也。小不踰大，飞有次序，百官缙绅之象。”曾极诗句暗讽偏安南方、不思北伐的南宋朝廷。《宋史》卷四百一十五《罗必元列传》中记载：“郡士曾极题金陵行宫龙屏，迕丞相史弥远，谪道州。”言曾极在宋宁宗嘉定间以《题金陵行宫龙屏》诗抨击南宋偏安一隅，忤丞相史弥远，被贬道州，后卒于贬所。可见本诗与史载是不谋而合的。

□ 苏　洞(1170—?)

苏洞，字召叟，山阴(今浙江绍兴)人。早年随祖师德宦游成都，曾任过短期朝官，在荆湖、金陵等地作幕宾，身经宁宗开禧初的北征。曾从陆游学诗，与当时著名诗人辛弃疾、刘过、王楠、赵师秀、姜夔等多有唱和。卒年七十余。有《泠然斋集》12卷、《泠然斋诗余》1卷(《直斋书录解题》)，已佚。清四库馆臣据《永乐大典》辑为《泠然斋诗集》8卷。

[1] 沧洲：滨水的地方。古时常用以称隐士的居处。这里不是指河北省沧州市。

金陵杂兴二百首（选二）

白鹭洲前白鹭飞，人间还阅几斜晖。春风不与苏郎便，浩荡沧溟一舸归。

赏心亭前白鹭洲，淮水东畔水东流。只知览古生许恨，不知身世自悠悠。

【按】选自影印文渊阁《四库全书》第1179册宋苏泂撰《泠然斋诗集》卷六“金陵杂兴二百首”，亦见于《全宋诗》卷二八四八“苏泂六”。

《金陵杂兴》组诗原有200首，本处所选为与白鹭洲有关的二首。第一首写白鹭洲之落日飞鹭的景色；第二首写白鹭洲的地理位置，在赏心亭前，秦淮河的西侧。为我们今天找寻古白鹭洲的遗迹有一定的帮助。

□ 高　翥（1170—1241）

高翥，初名公弼，后改名翥，字九万，号菊磵，余姚（今属浙江）人。布衣终身，专力于诗，画亦出名。陈焯编《宋元诗会》卷五十载：“高九万，号竹磵，理宗时人，与刘后村、孙季蕃善。后村寄诗云‘行世有千首，买山无一钱。’其风致可想。”72岁游淮染疾，死于杭州西湖。所著《菊磵小集》，黄虞稷《千顷堂书目》卷二十九载：“高九万《菊磵小集》一卷。字□□，高琼裔孙，南渡后移家四明，制行高洁，隐居不仕，其居曰信天巢。”今有《南宋群贤小集》本《信天巢遗稿》，《四库全书》收录其《菊涧集》1卷。

赏心亭

江亭如倚钓鱼矶，面面云檐势欲飞。西望汀洲依白鹭，东连巷陌接乌衣。六朝更代[1]人何在，千古兴亡事总非。客子独怜风景好，倚栏长是欲忘归。

【按】选自《钦定四库全书》第489册收录的宋周应合撰《景定建康志》卷二十二“城阙志三”。亦见于清佟世燕修《江宁县志》卷十三，题作《登赏心亭》。

❑ 罗必元(1175—1265)

罗必元，字亨父，号北谷，隆兴府进贤(今江西省南昌市东乡县杨桥殿)人。嘉定十年(1217)进士。调咸宁尉，抚州司法参军，累调福州观察推官。理宗淳祐中通判赣州，上疏论贾似道克剥至甚。度宗即位，以直宝章阁兼宗学博士致仕。有咏金陵诗十多首，见于《景定建康志》中。

凤凰台

振衣快上凤凰游，极目中原泪欲流。慨叹兴亡思太白，

[1] 更代：朝代的更替。

永言眇邈[1]忆齐丘[2]。乌衣已往人千古，白鹭依然月一洲。君子坐朝今在治，重恢关洛[3]不须愁。

【按】选自《钦定四库全书》第489册收录的宋周应合撰《景定建康志》卷二十二“城阙志三”。

□ 吕　午(1179—1255)

吕午，字伯可，歙县(今属安徽)人。嘉定四年(1211)进士，调乌程簿。历当涂丞，监温州天富北监盐场，知余杭县。嘉熙元年(1237)，除太府寺簿，迁监察御史。三年，迁宗正少卿兼国史院编修官、实录院检讨官。淳祐元年(1241)，出知泉州。二年，除浙东提点刑狱。三年，复入为监察御史，迁起居郎兼史院官。四年，丁母忧。闲居十二年，宝祐三年卒，年七十七。有《竹坡类稿》《左史谏草》。《宋史》卷四〇七有传。

凤凰台

古台曾说少年游，弹指惊嗟岁月流。山似三神浮碧

---

[1] 永言眇邈：吟咏诗文高远精妙。

[2] 齐丘：即南唐功臣宋齐丘(887—959)，本字超回，改字子嵩，吉州庐陵(今江西吉安)人。为文有天才，自以古今独步，书札亦自矜炫，而嗤鄙欧、虞之徒。历任吴国和南唐左右仆射平章事(宰相)，晚年隐居九华山。宋齐丘有长诗《陪游凤凰台献诗》，中有“不话兴亡事，举首思眇邈。”

[3] 关洛：关中和洛阳一带，泛指北方地区。出自《晋书·地理志上》。重恢关洛：即收复北方故土。

海[1]，城如一虎卧崇丘[2]。凤凰去后遗陈迹，白鹭来时认旧洲。但得风寒无罅隙[3]，江河举目不须愁。

【按】选自中华书局编辑《宋元方志丛刊》第2册收录《景定建康志》卷二十二。而《钦定四库全书》第489册收录的宋周应合撰《景定建康志》卷二十二“城阙志三”阙失本诗。

□ 刘克庄(1187—1269)

刘克庄，初名灼，字潜夫，号后村，福建莆田人。嘉定二年(1209)荫补将仕郎，后历任靖安主簿、真州录事、建阳县知县、帅司参议官、枢密院编修官。淳祐六年(1246)，宋理宗因其久有文名，赐其同进士出身，后任秘书少监，官居工部尚书、建宁府知府。景定五年(1264)，以焕章阁学士之职致仕。谥“文定”。刘克庄早年诗学晚唐体，晚年诗风趋向江西诗派。词深受辛弃疾影响，多豪放之作，著有《后村先生大全集》。

金陵作

高牙[4]拂云车带雨，清晓西州气成雾。玉麟堂[5]上少文书，白鹭亭前多杖屦[6]。古来此地一都会，城郭楼台尽非故。

[1] 三神：指传说东海中仙人所居之山，即蓬莱、方丈、瀛洲。
[2] “城如”句：暗指金陵故称“虎踞龙蟠”之说。
[3] 罅隙：缝隙；裂缝。
[4] 高牙：指牙旗，饰有象牙的军前大旗。
[5] 玉麟堂：指官署。
[6] 杖屦：原指手杖与鞋子。古礼五十岁老人可扶杖。这里代指游客。

落日曚曨江北山，断烟仿佛新亭[1]路。神州岂但夷甫[2]责，西风更有元规[3]污。是中端的[4]得长城，正自不能堪短簿。戏马[5]频从九日游，南楼许共诸君住。眼前突兀坡老碑，醉里吟哦谪仙句。只今蕙帐怨猿鹤[6]，想见齐盟[7]忆鸥鹭。淮南四月蚕麦熟，宫阙山河烦卧护。了知此意诚能驯，未许寻公遂初赋[8]。

【按】选自《全宋诗》卷〇八一“刘克庄四九”，实引自宋周应合修纂《景定建康志》卷三十七“文籍志五·诗章”。此诗不

---

[1] 新亭：六朝时期国都建康南部重要的军事堡垒，为宫城的门户，地处城西南交通要道，濒临长江，位置险要。位于今南京市雨花台区软件大道一带，这里也是一处风景名胜，风光奇特，有“新亭对泣”的典故流传。

[2] 夷甫：即西晋末年重臣王衍（256—311），字夷甫，琅邪郡临沂县（今山东省临沂市）人。他外表清明俊秀，风姿安详文雅，笃好老庄学说。步入仕途后，历任黄门侍郎、中领军、尚书令、尚书仆射等职。光熙元年（307），升任司空。次年，又任司徒。王衍位高权重，却不思为国，为保全自己，还让弟弟王澄、族弟王敦分任荆州、青州刺史，遭时人鄙夷，是成语“狡兔三窟”的主人公。

[3] 元规：即晋庾亮，字元规，名高权重，虽居外镇，实际左右朝政，王导虽在朝内，但总觉庾亮权势逼人，适遇西风（即从庾亮所在的方向）刮来尘土，王导说，元规尘污人。后以此典借指权贵显宦的熏人气焰；也借指恶浊鄙劣的世俗风气；亦用以指自然界尘土。

[4] 端的：果然、的确。

[5] 戏马：驰马取乐。《晋书·刘迈传》：“玄（桓玄）曾於仲堪厅事前戏马，以矟拟仲堪。”

[6] 蕙帐怨猿鹤：典出《北山移文》：“蕙帐空兮夜鹤怨，山人去兮晓猨惊。”（蕙帐空虚，夜间的飞鹤感到怨恨，山人离去，清晨的山猿也感到吃惊。）指山中的夜鹤晓猿都哀怨惊恐隐者抛弃它们出来做官。

[7] 齐盟：指同盟。这里暗用了成语“鹭约鸥盟”，指与鹭、鸥相约结盟，比喻隐居者的生活。

[8] 遂初赋：晋代孙绰作《遂初赋》，反映作者乐于隐居生活，后因以借指辞官隐居。

见于《后村先生大全集》中，为其散逸失收之作。

本文通过游览南京城西白鹭洲，见新亭古迹、苏轼旧碑，想起李白诗歌、发生在这里的历史人物和事件，从而引发作者退隐山林的想法。全诗情景交融，思绪发散，是典型的重思辨的宋代江西诗派作品。

□ 方　岳(1199—1262)

方岳，字巨山，字元善，号秋崖，又号菊田。徽州祁门(今属安徽)人，一说台州宁海(今属浙江)人。绍定五年(1232)进士，授淮东安抚司干官。淳祐中，以工部郎官充任赵葵淮南幕中参议官。后调知南康军。因触犯湖广总领贾似道，被移治邵武军。后知袁州，因得罪权贵丁大全，被弹劾罢官。遂隐居不仕，以诗名世。有《深雪偶谈》《秋崖集》存世。

送少卿奉使淮西

金[1]兵据城坚如石，鞑[2]人入关平如席。秋高塞上沙草愁，夜半军中羽书急。符麟留钥汉宗姓，风鹤为兵谢安

[1] 金:《四库全书》收《秋崖集》卷十四作“北”，避清讳而改动。
[2] 鞑:《四库全书》收《秋崖集》卷十四作“北”，避清讳而改动。

侄[1]。貔貅[2]野宿日增灶[3]，鼪鼯[4]陆梁[5]夜鸣镝[6]。肯携金印问钱谷，盍上玉堂调笔墨。时平书生坐迂阔，气盖廷臣工激直。烟尘所喜毛发青，冰雪其清肝胆白。朱雀桥深橘香美，白鹭洲寒荻花湿。我所思兮丁令威[7]，欲往从之语胸臆。

【按】选自《全宋诗》卷三二二〇“方岳三一”，亦见于《四库全书》集部《秋崖集》卷十四。

❑ 梁　栋(1243—1305)

梁栋，字隆吉，湘州(今属湖北)人，迁镇江(今属江苏)。咸淳四年(1268)进士。迁宝应簿，调钱塘仁和尉。有诗名，好吟咏。宋亡，归武林，后卜居建康，时往来茅山中，依其弟梁柱，从老氏学。有《梁隆吉诗抄》。

[1] “风鹤”句：用成语“风声鹤唳”的故事。形容惊慌恐惧，自相惊忧。典出唐房玄龄等撰《晋书·谢玄传》：“余众甲宵遁；闻风声鹤唳；皆以为王师已至。”谢安侄：即指谢玄。

[2] 貔貅：原是一种动物猛兽，哺乳纲食肉目豹属。这里比喻勇猛的将士。

[3] 日增灶：每天做饭的灶头不断增多，代指队伍不断壮大。

[4] 鼪鼯：指鼪鼠与鼯鼠，旧时对起义群众的蔑称。

[5] 陆梁：嚣张，猖獗。《后汉书·皇甫规传》：“后先零诸种陆梁，覆没营坞。”《三国志·魏志·高贵乡公髦传》：“朕以寡德，不能式遏寇虐，乃令蜀贼陆梁边陲。”

[6] 鸣镝：古时一种射出去带响的箭，多用于发号令。

[7] 丁令威：传说是汉辽东人，学道于灵虚山，后成仙化鹤归来，落城门华表柱上。时有少年，举弓欲射之，鹤乃飞，徘徊空中而言曰：“有鸟有鸟丁令威，去家千年今始归。城郭如故人民非，何不学仙冢累累。”见晋陶潜《搜神后记》卷一。后用以比喻人世的变迁。

白鹭亭

荻花芦叶老风烟，独上秋城思渺然。白鹭不知如许事，赤乌[1]又隔几何年。六朝往事秦淮水，一笛晚风江浦船。我辈人今竟谁许，只堪渔艇夕阳边。

【按】选自《全宋诗》卷三六四〇。本诗前后，书中收录有他的《金陵废宫》《凤凰台》《雨花台》等诗。本诗作者，一作宋代方岳，《全宋诗》卷三二〇六"方岳一七"和《四库全书》集部《秋崖集》卷七亦有本诗。

❑ 胡仲弓

胡仲弓，约宋度宗咸淳二年(1266)前后在世。字希圣，泉州人，寓杭州。生平不见记载。胡仲弓有《一第》诗："六年收一第，不特为荣身。殿下拜明主，堂前有老亲。衣冠新进士，湖海旧诗人。"可见他曾登进士第，具体时间不详。初为会稽令，仕至监粮料院。后被黜，浪迹江湖以终。工诗，著有《苇航漫游稿》4卷传于世。

金 陵

龙虎犹盘踞，前头白鹭洲。为今形胜地，往昔帝王州。人物金陵古，风烟玉树秋。六朝罗绮迹，分付大江流。

---

[1] 赤乌：三国时期东吴的君主吴大帝孙权的第四个年号。孙吴是第一个在南京建都的朝代。

【按】选自《钦定四库全书》收宋胡仲弓撰《苇航漫游稿》卷二。本诗特别描述了白鹭洲在南京的形胜位置，即为盘龙、踞虎的头部，可见其地理形势的重要。

●元 代

❑ 黄南卿

黄南卿，生平不详。元赵文《青山集》卷二有《黄南卿齐州集序》，称"吾友黄南卿、欧阳良有取四方诗刻之，号《齐州集》"。赵文(1238—1314)，字仪可，一字惟恭，号青山，庐陵(今属江西)人。宋景定、咸淳间三贡于乡，入太学为上舍，宋亡入闽，依文天祥。元兵破汀洲，遁归故里，后为东湖书院山长，寻授清江儒学教授。由此可见黄南卿为宋末元初人。

金 陵

采菱风急棹歌声，白鹭洲前一带巾。绿水不收中洛[1]泪，青山空掩六朝人。城头寂寞依龙阜[2]，江左兴亡寄虎臣。孙楚酒楼何处在，月明犹写谪江神。

【按】选自《中华再造善本》(金元编)影印元刻本傅习、孙存吾辑《皇元风雅》前集卷四。

❑ 仇 远(1247—1326)

仇远，字仁近，一字仁父，自号山村居士。钱塘(今浙江杭州)人。元代文学家、书法家。诗名与白珽(1248—1328)并

[1] 洛：底本如此，疑为"落"。
[2] 龙阜：指南京为风水宝地。独龙阜，即朱元璋陵墓所在地。

称于吴下，人称”仇白”。元大德年间曾任溧阳儒学教授，不久罢归，遂在忧郁中游山河以终。著有《金渊集》6卷，皆官溧阳时所作，清人从《永乐大典》中辑出。方回在仇远41岁时说：“予友武林仇仁近，早工为诗，晚乃渐以不求工，有稿二千篇有余。”可见仇远作品散失甚多。另有《兴观集》《山村遗集》，清项梦昶所编。词集《无弦琴谱》，多是写景咏物之作。笔记《稗史》1卷。

居游行寄费廷玉

繁华钱塘郡[1]，佳丽金陵州。吾生抑何修，两地得居游。杭也数年别，昇[2]也几月留。钟山草堂灵，林壑殊清幽。开窗眺龙湾[3]，大江日东流。凤皇非故台，不见白鹭洲。冶城冢累累，青溪波悠悠。长干[4]塔尚在，瓦棺阁[5]已休。雨花峙岩颠，锦石[6]烂不收。层楼天下无，结构如龙舟。六朝王气歇，故籞[7]成荒丘。至今秦淮上，尚闻商女讴。山水如此佳，

---

［1］钱塘郡：今浙江杭州市，古称钱塘。

［2］昇：即昇州，古代南京的别称之一。

［3］龙湾：即龙江湾，今南京河西地区。

［4］长干：即南京长干寺，位于南京长干里大长干寺，是六朝京师名寺。

［5］瓦棺阁：又作瓦官阁，在南京城南瓦官(棺)寺故址处。

［6］锦石：又称文石，即今天的南京雨花石。

［7］籞：帝王的禁苑。

见有此客不[1]？怀古复思乡，日落川云浮。惜无老樊川[2]，酒酣吟杜秋[3]。

【按】选自《钦定四库全书》收元仇远撰《金渊集》卷一。亦见于《全元诗》第13册。

本诗作者本为杭州人，曾逗留金陵几个月，遍游金陵主要景点，并作了详细的记录。诗中提及的南京景点或古迹较多，如：钟山、龙江湾、长江、凤凰台、白鹭洲、冶城、青溪、长干塔、瓦官寺、雨花台、秦淮河、雨花石等等，对这些风景的情况进行了简要的记载。

□ 李 存（1281—1354）

李存，字明远，更字仲公。饶州安仁（今江西余江县）人。致心于天文、地理、医卜、释道之书，工古文词。应科举不利，即为隐居计，从游者满斋舍。中丞御史等交章推荐，皆不就选，学者称俟庵先生。与祝蕃、舒衍、吴谦合称“江东四先生”。著有《俟庵集》30卷。

［1］ 不：通“否”。

［2］ 老樊川：即唐代诗人杜牧（803—约852），字牧之，号樊川居士。唐文宗大和二年中进士，授弘文馆校书郎。后赴江西观察使幕，转淮南节度使幕，又入观察使幕，理人国史馆修撰，膳部、比部、司勋员外郎，黄州、池州、睦州刺史等职。他有《夜泊秦淮》诗一直脍炙人口。

［3］ 杜秋：原指杜秋娘，后代指妓女。

赠别李克明游金陵并柬闵、邓二君子

足既着几两屐[1]，鼻更吸三斗酸[2]。风云应有所会，冰雪莫忘相看。海内才华磊磊，窗间句读谹谹[3]。吾方羡子脱颖，子必笑吾系匏[4]。闵子东向安否？邓君北游如何？岂无秋风白酒，奈此春江绿波！诗在白鹭洲上，酒寻乌衣巷中。思君几番夜月，寄我一襟秋风。为己自能虚己，即人须是下人。眼底淮山冉冉[5]，帆前江水粼粼。

【按】选自影印文渊阁《四库全书》第1213册李存撰《俟庵集》卷五。

❑ 吴师道(1283—1344)

吴师道，字正传。婺州兰溪(今浙江金华兰溪)人。师道弱冠，因读宋儒真德秀遗书，乃幡然有志于为己之学。至治元年进士，授高邮县丞，再调宁国路录事。迁池州建德县尹。召为国子助教，寻升博士。后因丁内忧而归，以奉议大夫、礼部郎中致仕，终于家。著有《易诗书杂说》《春秋胡传附辨》《战

[1] 几两屐：即“阮家屐”。泛指木屐。典出《世说新语》中卷上《雅量》。

[2] 三斗酸：代指寒酸。宋代谢枋得《乞醯》诗：“平生忍酸寒，鼻吸醋三斗。先民耻乞字，乞醯良可丑。”

[3] 谹谹(náo náo)：争辩，论辩。

[4] 系匏：典出《论语·阳货》：“吾岂匏瓜也哉，焉能系而不食？”匏瓜味苦，故系置不用。后用“系匏”比喻隐居未仕或弃置闲散。

[5] 冉冉：迷离貌。宋范成大《秋日杂兴》诗之二：“西山在何许，冉冉紫翠间。”

国策校注》《敬乡录》及文集20卷。

十台怀古·凤皇台

金陵王气飞祥云，凤皇台上声和鸣。凤来春风花寞寞[1]，凤去秋风荒草生。娇娥舞散高城暮，青山迴隔丹丘[2]路。斜阳门巷语乌衣，细雨[3]汀洲飞白鹭。江空天阔凤影遥，谪仙吟罢谁能招[4]。六朝宫阙烟萧萧，月明半夜人吹箫。

【按】选自《北京图书馆古籍珍本丛刊》第93册元吴师道撰《吴礼部文集》卷四（清抄本，书目文献出版社，1988年）

❑ 岑安卿（1286—1355）

岑安卿，字静能，余姚上林乡（今浙江慈溪市桥头镇与匡堰镇一带）人。所居近栲栳峰，故自号栲栳山人。志行高洁，穷阨以终。著有《栲栳山人集》3卷。

---

［1］ 寞寞：《全元诗》第32册、影印文渊阁《四库全书》第1212册均作“冥冥”。

［2］ 丹丘：传说中神仙所居之地；亦作“丹邱”。出自《楚辞·远游》。

［3］ 雨：底本作“语”，一联重出。《全元诗》第32册、影印文渊阁《四库全书》第1212册均作“雨”，从改。

［4］ “谪仙”句：典用唐代杜甫诗《饮中八仙歌》：“李白斗酒诗百篇，长安市上酒家眠，天子呼来不上船，自称臣是酒中仙。”

送陈元纲巡检葬亲毕还乌江（节选）

东风吹醒游人梦，千里怀归寸心痛。乌江[1]春至雨雪余，白鹭洲晴水消冻。锦囊璀璨行色饶，画鹢凌风见飞动。陆行更买竹肩舆[2]，夹道梅花递相送。春禽不解客心悲，晓日高枝作娇哢。涉江还踏西陵道，万壑千岩春渺渺。秘图[3]行认旧游踪，客星分翠迎归棹。三山东望海茫茫，雪浪翻空髻鬟小。……

【按】选自影印文渊阁《四库全书》第1215册岑安卿撰《栲栳山人诗集》卷中。

□丁　复

丁复（约1312年前后在世），字仲容，台州天台人。仁宗延祐初游京师。被荐，不仕，放情诗酒。晚年侨居金陵。其诗自然俊逸，不事雕琢。有《桧亭集》。

---

［1］ 乌江：地名，秦置乌江亭，因附近有乌江而得名。今安徽和县东苏皖界有乌江镇，楚汉之际项羽垓下之战败溃，至此自杀。

［2］ 肩舆：轿子。

［3］ 秘图：神秘的图谶。

金陵送人还武昌

相送白鹭洲，因思黄鹤楼。遥观禹王迹，重起祢生[1]愁。西上不可得，东关曾独留。江吞赵佗石[2]，岁月但空流。

【按】选自影印文渊阁《四库全书》第1208册丁复撰，饶介之、李谦之辑《桧亭集》卷五。

□ 王 沂

王沂，字师鲁（一作思鲁），祖籍云中，徙于真定（今河北正定）。延祐二年（1315）中进士。历任临淮县尹、嵩州同知、翰林编修、国子博士、翰林待制，元顺帝至正初，任礼部尚书。曾筑石田山房以居。著有诗文集《伊滨集》，早佚。清人修《四库全书》，从《永乐大典》中辑出王沂《伊滨集》24卷，其中诗、文各12卷。

春江钓者

白鹭洲头春水生，青山倒影碧波明。闲[3]门却扫流尘

[1] 祢生：即东汉末年名士、辞赋家祢衡（173—198），字正平，平原郡般人（今山东临邑县德平镇小祢家村）。聪敏好学，少有才辩，长于笔札，恃才傲物。祢衡曾裸体击鼓骂曹操，曹操把他遣送给刘表，祢衡对刘表也很轻慢，刘表又把他送给江夏太守黄祖，最后因为和黄祖言语冲突而被杀。黄祖对杀害祢衡一事感到后悔，便将其加以厚葬武汉鹦鹉洲边。故明诗人黄云《题春草图》有："祢衡洲畔埋愁远，建业城边积恨多。"即用此典。

[2] 赵佗石：在湖北南浦，长十多丈，高有五丈，相传昔人沈舟之所化。

[3] 闲：《王征士诗》卷四作"闺"。

静[1]，深树似闻啼鸟声。渔舟[2]荡漾持竿久，世事茫茫不回首。钓得金鳞换酒归，夕阳正照垂杨柳。

【按】选自影印文渊阁《四库全书》第1208册王沂撰《伊滨集》卷五。亦见于《明别集丛刊》第1辑第11册收录有明王沂撰《王征士诗》8卷钞本，民国二十四年上海商务印书馆影印宛委别藏本。亦见于影印文渊阁《四库全书》第1391册明曹学佺编《石仓历代诗选》卷三四七"明诗初集六十七"。

□ 周 巽

周巽，字巽亨，号巽泉。吉安(今属江西)人(据《四库全书总目提要》)。生卒年均不详，约元惠宗至正初前后在世。尝从征道、贺二县瑶人起事，以功授永明主簿。洪武九年(1376)尚在世。《四库总目》言其作品"抒怀写景，颇近自然"。《文渊阁书目》载周巽泉著有《性情集》，原本已佚，清乾隆年间修《四库全书》，自《永乐大典》中辑出周巽诗，重编成《性情集》6卷。

凤凰台

望佳气，临高台。金乌[3]初出海，照见凤凰来。千年王

[1] 静:《石仓历代诗选》卷三百四十七作"迹"。

[2] 舟:《王征士诗》卷四作"竿"。

[3] 金乌：太阳的别名，也称为"赤乌"，是中国古代神话传说中的神鸟之一。

气久消歇，忽听韶音[1]动双阙[2]。乌衣巷口鸟鸣春，白鹭洲头潮涌月。云中天乐下瑶京，仙女乘鸾弄玉笙。歌声哕哕[3]台前起，散作春风花满城。

【按】选自影印文渊阁《四库全书》第1221册元周巽撰《性情集》卷四。本诗中“白鹭洲”与“乌衣巷”对句，可见显然是吟咏南京白鹭洲。但作者诗集中另有一首《白鹭洲（并序）》诗，其序中说：“洲绵亘吉州六七里，江水分流，萦回此州，宛然金陵二水中分一洲之势，因以‘白鹭’名之。丞相文忠公建书院其上，种竹万竿。公卿大夫多出此焉，由是白鹭洲之名闻天下。”此乃咏江西吉安之白鹭洲。

❑ 郭　钰(1316—？)

郭钰，字彦章，吉水(今江西省吉安市吉水县)人。元末遭乱，隐居不仕。明初，以茂才征，辞疾不就。生平转侧兵戈，为诗多愁苦之辞。著有《静思集》10卷传世。

送费吉水

五马[4]遥临白鹭洲，光荣全胜古诸侯。满城秋雨闻弦

[1] 韶音：即韶乐，高雅音乐。古有“孔子喜韶乐，尤钟情合于韶乐的二《南》”之说。

[2] 双阙：古代宫殿、祠庙、陵墓前两边高台上的楼观。借指宫门，或指京都。

[3] 哕哕：有节奏的铃声。

[4] 五马：太守的代称。

诵[1],夹道春风露冕旒[2]。东观[3]天高鳷鹊[4]并,中台[5]地迥凤凰游。归朝明日承恩早,玉笋催班[6]第一流。

【按】选自影印文渊阁《四库全书》第1219册元郭钰撰《静思集》卷八。

❑ 汪 铢

汪铢,元代宛陵(今安徽宣城)人。生平不详。与兄汪鑫均有诗才,《宛陵群英集》有二人诗多首。《全元诗》第20册收集其遗诗23首。

重过升州

昔号衣冠[7]地,今为狐兔丘。兴亡原有数,歌舞竟成愁。落日乌衣巷,苍烟白鹭洲。徘徊不忍去,知者为心忧。

【按】选自影印文渊阁《四库全书》第1366册汪泽民、张师愚同编《宛陵群英集》卷五。

---

[1] 弦诵:弦歌和诵读,指学校教学弦诵不辍。

[2] 冕旒:古代天子的礼帽和礼帽前后的玉串。

[3] 东观:称宫中藏书之所。东汉洛阳南宫内观名。

[4] 鳷鹊:汉宫观名,在长安甘泉宫外,汉武帝建元中建。这里指南朝金陵楼阁名。

[5] 中台:即尚书省。

[6] 玉笋班,指英才济济的朝班。

[7] 衣冠:古时士以上戴冠。衣冠连称,引申指世族士绅。

●明代

❑ 刘　基(1311—1375)

刘基,字伯温。浙江青田(今属浙江省温州市文成县)人。元至顺间举进士。博通经史,尤精象纬之学,时人比之诸葛亮。至正十九年(1359),朱元璋闻刘基、宋濂等名,礼聘而至。辅之称帝,洪武三年(1370)封为诚意伯。四年,赐归。后为左丞相胡惟庸所讦而夺禄。入京谢罪,留京不敢归,以忧愤疾作。八年,遣使护归,居一月而卒。刘基以诗文见长,与宋濂、高启并称“明初诗文三大家”。著有《诚意伯文集》。

绝句漫兴十一首(选一)

白鹭洲边白鹭鸶,一双相对立褵褷[1]。日斜隔水分明见,不分人间有别离。

【按】选自林家骊点校《刘基集》卷二十四“绝句”(浙江古籍出版社,1999年)。

❑ 宋　讷(1312—1390)

宋讷,字仲敏,号西隐。大名府滑县(今河南滑县)牛屯镇南宋林村人。元顺帝至正二十三年(1363)进士。任盐山尹,弃归。明洪武二年,以儒士征,预修《礼》《乐》诸书。事竣,

[1] 褵褷(lí shī):羽毛初生时濡湿黏合的样子。

不仕归。后以荐授国子助教，累迁文渊阁大学士、国子祭酒。严立学规，勤于讲解。年老告归。卒谥“文恪”。著有《西隐集》《东郡志》《纪德录》。

金陵怀古

六代兴亡不用哀，登临胜有凤凰台。江山形势寒潮去，人物升沉夕照来。白鹭洲边沙雁叫，乌衣巷口野花开。翠微亭[1]外秦淮柳，为问青青几度栽。

【按】选自明宋讷撰《西隐文稿》卷三（明万历六年刘师鲁刻本，《明别集丛刊》第1辑第8册，黄山书社，2015年）。

❑ 陶　安(1315—1368)

陶安，字主敬，当涂(今属安徽)人。元至正四年(1344)中浙江乡试，八年授明道书院山长。十四年冬归省，避乱居家。十五年(1355)，朱元璋渡江至当涂，留参幕府，授左司员外郎。不久攻克集庆(今江苏南京)，授为兴国翼元帅府史令。十六年(1356)，置江南行中书省，任陶安为左司郎中。朱元璋称吴王后三年(1367)，在金陵初置翰林院，首召陶安为学士。征诸儒议礼，命陶安为总裁官。在朝十余年，恪尽职守，卒于任上。著有《周易集粹》《辞达类钞》《姚江类钞》《知新稿》《陶学

[1]　翠微亭：南唐时清凉山乃皇家避暑地，建有行宫庙宇，寺后山巅有南唐建的翠微亭，金陵名胜之一。宋代文人吴渊有《建翠微亭记》道：“翠微之景，实甲于天下”。

士集》(20卷)等。

凤台晓望

列嶂飞空翠几重，晨光拂树露华浓。江南地胜来丹凤[1]，海上天开起火龙[2]。都邑豪华超六代，烟尘荡涤见诸峰。可怜白鹭三山[3]句，金谷[4]惟宜罚酒钟。

【按】选自陶安著《陶学士先生文集》卷六(明弘治十三年项经刻递修本,《明别集丛刊》第1辑第9册,黄山书社,2015年)。

❑ 刘 崧(1321—1381)

刘崧,字子高,初名楚,泰和珠林(今属江西泰和塘洲镇)人。元末举于乡。洪武三年(1370)以人材荐,授职方郎中。迁北平按察司副使,坐事输作(因犯罪罚作劳役)京师。十三年,手敕召为礼部侍郎,擢吏部尚书致仕。十四年,复召为国子司业,未旬日卒。著有《槎翁文集》18卷,《槎翁诗集》12卷传世。

---

[1] 丹凤:头和翅膀上的羽毛为红色的凤鸟。

[2] 火龙:传说中浑身带火的神龙。唐王毂《苦热行》:“祝融南来鞭火龙,火旗焰焰烧天红。”亦用来形容绵延不绝或连成一串的灯火。唐玄宗《早登太行山中言志》诗:“火龙明鸟道,铁骑绕羊肠。”

[3] 白鹭三山句:即李白《登金陵凤凰台》诗句:“三山半落青天外,二水中分白鹭洲”。

[4] 金谷:原指晋石崇所筑的金谷园。后泛指富贵人家盛极一时但好景不长的豪华园林。亦借指仕宦文人游宴饯别的场所。

题刘一清清溪图歌（节选）

我家昔住清溪曲，五月柴门漾寒绿。……我今欲归归未得，时时梦绕溪南北。钓槎欹石雨边青，菱角沈泥雨中黑。问君何从得此本，强拟乡园寄幽遁。避名惟恐世人闻，抚景应悲岁华晚。三山矶，白鹭洲，京国相逢俱胜游。请君更棹酒百斛，相与烂醉秦淮楼。

【按】选自刘崧撰《刘槎翁先生诗选》卷三（明万历二十五年张应泰刻本，《明别集丛刊》第1辑第12册，黄山书社，2015年），影印文渊阁《四库全书》第1227册有刘嵩撰《槎翁诗集》卷三，亦收本诗。因前者成书较早，且《明史》卷一百三十七有传作“刘崧”，故本诗作者名题作“刘崧”。

本诗乃作者为鉴赏刘一清所绘《清溪图》而作。开篇记述家世，接着描写自己曾经在青溪边的生活。最后写自己旅居南京的境遇。刘一清，元代临安（今浙江杭州）人，著有《钱塘遗事》10卷传世。

❑ 童　冀（1324—1393）

童冀，字中州。室名尚絅斋，元末明初浙江金华人。洪武九年（1376）征入书馆。与宋濂、姚广孝等相唱和。洪武十年（1377）五月出为全州教授，洪武二十二年（1389）官至北平府学教授。以罪死。著有《尚絅斋集》。

送人之金陵

六代繁华地，东南第一州。此身虽未到，清梦已先游。月淡乌衣巷，天青白鹭洲。何时一樽酒，同看大江流。

【按】选自影印文渊阁《四库全书》第1229册明童冀撰《尚絅斋集》卷一“金华集上”。

❑ 朱　同(1336—1385)

朱同，字大同，号朱陈村民，又号紫阳山樵。明徽州府休宁人。洪武十年(1377)中举人，任徽州府儒学教授，受知府张孟善聘，编修《新安志》。十三年举人材，授吏部司填充员外郎，寻升礼部侍郎。有文武才，工图绘，后坐蓝玉案，赐自缢。著有《覆瓿集》8卷。

赠别鲍尚絅赴人才选

五月炎天金石流，故人何事买行舟？兴亡莫问乌衣巷，啸咏应过白鹭洲。几载焚膏[1]传世学，一朝束带[2]应时求。欲知别后相思处，月上梅梢夜夜楼。

【按】选自影印文渊阁《四库全书》第1227册朱同撰《覆瓿集》卷二。全诗有隐士之怀，与他青年时，随父朱升隐于山林有关。

[1] 焚膏：指夜间继续工作或学习。出自《进学解》。

[2] 束带：腰带一类的带子，指整饰衣冠束带立于朝。

□ 孙　蕡(1338—1393)

孙蕡,字仲衍,号西庵。广东南海平步(今广东顺德平步乡)人。明兵下广东,蕡为何真作书请降。洪武中历长虹县主簿、翰林典籍,与修《洪武正韵》。出为平原主簿,坐事被逮,旋得释。十五年(1382),起苏州经历,坐累戍辽东。又以尝为蓝玉题画,论死。博学工诗文,诗风清圆流丽,著述甚富。蕡殁,诸书散佚,今存《西庵集》。

杂画十首(选一)

白鹭洲前野艇归，钓鱼矶上绿杨垂。人间野况都如画，奈此穷生薄禄为。

【按】选自孙蕡撰《西庵集》卷七（清道光十年顺德梁廷楠刻本，《明别集丛刊》第1辑第16册，黄山书社，2015年）。

□ 朱　朴(1339—1381)

朱朴,字彦诚,号诚斋。原籍海盐(今属浙江)人,以海患迁居钱塘(今浙江杭州)。体瘦长而音声琅琅,务农为生。工诗,有《西村诗集》,许杞序而刻之。

凤凰台

试上高台问昔游，凤凰飞去几千秋。渔翁暗指前朝事，白鹭洲边楚水流。

【按】选自影印文渊阁《四库全书》第1273册朱朴撰《西村诗集》卷上。但是不见于《明别集丛刊》第1辑第70册所收清二树斋抄本《朱西村诗集》中（黄山书社，2015年）。

□ 刘　琏(1348—1379)

刘琏，字孟藻，浙江青田(今属浙江省温州市文成县)人，刘基长子。洪武十年(1377)授考功监丞，试监察御史，出为江西布政司右参政。为胡惟庸党所胁，坠井死，一说中毒死。工诗，著作多散佚，遗诗有《自怡集》1卷行于世，为哲嗣刘廌所辑，明初刊刻。

回至徽州寄吴则敬

满地风尘又暮秋，昔游唯见水东流。萧萧木叶迷行迹，濯濯江花带别愁。元亮[1]归山非爱酒，仲宣[2]怀土莫登楼。别来空有思亲梦，飞过三山白鹭洲。

【按】选自影印文渊阁《四库全书》第1233册明刘琏撰《自怡集》。

[1] 元亮：指晋诗人陶潜，字元亮，曾任彭泽令，因不愿为五斗米折腰而归隐。

[2] 仲宣：汉末文学家王粲的字，为“建安七子”之一。博学多识，文思敏捷，善诗赋，尤以《登楼赋》著称。

□ 刘璟（1350—1402）

刘璟，字仲璟，一字孟光，浙江青田（今属浙江省温州市文成县）人，刘基次子。洪武二十三年（1390）拜閤门使，以刚直闻。谷王就封，擢左长史。燕王朱棣起兵时，命参李景隆军事。兵败，上书不见省，遂归里。燕王即位，召之，称疾不至。逮至京，下狱自经死。福王时谥“刚节”。博学知兵，尤深禅学。著有《易斋集》《无隐集》。

龙江送别图为何彦博赋（节选）

送客千里行，酌以一杯水。水清见真心，长江浩无涘。行子无定端，飘泊讵能止。昔时狼山道，今来白鹭洲。戎马厌驱驰，大舸良悠悠。云帆驾长风，溯浪如安流。……

【按】选自明刘璟撰《易斋刘先生遗集》卷上（清光绪二十七年刘氏刻本，《明别集丛刊》第2辑第59册，黄山书社，2015年）。

本诗是作者为送别何彦博并题《龙江送别图》而作。龙江即南京河西建邺下关一带，古代设置有龙江关。

□ 高廷礼（1350—1423）

高廷礼，初名棅，字彦恢，自号漫士，福建长乐人。本宋尚书张镇后，出继高氏。永乐初自布衣召授翰林待诏，迁为典籍。博学能文，工书、画，世称三绝，为闽中十才子之一。著有《木天清气集》《啸台集》，所选《唐诗品汇》《唐诗正声》行于世。

题景昭画《长江万里图》，为镡郡生季镡赋

浔阳九道流雪波，三湘汉沔通岷沲。边鸾丹青状云水，写空走浪回江河。江头东风昨夜过，绿绮粼粼春色多。汀花远近向人笑，水鸟下上鸣相和。鸳鸯鸂鶒明沙渚。四喜双嘤乱红树，漂扬凫雁镜中浮。浩荡白鸥云外去，昔游桂棹楚天深。三月风光春满林，载妓倾杯醉鱼鸟。桃花两岸荡人心，别去繁华三十载。梦忆湘潭隔沧海，九峰溪上粉图开。一片江南春色在，季生妙年肌骨清。古心爱画如瑶琼，胸吞云梦万余里。欲写层澜登玉京，玉京峨峨五云里。天堑洪涛限扬子，芳草萋萋白鹭洲。垂杨袅袅秦淮水，恩波照耀锦为衣。拂拭画图天上归，我亦买船待江口，与君烂漫娱春晖。

【按】选自袁表、马荧编《闽中十子诗·高待诏集》卷二（《明别集丛刊》第5辑第93册，黄山书社，2015年）

本诗诗题中的“景昭”即明初画家边景昭，字文进，宫廷工笔花鸟画家。陇西（今甘肃陇西）人，生卒年不详。传世作品有《三友百禽图》《双鹤图》《春禽花木图》。本文所描写的《长江万里图》中也有很多鸟的画面，“水鸟下上鸣相和”，文中提及的鸟类有“鸳鸯”“鸂鶒”“四喜（鹊鸲）”“凫雁”“白鸥”等，花草有“红树”“桃花”“垂杨”“芳草”等，确是一幅山水花鸟图。

赋得朱雀桥送周惟翰典籍扈从北巡

金陵二月春雪消，南出都门天路遥。玉虹垂空饮绝岸，朱雀何年横作桥？桥边芳草迷春望，桥上风光春骀荡。流水

遥连白鹭洲，行人共指乌衣巷。千古行人行不休，六朝流水至今流。中华日月扶神器，万国车书岃[1]帝州。承平海宇欢宁谧，万乘时巡从此出。白下门前转翠华，长干道上传清跸。玉堂词客载图书，扈从万乘驷马车。行到桥头应驻毂，市人争看马相如。

【按】选自袁表、马荧编《闽中十子诗·高待诏集》卷二（《明别集丛刊》第5辑第93册，黄山书社，2015年）。本诗描述的是明代南京城南朱雀桥一带车水马龙的热闹景象。

赋得三山晓霞送黎慎之归清江

秣陵诸峰苍翠重，青山削立三芙蓉。朝朝丹霞挂绝顶，晔晔紫气如蟠龙。扶桑弄影浮穷发，捧出晴阳照天阙。瑞彩遥连钟阜云，祥光倒映金川月。羃洞蒸林琐翠微，江山到处含清晖。赤城长带千岩色，楚泽曾随孤鹜飞。有时横空散纹绮，白鹭洲前映秋水。画史双毫点染间，行人匹马沉吟里。清江才子远朝天，逸兴临岐对惠连。目送三山霞外路，玉堂邀我送行篇。我忆三山隔闽海，蜃气寻常吐光怪。别来霄汉岁月深，梦去烟霞泉石在。复此三山送子行，残霞片片带离情。好将霞彩裁为锦，归去人看衣昼荣。

【按】选自袁表、马荧编《闽中十子诗·高待诏集》卷二（《明别集丛刊》第5辑第93册，黄山书社，2015年），底本诗题中的"三山"二字不清，后人描补作"鸣山"，今据影印文渊阁《钦定四库全书》所收《闽中十子诗》改正。

---

［1］ 岃(huì)：同"会"。

本诗记述的是作者在金陵城西三山迎着朝霞送别好友的场景。黎慎，《江西通志》载：“慎，字元辉，清江人。童子时为歌辄有奇语。长从梁寅游博通群籍，落魄不羁，工诗得大家体裁。永乐初，应明经，尝召至京，授以职乞归。”诗中多有金陵相关的地名，如秣陵、蟠龙、天阙、钟阜、金川、白鹭洲、三山等。

❑ 史 谨

史谨，字公谨，号吴门野樵。苏州府昆山人。洪武中谪居云南，以荐为应天府推官，迁湘阴县丞。罢官后，侨居南京。性高洁，喜吟咏，工绘画。筑独醉亭，卖药自给。著有《独醉亭诗集》3卷存世。

枫桥夜月行送友人张逢吉自金陵归吴省墓

石头城西白鹭洲，楼船朝发江雨收。汀花岸草竞春色，山鸟处处鸣钩辀[1]。把酒看山下吴会，东风吹花拂旌旆。长洲苑外见枫桥，彷佛沧溟露鳌背。夜倚阑干玩明月，二十年来几圆缺。今夕重过一惘然，月还如旧形容别。桥边萧萧数株柳，月挂梢头夜方久。当时张继[2]已无闻，惟有华鲸[3]月中吼。东望先茔片云隔，九峰如剑参差碧。君今祭扫向云深，

[1] 钩辀：鹧鸪的鸣叫声。

[2] 张继：字懿孙，湖北襄州（今湖北襄阳）人。唐代诗人，生平事迹不详，约公元753年前后在世，大历中，以检校祠部员外郎为洪州（今江西南昌市）盐铁判官。有《枫桥夜泊》诗传世。

[3] 华鲸：指钟和刻绘鲸鱼形状的撞钟之木。亦泛指钟。

清梦还临凤池侧。

【按】选自影印文渊阁《四库全书》第1233册史谨撰《独醉亭集》卷上。

本诗开篇即描写南京城西白鹭洲和江边的景色，为作者送别铺垫，接着主要描述的是自己记忆中的吴中枫桥夜月，为好友张逢吉返回故乡扫墓而作。

金陵八景·白鹭春波

一江晴绿漾微波，顷刻平堤雨夜过。暖汎桃花随画鹢，倒涵树影拂银河。群鸥卧藻堆残雪，双鹭窥鱼立细莎。何日系舟杨柳岸，酒酣濯足听渔歌。

【按】选自影印文渊阁《四库全书》第1233册史谨撰《独醉亭集》卷下。史谨所作“金陵八景”诗，依次题名为“钟阜朝云”“石城霁雪”“龙江夜雨”“凤台秋月”“天印樵歌”“秦淮渔笛”“乌衣夕照”“白鹭春波”。这是现存最早吟咏“金陵八景”的诗词。

□ 谢　晋(1355—1430)

谢晋，字孔昭，号迭山，别号兰庭生，亦称深翠道人，晚自称葵丘翁。江苏吴县(今江苏苏州)人，侨居金陵(今江苏南京)二十余年。画师王蒙、赵原，既精诣则益以烂熳，千岩万壑，愈出愈奇，寻丈之轴，不日而成，画遂名世。画迹有永乐三年(1405)作《春林雨意图》轴，著录于《穰梨馆过眼录》。传世作品有《东原草堂图》轴，现藏浙江省博物馆。亦工诗，著有《兰庭集》。晋，一作“缙”。

宿江上

白鹭洲边暑气收，月明凉思满书楼。酒醒夜半开窗坐，一鹤横江万里秋。

【按】选自明谢晋撰《兰庭集》不分卷（抄本，《明别集丛刊》第1辑第36册，黄山书社，2015年）。亦见于《钦定四库全书》收录明谢晋撰《兰庭集》卷上。

送吴广文起复赴北京

故乡新服阕[1]，上苑[2]喜重游。晴歇黄梅雨，凉生白鹭洲。儒风仍振作，师道复何求？相送金台[3]去，征防不我留。

【按】选自明谢晋撰《兰庭集》不分卷（抄本，《明别集丛刊》第1辑第36册，黄山书社，2015年）。亦见于《钦定四库全书》收录明谢晋撰《兰庭集》卷下。

❑ 陈　全（1359—1424）

陈全，字果之，号蒙庵。福建长乐人。永乐三年（1405）乡试中举。翌年夺得榜眼，授翰林院编修。参与编修《永乐大典》《性理大全》，擢侍讲。永乐十五年（1417）八月，受皇太子的委任，与翰林侍读梁潜一同出任应天府乡试主考官。母亲去世，陈全患病，奔丧至南京而卒。工诗，五言诗专法唐朝的韦

[1] 服阕：指守丧期满除服。

[2] 上苑：皇家的园林。

[3] 金台：指古燕都北京。

应物、柳公权。著有《蒙庵集》8卷。

赋得白鹭洲送杨宜之归庐陵

潮落江心见远洲，数行汀鹭断矶头。石城遥际孤烟没，扬子[1]平分二水流。芳草绿波空怅别，暮云春树更关愁。玉堂暂有还家兴，未许闲情狎海鸥。

【按】选自影印文渊阁《四库全书》第1391册曹学佺编《石仓历代诗选》卷三一三。

□ 王　绅(1360—1400)

王绅，字仲缙，室名继志斋。浙江义乌凤林乡(今浙江省义乌县尚阳乡)来山村人，王祎子。祎招谕云南被杀时，绅年十三。受业于宋濂，颇受器重。洪武二十四年(1391)应蜀王聘，为成都府文学。往云南求父遗骸，不得，因作《滇南恸哭记》。有志于学，建文时为国子博士，预修《太祖实录》。与方孝孺为同学，互为知交，相与友善。

[1] 扬子：即扬子江，长江。

简无为张真人

昔在旃蒙[1]岁，曾作清都[2]游。寻幽探秘窟，采真[3]访仙俦。徜徉南华[4]馆，宿留耆山[5]陬。话语幸相洽，契谊殊已投。既下陈公榻[6]，又买浔阳舟。别来忽三载，萍迹等浮沤。圣皇启文运，万国朝冕旒。双凫忽来集，剑影辉斗牛[7]。握手乌衣巷，骋目白鹭洲。重逢动深慨，情意何绸缪。

【按】选自影印文渊阁《四库全书》第1234册明王绅撰《继志斋集》卷二。但不见于《明别集丛刊》第1辑第12册所收明万历三十二年张维枢刻《王忠文公文集》本附《继志斋文稿》中。

送徐庭舒省亲

太学游歌[8]久，慈亲雪满头。寸心常爱日，千里趣归舟。把酒乌衣巷，瞻云白鹭洲。上堂称寿毕，还旆莫淹留。

---

［1］ 旃蒙：是十天干中乙的别称，古代用以纪年。

［2］ 清都：神话传说中天帝居住的宫阙。《楚辞·远游》："集重阳入帝宫兮，造旬始而观清都。"

［3］ 采真：顺乎天性，放任自然；后多指求仙修道。

［4］ 南华：南华真人的省称，即庄子。

［5］ 耆山：耆阇崛山的简称。在中印度摩揭陀国王舍城东北，世尊说法之地。

［6］ 陈公榻：后汉陈蕃为太守，在郡不接宾客，唯徐稚来特设一榻，去则悬之。见《后汉书·徐稚传》。后因以"陈蕃榻"为礼贤下士之典。唐张九龄《候使登石头驿楼作》诗："自守陈蕃榻，尝登王粲楼。"

［7］ 斗牛：指吴越地区。因其当斗、牛二宿之分野，故称。宋曾巩《移守江西先寄潘延之节推》诗："幸逢怀绂入斗牛，喜得披山收宝玉。"

［8］ 游歌：指优游歌舞。

【按】选自影印文渊阁《四库全书》第1234册明王绅撰《继志斋集》卷三。《明别集丛刊》第1辑第12册所收明万历三十二年张维枢刻《王忠文公文集》本附《继志斋文稿》卷一收录本诗。

□ 陈　桭（1406—1458）

陈桭，字叔绍，号毅斋。福建闽县人，陈枨（字叔刚）弟。少无宦情，后因人劝，始应科举。正统十年（1445）进士。选监察御史、广东按察副使。尝奉命同刑部郎中许振审录冤狱，多所平反。卒于官。有《毅斋集》。（事迹见《明诗纪事·乙签》卷七、《中国历代人名大辞典》）

白鹭洲

江畔芳洲水势分，洲前属玉[1]自成群。联拳[2]芳草疑残雪，接羽平沙似断云。鸥鸟伴中同皜皜，渔歌声里落纷纷。满怀诗景收难尽，浩荡烟波霭夕曛。

【按】选自影印文渊阁《四库全书》第1391册曹学佺编《石仓历代诗选》卷三五八。

本诗记述的是白鹭洲边水鸟众多，此起彼落，渔歌纷纷的景象。

[1] 属玉：即鸀鳿（shǔ yù），水鸟名。
[2] 联拳：同“连卷”，屈曲的样子。

❑ 徐有贞（1407—1472）

徐有贞，初名珵，字元玉，号天全，吴县（今江苏苏州）人，祝允明外祖父。宣德八年（1433）进士，授翰林编修。因谋划英宗复位，封武功伯兼华盖殿大学士，掌文渊阁事。因与石亨、曹吉祥相恶，出任广东参政。后为石亨等诬陷，诏徙金齿（今云南保山）为民。亨败，得放归。成化初，复官无望，遂浪迹山水间。著有《武功集》。

送王经历得告还江宁

人生最乐是归休，况乃君归未白头。千里云山迎去马，五湖风月落扁舟。卜居还近乌衣巷，学钓重寻白鹭洲。从此尘劳俱谢却，唯应二仲[1]得从游。

【按】 选自影印文渊阁《四库全书》第1245册徐有贞撰《武功集》卷五。

❑ 苏　平

苏平（约1435年前后在世），字秉衡，海宁（今浙江海盐）人，号雪溪。永乐中，举贤良方正，不就。景泰中，与弟苏正游京师，并有诗名，常与刘溥、汤胤绩等相唱和，称“景泰十才子”。著有《雪溪渔唱》传世。

---

[1] 二仲：指羊仲、求仲二位廉洁逃名之士。《南史》卷七十五《隐逸传上·陶潜传》：“但恨邻靡二仲，室无莱妇，抱兹苦心，良独罔罔。”

白鹭春波

鹭洲烟水渺无涯，势接龙江绕帝家。风度暗香知杜若[1]，浪浮春色见桃花。雁迷凉雨连芳渚，鸥带寒潮浴浅沙。回首蓬莱天咫尺，仙游且拟溯灵槎[2]。

【按】选自影印文渊阁《四库全书》第1391册曹学佺编《石仓历代诗选》卷三六三。从本诗的名称看，可能是题《金陵八景图》之一首，其他七首散逸。

□ 周　瑛(1430—1518)

周瑛，福建莆田人，字梁石，号翠渠。成化五年(1469)进士。任广德知州，以有善政，赐敕旌异。弘治初历四川参政、右布政使。与陈献章友，而不以献章主静之说为然，谓学当以居敬为主，敬则心存，然后可以穷理。著有《书纂》《翠渠类稿》等。

送谢元吉御史赴南陵丞二首(选一)

杨子江[3]中白鹭洲，淡烟疏雨布帆秋。到时为问赋诗者，

---

［1］ 杜若：香草名。多年生草本，高一二尺。叶广披针形，味辛香。夏日开白花，果实蓝黑色。

［2］ 灵槎：指能乘往天河的船筏，也指船。典出晋·张华《博物志》卷十。

［3］ 杨子江：本指今江苏省扬州市附近长江河段，后通称长江为杨子江。杨，通“扬”。

南逐年来共几舟?

【按】选自影印文渊阁《四库全书》第1254册周瑛撰《翠渠摘稿》卷七。

□ 黄仲昭(1435—1508)

黄仲昭,名潜,以字行,号退岩居士,学者称未轩先生。福建莆田县东里巷(今城厢区英龙街东里巷)人。明成化二年(1466)进士,授翰林院编修。成化三年,因《谏元宵赋烟火诗疏》,被廷杖,贬知湖南湘潭县,途中,改任南京大理评事。弘治元年(1488),任江西提学佥事。辞官回乡后,先后编成《八闽通志》87卷,《兴化府志》54卷,以及《延平府志》《邵武府志》和《南平县志》等。著有诗文集《未轩集》12卷,收入《四库全书》。

游钟山和同寅潘应昌韵二首(录一)

我来抚景无穷思,安得长绳系曜灵[1]。白鹭洲空潮自去,乌衣巷古燕还经。六朝事业浮云尽,千载江山战血腥。圣代乾坤宁谧久,洗兵[2]何用倒沧溟[3]。

【按】选自明黄仲昭撰《未轩公文集》卷十(明嘉靖三十四年黄希白刻清雍正增修本,《明别集丛刊》第1辑第55册,黄山

[1] 曜灵:指太阳。
[2] 洗兵:指洗刷兵器,表示战争胜利结束。
[3] 沧溟:苍天、大海。

书社，2015 年）

❑ 吴　宽(1435—1504)

吴宽，字原博，号匏庵、玉亭主，世称匏庵先生。直隶长洲（今江苏苏州）人。成化八年(1472)状元，授翰林修撰，曾侍奉孝宗读书。孝宗即位，迁左庶子，预修《宪宗实录》，进少詹事兼侍读学士。官至礼部尚书，卒赠太子太保，谥号“文定”。其诗深厚醲郁，自成一家，著有《匏庵家藏集》77卷。

雪　夜

萧条学舍石城阴，夜雪当阶一尺深。二水空洲迷白鹭，半山高寺失青林。闭门只合书灰坐，觅句还思拥被吟。却忆故园亭子畔，红梅花发照瑶琴。

【按】选自明吴宽著《匏翁家藏集》卷二（明正德三年吴奭刻本，《明别集丛刊》第1辑第55册，黄山书社，2015年）。本诗描写的是作者在石头城学舍远眺大雪之后的白鹭洲，“二水空洲迷白鹭”，白浪、白雪与白鹭在白色的背景下无法分辨，“迷”人眼目，诗句高度写实而且凝练。

❑ 林　光(1439—1519)

林光，字缉熙，号南川，晚年号南翁，广东东莞人。十七岁补庠生，成化元年(1465)中举人。成化五年(1469)会试下第，至新会白沙乡，拜陈献章为师，往来二十年，推为白沙第一弟子。成化二十年(1484)会试中乙榜,授浙江平湖教谕。后升山东兖州府、严州府儒学教授。弘治十四年(1501),升国子监博士。正德八年(1513)致仕,进阶中顺大夫。著有《晦翁学验》(今佚)、《南川冰蘖集》。

登太白楼(录一)

凤凰台上望分明，白鹭洲连白下城。好景未忘崔灏句，此楼谁扁[1]谪仙名。一樽留醉任人里,千载来歌越客情。纵步危栏虽百尺，天阶犹有未趋程。

【按】选自明林光撰《南川冰蘖集》卷九(清咸丰元年东莞明伦堂刻本,《明别集丛刊》第1辑第58册,黄山书社,2015年)。

题金陵折桂图

昔年曾记金陵游，衣冠文物称神州。千年王气凝钟阜，万里襟带长江流。东梁西梁辟门户，三山驱逐江天浮。龙蟠虎踞没天险，中原形胜那能俦。大明神祖扫区宇，江淮百万驱貔貅[2]。西望鄱阳[3]东震泽[4],群雄接戟咸殍囚。百年宇内混腥秽，天戈一洗无停留。攘夷绥夏功莫比，普天率土[5]同

[1] 扁:通"匾"。

[2] 貔貅:连用以比喻勇猛的战士。

[3] 鄱阳:指鄱阳湖。

[4] 震泽:湖名。即今江苏太湖。

[5] 普天率土:整个天下,四海之内。犹全国。语出《孟子·万章上》:"《诗》云:'普天之下,莫非王土;率土之滨,莫非王臣。'"

歌讴。遂开明堂宅斯胜，巍巍大业过商周。金银宫阙插星汉，祥云瑞霭深龙楼[1]。宫墙绕护松百尺，屈铁偃仰蟠蛟虬。琉璃闪烁争台殿，凤阙掩映罗罳罘[2]。南都岂止天一柱，储养俊乂[3]资旁求。词官[4]典领[5]在桂籍[6]，鹿鸣三载歌呦呦[7]。蓝袍[8]济楚[9]谁氏子，手持仙桂[10]欢遨游。酒酣欲过石桥去，马蹄踏碎台城秋。少年我亦狂如此，至今语亦犹含羞。是谁好事貌此幅，操笔欲语倦还休。六朝文物今何在，俯仰不觉生闲愁。乌衣巷口白鹭洲[11]。古来文士添语柄[12]，长江滚滚风飕飕。

【按】 选自《全粤诗》第5册卷一二八"林光 四"（中山大学中国古文献研究所编，岭南美术出版社，2009年），但不见于林光撰《南川冰蘖集》中。

---

［1］ 龙楼：指朝堂。

［2］ 罳罘(sī fú)：古代的一种屏风，设在门外。

［3］ 俊乂：才德出众的人。

［4］ 词官：指文学侍从之臣。

［5］ 典领：主持领导；主管。

［6］ 桂籍：科举登第人员的名籍。

［7］ 呦呦：鹿鸣叫声。《诗·小雅·鹿鸣》："呦呦鹿鸣，食野之苹。"毛传："呦呦然鸣而相呼，恳诚发乎中，以兴嘉乐宾客，当有恳诚相招呼以成礼也。"

［8］ 蓝袍：明清生员所穿服装。

［9］ 济楚：整齐鲜明。

［10］ 仙桂：喻指科举功名。宋无名氏《百字歌·寿张簿》词："才华拔萃，早宜仙桂高折。"

［11］《全粤诗》编者认为此联前疑脱一句。但据"乌衣巷口白鹭洲"看，脱字当在本句中间，因为"乌衣巷口"与"白鹭洲"相距较远，不当连用。因此此句可能为"乌衣巷□□□□，白鹭洲□□□□"。

［12］ 语柄：话柄，谈笑资料。

本诗乃记述金榜题名后游历金陵的情景，全诗大量篇幅歌颂大明王朝创立的丰功伟业，和明朝宫殿的雄伟瑰丽，接着写科举成功的喜悦，最后是回归现实的感触。

❑ 程敏政(1445—1499)

程敏政，字克勤。徽州府休宁(今安徽休宁)人。成化二年(1466)殿试中榜眼，授翰林编修。历左谕德、东宫讲读官、少詹事兼侍讲学士、直经筵，以学问该博著称。弘治中官至礼部右侍郎兼侍读学士。十二年(1499)，主持会试，以试题外泄下狱。寻勒致仕卒。后赠礼部尚书。著有《新安文献志》《明文衡》《宋遗民录》《篁墩集》等。

送张庭毓赴南京大理评事

一尊挝鼓[1]发官舟，千里薰风属壮游。恩拜两京同雨露，法操三尺[2]自[3]春秋。离情转盼苍龙阙[4]，胜览遥经白鹭洲。远业[5]共期君听取，江东原日[6]重名流。(吾郡张君庭毓，

[1] 挝鼓：击鼓；或特指击登闻鼓。

[2] 三尺：指法律。古代以三尺竹简书法律，故称。

[3] 自：《四库全书》本作“本”。

[4] 苍龙阙：指宫廷。《史记》卷八《高祖本纪》：“萧丞相营作未央宫，立东阙、北阙、前殿、武库、太仓。”唐·司马贞《史记索隐》：“索隐东阙名苍龙，北阙名玄武，无西南二阙者，盖萧何以厌胜之法故不立也。”

[5] 远业：远大的事业。

[6] 日：《四库全书》本作“自”。

以麟经[1]举进士第，擢大理左评事，赴官南京，远器宏施，实昉于此。然维桑[2]之谊，有不能遽别者，因赋诗赠之。）

【按】选自明程敏政著《篁墩程先生文集》卷九十三（明正德二年何歀刻本，《明别集丛刊》第1辑第61册，黄山书社，2015年）。亦见于影印文渊阁《四库全书》第1253册《篁墩文集》卷九十三。

程敏政另有《集古八绝》，其第一首写道："二水中分白鹭洲，人家多住竹棚头。眼前有景道不得，长夏江村事事幽。"此诗第一句就是套用了李白名句"二水中分白鹭洲"，初看以为是描述南京白鹭洲边的江村景色，本诗有副标题《汊口》，其实写的是作者安徽休宁汊口的故乡。

❑ 陈　璘(1447? —?)

陈璘，字克绍，海南琼山(今海口市东山镇苍原村)人。师从丘濬。成化二十二年(1486)，乡试中举。明孝宗弘治六年(1493)进士，授翰林院检讨。著有《唾余集》。

送省祭官还乡(录一)

江东城阙楚江东，几度霜华阅历中。头角已看今日变，衣冠不与旧时同。乌龙潭上三秋月，白鹭洲边一棹风。归去为家来为国，亲恩难掩主恩隆。

【按】选自《海南丛书》第5集陈璘著《唾余集》(海南书局，

[1] 麟经：《春秋经》的别称，是中国古代一部编年史兼历史散文集。
[2] 维桑：指代故乡。出自《诗·小雅·小弁》。

1931 年）。

□ 姚　福

姚福，字世昌，自号守素道人。南京羽林卫千户，成化年间人。著有《青溪暇笔》3卷。傅增湘《藏园群书经眼录》卷八收有姚福撰《青溪暇笔》2卷，明代写本，前有成化癸巳（1473年）三月守素道人姚福世昌序，殆为原本。

白鹭洲

十里芳洲一水吞，香风两岸起兰荃。蜃楼远映朝暾出，渔浦深添夜雨[1]浑。野鹭野鸥闲寂历，江北江草自黄昏。何人得似扁舟侣，欸乃[2]一声烟水村。

【按】选自清唐开陶纂修《上元县志》卷十五下（清康熙刻本，中国科学院图书馆选编《稀见中国地方志汇刊》第 11 册，中国书店，2007 年）。

□ 吴　俨（1457—1519）

吴俨，字克温，号宁庵，南直隶宜兴县人（今江苏宜兴）人。成化二十三年（1487）进士，选庶吉士，授编修，历侍讲学士，掌南京翰林院。正德二年（1507），忤刘瑾被夺职。刘瑾败，吴俨

[1] 雨：底本作“两”，当为“雨”。

[2] 欸乃（ǎi nǎi）：象声词。开船的摇橹声。

复官历礼部左、右侍郎。正德十一年，进南京礼部尚书。正德十三年，吴俨率大臣上疏谏阻武宗北游宣府、大同。卒赠太子少保，谥“文肃”。著有《吴文肃公摘稿》4卷传世。

送邦彦学士先生二首（录一）

朝阳门[1]不比春明，别远无过是两京。名姓尚留东观[2]在，官衔不减北扉[3]清。船从白鹭洲边过，马向乌衣巷口行。冠盖几人来送别，独予南望不胜情。

【按】选自影印文渊阁《四库全书》第1259册明吴俨撰《吴文肃摘稿》卷一。

□ 陈维裕

陈维裕，字饶初。福建长乐人。少通经史，天顺四年（1460）进士。官河南道监察御史。善古文辞，精篆隶书，著有《友竹集》。

送金少卿尊甫致南安太守归政（节选）

都门七月天气凉，榴花落尽杨叶黄。送君载酒都门道，

[1] 朝阳门：南京城门名。

[2] 东观：称宫中藏书之所。东汉洛阳南宫内观名。

[3] 北扉：北向的门。宋沈括《梦溪笔谈·故事一》：“唐制……又学士院北扉者，为其在浴堂之南，便于应召。”因以“北扉”为学士院的代称。

疋马[1]此时思旧乡。君家金陵江上住，家世冠裳朝夕聚。蠹简[2]牙签[3]满几床，芝兰玉树当庭户。……凤皇山南白鹭洲，昔年别处今白头。秣陵风景常在目，却羡长江天际流。

【按】选自影印文渊阁《四库全书》第1392册曹学佺编《石仓历代诗选》卷四〇二。

本诗开篇交待作者送别的时间和地点，说北京七月天气已经比较寒凉，为了给南京友人送别，作者准备了丰盛的酒宴，把酒之际，同时也勾起了作者思乡之情。接着诗中回忆了作者与友人的交谊，特别记述了友人读书、生活和从政情况（诗中省略部分），最后提到他们年轻时在南京白鹭洲依依惜别的情景。

❑ 谢承举(1461—1524)

谢承举，初名浚，字文卿，更名后字子象，上元(今江苏南京)人。累十举不第，退耕国门之南，自号野全子。擅曲，与陈铎、徐霖并称“江东三才子”。书法出苏、黄两家。著有《野全子集》。

［1］ 疋(pǐ)马：匹马，或指单身独骑。

［2］ 蠹简：被虫蛀坏的书，泛指破旧书籍。

［3］ 牙签：系在书卷上作为标识，以便翻检的牙骨等制成的签牌。后代指书籍。

古　意

峨峨石头城，下有长短亭[1]。城前江茫茫，亭边柳青青。行人重离别，词客倾醁醽[2]。东望莫愁湖，西连白鹭汀。华辀[3]送叠鼓[4]，危橹挂飞舲。隔岸商女歌[5]，歌声君莫听。

【按】选自《钦定四库全书》第1442册《御选宋金元明四朝诗·御选明诗》卷九"乐府歌行六"。

❑ 湛若水(1466—1560)

湛若水，字元明，号甘泉，广东广州府增城县甘泉都(今广州市增城区新塘)人，明弘治五年(1492)举人。弘治十八年(1505)进士第二名，授翰林院编修、侍读。嘉靖三年(1524)，升为南京国子监祭酒，历任南京礼部尚书、吏部尚书、兵部尚书，追赠太子少保。青年从学陈白沙，中年与王阳明共倡圣人之学。著有《二礼经传测》《春秋正传》《古乐经传》《圣学格物通》《心性图说》《白沙诗教解注》等，有《甘泉集》传世。

[1] 长短亭：指旅途漂泊，经常有离别送迎之时。李白《菩萨蛮》："何处是归程，长亭更短亭。"古代有十里一长亭，五里一短亭之设置，如庾信《哀江南赋》诗云："十里五里，长亭短亭。"

[2] 醁醽(lù líng)：美酒名。

[3] 华辀：刻画华彩的车辕。常用作车之代称。

[4] 叠鼓：指轻轻地快速击鼓声。

[5] 隔岸商女歌：用杜牧诗意："商女不知亡国恨，隔江犹唱后庭花。"

三月五日同曾惟馨、郑世迪诸君游三山寺，观白鹭洲

是日同者郑生经哲、曾生汝檀、夏生仲、洪生梓、王生奉、柴生惟道、徐生贤、杨生舟、马生翀、王生性仁、丛生茂林、俞生介、温生如泉、王生为宁、潘生鋐、方生瑞。

公余静扃户，倏忽已春暮。生意尚可观，诸子扣门告。肩舆[1]遵江曲，轧轧[2]向何处？三山在天外，以远人莫到。如彼幽深士[3]，不入俗眼妒。鸡鸣迅宵征，近午起风雾。将天秘神景，诚此浅士露。幽合临长江，中洲蹇独步[4]（即白鹭洲也）。吾欲观逝川[5]，於此巢云构。

【按】选自门人江都沈珠等校刊《泉翁大全文集》卷四十四（中国国家图书馆藏本）。

❑ 文徵明（1470—1559）

文徵明，原名壁，字徵明。长洲（今江苏苏州）人。四十二岁起以字行，更字徵仲。因先世衡山人，故号衡山居士，世称“文衡山”，曾官翰林待诏。诗宗白居易、苏轼，文受业于吴宽，

[1] 肩舆：轿子；抬轿子，乘坐轿子。

[2] 轧轧：抬轿子发出的声音。

[3] 深士：见识深远的人。

[4] 中洲蹇独步：《楚辞·九歌·湘君》：“君不行兮夷犹，蹇谁留兮中洲。”王逸注：“中洲，洲中也。水中可居者曰洲。”

[5] 逝川：一去不返的江河之水，比喻流逝的光阴。《论语·子罕》：“子在川上曰：‘逝者如斯夫！不舍昼夜。’”

学书于李应祯，学画于沈周。在诗文上，与祝允明、唐寅、徐祯卿并称“吴中四才子”。在画史上与沈周、唐寅、仇英合称“吴门四家”。

金陵咏怀

钟山日上紫烟收，金阙参差万瓦流。帝业千年浮王气，都城百雉[1]隐高秋。声华谁觅乌衣巷，形胜空吟白鹭洲。回首壮游心未已，西风防马看吴钩[2]。

【按】选自周道振辑校《文徵明集（增订本）》上册卷八（上海古籍出版社，2014 年）。

登观音阁

绀殿彤楼凌紫烟，危栏飞磴抚苍渊。阴崖[3]直下千寻铁，秋水平吞万里天。身世波涛舟楫外，乾坤胜概酒樽前。解衾恨不中宵住，白鹭洲南月正圆。

【按】选自周道振辑校《文徵明集（增订本）》上册卷十一（上海古籍出版社，2014 年）。

---

［1］ 百雉：指城墙的长度达三百丈，是春秋时国君的特权。雉，古代计算城墙面积的单位，长三丈高一丈为一雉。

［2］ 吴钩：春秋时期流行的一种弯刀，以青铜铸成。后被历代文人写入诗篇，成为驰骋疆场，励志报国的精神象征。

［3］ 阴崖：背阳的山崖。

❑ 蔡 羽(1477前? —1541)

蔡羽,字九逵,因居江苏吴县洞庭西山,自号林屋山人,又称左虚子、消夏居士。苏州府吴县(今属江苏)人,明代文学家、书法家、书法理论家,"吴门十才子"之一。乡试14次皆落第,嘉靖十三年(1534)六十四岁获贡生,授南京翰林院孔目。善书法,长于楷、行。文徵明为其作墓志铭。著有《林屋集》20卷存世。

清凉台

清凉寺里清凉台,交岩互磴青崔嵬。扬子江边白鹭洲,白云红叶长悠悠。都门莲已落,蝉声满城郭。跻跳丹霞端,乾坤忽开拓。霸陵黄屋翔青云,钟山紫气何纷纷。秦淮水接建章宫,铜沟亦与寒潮通。层楼累阁分朱邸,主第侯家相对起。琼台砌断金沙路,秋千亦在青槐里。翡翠常衔苏合香,鸳鸯只浴胭脂水。繁华转伤心,今古多升沉。六代既冥漠,南唐亦安寻。水晶宫殿野棠开,千门万户生秋阴。四望何茫然,忽建城头羽。帆从采石来,烟分历阳树。遥川动霁景,碧草灭江渡。衔杯不尽江南情,与君仗剑歌升平,日暮关门一雁横[1]。

【按】 选自蔡羽著《林屋集》卷三(明嘉靖八年刻本,《明别集丛刊》第2辑第14册),亦见于清钱谦益编纂《列朝诗集》第6册"丙集第十"(中华书局,2007年)。

---

[1] "日暮"句:《列朝诗集》无此句。

静海寺佛阁

夜宿犹依白鹭洲，朝游忽到古城头。江声不为行人伫，山色常含往代愁。叶下碧栏萧寺晚，马嘶红苑北门秋。风流总是周南客[1]，看海衔杯一倚楼。

【按】选自蔡羽著《林屋集》卷五（明嘉靖八年刻本，《明别集丛刊》第2辑第14册，黄山书社，2015年）。本诗亦见于清钱谦益编纂《列朝诗集》第6册“丙集第十”（中华书局，2007年）；《金陵梵刹志》卷十八本诗题作《游静海寺》。

❑ 顾　璘（1476—1545）

顾璘，字华玉，号东桥居士，长洲（今江苏吴县）人，寓居上元（今江苏省南京市）。弘治间进士，授广平知县，累官至南京刑部尚书。少有才名，以诗著称于时，与其同里陈沂、王韦号称“金陵三俊”，后宝应朱应登起，时称“四大家”。著有《浮湘集》《山中集》《息园诗文稿》等。

武皇南巡旧京歌（十七首选一）

青龙山北接飞猱[2]，白鹭洲东射海鳌。不为芳春浪行幸，

[1] 周南客：代指太史公，乃司马谈。《史记》：太史公留滞周南。公借以自喻。周南，在今西安府泾阳县。

[2] 接飞猱：即古代成语“仰手接飞猱，俯身散马蹄”，指扬起手射中飞猿，俯下身射破箭靶。形容技艺高超。

寝园聊待荐含桃[1]。

【按】选自影印文渊阁《四库全书》第1263册顾璘撰《顾华玉集·息园存稿诗》卷二。《武皇南巡旧京歌》是一组七绝诗，一共有17首，记述了明武宗巡游南都的盛况，和所见所闻。武皇南巡旧京具体行迹史书记载极少，本诗可以以诗证史，以诗补史。本诗记载了明武宗喜欢打猎，历代笔记中亦有一鳞半爪的记载。诗中明确他行猎的地点：青龙山北、白鹭洲东，更加具体，也比较写实。

❑ 边　贡(1476—1532)

边贡，字廷实，号华泉，历城(今山东济南)人。弘治九年(1496)进士。嘉靖中历官至南京刑部侍郎、户部尚书。后都御史劾其纵酒废事，遂罢归。参与李梦阳等倡导的文学复古运动，为“前七子”之一。有《华泉集》。

赋得白鹭洲送柴墟储中丞

路转长干渡，洲传白鹭名。沧波去不息，绿芷复丛生。隐隐江田抱，团团堰日明。镞沙沉壁垒，墙堞隐台城。湍古晴霓下，蒲深昼虎行。渔人牵网迹，商女踏歌声。佳丽千年恨，豪华六代情。经过夕临眺，谁并客舟横。

【按】选自边贡撰《边华泉集》卷七（清康熙刻本，《明别集丛刊》第1辑第98册，黄山书社，2015年）

[1] 含桃：樱桃的别称，出自《礼记·月令》。

诗题中“柴墟储中丞”即储巏（1457—1513），明扬州府泰州人，字静夫，号柴墟。成化二十年进士。授南京吏部考功主事，改郎中。历太仆卿、左佥都御史、户部侍郎，所至宿弊尽革。愤刘瑾所为，引疾求去，后起为吏部左侍郎，卒于官。博通古今，工诗文，淳行清修，好推引知名士。嘉靖初赐谥文懿。有《柴墟集》。

❑ 陆　深(1477—1544)

陆深，初名荣，字子渊，号俨山，南直隶松江府上海县(今上海浦东新区)人。弘治十八年(1505)进士，授翰林院编修。遭刘瑾忌，改南京主事，瑾诛，复职，累官四川左布政使。嘉靖中，官至詹事府詹事。卒赠礼部右侍郎，谥文裕。著有《俨山集》100卷、《续集》10卷、《外集》40卷传世。

秦淮渔笛

桃花新水满江流，一棹波连白鹭洲。网趁夕阳鱼在贯，酒随村店蚁初篘[1]。高怀闲弄江梅[2]晓，古调遥翻嶰竹[3]秋。几度曲终潮正落，从人指点说东游。

【按】选自陆深撰《俨山文集续集》卷四（明嘉靖陆楫刻本，《明别集丛刊》第2辑第2册，黄山书社，2015年），影印文渊阁《四库全书》第1393册曹学佺编《石仓历代诗选》卷四百八十亦选有

---

［1］ 蚁：酒的泡沫，借指酒。篘：一种竹制的滤酒的器具，代指滤酒。

［2］ 江梅：一种野生梅花。

［3］ 嶰竹：指产于昆仑山嶰谷的竹。传说黄帝使伶伦取嶰谷之竹以制乐器。后因以借指箫笛之类管乐器。

本诗。

❑ 严　嵩(1480—1567)

严嵩，字惟中，号介溪，江西分宜人。孝宗弘治十八年(1505)进士，改翰林院庶吉士，授翰林院编修。嘉靖时迁吏部右侍郎，进南京礼部尚书、吏部尚书。嘉靖十五年(1536)至京师。时值廷议重修《宋史》，遂留京以礼部尚书兼翰林院学士衔主持其事。他善伺帝意，以醮祀青词，深得宠信，加太子太保。嘉靖二十一年(1542)，拜武英殿大学士。入直文渊阁，仍掌礼部事。后解部事，专直西苑；累进吏部尚书，谨身殿大学士、少傅兼太子太师，少师、华盖殿大学士。他喜媚上，窃权擅国政近20年。晚年，以事激怒世宗，为世宗所疏远，抄家去职，两年而殁。著有《钤山堂集》40卷。

观音山作（三首选一）

山畔青莲宇[1]，江间白鹭洲。中天横积翠，百谷汇洪流。俗远因成寂，林深易得秋。谁能来月夕，吹笛起潜虬[2]。

【按】选自严嵩撰《钤山堂集》卷十一（明嘉靖刻本，《明别集丛刊》第2辑第11册，黄山书社，2015年）。

---

［1］ 青莲宇：即李白庙。
［2］ 潜虬：潜龙，比喻有才德而未为世重用之人。

❑ 孙承恩(1481—1561)

孙承恩，字贞甫，号毅斋，松江(今属上海市)人，正德六年(1511)进士，授编修，历官礼部尚书，兼掌詹事府。嘉靖三十二年(1553)斋宫设醮，以不肯遵旨穿道士服，罢职归。文章深厚尔雅。工书善画，尤擅人物。著有《孙文简公瀼溪草堂稿存》48卷。

送大宗伯张阳峰赴南都(节选)

潞河冰融春水阔，张公早向燕台[1]发。嘉会恭承秩宗命，行旌遥指秦淮月。……公也昔在留都[2]仕，大作雄篇悬玉署[3]。兴来还复玉署过，亭外琅玕好题句。凤皇台畔芳草深，白鹭洲边波跃金。时清事简足登眺，不妨并入阳春吟。大贤身系苍生望，辅世年龄正强壮。须知南辙非久留，行矣白麻[4]催入相。

【按】选自孙承恩撰《孙文简公瀼溪草堂稿存》卷二十一(明孙克弘等刻本,《明别集丛刊》第2辑第23册,黄山书社,2015年)。

本诗以送别起手，接着盛赞好友张阳峰的生平和才华(选诗

---

[1] 燕台:指冀北一带。

[2] 留都:古代王朝迁都(幸驾)以后,旧都仍置官留守,故称留都。明太祖建都南京,以开封为北京,以为留都。明成祖迁都北京,以南京为留都。

[3] 玉署:官署的美称。

[4] 白麻:唐宋常以“白麻”代指诏书,即以写诏书的材料白麻纸代指诏书。如《新唐书》卷四十六中《百官一》说:“唐开元二十六年置学士院专掌内命。凡拜将相,号令征伐,皆用白麻。”

未录），接着写其在留都南京的为官和交游，其中特别提及了他们登凤凰台远眺白鹭洲的情景。最后希望好友能继续大展宏图，报效国家。

□ 夏　言（1482—1548）

夏言，字公谨，江西贵溪人。明正德十二年（1517）进士。授行人司行人。迁兵科给事中，以正直敢言闻名。世宗继位，疏陈武宗朝弊政，受帝赏识。裁汰亲军及京师卫队冗员三千二百人，出按皇族庄田，悉夺还民产。大获圣宠，累迁武英殿大学士、礼部尚书、太子太傅，加位少师、特进光禄大夫、上柱国。嘉靖十八年（1539），成为内阁首辅。完备内阁，抑制宦官，整顿吏治，巩固边防，颇有政绩。嘉靖二十七年议收复河套事，被至弃市死。明穆宗继位，得以平反昭雪，追谥“文愍”。诗文宏整，以词曲擅名，著有《桂洲集》18卷及《南宫奏稿》传世。

送南部黄员外名春二首（选一）

白鹭洲前春草生，玄武湖边秋月明。法台[1]老吏夜按狱[2]，炯如一段冰壶[3]清。

【按】选自夏言著《桂洲诗集》卷二十三（《续修四库全书》

［1］ 法台：道教举行斋醮仪式的台桌。

［2］ 按狱：断狱。

［3］ 冰壶：盛冰的玉壶。常用以比喻品德清白廉洁。语本鲍照《白头吟》：“直如朱丝绳，清如玉壶冰。”

集部第1339册，上海古籍出版社，2002年）。

❑ 何景明(1483—1521)

何景明，字仲默，号白坡，又号大复山人，河南信阳浉河区人。明弘治十五年(1502)进士，授中书舍人。正德初，宦官刘瑾擅权，谢病归。刘瑾诛，官复原职。官至陕西提学副使。为明“前七子”之一，著有《大复集》。

金陵歌送李先生

李公为舅有吕甥，甥舅四海皆知名。吕君关西昨日去，公自金陵来复行。金陵江水无断绝，金陵之山高巀巀[1]。龙虎千年抱帝京，星辰万里罗天阙。白鹭洲前芳草歇，清江浦[2]上看明月，燕山北望花如雪。

【按】选自何景明撰《何大复先生集》卷十三（《明别集丛刊》第2辑第17册，黄山书社，2015年）

❑ 张邦奇(1484—1544)

张邦奇，字常甫，号甬川，别号兀涯，浙江鄞县(今浙江宁波鄞州区)人。年十五，作《易解》及《释国语》。弘治十八年(1505)进士。授检讨。出为湖广提学副使。嘉靖初，提学四川，

[1] 巀巀(jié jié)：形容高峻。

[2] 清江浦：地名。在江苏省淮阴县城北，属淮阴县治，运河由此出清口，为旧日水陆交通的转接点。

迁南京祭酒，以身为教，学规整肃。改南京礼部右侍郎。改掌翰林院事，充日讲官，加太子宾客，改掌詹事府事进礼部尚书，改南京吏部尚书，又改南京兵部尚书。卒赠太子太保，谥文定。著有《学庸传》《五经说》《兀涯两汉书议》等。与张时彻为叔侄亲戚，又同为南京尚书，故二人有“叔侄尚书”之谓。

送姑苏马铁瓶内翰考绩之京

白鹭洲前生早凉，相逢忽谩是离觞。烟中孤鸟碧空尽，江上片帆秋影长。玉署文章应最绩，清朝甲第自传芳。儒官莫叹清闲甚，万古云霄寄一忙。

【按】选自张邦奇撰《张文定公文选》卷十一（明嘉靖二十九年刻本，《明别集丛刊》第 2 辑第 19 册，黄山书社，2015 年），影印文渊阁《四库全书》第 1393 册曹学佺编《石仓历代诗选》卷四七九亦选有本诗。

❑ 林文俊（1487—1536）

林文俊，明福建莆田人，字汝英，号方斋。正德六年（1511）进士。授编修，官至南京吏部右侍郎。谥“文修”。著有《方斋存稿》。

送丁西丘（节选）

丁君自是东吴英，读书多似郑康成[1]。夜光暗掷[2]无人识，西丘结屋学逃名。……今年金陵初识面，爱子风情何邈缅[3]。玉麈高谈坐为倾，彩毫题句人皆羡。凤凰台，白鹭洲，南朝古寺都游遍。一朝兴尽忽辞归，向我索诗入行卷。君行君行须勉旃[4]，他日试看高士传。

【按】选自林文俊撰《方斋存稿》卷十（旧抄本，《明别集丛刊》第2辑第12册，黄山书社，2015年）。《钦定四库全书》有收录。

❑ 杨　慎（1488—1559）

杨慎，字用修，号升庵，因流放滇南，故自称博南山人、金马碧鸡老兵。四川新都（今成都市新都区）人，祖籍庐陵。正德六年（1511）状元，官翰林院修撰，豫修《武宗实录》。嘉靖

[1] 郑康成：东汉末年儒家学者、经学家郑玄（127—200），字康成。北海郡高密县（今山东省高密市）人。郑玄曾入太学攻《京氏易》《公羊春秋》及《三统历》《九章算术》，又从张恭祖学《古文尚书》《周礼》和《左传》等，最后从马融学古文经。游学归里之后，复客耕东莱，聚徒授课，弟子达数千人，家贫好学，终为大儒。他遍注儒家经典，著有《天文七政论》《中侯》等书，世称"郑学"，为汉代经学的集大成者。

[2] 夜光暗掷：语出《史记·鲁仲连邹阳列传》："臣闻明月之珠，夜光之璧，以暗投人于道路，人无不按剑相眄者。何则？无因而至前也。"后多用以比喻有才能的人得不到赏识和重用，或好人误入歧途。亦比喻贵重的东西落到不识货的人手里。

[3] 缅邈：遥远。

[4] 勉旃：努力。多于劝勉时用之。旃，语助，之焉的合音字。

三年(1524),因“大礼议”受廷杖,谪戍终老于云南永昌卫。其记诵之博,著述之富,推为第一。能诗文、词及散曲,论古考证之作范围颇广。著作达百余种,后人辑为《升庵集》。

恩遣戍滇纪行(节选)

商秋[1]凉风发,吹我出京华。赭衣[2]裹病体,红尘蔽行车。……夕泊秦淮[3]岸,朝逗维扬城。愁听玉箫曲,懒问琼花名。畏途险已出,胜地心犹惊。真州对瓜步,分岐当去住。翘思铁瓮[4]云,怅望金陵树。江浮惧涛澜,陆走淹霜露。移船鹭洲来,弭榜[5]龙江隈。故人同载酒,一醉雨花台。高台多古今,百虑盈疏襟[6]。琴弹别鹤怨,笛噶飞鸿吟。临风惜南鹜,揆景[7]恨西沈。……

【按】选自《钦定四库全书》第1270册明杨慎《升庵集》卷十五。

---

[1] 商秋:秋天。古以五音配合四时,商为秋。商音凄厉,与秋天肃杀之气相应,所以称秋为商秋。

[2] 赭衣:古代囚衣。因以赤土染成赭色,故称。指囚犯,罪人。

[3] 秦淮:这里指的不是南京的秦淮河,而是扬州的小秦淮河。小秦淮河,是扬州古城唯一存留的内城河,旧称新城市河,北连北城河,南经龙头关,流入古运河,全长约2公里。明清时期,小秦淮河及两岸街区曾是扬州最繁华的地段。明林章(1555—1599)有“不知今夜秦淮水,送到扬州第几桥?”(《七绝·渡江词》)即咏此。

[4] 铁瓮:指铁瓮城,即京(京口)城、子城,今镇江市遗存的东吴古城,建造于公元200年前后。

[5] 弭榜:没有边沿的船。

[6] 疏襟:开朗的胸怀。

[7] 揆景:测量日影,以定时间或方位。

本诗原为五言长诗，有1000多字，记述了作者被贬发配云南行程中的见闻和感想。本处选取的是他在扬州和南京段的行程。诗中提及停舟白鹭洲和龙江关，并与好友醉饮雨花台的情况，充满了被贬斥后的郁愤和哀怨。

□ 顾彦夫

顾彦夫，字成美，号锡峰，江苏无锡人。正德庚午（1510）举人，授太常寺典簿，迁宁波府同知，著有《瀛海集》12卷。

送人考满

白鹭洲边春水生，一帆去去畅吟情。溪山十里小桃艳，书画半船行李轻。云起峰头无定迹，莺飞谷口有离声。别来想望风神远，月暗容台[1]灯夜明。

【按】选自清陈田撰《明诗纪事》第3册“戊签卷十”（上海古籍出版社，1993年）。

□ 薛　蕙（1489—1539）

薛蕙，字君采，号西原先生。祖居南直隶凤阳府亳州城（今安徽亳州）内薛家巷。正德九年（1514）进士，授刑部主事。谏武宗南巡，受杖夺俸。旋引疾归。正德十五年（1520）薛蕙再次被起用，任吏部考功司郎中。嘉靖二年（1523），朝中发生“大礼”之争，被捕押于镇抚司，后赦出。嘉靖十八年（1539），

[1] 容台：行礼之台，礼部的别称。

担任春坊司直兼翰林检讨司，不久病死家中，被追封为太常少卿。

皇帝行幸南京歌十首（选一）

白鹭洲边玉帐[1]开，锦帆东指凤凰台。怪底鲸鲵[2]窜江底，君王驾驭六龙[3]来。

【按】选自薛蕙撰《薛考功集》卷八（明万历十九年刻本，《明别集丛刊》第1辑第70册，黄山书社，2015年）。本诗是《皇帝行幸南京歌十首》组诗的第一首，与另一首诗“建业城西江水回，千官遥望翠华来。天子双鞬悬锦带，近臣争上万年杯”，清晰地记载了明武宗巡游南都驻扎白鹭洲的情况。与前面顾璘的《武皇南巡旧京歌》诗互相应证，我们可以了解当时皇帝在南京的活动和行踪。如本组诗中有“玄武湖中绿水多，君王日日爱经过。宫女能为荡舟戏，中官学唱采莲歌”，隐隐含有作者对皇帝骄奢生活的劝诫。

❑ 黄省曾（1490—1540）

黄省曾，字勉之，号五岳。明苏州府吴县人，先世为河南汝宁人。《明儒学案》记其“少好古文，解通《尔雅》。为王济之、杨君谦所知”。嘉靖十年（1531），以《诗》经魁乡榜，而会

[1] 玉帐：玉饰之帐。主帅所居的帐幕，取如玉之坚的意思。借指主将。

[2] 鲸鲵：比喻凶恶的敌人、借指海盗。

[3] 六龙：古代天子的车驾为六马，马八尺称龙，因以六龙为天子车驾的代称。

试累不第。从王守仁、湛若水游，又学诗于李梦阳，以任达跅弛终其身。著有《西洋朝贡典录》《拟诗外传》《客问》《骚苑》《五岳山人集》等。

同届比部张仪部集万都阃公署四首（录二）

芙蓉北阙倚钟山，细柳[1]连营紫雾间。日月常悬江海静，飞龙马放绿郊闲。

白鹭洲边踏马来，青龙山下绮筵开。南云[2]结取为张幕，北斗携将作献杯[3]。

【按】 选自明黄省曾著《五岳山人集》卷十八（明嘉靖刻万历二十四年董漠儒补刻本，《明别集丛刊》第2辑第35册，黄山书社，2015年）。

卧病草堂送客之金陵二首

我谢金陵八月秋，归来行药[4]草堂幽。怜君迴泛秦淮舸，

[1] 细柳营：汉代周亚夫为将军时，屯兵于细柳，军纪森严，天子欲入军营，亦须依军令行事。后遂称军营纪律严明者为细柳营。见《史记·绛侯世家》。

[2] 南云：唐朝玄宗肃宗时期名将南霁云（712—757），魏州顿丘（今河南濮阳市清丰县南寨村）人。出身农民家庭，人称“南八”。勇武过人。“安史之乱”时期，协助张巡、许远镇守睢阳（今河南省商丘市睢阳区），抵抗安史叛军，屡建奇功。至德二年，睢阳陷落后，兵败被俘，慷慨就义。

[3] 献杯：敬酒，劝酒。

[4] 行药：指古代养生者服养生药后散步以散发药性；或谓因病服药后，散步以运行药能。

揽取红霞寄碧流。

震泽遥连白鹭洲，白云千里映高游。它乡不忍看鸿雁，奈尔哀音玉枕流。

【按】选自明黄省曾著《五岳山人集》卷十八（明嘉靖刻万历二十四年董漠儒补刻本，《明别集丛刊》第2辑第35册，黄山书社，2015年）。

□ 金大车（1491—1536）

金大车，字子有，号方山。江宁（今江苏南京）人，《道光上元县志》记载金大车的祖先是“西域默伽（编者注：即麦加）国人也，太祖时以归义授鸿胪寺卿，赐是姓，遂为金陵人”。著有《子有集》。

山中柬高近思

闭户南山下，因君忆往年。狂歌瑶殿[1]月，醉语石堂烟。白鹭洲前笛，青溪渡口船。清游亦中绝[2]，出处信苍天。

【按】选自民国翁长森、蒋国榜辑《金陵丛书》第21册《金子有集》（上元蒋氏慎修书屋，1914—1916年）。

□ 金大舆

金大舆（约1496—1559后），字子坤，号平湖，江宁人。金

［1］ 瑶殿：玉殿，指宫廷。
［2］ 中绝：隔断，中断；绝灭。

大车之弟。诸生。曾与兄同学于顾璘。耽诗文，性旷达，处贫终老。著有《金子坤诗集》。

金陵歌送程后台

君不见、金陵王气常不休，金陵江水长自流。龙虎千年抱帝阙，星辰万里罗皇州。碧沙远带清江浦，芳草遥连白鹭洲。夫子弹冠[1]列京兆，金陵八邑齐歌讴。三年奏绩明光殿，金陵送者谁不羡！旌旆朝辞白下城，楼船夜泊青山岸。我送君行至江口，踟蹰不去重回首。短褐飘零人弃捐，夫子于我情独厚。慷慨怜才过古人，论文道谊兼师友。感兹知遇欲沾衣，极目凭高燕子矶。烟树云帆看不见，独向金陵掩旧扉。

【按】选自明金大舆撰《金子坤集》(《丛书集成续编》第116册，上海书店，1994年)。

❑ 王　问(1497—1576)

王问，常州府无锡人，字子裕。嘉靖十七年(1538)进士。除户部主事，监徐州仓，减羡耗十二三。改南职方，历车驾郎中、广东按察佥事。父死，不复仕，隐居湖滨宝界山，兴至则为诗文，或点染丹青，山水人物花鸟皆精妙。以学行称，门人私谥文静先生。工书画，尤精山水。集有《仲山诗选》《初斋集》等。

[1] 弹冠：弹去帽子上的尘土，准备做官。

临高台·送乔景叔之金陵

临高台，瞻帝里，五侯七贵[1]歌钟起。陌上黄尘飞塞天，大车央央续车前。朝游斗鸡坊[2]，暮入长楸里。少年宝剑青丝囊，锦帐如云百余里。临高台，岁将暮。西风川上旌，吹向维扬渡。金陵草色半青青，槛外长江百丈清。白鹭洲前官舸发，石头城下暮潮平。回眺雒城中，万事予何有。身上鹔鹴裘，可换新丰酒。为予买却清江槎，逢君须及白门花。江上莼鲈[3]秋更美，早看君去倍思家。

【按】选自钱谦益编选《列朝诗集》第 8 册“丁集第三”（中华书局，2007 年）。

❑ 皇甫涍(1497—1546)

皇甫涍，字子安，号少玄，江南长洲(今江苏苏州)人。嘉靖十一年(1532)进士，除工部主事，官至浙江按察使佥事。好学工诗，颇负才名，著有《皇甫少玄集》。

---

[1] 五侯七贵：泛指达官显贵。出自唐·李白《流夜郎赠辛判官》诗。

[2] 斗鸡坊：唐玄宗李隆基特别喜爱斗鸡，专设斗鸡坊于两宫间。选六军小儿五百人，使驯扰教饲。

[3] 莼鲈(chún lú)：《晋书·张翰传》：“翰因见秋风起，乃思吴中菰菜、莼羹、鲈鱼脍，曰：‘人生贵得适志，何能羁宦数千里以要名爵乎？’遂命驾而归。”后称思乡之情为“莼鲈之思”。

闻家兄将之金陵

闻君理孤棹，欲向金陵游。却忆追欢日，翻成羁旅愁。钟流客馆夜，砧响帝城秋。得似沧江雁，东飞白鹭洲。

【按】选自影印文渊阁《四库全书》第1276册皇甫涍撰《皇甫少玄集》卷十九。

忆戊寅旧游

吴山寂寞两经春，忽忆当年叹此身。白鹭洲前云自远，华阳洞口鹤空驯。关门风雨寻诗在，涧道烟霞入梦频。失意每多怀旧恨，苑花檐燕倍伤神。

【按】选自影印文渊阁《四库全书》第1276册皇甫涍撰《皇甫少玄外集》卷八。诗题中“戊寅”即正德十三年（1518），作者时年22岁，可能正赴南京乡试，有所交游。

□ 文　彭(1498—1573)

文彭，字寿承，号三桥，长洲(今江苏吴县)人。文徵明子。官国子监博士。工书法绘画，尤精篆刻，风格工稳，与何震并称“文何”。著有《文博士诗集》。

送姚元白考绩还金陵

去年送尔出燕京，隔岁相逢更有情。白鹭洲前秋欲老，黄金台下草还生。往来不异随阳雁，身世何如逐浪萍。苦忆旧游行乐处，因君时梦石头城。

【按】选自文彭撰《明文博士诗集》卷下（明万历十六年长洲文肇祉刻文氏家藏诗集本，《明别集丛刊》第2辑第49册，黄山书社，2015年）。诗题中“姚元白”即诗人姚浙，字元白，号秋涧。浙江钱塘人，后迁居江宁。弱冠入太学，谒选授鸿胪卿。不久辞官归。工诗，善行书，亦工画梅。

□ 徐定夫

徐定夫，字士安，自号嵩阳山樵。海盐（今浙江海宁）人。嘉靖初布衣，诗有风骨，有《蛩吟稿》。

忆昔行赠古松将军

吴堤三月百花残，秣陵归客停征鞍。青山落日意不尽，尊前把袂愁相看。忆昔论诗君独好，相逢何难别草草。海燕还寻故垒飞，天涯只恐音尘杳。白鹭洲边芳草青，凤凰台上云冥冥。风流倘就还乡赋，寄我秦川旧钓汀。

【按】选自影印文渊阁《四库全书》第1475册沈季友编《檇李诗系》卷十二。

□ 王立道

王立道，字懋中，号尧衢。明常州府无锡人，嘉靖十四年（1535）进士。授编修。著有《具茨集》14卷存世。

忆昔吟赠华鸿泉之金陵

忆昔秦淮桥上游，绿槐垂穗正宜秋。燕飞不记乌衣巷，水满微分白鹭洲。北阙[1]晴云常冉冉，东山[2]斜日自悠悠。风流谁是今安石[3]，惆怅苍生独倚楼。

【按】选自影印文渊阁《四库全书》第1277册王立道撰《具茨集·诗集》卷四。

☐ 张时彻(1500—1577)

张时彻，字维静，一字九一，号东沙。浙江鄞县(今浙江宁波鄞州区)人。受业于族子张邦奇，治程朱学。嘉靖二年(1523)进士。历官福建、云南、山东、湖广、四川，所至有政绩，终官南京兵部尚书。五十三岁罢官里居。寄情文酒而不忘用世之志。著有《芝园定集》51卷、《别集》10卷、《外集》24卷，《说林》16卷，《续说林》8卷，《明文范》68卷，《救急良方》2卷等传世。

---

[1] 北阙：古代宫殿北面的门楼，是臣子等候朝见或上书奏事之处；后用为宫禁或朝廷的别称。

[2] 东山：代指金陵。因东晋时期著名宰相谢安“东山再起”的典故而闻名。

[3] 安石：指宋代政治家王安石。

江上行

东风乍雨还乍晴，十里百里闻流莺[1]。春波渺渺净素练，春山簇簇行画屏。江上花飞已如霰，泽中蒲柳何青青。五陵侠客金騕褭[2]，潇湘美人琼玉筝。珊瑚宝玦照碧草，飞丝急管[3]喧层城。绣服凌云翡翠动，香轮压雾夗央[4]惊。日中斗鸡驰道塞，日暮挝鼓纷吹笙。金陵美人鹦鹉杯[5]，桂棹兰舟不计倾。相看莫放赤日落，白石清沙无限情。凤凰台上鸟初下，白鹭洲前笛一鸣。归途况值明月光，回首犹闻《白苎》[6]声。

【按】选自张时彻撰《芝园定集》卷八（明嘉靖刻本，《明别集丛刊》第2辑第57册，黄山书社，2015年）。

初秋诗五首（选一）

一声渔唱海天秋，素练[7]初飞白鹭洲。亦有芙蓉自开落，何人解识汉宫愁？

---

［1］ 流莺：意思即莺；流，谓其鸣声婉转。

［2］ 騕褭（yǎo niǎo）：古骏马名。

［3］ 飞丝急管：指管弦之音繁密而急促。

［4］ 夗央：即“鸳鸯”。

［5］ 鹦鹉杯：一种酒杯，用鹦鹉螺制成。

［6］ 白苎：即《白纻歌》的简称。南朝宋鲍照《白紵歌》之五：“古称《渌水》今《白紵》，催弦急管为君舞。”《新唐书·礼乐志下》：“清乐三十二曲中有《白紵》，吴舞也。”宋张先《天仙子·公择将行》词：“瑶席主，杯休数，清夜为君歌《白苧》。”

［7］ 素练：原指白色的布帛，这里比喻长江。典出晋谢朓《晚登三山还望京邑》：“余霞散成绮，澄江静如练。”

【按】选自张时彻撰《芝园定集》卷二十（明嘉靖刻本，《明别集丛刊》第2辑第57册，黄山书社，2015年）。

本诗是张时彻比较著名的一首七绝，《明诗别裁集》《皇明诗选》《甬上耆旧诗》等均选录本诗。诗中情景如画，用“海天”“白鹭洲”“芙蓉自开”“渔唱”等动静结合的实景，引出离人思恋的“汉宫愁”绪，诗短情长，《皇明诗选》评其为“新警”，清新精辟。在本组诗的其他两首中，作者又将本诗的意境进行的延伸：从“渔唱”引出一首“明星历历水悠悠，独步南洲望北洲。却怪邻儿好吹笛，无端引起一城秋”。从“素练”引出一首“江城暑气未全收，高柳鸣蝉已报秋。自是人情怨摇落，不须离别始生愁”。把“汉宫愁”作了更清晰的说明。

❑ 袁　袠(1502—1547)

袁袠，字永之，号胥台山人，南直隶苏州府吴县(今属江苏)人。五岁知书，七岁赋诗有奇语，廿四岁乡试解元，明年考中二甲一名进士。曾主持河南乡试，以选拔得人著称。历任兵部武选司主事，因事谪戍湖州。后遇赦归，感自己与唐伯虎蒙冤曾被命谪湖州为吏役相仿佛，而伯虎文集当时已罕有流传，于是他出资刻印《唐寅文集》。后虽有起用，官小事微，遂引疾归，读书于横山(今七子山)，并筑横山草堂。卒后，文徵明为他写墓志铭。著有《胥台集》20卷，又有《世纬》《皇明献宝》《吴中先贤传》等并行于世。

金陵怀古

古时王气说金陵，今代金陵是旧京。钟山作镇开天府，江水为池抱石城。卢龙观[1]里花空发，白鹭洲前草自生。六帝霸图悲雾灭，千秋皇业忆龙争。

【按】选自明袁袠撰《衡藩重刻胥台先生集》卷七（明万历十二年衡藩刻本，《明别集丛刊》第2辑第59册，黄山书社，2015年）。

❑ 罗洪先（1504—1564）

罗洪先，字达夫，号念庵，江西吉水人。明嘉靖八年（1529）己丑科状元，授翰林院修撰，迁左春坊赞善。著有《念庵集》《广舆图》等。

采石吊李白（节选）

我游匡庐峰，瀑布[2]下白龙。……江烟江草已无疑[3]，江日薰人人自醉。丈夫达生死即休，浮名何物令心愁。白鹭洲，采石水，汉阳鹦鹉唤不起。奚独才高易构谗[4]，宁须命

[1] 卢龙观：在南京卢龙山，山位于南京城北下关，西临长江，又名狮子山。晋元帝初渡江，见其山势险似塞北卢龙，故名。有阅江楼、静海寺等胜迹。

[2] 瀑布：李白有《望庐山瀑布》诗。

[3] 已无疑：《钦定四库全书·念庵文集》卷十九作“镇长在”。

[4] 构谗：构陷谗害。

薄怜倾否[1]。我欲骑鲸[2]鲸已飞，望而不极令心违。兴至亦向蓬莱归，安得尘世久依依。

【按】选自罗洪先撰《石莲洞罗先生文集》卷三（明万历四十五年陈于廷刻本，《明别集丛刊》第2辑第64册，黄山书社，2015年）。

本诗记述了李白在长江沿线如武汉、庐山、九江、采石、南京等地的遗迹，赞叹其饮酒赋诗的豪爽。文中特别提及了他在白鹭洲的行踪。

❑ 唐顺之（1507—1560）

唐顺之，字应德，一字义修，号荆川，武进（今江苏常州）人。嘉靖八年（1529）会试第一，授兵部主事，改吏部稽勋。后率师抗倭，以功升右佥都御史，巡抚淮扬，卒于舟中。工古文，风格平易，流畅生动，有《荆川先生文集》。

送王侍读赴南都

玉堂学士赋南征，跃马鸣驺[3]出上京。奉诏明光[4]新佩印，校书天禄[5]早知名。石头城下春流满，白鹭洲边芳草生。

[1] 倾否：丧乱；危殆。唐独孤及《唐故秘书监礼部尚书姚公墓志铭》："故遭值倾否，出入夷险，而未尝有悔。"

[2] 骑鲸：比喻隐遁或游仙。亦作"骑鲸鱼""骑长鲸"，为咏李白之典。

[3] 鸣驺：古代随从显贵出行并传呼喝道的骑卒。

[4] 明光：汉代宫殿名。后亦泛指朝廷宫殿。

[5] 校书天禄：在天禄阁校勘皇家书籍。天禄，天禄阁的省称。

此去周南异留滞，看君到处即蓬瀛。

【按】选自唐顺之撰《重刊荆川先生文集》卷一（明万历元年纯白斋刻本,《明别集丛刊》第2辑第74册,黄山书社,2015年）。

❑ 陆树声(1509—1605)

陆树声,字与吉,号平泉,松江华亭(今属上海)人。嘉靖二十年(1541)会试第一,中进士,选庶吉士,授翰林院编修,累官礼部尚书,卒赠太子太保,谥文定。著有《平泉题跋》《耄余杂识》《长水日记》《陆文定书》等。

金陵咏古一韵十五首·白鹭洲

在城南,其上僧刹今为都城饯别之所。

白鹭洲边建业城,几经攀折柳[1]条生。行人莫漫轻离别,听唱阳关第二声[2]。

【按】选自陆树声撰《陆文定公集》卷三（明万历刻本,《明别集丛刊》第2辑第88册,黄山书社,2015年）。本诗朱彝尊编《明诗综》卷四十三、《御选宋金元明四朝诗·御选明诗》卷一百零八均题作《白鹭洲》，未引用总标题《金陵咏古一韵十五首》。

---

[1] 折柳:古人离别时,有折柳枝相赠之风俗。最早出现在汉乐府《折杨柳歌辞》第一中。折柳”一词寓含“惜别怀远”之意。

[2] 二:朱彝尊编《明诗综》卷四十三、《御选宋金元明四朝诗·御选明诗》卷一百零八均作“四”。阳关第四声:据《立雪斋琴谱》载《阳关曲》即《阳关三叠》,其九段为“四声肠断”。

□ 冯惟讷(1513—1572)

冯惟讷,字汝言,号少洲,山东临朐人。嘉靖戊戌(1538)进士,位至光禄正卿。著有《青州府志》8卷、《光禄集》10卷。他长于文学研究和古籍整理,辑录有《古诗纪》156卷和《风雅广逸》8卷存世,并被收入《四库全书》。

送杜方准明府归辽左

仙郎逸气横朔野,傲岸不落风尘下。邴丹[1]六百辄免官,王阳九折[2]能旋马。羁心浪迹日悠悠,楚水吴山十度游。秋风君度红骡碛,知我题诗白鹭洲。

【按】选自冯惟讷撰《光禄集》(明万历刻冯氏五先生集本,《明别集丛刊》第2辑第8册,黄山书社,2015年)。《列朝诗集》丁集、《御选宋金元明四朝诗》选录本诗均题作《送杜明府谢政还辽》。

□ 欧大任(1516—1595)

欧大任,字桢伯,号仑山。广东顺德陈村人。明世宗嘉靖十九年(1540),读书金陵。八次乡试均落榜,嘉靖四十一年,荐入京为贡生。嘉靖四十五年,授官江都训导。神宗万历二

[1] 邴丹:西汉琅邪人,字曼容。邴汉兄子。从琅邪鲁伯学《易》。养志自修,为官不过六百石,辄自免去。

[2] 九折:汉时王阳为益州牧,至九折坂,叹曰:“奉先人遗体,奈何数乘此险!”后王尊至此,曰:“此非王阳所畏处耶?”乃叱其御,历险而上。后人以王阳不失为孝子,王尊不失为忠臣。典出《汉书》卷七十六。

年(1574),任国子监助教,历大理寺评事,升南京工部虞衡司郎中。曾结清溪社,与冯惟敏、李言恭、顾大典、臧晋叔、王穉登、金銮、梅鼎祚等为诗酒会。万历十二年(1584),致仕,回岭南。著有《百越先贤志》《广陵十先生传》《平阳家乘》及文集,另有《思玄堂集》《旅燕集》《浮淮集》《轺中集》《游梁集》《南翥集》《北辕集》《屐馆集》《西署集》《秣陵集》《诏归集》《蘧园集》等诗集,已由后人汇刻为《欧虞部诗文全集》行世。

怀伦三膳部

名家擢甲[1]擅文章，三载留都尚作郎。起草曾闻趋建礼[2],含香今待入明光。苍龙阙下云霄近,白鹭洲前烟水长。一别沧江劳伫望，明年鸡树[3]忆翱翔。

【按】 选自《全粤诗》第 9 册卷二七八（中山大学中国古文献研究所编，岭南美术出版社，2009 年）。

本诗题中伦三膳部,即伦以诜(1504—1583),字彦群,号穗石,南海黎涌（今广东佛山）人。伦文叙第三子。嘉靖十七年（1538）进士。曾任职精膳司，官至南京兵部武选司郎中。为文下笔数千言立就，赋诗一韵百余首，著文集 56 卷，诗集 43 卷。

---

[1] 擢甲:指升擢甲第。

[2] 建礼:汉宫门名,为尚书郎值勤之处;借指尚书郎。

[3] 鸡树:古代中书省的别称。

❑ 沈明臣(1518—1596)

沈明臣，字嘉则，别号句章山人，晚号栎社长。浙江鄞县(今浙江宁波鄞州区)人，诸生，内阁首辅沈一贯叔父。偕徐渭为胡宗宪幕僚。有诗名，与王叔承、王稚登同称为万历年间三大“布衣诗人”。后胡宗宪以严党下狱死，为之讼冤。继往来吴楚闽粤间。著有《丰对楼诗选》43卷、《荆溪唱和诗》《吴越游稿》《通州志》等。

送徐孟孺应金陵秋试

片帆西去五云[1]飞，春水如天没钓矶。十里芳洲迷白鹭，几家新燕认乌衣。桃花媚客欹歌扇，芳草留人敞玉扉。月色清溪秋夜永，马蹄轻踏翠香归。

【按】选自影印文渊阁《四库全书》第1444册《御选宋金元明四朝诗·明诗选》卷八十四。

❑ 颜廷榘(1519—1611)

颜廷榘，字范卿，号陋巷生、赘翁、桃源渔人，永春始安里(今福建永春县石鼓镇桃场村)人，世称“桃陵先生”。嘉靖三十七年(1558)被举为岁贡，出任九江通判，公正廉明。后调任岷王府长史，辅导匡正，深得岷王的器重。年70余，辞官告

[1] 五云：青、白、赤、黑、黄五种云色。古人视云色占吉凶丰歉。五色瑞云，多作吉祥的征兆。

归，纵游蓟燕吴越间，栖虎丘，泛西湖，登天目，所过皆留诗纪胜。工于诗书，所著有《匡庐唱和集》《燕南寓稿》《楚游草》《山堂近稿》《颜氏家谱》《丛桂堂集》及《杜律意笺》等。

金陵八景图·白鹭春潮

白鹭水中洲，青青草色浮。中写一片月，影入春潮流。此身在江湖，漂漂何所投。念此不能寐，击节起长讴。

【按】选自江苏省美术馆藏黄克晦绘《金陵八景图》之“白鹭春潮”上。不见于颜廷榘所著《丛桂堂诗集》4卷（清初刻本，《明别集丛刊》第3辑第8册，黄山书社，2015年）和《颜桃陵全集》（颜廷矩著；杨玲点校，商务印书馆2018年）中。

❑ 吴国伦(1524—1593)

吴国伦，字明卿，号川楼、惟楚山人、南岳山人。武昌府兴国州尊贤坊人(今湖北省阳新县浮屠镇吴智村)人。嘉靖二十八年(1549)中解元，嘉靖二十九年进士。由中书舍人擢兵科给事中。以赠杨继盛丧礼忤严嵩，谪南康推官，调归德，旋弃官去。嵩败，再起，官至河南左参政，大计罢归。才气横放，好客轻财。工诗，与李攀龙、王世贞、谢榛、宗臣、梁有誉、徐中行等并称“后七子”。归田后声名更盛。著有《藏甲岩稿》《甔甀洞稿》(54卷)，《续稿》(27卷)、《陈张事略》《吴川楼集》《续吴川楼集》《春秋世谱》《训初小鉴》等。

李惟寅载酒楼船，邀饯大江，方子及、臧晋叔适至，同集分得留字

归帆欲发为君留，载酒重过白鹭洲。玉树[1]三山[2]沈霸业，金陵万户绕皇州。更逢词客成高会，何忝长江是胜游。明日便应怀往路，烟波相望不胜愁。

【按】选自吴国伦著《甔甀洞稿》卷二十九（《续修四库全书》集部第1350册，上海古籍出版社，2002年）。

本诗为作者在白鹭洲附近长江边与李惟寅饮酒饯别，巧遇好友方子及、臧晋叔，于是雅集赋诗所作。李惟寅生平见后文胡应麟《别惟寅入燕四绝》注文，方子及生平不详。臧晋叔即明代著名的文学家臧懋循（1550—1620），字晋叔，号顾渚，浙江长兴县人，生平见后文。

结合胡应麟《别惟寅入燕四绝》，可见古代白鹭洲因为滨临长江，是人们饯别送客的重要地点。

❑ 黄克晦（1524—1590）

黄克晦，字孔昭，号吾野山人。福建惠安人，自幼痴迷绘画，能诗善书。因为厌恶官场腐败陋习，一生四处游历，无意功名利禄。画宗沈周等前贤体格，颇具“南宗”绘画鼻祖王维之遗风。所作笔墨精妙，充满了诗画意境，笔力苍劲，时称“神品”。书法造诣亦高，因而有诗、书、画“三绝”之誉。黄克晦

[1] 玉树：南朝陈后主所作歌曲《玉树后庭花》的省称。

[2] 三山：在南京附近的长江边上。李白有《三山望金陵寄殷淑》，即为此地。

诗集有70卷之多。由于历经变乱，散失不少，现存1400多首诗，由其后人刊成《黄吾野先生诗集》。

金陵八景图·白鹭春潮

处处芳洲白鹭飞，春江茫茫何处归。随潮更下三山去，借问此洲今是非。潮来潮去朝还夕，东损西盈[1]堪叹息。洲上人家几度迁，蒹葭杨柳年年色。

【按】选自明黄克晦撰《黄吾野先生诗集》卷二（清乾隆二十五年黄隆恩刻本，《明别集丛刊》第3辑第22册，黄山书社，2015年）。

明嘉靖年间，黄克晦游金陵后，曾作绢本设色《金陵八景图》，包括《钟阜晴云》《石城霁雪》《凤台夜月》《龙江烟雨》《白鹭春潮》《乌衣夕照》《秦淮渔唱》《天印樵歌》八景画面，《钟阜晴云》《龙江烟雨》现已散佚。现存金陵八景中的六幅藏于江苏省美术馆。这是现存最早的"金陵八景图"，传世六开，每开一画一诗，除作者题诗外，另有九江府通判颜廷榘、参将黄乔栋的唱和之作。

❑ 宗　臣（1525—1560）

宗臣，字子相，号方城山人。扬州府兴化人。嘉靖二十九年(1550)进士。由刑部主事调吏部。以病归，筑室百花洲上，读书其中。后历吏部稽勋员外郎。杨继盛死，宗臣赙以金，为

［1］ 东损西盈：典出柳宗元《天对》："东穷归墟，又环西盈。"意思是：水向东流归大海，海水蒸发为云，又回到大陆上空降而为雨。指自然界中物质的循环往复。

严嵩所恶，出为福建参议。以御倭寇功升福建提学副使，卒於官。工文章，为“嘉靖七子”（明代后七子）之一。著有《宗子相集》。

白鹭洲夕泛

楚客扁舟晚何适，千峰万峰秋欲滴。一尊落日堕归鸿，万片断虹随暮鹢。美人何处摘兰苕，白鹭千行起芦荻。明月偏思广陵箫[1]，梅花又落江城笛[2]。与君一醉大江头，醒后天河挂东壁。

【按】选自《宗子相集》卷五（台湾大学图书馆藏万历初复刻本）

宗臣曾在一年的秋天看望旅居南京的父亲，停舟白鹭洲，并顺便游玩了燕子矶、牛首山、雨花台等景点，创作了大量有关南京的诗词。因此，他在给好友王世贞的一封信中说：“展谒家大人于金陵，税驾（意即“休整”）白鹭洲者两朔，燕矶、牛首、雨花诸台时以斗酒临之。”（《宗子相集》卷十四）

寄陆子

白鹭三洲远，青山万树低。相思惟梦到，夜夜凤台[3]西。

---

［1］ 广陵箫：典用唐代杜牧《寄扬州韩绰判官》“二十四桥明月夜，玉人何处教吹箫。”

［2］ 江城笛：典用唐代李白《与史郎中钦听黄鹤楼上吹笛》“黄鹤楼中吹玉笛，江城五月落梅花。”

［3］ 凤台：即金陵凤凰台。

【按】选自《宗子相集》卷九（台湾大学图书馆藏万历初复刻本）。

❑ 沈启原(1526—1591)

沈启原，字道升，秀水人。嘉靖三十八年(1559)进士，历官郎中、四川参议、山东参议，官山东、陕西副使。博通诸学，医药、卜筮等书，继承家学，好聚书，建有“存石草堂”“芳润楼”等书堂，存书颇富，编有《存石草堂书目》10卷，今已佚。著有《巢云馆诗纪》《鷃园草》等。

潞河留别钱给事

扁舟南下更依依，两地含愁共落晖。欲别他乡手频执，每思故里梦先归。黄金台上龙媒[1]老，白鹭洲前雁影稀。纵说江城春色早，可同帝里遍芳菲。

【按】选自清于敏中等编《日下旧闻考》第3册卷一百零八（北京古籍出版社，1983年）。

❑ 黄乔栋(1531—1605)

黄乔栋，字以藩，号肖葵。福建晋江人。曾任参将，官至云南临安太守。著有《老子解》《诗经名物考》等。（见《黄乔

[1] 龙媒：骏马，言天马是神龙到来的媒介，故名。汉武帝时为歌咏从西域得到的大宛宝马而写的《天马歌》“天马徕，龙之媒，游阊阖(传说中的天门)，观玉台(天神所居之处)。”后因以为典，称骏马为“龙媒”。

栋墓志铭》)

金陵八景图·白鹭春潮

潮上春江平，潮落江岸迴。白鹭飞不下，萧萧江上影。人生贵得意，有如潮头艇。愿随春潮流，去矣遗人境。

【按】选自江苏省美术馆藏黄克晦绘《金陵八景图》之“白鹭春潮”上。

□ 李言恭(1541—1599)

李言恭，字惟寅，号玄素、青莲居士，又号秀岩道人，南直隶凤阳府盱眙(今属江苏)人。岐阳武靖王李文忠裔孙。明万历三年(1575)袭封临淮侯，十年任南京守备，建有白雪山房。累官至太保总督京营戎政。好学能诗，奋迹词坛，其诗清远有调，庶几大历中语。著有《青莲阁集》《贝叶斋集》《游燕集》《日本考》等。

金陵八景·白鹭洲

大江春雨没蒹葭，两岸青山万里槎。老我他乡归未得，秋来空忆白蘋花。

【按】选自明李言恭著《青莲阁集》卷五(《四库未收书辑刊》第5辑第23册，北京出版社，2000年)。

❑ 臧懋循(1550—1620)

臧懋循,字晋叔,号顾渚山人,浙江长兴人。明万历八年(1580)进士,授荆州府学教授,历任应天乡试同考官,南京国子监博士。曾因与红衣娈童相狎而被罢官。与汤显祖、王世贞友善。后与曹学佺、陈邦瞻等名士结金陵诗社,辑有《金陵社集》。博闻强记,精韵律,工书法。他的最大贡献是编辑《元曲选》。现存元人杂剧约一百五十六十种,绝大部分依靠《元曲选》得以广泛传播。这部元杂剧选集一向被认为收罗最丰富、影响最大。著有《负苞堂集》。

赋得弭棹金陵渚送徐京兆

江渚通南纪[1],都城控上游。林光初启曙,涛色正临秋。岸弭苍鹰舳[2],筵开白鹭洲。饯申朝彦[3]集,借寇[4]国人谋。风雨回铙吹,鱼龙避棹讴。山移远树出,潮退浅沙浮。旧浦宁无恋,严程[5]讵可留。悬知丹禁[6]里,入梦有商舟。

【按】选自明臧懋循撰《负苞堂诗选》卷四(《续修四库全书》集部第1361册,上海古籍出版社,2002年)。诗题中的“弭棹”

---

[1] 南纪:指南方。《诗·小雅·四月》:“滔滔江汉,南国之纪。”

[2] 苍鹰舳:形似苍鹰一样的船舵。

[3] 朝彦:朝廷的俊才。

[4] 借寇:指地方上挽留官吏。典源《后汉书》卷十六《邓寇列传·寇恂》,建武七年光武帝南征隗嚣,恂从行至颍川,百姓遮道谓光武曰:“愿从陛下复借寇君一年。”

[5] 严程:期限紧迫的路程。

[6] 丹禁:指帝王所住的紫禁城。

是停泊船只的意思。

□ 邹元标(1551—1624)

邹元标，字尔瞻，号南皋。江西吉水县县城小东门邹家人。万历五年(1577)进士，同年，以疏论张居正夺情，得罪，廷杖戍贵州都匀卫。居戍所六年，研治理学有成。居正死，召拜吏科给事中，以敢言称。历官南京吏部员外郎，以母丧归。家居讲学几三十年，名扬天下。天启初还朝，进刑部右侍郎，拜左都御史。以建首善书院讲学事，为魏党所攻，被迫辞归。崇祯元年(1628)，追赠太子太保、吏部尚书，特谥“忠介”。著有《愿学集》8卷、《太平山居疏稿》4卷、《日新篇》2卷、《仁文会语》4卷、《礼记正议》6卷、《四书讲义》2卷、《工书选要》11卷、《邹南皋语义合编》4卷。

春日赴白鹭洲

春水引行舟，桃花夹岸流。沙明群鹭白，雨过万峰幽。浊酒浇孤兴，青山笑晚愁。萋萋芳草绿，无语对江洲。

【按】选自《白鹭洲书院志》卷四“艺文一”(赵所生、薛正兴主编《中国历代书院志》第2册，江苏教育出版社，1995年)。本诗不见于邹元标《愿学集》8卷(明万历四十七年郭一鹗龙遇奇刻本，《明别集丛刊》第4辑第32册)中。本诗是专咏位于江西吉水的白鹭洲，上有白鹭洲书院。作者虽然曾任南京吏部员外郎，在南京生活过一段时间，但是作者为江西吉水人，其诗集中有《鹭洲胜会以病阻赴漫占二首》亦见于《白鹭洲书院志》中。诗中有“雨过万峰幽”，虽然南京周边亦有江南的牛首山、紫金山，江北的老山，但是山势低平，谈不上“万峰幽”。季伏昆主编《金陵诗文鉴赏》（南京出版社，1998年），《建邺区志》“综录”（方志出版社，2003年）均曾选用本诗，颈联与《白鹭洲书院志》略有不同，为“沙明栖一鹭，雨过语双鸠”，避开了“万峰幽”，不知其版本来源，认为是金陵白鹭洲，笔者以为牵强，存此以供读者商榷。

□ 谢廷谅（1551—？）

谢廷谅，字友可，号九紫。江西省金溪县琉璃乡谢坊村人。万历二十三年（1595）进士，授南京刑部主事。出为四川顺庆知府，性简略，不随人俯仰，弃官归。诗文沉博蕴籍，有魏晋六朝之风，与弟廷讚名著一时，人称“二谢”。通戏曲，与汤显祖交好，剧作被誉为“才人之笔”。著有《清晖馆集》2卷、《薄游草》24卷、《千金堤志》（与周孔教合撰）8卷，另有传奇《纨扇记》《诗囊记》《离魂记》等。

兰嵎《萱草图》为朱太史题赠（三首选一）

周览王畿足胜游，石城天外卿云浮。琼章近捧苍龙阙，玉液遥将白鹭洲。濯秀[1]昌澜[2]频送喜，含饴[3]永日坐销忧。

---

［1］ 濯秀：明净秀丽。

［2］ 昌澜：指门风昌盛。典用晋陆云《答孙显世》诗之四：“昌风改物，丰水易澜。”

［3］ 含饴：即含饴弄孙，形容亲子之情。

竚调神鼎歊云映，六膳[1]三浆美献酬。

【按】选自明谢廷谅著《薄游草》卷九（明万历刻本，《明别集丛刊》第4辑第38册，黄山书社，2015年）。诗题中的“兰嵎”乃明代南京状元朱之蕃的字；“萱草”代指慈母，如唐代诗人孟郊《游子诗》:”萱草生堂阶，游子行天涯；慈母倚堂门，不见萱草花。”元代王冕《偶书》“今朝风日好，堂前萱草花。持杯为母寿，所喜无喧哗。”均为思念母亲而作。

本诗乃作者为朱之蕃《萱草图》而作。朱之蕃生平见后文。朱之蕃晚年曾筑小桃园自住，即位于河西白鹭洲附近，故诗中及之。

❑ 胡应麟（1551—1602）

胡应麟，字元瑞，号少室山人，更号石羊生。浙江金华府兰溪人，万历四年（1576）举人，久不第。筑室山中，购书四万余卷，记诵淹博，多所撰著。曾携诗谒王世贞，为世贞激赏。著有《少室山房类稿》《少室山房笔丛》《诗薮》等。他在文献学、史学、诗学、小说及戏剧学方面都有突出成就。

别惟寅入燕四绝

星散交游二十年，两人相对白门前。西风无赖长干柳，吹送千条上别筵。

[1] 六膳：指六种肉类膳食品。三浆：古代指豆浆、酒类、稀饭等一类饮料或饮食。《周礼·天官·酒正》:“辨四饮之物：一曰清，二曰医，三曰浆，四曰酏。”贾公彦疏云：“此浆亦是酒类。唐诗人沈佺期的《嵩山石淙侍宴应制》“仙人六膳调神鼎，玉女三浆捧帝壶。”

白鹭洲前白浪高，飞帆晨发广陵涛[1]。浮云万里燕台上，击筑[2]何人伴彩毫？

十载酬知泪未忘，携来烂漫洒河梁。愁人最是秦淮曲，月落霜飞上去航。

片席[3]遥分大海流，宝刀持赠若为酬。黄金台馆三千尺，截取长虹寄石头。

【按】选自明胡应麟撰、明江湛然辑《少室山房全稿》卷七十四（明万历四十六年江湛然刻本，《明别集丛刊》第4辑第36册，黄山书社，2015年）。

本诗为胡应麟送别好友李惟寅入燕的四首绝句，从诗的内容看，送别的地点在南京白鹭洲附近，诗中有多处提及南京的名称或古迹，如长干、白门、秦淮、石头（城）等。诗题中的“惟寅”即明开国功臣李文忠八世孙李言恭（1541—1599），字惟寅，具体事迹见前文。李惟寅是胡应麟平生知己之一，他去世后，胡应麟作《哭李惟寅太保十二首》吊唁之。

送何仁仲之南都二首（录一）

去去何公子，春风一骑寒。含香辞上国[4]，傅粉入长干。桃叶江帆稳，梅花郡阁残。芳洲寻白鹭，何似故园看。

【按】选自明胡应麟撰、明江湛然辑《少室山房全稿》卷三十七（明万历四十六年江湛然刻本，《明别集丛刊》第4辑第

[1] 广陵涛：中国古代著名涌潮名，位于今南京（古属扬州）长江段。
[2] 击筑：筑，古代一种弦乐器，似筝，以竹尺击之，声音悲壮。
[3] 片席：片帆，孤舟。
[4] 上国：指京师，国都。

35册，黄山书社，2015年）。

本诗诗题中何仁仲为明代诗人何宇度，字仁仲。官夔州通判，著有《益部谈资》3卷存世。《安陆县志》载："何宇度，字仁仲，少司寇迁子也。补詹事主簿，转夔州别驾。风流尔雅，有王谢诸人之致，与海内名公巨卿互相酬答。宅左有甘露园，郭外有三洲，有碧霞台、广心堂。交游啸咏，殆无虚日。所著载艺文。"

□ 杜士全(1551—1633)

杜士全，字完三，上海浦东人。万历十三年(1585)举人，二十三年(1595)进士，曾官大冶、海盐知县，升太仆寺少卿，转南太常卿、刑部右侍郎，官至工部尚书。著有《春星堂稿》5卷存世。

白鹭春潮

江涨云蒸莽自连，洲横芳草柳披绵。春天已觉风光媚，胜地还须景色偏。鸥鹭群飞天际落，帆樯接迹浪中还。孤亭[1]遗址今何在，我欲凭虚问谪仙。

【按】选自明朱之蕃编著，陆寿柏绘图《金陵图咏图考雅游编》（明天启刻本，国家图书馆藏本）。

□ 邓云霄

邓云霄（约1613年前后在世），字玄度。广东东莞人，万

[1] 孤亭：指唐宋时期修建的白鹭洲边的白鹭亭。

历二十六年(1598)进士。授长洲知县,累官至广西布政使参政。著有《百花洲集》2卷,《解韬集》1卷,《冷邸小言》《漱玉斋集》等。

立秋前五日社集天界寺,诸词客分赋金陵名胜送余行,余分得白鹭洲探五微留别

二水中分烟渚[1]微,江光如练澹晴晖。芳洲自入青莲笔,群鸟犹矜白雪衣。沙净伫看连影立,风生散作几行飞。怜君心逐洲前水,夜夜随潮送客归。

【按】选自陈永正主编《全粤诗》第15册卷五二〇(中山大学中国古文献研究所编,岭南美术出版社,2013年),言引自《邓氏诗选》"七律一"。

❑ 释钦义(?—1627)

钦义,字湛怀,本姓王,金坛人。十岁出家南京大报恩寺。二十岁起远游名山,参访耆宿。建黄曲社于尧山(今属河北)。后让与同社瘦鹤,复返南京,居于徽商募金所建阁内,遂不复出。禅寂之余,游戏笔墨,作《梅花小景图》等,颇得元末倪瓒笔意。又善鉴别古器物,工诗,翩翩潇洒,士大夫多喜欢从其游,因劝他们皈依佛门。晚年恣肆谈笑,不拘陈法。圆寂于南京。著有诗集行世,与憨山德清、雪浪洪恩并称南京"长干三诗僧"。

---

[1] 烟渚:指雾气笼罩的洲渚。

瓦官寺

烟霞城阙起，胜迹在林椒。春草绕三径，松风话六朝。冶城深竹树，白鹭带江潮。忆昔谈经处，钟声锁寂寥。

【按】选自清朱绪曾编《金陵诗征》卷四十四“方外”（光绪壬辰德清阁藏版）。本诗是作者在瓦官寺远眺冶城（今朝天宫）、白鹭洲一带，慨叹金陵六朝胜迹而作。

□ 朱之蕃(1558—1624)

朱之蕃，字元介，号兰嵎、定觉主人，祖籍山东茌平，生于金陵。万历二十三年(1595)科举状元，官终礼部右侍郎，任上曾奉命出使朝鲜。天启二年(1622)四月，起改为吏部右侍郎起升詹事府詹事掌南京翰林院事。工诗文书法，善画山水花卉。著有《使朝鲜稿》4卷、《纪胜诗》1卷、《落花诗》1卷、《南还杂著》1卷等。南京今有朱状元巷。

白鹭春潮

在府治西南八里，周回十五里，即太白诗所称“二水中分白鹭洲”是也。控阨上流，足为天险。旧有赏心亭、白鹭亭、二水亭，踞城瞰洲，今城既恢拓，亭亦久废，惟潮汐无改耳。

江天空阔水云连，荻笋[1]芦芽[2]望邈绵。春色漫夸梅柳早，闲情惟觉鹭鸥偏。沙痕深浅潮生落，帆影东西燕往还。清圣[3]倾将酬远览，千秋犹忆酒中仙[4]。

【按】选自朱之蕃编著，陆寿柏绘图《金陵图咏图考雅游编》（明天启刻本，国家图书馆藏本）。

□ 顾起元（1565—1628）

顾起元，字太初，一作璘初、瞒初，号遁园居士。明代江宁（今南京）人。万历二十六年（1598）中进士一甲第三名（探花），官至吏部左侍郎，兼翰林院侍读学士。乞退后，筑遁园，闭门潜心著述。朝廷曾七次诏命为相，均婉辞之，卒谥"文庄"。精于金石学，著有《懒真草堂集》《金陵古金石考》《客座赘语》《说略》等。

李白酒楼

今三山桥西。

---

［1］ 荻笋：荻苇之嫩茎，俗称柴笋或芦笋。荻苇是一种自然生长于长江中下游洲滩的野生植物。

［2］ 芦芽：芦苇的新芽，也叫芦苇芯，初长的芦芽状似细细的竹笋，也称芦笋、芦尖。

［3］ 清圣：即成语"清圣浊贤"，汉代末年因饥荒严禁酿酒，饮者讳言酒，称酒之清者为圣人，浊者为贤人。用来指酒。出自《三国志·魏志·徐邈传》。

［4］ 酒中仙：指李白。

白鹭洲边百尺楼，金銮[1]狂客此遨游。三山桥外吴姬肆，贳酒[2]谁输紫绮裘[3]。

【按】选自顾起元《懒真草堂集》卷十九（民国翁长森、蒋国榜辑《金陵丛书》丙集第26种，上元蒋氏慎修书屋印行，1914—1916年）。

留都口号（十首选二）

石城西望水连天，点点归鸦闪暮烟。一片波光明落日，家家艇子系篱边。

卢龙山下涛声急，白鹭洲前树影稀。莫遣神鞭驱石[4]至，好将强弩射潮[5]归。

【按】选自顾起元《懒真草堂集》卷三。留都，即南京。明初太祖建都南京，成祖时迁都北京，以南京为留都。口号，即口占，随口而吟，不是非常考究字句，类似竹枝词。本组诗描述的是南京城当年发生大水灾之后，人们的生活情况。

---

[1] 金銮：代指帝王车驾，明武宗巡游南都曾停留白鹭洲；或为翰林学士的美称。

[2] 贳酒：赊酒。

[3] 紫绮裘：典用李白《金陵江上遇蓬池隐者》"解我紫绮裘，且换金陵酒。"

[4] 神鞭驱石：指造桥的神奇技艺。明高启《垂虹桥》诗："行人脚底响波涛，驱石神鞭是孰操？"

[5] 强弩射潮：《北梦琐言》载：吴越王钱镠修捍海塘时为潮水所阻，遂令水犀手以五百强弩、三千利箭猛射潮头，迫其退去。宋·苏轼《八月十五日看潮五绝》其五："安得夫差水犀手，三千强弩射潮低。"

❑ 李日华(1565—1635)

李日华，字君实，号竹懒，又号九疑。浙江嘉兴人。万历二十年(1592)进士，除九江推官，授西华知县。崇祯元年(1628)升太仆少卿。和易安雅，恬于仕进。能书画，善鉴赏，世称博物君子，著有《恬致堂集》《官制备考》《姓氏谱纂》《檇李丛谈》《书画想象录》《紫桃轩杂录》《六研斋笔记》等。

春日送徐冏卿北上

青莎[1]白鹭洲，细雨桃花岸。看乘春水船，遥遥到天畔。

【按】选自影印文渊阁《四库全书》第1444册张豫章等奉敕编《御选宋金元明四朝诗》卷九十九。本诗不见于李日华著《李太仆恬致堂集》40卷集中。

本诗为作者送别太仆寺卿徐姓好友北上的诗，送别的地点当在白鹭洲。冏卿，是太仆卿之别称，掌管舆马和畜牧等事。

❑ 曾仕鉴

曾仕鉴，字明吾，一字人倩。南海人。明神宗万历十三年(1585)举人。二十年(1592)任内阁中书，历官户部主事。时值倭寇入侵，赵文懿延其画策。曾仕鉴著《兵略》上之，宋经略应昌得之，疏请加职衔。官侍从，尤留意民瘼。又疏修屯政。

[1] 青莎：指莎草。

会差趱南直隶白粮，乘便南还，遂不复出。有《庆历》《公车》《洞庭》《罗浮》《和杜》诸集。

凤凰台（四首选一）

秋入风林落叶纷，青山尊酒散斜曛。洲翻白鹭连吴树，江瞰卢龙带楚云。

【按】选自清温汝能编纂，吕永光等整理《粤东诗海》中册卷三十九（中山大学出版社，1999 年）。

本诗是作者登凤凰台揽胜怀古之作，此为第二首。首句秋风落叶，显示的是落寞肃杀之气，本诗的其他三首中同样是萧索之象，如第一首有“三山秀色还今古，六代繁华几劫灰”，第三首有“乱石残花一径幽”，第四首有“谪仙文藻亦荒丘”。可见明末时期，国家的颓势难返，南京的景象也是不容乐观。

❑ 郑明选

郑明选，字侯升。浙江归安人，一作福建侯官人。万历十七年(1589)进士。知安仁县，官至南京刑科给事中。有《鸣缶集》《秕言》。

新江营对雨

漠漠江云生，江天雨如雾。东望白鹭洲，苍茫不知处。

【按】选自郑明选著《郑侯升集》卷九（明万历三十一年郑文震刻本，《明别集丛刊》第 4 辑第 65 册，黄山书社，2015 年）。

新江营，当指驻扎在上新河一带江边的驻防部队。作者曾在此检阅驻兵训练和生活情况，在其集中有很多描述长江两岸兵营生活的诗，如《早寒入新江营》：“白马入营门，朔风吹大纛。秦淮一夜冰，霜飞紫貂帽。”也是记述冬天视察军营的情况。

❑ 陈　昂

陈昂(约1573年前后在世)，字尔瞻，一字云仲，自号白云先生，福建莆田人。诸生，避倭患奔豫章，织草屦自给，复由楚入蜀，后寓江陵，自榜于扉，为人佣作诗文，居数年，每日作诗自娱，虽穷苦，亦得诗文之乐，无疾而终，客死南京。有诗集16卷，卒后散佚无存。万历四十六年(1618)同里宋珏重加裒集为《白云集》7卷(附录1卷)传世。

江南旅情

日落青溪栅，潮平白鹭洲。林深常似雨，江静易生秋。凉月来天外，明河俯渡头。飞飞鸿雁影，不见尺书留。

【按】选自陈昂著《白云集》卷六（明万历四十六年宋珏刻天启五年重修本，《明别集丛刊》第3辑第20册，黄山书社，2015年）。

❑ 徐𤊹(1570—1642)

徐𤊹，字惟起，号兴公，别号三山老叟、天竺山人、竹窗病叟、笔耕惰农、鳌峰居士等。出生于福州鳌峰坊，祖籍荆溪镇徐家村。中秀才后，即摒弃科举，随兄致力于诗歌创作，其诗以清新隽永见长，人称“兴公诗派”，与曹学佺同为闽中诗坛领袖。他谙悉乡邦文献，以博洽称于时，三次参加修纂《福州府志》。著有《鳌峰集》《榕阴新检》《闽唐南雅》《雪峰寺志》《鼓山志》《榕城三山志》《闽中海错疏》《红雨楼集》《红雨楼书目》《笔精》《闽画记》《荔枝谱》等。

送康季鹰之秣陵兼寄诸旧游

金陵京阙帝王州，走马怜君是胜游。花底箫声歌妓舫，柳边旗影酒家楼。黄龙细辨前朝碣，白鹭遥寻隔水洲。旧事关情浑似梦，西风残月石城秋。

【按】选自明徐𤊹撰《鳌峰集》卷十六（明天启刻本，《明别集丛刊》第5辑第3册，黄山书社，2015年）。

❑ 黄道周（1585—1646）

黄道周，字幼平，或作幼玄，一字螭若，号石斋。漳浦（今福建漳浦）人。天启二年（1622）进士。他曾任南明吏部、兵部尚书，积极招募义兵，抵御清军南进，不幸兵败被俘，殉节于南京。他学问渊博，精天文历数诸术，工书善画，以文章风节高天下，为人严冷方刚，不谐流俗。著有《易象正》《三易洞玑》《太函经》《续离骚》《石斋集》等。

和杨机部三宿岩四首（录一）

栖迟成造次[1]，负戴[2]各幽求。风雨逢深夜，烟波抵漏舟。焚鱼[3]消客梦，饮马寄边愁。未必青天外，更无白鹭洲。

【按】选自黄道周著，翟奎凤、郑辰寅、蔡杰整理《黄道周集》卷四十二（《理学丛书》之一，中华书局，2017年），原载《黄石斋先生大涤函书集录》卷四。

本诗题中的杨机部，即明末抗清民族英雄杨廷麟（1596—1646），江西临江府清江县人。字伯祥，一字机部，晚年自号兼山。崇祯进士，南都陷，隆武帝加兵部尚书，攻复吉安，旋失，退保赣州，清兵陷城，投水殉国，有《兼山集》10卷、《杨忠节公遗集》8卷传世。他与黄道周一样都致力于反清复明。诗题中的三宿岩，即位于今鼓楼区下关附近的狮子山西侧（静海寺内）三宿崖。南宋绍兴三十一年（1161）九月，金军四十万南下，在长江边对阵，宋兵只有几万人，时中书舍人、直学士院、参谋军事虞允文前往战场迎战，巧设妙计以少胜多，大败金兵。战后虞允文凯旋南京，曾三宿于狮子山前，“三宿崖”之名由此而来。

□ 释道忞（1596—1674）

道忞，字木陈，号山翁、梦隐。广东潮阳人，俗姓林。明末清初临济宗杨岐派僧。少时习儒，因读《金刚经》《法华经》

［1］ 造次：鲁莽；轻率。

［2］ 负戴：以背负物，以头顶物；亦谓劳作。典出汉刘向《列女传·楚接舆妻》

［3］ 焚鱼：烧鱼（祭神）。相传周武王伐纣，渡河，有白鱼跃入舟中，武王烧鱼以祭。另一种说法，烧毁鱼袋，表示弃官归隐。

《大慧语录》等而信佛，依庐山开先寺智明出家。后奉父母命还俗，并生有一子。27岁再投先师门下出家。从德清受具足戒，游方参禅，嗣法于四明山天童寺圆悟禅师。清顺治三年（1646），退居慈溪五磊山。其后历住越州（浙江）云门寺、台州（浙江）广润寺、越州大能仁禅寺、湖州（浙江）道场山护圣万寿寺、青州（山东）法庆寺。顺治十四年（1657）返回天童寺。顺治十六年（1659），奉诏入宫为清世祖说法，甚受赏识，赐号“弘觉禅师”，晚年隐居于会稽化鹿山。著作有《弘觉禅师语录》20卷、《弘觉忞禅师北游集》6卷、《弘觉忞禅师奏对录》《山翁忞禅师随年自谱》及诗文集《布水台集》等。

到白门扫东山海舟慈、宝峰瑄二祖塔（四首录一）

赌墅[1]何年胜谢安，慈舟高阁在东山。华阳[2]渡口呈桡出，白鹭洲前载月还。一啸清风生万籁，乍挥玉宇幻千间。欲知祖德难磨处，依旧丰碑洗藓斑。

【按】选自释山明复编撰《禅门逸书初编》（台北明文书局，1981年）第10册明道忞著《布水台集》卷五。

本诗诗题中提及两位僧人：一位是海舟慈，即明代禅宗临济宗僧人普慈，据《五灯会元续略》卷六、《续灯正统》卷二十七等载，俗姓钱，号海舟，世称“海舟普慈”。苏州常熟（今属江苏）

[1] 赌墅：典出《晋书》卷七十九《谢安列传》。晋时苻坚率众百万，次于淮淝，京师震恐。晋孝武帝加谢安为征讨大都督。“安遂命驾出山墅，亲朋毕集，与玄围棊赌别墅。”后以“赌墅”表示临危不惧的大将风度。

[2] 华阳：即华阳洞天，指金陵南面的茅山，与句容临。为道教圣地，周围称“华阳洞天”，是道教的“第八洞天”。

人。出家后，研读《楞严经》。因有所疑而参万峰时蔚，遂受时蔚心法。后筑庐于洞庭山坞，又住持于杭州东明寺。另一位是宝峰瑄，即明代临济宗僧明瑄（？—1472），在俗时曾为木匠，一日，为海舟普慈（1355—1450）建造塔院，因斧伤足，甚痛，遂索酒吃，海舟闻此事而前往探视，谓："汝伤足犹可，若斫去头部，纵有千石酒与之，能吃否？"师闻后若有所悟，遂求为僧。既为僧，乃充火头，一日刻意参究之际，不觉被火燎去眉毛，面如刀割，以镜照之，乃豁然大悟。后住金陵高峰寺。

❑ 彭孙贻（1615—1673）

彭孙贻，字仲谋，一字羿仁，号茗斋，自称管葛山人，浙江海盐武原镇人。拔贡生。父以守土死于赣州，奔走求遗骸，明朝灭亡后，杜门侍母，终身布衣蔬食。自负文名，亦节义自许，不妄交游，人皆服其品格。乡人私谥"孝介先生"。工诗词，亦工画山水墨兰，颇留心于史事，著有《茗斋诗文集》《茗斋诗余》《茗斋杂记》《彭氏旧闻录》《客舍偶闻》《方士外纪》《国恩家乘录》《明朝纪事本末补编》《虔台逸史》《甲申以后亡臣表》《靖海志》《平寇志》等10余种。

金陵春望四首（录一）

冶客妖姬[1]乱紫骝，凤城[2]春色满红楼。清歌万户浓莺里，翠黛残钗绣陌头。桃叶丽人莲舫度，青溪神女月明游。

[1] 冶客妖姬：指打扮妖艳的男女游客。

[2] 凤城：京都的美称。

板桥薄暮空凝望，白鹭烟丝帝子洲。

【按】选自《四部丛刊》续集第455册清彭孙贻撰《茗斋诗·七言律》（影印海盐张氏涉园藏手稿刻本写本）。

本诗记述的是春暖花开之时，南京人西出京城，春游踏青，来到河西板桥、白鹭洲游玩的情景，诗中对游客、春色、湖景的描写色彩艳丽，细腻入微。

白鹭洲舟泊

沙头捕鱼艇，朝出晚未还。不如洲上鹭，闲立看青山。

【按】选自《四部丛刊》续集第457册清彭孙贻撰《茗斋诗·七言律》（影印海盐张氏涉园藏手稿刻本写本）。

本诗描述的是白鹭洲边渔人生活的艰辛，朝出晚归，辛勤劳作，不如洲上的白鹭悠闲自得。

●清 代

❑ 钱澄之(1612—1693)

钱澄之,初名秉镫,字饮光,一字幼光,晚号田间老人、西顽道人。安徽省桐城县(今枞阳县)人。与顾炎武、吴嘉纪并称“江南三大遗民诗人”。学识渊博,文笔雄健,质朴宏肆,不事雕琢。专治古文,文章典雅,对“桐城派”的形成有一定影响。钱澄之对数学、地理、训诂、义理亦有研究。著有《田间集》《田间诗集》《田间文集》《藏山阁集》等。

白鹭洲赠胡次公

最怜开国旧诸勋，休戚同时尚有君。早弃赐田乡党笑，独留陵屋子孙分。麻藏枕匣宣宗诏，瓜覆园门公主坟。时向市曹收死友，亲为裹革厝江濆。

【按】选自钱澄之撰《田间诗集》卷三（清康熙刻本，《清代诗文集汇编》第 40 册，上海古籍出版社，2010 年）。

本诗题中“胡次公”即明末胡长庚（1597—1683），字星卿，浙江人。先祖为清代开国功臣东川侯胡海之子胡观，曾娶朱元璋之女南康公主为妻，为明皇亲之后。明亡后，胡星卿举家移居驯象门外公主坟，近白鹭洲。精堪舆之术，以此为生。好与僧游，晚年皈依天界和尚。与钱澄之交好，胡星卿去世后，钱澄之伤痛不已,作诗哭之,并为其作《胡星卿先生墓表》,追念两人交往往事。

胡星卿茅屋歌

白鹭洲接大江濆，牧马儿来动成群。先生避世何处去，合家住近公主坟[1]。茅屋三间倚坟脚，门户欹斜草绳缚。篱外时闻樵妇喧，树下每有渔船泊。先生田无一石租，糊口只赖青囊书（星卿精堪舆术）。春深妇子竞锄菜，水落弟兄公养鱼。可怜茅屋多年破，五柳阴中留客坐。风雨淹旬不出门，先生高卧举家饿。先生本是公主孙，当年驸马最承恩。驯象门西起府第，至今基址宛然存。府基荒去坟园冷，细竹寒花空满岭。洗菜犹传金水桥，灌畦争汲琉璃井。东川[2]战功晚始酬，驸马还蒙少主优。靖难[3]师来家已破，子孙旋失东川侯。夺爵犹加主国号，上书乞恩无不报。下降闻在高帝年，问安尚睹英宗诏。诏书累朝墨有光，龙笺宝篆枕中藏。主家法物一朝尽，朴素惟留驸马床。驸马之床朴如此，想见国初俗不侈。当时赐出椒房[4]宫，如今锁在茅屋里。茅屋相看几度春，终年抱膝不知贫。叩门半是先朝爵，失路时怜帝室亲。先朝帝室复谁在，茅屋栖迟人勿怪。君不见开平王[5]后怀远侯，妻

[1] 公主坟：即明太祖朱元璋第十一女南康公主之坟。

[2] 东川：指明朝开国名将胡海(1329—1391)，字海洋，安徽濠州定远人。洪武十七年(1384)，朱元璋论功行赏，封胡海为东川侯。三子胡观娶南康公主，为驸马。

[3] 靖难：平定变乱。这里指明成祖朱棣发动的靖难之役。

[4] 椒房：泛指后妃居住的地方。

[5] 开平王：即明朝开国名将常遇春(1330—1369)，字伯仁，号燕衡。安徽省怀远县常家坟镇永平岗人。元顺帝至正十五年归附朱元璋，自请为前锋，力战克敌，尝自言能将十万众，横行天下，军中称常十万，官至中书平章军国重事，封鄂国公，洪武二年病卒军中，追封开平王。

子负薪身种菜。

【按】选自钱澄之撰《田间诗集》卷四（清康熙刻本，《清代诗文集汇编》第40册，上海古籍出版社，2010年）。

本诗记述了胡星卿的家世情况，和其在南京白鹭洲的悲惨生活状况。

寄怀白门旧游又二十四首（录一）

园上头陀[1]族本华，多年卖画作生涯。闭门反教邻人锁，润笔[2]深防老友赊。白鹭洲边停杖履，芙蓉山畔领烟霞。交亲[3]索负柴扉满，谁信终朝不在家（朱七处）。

【按】选自钱澄之撰《田间诗集》卷四（清康熙刻本，《清代诗文集汇编》第40册，上海古籍出版社，2010年）。

本诗为作者写赠家住城外西南白鹭洲附近的僧人好友朱七处的诗。朱七处生平事迹不详，钱澄之另有《赠朱七处》诗，略见其生平："城南白发老头陀，菜甲畦中掩薜萝。稳著僧衣官不禁，闲谈往事难偏多。避人索画侵晨出，许我寻花傍晚过。赤脚抱孙看水涨，凭他醉尉往来诃。"（《田间诗集》卷四）可见其善画，以买画为生。

白鹭洲宿胡星卿草庐

去岁秋潮漫，遥怜处士家。瓜棚连树倒，篱落与门斜。

[1] 头陀：行脚乞食的僧人。
[2] 润笔：请人作诗文书画的酬劳。
[3] 交亲：亲戚朋友。

鱼走塘皆破，马来路莫遮。竹床留信宿[1]，犹诧酒能赊。

【按】选自钱澄之撰《田间诗集》卷十二（清康熙刻本，《清代诗文集汇编》第40册，上海古籍出版社，2010年）。

本诗记述了作者在大水过后拜访家住白鹭洲的胡星卿的情况，可见大水之后，白鹭洲一带，树倒门斜，塘破鱼走的景象。

□ 方　文(1612—1669)

方文，字尔止，号嵞山，原名孔文，字尔识，明亡后更名一耒，别号淮西山人、明农、忍冬，安徽安庆府桐城(今桐城市区凤仪里)人。明末诸生，入清不仕，靠游食、卖卜、行医或充塾师为生，与复社、几社中人交游，以气节自励。与方贞观、方世举并称"桐城三诗家"，著有《嵞山集》。

白鹭洲访蔡鲁子

倚楫桥门问古川，双飞白鹭晚沙前。密林横阁有人语，清箪焚香足昼眠。渡口斜阳芳草色，枝头啼鸟暮云天。中宵颇悟无生理，一枕何论大小年。

【按】选自《嵞山集》卷六"七言律"（清康熙刻本，《清代诗文集汇编》第38册，上海古籍出版社，2010年）本诗作于崇祯十三年庚辰（1640），乃作者拜访家住白鹭洲的蔡鲁子后而作。蔡鲁子生平不详。

[1] 信宿：连住两夜，也表示两夜。

□ 顾炎武(1613—1682)

顾炎武，本名绛，乳名藩汉，别名继坤、圭年，字忠清、宁人，亦自署蒋山佣；南直隶苏州府昆山(今江苏省昆山市)千灯镇人。南明亡后，因为仰慕文天祥学生王炎午的为人，改名炎武。因故居旁有亭林湖，学者尊为"亭林先生"。他学问渊博，于国家典制、郡邑掌故、天文仪象、河漕、兵农及经史百家、音韵训诂之学，都有研究。与黄宗羲、王夫之并称为明末清初"三大儒"。晚年治经重考证，开清代朴学风气。诗多伤时感事之作，著有《日知录》《天下郡国利病书》《肇域志》《音学五书》《亭林诗文集》等。

江　上

江上传夕烽，直彻燕南陲。皆言王师来，行人久奔驰。一鼓下南徐，遂拔都门篱。黄旗既隼张，戈船亦鱼丽。几令白鹭洲，化作昆明池。于湖[1]担壶浆，九江候旌麾。宋义但高会[2]，不知兵用奇。顿甲守城下，覆亡固其宜。何当整六

[1] 于湖：即安徽安庆市。

[2] 宋义但高会：暗指郑成功不听张煌言与麾下诸将劝谏，认为"攻心为上"，以待金陵清军投降，并释戈开宴，纵酒捕鱼为乐。典出《史记·项羽本纪》："怀王召宋义……因置之为上将军。救赵，行至安阳，留四十六日不进，遣其子宋襄相齐，身送之至无盐，饮酒高会。"

师[1]，势如常山蛇[2]。一举定中原，焉用尺寸为。天运何时开？干戈良可哀。愿言随飞龙，一上单于台[3]。

【按】选自清顾炎武著、华忱之点校《顾亭林诗文集》收录的《亭林诗集》卷三（中华书局，1983年5月第2版）。

本诗记述的是清顺治十六年（1659）郑成功与张煌言举兵北伐，以解清军猛攻云贵、永历朝摇摇欲坠之急。郑张联军由崇明入长江，破瓜州，下镇江，以迅雷之势包围南京。附近州郡纷纷响应。清政府措手不及，顺治帝惶恐不安，有亲征之议。顾炎武闻讯大受鼓舞，以连绵句式抒写听到这一振奋人心的消息时的激动和惊喜。接着分析了郑氏失利的原因。诗中提及曾在白鹭洲一带的战事。

本诗钱仲联《梦苕盦诗话》认为是"对郑成功进兵长江攻金陵之战略，有所不满。尤其是对郑军在金陵城外骄兵失利，前功尽弃，特致贬词。至以宋义比之，此亦《春秋》责备贤者之意。'于湖'二句指张煌言。钱牧斋《后秋兴诗》云：'戒备偶然疏壁下，偏师何意溃城阳。'与亭林诗貌同而心异，牧斋盖主张延平进攻金陵者也。亭林在《形势论》中以为：'夫取天下者，必居天下之上游，而后可以制人。……且人知高皇帝之都金陵，而不知高皇帝之所以取天下。当江东未定，先以大兵克襄汉，平淮安，降徐宿，而后北略中原，此用兵先得地势也。……如愚之策，联天下之半以为一，用之若常山之蛇，则虽有苻秦百万之师，完颜三十二军之众，不能窥我地；而蓄威固锐，以伺敌人之暇，则功可成也。'亭林之

[1] 六师：古制天子统六师。

[2] 常山蛇：典出《孙子》兵法："故善用兵者，譬如率然，率然者，常山之蛇也，击其首则尾至，击其尾则首至，击其中首尾皆至。"这里指明军应由天子统帅六师，齐攻常山蛇首尾中间，使顾此失彼，俾一举匡定中原。

[3] 单于台：在今山西大同市。汉武帝曾登单于台，告示单于："单于能战，天子自将待边；不能，亟来臣服。"

意，盖以延平此举事机未熟，以致败绩。此诗之微旨如此。”

❑ 余　怀(1616—1696)

余怀，字澹心，一字无怀，号曼翁、广霞，又号壶山外史、寒铁道人，晚年自号鬘持老人。福建莆田黄石人，侨居南京，自称江宁余怀、白下余怀。晚年退隐吴门，漫游支硎、灵岩之间，征歌选曲，与杜浚、白梦鼐齐名，时称“余杜白”（鱼肚白）。著有诗集《甲申集》《枫江酒船诗》《五湖游稿》等，词集《玉琴斋词》《秋雪词》等，文集有《三吴游览志》《板桥杂记》等。今人李金堂校为《余怀全集》。

咏怀古迹·白鹭洲

在府西南大江旁。李白诗：二水中分白鹭洲。曹彬下江南，驻兵此地。

洲前白鹭几时飞？芳草王孙归未归[1]？二水依然台下过，阿谁[2]演念家山破？

【按】 选自清余怀撰，李金堂编校《余怀全集》上册（上海古籍出版社，2011 年）。

［1］ 芳草王孙归未归：化用唐代王维《山中送别》诗意：“春草明年绿，王孙归不归。”

［2］ 阿谁：唐宋时期口头语，常用作禅林语，即“谁”。

❑ 吴 绮(1619—1694)

吴绮,字园次,一字丰南,号绮园,又号听翁,江都(今江苏扬州)人。顺治十一年(1645)贡生,荐授弘文院中书舍人,升兵部主事、武选司员外郎。又任湖州知府,以多风力(指文辞的风格与笔力),尚风节,饶风雅,时人称之为“三风太守”。后失官,再未出仕。能诗词,著有《林蕙堂集》26卷传世。

次刘季英江南春兴(录一)

秦淮烟月黯然收,白鹭飞残出远洲。青盖[1]漫传前代恨,乌衣宁复少年游。半江春水千寻锁,几夜东风百尺楼。战鼓乱鸣浑未觉,只缘天子自无愁。

【按】选自影印文渊阁《四库全书》第1314册清吴绮撰《林蕙堂全集》卷二十。

❑ 倪天枢

倪天枢,字苍坡,桐城人。顺治岁贡。官崇明训导,卒于任。著有《恕斋集》。

寄怀方尔止白下即送其授经淮南

江头送客客心违,想到江头花正飞。鸠性久怜吾道

[1] 青盖:青色的车盖。汉制用于皇太子、皇子所乘之车。借指帝王。

拙[1]，鱼书[2]近与故园稀。人从白鹭洲前去，春向双龙桥上归。满地风烟何日靖，望中行色泪沾衣。

【按】选自陈诗编纂《皖雅初集》卷七（民国十八年排印本）。

本诗题中方尔止即清初诗人方文，生平见前文。他有女婿王概住金陵上新河白鹭洲边。

□ 毛　甡(1623—1716)

毛甡，即毛奇龄，字大可，又字齐于、于一，号初晴，一作秋晴。学者称西河先生。浙江萧山人。明诸生。顺治三年(1646)，参加明保定伯毛有伦抗清军队。康熙十八年(1679)举博学鸿儒科，授翰林院检讨，充《明史》纂修官、会试同考官。研究经、史及音律。为学好辨驳，立论新，以名家为对手。著有《西河合集》，分经集、史集、文集、杂著，共234卷。

白鹭洲送吴百朋之任滇州即席用陆圻韵

天涯高会惜离群，锦席芳洲夜送君。树里星河三楚尽，楼前章贡[3]一江分。翻来白鹭波间羽，望起苍梧岭外云。怪底新歌皆妙曲，征西官属总能文。

【按】选自袁枚修纂《江宁新志》卷十三（乾隆十三年刻本，中国科学院图书馆选编《稀见中国地方志汇刊》第10册，中国书

[1] 鸠……拙：自称性拙的谦词。

[2] 鱼书：《乐府诗集·相和歌辞十三·饮马长城窟行之一》："客从远方来，遗我双鲤鱼。呼儿烹鲤鱼，中有尺素书。"后因称书信为"鱼书"。

[3] 章贡：章水和贡水的并称，亦泛指赣江及其流域。

店，2007年）。本诗原载《西河文集·七言律诗》卷一（《清代诗文集汇编》第89册，清康熙刻西河合集本），题作《白鹭洲施湖西席送吴百朋之任湞州即席同陆圻韵》。施湖西，即宣城施愚山（1619—1683），当时正以少参分守湖西，讲学于吉安城南之白鹭洲，施氏曾邀毛奇龄赴书院讲学，事见毛奇龄《白鹭洲主客说诗》书中。因此，这里的“白鹭洲”当为江西吉安之白鹭洲书院所在地，袁枚修撰《江宁新志》时误以为金陵白鹭洲也。

诗题中的吴百朋（1519—1578），原名吴伯朋，字惟锡，号尧山，浙江金华府义乌县（今浙江义乌）人。明朝抗倭名将。嘉靖二十六年（1547）进士。嘉靖二十七年（1548）八月，初入仕途，出任江西永丰知县。因抗倭平乱有功，晋升为大理寺卿，改任兵部右侍郎。万历五年（1577），升任刑部尚书。次年，因积劳成疾，死于任上。著有《吴百朋奏疏》3卷，《南赣督抚奏议》及部分诗稿。

❑ 顾珵美(1625—？)

顾珵美，字辉六，浙江嘉善人。明末诸生。历游齐、晋、燕、粤，皆有所作，为少宰曹鉴仁业师。著有《上巳野集诗》1卷。

金陵怀古

秦淮原接大江流，绮阁[1]还临白鹭洲。五马[2]旌旗曾北

［1］ 绮阁：华丽的楼阁。

［2］ 五马：相传西晋末年“八王之乱”后，琅琊王司马睿、西阳王司马羕、南顿王司马宗、汝南王司马佑、彭城王司马纮渡江到南京，其中司马睿所乘坐骑顿时化龙飞去，成为其称帝前之“吉兆”。公元317年，司马睿在建康（今南京）正式建都，创建东晋王朝。今南京市栖霞区幕燕滨江风貌区的幕府山北麓江边有五马渡即因此而得名。

渡，八公草木[1]护南州。夜寒玉漏[2]严城雨，月满铜驼[3]故国秋。江左繁华零落尽，几时王谢[4]更重游。

【按】选自近代徐世昌选编《晚晴簃诗汇》卷六十四（退耕堂刻本第25册）。

❑ 屈大均(1630—1696)

屈大均，初名邵龙，又名邵隆，号非池，字骚余，又字翁山、介子，号莱圃，广东番禺县(今广州市番禺区)人。前半生致力于反清运动，后为僧，中年仍改儒服。诗有李白、屈原的遗风，与陈恭尹、梁佩兰并称“岭南三大家”。著作多毁于雍正、乾隆两朝，后人辑有《翁山诗外》《翁山文外》《翁山易外》《广东新语》及《四朝成仁录》，合称“屈沱五书”。

金陵曲，送客返金陵（十首录一）

白鹭芳洲廿里长，家家花发暖飞香。轻舟未忍随潮去，

[1] 八公草木：将八公山的草木视为敌人。形容心情极为紧张和恐惧。典出《晋书·苻坚载记下》：“(苻)坚与苻融登城而望王师，见部阵齐整，将士精锐，又北望八公山上草木皆类人形，顾谓融曰：‘此亦劲敌也，何谓少乎?’怃然有惧色。”

[2] 玉漏：指古代计时漏壶。

[3] 铜驼：原指铜铸的骆驼，多置于宫门寝殿之前。后借指京城，宫廷。

[4] 王谢：六朝望族琅琊王氏与陈郡谢氏之合称，后成为显赫世家大族的代名词。

公主坟西吊夕阳。(出驯象门[1],滨河之西有国朝南康[2]大公主园。)

【按】选自欧初、王贵忱主编《屈大均全集》第1册《翁山诗外》卷十六(人民文学出版社,1996年)。诗中记载白鹭洲有二十里长,可见当时河西地区大片的地方均属古白鹭洲。

☐ 释今无(1633—1681)

今无,字阿字。番禺人。本万氏子,年十六,参雷峰函是,得度。十七受坛经,至参明上座因缘,闻猫声,大彻宗旨。监栖贤院务,备诸苦行,得遍阅内外典。十九随函是入庐山,中途寒疾垂死,梦神人导之出世,以钝辞,神授药粒,觉乃苏,自此思如泉涌,通三教,年二十二奉师命只身走沈阳,谒师叔函可,相与唱酬,可亟称之。康熙十二年(1673)请藏入北,过山东,闻变,驻锡萧府。十四年回海幢。著有《光宣台全集》。清陈伯陶编《胜朝粤东遗民录》卷四有传。

[1] 驯象门:南京明城墙外郭城的十八座城门之一,位于外城西南垣,与赛虹桥相对,为区别于小驯象门,又称为大驯象门。驯象门西北与江东门隔河遥望,南与安德小门相接,据记载,明洪武中牧象于沙洲乡(即沙洲圩),道经于此,路为驯象街。洪武二十三年四月建造驯象门,门以街为名。

[2] 南康:即明太祖朱元璋第十一女,名朱玉华(1373—1438)。洪武二十一年(1387),封南康公主,下嫁东川侯胡海之子胡观。永乐三年(1405),进封南康长公主,永乐二十二年(1424),进封南康大长公主。正统三年(1438),公主去世,享寿六十六岁,葬南京白鹭洲南。

登谪仙楼有怀千山

欸乃[1]听残客思愁，来登江上谪仙楼。寒风直扇金陵雨，怒浪长连白鹭洲。万里中原腾杀气，三边朔漠[2]怨貂裘。分明掩泣凫归日，回首茫茫又两秋。

【按】选自释今无撰《阿字无禅师光宣台集》卷二十（清康熙刻本，《清代诗文集汇编》第129册，上海古籍出版社，2010年）。

本诗题中所言“谪仙楼”，当位于南京城西白鹭洲附近，不是人们常见的马鞍山谪仙楼。明南京诗人顾璘有《送林伯章》：“金陵帝城天下会，名胜从前特称最。观风季札自何来，巍冠峨峨垂缓带。龙山虎阜翠烟浮，曲浦澄江素月流。唱罢骊歌向人别，城西一访谪仙楼。”所咏即南京城西谪仙楼。

□ 刘汉系

刘汉系，字王孙，号江祖。贵池人，刘城孙，刘庭銮子，著有《江祖诗集》。

---

[1] 欸乃：象声词。开船的摇橹声。

[2] 朔漠：北方沙漠地带，也泛指北方。

长干行五首（录一）

长干有艇子，两桨鼓凉篷。白鹭洲在右，赤石矶[1]在东。

【按】 选自陈诗编纂《皖雅初集》卷二十三（民国十八年排印本）。

□ 余宾硕（1637—约1722）

余宾硕，字玄霸，一字石农，号鸿客。江宁（今江苏南京）人，祖籍福建莆田。《板桥杂记》作者余怀之子。承家学，精六书，以诗名。著有《丁卯集》《神京记胜集》《十二家诗评》《石农咏物诗》等。

白鹭洲

西出驯象门，滨河，河西为明南康公主墓。又西为黄侍中

[1] 赤石矶：遗址在南京城南老门东旁的雨花门城墙下，有南京城墙赤石矶登城口。六朝时期，赤石矶是金陵南郊的军防要地，又是六朝士大夫聚集之所。五代时期拓城，将赤石矶分隔为二。围入城内的赤石矶俯临娄湖，其后湖涸变为陆地，即今天的"老虎头"。明清时期，金陵四十八景中有"赤石片矶"。

祠。侍中名观[1]，逊国后自沉罗刹矶。夫人翁氏，诏给配象奴，不愿，与二女俱赴大市桥下死，其冢即在祠旁。河东为白鹭洲，广轮[2]二十五里，无葭苇，村村植柳，柳阴相接，柳色照行人，衣白者皆碧。旧有赏心、白鹭、二水三亭。踞城瞰洲城下，有折桥[3]亭。宋张乖崖建为送客之所，今城既变更[4]，亭亦遂[5]没。

江上悠悠白鹭洲，潮生潮落使人愁。风吹荒渚孤云起，石转惊涛落日浮。山色自连吴苑晚，雁声空带塞门秋。由来南北争衡地，渺渺烟波独倚楼。

【按】选自清道光庚戌新镌文印山房藏版《金陵览古》卷二（国家图书馆藏本），李海荣主编《南京稀见文献丛刊》（南京出版社，2009年）有点校本。

余宾硕长期居住南京城南杏花村，康熙五年（1666），以匝月遍游金陵名胜，感兴亡之事，汇成《金陵览古诗》。

---

[1] 黄观（1364—1402）：明朝历史上第一位“连中三元”者。字澜伯，又字尚宾，池州府贵池县清江人。明洪武二十三年（1390），黄观以贡生入太学。同年八月，在南京应乡试，中解元，次年三月应会试，中会元。是年四月，黄观参加殿试取一甲第一名，授翰林院修撰。建文四年，朱棣以清君侧，号称“靖难”，直逼南京，公布“文职奸臣”名单，黄观名列第六。黄观在长江上游督促各地赴援，当船行至安庆下游罗刹矶时，得悉惠帝已死，燕王已即位，自知大势已去，乃投江自尽。明万历二十四年（1596），始得昭雪，补谥“文贞”。在南京秦淮河畔建黄公祠。

[2] 广轮：广袤；指土地的面积。

[3] 桥：《瓜蒂庵藏明清掌故丛刊》作“柳”，当从。

[4] 更：据《瓜蒂庵藏明清掌故丛刊》本补。

[5] 遂：《瓜蒂庵藏明清掌故丛刊》作“废”。

❑ 冯云骧

冯云骧，字讷生，山西振代州人。顺治八年(1651)举人，顺治十二年(1655)进士，初授大同府教授、内转国子监博士，迁户部主事、刑部员外郎。康熙十八年(1679)举博学鸿词，转四川提学佥事，以福建督粮道致仕归里。著有《飞霞楼诗》《云中集》《国雍》《草沱园偶辑》《瞻花稿》《涉霞吟》《青苔篇》等。

怀唐于野

唐生甘石隐[1]，高卧大江秋。片月依莲社[2]，孤云隐竹楼。烟花六代渺，诗卷万年愁。徙倚层楼晚，云横白鹭洲。

【按】选自（民国）徐世昌编，闻石点校《晚晴簃诗汇》卷二十七（中华书局，1990 年）。

❑ 王　著(1649—1732)

王著，初名尸，字宓草、一字密草，号湖村、晚号伏草氏。清初江宁(今南京市)人，祖籍秀水(今属浙江嘉兴)。一生布衣，诗书画印俱能，鬻画为生，著有《瞰浙楼集》。

---

［1］ 石隐：与石(磬)俱消逝。石，乐器，八音之一。《书·益稷》：“击石拊石。”《注》：“石，磬也。”

［2］ 莲社：佛教净土宗最初的结社。晋代庐山东林寺高僧慧远，与僧俗十八贤结社念佛，因寺池有白莲，故称。

题《金陵胜迹图册·白鹭春潮》

白鹭洲在府治西南八里，周回十五里，即李白所称“二水中分”者也。内为秦淮，外为大江，广轮二十五里，水村植柳，绿荫相接，影映行人，白衣皆碧。旧有赏心亭、白鹭亭，可以踞城瞰洲，若远近隐见云霞烟霭间，每当春潮浪涌，荻花荡漾，缭碧萦青，鸥鹭飞翔，一望水天无际，真旷览也。今城既恢拓，亭亦久废，洲地渐远，内为民居，外则村庄田亩，惟潮汐依然无改耳。

六朝天堑抱皇州，东抵新林西石头。二水中分迷旧迹，大江北徙远洪流。洲无白鹭千堆雪，稻有黄云万顷秋。亭与赏心相鼎足，抚今追昔两悠悠。

【按】选自王蓍绘《金陵胜迹图册》（现藏于北京故宫博物院），转引自周安庆著《青山绿水间的古都佳境——王蓍及其〈金陵胜迹图册〉》（《文物天地》2011年第012期）。

❑ 爱新觉罗·玄烨（1654—1722）

爱新觉罗·玄烨，清朝第四位皇帝，年号“康熙”。康熙帝8岁登基，14岁亲政，在位61年，是中国历史上在位时间最长的皇帝。执政时期，坚持大规模用兵，实现国土完整和统一。在政治上加强中央集权。喜赋诗。著有《圣祖仁皇帝御制文集》。

驻跸江宁偶述

云覆轻阴雨净尘，南巡[1]又隔十经春。山河旧数陪京重，士庶今看沐化淳[2]。古巷乌衣人已换，芳洲白鹭迹成陈。元元亿万咸安乐，教养休和属大钧[3]。

【按】选自《钦定四库全书》第1298册清圣祖御制《圣祖仁皇帝御制文集》第2集卷五十。

□ 赵文煚

赵文煚(jiǒng)，字玉藻，号铁源，山东胶州人。康熙庚戌(1670)进士，改庶吉士，授编修，历官侍讲。有《粤游草》。

使还渡江而归舟中有作(其一)

大江流建业，画舫趁春归。树里青山出，洲前白鹭飞。孤城烟细细，千里雨霏霏。咫尺皆戎马，潇湘未解围。

【按】选自《晚晴簃诗汇》卷三十六(退耕堂刻本第14册)。

□ 朱 卉(1684—1757)

朱卉，初名灏，字草衣，一字麦江，当涂籍，居金陵白鹭洲附近。游历半天下，中年居石头城始婚。晚依一女，无嗣。自

[1] 南巡：指康熙三十八年的第三次南巡，距上次南巡10年。
[2] 化淳：教化淳厚；淳厚的教化。
[3] 大钧：指天、天道或自然。

营生圹清凉山下，袁简斋太史题碑曰“清诗人朱草衣之墓”。尝谒孝陵有“夕阳僧打破楼钟”之句，人遂称为“朱破楼”。著有《草衣山人集》《朱草衣遗诗》。

山左道中

春剩轻寒尚敝裘，闲吟驴背自相酬。人行海上青驼寺[1]，家在江南白鹭洲。一地落花风乍息，四山环翠雨初收。离愁堆满斜阳下，懒向垂帘问酒楼。

【按】 选自朱绪曾编《国朝金陵诗征》卷四十三“寓贤”（光绪乙酉孟夏德清阁藏版）。本诗乃作者在山左（今山东省）一带道中所作，诗中言及思念家乡白鹭洲的离愁。

□ 厉　鹗(1692—1752)

厉鹗，字太鸿，又字雄飞，号樊榭、南湖花隐等，钱塘(今浙江杭州)人。康熙五十九年(1720)举人，屡试进士不第。乾隆初举鸿博，报罢，终身未仕。厉鹗读书搜奇嗜博，钩沉摘异，尤熟于宋元以后的掌故。著有《樊榭山房集》《宋诗纪事》《南宋杂事诗》等。

秦淮怀古四首（选一）

佳丽江山入暮秋，秦淮从古擅风流。残阳半隔乌衣巷，

[1] 青驼寺：位于山东省临沂市沂南县青驼镇境内。

绿水斜通白鹭洲。事去兴平空拜爵，天亡归命[1]不成侯。当年大有伤时语，一曲清歌在漏舟。

【按】选自影印文渊阁《四库全书》第1328册清厉鹗撰《樊榭山房续集》卷四。《清代诗文集汇编》第271册（上海古籍出版社，2010年）民国上海涵芬楼影印清光绪十年振绮堂刊本《樊榭山房续集》卷四亦有本诗，但是刊刻时缺文较多，不能卒读。

❑ 许全治（1695—1741）

许全治，字希舜，号历耕，安徽歙县人。敏事子，未仕进。殁后其子安澜等辑其遗作，附于其祖周仁《稽古堂诗集》后，名《历阱草》，乾隆十一年刻，友人朱卉、屈景贤、吴元桂爲之序，后附周和所撰传，又有吴元桂跋，中国科学院图书馆藏。集中有《黄山杂纪》94首，历记黄山名胜物产，题下有注，颇可参稽。又有《粟壳中佛》诗，记以米粒刻佛，是雍正间微雕艺术已臻发达。

白鹭洲

雨洗江天净，波明照客颜。洲边无白鹭，云外有青山。诗酒雄千古，勋名见一斑（宋曹彬大战于此）。孤怀秋渺渺，野艇泛前湾。

【按】选自许全治撰《稽古堂诗集·五言律》。见《四库未收书辑刊》（北京出版社）。

---

[1] 归命：归顺；投诚。

□ 爱新觉罗·弘历(1711—1799)

爱新觉罗·弘历,即清高宗乾隆,清朝第六位皇帝,清军入关之后的第四位皇帝,前后执政共60年(1736—1796)。他儒雅风流,一生著文吟诗,诗作竟达42 000余首,几与《全唐诗》相等。其最突出的文化成就是在全国范围内征集图书,编纂巨帙《四库全书》。

题文伯仁金陵十八景·白鹭洲

二水南来洲间[1](去声)之,青蒲白鹭渺无涯。片帆到此谁将泊,疑是谪仙暮宿时。(李白诗"暮宿白鹭洲"。)

【按】选自影印文渊阁《四库全书》第1306册清高宗御制、清蒋溥等奉敕编《御制诗集》3集卷四十九。亦见于台湾故宫博物院印行《清高宗御制诗文全集·御制诗三集》卷四十九。

本诗为清乾隆帝题明代画家文伯仁《金陵十八景》图册而作。文伯仁(1502—1575),字德承,号五峰、葆生等。他始居太湖洞庭山韩村,后因"避倭寇徙家南京",居住在栖霞山一带,故又号摄山老农。流寓金陵期间,他主要靠鬻画卖字为生。曾编纂《栖霞寺志》。另著有《五峰山人集》,不传。1572年创作的《金陵十八景》,纸本设色图册,是他在饱览金陵山水烟气之后的佳作,是现存最早的金陵图景册页。《金陵十八景图》每开图绘一景,依次为:三山、草堂、雨花台、牛首山、长干里、白鹭洲、青溪、燕子矶、莫愁湖、摄山(今栖霞山)、凤凰台、新亭、石头城、太平堤、桃叶渡、白门、方山、新林浦,浓缩了金陵风光的精华所在。乾隆

[1] 间(jiàn):隔开;不连接。

皇帝常将此图携在身边，多次题图，可见其对文伯仁图册的喜爱。

题文伯仁金陵十八景·白鹭洲

鹭洲师进多俘斩[1],既至围城称疾盟。鲁国无惭儒将矣，兵机要识重和轻。（右白鹭洲）

【按】选自影印文渊阁《四库全书》第1308册清高宗御制、清蒋溥等奉敕编《御制诗集》4集卷七十三。亦见于台湾故宫博物院印行《清高宗御制诗文全集·御制诗四集》卷七十三。

题文伯仁金陵十八景·白鹭洲

清旷真宜野鹭居,绿洲荡荡水如如[2]。自从太白题诗后，点笔无非是绪余[3]。（右白鹭洲）

【按】选自影印文渊阁《四库全书》第1309册清高宗御制、清蒋溥等奉敕编《御制诗集》5集卷七。亦见于台湾故宫博物院印行《清高宗御制诗文全集·御制诗五集》卷七。

❑ 王　粤

王粤，字汉东，上元(今江苏省南京市)人。康熙四十一年(1702)举人。

---

［1］ 俘斩：指被俘获斩杀的人。
［2］ 如如：永恒存在的真如。
［3］ 绪余：抽丝后留在蚕茧上的残丝。

秦淮泛舟

一派秦淮水，潮生好泛舟。新亭客不见，旧渡月含愁。子弟乌衣巷，诗才白鹭洲。帘栊窥画舫，灯火慢更筹。青幌[1]千家酒，花墙十锦楼。倚栏吹玉笛，怀古意悠悠。

【按】选自朱绪曾编《国朝金陵诗征》卷九（光绪乙酉孟夏德清阁藏版）。

□ 龙　循(女)

龙循，字素文，安徽望江人。吴元安室。有《双清阁剩草》。

祝外[2]五十初度(二首选一)

渺渺白鹭洲，皎皎洲前鹭。耿介立清波，羽毛时自顾。隔江桃李花，烂漫几千树。紫燕与黄鹂，巧哢向人吐。歜[3]葆洁白姿，频添花边步。虽逐鹓鸾[4]群，浓淡各异趣。

【按】选自朱绪曾编《国朝金陵诗征》卷四十七“闺秀”（光绪乙酉孟夏德清阁藏版）。

龙循的丈夫吴元安，据《枢垣记略》卷十八记载为江苏上元人，雍正四年（1726）举人，曾由内阁中书入直，官至兵科给事中，

[1] 青幌：青帘，酒帘，酒幌。

[2] 外：当指“外子”，即丈夫。

[3] 歜(chù)：盛怒，气盛。这里“歜”疑当为“独(獨)”，与“频”意思相对。

[4] 鹓鸾：鹓、鸾在神话传说中都是瑞鸟。比喻高贵的人。

诰授朝议大夫承办军务，并擢御史巡视五城，口碑极佳。其五世祖吴用先为桐城人，晚年购徐达后代的西园（今南京愚园）居住，距离白鹭洲很近。其后人一直居住金陵城西，故龙循诗中说“渺渺白鹭洲，皎皎洲前鹭。”

王 琯

王琯，字諴五，又字健行，号和斋，王瑗之兄。清雍正年间上元(今江苏南京)人。

白鹭洲

洲逼河堧[1]堧逼洲，城移亭废不胜愁。平分二水奔流急，遥接三山积翠浮。几处人家寒晚树，一行眉字写清秋。谪居旧日曾瞻眺，佳句高题百尺楼。

【按】选自清道光庚戌新镌文印山房藏本余宾硕撰《金陵览古》卷二（国家图书馆藏本），底本署名“和斋”。李海荣主编《南京稀见文献丛刊》（南京出版社，2009年）有《金陵览古》点校本。

王 瑗

王瑗，字慕蘧，号颠客，清雍正年间上元(今江苏南京)人。

[1] 堧：古代宫殿的外墙。

白鹭洲

离离衰草逼汀洲，满目萧条动客愁。二水尚留佳句在，三亭[1]空剩野烟浮。横斜雁阵临残照，断续渔歌唱晚秋。傍岸酒香村肆近，时停游屐醉高楼。

【按】选自清道光庚戌新镌文印山房藏本余宾硕撰《金陵览古》卷二（国家图书馆藏本），底本署名“颠客”。李海荣主编《南京稀见文献丛刊》（南京出版社，2009 年）有《金陵览古》点校本。

□ 郑相如

郑相如，字汉林，号愿廷。安徽泾县人，康熙五十九年(1720)副贡，博贯经史，尝以博学鸿词科荐，不遇。聘修《江南通志》等。著有《四子图书》《通考泾川》《虹玉堂集》等。

鹭洲平词

顺治十六年（1659），海逆郑成功委任张英，授伪五军都督，率岛兵，寇狼山，陷镇江、瓜埠，逆江流而上，驻师白鹭洲，几危金陵，大将梁化凤撤神策门城，伏兵攻其营，大破之，英败走，不知所之。

[1] 三亭：指白鹭洲附近的白鹭亭、赏心亭、二水亭。

嘻尔留侯[1]之子孙，挥戈鲁阳[2]竖义幡。驱众乌合憨如豚，欲转不转乾与坤。大军压城发莫髡[3]，皇皇鹿豕宵走奔。岛夸不道伪称尊，海水苍茫波为翻。传令驾舶蚁聚屯，江干复扰天欲昏。屠州斩官鬼泣魂，石头城大气堪吞。兵骄一霎溅血浑，八旗飞出得胜门[4]。嘻尔留侯之子孙，尔祖报□五世恩。天地震动勇士存，咆哮作逆安足论。

【按】选自袁枚修纂《江宁新志》卷十三（乾隆十三年刻本，中国科学院图书馆选编《稀见中国地方志汇刊》第10册，中国书店，2007年）。此诗不见于郑相如撰《虹玉堂文集》18卷（《清代诗文集汇编》第290册，清道光十三年郑维屏刻本）传世文集中，为其散佚作品。

❑ 汪援甲

汪援甲，字鳞先，号沤亭。浙江钱塘(今杭州市)籍歙县人，居金陵。康熙五十九年(1729)举人，乾隆元年(1736)荐博学鸿辞。曾官绛县知县。博学能文，工诗。著有《夕秀斋诗钞》。

[1] 留侯：秦末，张良运筹帷幄，佐刘邦平定天下，以功封留侯。诗文中常用为称颂功臣之典。这里指郑成功的五军都督张英。

[2] 挥戈鲁阳：指力挽危局。鲁阳，指鲁阳公。战国时楚鲁阳邑公，传说为挥戈使太阳返回的英雄。

[3] 髡(kūn)：古代一种把头发剃光的刑罚。

[4] 得胜门：即南京神策门。明末清初郑成功的军队与清军曾在神策门外开展两次大规模的交战，顺治皇帝为庆贺战争胜利，特下诏将神策门改名为得胜门。

金陵咏古（五首选一）

白鹭洲前白鹭亭，坡翁送客到沙汀。红鸾[1]远驾王公驭，细雨斜风春草青。

【按】选自朱绪曾编《国朝金陵诗征》卷四十三（光绪乙酉孟夏德清阁藏版）。

□ 万裕昆

万裕昆，字启咸，一字旭斋，上元人，移籍文安(今属河北省廊坊市)。雍正十年（1732）举人，仕至台湾道加按察使衔，居官有政声。著有《十三经辨疑录》《防海兵备志》《山雨草堂文集》《松涛客诗赋杂录》《环海楼文稿》《卧游斋评画录》《秦汉图印存真谱》《燕翼官箴集》《燕越蜀闽山川人物风俗论》等书。

题施雨咸画

欲问南朝只夕晖，永嘉南渡[2]昔人稀。青杨庵[3]里青杨

[1] 红鸾：中国神话传说中一种红色的仙鸟。

[2] 永嘉南渡：指西晋永嘉年间（307—311），北方汉人大批南迁。八王之乱后，北方少数民族混战中原，自永嘉元年司马睿移镇建康（今南京），北方士民为躲避战乱，纷纷渡江南下。历史上把这一现象称为“永嘉南渡”。

[3] 青羊庵：明末遗民傅青主所居住的土室名，在青羊山下。傅青主于明亡后曾一度着道士服，居此土室内。这里是说明朝遗老都渐渐老去了。

老，白鹭亭边白鹭飞。

【按】 选自朱绪曾编《国朝金陵诗征》卷四十三“寓贤”（光绪乙酉孟夏德清阁藏版）。本诗题中“施雨咸”，即明末清初画家施霖，字雨咸，江宁（南京）人。善画山水，有元人风度，称逸品。故宫博物院藏有康熙十四年（1657）作山水扇。

□ 姚　鼐(1731—1815)

姚鼐，字姬传，一字梦谷，室名惜抱轩(在今桐城中学内)，安徽桐城人。清代著名散文家，与方苞、刘大櫆并称为“桐城三祖”。乾隆二十八年(1763)中进士，任礼部主事、《四库全书》纂修官等，年四十，辞官南归，先后主讲于扬州梅花、江南紫阳、南京钟山等地书院四十多年。著有《惜抱轩全集》等，曾编选《古文辞类纂》。

龙江阻风

紫金山外俯群峦，白鹭洲前木叶丹。十月清霜天地肃，一江空水古今寒。往来未定秦淮宅，冷落唯投大泽竿。坐待暮天霞作绮，吾生何处不盘桓。

【按】 选自刘季高标校《抱惜轩诗文集》之《抱惜轩诗集》卷十（上海古籍出版社，1992 年）。

□ 王友亮(1742—1797)

王友亮，字景南，号葑亭，又号东田，江苏南京上新河人，祖籍安徽婺源(今属江西)思口漳溪(村)。乾隆二十五年(1760)上元县籍附贡生,乾隆三十年(1765)顺天乡试举人,三十四年(1769)进士,官内阁中书,改授刑部主事,官至通政司副使。王友亮自幼家居金陵白鹭洲,著有《金陵杂咏》231题263首。另有《双佩斋诗集》《双佩斋文集》等。

白鹭洲

城西,即今上新河。

终古寒潮送落晖,蒹葭满眼客来稀。赏心亭子无寻处,留得双双属玉飞。

【按】选自王友亮《金陵杂咏》(清刻本,国家图书馆藏本),李海荣主编《南京稀见文献丛刊》(南京出版社,2009年)有点校本。

❑ 施德栾(1746—1800)

施德栾,字兰皋,号北山,婺源诗春人。监生,候选布政司理问。随父侨居江宁上新河,业木三十余年,督理会馆,以朴诚著誉,守江宁者屡举总商务,多有成劳。暇则寄情诗酒,为袁枚所赏,著有《北山诗稿》。

题雪蕉水部三山二水间

懒揞短策櫂孤篷,小阁凭临眼界空。山与苍烟相出没,水从白鹭划西东。图书左右徒为古，诗笔纵横气自雄。最是晚来堪赏处，渔灯点点贴江红。

【按】选自施德栾著《北山诗稿》(不分卷，清嘉庆刻本，南京图书馆藏本)。

□ 胡永焕(1756—1805)

胡永焕,字奎若,一字奎耀,号雪蕉,世居徽州婺源清华镇。自幼发愤攻读,九岁能文。乾隆三十四年(1769),随父亲寓居江宁上新河。乾隆四十二年(1777)秋,以《书经》中式江南乡试举人。乾隆五十二年(1787),中进士,留京官工部。著有《龙尾山房诗存》6卷传世。

江行

白鹭洲边客，蒲帆十幅行。江空神自王，山远势全平。绝壁悬松影，残芦聚雁声。五年归未得，风物倍关情。

【按】选自胡永焕著《龙尾山房诗存》卷三。

蔬香楼诗寄呈王顾亭太守

卷帘清旷豁双眸，槛底香来翠满畴。垂老英雄多种菜，满江风雨独登楼。新诗自补黄泥壁，故事应添白鹭洲。结绮齐云成蔓草，青青得及此间不?

嶙峋风骨最高寒，楼上焚香得静观。对佛更饶空外想，种蔬自向淡中看。池生春草为兄易（谓葑亭先生），山抹微云作婿难（谓陈秋麓明经）。太守文章耆旧传，为公拈出彩毫端。

【按】选自胡永焕《龙尾山房诗存》卷六。蔬香楼，位于上新河，是王廷言（王友亮之兄）的读书楼名。王廷言（1725—1807），字顾亭，号蔬香，婺源漳溪人。先后侨居饶州鄱阳、江宁上新河。贡生，官直隶顺德府知府。嘉庆元年（1796）曾赴千叟宴。工填词，著有《自娱小草》。生平刊刻汪绂《参读礼志疑》、余光耿《蓼花词》《一溉堂诗集》、彭绍升《居士传》，刻本极精。

❑ 曾　燠（1759—1831）

曾燠，字庶蕃，一字宾谷，晚号西溪渔隐。江西南城人。官至贵州巡抚。清代中叶著名诗人、骈文名家、书画家和典籍选刻家，被誉为清代骈文八大家之一。曾廷澐之子。

白鹭洲（旧临大江，今在上新河，以多聚白鹭因名）

江东一片地，白鹭占来稳。冷眼看江流，烟朝及露晚。春洲鱼欲上，草长芦芽短。潮来乱石没，潮退新林湿。（新林在白鹭洲对岸）鹭立炯自如，不知水深浅。水浅复水深，江流何日返？

【按】选自李鳌辑《金陵名胜诗钞》卷一。

❑ 张 宝(1763—1832)

张宝，字仙槎，江苏上元(今南京)人。工山水，好游历，二十岁时就绝意功名，放浪于山水之间，足迹历十数省，自绘所见名胜，系以诗词，积百幅成，自嘉庆二十四年(1819)至道光十二年(1832)，付之良工，先后刊行为《泛槎图》六集。本书题咏，多达三百余家，多为当时的书法名流、知名学者、名公巨卿。

龙江舣槎

轻槎万里喜言旋，白鹭洲头浪拍天。好向龙江关上望，故乡风景尚依然。

【按】选自张宝著《泛槎图》附《舣槎图四集》(道光羊城尚古斋刊刻)，本集为作者所绘南京游览图，本图题作《龙江舣槎》，图题本诗，尾书:“道光丁亥(1827)仲夏月，白下仙槎张宝并题，时年六十有五。”可见本诗及图作于1827年。

❑ 马士图(1766—?)

马士图，字宗瓒，号椈村、鞠村，别署“莫愁懒渔”，晚号无想山人。江宁(今南京市)人，诸生。工画山水、仕女，兼写竹梅，精鉴别，家居莫愁湖上。尝集画社于胜棋楼，至者33人，极一时之胜。著有《莫愁湖志》《豆花村诗钞》等。

豆花庄十景

光满三峰顶，秋磨镜面[1]新。鲸鱼骑未返[2]，江上照何人。（三山月镜）

巢父[3]久不耕，云里潜踪迹。怕饮洗耳[4]流，翘首江天碧。（牛首云衣）

村屋远如舟，摇摇泛晴翠。眼底小沧桑，波涛生陆地。（常岭麦浪）

簖边秋浪碧，草际夜灯红。赊酒醉黄菊，千筐买欲空。（板桥蟹市）

山寒桂树香，春梦群芳醒。怒虬翻翠涛，泼遍峰峦顶。（小山松翠）

旧亭不可寻，种豆新亭地。笑指秋叶红，几行酒人泪。（新亭枫丹）

仙露万顷明，村落迷柳翠。不向洞口红，渔郎安得至。（鹭洲桃霞）

一片晴雪香，八月满阡陌。驴背老僧归，错认探梅客。（草庵莜雪）

---

［1］ 镜面：指水平如镜。

［2］ “鲸鱼”句：用李白骑鲸升仙的故事。

［3］ 巢父：传说中的高士，因筑巢而居，故称巢父。尧以天下让之，不受，隐居聊城，放牧为生。

［4］ 洗耳：许由，相传为尧时人，字武仲，阳城槐里（今河南登封）人，隐于沛泽，尧闻其贤，欲以天下让之，不受，逃于颍水之阳箕山之下；尧又欲召为九州长，不愿闻，遂洗耳于颍水之滨，死后葬箕山（今河南登封东南）。一说许由与巢父实是一人（《文选·应璩书》引《古史考》）。后遂以“洗耳、许由洗耳”等表示以接触尘俗的东西为耻辱，心性旷达于物外。

白鹭洲边水，千秋诗共清。我来铺素练，欲画谢宣城[1]。（龙江练色）

笑脱紫绮裘[2]，换酒诗仙在。吐气成虹桥，招我游东海。（星冈帆影）

【按】选自朱绪曾编《国朝金陵诗征》卷三十五（光绪乙酉孟夏德清阁藏版）。

豆花庄是马士图的住处，位于莫愁湖西，近白鹭洲。本诗中所描述的是南京河西建邺地区的景色，其中提及白鹭洲两次，可见白鹭洲在他的住处豆花庄的附近。

❑ 陈文述（1771—1843）

陈文述，初名文杰，字谱香，又字隽甫、云伯，英白，后改名文述，别号元龙、退庵、云伯，又号碧城外史、颐道居士、莲可居士等，钱塘（今浙江杭州）人。嘉庆时举人，官昭文、全椒等知县。诗学吴梅村、钱牧斋，博雅绮丽，在京师与杨芳灿齐名，时称“杨陈”，著有《碧城诗馆诗钞》《颐道堂集》《秣陵集》等。

白鹭洲

《丹阳记》云：“在县西三里大江中，多聚白鹭，因名其洲。”《建康志》引郦道元《水经注》云：“江宁之新林浦西对白

---

［1］ 谢宣城：指南朝诗人谢朓。建武二年（495），出为宣城太守，故称“谢宣城”。

［2］ 紫绮裘：典用李白《金陵江上遇蓬池隐者》“解我紫绮裘，且换金陵酒。”

鹭洲。”太白诗“朝别朱雀门，暮宿白鹭洲”。则此洲距江宁当有一日之程，在烈山港、乱石矶东北也。《凤皇台》诗“二水中分白鹭洲”，盖古时此洲上下亘江甚远，故一江分为二水，今则淤涨毗连，二水旧形，不复可辨，以形势度之，今之上新河当是其地。

遗迹南朝半落晖，澄波澹澹晚风微。疏烟一抹凉于水，白鹭洲边白鹭飞。

啸傲江山宫锦[1]游，谪仙当日最风流。凤凰台上重回首，何处当时白鹭洲？

【按】选自清陈文述撰《秣陵集》卷五（清道光二年刊本）。

朱岳云

江宁道士，居白鹭洲，善画山水。

青琴[2]弹罢暮江流，二水中分白鹭洲。白下青山都写遍，六朝烟雨不胜秋。

【按】选自颐道居士撰《画林新咏》卷二（周骏富主编《清代传记丛刊》第79册，台北明文书局，1985年）。

❑ 齐彦槐(1774—1841)

齐彦槐，字梦树，号梅麓。安徽婺源人，嘉庆十四年(1809)

[1] 宫锦：宫中特制或仿造宫样所制的锦缎。

[2] 青琴：指琴。古代以青桐木制琴最佳，故称。唐李峤《乌》诗：“白首何年改，青琴此夜弹。”

进士，选金匮知县，上海运漕粮议，以知府候补。不久因母丧，乃不再出。曾制浑天仪、中星仪，及龙尾、恒升二车，有益于农田水利。工书法与诗，尤长骈体律赋。著有《天球浅说》《海运南漕丛议》《梅麓诗文集》等。

朱岳云道士麦浪舫图（二首选一）

小屋如舟傍水云，江波麦浪翠难分。道人夜半吟声发，惊起汀洲鹭一群。（岳云居新河，即古白鹭洲。）

【按】选自齐彦槐著《梅麓诗钞》“梁溪集下”（清道光间刻本，天津图书馆藏本）。

寄王竹屿（时于役金陵）

暂时行役[1]未归休，五柳依依且自留。六代江山还似画，重阳风雨几登楼。君今作客乌衣巷，我欲移家白鹭洲。但对黄花须纵酒，故交零落莫生愁。

【按】选自齐彦槐著《梅麓诗钞》“梁溪集下”（清道光间刻本，天津图书馆藏本）。

诗题中王竹屿，即前文王友亮的儿子王凤生（1776—1834），字竹屿，家住南京上新河白鹭洲边。嘉庆中，入赀为浙江通判，屡摄知县事。补嘉兴府通判，署嘉兴知府，迁玉环厅同知。擢河南归德知府。精于水利，为清代著名水利专家。著有大量水利著作，如《江淮河运图》《汉江纪程》《江汉宣防备考》《淮南北场河运盐

[1] 行役：旧指因服兵役、劳役或公务而出外跋涉。泛称行旅，出行。

走私道路图》等。

江行杂诗（选一）

落日三山翠霭收，江干长忆谪仙游。楼台灯火千家市，谁识当年白鹭洲。（上新河古之白鹭洲。）

【按】选自齐彦槐著《梅麓诗钞》“养疴集”（清道光间刻本，天津图书馆藏本）。

过王竹屿都转园亭

昔年书寄我，频说望江楼。燕去乌衣巷，人来白鹭洲。吴山当槛落，楚水接天流。徙倚[1]情何限？萧萧芦荻秋。

【按】选自齐彦槐著《梅麓诗钞》“胜游集”（清道光间刻本，天津图书馆藏本），转引自潘旭辉、王鸿平编著《王凤生年谱》。诗作于道光十七年（1837）九月初一日，齐彦槐与黄伯康、朱福田在“三山二水之居”追悼王凤生。

九月一日同黄伯康、朱岳云游“三山二水之居”吊王竹屿

记得从前旧草庵，谁开图画向江潭。晴天洲渚鸟高下，秋水野亭人两三。九月残荷犹艳艳，十年新柳已毵毵[2]。愁

[1] 徙倚：徘徊，来回地走，逡巡。

[2] 毵毵（sān sān）：毛发、枝条等细长垂拂、纷披散乱的样子。

心最是山千叠，长对虚空作翠风。

【按】选自齐彦槐著《梅麓诗钞》“胜游集”（清道光间刻本，天津图书馆藏本），转引自潘旭辉、王鸿平编著《王凤生年谱》。诗作于道光十七年（1837年）九月初一日，齐彦槐与黄伯康、朱福田在“三山二水之居”追吊王凤生。

莫愁湖次朱岳云炼师韵六首（其六）

水西门外月徘徊，水部当年笑口开。旧雨江干零落尽，只余洲上鹭飞来。（“江头落日晚烟横，城里游人竞迪城。侬是水西门外住，凭栏要看月华生。”此吾友胡雪蕉水部《莫愁湖宴集》九首之一也，水部寓居上新河，即古白鹭洲；王竹屿都转亦家于此，三十年前交游最盛，今无有矣。）

【按】选自齐彦槐著《梅麓诗钞》“胜游集”（清道光间刻本，天津图书馆藏本），转引自潘旭辉、王鸿平编著《王凤生年谱》。诗作于道光十七年（1837年）九月初一日，齐彦槐与黄伯康、朱福田在“三山二水之居”追吊凤生。

□ 张　澍(1776—1847)

张澍，字百瀹，又字寿谷、时霖等，号介侯、鸠民、介白，凉州府武威县(今甘肃武威)人。乾隆五十九年(1794)中乡榜，嘉庆四年(1799)进士，入翰林院庶吉士充实录馆纂修，未几引疾归。后起任贵州玉屏、四川屏山等知县。丁父忧，再起为江西永新知县，署临江通判，改江西泸溪县令。道光元年(1821)刊刻《二酉堂丛书》，收书36种，其中21种集录唐代以前凉州地区(今甘肃、宁夏等地)文人著作,是研究关陇和河西走廊的珍贵史料。著述宏富,有《续黔书》《蜀典》自定。另有《诗小序翼》《三古人苑》《三辅故事》《五凉旧闻》《黔中纪闻》《十三州志》《秦音》《养素堂诗集》《养素堂文集》等数十种,大多未刊。

金陵杂咏(四十首选二)

旧曲江南唱采莲,汀洲白鹭浴波圆。荷花正放红云锦,香满高楼月满天。

二水中分白鹭洲(太白句),赏心亭上看江流。潮生潮落沙痕湿,时见江云带树浮。

【按】选自张澍撰《养素堂诗集》卷十二(清道光二十二年枣华书屋刻本,《清代诗文集汇编》第536册,上海古籍出版社,2010年)。

❑ 朱福田(1777—1855)

朱福田,字乐原,号岳云。住江宁上新河徽州会馆。以精熟道教而闻名于当时,人称“岳云道士”。工诗,擅山水墨菊。清李濬之编著的《清画家诗史》称他是“金陵羽士”。著有《岳云诗钞》。

题马鞠村《南村种豆图》

闻道幽栖客，江山昔壮游。断云巫峡晓，残雨剑门秋。近日携鸦嘴[1]，归来隐鹭洲。南村闲种豆，风月足林邱。

【按】选自朱福田撰《岳云诗钞》卷上（清刻本，《清代诗文集汇编》第401册，上海古籍出版社，2010年）。

秋日麦浪舫落成赋五律三首（选一）

蓬窗书画满，鸡犬似同舟。绿树远村静，黄花近槛幽。江山千古胜，凫雁一陂秋。好友如相访，吾庐白鹭洲。

【按】选自朱福田撰《岳云诗钞》卷下（清刻本，《清代诗文集汇编》第401册，上海古籍出版社，2010年）。

汤贻汾（1778—1853）

汤贻汾，字若仪，号雨生、琴隐道人，晚号粥翁，武进（今江苏常州）人。以祖、父荫袭云骑尉，授扬州三江营守备。擢浙江抚标中军参将、乐清协副将。精骑射，娴韬略，精音律，且通天文、地理及百家之学。工诗文，书画宗董其昌，闲淡超逸，画梅极有神韵。晚寓居南京，筑琴隐园。太平军攻破金陵时，投池以殉，谥“忠愍”。著有《琴隐园诗集》《琴隐园词集》《书荃析览》，杂剧《逍遥巾》等。

［1］鸦嘴：即鸦嘴锄，一种形如鸦嘴的轻便小锄。

白鹭洲朱道士岳云留饮（岳云善诗画）

花药周遭太乙坛[1]，叩门谁识旧黄冠[2]（予自谓）。对君疑是六朝客，炼句妙于九转丹[3]。敢乞乌犍[4]偿画债，聊寻白鹭下渔竿。秣陵自失陶宏景[5]，《八素》[6]何人可借观？

馥郁仙醽共客倾，不骑哑虎[7]不吹笙。狂歌痛饮真吾辈，破砚焦琴[8]了此生。可笑朱崖悲玉象[9]，有谁碧海去长鲸。因君更忆饥虚叟（谓王朴山[10]道士），昨到真源剩石枰[11]。（真源宫道士崔之道吞弈子得尸解[12]，朴山善弈。故后，隐

---

［1］太乙坛：亦作"太一坛"。汉武帝初从谬忌之奏，以为太一乃天神之贵者，置太一坛以祠太一神。事见《史记·封禅书》。后世帝王亦多置坛以祀太一之神。

［2］黄冠：黄色的冠帽，多为道士戴用。后用以指代道人。

［3］九转丹：道教术语，谓经九次提炼、服之能成仙的丹药。

［4］乌犍：常泛指耕牛。

［5］陶宏景：即南朝齐、梁时道教学者、炼丹家、医药学家陶弘景（456—536），字通明，自号华阳隐居，谥贞白先生，丹阳秣陵（今江苏南京）人。

［6］八素：古书名。后代多以指古代典籍或八卦。又作"八索"。

［7］哑虎：据《南越笔记》卷九记载："罗浮有哑虎，不啸不咥。相传葛真人上升，留二丹粒以与其隶黄野及哑虎食，为罗浮四庵守者。今冲虚观葛真人像旁有黄野及一蹲虎，是必哑虎也。然土人皆云山中虎率不啸不咥，从不伤人，八九十岁老人未尝闻有虎哮吼，亦可异也。"

［8］焦琴：即焦尾琴，东汉蔡邕以桐木制成的名琴，因桐木尾端有烧焦的痕迹，故称为"焦尾琴"。后泛指好琴。

［9］《续博物志》则载唐李德裕有火玉象。

［10］王朴山：名至淳，金陵隐仙庵道士王皆也徒弟，善诗文，善弈棋。

［11］石枰：指石棋盘。

［12］崔之道：《霍山县志》载，"崔之道，为灊之真元宫道士。尝见二仙人对奕，与一奕子，命食之。自此，言祸福辄应后，尸解。"

仙庵已就荒矣。）

【按】选自汤贻汾撰《琴隐园诗集》卷二十一（清同治十三年刻本。《清代诗文集汇编》第526册，上海古籍出版社，2010年）。

白鹭洲过朱岳云枕江园读其近诗漫题

饱我青精饭[1]，歌君白雪[2]吟。江天千里目，邱壑百年心。洁似浴波鹭，清同语月琴。炼诗应有诀，肯授半环金。

不信逍遥谷，还为翰墨场。但能诗是虎[3]，何用石成羊[4]。习静长生诀，安贫辟谷[5]方。蓬篙等壶峤[6]，碧落[7]亦黄粱。

【按】选自汤贻汾撰《琴隐园诗集》卷二十五（清同治十三年刻本。《清代诗文集汇编》第526册，上海古籍出版社，2010年）。

---

［1］ 青精饭：立夏吃的乌米饭。相传首为道家太极真人所制，服之延年。后佛教徒亦多于阴历四月八日造此饭以供佛。

［2］ 白雪：即成语“阳春白雪”，原指战国时代楚国的一种较高级的歌曲。比喻高深的不通俗的文学艺术。

［3］ 诗虎：一般指唐后期著名诗人罗邺（825—？），他才智杰出，笔端超绝，气概非凡，诗歌以七言律诗见长；因诗作气势夺人，笔无藏锋，而被称为“诗虎”。后比喻作诗能手。

［4］ 石成羊：即古代传说故事“叱石成羊”。《艺文类聚》卷九十四引晋葛洪《神仙传》：皇初平牧羊，为一道士引至金华山石室中，四十余年未归。其兄初起寻访至山，问羊何在，答云，“在山东”。“兄往视，但见白石，不见羊。平曰：‘羊在耳，兄自不见。’平乃往，言：‘叱！叱！羊起！’於是白石皆起成羊数万头。”后指神奇的事情。

［5］ 辟谷：不吃五谷，方士道家修炼成仙的一种方法。

［6］ 壶峤：传说中仙山方壶、员峤的并称。

［7］ 碧落：道家认为东方最高的天有碧霞遍布，故称为“碧落”。后用以指天空。

□ 黄　鼎(1778—1851)

黄鼎，字秋园，出生江宁白鹭洲，祖籍安徽婺源。监生，精铁笔，善草书，尤耽吟咏。著有《秋园诗钞》8卷传世。

白鹭洲边第一楼题壁

碧翦[1]江光一镜幽，有人高据水边楼。依微[2]帆影兼天尽，断续潮声到枕流。香拂牙签[3]闲永昼，风生玉笛韵清秋。古贤已往成追忆，好句仍题白鹭洲。

【按】选自清黄鼎著《秋园吟草》卷二（宣统辛亥孟春校印本，《清代诗文集汇编》第525册，上海古籍出版社，2010年）。

王竹屿于鹭洲旧址构二水居，奉青莲小像，招客赋诗

怀田[4]难得恋闲云，十笏[5]公然二水分。碧翦秋潭回鹭

[1] 碧翦：指树木整齐碧绿，如修剪一般整齐。宋代陈允平《思佳客》："红酣醉靥花含笑，碧翦颦眉柳弄愁。"

[2] 依微：隐约，不清晰的样子。

[3] 牙签：系在书卷上作为标识，以便翻检的牙骨等制成的签牌。后代指书籍。

[4] 怀田：归隐田园。

[5] 十笏：十个手版的长度，常表示居室的面积。典出唐·刘餗《隋唐嘉话》："显庆（唐高宗李治年号），王玄策使西域，有维摩居士石室，励志文章，以手版纵横量之，得十笏。"元·丁鹤年诗："云迷园泽三生石，月冷维摩十笏房。"（见《海巢集》）

影，幽寻雪爪破苔纹。隔江山比名流集，惊座诗教众妙闻。举酒谪仙何处是，沧波东望又斜曛。

【按】选自清黄鼎著《秋园吟草》卷三（宣统辛亥孟春校印本，《清代诗文集汇编》第525册，上海古籍出版社，2010年）。

鹭水亭闲眺

春鉏[1]随意息芳洲，我亦身闲爱此留。一任苍茫渺陈迹，荻烟芦雪自为秋。

【按】选自清黄鼎著《秋园吟草》卷三（宣统辛亥孟春校印本，《清代诗文集汇编》第525册，上海古籍出版社，2010年）。诗中的鹭水亭为作者在白鹭洲边建造的凉亭。

和程石心因王子云招集二水居有感今昔元韵

白鹭飞将何处去，依然二水自中分。江山遗胜频回首，风月怀人更有君。漫道南皮曾与宴[2]，即于东野亦为云[3]。姜

[1] 春鉏：动物名。鸟纲鹳鹭目。与鹭相似，体比鹭略大，色纯白，背与胸有长蓑毛，嘴在夏季黑色，惟根部色黄，冬季全黄，脚黑。

[2] 南皮……宴：南皮，地名，在渤海郡。汉末建安中，曹丕与吴质等人曾在南皮饮宴欢聚，论文梭射，后借指文人雅庥宴游。

[3] 东野……云：典出韩愈《醉留东野》诗句“吾愿身为云，东野变为龙。”

芽敛手[1]诗迟和，可许骚坛殿一军。

【按】选自清黄鼎著《秋园吟草》卷五（宣统辛亥孟春校印本，《清代诗文集汇编》第525册，上海古籍出版社，2010年）。

和朱岳云鹭亭看月

月好忽千里，兹宵不共看。光连江甸[2]白，吟耐碧虚[3]寒。把酒占丛竹，移灯向小栏。鹭亭秋色里，还拟作团栾[4]。

【按】选自清黄鼎著《秋园吟草》卷五（宣统辛亥孟春校印本，《清代诗文集汇编》第525册，上海古籍出版社，2010年）。

题董竹枝怀人诗册（二首选一）

张南周北[5]又吾俦，韵事重寻白鹭洲。安似扬州二分月，照人小聚亦千秋。

【按】选自清黄鼎著《秋园吟草》卷五（宣统辛亥孟春校印本，

---

［1］姜芽敛手：自谦收手不能作诗。南宋·朱翌《猗觉寮杂记》卷上："子厚云：且尽姜芽敛手徒。又云：姜芽尽是捧心人。以手如姜芽。敛手，叉手也。又言捧心，则知为手无疑。相书：手如姜芽者贵。"刘随州《禹锡集》中有《答柳柳州》三首，其首篇云："日日临池弄小雏，还思写论付官奴。柳家新样元和脚，且尽姜芽敛手徒。

［2］江甸：指江南；遥远的江边。

［3］碧虚：蓝天。

［4］团栾：指圆月、月光，或团聚。

［5］张南周北：典出魏晋南北朝时期的俗语"张南周北刘中央"。《太平御览》卷一百八十引《齐书·刘绘传》说，齐刘绘、张融、周颙并善言谈，时人称"张南周北刘中央"。言刘绘处于张融、周颙之间。

《清代诗文集汇编》第525册，上海古籍出版社，2010年）。诗题中的“董竹枝”指清代诗人董伟业，字耻夫，号爱江，自号“董竹枝”，辽宁沈阳人，流寓扬州。乾隆五年（1740），作《扬州竹枝词》99首。

❑ 陈维藩

陈维藩，字价之，江宁廪贡生。清代南京地方志学者陈作霖伯祖。负性宽和，乡里称长者，以训导试用历署赣榆、沛县、桃源、睢宁、宿迁等儒学。

金陵怀古（四首选一）

江山雄壮几千秋，胜概披图揽帝州。阊阖[1]九天开复道[2]，衣冠六代尽风流。寒芜燕语乌衣巷，剩水鸥眠白鹭洲。多少垂杨芳草地，春风不上十三楼[3]。

【按】选自朱绪曾编《国朝金陵诗征》卷三十（光绪乙酉孟夏德清阁藏版）。

[1] 阊阖：典出《淮南子地形训》《楚辞·离骚》。原指传说中的西边的天门。泛指宫门或京都城门，借指京城、宫殿、朝廷等。

[2] 复道：指水陆两路。唐皇甫冉《送顾苌往新安》诗：“由来山水客，复道向新安。半是乘潮便，全非行路难。”

[3] 十三楼：宋周淙《乾道临安志·楼》：“十三间楼去钱塘门二里许，苏轼治杭日，多治事于此。”本为宋代杭州名胜，宋苏轼《南歌子·游赏》词有“游人都上十三楼，不羡竹西歌吹古扬州”之句，后泛指供游乐的名楼。

□ 周宝侠

周宝侠(嘉庆道光前后在世),字月溪,别号二石居士、红豆村樵,江宁(今江苏南京)人。诸生。体胖而勤登涉,耽吟咏,善画竹石及泼墨山水。著有《金陵览胜诗考》传世。

孙楚酒楼

在莫愁湖侧,李白于此玩月达旦,又曰城西楼。

白鹭洲边月镜浮,持杯赏到五更头。若非曾饮青莲客,只算寻常卖酒楼。

【按】 选自周宝侠撰《金陵览胜诗考》卷六(杨传兵点校,南京出版社,2021年)。

白鹭洲

水西门外,即今上新河。

寒夜叫霜乌,江洲片月孤。水天看混沌,云树总模糊。樯影参差见,珠光上下铺。是游同赤壁,乐岂让髯苏[1]。

【按】 选自周宝侠撰《金陵览胜诗考》卷二(杨传兵点校,南京出版社,2021年)。

[1] 髯苏:为宋代文学家苏轼的别称。

❑ 杨庆琛（1783—1867）

杨庆琛，榜名际春，字廷元，号雪樵、雪椒，福建侯官人。嗜书好学，藏书甚富。与梁章钜、林则徐同为郑光策高弟。嘉庆九年（1804）中举人，嘉庆二十五年（1820）进士，官山东布政使、光禄寺卿。性严介有节气。六十岁辞归。曾与李彦章泛莫愁湖赋诗。著有《绛雪山房诗钞》《绛雪山房诗续钞》《击钵吟偶存》。

十台怀古·凤凰台

此地曾传凤鸟游，元嘉[1]时政尚称优。一朝符瑞归昌叶[2]，六代江山放眼收。花草销沈幽迳古，梧桐萧瑟故宫秋。于今佛火僧钟外，永夜潮声白鹭洲。

【按】选自杨庆琛撰《绛雪山房诗钞》卷一（清道光二十八年至同治元年刻本，《清代诗文集汇编》第542册，上海古籍出版社，2010年）。

❑ 刘　开（1784—1824）

刘开，字明东，又字方来，号孟涂，安徽桐城人。姚鼐打出

[1] 元嘉：南朝宋皇帝宋文帝刘义隆的年号，即424年至453年。

[2] “一朝”句：清乾隆年曾制“归昌叶瑞”墨，正面上方篆书“御墨”，中隶书“归昌叶瑞”，下有“几暇临池”篆书方印，均涂金。背上方为飞舞的凤凰，下有树木、楼阁，衬以浮云流水。“归昌”指凤凰汇集鸣叫，“归昌叶瑞”寓意吉祥。

文派旗帜后的第一代传人。与同乡方东树、姚莹，上元管同、梅曾亮并称“姚门五弟子”。道光元年(1821)，受聘赴亳州修志，患暴疾而逝。著有《刘孟涂文集》《广列女传》《论语补注》。

麦浪舫

朱岳云炼师构居白鹭洲上，其屋形如舟，三面临水，四围皆麦，因名曰麦浪舫。余与同人聚饮于此，炼师索题，即以为赠。

万绿浮空到客前，道人居近鹭洲边。浪从平地摇春色，天入扁舟共岁年。六代山川容小住，四围云树伴高眠。一樽夜话神霄事，珍重蓬莱谪后仙。

【按】 选自刘开《刘孟涂集》后集卷十六（清道光六年姚氏檗山草堂刻本，《清代诗文集汇编》第543册，上海古籍出版社，2010年）。

王竹屿通守于役江宁，邀余同行赴越，舟中有赠

家住金陵第一洲（谓白鹭洲），江山胜处有高楼。风云激荡归奇气，空水微茫共此舟。坐久星河惊半落，兴来杯酒亦千秋。济时好副苍生望，四十功名正黑头。

【按】 选自刘开《刘孟涂集》后集卷十六（清道光六年姚氏檗山草堂刻本，《清代诗文集汇编》第543册，上海古籍出版社，2010年）。诗题中“于役”，指行役，即因兵役、劳役或公务奔

走在外。

□ 汤　灋(1793—1882后)

汤灋，字蠡仙，自号金陵诗疯子。江宁(今南京)汤山白鹤村人。布衣，家素封[1]，工诗文。其居名“小隐园”，楼名“影仙”。为避洪杨之乱浮湘十三年，诗作流传洞庭、衡阳间。返乡后曾国藩为其题诗集。有《汤氏文丛》(含《金陵百咏》《蠡仙石品》《小隐园诗钞》《词钞》《文集》《尺牍》《杂俎》)。

金陵四十八景·鹭洲二水

在府治西南，旧有二水、赏心草亭。

水分气仍合，是二还是一。朗诵青莲诗，白鹭冲烟出。

【按】选自汤灋著，程章灿、成林点校《金陵百咏》附录（李海荣主编《南京稀见文献丛刊》，南京出版社，2009年）。

□ 夏　塽(1796—1843)

夏塽，字子俊，号去疾，江宁府上元(今属南京)人，清道光十五年(1835)举人，擅诗词，与兄夏垲皆有文名，著有《篆枚堂诗存》5卷、《词存》1卷传世。侄夏家镐为《篆枚堂诗存》撰序称，夏塽平生诗稿极夥，然遗稿在太平军攻陷南京时被焚毁，故仅存其诗385首、词17阕。

[1] 素封：指无官爵封邑而富比封君的人，出自《史记·货殖列传》。

秋　怀（四首选一）

白鹭洲前月，苍凉芦荻花。居人狎蛟蜃[1]，小市富鱼虾。埋薛无遗镞，横流有断槎。犹谈番舶[2]宴，红烛沸筝琶。

【按】选自夏塽撰《篆枚堂诗存》卷五（清同治七年刻本，《清代诗文集汇编》第591册，上海古籍出版社，2010年）。《晚晴簃诗汇》卷一三八有选录本诗。

❑ 王瑶芬（1800—1883，女）

王瑶芬，字云蓝，江苏金陵人。两淮盐运使王凤生女，嫁浙江桐乡青镇（今乌镇）严廷钰。工诗，善书画，皆其余事。著有《写韵楼诗钞》1卷。

题赵子逸夫人意中云树图（四首选一）

谈诗门第重名流，（先大父银台公[3]以诗名海内，著有《双佩斋集》，袁简斋先生甚相推重，《随园诗话》中有"王氏一门能诗"之语。）梦里家寻白鹭洲。（余家秣陵城外，适在白鹭洲边。）水竹无多等抛却，半江秋色占闲鸥。

【按】选自王瑶芬著《写韵楼诗钞》（同治辛未秋七月京江榷

[1] 蛟蜃：水中生物蛟与蜃，泛指水族。

[2] 番舶：旧称来华贸易的外国商船。

[3] 先大父银台公：即王友亮（1742—1797），原籍安徽婺源人，字景南，号葑亭。乾隆五十六年进士，官至通政司副使。官刑部时，决狱多平反。工诗文，诗格与袁枚相近。有《双佩斋集》《金陵杂咏》等集传世。

署重刊本）。作者出生于南京城西白鹭洲附近上新河镇。

白鹭洲晚眺

鹭州名胜重当年，水竹清华得地偏。万里江潮来眼底，六朝山色落尊前。新添池馆多如画，但许登临便欲仙。此即先人觞咏处，不堪回首感重泉[1]。

【按】选自王瑶芬著《写韵楼诗钞》（同治辛未秋七月京江榷署重刊本）。

□ 刘因之（1809—1873）

刘因之，名葆恬，字云卿，一字易庵，号偶因道人、偶翁、偶峰，清代江宁（今南京市）诸生，居金陵城西上新河镇（今属建邺区）。著有《蚁余偶笔》《蚁余附笔》和《谰言琐记》等。

菜花诗（有序）

旧寓鹭洲，乐得邙菜花最盛，无人赏者，余时过之，买坊酒尽醉而归。而友人亟绳吴门菜花会尤艳，丁巳三月，适寓齐女城[2]，一时游女衣香人影，诚如向者所云，爰得菜花诗二首，分咏鹭洲、吴门之异。

---

[1] 重泉：.犹九泉，旧指死者所归。

[2] 齐女城：知苏州齐女城门，相传当初乃吴王阖闾为齐国公主而建。明清时期是婺源木材商人聚集的地方。

香风吹游女，陌上遗珠钿[1]。蜂蝶乱花丛，酣春午昼天。爱憎一时至，淡浓随所迁。不谓野田姿，媚如桃李妍。（姑苏）

春风满路薰，野田千亩纷。大江出花上，远帆接其芬。累累百千家，问是谁家坟。酌酒坐亭下，知我唯夕曛。（鹭洲）

【按】选自刘因之著《蚁余偶笔》（光绪十二年（1886）石菖蒲吟榭刻本，天津图书馆藏本）。

□ 黄　铎（1823—1878）

黄铎，字子宣，号小园，江宁白鹭洲（今南京建邺区）人，祖籍安徽婺源潢川，黄鼎之子。善医工画，喜吟咏，著《胠余集》4卷梓行。

次韵谢程丈石心（二首选一）

鹭洲诗老散如云，管领风骚独有君。与世寡营曾悟道，救时无术且论文。有关纲纪能为力，无益周旋不肯勤。往往称人过其实，同时重忆故将军。（予少时极为先生及汤雨生[2]将军见许。）

【按】选自黄铎《胠余集》卷一，宣统三年（1911）铅印本。

[1] 珠钿：嵌珠的花钿。多为妇女首饰。

[2] 汤雨生：即汤贻汾（1778—1853），字若仪，号雨生。见前文。

❑ 陈作霖(1837—1920)

陈作霖，字雨生，号伯雨，晚号可园，江宁人。举人。曾任上江两县学堂正教习，江南图书馆司书官，《江苏通志》总校兼编纂。擅诗文，于南京地方文献撰述尤多。著有《金陵通纪》《金陵通传》等几十种。

孙楚酒楼

镇东幕府参军事，一檄飞驰入石头。身外功名惟有酒，眼前突兀见兹楼。他时传有青莲客，长啸来寻白鹭洲。漱石枕流[1]欣可继，晋唐名迹各千秋。

【按】选自陈作霖《冶麓山房丛书》第10册《延清亭外稿》(抄本，屈万里、刘兆祐主编《明清未刊稿汇编》初辑，台北联经出版事业公司，1976年)。

❑ 冯　煦(1842—1927)

冯煦，原名冯熙，字梦华，号蒿庵，晚号蒿叟、蒿隐。江苏金坛五叶人。少好词赋，有“江南才子”之称。光绪八年(1882)举人，光绪十二年(1886)进士，授翰林院编修。历官安徽凤阳府知府、四川按察使和安徽巡抚。辛亥革命后，寓居上海，以遗老自居。曾创立义赈协会，承办江淮赈务，参与纂修《江南

[1] 漱石枕流：旧时指隐居生活。南朝宋·刘义庆《世说新语·排调》：“王曰：‘流可枕，石可漱乎？’孙曰：‘所以枕流，欲洗其耳；所以漱石，欲砺其齿。’”

通志》。工诗、词、骈文，尤以词名，著有《蒿庵类稿》等。

无　题（三十二首录一）

凤凰台下是郎家，妾住洲前白鹭斜。郎似凤凰去不返，朝朝白鹭上菱花。

【按】选自吴小铁编纂《南京莫愁湖志》（中央文献出版社，2005年），底本为原藏于南京图书馆的甘元焕《莫愁湖志》手稿本。本诗不见于冯煦所撰《蒿盦类稿》《蒿盦续稿》等集中，可能为其集外散佚作品。

●民国后

❑ 张通之(1875—1948)

张通之,名葆亨,以字行,南京六合人。居南京仓巷。清末拔贡,未入仕。一直从事教学几十年,生徒甚众。擅诗书画,著有《娱目轩诗集》《庠序怀旧录》《趋庭纪闻》《秦淮感逝》《金陵四十八景题咏》《白门食谱》等。

白鹭春潮

三亭[1]皆委草莱中,潮汐依然今古同。无怪坡下大江曲,千秋不改水流东。

【按】选自张通之《娱目轩诗集》卷下(卢前主编《南京文献》第23号,南京市文献委员会、通志馆出版印行,1947—1949年)。

❑ 杨 圻(1875—1941)

杨圻,初名朝庆,更名鉴莹,又名圻,字云史,号野王,常熟人,御史杨崇伊子,李鸿章孙婿。光绪二十八年(1902)举人,官邮传部郎中,出任驻英属新加坡总领事。入民国,任吴佩孚秘书长,亦曾经商。抗日战争爆发,居香港,病卒。工诗词,著有《江山万里楼诗钞》12卷,词4卷。

---

[1] 三亭:指古代白鹭洲附近的白鹭亭、二水亭和赏心亭。

望白鹭洲

城郭清秋红叶催，古台佳节共衔杯。江涵一雁风烟净，日落千帆橘柚[1]来。九日闲情惟我盛，十年笑口为花开。僧楼钟磬寒晖里，不及营门鼓角哀。

【按】选自杨圻著，马卫中、潘虹点校《江山万里楼诗钞》卷八（《中国近代文学丛书》之一，上海古籍出版社，2003 年）

□ 钱小山（1906—1991）

钱小山，原名伯威，字任远，号小山。武进人。青年时代主要致力于教育事业。抗日战争胜利后，出任名山中学校长。解放后，历任常州市人民政府文化处处长，市文化局局长；民盟常州市委宣传部副部长，副主任委员，主任委员，民盟江苏省委常务委员；常州市第二至九届人大代表，江苏省第三至五届人大代表；市第三至第六届人民委员会委员；市政协第一至第五届常务委员会委员，第六至七届副主席；市文联副主席，名誉主席；市书画院院长；中华诗词学会、江苏省诗词协会顾问，省书法协会理事，市书法协会会长等职。先后创作诗词近万首，长于行书。

［1］ 橘柚：生长于我国南方的两种常绿乔木。晋谢朓《酬王晋安》："南中荣橘抽，宁知鸿雁飞。"这里代指南方。

白鹭洲省政校读书

地接名园胜，来寻白鹭洲。云开莲叶净，水活柳丝柔。古堞[1]迎朝旭，新花艳晚秋。读书真有福，况复合朋俦。

【按】选自钱小山著《小山诗词》下编（民盟常州市委会、政协常州文史委、常州文联编辑自印，1992年）。诗题中的“省政校”，即今江苏省社会主义学院的前身，创办于1956年，初期是由政协江苏省委员会创办的“江苏省各界人士政治学校”和江苏省民主建国会、江苏省工商业联合会创办的“江苏省工商界政治学校”，于1958年合并，成立“江苏省各界人士政治学校”。1962年8月改名为“江苏省政治学校”。“文革”期间被迫停办。1988年9月，省委同意改名为“江苏省社会主义学院”。钱小山是民主党派人士，曾在位于白鹭洲附近的江苏省政治学校学习，流连园中，留下了美好的记忆，写下了本诗及其他两篇诗词。

这里的白鹭洲当为位于秦淮区的白鹭洲公园，虽不是古白鹭洲，存之以备查考。现白鹭洲公园原址为明开过功臣徐达的东花园，1924年有金巴父子在东园故址设立义兴善堂，开设茶社。同年，因在修葺东园故址内的鹫峰寺时，发现墙内有块镌有李白名诗《登金陵凤凰台》的石刻“三山半落青天外,二水中分白鹭洲”。茶社的经营者因仰慕李白的诗句而引用了李白诗中的地名，称为白鹭洲茶社。其实，李白诗句中所指的白鹭洲是南京江东门外长江边的白鹭洲，由于东园故址有湖，湖中有洲，洲边多植芦苇，秋日时白鹭翔集，景观与长江边的白鹭洲极为相似，故而借用李白的诗，把这里的公园称为“白鹭洲”。其后，在东园故址又进行了拓建，构筑有烟雨轩、藕香居、沽酒轩、话雨亭、绿云斋、吟风阁等，形成了初具规模的小型园林。1928年10月（国民政府

［1］ 古堞：南京古城墙。

定都南京的第二年），南京特别市市长令工务局筹建白鹭洲公园，1929年公园建成，并恢复佳丽景色，以“春水垂杨”“辛夷挺秀”“红杏试雨”“天桃吐艳”合称“鹭洲春日四景”。日军侵占南京后，园废。新中国成立后，1952年，结合秦淮河整治，重建白鹭洲公园。后不断扩大、整修，完善设施，使得“白鹭芳洲”成为新评“金陵四十景”之一。

将别白鹭洲

百日来游意味长，爱看新月又朝阳。篱花艳艳霜前后，岸柳依依水一方。闲与儿童同笑乐，好寻故老话兴亡。（洲上为郑成功遣将张英驻地）岁阑归去成追忆，尽有诗情满锦囊。

【按】选自钱小山著《小山诗词》下编（民盟常州市委会、政协常州文史委、常州文联编辑自印，1992年）。民国以后咏白鹭洲的词作，包括本诗，均为徐达东园所在的今白鹭洲公园，下同。

第二部分 词曲选

●宋 代

❑ 苏 轼(1037—1101)

苏轼,字子瞻,号东坡居士。四川眉州人。嘉祐二年(1057)进士。宋神宗时在凤翔、杭州、密州、徐州、湖州等地任职。元丰三年(1080),因“乌台诗案”被贬为黄州团练副使。宋哲宗即位后任翰林学士、侍读学士、礼部尚书等职,并出知杭州、颍州、扬州、定州等地,晚年因新党执政被贬惠州、儋州。宋徽宗时获大赦北还,途中于常州病逝。宋高宗时追赠太师;宋孝宗时追谥“文忠”。文学上,为“唐宋八大家”之一,其文汪洋恣肆,明白畅达,其诗题材广泛,内容丰富,是北宋中期文坛领袖,在诗、词、散文、书、画等方面取得很高成就。著有《东坡七集》《东坡易传》《东坡乐府》等。

渔家傲(金陵赏心亭送王胜之龙图,王守金陵,视事一日,移南郡)

千古龙蟠并虎踞,从公一吊兴亡处。渺渺斜风吹细雨。芳草渡,江南父老留公住。公驾飞车凌彩雾,红鸾骖乘青鸾驭。却讶此洲名白鹭。非吾侣，翩然欲下还飞去。

【按】选自宋苏轼著，清朱孝臧编年，龙榆生校笺，朱怀春标点《东坡乐府笺》卷二（上海古籍出版社，2009 年）。清佟世燕修纂康熙二十二年刻本《江宁县志》卷十三引本诗题作《白鹭亭题柱赠王胜之龙图》。

苏轼词题中的王胜之，即王益柔（1015—1086），字胜之，河南（今河南洛阳）人。北宋大臣，宰相王曙的儿子。他曾凭借门荫，进入官场，起家殿中丞。庆历四年（1044），授集贤校理。出监复州酒税。宋神宗时，累迁知制诰、翰林学士，先后治理蔡州、扬州、亳州、江宁府、应天府。《宋史》《东都事略》有传。

❑ 贺　铸(1052—1125)

作者介绍见前文。

江南曲

游倡[1]搴杜若，别浦[2]鸳鸯落。向晚鲤鱼风[3]，客樯千里泊。当时桃叶是新声，千载长余隔水情。乌衣巷里人谁在，白鹭洲边草自生。

【按】选自《钦定四库全书》第 1123 册收宋贺铸撰《庆湖遗

[1] 游倡：指出游的伎女。出唐代李端《荆门雨歌送从兄赴夔州》："夷陵远色半成烧，汉上游倡始濯衣。"

[2] 别浦：河流入江海之处称浦，或称别浦。这里可能是指秦淮河流入长江的地方。

[3] 鲤鱼风：九月风；秋风。南朝梁简文帝《艳歌篇》："灯生阳燧火，尘散鲤鱼风。"

老诗集》卷一，原题后有自注“乙丑三月彭城分题得江南曲”，可见本诗作于宋神宗元丰八年（1085）。

楼下柳（天香）

满马京□（一曰疑当作尘），装怀春思，翩然笑度江南。白鹭芳洲，青蟾[1]雕舰，胜游三月初三。舞裙溅水，浴兰佩、绿染纤纤。归路要同步障[2]，迎风会卷珠帘。

离觞未容半酣。恨乌樯、已张轻帆。秋鬓重来淮上，几换新蟾。楼下会看细柳，正摇落清霜拂画檐。树犹如此，人何以堪？

【按】选自宋贺铸撰、钟振振校点《东山词》卷三“《贺方回词》二”（上海古籍出版社，1985年）。

□ 周紫芝（1082—1155）

周紫芝，字少隐，号竹坡居士，宣城（今安徽宣城市）人。宋高宗绍兴十二年（1142）进士。历任枢密院编修官、右司员外郎，后出知兴国军（治今湖北阳新）。晚年隐居九江庐山。诗词清丽婉曲，无刻意雕琢痕迹。著有《太仓稊米集》70卷、《竹坡诗话》1卷、《竹坡词》3卷。

［1］ 青蟾：指月亮。中国神话传说谓月宫有蟾蜍和玉兔。出自元张翥《中秋望亭驿对月代祀北还》：“仙家刻玉青蟾兔，帝子吹笙白凤凰。”

［2］ 步障：用以遮蔽风尘或视线的一种屏幕。

水调歌头（丙午登白鹭亭作）

岁晚念行役，江阔渺风烟。六朝文物何在，回首更凄然。倚尽危楼杰观[1]，暗想琼枝璧月[2]，罗袜步承莲。桃叶山[3]前鹭，无语下寒滩。

潮寂寞，浸孤垒，涨平川。莫愁艇子何处，烟树杳无边。王谢堂前双燕，空绕乌衣门巷，斜日草连天。只有台城月，千古照婵娟。

【按】选自影印文渊阁《四库全书》第1487册周紫芝撰《竹坡词》卷一。

❑ 袁去华

袁去华，字宣卿，江西奉新（一作豫章）人。生卒年均不详，约宋高宗绍兴末前后在世。绍兴十五年（1145）进士。改官知石首县而卒。善为歌词，尝为张孝祥所称。著有《适斋类稿》8卷，词1卷，存词90余首。

---

［1］ 危楼杰观：高耸的楼台。

［2］ 琼枝璧月：陈后主作曲歌咏后宫声色之乐，有“璧月夜夜满，琼树朝朝新”之句。后借指奢华糜烂的生活。元吴莱《题钱舜举张丽华侍女汲井图》诗：“临春结绮屹层空，璧月琼枝狎客同。鸳鸯戏水池塘雨，蛱蝶寻香殿阁风。”

［3］ 桃叶山：位于浦口城东门外宣化山的东南面，位于今南京长江大桥桥北路，紧邻南钢工厂的自备铁道。山高50米左右。桃叶山在清代是“六合十二景”之一。《江浦埤乘》载：“桃叶山一名晋王山，在宣化山东。初名桃叶，以隋杨广曾屯兵於上，故更呼晋王山。山下江渡名桃叶渡。上有塔曰晋王塔。”

柳梢青(建康作)

白鹭洲前，乌衣巷口，江上城郭。万古豪华，六朝兴废，潮生潮落。信流一叶飘泊。叹问米[1]、东游计错。老眼昏花，吴山何处，孤云天角[2]。

【按】选自中华书局唐圭璋编纂、王仲闻参订、孔凡礼补辑《全宋词》第3册。

❑ 王 埜

王埜，字子文，号潜斋，宝章阁待制王介之子，衢州常山(今浙江金华市)人。嘉定十三年(1220)进士(《宋史》王埜传误为“十二年”)。历任两浙转运判官、权镇江知府、沿江制置使、江东安抚使等职。宋理宗宝祐二年(1254)，拜端明殿学士，签书枢密院事，封吴郡侯。不久，罢，提举洞霄宫。工于诗，书法学欧阳询，署书尤清劲。

六州歌头

龙蟠虎踞，今古帝王州。水如淮，山似洛。凤来游，五云浮。宇宙无终极，千载恨，六朝事，同一梦。休更问，莫闲愁，风景悠悠。得似青溪曲，著我扁舟。对残烟衰草，满

[1] 问米：我国古代法术，是将亡故的亲友灵，与家人相互配合的法术。通过神婆把阴间的鬼魂带到阳间来，附身于神婆，与阳间的人对话，因做此仪式时都放一碗白米在旁，故称“问米”。

[2] 天角：谓天之一隅，犹天涯。指遥远的地方。

目是清秋。白鹭汀洲，夕阳收。

黄旗紫盖[1]，中兴运，钟王气，护金瓯[2]。驻游跸，开行殿[3]，夹朱楼，送华辀。万里长江险集，鸿雁列貔貅[4]。扫关河，清海岱，志应酬。机会何常，鹤唳风声处，天意人谋。臣今虽老，未遣壮心休，击楫中流[5]。

【按】选自唐圭璋编纂，王仲闻参订，孔凡礼补辑《全宋词》第 4 册（中华书局，1999 年），言转引自《景定建康志》卷三十七。

□ 赵彦端(1121—1175)

赵彦端，字德庄，鄱阳人。绍兴八年(1138)进士。十二年(1142)为左修职郎，钱塘县主簿。乾道三年(1167)，自右司员外郎，以直显谟阁为江南东路转运副使。四年(1168)，福建路转运副使，后为太常少卿。六年(1170)，以直宝文阁知建宁府。有《介庵集》不传。今存《介庵词》1 卷。

鹧鸪天(白鹭亭作)

天外秋云四散飞。波间风艇一时归。他年淮水东边月，

[1] 黄旗紫盖：天空中出现状如黄旗紫盖的云气。旧为皇帝出世的征兆。

[2] 金瓯：金盆盂，比喻疆土之完固，亦用以指国土。

[3] 行殿：移动的宫殿，指一种安稳的大车；亦指行宫。

[4] 貔貅(pí xiū)：古书上说的一种凶猛的野兽，后比喻骁勇的部队。《晋书·熊远传》：“命貔貅之士，鸣檄前驱。”

[5] 击楫中流：比喻收复失土，报效国家的壮烈情怀。

犹为登临替落晖。夸客胜，数星稀。晚寒拂拂动秋衣。酒行不尽清光意，输与渔舟睡钓矶。

【按】选自影印文渊阁《四库全书》第1488册赵彦端撰《介庵词》。

□ 何梦桂(1228—1303)

何梦桂，字岩叟，别号潜斋，宋淳安文昌(今浙江淳安县文昌镇文昌村)人。咸淳元年(1265)省试第一，举进士，廷试第三名(探花)。初为台州军判官，历官太常博士，咸淳十年(1274)任监察御史。曾任大理寺卿。引疾去，筑室富昌(后改名文昌)小西源，元至元中，御史程文海推荐，授江西儒学提举，屡召不赴。著书自娱，终老家中。学者称之为"潜斋先生"，谥号"文建"。精于易，著有《易衍》《中庸致用》诸书，其《潜斋文集》11卷，收入《四库全书》。

洞仙歌(和何逢原见寿)

青衫白发，独倚江楼小。待欲题诗压崔颢[1]。慨凤台今在否，白鹭沙洲，芳草外、剩得闲身江表。醉来疑梦里，梦入梅花，歌彻青衣听清窈。起看飞鸿没尽，白鸟玄驹[2]，谁能数、曹瞒袁绍。待明年、七十问何如，笑只是今朝，浣花

[1] 题诗压崔颢：典用唐代，李白登临黄鹤楼，触景生情，想写诗篇，看到崔颢《黄鹤楼》诗篇，自感不如，写下了："眼前有景道不得，崔颢题诗在上头。"

[2] 白鸟玄驹：指白鹭和蚂蚁。

堂[1]老。

【按】选自唐圭璋编纂，王仲闻参订，孔凡礼补辑《全宋词》第5册（中华书局，1999年）。诗题中的何逢原（1106—1168），是宋永嘉学派代表人物之一，字希深，浙江乐清人。高宗绍兴五年（1135）进士。历秘书正字，累官中书舍人，以忤秦桧意被黜。后提举湖北常平，徙知嘉州，除成都路运判，改潼川路提刑。孝宗乾道二年除金部郎中，官终福建提刑。精通义理之学。著有《何逢原文集》20卷，《论语集解》10卷，《周易解说》等。

[1] 浣花堂老：指诗圣杜甫老了。杜甫曾住成都浣花溪，建有草堂。

●元 代

□ 白 朴(1226—1306)

白朴,原名恒,字仁甫,后改名朴,字太素,号兰谷。祖籍陕州(今山西河曲附近),后徙居真定(今河北正定县),晚岁寓居金陵(今南京市),元代著名的文学家、曲作家、杂剧家,与关汉卿、马致远、郑光祖合称为“元曲四大家”。终身未仕。著有戏曲《唐明皇秋夜梧桐雨》《裴少俊墙头马上》《董月英花月东墙记》等,词集《天籁集》。

沁园春(金陵凤凰台眺望)

保宁佛殿即凤凰台,太白留题在焉。宋高宗南渡,尝驻跸寺中,有石刻御书王荆公赠僧诗云:“纷纷扰扰十年间,世事何常不强颜,亦欲心如秋水静,应须身似岭云闲。”意者,当时南北扰攘,国家荡析[1],磨盾[2]鞍马间,有经营之志,百未一遂,此诗若有深契于心者,故书以自况。予暇日来游,因演太白、荆公诗意,亦犹稼轩《水龙吟》用李延年、淳于髡语也。

独上遗台,目断清秋,凤兮不还。怅吴宫幽径,埋深花

---

[1] 荡析:指动荡离散。

[2] 磨盾:即“磨盾鼻”。典出《北史》卷八十三《文苑列传·荀济》,荀济“会楯上磨墨作檄文”,在盾牌把手上磨墨书写檄文。后因以“磨盾鼻”称在军队里做文书工作。

草，晋时高冢，销尽衣冠。横吹声沈，骑鲸人[1]去，月满空江雁影寒。登临处，且摩挲石刻，徙倚阑干。

青天半落三山，更白鹭洲横二水间[2]。问谁能心比，秋来水静，渐教身似，岭上云闲。扰扰人生，纷纷世事，就里何常不强颜。重回首，怕浮云蔽日[3]，不见长安。

【按】选自白朴著，王文才校《白朴戏曲集校注》附编《天籁集编年》（人民文学出版社，1984年）。

水调歌头（初至金陵，诸公会饮，因用《北州集·咸阳怀古》韵）

苍烟拥乔木，粉雉倚寒空。行人日暮回首，指点旧离宫。好在龙蟠虎踞，试问石城钟阜，形势为谁雄？慷慨一尊酒，南北几衰翁？

［1］ 骑鲸：唐诗人杜甫有《送孔巢父谢病归游江东兼呈李白》诗："若逢李白骑鲸鱼，道甫问信今何如。"后因以"骑鲸"为咏李白的典故。又，民间有李白因为醉酒骑鲸鱼而淹死传说，梅尧臣曾作诗"不应暴落饥蛟涎，便当骑鲸上青天。"后将"骑鲸"用作咏月夜或悼亡的典故。

［2］ 二水：《金陵琐事》卷三引本诗作"一水"。

［3］ 浮云蔽日：语本《文子·上德》："日月欲明，浮云盖之。"后喻佞奸之徒蒙蔽君上之明。此句化用唐李白《登金陵凤凰台》诗："总为浮云能蔽日，长安不见使人愁。"

赋朝云,歌夜月,醉春风。新亭何苦流涕[1],兴废古今同。朱雀桥边野草,白鹭洲边江水,遗恨几时终。唤起六朝梦,山色有无中[2]。

【按】 选自白朴著,王文才校《白朴戏曲集校注》附编《天籁集编年》(人民文学出版社,1984年)。

□ 庾天锡

庾吉甫,名天锡,亦作天福,大都(今北京)人。生卒年不详。曾任中书省掾,除员外郎、中山(今河北定州市)府判。元钟嗣成《录鬼簿》将其列于"前辈已死名公才人,有所编传奇行于世者"之列。著有杂剧《骂上元》《琵琶怨》《半昌宫》等十五种,今皆不传。亦善作散曲。贯云石序《阳春白雪》,品评元朝当代乐府,曾把他和关汉卿并论。《全元散曲》录存其小令7首,套曲4套。

---

[1] 新亭何苦流涕:语出南朝宋刘义庆《世说新语·言语》:"过江诸人,每至美日,辄相邀新亭,藉卉饮宴。周侯中坐而叹曰:'风景不殊,正自有山河之异!'皆相视流泪。唯王丞相愀然变色曰:'当共勠力王室,克复神州,何至作楚囚相对!'"后多用"新亭泪""新亭泣""新亭对泣"指怀念故国或忧国伤时的悲愤心情。新亭:亭名,故址在今江苏省江宁区南,三国吴建,名临沧观。晋安帝隆安中丹阳尹司马恢之重修,名新亭。东晋时为京师名工周顗,王导辈游宴之所,此亭遂大知名。

[2] 山色有无中:朦胧的山色,若隐若现。化用唐代诗人王维《汉江临汎》:"江流天地外,山色有无中。"

〔商角调〕黄莺儿

怀古，怀古，废兴两字，干戈几度？问当时富贵谁家？陈宫后主。

〔踏莎行〕残照底西风老树，据秦淮终是帝王都。爱山围水绕，龙蟠虎踞。依稀睹，六朝风物。

〔盖天旗〕光阴迅速，多半晴天变雨。待拣搭溪山好处，吞一杯，嚎数曲。身有欢娱，事无荣辱。

〔应天长〕引一仆，着两壶。谢老东山，黄花时好去。适意林泉游未足。烟波暮，堪凝伫，谪仙诗句。

〔尾〕一线寄乌衣，二水分白鹭。台上凤凰游，井口胭脂污[1]。想玉树后庭花，好金陵建康府。

【按】选自隋树森编《全元散曲》(中华书局，1964年)上册。

□ 汤　式

汤式，字舜民，号菊庄。象山(今属浙江)人。元末明初散曲家、戏剧家。曾为县吏，不得志，落魄江湖。入明，流寓北方，明成祖朱棣在燕邸时，宠遇甚厚，永乐年间常得恩赏。有杂剧《瑞仙亭》《娇红记》两种，今俱佚。散曲有明钞本《笔花集》

［1］ 胭脂井：南朝陈景阳宫的景阳井，故址在今南京市。隋兵南下，后主与妃张丽华、孔贵嫔并投此井，卒为隋人牵出，故又名辱井。井有石栏，呈红色，好事者附会为胭脂所染，呼为胭脂井。宋周必大《二老堂杂志·记金陵登览》："辱井者，三人俱投之井也，在寺之南。甚小而水可汲，意其地良是，而井则可疑。世传二妃将坠，泪渍石栏，故石脉类胭脂，俗又呼胭脂井。"

传世。尚有一些散曲存录于《雍熙乐府》《盛世新声》《彩笔情词》等集中，共今存作品套数68首，小令170首，残曲1首。

〔仙吕〕赏花时·送人应聘

五彩云开丹凤楼，万雉城连白鹭洲。天堑望东流，天长地久，今古帝王州。

〔幺〕虎豹关深[1]肃剑矛，鹓鹭班趋拜冕旒。郎庙[2]总伊周[3]，青云趁逐，犹自卧林丘。

〔赚煞〕既奉紫泥[4]宣，合拂斑衣[5]袖，正桂子西风暮秋。整顿着千尺丝纶[6]一寸钩，笑谈间钓出鳌头。莫迟留，壮志应酬，不负平生经济手。稳情取金花玉酒，银章[7]紫绶[8]，教人道“凤凰台上凤凰游”。

【按】选自隋树森编《全元散曲》（中华书局，1964年）下册。

---

［1］ 虎豹关深：用“虎豹九关”典，指到天庭去的九重门都有虎豹把守，比喻凶暴残虐的弄权之臣。出自《招魂》。

［2］ 廊庙：指殿下屋和太庙，后指代朝廷。

［3］ 伊周：商伊尹和西周周公旦。两人都曾摄政，后常并称。亦指执掌朝政的大臣。

［4］ 紫泥：古人以泥封书信，泥上盖印。皇帝诏书则用紫泥。后即以指诏书。

［5］ 斑衣：汉代虎贲骑士着的虎纹单衣。《史记·司马相如列传》“被豳文，跨野马”裴骃集解引晋郭璞曰：“著斑衣”。司马贞索隐引文颖曰：“著斑文之衣。《舆服志》云‘虎贲骑被虎文单衣’，单衣即此斑文也。”

［6］ 丝纶：原指钓鱼的线，暗指帝王诏书。

［7］ 银章：银印。其文曰章。汉制，凡吏秩比二千石以上皆银印。隋唐以后官不佩印，只有随身鱼袋。金银鱼袋等谓之章服，亦简称银章。

［8］ 紫绶：紫色丝带。古代高级官员用作印组，或作服饰。

❑ 胡用和

胡用和，元末明初人，生平不详，据《词林摘艳》，他祖籍天门山（在浙江奉化县境）。散曲作品现存套曲2套，即[南吕·一枝花]及[中吕·粉蝶儿]，均见《词林摘艳》。

〔中吕〕粉蝶儿·题金陵景[1]

万里翱翔，太平年四方归向，定乾坤万国来降。谷丰登，民乐业[2]，鼓腹[3]讴唱。读书人幸遇尧唐[4]，五云楼[5]九重天上。

〔醉春风〕宫殿紫云浮，江上清气爽。把京都佳致略而间，我与你[6]讲讲，景物稀奇，风城围绕，士民高尚。

〔红绣鞋[7]〕论富贵京都为上，数繁华海内无双，风流人物貌堂堂。云山迷远树，雪浪涌长江，暮追欢，朝玩赏。

〔耍孩儿[8]〕东南佳丽山河壮，助千古京都气象，人稠物穰景非常，真乃是鱼龙变化之乡。山形盘踞藏龙虎，台榭崔巍落凤凰。堪崇尚，载编简累朝盛士，撼乾坤万代传扬。

〔十一煞〕景阳台名尚存，周处台姓且香，拜郊台古迹

[1] 题金陵景：底本无此4字，据《全元散曲》补。
[2] 乐业：《全元散曲》作“安乐”。
[3] 鼓腹：拍击腹部，以应歌节。
[4] 尧唐：传说中上古帝王名。后泛指圣人。尧天舜日，喻太平盛世。
[5] 五云楼：指豪华富丽的楼阁。
[6] 我与你：《全元散曲》无此3字。
[7] 红绣鞋：《全元散曲》作“朱履曲”。
[8] 耍孩儿：《全元散曲》作“魔合罗”。

钟山上。乌龙潭雨至风雷起，白鹭洲潮回烟水茫，雨花台曾有天花降。跃马涧烟笼曙色，钓鱼台月漾波光。

〔十煞〕南北乾道桥，东西锦绣乡，四时歌管长春巷。峥嵘高阁侵云表，奇观层楼接上苍，清溪阁烟波荡，忠勤楼风云福地，尊经阁诗礼文场。

〔九煞〕朝天宫道友多，天界寺僧众广，天嬉[1]寺古塔霞光放。三山香火年年盛，十庙英灵世世昌，宝宁寺一境多幽况，鸡鸣山烟笼佛寺，神乐观云拥仙乡。

〔八煞〕香消脂井痕，歌残玉树腔，长干桥畔乌衣巷。高堂燕至思王谢，古甃蛩吟叹孔张[2]，无一节添悲怆。若无酒兴，恼乱诗肠。

〔七煞〕山围龙虎国，城连锦绣乡，四时美景宜欢赏。春风桃李参差吐，夏日榴花取次芳，秋天菊绽冬梅放。歌岁稔风调雨顺，庆丰年国泰民康。

〔六煞〕到春来观音寺赏牡丹，拥翠园玩海棠，逍遥西圃名园广。怕花残朝朝携妓歌《金缕》，恐春去日日邀朋饮玉浆，有百千处堪游赏。泛轻舟桃叶渡，观山玩水，跨蹇驴杏花庄，拾翠寻芳。

〔五煞〕到夏来清凉寺暑气无，赏心亭夏日长，石头城烟雨风生浪。秦淮河急水龙舟渡，马公洞薰风菡萏香，翠微亭绿阴深处炎威爽。仪凤楼满窗江月，建龙关四壁山光。

〔四煞〕到秋来玄武湖碧水澄，青龙山翠色苍，携壶策

---

［1］ 嬉：《全元散曲》作“禧”。

［2］ 孔张：指陈后主心爱的两个嫔妃张丽华、孔贵嫔。

杖登高赏。崇因寺内芙蓉绽，普照庵中桂子香，家家庭院秋砧响。水波涛江横白露，雁初飞菊吐新黄。

〔三煞〕到冬来助江天雪正飞，撼楼台风力狂，喜的是红炉画阁羊羔酿[1]。霎时间银砌就钱婆岭，顷刻处玉妆成石子岗。动弦管声嘹亮，庆太平有象，贺丰稔时光。

〔二煞〕遗图古迹多，今朝事业昌，太平风景真佳况。诗人有意题难足，胜境无穷咏未详。曾到处闲中想，莺花世界，诗酒排场。

〔一煞〕陈王[2]佐才俊高，臧彦弘笔力强，缪唐臣慢调偏宜唱。章浩德能吟翰苑清诗句，谷子敬惯捏梨园新乐章，陈清简善画真容像，卢仲敬品玉箫寰中第一，冷起敬操瑶琴世上无双。

〔尾声〕歌楼对酒楼，山光映水光，倩良工写在帏屏上，留与诗人漫漫[3]赏。

【按】选自明张禄辑《词林摘艳》丁集（明万历二十五年内府刊本，中国国家图书馆藏本）。今人隋树森编《全元散曲》（中华书局，1964 年）下册有选录。本曲列数南京古代名胜古迹，风景特色，历史掌故，如画屏展示。

[1] 羊羔酿:《本草纲目》有记载羊羔酒采用的原料为糯米、黍米、肥嫩羊肉等酿制而成。苏轼有:“试开云梦羊羔酒，快泻钱唐药王船。”

[2] 王:《全元散曲》作“钧”。

[3] 漫漫:《全元散曲》作“慢慢”。

❑ 无名氏

〔南吕〕一枝花·渔隐

不沽朝野名，自守烟波分。斜风新箬笠，细雨旧丝纶。志访玄真[1]，家与秦淮近，清时容钓隐。相看着绿水悠悠，回避了红尘滚滚。

〔梁州〕结交些鱼虾伴侣，搭织上鸥鹭亲邻。忘机怕与儿曹[2]混。寻了些六朝往事，吊了些千古英雄。悲了些陈宫禾黍，叹了些梁殿荆榛。本是个虚飘飘天地闲人，乐陶陶江汉逸民。有时摇棹近白鹭洲，笑采青蘋，有时推篷向朱雀桥，闲看晚云；有时湾船在乌衣巷，独步斜曛，有时满身衣襟爽透荷香润。旋折来柳条嫩，穿得鲜鲜出网鳞，归去黄昏。

〔骂玉郎〕一篝灯下簪佳酝，身趔趄，醉醺醺，高歌细和沧浪韵[3]。全不受利名拘，那里将兴亡记？把什么荣枯问？

〔感皇恩〕守着这萧索江滨，冷淡柴门。凉露湿蓑衣，清风生酒斝[4]，明月照盘飧。樵夫野叟，相近相亲。昨日离石头城，今朝在桃叶渡，明日又杏花村。

〔采茶歌〕山妻也最甘贫，稚子也颇通文，无忧无虑度

---

［1］ 玄真：指唐诗人张志和，自号玄真子。他曾写有三首《渔歌子》，表达归隐江湖的思绪。

［2］ 儿曹：儿辈，这里指宦海里的人。

［3］ 沧浪韵：即沧浪歌。《孟子·离娄》：“有孺子歌曰：‘沧浪之水清兮，可以濯我缨，沧浪之水浊兮，可以濯我足。’”

［4］ 酒斝：一种玉制的酒杯。

朝昏。但得年年生意好，武陵何用访秦人[1]。

〔尾〕茫茫烟水无穷尽，泛泛萍踪少定根。为甚生平怕求进？想王侯大勋，博渔樵一哂，争似我一叶江湖钓船稳。

【按】选自明郭勋辑《雍熙乐府》卷九（明嘉靖十九年楚藩刻本，《中华再造善本（明清编）》第471册），未注明作者。隋树森编《全元散曲》（中华书局，1964年）下册收录本诗，作者不详。

［1］ 武陵何用访秦人：此句用陶潜《桃花源记》故事。意即渔隐生活已很好，又何用寻访避乱桃源的秦人呢？

●明 代

❑ 刘　基(1311—1375)

作者介绍见前文。

渔父词五首(选一)

白鹭洲边好月明，赏心亭下暮潮平。红米饭，紫莼羹，自是无愁过一生。

【按】选自林家骊点校《刘基集》卷二十五“诗余”(浙江古籍出版社，1999年)。《御选历代诗余》选录本诗题作《渔歌子》。

❑ 陈　铎(?—1507)

陈铎，字大声，号秋碧，又号七一居士。下邳州睢宁(今江苏邳州)人，家居金陵(今江苏南京)。天顺五年(1461)世袭南京济川卫指挥使，历四十余年。著有《月香亭稿》《可雪斋稿》《词林要韵》等，皆作于成化年间。

〔仙吕宫〕村里迓古·午日泛舟

淮水上彩舟无数，正值太平时序，都一般兰桡画桨，往来向中流竞渡。你看那王孙豪客，华筵锦席，夸奢骋富。也有那皓齿歌，金杯劝，象板[1]促，敢则是间一派琼箫画鼓。

〔元和令〕那黄龙按中央戊已土，那青龙应东方甲乙木，赤龙元是丙丁属，庚辛金龙色素，更有那北方壬癸爪牙乌，贯鱼行，分部伍[2]。

〔上马娇〕他任转旋相抵触，也是他操演太滑熟，五方龙杂彩旗分布。有竞利的徒，他每[3]都赛愿与祈福。

〔胜葫芦〕更有那座上骚人宫锦服，躭放浪少拘束。白鹭洲边重吊古，桃根桃叶，清歌妙舞。乐事想当初。

〔幺〕则见隐隐残霞水面铺，双双的燕子戏平芜，览胜追欢情未足，临流洗盏，傍花展席，将他交友谩招呼。

〔后庭花〕看他们宝钗头，挑绛符[4]，朱门上，悬艾虎[5]，翠荷小盘初展，海榴红巾半蹙，绿槐影傍庭除，向晚来兰汤新浴，爱轻绡薄暎肤，喜瑶觞，满泛蒲[6]，北窗诗当再续，南薰弦仍一鼓。

〔双雁儿〕只吃的披着襟，撒着发，酒重沽。玉山颓，玉手扶，款把红儿悄分付，翠云屏，暑气无，碧纱厨，凉意足。

〔青哥儿〕扇弄着生绡生绡团素，簟展着碧波碧波寒玉。

---

［1］ 象板：象牙拍板，打击乐器。

［2］ 部伍：部曲行伍。这里龙舟按照古代五行配五色、五位、干支等方法，使用不同颜色的旗帜，分布在不同的方位，进行比赛。

［3］ 他每：他们。

［4］ 绛符：道教用以召神驱鬼的红色符箓。

［5］ 艾虎：用艾做成的像老虎的东西，旧俗端午节给儿童戴在头上，认为可以驱邪。

［6］ 蒲：指菖蒲酒，用菖蒲叶浸制的药酒。旧俗端午节饮之，谓可预防疾疫。

新月娟娟透绮疏，笑倚青奴[1]，醉枕珊瑚，香炷重炉，人卧冰壶，待惊乌翻树，酒醒初，踏影向长廊步。

〔赚煞〕白发暗相催，好景休辜负，正值蕤宾[2]月午，谩忆三闾楚大夫，叹《离骚》《九辩》谁续，混风俗且自欢娱。虎踞龙盘壮帝都，妆点出丹青画图，快活煞风流人物，便休题歌舞醉西湖。

【按】选自明郭勋辑《雍熙乐府》卷四（明嘉靖十九年楚藩刻本，《中华再造善本（明清编）》第471册），未注明作者。谢伯阳编《全明散曲》第1卷（齐鲁书社，1994年）录此曲题作《秦淮午日泛舟》，题作者为“陈铎”，言引自《可雪斋稿》。查明刻本新都环翠堂藏板《坐隐先生精订可雪斋稿》确有本曲，题作《北仙吕 村里迓鼓·秦淮午日泛舟》。

本散曲描述了明代南京端午节在秦淮河、白鹭洲竞渡的情况，和竞渡后人们饮酒作乐欢娱生活的场景。

〔北越调〕斗鹌鹑·金陵八景

帝业南都，天开上国。虎踞龙蟠，吴头楚尾。山海来宾，车书混一。仰圣功，歌圣德，政化流行，胡尘一洗。

〔紫花儿序〕修复就三王典礼，扫荡了六代浮华。创立

[1] 青奴：一般指竹夫人。竹夫人又叫青奴、竹奴，中国民间夏日取凉用具，是一种圆柱形的竹制品。

[2] 蕤宾：指代农历五月端午节。

起一统洪基，山川巩固，殿阙崔嵬，雍熙[1]形胜，班生[2]赋最宜。占断了江南佳丽，说甚么唐宋中原，周汉关西。

〔小桃红〕晓从钟阜云霓，掩暎桑日，郁郁葱葱霭佳气。舒倦迟，分明彩凤朝阳立。须烦太史占丰纪，瑞有颂，献彤墀[3]。

〔鬼三台〕望百堞，排银雉，正腊雪初开霁，妆点出石城壮伟，一带素屏围，耸嶙峋百尺，走银蛇漫坡伏又起，偃玉龙远岗高又低，这一段暮景苍茫，堪写入渔簑画里。

〔金蕉叶〕白鹭洲斜横燕尾，合抱着流二水，寻桃叶桃根故迹，空荡漾春潮数里。

〔调笑令〕朱雀桥那壁问乌衣，百姓人家燕子飞，想当年王谢居权贵，到如今事往人非，江山变迁那可追，只留下淡淡斜晖。

〔秃厮儿〕听嘹喨风前奏笛，只疑是旧日桓伊[4]，向秦淮试将兰棹舣，声宛转，韵清凄，烟溟长堤。

〔圣药王〕形势奇，林麓美。另嵬嵬天印镇坤维[5]。樵斧

---

［1］ 雍熙：和乐升平。《文选·张衡<东京赋>》："百姓同於饶衍，上下共其雍熙。"

［2］ 班生：指汉代文学家、史学家班固(32—92)，"汉赋四大家"之一，有《两都赋》开创了京都赋的范例，列入《文选》第一篇。

［3］ 彤墀(tóng chí)：即丹墀。借指朝廷。出自唐韩愈《归彭城》。

［4］ 桓伊：东晋谯郡(今安徽宿县境内)人。字叔夏，小字野王。善吹笛。淝水之战立有大功。曾抚筝而歌，讽谏孝武帝应和宰相谢安合作。又曾在青溪河边应王徽之要求，奏笛曲《三调》，奏毕即离去。

［5］ 坤维：指大地之中央，正中。《隋书·礼仪志一》："四方帝各依其方，黄帝居坤维。"

息，樵唱起，恁山讴野调[1]总相宜，真趣少人知。

〔青山口〕凤台凤台月轮晖，晚云收，秋露洗。凤凰凤凰又来仪，值尧天，当舜日。诗翁逐杖藜，闺人正捣衣，听那细细微微，拂拂霏霏。龙江深夜里，蓬囱[2]客梦回，天涯乡信稀，刻烛[3]弹棋，剪韭[4]传杯，远过潇湘佳致，小可西湖更难比。

〔随煞〕东南自古繁华地，受用煞花朝月夕，一从景，赋金陵，便觉脑中小彭蠡[5]。

【按】选自明郭勋辑《雍熙乐府》卷十三（明嘉靖十九年楚藩刻本，《中华再造善本（明清编）》第471册），未注明作者。谢伯阳编《全明散曲》第1卷（齐鲁书社，1994年）录此曲题作《赏金陵八景》，题作者为“陈铎”，言引自《可雪斋稿》。查明刻本新都环翠堂藏板《坐隐先生精订可雪斋稿》确有本曲，题作《北越调斗鹌鹑·赏金陵八景》。

本诗描述的是明代著名的“金陵八景”，分别展开的是钟阜晴云、石城霁雪、白鹭春潮、乌衣夕照、秦淮渔笛、天印樵歌、凤台夜月、龙江烟雨。

---

［1］ 山讴野调：民间粗野的山歌小调。

［2］ 囱(cōng)：窗的本字，本指天窗，转指屋顶上的灶突、烟囱。

［3］ 刻烛：古人刻度数于烛，烧以计时。后比喻诗才敏捷。

［4］ 剪韭：汉代的郭林宗因友人晚上突然来访，郭林宗冒雨到地里割韭菜做面条款待他，成为了一段佳话。后以“剪韭”来相容朋友之间的美好友谊。

［5］ 彭蠡：古代湖泊名，在江西省北境，长江以南，即今鄱阳湖。王勃《滕王阁序》有名句：“渔舟唱晚，响穷彭蠡之滨”。后代指游钓揽胜之地。

❑ 顾　璘(1476—1545)

作者介绍见前文。

意难忘(鹭洲宅赏灯)

光烂红灯，正珠帘尽下，玉斝高擎。银屏烘夜影，火树迸春星。人散诞[1],岁丰登。对伟丽神京。雪尚凝,微风料峭,澹月疏明。

那堪主客多情，任铜壶漏水，报过三更。传香添鸭鼎[2],选曲度鸾笙。连夜醉,不须醒。更告与良朋。尽元宵,都无十日，莫拣阴晴。

【按】选自影印文渊阁《四库全书》第1263册顾璘撰《顾华玉集·山中集》卷四。

❑ 夏　言(1482—1548)

作者介绍见前文。

长相思(和浚川韵六阕)(录一)

岸悠悠，水悠悠。枫叶芦花瑟瑟秋，孤帆天际头。
白鹭洲，鹦鹉洲。一带澄江销客愁，醉登黄鹤楼。

[1] 散诞:悠闲自在,放诞不羁。
[2] 鸭鼎:鸭形香熏一种,是熏炉式样之一,又称“香鸭”“鸭熏”。

【按】选自明夏言撰《夏桂洲先生文集》卷七（明崇祯十一年吴氏刻本，《明别集丛刊》第2辑第15册，黄山书社，2015年）。

❑ 易震吉

易震吉（约1592年—？），字起也，号月槎，金陵人。崇祯七年（1634）进士，授刑部主事，升郎中，出为大名知府，历嘉湖道江西参政副使。著有《秋佳轩诗余》12卷。

秦淮竹枝词一百三十首（选一）

白鹭洲前杨柳花，花偕飞鸟色无差。就中有个行春[1]者，一点娇红略着些。

【按】选自易震吉《秋佳轩诗余》卷十二（《续修四库全书》集部第1723册，上海古籍出版社，2002年）。亦见于乾隆《江宁县志》卷十三“诗余”。

清平乐（金陵六十咏）（选一）

洲在三山门外，西至江东门，上新河是其遗，地名以李太白诗著。所谓“二水中分白鹭洲”者，以内为秦淮，外为大江故。

金陵美酒，孙楚楼中有，坐[2]上狂歌人拍手，笑问莫愁

［1］行春：指官吏春日出巡，后泛指游春。

［2］坐：《江宁县志》作“座”。

安否？

中分二水悠悠，碧蘅红杜盈洲[1]。我所思兮白鹭，石城[2]烟柳西头。

【按】 选自易震吉《秋佳轩诗余》卷九（《续修四库全书》集部第1723册，上海古籍出版社，2002年）。亦见于乾隆《江宁县志》卷十三“诗余”，乃专咏白鹭洲者。

[1] “碧蘅”句：化用宋代诗人方岳《春词》：“一春直是柳风流，只恁风流只恁愁。客又不来寒食近，碧蘅红杜满芳洲。”盈：《江宁县志》作“芳”。

[2] 城：《江宁县志》作“头”。

●清 代

❑ 吴　绮(1619—1694)

作者介绍见前文。

离亭宴(新亭)

板桥浦与白鹭洲相衔处有崇因寺,乃新亭[1]故址。渡江诸贤暇日登高置酒,盖其地也。楚囚对泣,至今以为快谈。然代远人非,其能愀然洒泪者,亦复有几哉!茂弘[2]何在?吾欲起而问之。赋《离亭宴》。

白鹭洲边系马,听得烟钟暮打。风景不殊重载酒,留得新亭闲话。莫去望神州,那得当年王谢。

天际浦帆如画,犹带碧云斜挂。眼见几番兴废事,老泪不堪重把。长令客心悲,听取江边日夜。

【按】选自清吴绮撰《艺香词》之《萧瑟词》(清抄本,国家图书馆藏);亦见于《中华再造善本·明清编》第258册《蓺香词》

[1] 新亭:清余宾硕《金陵览古·新亭》言:"板桥浦与白鹭洲相衔处,有崇因寺,云是新亭故址。"

[2] 茂弘:即东晋大臣王导(276—339),字茂弘,琅琊临沂(今山东)人。西晋末年,他建议琅玡王司马睿把朝廷南移。司马睿称晋元帝后,王导任丞相。《世说新语·言语》记载:"过江诸人,每至美日,辄相邀新亭,籍卉饮宴。周侯中坐而叹曰:'风景不殊,正自有山河之异。'皆相视流泪。唯王丞相愀然变色曰:'当共戮力王室,克复神州,何至作楚囚相对?'"后以"新亭对泣"比喻对故国的怀念。

（清康熙刻本，中华再造善本工程编纂出版委员会编，国家图书馆出版社，2015 年）。但不见于影印文渊阁《四库全书》第 1314 册清吴绮撰《林蕙堂全集》，亦不见于《清代诗文集汇编》第 68 册《林蕙堂全集》26 卷。

□ 查慎行(1650—1727)

查慎行，字悔余，初名嗣琏，字夏重，后改名，号他山，又号查田。晚筑初白庵而居，因号初白。浙江海宁人。少受学黄宗羲。精《易》工诗，名闻禁中。康熙三十二年(1693)举乡试，康熙四十二年(1703)进士，授翰林院编修，供职南书房。四十八年(1709)奉旨赴武英殿书局编纂《佩文韵府》，书成，因病乞归。雍正四年(1726)，受弟查嗣庭案牵连被逮入京，次年放归，不到两个月即去世。诗风清新隽永，以白描著称，为“清初六家”之一，著有《敬业堂诗文集》《补注东坡编年诗》等。

满江红(胡震生索赠)

白鹭洲前，芳草展，满滩新绿。旧来是、南康几叶，一枝片玉。手种东陵瓜[1]五色，眼看度索[2]桃三熟。叹过江人物，柳吹绵飞相逐。

[1] 东陵瓜：指汉邵平所种之瓜，味甜美。泛指味美之瓜。

[2] 度索：即“度朔”，古代传说东海中的山名。汉王充《论衡·乱龙》：“上古之人，有神荼、鬱垒者，昆弟二人，性能执鬼，居东海度朔山上，立桃树下，简阅百鬼。”

儿女怨，清溪曲。男子恨，新亭哭。剩轮囷[1]剑胆，酒边枨触。八十高堂行尚健，六千君子[2]今谁属？指长江如练去吞天，钟山麓。

【按】选自查慎行撰《敬业堂诗集》卷四十九“余波词上”（清康熙五十八年刻本，《清代诗文集汇编》第178册，上海古籍出版社，2010年12月）。《钦定四库全书》有收录。

迈陂塘（饮胡星卿先生白鹭洲荷亭上）

绕名园、渟泓[3]渌净，白莲镜里开合。檀桥西岸清无暑，迎面香来恰恰。烟景豁。望不尽、城端山色林梢塔。移来小榼。喜萝薜侵衣，葫芦贮酒，觞政[4]罢秦法。浑忘却，旧日朱门邸阁。沙田十亩环匝。柴篱近与邻翁接，鸥鹭驯如鹅鸭。泥滑滑。任急雨催诗，飞去无多霎。芒鞋醉踏。正蓼外潮平，花西月到，归路听鞺鞳[5]。

【按】选自查慎行撰《敬业堂诗集》卷四十九“余波词上”（清康熙五十八年刻本，《清代诗文集汇编》第178册，上海古籍出版社，2010年）。《钦定四库全书》有收录。

---

［1］轮囷：高大的样子。形容勇气过人，气魄雄大。

［2］六千君子：指春秋时期，吴越之争，吴王夫差带精兵赴会，国都空虚，勾践带领包括“六千君子”在内的兵力，袭击吴国国都，吴灭。

［3］渟泓：积水很深的样子。

［4］觞政：酒令。中国民间饮酒时一种助兴取乐的游戏。刘向《说苑·善说》：“魏文侯与大夫饮酒，使公乘不仁为觞政。”

［5］鞺鞳：原是钟鼓象声词，这里形容波涛声或雨水的声音。

❑ 王友亮(1742—1797)

作者介绍见前文。

上新河竹枝词(十二首)

溪绕门前江绕楼，真同渔艇泛中流。若非郡志分明载，谁识侬家白鹭洲？(上新河，按郡志即古之白鹭洲也。洲自宋末渐长，合于东岸。)

去街十丈地皆屯，赁屋须将尺寸论。可惜江干风月好，更无隙地著园林。(河北去街十丈，皆军地也。)

一溪浅狭仅通潮，胜国粮艘此泊桡。却笑村人循旧例，仍将小彴[1]唤浮桥。

密栅高旗水一湾，行人遥认是龙关。赖他舟筏常时集，点缀才成小市阛。

上元佳节兴堪乘，酒价还随烛价增。准备缠头[2]休浪与，居人相约待徽灯。

寒食家家祭扫来，梨花风卷纸钱灰。最怜烈女坟前路，草满无人酹一杯。(毛烈女事，具《县志》，坟在新浮桥之南。)

坝开四月水如天，两岸游人喜欲颠。持比秦淮应较胜，龙舟看毕又灯船。

---

[1] 小彴(zhuó)，独木桥。宋陆游《自述》诗："西埭村醅酽，东陂小彴通。"

[2] 缠头：演毕，客人赠艺人的锦帛；后作为送给艺人礼物的通称。唐.白居易《琵琶行(并序)》："五陵少年争缠头。"

水榭参差映碧杨，湛恩汪濊[1]溯仁皇。至今七月河南北，答谢家家供斗香[2]。（旧有河房租，康熙中蒙恩捐免。）

人家以外有沙滩，十里周遭尽属官。非陆非舟君记取，竹篱板屋是阑干。（徽商木筏聚此，为板屋以居，名曰“阑干”。）

茅檐虽小惯藏春，底事蛾眉不耐贫。一掷黄金轻远去，小苏州半属徽人。（前明留京士大夫多觅妾于此，谓之“小苏州”。）

生来口福不愁嘲，出水鱼虾便入庖。压倒城中诸果蓏，紫菱白藕与青茭。

地属沙洲忌久栖，堪舆家[3]说岂无稽。翠屏只借山横北，玉带徒夸水向西。（西北临江，惟借隔岸定山[4]为屏障耳。水自城出，通万寿桥者，为西流水。）

【按】选自王友亮著《金陵杂咏》“城市类”（清刻本，国家图书馆藏本），现有南京出版社《南京稀见文献丛刊》整理本。

---

［1］ 湛恩汪濊（hún）：指恩泽深厚。出自《文选·司马相如》：“汉兴七十有八载，德茂存乎六世，威武纷纭，湛恩汪濊，群生沾濡，洋溢乎方外。”李善注引张揖曰：“汪濊，深貌也。”

［2］ 斗香：一种特制的佛香，许多股香攒聚捆扎堆成塔形，叫斗香。另有一种说法，旧时江苏六合地区中秋时节将各种食品堆成尖塔形，上插小旗，谓之斗香。

［3］ 堪舆家：替人勘察风水的人。《史记》卷一二七《日者传》：“聚会占家问之，某日可取妇乎？五行家曰可，堪舆家曰不可。”也称为“风水先生”。

［4］ 定山：位于今浦口区珍珠泉风景区，古称六合山。

民国后

金百揑

金百揑，安徽无为县人，民国初年寄寓金陵。生平不详。

金陵竹枝词（七十二首选一）

几处春烟霭断霞，满河春色点杨花。一百五日[1]寒食后，白鹭洲中人卖茶。

【按】 选自金百揑著《金陵竹枝词》（南京图书馆藏钞本）。此为南京清末民初市井生活状况的重要的文献资料。全诗共72首，曾单独排印出版。被《中华竹枝词全编》“江苏卷”收录，作者题为“金为揑”，误。

周岸登（1872—1942）

周岸登，字道援，号癸叔，四川威远一和乡人。光绪十八年（1892）中举，历任广西阳朔、苍梧知县、全州知州。辛亥革命后，先后任四川省会理、蓬溪，江西省宁都、清江、吉安等县知事，江西省庐陵道尹。1927年，蒋介石背叛革命，他毅然辞官，赴安徽大学、重庆大学、厦门大学讲授词曲。词风崇尚吴梦窗，自号“二窗词客”。编有《唐五代词》《北宋慢词》讲稿，

[1] 一百五日：意思是冬至后的第一百零五天，为寒食日。出自《荆楚岁时记》。

著有《蜀雅》《梦碧簃曲稿》《戏剧新花子拾金》。

调笑转踏（十台怀古其九 凤皇台）

金陵王气占凤来，江天远瞩留空台。青山送尽南朝梦，鸟啼花落增人哀。娇娥舞散高城暮，余辉迴隔丹丘路。细雨汀洲白鹭飞，画船曾系断崖树。

崖树。秦淮渡。细雨汀洲飞白鹭。斜阳门巷乌衣语。燕子飞归何处。景阳宫井胭肢污。愁赋江南春雨。

【按】选自曹辛华主编《民国词集丛刊》第9册《蜀雅》卷十（国家图书馆出版社，2016年）。本诗是改编自元代诗人吴师道《十台怀古》之“凤皇台”（诗见前文）而成。

□ 张尔田（1874—1945）

张尔田，一名采田，字孟劬，号遁庵、遁庵居士，又号许村樵人，杭县（今浙江杭州）人。光绪二十二年（1896），任刑部广西司主事。光绪二十八年（1902），调任苏州试用知府。辛亥革命后闲居。1914年清史馆成立，参与撰写《清史稿》，主撰乐志，前后达七年。1915年曾应沈曾植邀请，参加编修《浙江通志》。1921年后，先后在北京大学、北京师范大学、中国公学、光华大学、燕京大学等校任中国史和文学教授。最后在燕京大学哈佛学社研究部工作，为燕京大学国学总导师。著有《槐后唱和》《遁庵乐府》《钱大昕学案》《玉溪生年谱会笺》《蒙古源流笺注》《蛮书校补》《元朝秘史注》《遁龛文集》等。

临江仙

一自中原鼙鼓后，繁华转眼都收。石城艇子为谁留。乌衣寻废巷，白鹭认空洲。万事惊心悲故国，青山落日潮头。此身行逐水东流。除非春梦里，重见旧皇州。

【按】选自张尔田著，段晓华、蒋涛整理点校《张尔田集辑校·遯庵乐府》卷下（黄山书社，2018 年）。

❑ 陈新燮

陈新燮，字梅谷，四川宜宾人。早年参加同盟会，与同乡吴玉章、石青阳、吕超等人致力四川民主革命运动。1923 年任广东大元帅府内政部秘书。1924 年任大元帅府内政部第二局局长。1935 年 3 月任国民政府文官处秘书。1948 年 9 月任职国民政府总统府秘书处秘书。

青溪九曲棹歌（三首选一）

秦淮歌管苦喧阗，白鹭洲荒葑[1]卷烟。青溪一水故依然，可有风流继晋贤。

【按】选自禊园社、青溪社编《青溪九曲棹歌》（民国二十三年铅印本，南江涛选编《清末民国旧体诗词结社文献汇编》第 12 册影印本，国家图书馆出版社，2013 年 3 月）。底本诗后署名“梅谷”。

[1] 葑：蔬菜名。《说文》：“葑，须从也。从艸，封声。字亦作蘴、作菘。”

□ 龙榆生(1902—1966)

龙榆生，本名龙沐勋，字榆生，号忍寒。江西万载县人。著名学者，曾任暨南大学、中山大学、中央大学、上海音乐学院教授。早年曾受教于黄侃，后到上海拜朱彊村为师，专事词学研究。他曾任职汪伪政府而入狱，后释。1949年以后龙榆生任上海市文物管理委员会编纂，1950年秋改任文管会研究员，1951年调任上海市博物馆编纂、研究员，后转任上海音乐学院民乐系教授。1966年11月18日，病逝于上海。龙榆生与夏承焘、唐圭璋并称，是二十世纪最负盛名的词学大师。主编过《词学季刊》。编著有《风雨龙吟室词》《唐宋名家词选》《近三百年名家词选》等。

南乡子(丙戌吴门重九和东坡)

一雨暑才收，梦里来寻白鹭洲。残醉未醒风骤紧，飕飕，搔断霜丝怕转头。煮茗欲谁酬，孤负[1]江南一段秋。赖有屏

[1] 孤负：同‘辜负’。徒然错过。《红楼梦》第38回：“秋光荏苒休孤负，相对原宜惜寸阴。”

风遮望眼[1]，休休[2]，赋罢兰成[3]只自愁。

【按】本词选自龙榆生著、张晖主编《龙榆生全集》第四册《忍寒诗词歌词集》(上海古籍出版社，2015 年)。苏轼原词为《南乡子·重九涵辉楼呈徐君猷》:“霜降水痕收，浅碧鳞鳞露远洲。酒力渐消风力软，飕飕。破帽多情却恋头。佳节若为酬，但把清尊断送秋。万事到头都是梦，休休。明日黄花蝶也愁。”

本词作于 1946 年，龙榆生当时被囚于南京老虎桥监狱，后移押苏州狮子口监狱。诗题中的“吴门”即指苏州。本诗隐喻较多，如首句中的“一雨暑才收”，可能指他六月二十六日“通谋敌国，图谋反抗本国，处有期徒刑十二年，褫夺公权十年”的判决，或许也包括抗日战争的结束。“梦里来寻白鹭洲”，暗指国民政府还都南京。“残醉”“风骤”“霜丝”等是对自己误入歧途的内心痛苦，“孤负”“屏风”等暗指一时糊涂，视物不明，辜负了大好前程。末句“赋罢兰成只自愁”，典用六朝时，庾信怀念故乡金陵而终老北国的故事。诗用《兰成赋》事典，暗指自己附逆汪伪政府是不得已而为之，他正在为自己的未来而犯“愁”。龙榆生被关了两年零三个月，直到 1948 年 2 月 5 日，由夏承焘的弟子潘希真等设法将他保释出来。新中国成立后，他在陈毅的关心下，重新走上工作岗位，曾赋《望江南》词再用“兰成赋”典故：“兰成赋，萧瑟动江关。暗雨飘灯迷处所，春阳焕彩壮波澜。鼓吹换人间。”表达自己的重生之喜。

---

[1] 遮望眼：典出宋王安石《登飞来峰》“不畏浮云遮望眼，自缘身在最高层。”这里暗指自己误入歧途，沦为汪伪政府的帮凶。

[2] 休休：不要，意思是不要再提往事。

[3] 兰成：即六朝时著名的文学家庾信(513—581)，字子山，一字兰成，新野(今属河南省)人。他初仕梁为太子中庶子，梁元帝时出使西魏，恰值魏军南进，被执滞留长安，累迁骠骑大将军，开府仪同三司。他虽被留在北朝做官，但常有故国之思，曾作《哀江南赋》以明志。因为他又字兰成，所以此赋又叫《兰成赋》。

❑ 陈家庆(1904—1970)

陈家庆,女,字秀元,号碧湘。湖南宁乡人。南社社员。1923年,入北平师范大学,1928年转学入国立东南大学,师事吴梅。曾任教于上海淞江女中、安徽大学、重庆大学、南京中央政治大学、上海中医学院等院校,"文革"被迫害死。工诗词。著有《碧湘阁集》《汉魏六朝诗研究》,未刊之诗词与文稿皆毁于"文革"中。

百字令

(某君东归索词,因填此阕。《国民文苑》三十四年)

碧空秋渺,正扬帆东去,奔流浩瀚。十载关河惊倦旅,无限羁怀天半。画阁连云,珠帘卷雨,未信繁华换。滔滔万里,依然形胜天堑。遥想白鹭洲边,龙蟠旧宅,图籍墨花粲。此际归人挥麈[1]坐,珍重丹黄[2]万卷。百战河山,千秋史笔,待写中兴传。结庐他日,留得钟陵一片。

【按】选自徐英、陈家庆著,刘梦芙编校《澄碧草堂集·碧湘阁词》(《二十世纪诗词名家别集丛书》之一,黄山书社,2012年)。

[1] 挥麈:指挥动麈尾。晋人清谈时,常挥动麈尾以为谈助,后因称谈论为挥麈。

[2] 丹黄:旧时点校书籍用朱笔书写,遇误字,涂以雌黄,故称点校文字的丹砂和雌黄为丹黄。

❑ 卢　前(1905—1951)

卢前,原名正绅,字冀野,自号饮虹、小疏,江苏南京人。1921年入国立东南大学国文系,师从吴梅、王伯沆、柳诒徵、李审言、陈中凡等人。毕业后曾受聘在金陵大学、河南大学、暨南大学、光华大学、四川大学、中央大学等校讲授文学、戏剧。抗战后入江苏通志馆任馆长。一生致力于戏曲史研究、诗词曲创作,成为曲学大家。著有《饮虹五种》《明清戏曲史》《中国戏曲概论》《读曲小识》《论曲绝句》《饮虹曲话》《冶城话旧》《冀野文钞》等。

凤凰台上忆吹箫(游凤游寺怀李供奉)

晋代衣冠,吴宫花草,算来多少春秋。认三山天外,二水自流。白鹭洲边吊古,人已远、凤也难留。重临处、雁归桃渡,星点瓜洲。凝眸。断霞错绮[1],天际望江陵,千里悠悠。念举杯明月,散发扁舟。谩浪说骑鲸往事,乘风去、好自遨游。猿啼岸、轻帆过尽,负手[2]江头。

【按】选自卢前著《冀野选集·红冰诗拾》(中国文化服务社印行,1947年)。诗题中的“凤游寺”,位于南京市秦淮区集庆路南侧。唐代诗人李白(即李供奉)曾游此并吟有“凤凰台上凤凰游,凤去台空江自流”句。明代建有凤游寺,今废。后寺边成街,街以寺名,地名仍在。

---

[1] 错绮:纵横交错。

[2] 负手:两手反交于背后。

〔商调梧叶儿〕白鹭洲喜鹤亭、纕蘅、公武至

娄湖路[1]，白鹭洲，问孙楚旧时楼。吊古汪容甫[2]，传神顾虎头[3]，按拍郑虚舟[4]，是几个人间素侯[5]。

【按】选自卢前原著，卢偓笺注《饮虹乐府笺注》卷一（广陵书社，2009年）。本曲中白鹭洲当为今白鹭洲公园。诗题中的"鹤亭"指冒广生（1873—1959），字鹤亭，号疚斋，江苏如皋人，清光绪二十年（1894）中举人，官刑部郎中。民国初任农商部全国经济调查会会长。旋任温州瓯海关监督。抗日战争前，任中山大学教授。解放后，任上海市文管会特约顾问。著有《冒鹤亭词典论文集》等。"纕蘅"指曹经源（1891—1946），字纕蘅（又作让蘅），四川绵竹人。1934年任国民政府行政院参事。"公武"指许崇灏（1881—1957），字公武，广东番禺人。上世纪30年代后曾任国民政府考试院秘书长、国民政府委员等职务。据卢偓以《饮虹乐府》（小令）编年序推，此曲当作于1934年夏。

此曲记录的是1934年作者陪同民国政府中三位爱好词曲的长者，游玩南京白鹭洲，见景生情，怀古幽思而作。卢前从清代的汪中，想到东晋集画家与诗人于一身的顾恺之，又想到明代戏曲家郑若庸，评价他们三人同为善于享受生活的人间素侯，实际

---

［1］娄湖路：今白鹭洲边的小巷名。

［2］汪容甫：指清代学者、诗文家汪中（1744—1794），字容甫。江苏江都人。博通经术，精研诸子，为乾嘉朴学名儒。

［3］顾虎头：指东晋画家、文学家顾恺之（348—409），字长康，小字虎头，晋陵无锡人（今江苏省无锡市）。博学多才，擅诗赋、书法，尤善绘画。时人称"三绝"：画绝、文绝和痴绝。

［4］郑虚舟：指明代戏曲作家郑若庸，字仲伯，号虚舟，又号虚舟山人，江苏吴县（一说昆山）人。明世宗嘉靖十四年（1535）前后在世，年八十余而卒。著有《虚舟尺牍》《北游漫稿》，传奇《五福记》《玉玦记》等。

［5］素侯：指虽无爵禄封邑而生活享受可比王侯的人。

上委婉表达了作者一贯持有的“未必才人尽达官”的见解。

❑ 钱小山(1906—1991)

作者介绍见前文。

点绛唇(白鹭洲即兴)

初日园亭，梦回林际歌声起。谁家桃李？出口含宫徵。小住清游，直觉秋光美。还须记，登山临水，同在东风里。

【按】选自钱小山著《小山诗词》下编（民盟常州市委会、政协常州文史委、常州文联编辑自印，1992年）。

❑ 郭　莘(1918—2010)

郭莘,号半村,江苏宝应人,当代著名诗词家,兼治小写意花鸟画,尤擅长水墨兰竹。著有《画川诗词》《和观堂长短句》《金陵竹枝词》等。

金陵竹枝词(一百首选一)

借得城根水一湾，巧安亭榭路回环。绿杨苍葭萧然意，何必三山二水间。（白鹭洲公园）

【按】选自郭莘著《画川诗词》(2009年自印本)。

❑ 宋 词(1932—2013)

宋词,河南省安阳县南吕村人。1948年毕业于安阳大公中学。1949年4月参加南京文工团。1952年开始从事戏曲创作,先后任职于南京市文联编创室、江苏省文化局剧目室、江苏省文联创作组。1960年至1985年在江苏省话剧团、扬剧团任编剧。1982年加入中国作家协会。著有《宋词文集》(4卷),长篇小说《南国烟柳》《一代红妆》,中篇历史小说集《书剑飘零》,短篇小说《落霞一青年》,戏曲剧本《穆桂英挂帅》《花缘》《状元打更》《喝面叶》,电影文学剧本《一叶小舟》,古典诗词《宋词诗词集》等。戏曲剧本《穆桂英挂帅》获1956年文化部优秀剧本奖,并由艺术大师梅兰芳改编为京剧演出,《喝面叶》获1954年华东戏曲汇演剧本奖。

祝英台近(游白鹭洲)

朱雀桥,桃叶渡,王谢门前路。石滑泥润,昨夜轻轻雨。双双燕子飞来,谁家庭院,又露出杏花满树。携素手,漫步柳岸水边,飞花若香雾。可惜落红,流水难留住。负她一片深情,缠绵数语。永相忆,同游白鹭。

【按】选自《宋词诗词集》(中州古籍出版社,1995年)。

第三部分　文 选

□ 苏　轼

作者介绍见前文。

白鹭亭题柱

东坡居士自黄适汝[1]，舣舟[2]亭下半月矣。江山之乐[3]，倾想平生。时与□德□□□。元丰七年七月十四日，苏子瞻题。

【按】选自《全宋文》卷一九八三"苏轼一三五"，引自《古刻丛钞》，又见《舆地纪胜》卷十七，《二老堂杂志》卷五。本文原无题，文中"江山之乐，倾想平生"八字，周必大《平园续稿》卷十八，《赏心楼记》《舆地纪胜》皆有转引。今参考二书，以《白鹭亭题柱》为题。

苏轼题柱的内容是说他自黄州到汝州，经过金陵，在白鹭洲停舟已经半个月了。游览金陵美景，享受山水形胜之乐，回想生平经历，感慨颇多。题柱的时间为元丰七年7月14日，即公元1084年。7月14（或15）日为我国古代传统的中元节，世俗称为七月半、七月十四、祭祖节，佛教则称为盂兰盆节，民间有祭祖、放河灯、祀亡魂、焚纸锭、祭祀土地等习惯，是追怀先人或亡灵的

［1］自黄适汝：自黄州到汝州。

［2］舣舟：将船停靠岸边。

［3］乐：一作"胜"。

一种文化传统节日。当时正值苏轼幼子去世不久，他本自内心愧疚，遂有“倾想平生”之慨。

□ 史正志(1119—1179)

史正志，字志道，号乐闲居士、柳溪钓翁、吴门老圃，占籍江都（今江苏扬州），寓居丹阳（今属江苏）。绍兴二十一年(1151)进士，授歙县尉。三十一年，除枢密院编修官，次年，迁司农寺丞。隆兴元年(1163)，为江西路转运判官，寻改福建，再除江西。秩满，召除左司兼检正，兼权吏、刑、兵部侍郎。乾道三年(1167)，知建康府，移知成都，六年，为江浙京湖淮广福建等路都发运使。七年，以事谪居永州。淳熙中历知宁国府、赣州、庐州，卒于任。著述颇丰，编有《乾道建康志》10卷，《保治要略》8卷，《恢复要览》5篇，著有《菊谱》1卷，《清晖阁诗》1卷。除《菊谱》1卷外，均佚。

二水亭记

秦淮源出句容、溧水两山，自方山合流至建业，贯城中而西，以达于江，有洲横截其间，李太白所谓“二水中分白鹭洲”是也。来秦淮两城隅对峙，北为赏心亭，其南阙焉。登城而望，坐挹牛首，可凭藉如案，淮山一带沙洲烟屿，皆不遗豪[1]发，意古必有亭其上者。

一旦，父老谓予曰：“此承平时二水亭也。”考于图志不

[1] 豪：疑当为“毫”字误刻。

载。呜呼！六朝以来，迨今九百余年，其废兴成败，可胜言哉！今之为城，盖自徐温[1]之改筑，亭以二水，久不知为何时，岂岁月久远，故不传邪？城下二水，混混东流，古今固自若也。昔羊叔子[2]登岘山[3]，顾其客邹湛曰："自有宇宙，便有此山。胜士登此远望，如我与卿者多矣，皆湮灭无闻，使人悲伤。"湛曰："公名与此山俱传，若湛辈当如公言耳。"嗟夫！有志之士慨其名之不与山传也如此。顷者城壁缺坏，才辨瓦砾，是亭之名失其传久矣，况于一时登临之人哉！碑石果可托于岘山，为不朽乎？盖笑叔子之志，真区区也。

予方修筑城隅，复建是亭，揭以旧名，而为之记。后有来者，览江山之胜，而读予之文，因悟夫城之与亭，废兴成败，相寻于无穷，而人事得丧倏往而忽来，思所以托名于后世者，可不慨然有感而为之赋邪！

乾道五年十月望日，左朝散郎、充敷文阁待制、知建康军府事、提举学事兼管内劝农营田使、充江南东路安抚使、马步军都总管兼行宫留守司公事史正志记。

左朝奉郎、新权通判楚州军州、主管学事、赐绯鱼袋杜易书并题额。

---

[1] 徐温(862—927)，字敦美，海州朐山(今江苏东海)人，唐末五代时期吴国将领、宰相、权臣，南唐政权奠基人，南唐烈祖李昪(徐知诰)的养父。曾先后被封为温国公、齐国公，筑城于昇州(今江苏南京)。

[2] 羊叔子：即西晋杰出的战略家、政治家、文学家羊祜(221—278)，字叔子，兖州泰山郡南城县人。曹魏上党太守羊衜之子，汉末才女蔡文姬的外甥。晋武帝曾依其策划灭吴，完成统一。唐宋时期，羊祜配享武庙。

[3] 岘山：湖北省襄阳市的景点，遍山皆古迹，有刘备马跃檀溪处，凤林关射杀孙坚处，羊祜的堕泪碑与杜预的沉潭碑，刘表墓与杜甫墓，张公祠和高阳池，王粲井，蛮王洞等等。

【按】选自《景定建康志》卷二十二。《全宋文》卷四八八二有收录。

本文作于乾道五年（1169），记述了作者在任建康府知事时修筑二水亭的经过，并追述白鹭洲边二水亭的来历，慨叹前人于此地曾有亭，颓废日久，人们连名字都没有传承和记载，于是发出“有志之士慨其名之不与山传也如此”的感叹，慨叹时光流逝，世事兴废，成败无常。

□ 周必大

作者介绍见前文。

赏心楼记

“二水中分白鹭洲”，李翰林金陵诗也。今白鹭、赏心二亭连延城上。元丰中，苏翰林赋长短句送王胜之，仍题柱云：“江山之胜，倾想平生。”名遂传于天下。庐陵亦有白鹭洲，青原台直其首，郡治也；堆胜楼当其腹，驿舍也。登临胜概，虽亚金陵，然非闲人所能至，盍求之于造物之无尽藏乎？乃市民居创小楼，介于二者之间，借其名曰“赏心”，且少陵《江楼诗》[1]也。衡[2]不盈三丈，纵又去其一，惟费省，故成速，盖洲之项领也。目力所及，视青原、堆胜十得八九，而无厉

［1］ 少陵《江楼诗》：指杜甫《送严侍郎到绵州，同登杜使君江楼宴，得心字》诗，中有“野兴每难尽，江楼延赏心。”

［2］ 衡：同“横”。

禁，可以日涉。《诗》不云乎："于胥乐兮[1]。"愿与乡人共之，安知来者无二翰林之才为余赋之也？庆元元年二月日。

【按】选自王蓉贵、（日）白井顺点校《周必大全集》第二册《平园续稿》卷十八（四川大学出版社，2017年）；曾枣庄、刘琳主编的《全宋文》第231册卷五一四九"周必大一三六"有收录。

本文乃周必大于南宋宁宗庆元元年（1195）为江西吉安（古称庐陵）的白鹭洲书院赏心楼（一名东楼）所作，因为文中多提及李白诗咏金陵白鹭洲，苏轼题金陵赏心亭柱等事，录此以申金陵白鹭洲在宋代之影响。

□ 萧 崱

萧崱，字则山，号大山，临江军新喻（今江西新余）人。宋理宗绍定五年（1232）进士。以史馆校勘迁武学博士，进太府丞。有《大山集》，已佚。明嘉靖《临江府志》卷六有传。

赏心亭记（景定二年二月）

赏心亭，佳丽地之瑰观可赏，已如先正言。此北望中原，愤惕不敢暇逸处，可赏耶？古今游宦几何人？目以玩赏，口以吟赏，而真赏以心者几希！人心，天地之托也，为天地立心之心也。虚用之虚高，实用之实高，虚毋胜实，虚而胜，抚慨千数百年之消息，兴怀四十余帝之盛衰，烟芜凝愁，风

[1] 于胥乐兮：见于《诗经·有駜》，言大家一起欢乐。于：通"吁"，感叹词。胥：相。

涛矶感，宫雉相望，客心悲未央，其心耳；事迹东流，伤心长春草，其心耳。骚人赏自高如虚，何实而胜，莫若王、谢高宴饮新亭赏也。戮力王室，克复神州，实之放情丘壑赏也。棋墅指授，破贼淮淝，实之旷不弛劳，清不妨要，以虚豁心之壅滞，以实发心之精明，两公实高之赏欤！虚高者荒，实高者强。用实心办实功，今大制使资政裕斋马公之心，王、谢心也。无赏心也，何以亭于新？一酒不欢，甘苦其同，一钱不妄，调度其供，何以亭于费？读开宝二年二月诏，官受代，历书廨增毁以定殿最，见亭毁于燬，而无动心有慊心[1]。日羯胡[2]透渡[3]，江上危甚，公启元戎[4]行，蒙公先驱，祀姑[5]后张，循视大江，严险棘之防，进驻上流，雄掎角之势，神龙拏渊，威虎凭林，英稜[6]挫其遐冲[7]，洪基屹其磐石，驰骛[8]再岁，始柙[9]刃而韬弦[10]，此一功殊大。新北[11]亭，赏秦淮洗兵也，赏岂虚赏者！屏卧雪图，赏之浮，独倚

[1] 慊(qiè)心：快意，满意。

[2] 羯胡：古代用以泛称来自北方的外族。《魏书·石勒传》："其先匈奴别部，分散居于上党武乡羯室，因号羯胡。"

[3] 透渡：乘渡船过河。

[4] 元戎：大军。

[5] 祀姑：古代旗帜名。

[6] 英稜：英勇威武。

[7] 遐冲：千里之外故国之冲车。引申为与远方邦国间的冲突。

[8] 驰骛：指在某个领域纵横自如，并有所建树。《史记·司马相如列传》："故驰骛乎兼容并包，而勤思乎参天贰地。"

[9] 柙：关野兽的木笼，旧时也用来押解、拘禁罪重的犯人。

[10] 韬弦：指藏起弓箭，息兵停战。

[11] 北：疑为"此"字误刻，据《四库全书》本改。

青冥，赏之游，公之心，心何[1]实也！凤凰去已久，正当今日回，有思治心，去恶如去草，养花如养贤，有赞治心。想虞雍公[2]督舟采石而捷闻，则义心激；爱张魏公[3]劳军沙上而虏奔，则壮心生。充是心之实，何赏乎！以调玉烛之明，为时和赏；以补金瓯之缺，为国寿赏；以铁剑利而倡优拙，为外御内修。赏非赏[4]之赏，此之谓大赏。高哉！凡役属其属朱幼学，凡费不书，惟一非三是，牵联书。亭前为张丽华墓，一赏赖有一戒，存万代之永监，而前守夷之，非是。东即张忠定公[5]所创折柳亭，谨送迎也。西即苏文忠公尝题柱白鹭亭，尚典刑也。又西横江馆，取李太白“人言横江好”之句以名，宾如归也。三并新之。是亭事毕，出余力筑舒州[6]二十三载，久复隍之城；以舒隶昇阃[7]，故远且城之，而况

[1] 何：底本原为墨钉，据《四库全书》本补。

[2] 虞雍公：即南宋初年名臣虞允文（1110—1174），字彬父，一作彬甫。隆州仁寿县（今四川省眉山市仁寿县）人。宋高宗绍兴二十四年（1154）进士。史称其“战伐之奇，妙算之策，忠烈义勇，为南宋第一”，曾封爵雍国公，世称“虞雍公”。

[3] 张魏公：即北宋至南宋初年名臣、学者张浚（1097—1164），字德远，世称紫岩先生。汉州绵竹县（今四川省绵竹市）人。政和八年（1118）进士，历枢密院编修官、侍御史等职。曾封魏国公，累赠太师，著有《紫岩易传》等。近人辑有《张魏公集》。

[4] 赏：疑为“常”字误刻。

[5] 张忠定公：即北宋政治家张咏（946—1015），字复之，号乖崖，谥“忠定”，濮州鄄城（今山东省菏泽市鄄城县）人。太平兴国五年（980）进士，累擢枢密直学士，官至礼部尚书。诗文俱佳，著有《张乖崖集》。

[6] 舒州：今安徽安庆地区潜山县一带。

[7] 阃：地域，疆界。

于近亭，皆一实所成。观之《坎[1]》“有孚，维心亨”，刚中也，中画一阳，盖象心，心刚则实，往乃有功。公当习坎之出，以刚为实，心亨有道矣，赏大矣。跻亭览景，弄笔而赏以诗，公心愤愓未暇也，有大父野亭先生《百咏》[2]在。景定二年二月朔，大山萧山则记并书，雪坡姚勉[3]书盖。

【按】選自《景定建康志》卷二十二。《全宋文》卷七九五六有引录。本文作于景定二年（1261），文字可能多有勘误，缺乏其他版本校勘，句读和阅读起来有些困难。

□ 王　㒜(1424—1495)

王㒜，字廷贵，南直隶武进人。明景泰二年(1451)进士(探

[1] 坎:《周易》六十四卦的第二十九卦:“习坎:有孚，维心亨，行有尚。”《易传·彖传上·坎》:“习坎，重险也。水流而不盈，行险而不失其信，维心亨，乃以刚中也。行有尚，往有功也。”

[2] 野亭先生《百咏》:指宋代文学家马之纯的《金陵百咏》。马之纯(1144—?)，字师文，又字莹夫，号茂陵，晚年改号竹轩，别号野亭，学者称“野亭先生”，婺州东阳(今浙江省金华县)人。弱冠登孝宗隆兴元年(1163)进士，授福州司法参军，历知徽州(今安徽省歙县)，焕章阁侍制，承议郎充江南东路转运司主管文字，授朝散郎，通判静江军府事，不赴。居里潜心研究经籍、六经和诸子百家。著有《金陵百咏》《尚书中庸论语说》《周礼随解》《左传类编》《纪事编年》等传世。本文作者称马之纯为“大父”，则可知马之纯可能是作者的外祖父。

[3] 姚勉(1216—1262):学名冲，因避讳改名勉，字述之、成一，号蜚卿、飞卿，古天德乡(今江西宜丰县新庄镇)灵源村人。初生时，曾被弃之山野雪地，故其成年后自号“雪坡”以志不忘。淳祐十二年(1252)中举，宝祐元年(1253)进士及第(状元)。历任承事郎，秘书省正字，校书郎、节度判官、太子舍人，沂靖王府教授。景定三年(1262)，授处州通判，因病而未能赴任，谢世。著有《雪坡文集》50卷传世。

花),授编修,累迁南京翰林院学士、南京国子监祭酒、南京吏部右侍郎、南京户部左侍郎、南京户部尚书,改南京吏部尚书。卒赠太子太保,谥“文肃”。博学高识,为文雅健有法,诗亦清粹。曾纂《毗陵志》。著有《思轩集》。

金陵八景记

金陵在江表,古称重镇,始皇时,用望气者言其地有天子气,遂东游厌之,凿方山、断长垄为渎,因名秦淮。盖方山在城东南,即所谓天印山者。淮水自句容华山发源,西南流经其下,贯之城中,以入于江。厥后孙吴建国,夹淮立栅,孰知分其势者,适所以为之固也。虽然,吴亦岂独恃淮为险哉?其左为紫金山,旧名钟山,大帝更名蒋山。其右为石头城,亦大帝阻山为之,此诸葛氏所谓龙盘而虎踞者。而扬子江又自岷山东来,萦绕之以达于海。壮矣哉!鼎立之势。然不在险而在德,彼乌知之?曾无几何而江山复归典午[1]矣。当其盛时,王谢诸君先后并起,其居在今城南长干寺北,高甍杰栋,雄冠一时,时称其子弟为乌衣诸郎,巷因以名。刘宋代兴,异鸟来集,遂起台于山,名凤凰台以侈之。客游保宁寺者一登斯台,纵遐瞩则往时歌钟之地,已荡而为瓦砾之场。区区李煜亦图窃据,义兵压境,犹遣使以口舌驰说,驱五千人与宋将曹彬争成败于白鹭洲上,其不亡也奚待?洲突起江中流,

[1] 典午:“司马”的隐语。《三国志·蜀志·谯周传》:“周语次,因书版示立‘典午忽兮,月酉没兮。’典午者,谓司马也;月酉者,谓八月也。至八月而文王(司马昭)果崩。”晋帝姓司马氏,后因以“典午”指晋朝。

不改故色。而兀术之众又肆侵轶，虽凿洲夜遁，而宋祚亦自是陵夷矣。上下千六百年，其分合者数四，天将厌之，以授我皇明，混一区夏[1]，建都以奠八极。又百年，于兹山川底宁，民物丰阜，士生其时，与宦游于其地者，何其幸哉！

武清宋宁德安主上元县簿，尝命善画者绘《八景图》，阅之，来请予记。德安生长两畿，优游禄秩，又能以其自公多暇，徘徊瞻望于名胜之区，其必有以感上之赐者矣。感之则思以尽其职，以古人自期，均田租，护陂塘，活疲卒，省诉讼，绝妖妄，折粘竿[2]，如明道先生[3]之主簿上元，足矣。故予历稽诸古而颂之，今以告之，乌乎！一命之士，苟存心于爱物，于人必有所济。先生之言，岂欺我哉！

【按】选自明王㒹著《思轩文集》卷一（明弘治刻本，《明别集丛刊》第1辑第48册，黄山书社，2015年）

本文乃为“金陵八景图”所作的记文，请求绘画的是明代南京上元县主簿宋宁，绘画者不详。应宋宁之请，王㒹为图画作记文。文中记述了金陵八景的来历、地理位置、景物特色，其于发生在白鹭洲的历史事件着墨不少，最后对时任上元县簿的宋宁的惠政进行了称颂。

---

[1] 区夏：诸夏之地，指华夏、中国。

[2] 黏竿：在竹竿较细的一头放上胶，用来粘鸟的竹竿。

[3] 明道先生：即北宋理学家程颢（1032—1085），字伯淳，号明道，世称“明道先生”。宋仁宗嘉祐二年（1057）进士，历官鄠县主簿、上元县主簿、泽州晋城令、太子中允、监察御史、监汝州酒税、镇宁军节度判官等职。《伊洛渊源录》卷二《明道先生行状》：“其始至邑，见人持竿以黏飞鸟，取其竿折之，教之使勿为。及罢官，艤舟郊外，有数人共语：‘自主簿折黏竿，乡民子弟不敢畜禽鸟。’不严而令行，大率如此。”

❑ 刘因之(1809—1873)

作者介绍见前文。

鹭洲风俗之美

余寓鹭洲，东近钟阜，西送三山，南则牛首祖堂耸其秀，北则九里诸山[1]列为屏。长江襟带，风樯上下，内河则西流，委折六七里，通栅洪[2]之波焉。居屋烟火数千家，在前朝最为繁盛，沿河两岸，笙歌灯火，有类吴门之山塘，故有“小苏州”之目。维时龙江关初设，四方商贾凑集，或一时纷靡太过。国初以来，朝政清肃，俗尚敦庞[3]，人归俭素。又婺人多筑居于此，婺地风气最厚，于是靡风尽洗，务从浑朴，居人无饰，词无夸习，耻为非礼，互相砥砺。尤乐行善事，人无吝者，急公事，人各自食，不用宫中一钱。士子能自爱，闭门读书，非庆吊[4]不一见面。市中无伪物，亦无二价，虽童子不欺。近来嚣陵[5]风起，多有不韪之徒，而廉耻未尽亡，岂无诪张[6]，而语次行次，不离拙质。即今癸丑之乱[7]，南北

[1] 九里诸山：指长江之北的山峰。《江浦埤乘》记载江北有“九里十八岗”，在江浦县治西南，有头岗、二岗共一十八处，故名。

[2] 栅洪：地名，今南京赛虹桥一带。

[3] 敦庞：敦厚朴实。汉·孔融《肉刑议》：“古者敦庞，善否不别。”

[4] 庆吊：指庆贺与吊慰。亦指喜事与丧事。

[5] 嚣陵：亦作“嚣凌”指嚣张凌辱而气盛；亦指浮华不实。

[6] 诪张：也作侜张。作伪；欺骗。

[7] 癸丑之乱：指太平天国起义攻入金陵。

窜徙，穷饿者十九，然相遇相卹，绝无浇漓[1]之行，虽仆隶亦然。此亦风俗之最善者矣。

【按】选自刘因之著《谰言琐记》（光绪十二年石菖蒲吟榭刻本，天津图书馆藏本）。本文历述白鹭洲一带风景之秀丽，居民之来源，和此地民风的由奢转俭，到互助互帮的转变情况。

❑ 历代史志文选

太平御览

［宋］李昉等 撰

《丹阳记》曰："白鹭洲，在县西三里，隔江中心，南边新林浦，西对白鹭洲，洲在大江中，多聚白鹭，因名之。"（卷六十九地部三十四）

【按】选自宋李昉等编纂《太平御览》（据上海涵芬楼影宋本复印，中华书局，1985年）。《丹阳记》为南朝时期地志，宋山谦之纂。原书已经散逸，古今有辑佚本。这里关于白鹭洲的记载是历代文献之最早者。

［1］ 浇漓：指社会上人情薄，人与人之间缺乏真诚的感情。

方舆胜览

［宋］祝穆 撰

白鹭洲。《丹阳记》："在江中心南边，新林浦西边，白鹭洲上多白鹭，故名。"曾景建："江水悠悠绿染衣，淮山渺渺翠成围。南朝鹭序归何处，惟见沧洲白鹭飞。"（卷十四江东路建康府）

白鹭亭。在府城上，与赏心亭相接，下瞰白鹭洲，柱间有苏子瞻留题。（同上）

【按】选自宋祝穆撰，祝洙增订，施和金点校《方舆胜览》（中华书局，2003 年）。

景定建康志

［宋］周应合 撰

新河，在白鹭洲西南，流通大江二十余里。〔事迹〕《韩忠武王世忠碑》云："建炎四年，金人入寇，车驾幸四明。王闻之，亟以舟师赴难。兀术闻王在京口，遽勒三十万骑北逐，王遂提兵截大江以邀[1]之，相持黄天荡四十八日。兀术势危，自知力惫粮竭，或生它变，而王舟师中流鼓枻[2]，飘忽若神，凡古津渡又皆八面控扼，生路垂绝。一夕，潜凿小河，自建康城外属之江，以通漕渠，幸风波少休，窃载而逃。"内翰汪公藻建炎间奏议云："虏于钟山、雨花台各劄大寨，抱城

［1］ 邀：拦截。

［2］ 鼓枻（yì）：划桨，摇桨行船。

开两河以防之。”（卷十九“山川志三·河港”）

白鹭洲，在城之西，与城相望，周回一十五里。（旧志）〔事迹〕郦道元《水经注》：“江宁之新林浦西对白鹭洲。”《丹阳记》曰：“白鹭洲在县西三里。洲在大江中，多聚白鹭，因以名之。”国朝开宝七年，王师问罪江南，曹彬等破南唐兵五千于白鹭洲，即此地。建炎末，虏骑侵轶[1]江南，回至江口，闻王师将以海舟中流邀其归路，遂用牛犁等，于白鹭洲一夜凿一小河，乘轻舠而走。详见“新河”。（李太白诗云“三山半落青天外，二水中分白鹭洲。”又《宿白鹭洲送杨江宁》诗云：“朝别朱雀门，暮宿白鹭洲。”《送殷叔》云：“白鹭洲前月，天明送客回。”徐铉有《题白鹭洲江鸥》诗云：“白鹭洲边江路斜，轻鸥接翼满平沙。”曾极诗：“江水悠悠绿染衣，淮山渺渺翠成围。南朝鹭序归何处，惟见沧洲白鸟飞。”杨备诗：“春信风生晚汛潮，印沙群鹭立还翘。凭高一片遮人眼，芦叶丛边雪未销。”刘过诗：“一声雷鼓挟风威，顷刻冲波没钓矶。行客惊看银汉落，阳侯擎起玉山飞。蛟龙便尔争先化，鸥鹭茫然失所依。安得长竿入吾手，翩然东海钓鳌归。”余见“白鹭亭”下。）（卷十九“山川志三·洲浦”）

白鹭亭。接赏心亭之西，下瞰白鹭洲，柱间有东坡留题。（旧志）景定元年，马公光祖重建。详见“赏心亭”下。〔考证〕李白《凤凰台》诗有“二水中分白鹭洲”之句。亭对此洲，故名。苏文忠公轼尝题其柱：“王胜之龙图守金陵，一日而移南郡，东坡居士作长短句以赠之。‘千古龙蟠并虎踞，

[1] 侵轶：侵犯袭击。

从公一吊兴亡处。渺渺斜风吹细雨，芳草渡，江南父老留公住。公驾飞车凌彩雾，红鸾参乘青鸾驭，却讶此洲名白鹭，非吾侣，翩然欲下还飞去。'”（王荆公安石诗：“柱上题名客姓苏，江山清绝冠吴都。六花飞舞凭栏处，一本天生卧雪图。”斯庵任希夷诗：“江水悠悠淮水流，台城寂寂石城留。凄凉白鹭洲头月，曾照前朝玉树秋。”王公琪诗：“白鹭敞西轩，栋宇穷爽垲。千峰若联环，翠色不可解。是时天宇旷，六幕无纤霭。金斗熨秋江，素练横衣带。乾坤清且敛，气象朝昏改。芦花作雪风，飞舞来沧海。九霄汀鹤起，万里樯乌快。月上三山头，鸟没横塘外。苍茫洲渚寒，银错星斗大。开樽屏丝竹，披襟向萧籁。余生本江湖，偃蹇欣所会。清兴虽自发，苦嗜亦吾累。鱼龙凭夜涛，四面忽滂湃。安得犀灯然，煌煌发水怪。”黄尚书度诗：“白鹭亭前白鹭飞，定知公子未忘机。我来犹识难驯意，江际翩翩趁落晖。”马公之纯诗：“白鹭亭前白鹭飞，山如屏障水如围。水中独立鸾窥镜，沙上群行雪满矶。白日不来争碧树，有时同往送斜晖。江山得此方成画，撩得游人不忆归。”又和人韵：“一见斯亭喜可知，风来拂拂更清微。青山坐处天开画，白鹭飞时雪满矶。何必搜奇效康乐，正应得句似元晖。最怜别浦潮生后，须有征帆万点归。”龙洲刘过诗：“何人将我此来游，白鹭那知客有愁。如子矜持山立玉，似予迂阔水盘洲。尘襟抖擞风云入，石刻摩挲岁月流。惆怅谪仙鸾驭远，离离别恨黯难收。”罗公愚诗：“千古城头白鹭亭，鹭飞长是满江汀。如何览德辉台上，只有台存凤不灵。”叶辉次韵：“白鹭洲边敞此亭，淮山江水瞰芦汀。鹭飞点点无颜色，那似公山鹤有灵。”）（卷二十二“城阙志三·亭轩”）

二水亭，在下水门城上。下临秦淮，西面大江，北与赏心亭相对。岁月寖久[1]，旧址仅存。乾道五年秋，留守史公正志因修筑城壁重建，自为《记》。（旧志）〔考证〕李白《凤凰台》诗“二水中分白鹭洲”，亭名取此也。（《记》云：……［记文略，见前文选部分《二水亭记》］）（同上）

【按】选自宋马光祖修、宋周应合纂，王晓波、李勇先、张保见等点校《景定建康志》第2册（《宋元珍稀地方志丛刊》甲编，四川大学出版社，2007年），并参考中华书局1990年影印清嘉庆六年（1801）金陵孙忠愍祠刻本。这是历代文献中对白鹭洲及其附近建筑记述和考证最全面和翔实者。

至大金陵新志

［元］张铉 撰

白鹭亭。在赏心亭西，下瞰白鹭洲。景定元年马光祖重建。李白《凤凰台》诗有“二水中分白鹭洲”之句。亭对此洲，故名。苏东坡尝题其柱：“王胜之龙图守金陵一日而移南郡，东城阼长短句赠之。‘千古龙蟠并虎踞，从公一吊兴亡处。渺渺斜风吹细雨，芳草渡，江南父老留公住。公驾飞车凌彩雾，红鸾骖乘青鸾驭。却讶此洲名白鹭，非吾侣，翩然欲下还飞去。’”（卷十二“古迹志一”）

二水亭。在下水门城上。下临秦淮，西面大江，北与赏心亭相对。乾道五年，留守史正志因修筑城壁重建。李白诗

［1］ 寖（jìn）久：积久。

云“二水中分白鹭洲”，亭名取于此。（卷十二“古迹志一”）

【按】选自元张铉撰《至大金陵新志》（《宋元方志丛刊》第六册据四库全书影印本，中华书局，1990年）。此书题名中的元代年号“至大”实际上当为“至正”。

明一统志

［明］李贤等 撰

白鹭洲。在府西南江中。唐李白诗“二水中分白鹭洲”，宋曹彬尝大破江南兵于此。（卷六“南京”）

白鹭亭。在赏心亭侧，下瞰白鹭洲。宋马光祖重建，旧有苏轼留题。（同上）

二水亭。在城上，宋史志正建，与赏心亭相对，取唐李白“二水中分白鹭洲”之句而名。（同上）

【按】选自明李贤等撰《大明一统志》（明天顺五年御制序刊本，哈佛大学图书馆藏本）。

江南通志

［清］黄之隽 修

白鹭洲，在府西三里，与新林浦相对。宋曹彬破南唐兵，驻于此。《建康志》云：秦淮源出句容、溧水两山间，合流至建康之左，分为二支，一支入城，一支绕城外，共夹一洲，曰“白鹭”，太白所谓“二水中分白鹭洲”者也。《府志》：“近以三山门外西关中街水环绕处，当为白鹭洲。盖沿袭旧名，非其地矣。”（卷十一“舆地志·山川”）

白鹭亭，在江宁县城西。《舆地纪胜》云：赏心亭西有白鹭亭，下瞰白鹭洲。宋景定元年，马光祖重建。苏轼赠王益柔诗有“红鸾骖乘青鸾驭，却讶此洲名白鹭”之句，题名于此亭柱石。（卷三十“舆地志·古迹”）

【按】选自清黄之隽修《（乾隆）江南通志》（影印清刻本，《中国地方志集成·省志辑·江南》第3册，凤凰出版社，2011年）。

读史方舆纪要

［清］顾祖禹

白鹭洲，在府西南江中，南直新林浦。宋初，曹彬破南唐兵于新林港，又破之于白鹭洲。《郡志》：烈洲东北，即白鹭洲。《丹阳记》：江宁县西三里有白鹭洲，周回十五里，与城相望。近《志》：三山门外西关中街水环绕处，当为白鹭洲。盖沿袭旧名，非故址也。（卷二十“南直二”）

【按】选自清顾祖禹著，贺次君、施金和点校《读史方舆纪要》第二册（《中国古代地理总志丛书》，中华书局，2005年）。

金陵述游

［清］齐周华

太白酒楼，相传在白鹭洲之普惠寺。然太白之于酒，犹裴晋公所云“逢着便吃”，何处非太白所觞咏耶？楼之得留名后世者，亦有幸不幸耳。

白鹭洲，在三山门外八九里，大江之东。李白所云“二水中分白鹭洲”是也。宋曹彬尝泊战舰于此，以破南兵。能神武不杀，亦希有也。

【按】选自清齐周华著，周采权、金敏点校《名山藏副本》上卷（《明清笔记丛书》，上海古籍出版社，1987年）

江宁新志

［清］袁枚 纂修

白鹭洲。《丹阳记》云:“在县西三里大江中，多聚白鹭，因名。”《建康志》云：“秦淮源出句容、溧水两山间，合流至建康之左，分为二支，一支入城，一支绕城外，共夹一洲曰白鹭，太白所谓‘二水中分白鹭洲’者是也。”按：秦淮自方山境合流之后，不闻其分为二支，且由城中水门出而达于江者，秦淮之经流也。绕于城外者，隍内之水也。为此言者，盖欲附会二水之说，以明白鹭所在，而不知杨吴以后之地形，非太白所及见也。考《水经注》，白鹭洲与新林浦相对，秦淮直洲之北，而新林直其南，太白所谓“二水”盖在于是。然自五季以后，大江远徙，故今之新林浦在县西南二十里，向在县西三里之白鹭洲，旧志谓即今西关中街水还绕处，其说甚确，宋曹彬破南唐兵，盖亦在此。至今江中之白鹭洲，在烈山洲东北，殆沿袭旧名尔。（卷七“山川”）

【按】选自清袁枚纂修《江宁新志》（清乾隆十三年刊本，中国科学院图书馆选编《稀见中国地方志汇刊》第11册，中国书店，2007年）。本文袁枚关于古白鹭洲与明代当时江中之白鹭洲有较客观的考证和辨析，认为古白鹭洲在“今西关中街水还绕处”，而当时“江中之白鹭洲，在烈山洲东北，殆沿袭旧名尔”，是符合实际的。

重刊江宁府志

［清］姚鼐等 纂

白鹭洲。《应天府志[1]》“(烈)洲之东北是为白鹭洲。《丹杨记》云：在县西三里大江中，多聚白鹭，因名。据今西关中街水环绕处，当为白鹭洲，此特蒙其名耳，非李白所咏也。”按:《丹杨记》,明世已无其书,志所引特本于《建康志》而记。所谓“县西三里”者，实未尝指为何县，要非明时所置之江宁也，安得以为甚近，而疑其不近烈洲乎？太白诗云“朝别朱雀门，暮宿白鹭洲”，今此洲去江宁正有一日之程，其去烈洲诚当不远矣。又《建康志》引郦道元《水经注》云:“江宁之新林浦西对白鹭洲。”又志云：“新林浦在城西南二十里”，其言地形皆不误。使谓白鹭洲在今西关中街，则反西对新林浦，而江水出于新林之内，其说何由可通哉？至太白诗“二水中分白鹭洲”，盖古时此洲上下亘江甚远，故一江分为二水，后世洲崩短近，则江中分之形微矣。近《江宁县志》乃以为指大江与新林浦尤无据也。(卷七“山水下))

白鹭亭，在白鹭洲上，去府治西南八里，今洲已坍，余港名草鞋夹。东坡尝作长短句题亭柱赠王胜之,王安石诗“柱

［1］ 这里的《应天府志》乃由程嗣功修，王一化纂，程拱宸增修的增修的万历二十年(1592)刻本。

上题名客姓苏”，盖指此也。（卷九“古迹”）

【按】选自清吕燕昭修、姚鼐纂《〔嘉庆〕重刊江宁府志》（清光绪六年刊本，《中国方志丛书》“华中地方第128号”，成文出版有限公司，1974年）。

第四部分　图 录

◆ 汉丹阳郡图　[明] 陈沂

明陈沂《金陵古今图考》(民国重绘，国图藏本，后同）中的《汉丹阳郡图》。汉代南京属于丹阳郡，当时南京城西石头城紧邻长江，今天秦淮河以西地区尚未成陆。

◆ 汉丹阳郡图 ［清］无名氏

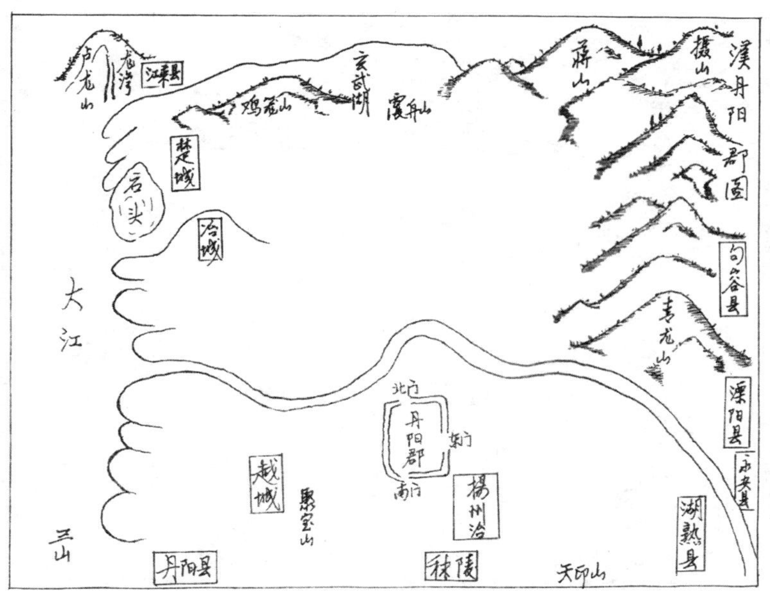

光绪元年（1875）抄，1992 年整理编印《秣陵志图》中的《汉丹阳郡图》，未见白鹭洲的身影。

◆ 孙吴都建邺图 ［明］陈沂

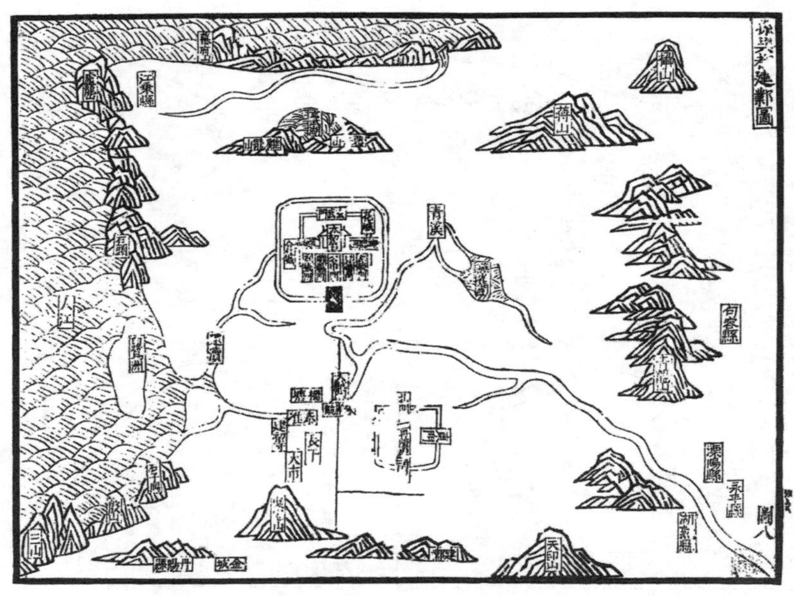

明陈沂《金陵古今图考》中的《孙吴都建邺图》。图中开始标注“白鹭洲”，其所依据可能是郦道元的《水经注》。

◆ 孙吴都建业图 ［清］无名氏

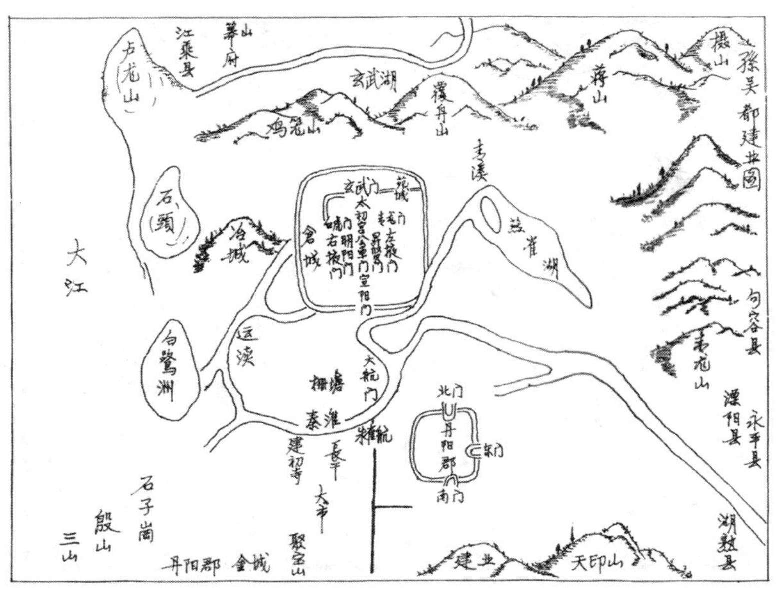

光绪元年（1875）抄，1992 年整理编印《秣陵志图》中的《孙吴都建业图》，可见白鹭洲的身影。

◆ 东晋都建康图 ［明］陈沂

明陈沂《金陵古今图考》中的《东晋都建康图》。可见白鹭洲尚较小，离开陆地较远。

◆ 东晋都建康图 ［清］无名氏

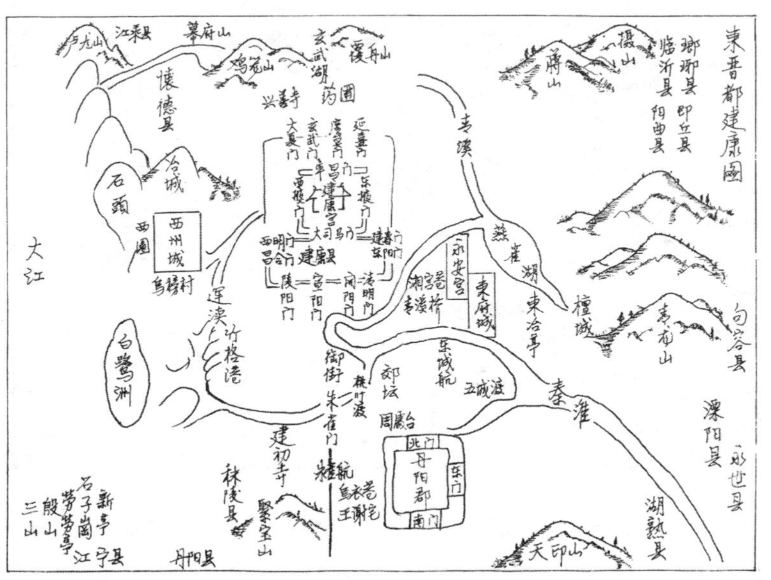

光绪元年（1875）抄，1992 年整理编印《秣陵志图》中的《东晋都建康图》的白鹭洲。

◆ 南朝都建康图 ［明］陈沂

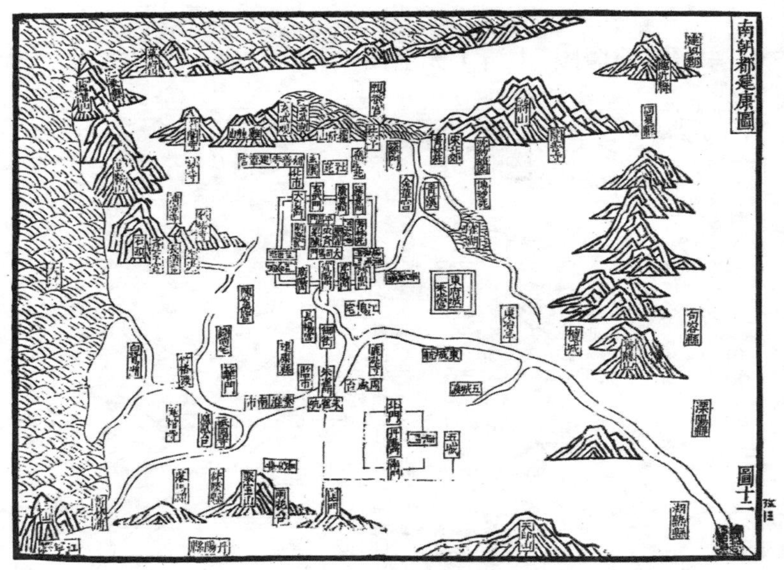

明陈沂《金陵古今图考》中的《南朝都建康图》。可见白鹭洲面积明显增大，与陆地连接很近，可能只有河渠之隔。南朝宋时山谦之纂《丹阳记》，开始有白鹭洲的文字记载。

◆ 南朝都建康图 ［清］无名氏

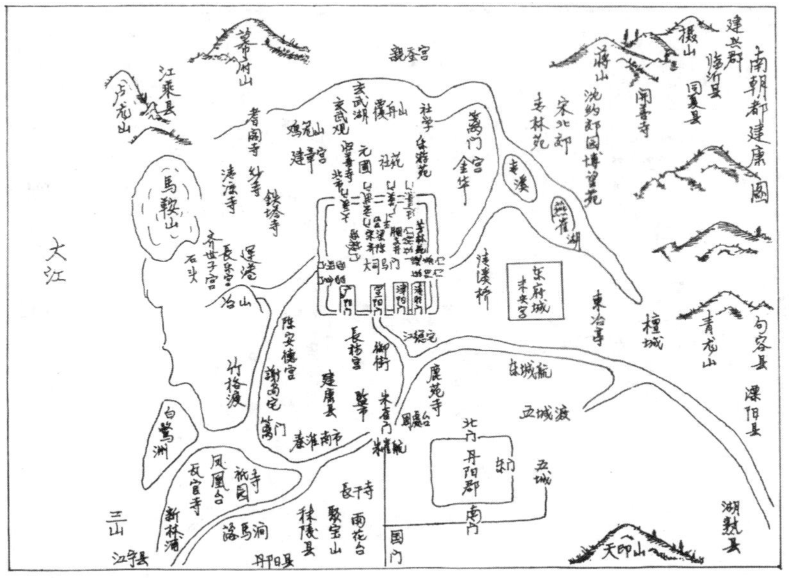

光绪元年（1875）抄，1992 年整理编印《秣陵志图》中的《南朝都建康图》的白鹭洲。

◆ 六朝宫城外图 [清] 汪士铎等

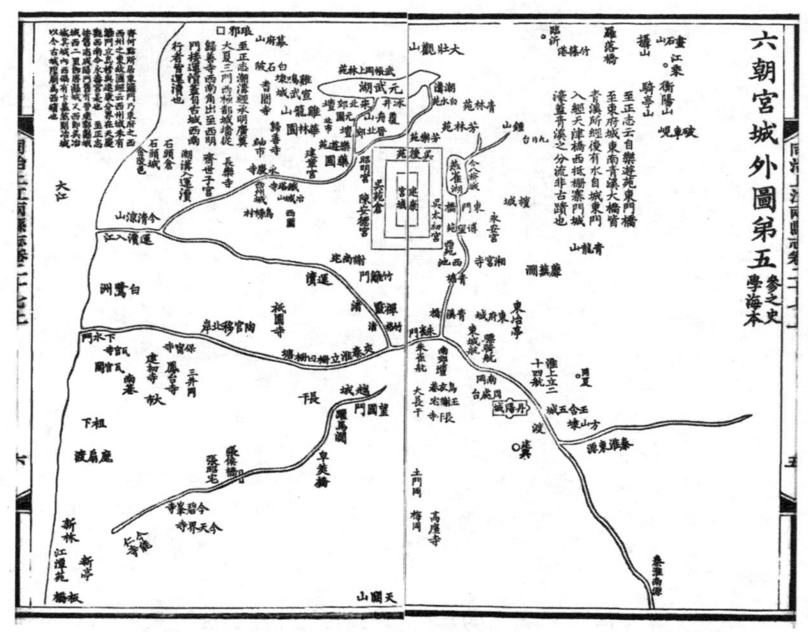

《同治上江两县志》卷二十七载《六朝宫城外图》。图中白鹭洲与陆地连成一体。

◆ 南朝都建康总图 ［民国］朱偰

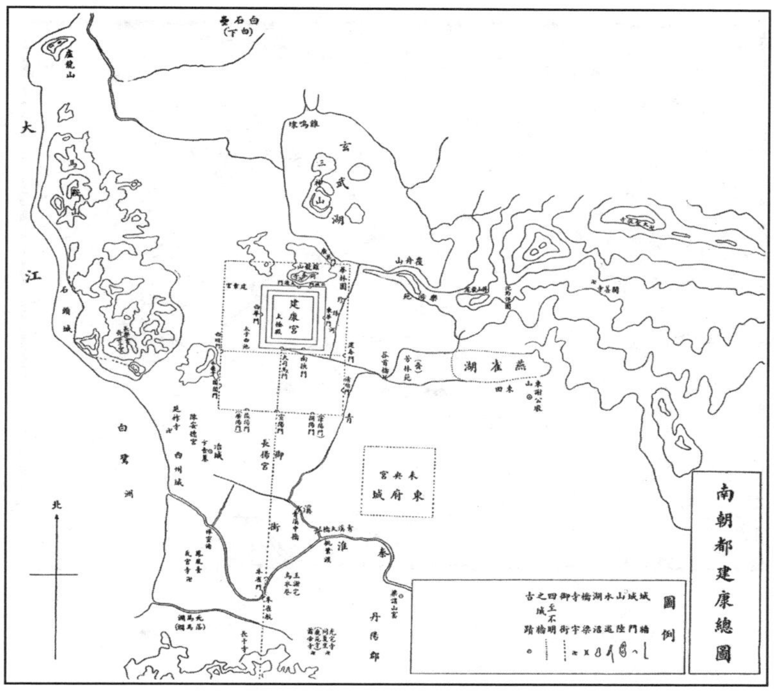

民国朱偰著《金陵古迹图考（商务印书馆）中的《南朝都建康总图》，可见当时城西的白鹭洲。

◆ 隋蒋州图 ［明］陈沂

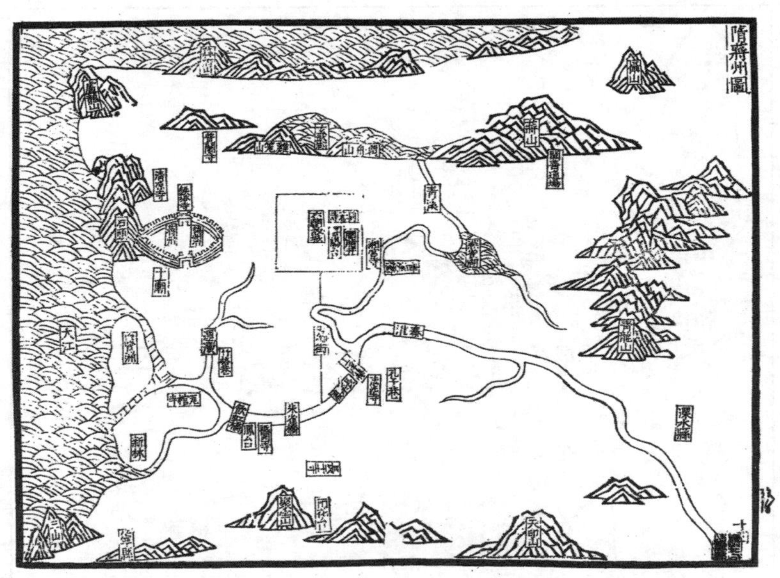

明陈沂《金陵古今图考》中《隋蒋州图》的白鹭洲。

◆ 隋蒋州图 ［清］无名氏

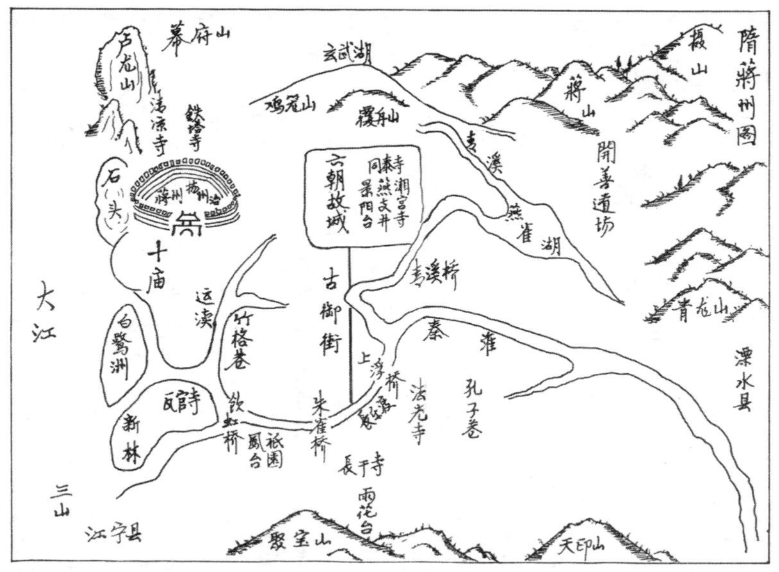

光绪元年（1875）抄，1992 年整理编印《秣陵志图》中的《隋蒋州图》的白鹭洲。

◆ 唐昇州图 ［明］陈沂

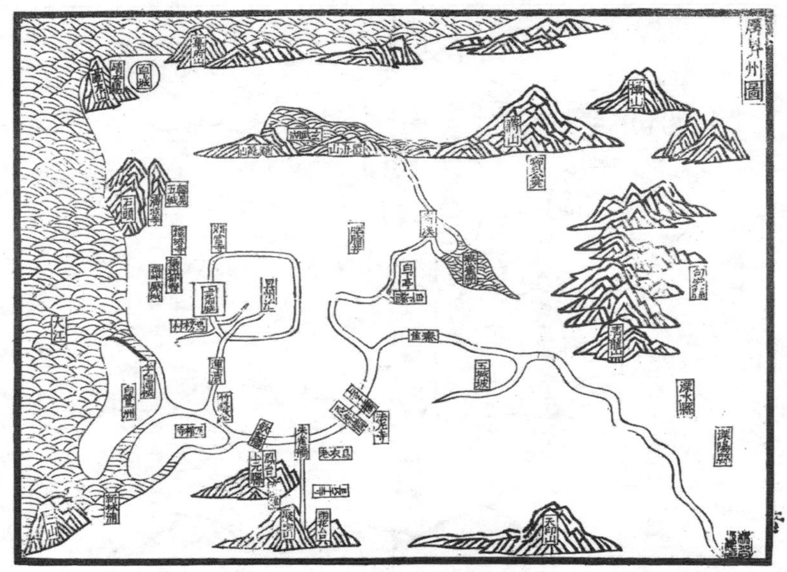

明陈沂《金陵古今图考》中的《唐昇州图》。白鹭洲中标有李白酒楼，与李白诗词记述有关。

◆ 唐昇州图 ［清］无名氏

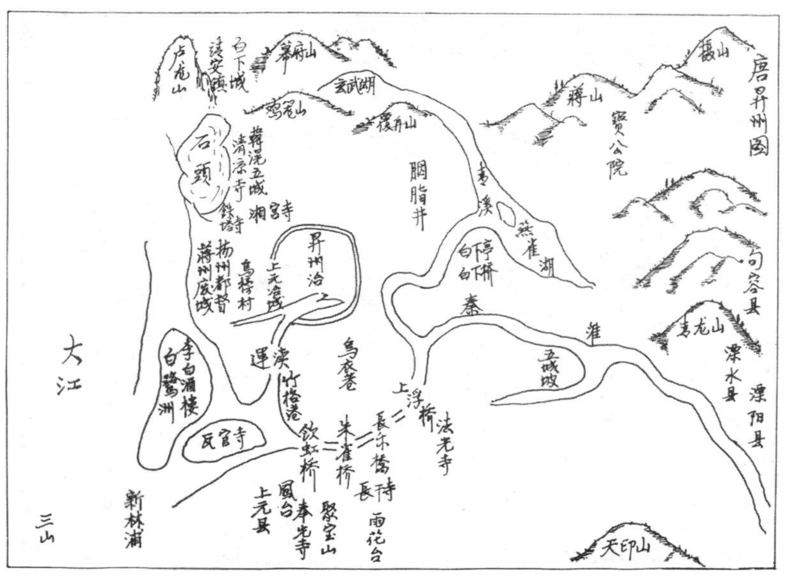

光绪元年（1875）抄，1992 年整理编印《秣陵志图》中的《唐昇州图》的白鹭洲。

◆ 南唐江宁府图 ［明］陈沂

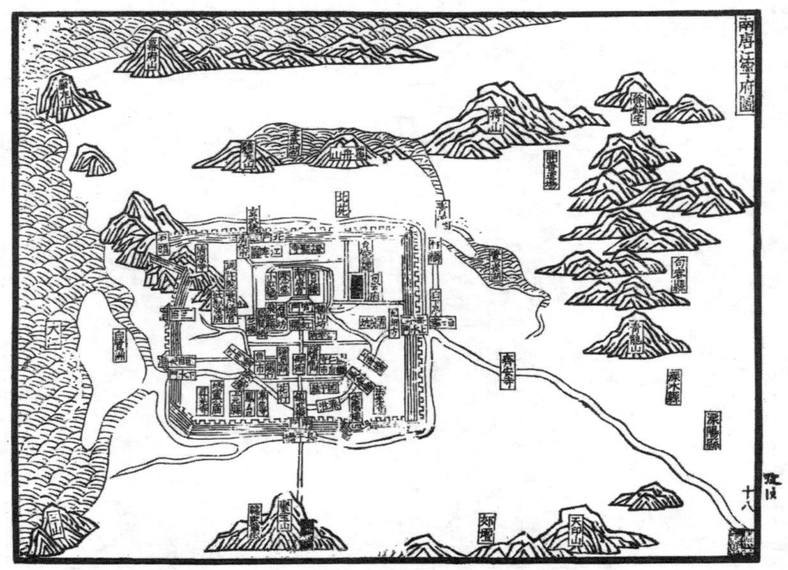

明陈沂《金陵古今图考》中的《南唐江宁府图》中的白鹭洲。

◆ 南唐江宁府图 ［清］无名氏

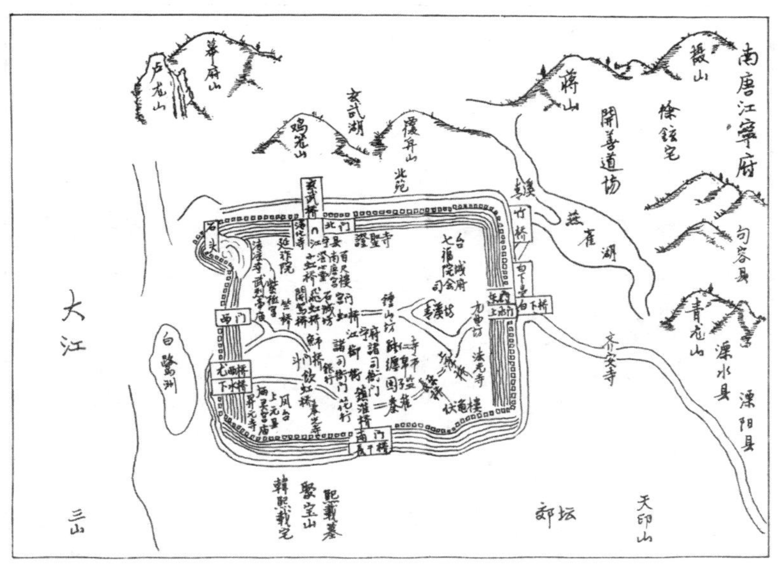

光绪元年（1875）抄，1992年整理编印《秣陵志图》中的《南唐江宁府图》标注白鹭洲。

◆ 南唐江宁府图 ［民国］朱偰

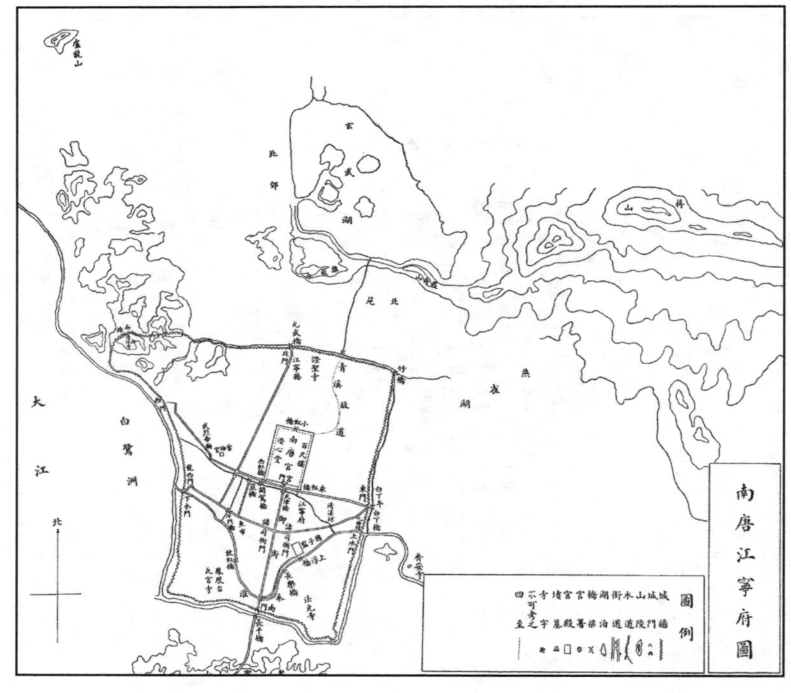

民国朱偰撰《金陵古迹图考》（商务印书馆）中的《南唐江宁府图》。

◆ 皇朝建康府境之图 ［宋］周应合等

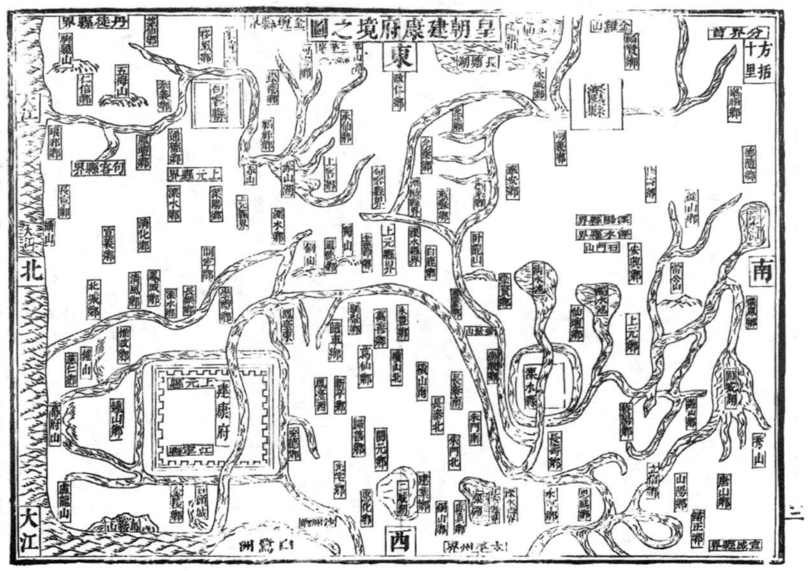

《景定建康志》中的《皇朝建康府境之图》下方（城西）有白鹭洲。

◆ 江宁县之图 ［宋］周应合等

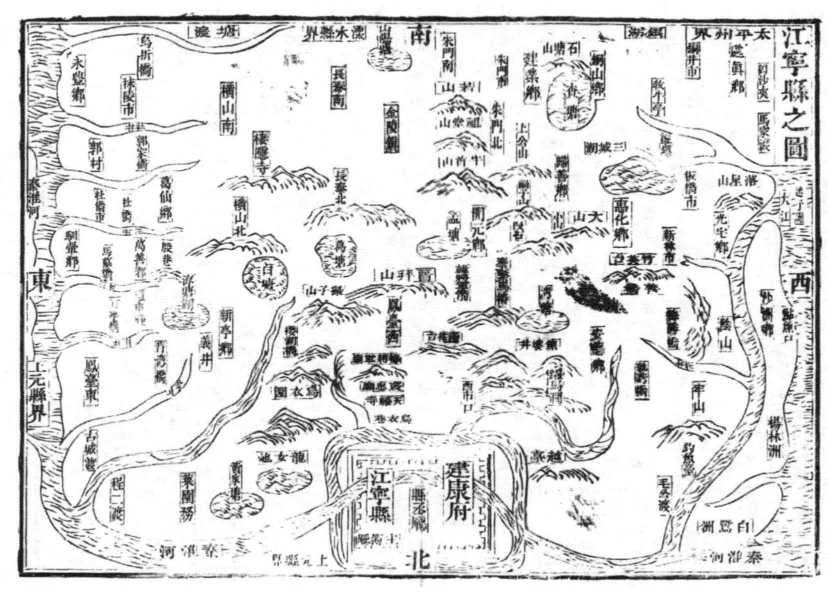

《景定建康志》中的《江宁县之图》右侧（城西）有白鹭洲，位于秦淮河口。

◆ 宋建康府图 ［明］陈沂

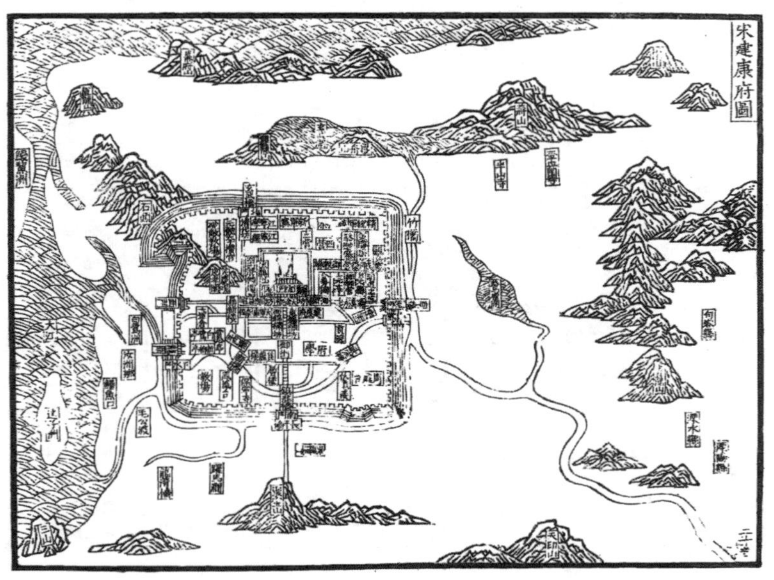

明陈沂《金陵古今图考》中的《宋建康府图》。白鹭洲与陆地连接，西侧江中出现迷子洲。

◆ 宋建康府图 ［清］无名氏

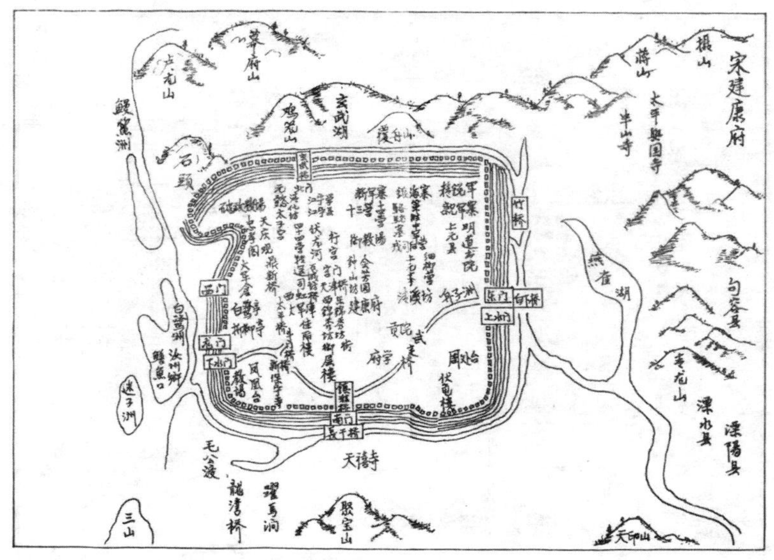

光绪元年（1875）抄，1992 年整理编印《秣陵志图》中的《宋建康府图》的白鹭洲。

◆ 元集庆路图 ［明］陈沂

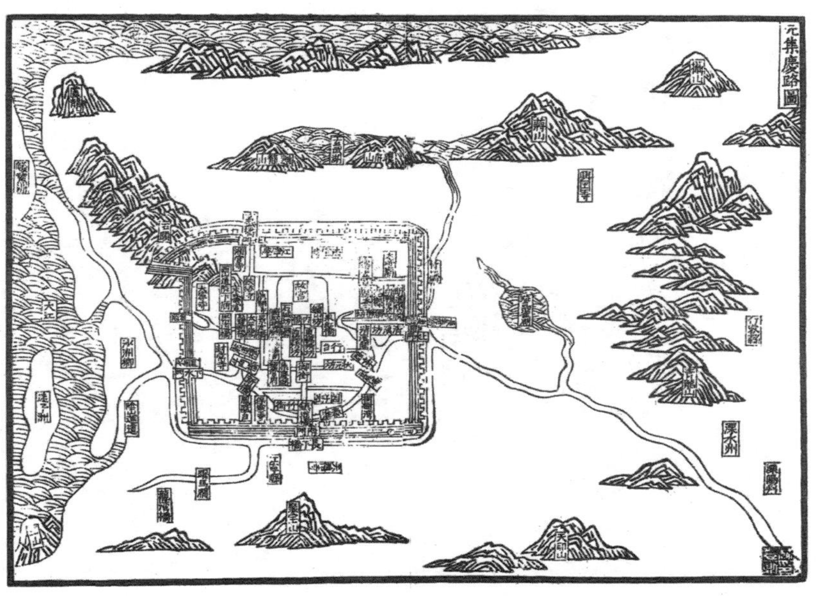

明陈沂《金陵古今图考》中的《元集庆路图》。未标注白鹭洲，长江中有迷子洲。

◆ 元集庆路图 ［清］无名氏

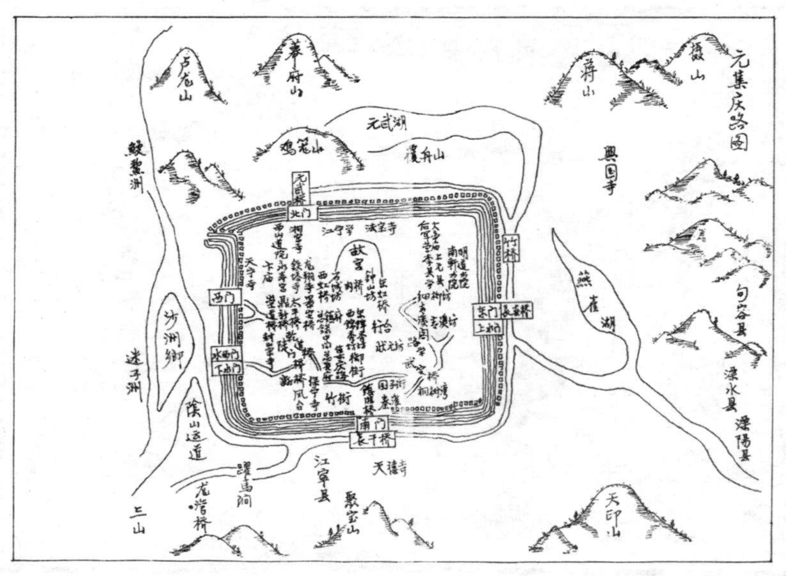

光绪元年（1875）抄，1992 年整理编印《秣陵志图》中的《元集庆路图》。未标注白鹭洲。

◆ 至大金陵新志 [元]张铉

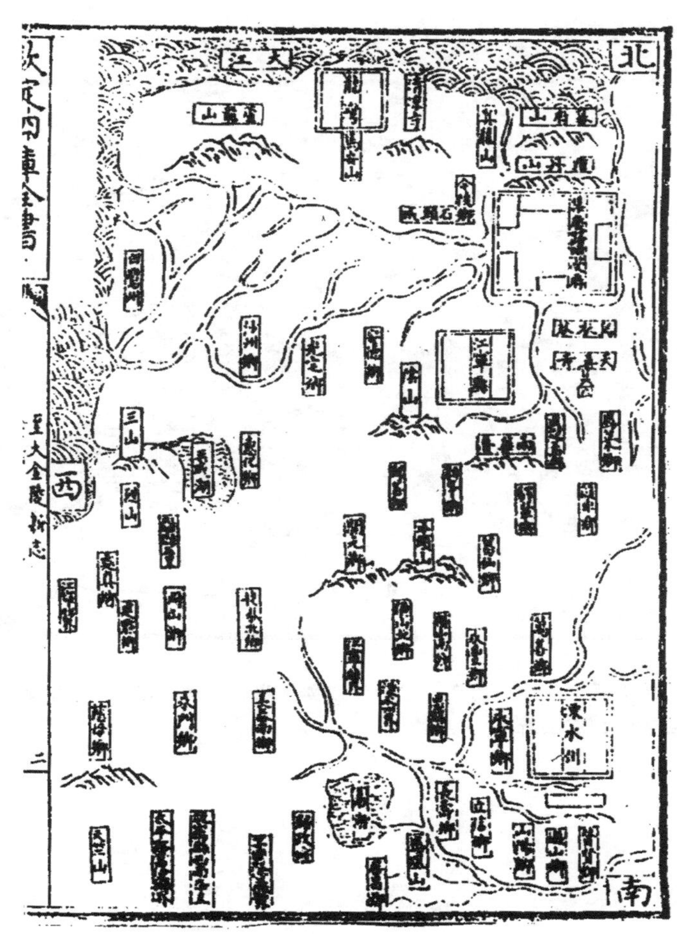

元代《至大金陵新志》（四库全书影印）中的白鹭洲，转引自《宋元方志丛刊》第六册。

◆ 国朝都城图 ［明］陈沂

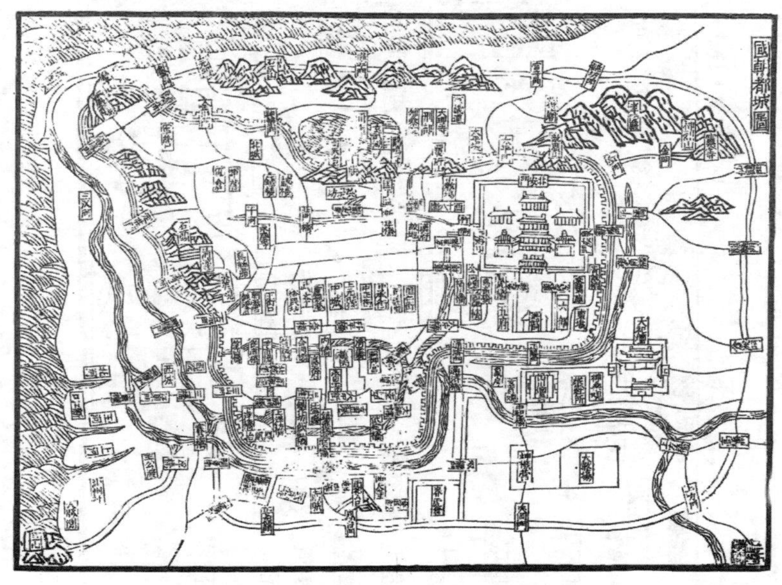

明陈沂《金陵古今图考》中的《国朝（明朝）都城图》。图中城西未标注白鹭洲，有上新河。

◆ 金陵图 ［明］王士性

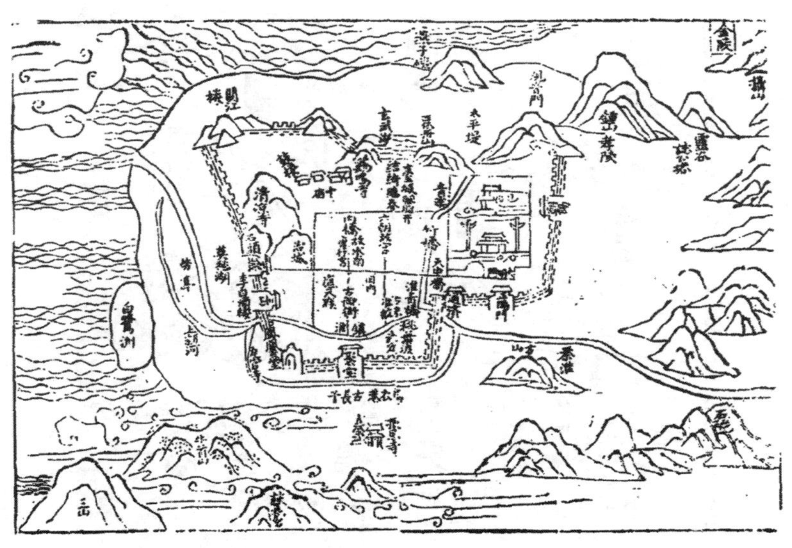

明王士性《五岳游草》中的《金陵图》，图中有白鹭洲、上新河。

◆ 应天府境图局部 ［明］王一化等

《万历应天府志》中的《应天府境图》（局部），未见白鹭洲标识，有迷子洲、浮沙洲等。

◆ 金陵总图局部 [明] 杨尔曾

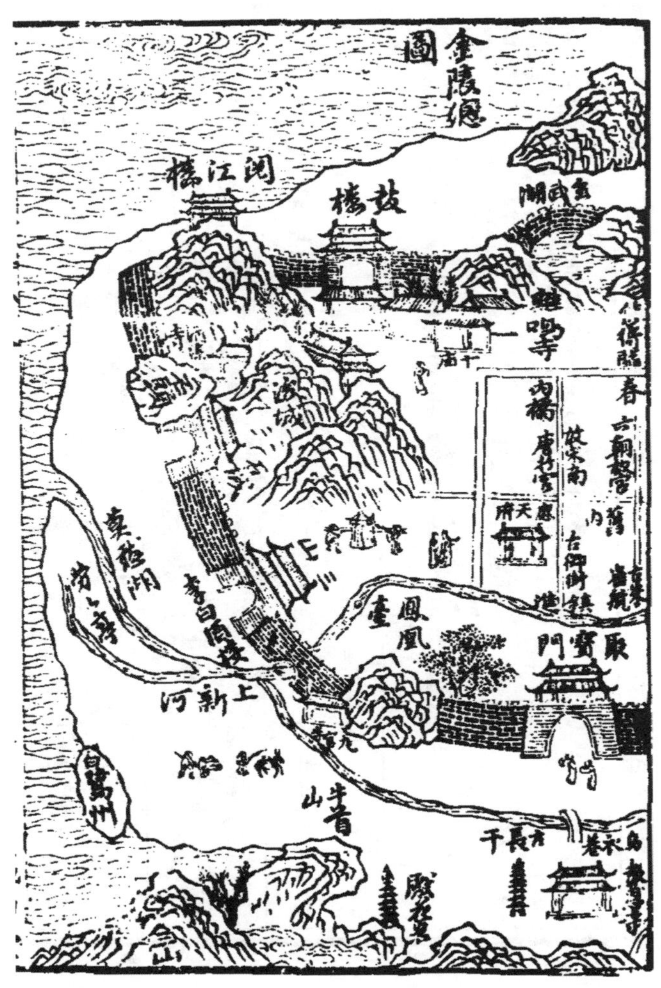

明代杨尔曾《新镌海内奇观》卷二《金陵总图》(局部)，图中白鹭洲与李白酒楼分别位于不同的地方。

◆ 明应天府外郭门图局部　［清］汪士铎等

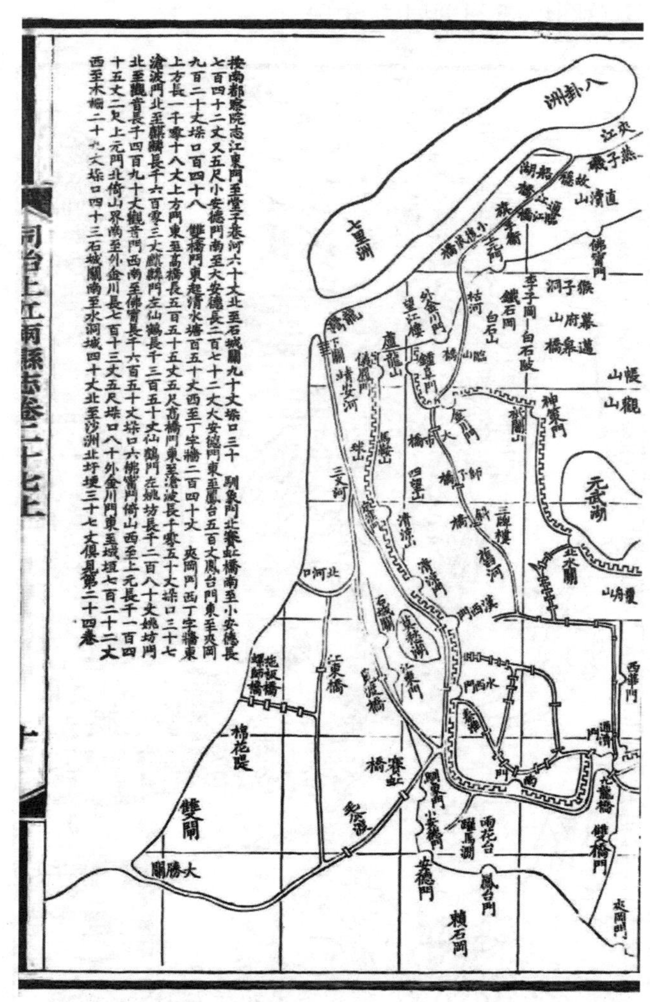
同治上江兩縣志卷二十七上

按南都察院志江東門至堂子巷河六十丈北至石城關九十丈垛口三十　馴象門北賽虹橋南至小安德長七百四十二丈又五尺小安德門南至大安德長二百七十二丈大安德門東至鳳台五百丈鳳台門東至夾岡九百二十丈垛口百四十八　雙橋門東起清水塘百五十丈西至丁字橋二百四十丈　夾岡門西丁字橋東上方長一千零十八丈上方門東至高橋長五百五十五丈五尺高橋門東至滄波長千零五十丈垛口三十七滄波門北至麒麟長千六百零三丈麒麟門左仙鶴長千三百五十丈仙鶴門左姚坊長千二百八十丈姚坊門北至觀音長千四百九十丈觀音門西南至佛甯長千六百五十丈垛口六佛甯門倚山西至上元長千一百四十五丈二尺上元門北倚山界南至外金川長七百十三丈五尺垛口八十外金川門東至城垣七百二十二丈西至木橋二十九丈垛口四十三石城關南至水洞城四十丈北至沙洲圩埂三十七丈俱見第二十四卷

《同治上江两县志》中的《明应天府外郭门图》(局部)，南京河西部分未见白鹭洲的标识。

◆ 金陵山水图 ［明］王圻 王思义

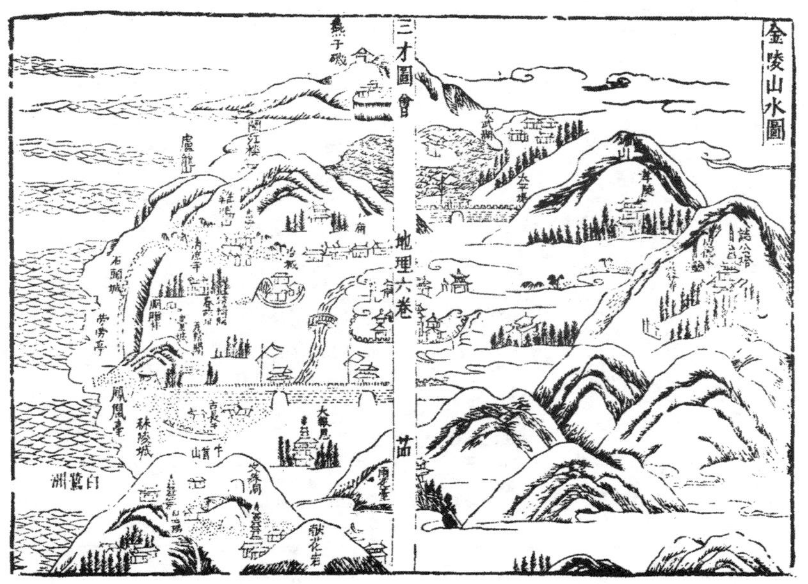

明王圻、王思义撰《三才图会》地理六卷中的《金陵山水图》，图中有白鹭洲标识。

◆ 明都城图 ［清］无名氏

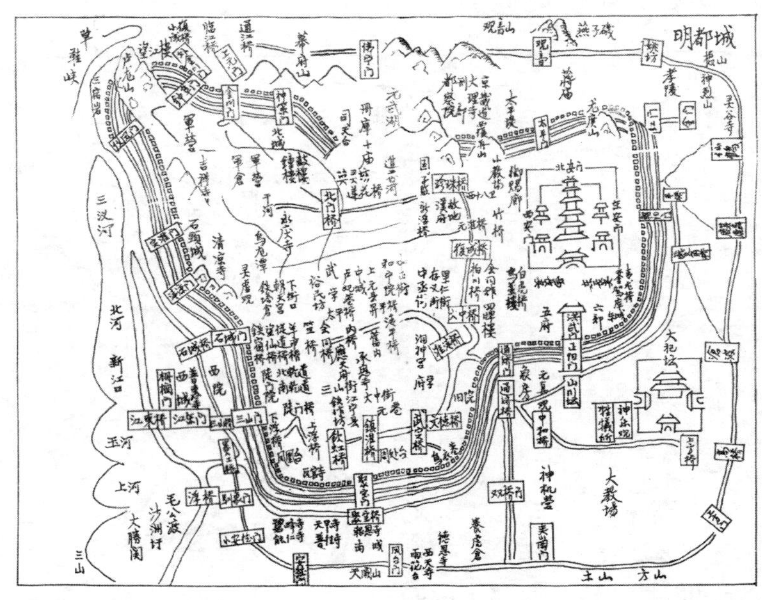

光绪元年（1875）抄，1992年整理编印《秣陵志图》中的《明都城图》中不见白鹭洲，此时的白鹭洲已经与陆地完全融合。

◆ 历代互见图 ［清］无名氏

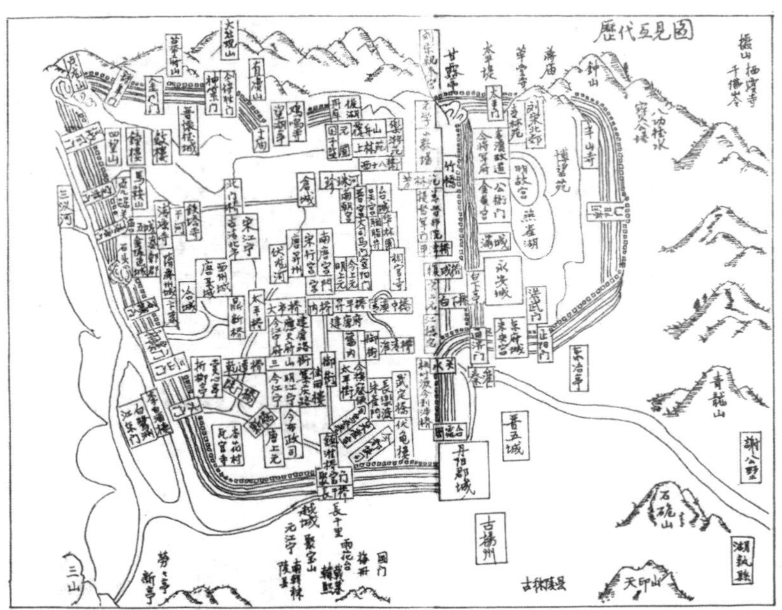

光绪元年（1875）抄，1992 年整理编印《秣陵志图》中的《历代互见图》中可见现代已经消失的古白鹭洲及李白酒楼等景观的大致地理位置。

◆ 金陵附廓古迹路线图局部 ［民国］朱偰

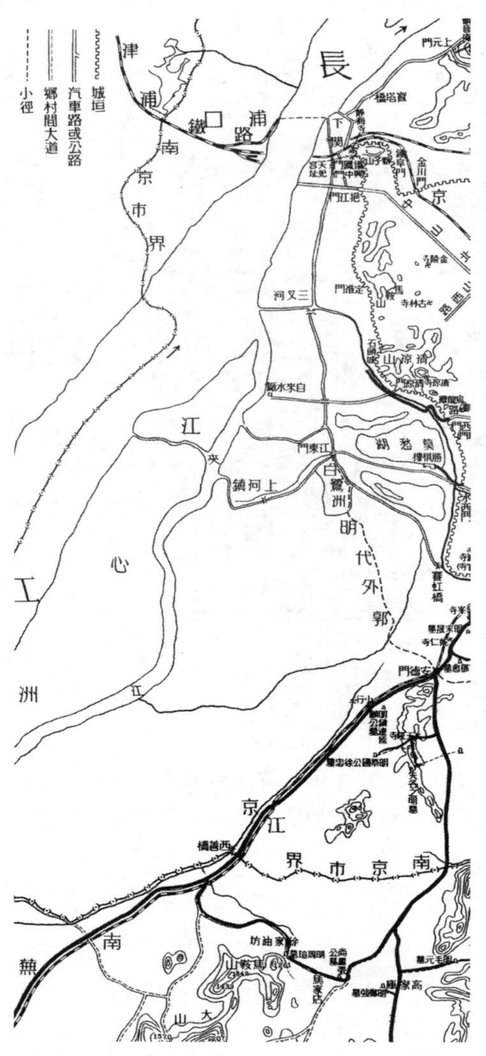

民国朱偰著《金陵古迹图考》（商务印书馆）中的《金陵附廓古迹路线图》（局部）有白鹭洲的位置，是我们现在探寻古白鹭洲遗迹的重要依据。

◆ 金陵十八景·白鹭洲 ［明］文伯仁绘

明文伯仁绘《金陵十八景》之“白鹭洲”（纸本设色　上海博物馆藏）

◆ 金陵八景图·白鹭晴波 ［明］郭存仁绘

明代郭存仁绘《金陵八景图》长卷之《白鹭晴波》（纸本设色 南京博物馆藏 纵 28.3 厘米 横 64.3 厘米）

◆ 金陵八景图·白鹭春潮 ［明］黄吾野绘

明黄吾野绘《金陵八景图》之《白鹭春潮》（江苏省美术馆藏）

◆ 金陵四十景图像诗咏·白鹭春潮 [明]朱之蕃

明代朱之蕃《金陵四十景图像诗咏》之“白鹭春潮”

◆ 金陵四十景图·白鹭洲 ［清］陈开虞等

《金陵四十景》图之“白鹭洲”（康熙《江宁府志》卷二图记下）

◆ 泛槎图·龙江舣槎 ［清］张宝绘

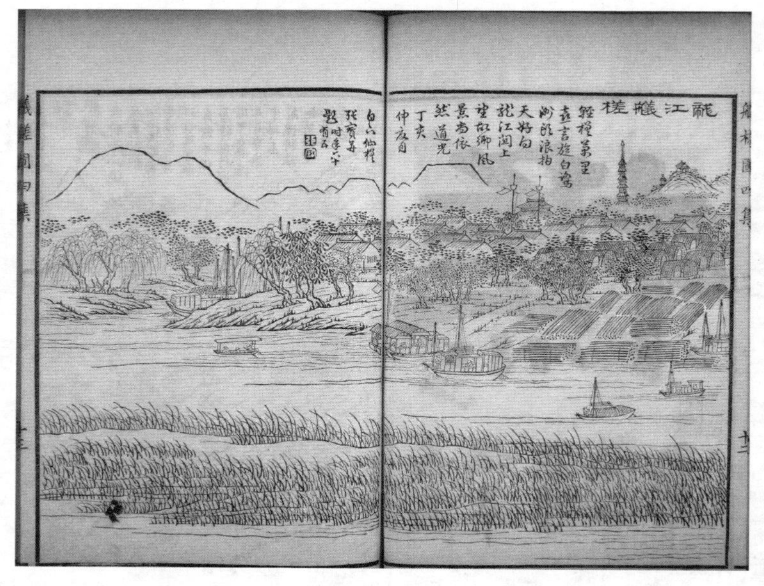

清张宝撰《泛槎图》中自绘的“龙江舣槎”图（道光时期羊城尚古斋刊刻）

◆ 金陵四十八景·白鹭洲 ［清］陈作仪绘

清代陈作仪绘《金陵四十八景》图册之“白鹭洲”

◆ 金陵四十八景图·鹭洲二水 ［清］无名氏

鹭洲二水
在府治西南八里周围
四十五里即李青莲所
称二水中分是也控扼
上流沟为天险旧有
赏心白鹭二水三亭
今皆委於草莱惟
潮汐无改耳

《金陵四十八景图》之“鹭洲二水”（宣统三年版本）